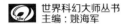
世界科幻大师丛书
主编：姚海军

菲利普·迪克中短篇小说全集 Ⅱ

命运规划局

Philip K. Dick

［美］菲利普·迪克　著

肖钰泉　译

四川科学技术出版社

图书在版编目（CIP）数据

菲利普·迪克中短篇小说全集. II，命运规划局 /（美）菲利普·迪克　著；肖钰泉　译.
--成都：四川科学技术出版社，2024.3

（世界科幻大师丛书 / 姚海军　主编）

书名原文：SECOND VARIETY

ISBN 978-7-5727-1294-4

Ⅰ.①菲… Ⅱ.①菲… ②肖… Ⅲ.①幻想小说 – 小说集 – 美国 – 现代
Ⅳ.①I712.45

中国国家版本馆CIP数据核字（2024）第092339号

图进字21-2017-25号

世界科幻大师丛书

菲利普·迪克中短篇小说全集 II：
命运规划局

SHIJIE KEHUAN DASHI CONGSHU
FEILIPU DIKE ZHONGDUANPIAN XIAOSHUO QUANJI II ：
MINGYUN GUIHUA JU

丛书主编　姚海军
著　　者　[美]菲利普·迪克
译　　者　肖钰泉

出 品 人　程佳月
责任编辑　宋　齐　兰　银　姚海军
特约编辑　汪　旭
封面设计　李　鑫
版面设计　李　鑫
责任出版　欧晓春
出　　版　四川科学技术出版社
　　　　　成都市锦江区三色路238号　邮政编码 610023
　　　　　官方微博：http://weibo.com/sckjcbs
　　　　　官方微信公众号：sckjcbs
　　　　　传真：028-86361756
成品尺寸　147mm×208mm　　　印　张　22.25
字　　数　430千　　　　　　　插　页　3
印　　刷　成都市金雅迪彩色印刷有限公司
版　　次　2024年3月第1版
印　　次　2024年5月第1次印刷
定　　价　96.00元

ISBN 978-7-5727-1294-4

邮 购：成都市锦江区三色路238号新华之星A座25层　邮政编码：610023
电 话：028-86361770

菲利普·迪克

Philip K. Dick

1928—1982

引　言

[美]诺曼·斯宾拉德

1952年,菲利普·迪克发表了他的第一篇小说《乌布》。1955年,他的第一部长篇小说《太阳系大乐透》问世。本卷《命运规划局》便收录了迪克从1952年到1955年间发表的二十七篇短篇小说。

值得一提的是,迪克在作家生涯的头四年所发表的作品远不止二十七篇。

就作品数量而言,已经非常了不起。鲜有作家能在开始写作的头四年发表如此之多的作品——即使这一时期的短篇小说市场相对繁盛,编辑们对投稿的需求量较大。必须承认的是,本书中确实存在一些故事立意肤浅、华而不实,但书中大多数故事已初显迪克日后成熟作品中的那种独一无二的风格,即使其中最不出彩的作品也具有他独特的烙印。

一名初出茅庐的作家,用如此短的时间完成了如此多的作品,这么做的目的是想赚取金钱、博取名声。这是事实，但尽管如此，这二十七篇小说仍瑕不掩瑜。

实际上，本书中的小说没有一篇是有固定套路的动作冒险故事。没有太空歌剧，也没有长篇累牍地渲染细节，甚至没有高度发达的外星球文明，更不要说老套的硬汉英雄、反面恶棍、疯狂的科学家，以及好人打坏人之类的了。在写作之初，迪克便视科幻小说的商业惯例为无物，即使是只能讲一次的噱头也带有其强烈的"迪克式"风格。从一开始，迪克便在彻底地改造科幻小说。他将科幻小说变成了表达自身关注，或者说自身迷思的一种文学手段。

本书是一枚迷人的时间胶囊，它装载着二十七篇在菲利普·迪克首部长篇小说面世之前发表的中短篇小说。它让我们得以窥见他那短暂的、高度压缩的学徒期。在那之后，他便成长为二十世纪伟大的小说家之一，或许也是史上最伟大的哲理小说家。

迪克开始写作的年代，至少就出版业而言，正处于科幻界最重要的转型期。在二十世纪五十年代早期，科幻出版业仍以杂志发行为主，这意味着科幻文学的主要形式是短篇。到1955年迪克发表《太阳系大乐透》时，平装书逐渐成了主流的发行方式，于是长篇小说开始流行起来。

在二十世纪五十年代，一部长篇科幻小说的常规预付款约为一千五百美元。所以，科幻作家要想维持本已捉襟见肘的生活，不得不向杂志社投稿大量短篇小说。而且当时对长篇小说的需求量并不大，科幻作家在没有与出版社签约长篇小说合同之前，想要扬名，只能寄希望于短篇小说。

　　现在来看，正如这本短篇小说集所呈现的，至少在文学层面，即使对于像迪克这种天生适合写长篇小说的作家来说，这也并不是件坏事。本书的二十七篇小说，和迪克在《太阳系大乐透》之前发表的其他小说，很好地诠释了他所经历的锻炼。

　　当读者们一篇接一篇地阅读本书中的小说时，会切实感受到各篇作品中存在的某种雷同、重复或者是千篇一律，似乎与作者后来的作品有不小的出入。这种现象，我们在同时期，甚至于之后一段时期内的作家，如约翰·瓦利、威廉·吉布森、卢修斯·谢泼德和金·斯坦利·罗宾逊等人所写的短篇小说中也能看到。

　　但在本书中，我们看到的雷同是绝无仅有的迪克式风格。

　　大多数科幻作家会在创作早期的短篇小说时圈定自己的题材范围，并在之后的写作生涯中对此进行深度和广度上的扩展。如拉里·尼文的"已知空间"系列，创造了连贯一致的宇宙；或如凯恩·诺莫的"雷蒂夫"系列，塑造了一位常青树般的主人翁；或如罗伯特·海因莱因的"未来历史"系列，打造出了一个历史范本。三者兼有之的亦不少见。

　　某种程度上，这是一种商业策略。一位新作家，不管出于天真或疯狂，想将写科幻短篇作为全职工作，并以之为生，那他必须用极快的速度写出大量作品以便持续为大众熟知。重复地利用历史背景、人物角色和科幻设定比每次都从零开始要容易得多，而且，正如有线电视早已证明的那样，连续剧是也建立受众群最快捷的方法。

然而,菲利普·迪克并非如此。在这些小说中,没有常青树般的角色,也没有将所有故事放在一个连贯的宇宙中的企图。除《二号变种》《乔恩的世界》和《詹姆斯·P.克劳》这三篇作品间存在微弱联系外,迪克甚至也未尝试采用一致的历史设定。

当然,迪克也重复使用相同的主题、意象和形而上的哲思。在之后的作品中,他使其充分扩展,变得繁复而意义深刻,并投射进更为宏大的场景当中。

地球沦为了核灰烬的堆积场。机器人武器正进化成凶恶无情的仿生人。人类的自由以军事安全、经济繁荣,甚至以自由本身的名义惨遭践踏。不同的现实间的穿插;充满讽刺意味的时间循环和悖论;小说的男女主人公都是做着平凡工作的平凡人,只想混口饭吃,全无伟大的抱负。

迪克创作这些小说的时期,正值冷战进入白热化,约瑟夫·麦卡锡议员和非美活动调查委员会掀起的反共产主义狂潮上升到顶点,核战狂想陷入低谷。学校的老师教导学生,空袭警报响起时,要躲在桌子底下。显然他的小说大胆地反思了这些现象。这说明,从一开始,迪克就是一位深刻关注政治的作家。

他的小说所透露的意义并非局限于此。那时,军国主义、痴迷军防、仇外情绪和沙文主义等各种极端言论盛行;尽管面临极大危险,迪克仍响亮而明确地发声反对。

而进一步分析你会发现,小说中站在这些大规模政治罪恶对立面的,并不是同样规模的、正面的政治理念,而是小小的、谦逊的人类美德，比如低调的英雄主义、博爱无私以及最为重要的以己度人、感同身受的能力；正是这些德行最终将人与机器，灵魂与机械，以及真正的人类与最巧夺天工的仿生人区分开来。

如果我们已经了解了贯穿菲利普·迪克整个写作生涯的伟大主题和精神核心，那我们同样能体会到这些小说中刚刚萌发的迪克独特的文学技巧。他有力地运用多视点人物写作手法，将故事深入到了隐秘而细腻的个人层面。

诚然，在这些早期的故事中，迪克对多视点人物写作手法的运用并非始终完美。有时在某个单独场景中，仅仅是为了叙述方便，他便不管不顾地转换视点。有时他会在文中引入一个全新的视点角色，只是为了给出一个他用既有角色视点难以描述的场景。有时一个视点角色只出现在几段话中，其后便消失不见了。

通过创作这些小说，迪克学习了多视点人物写作手法，或者更准确地说，发明了这种写作手法。因为在迪克之前，几乎没人运用多视点写作手法。而对于所有在其后想运用这种手法的人，不管是否自觉地意识到，都应归功于迪克。

运用迪克式多视点写作手法，作者能够不再局限于单一的人物视角，可以运用多名人物的意识、精神和内心讲述故事。它赋予读者亲密感，让读者感同身受，在单一故事的篇幅内表现出人类复杂的精神世界。在像菲利普·迪克这样的大师手中，它变成了窥探现实世界的抽象多样性的一扇扇窗户，真正实现了形式和内容的完美统一。

　　若说这二十七篇小说完美无缺,是作者日后成熟才华的全面绽放,则与事实不符,也有损菲利普·迪克的文学声誉。但透过它们,我们能看到过去,看到一个伟大的思想者如何踏上漫漫征程的起点。我们也能看到未来,看到写下这些故事的才华横溢的科幻新人在日后注定成长为一代科幻大师的前景。

1986年10月

我认为,从某些方面来看,妄想症是一种古老陈旧的官能发展到现代的产物。这种官能,在动物的身上还能找到——处于猎物地位的动物——它们一直在被注视当中……我认为,妄想症是一种返祖官能,是一种残留不去的官能,在很久以前我们就具备。当时我们——我们的祖先——非常容易受到猎食动物的攻击,这种官能告诉我们自己正被注视着,被某种即将猎食我们的动物注视着……

　　而我笔下的人物便经常有这种感觉。

　　我所做的其实是激化了笔下人物的世界。虽然背景设在了未来,人物的生活方式各有不同;可你知道吗? 他们在生活中实际上带着某种倒退的特性。他们的生活方式与我们的祖先并无不同。我的意思是,硬件在未来,场景也在未来,但人物的处境却与过去一模一样。

——菲利普·迪克访谈语录,1974年

C<small>ONTENTS</small> 目 录

I	引 言
001	饼干夫人
013	钟门之内
023	二号变种
093	乔恩的世界
145	星球窃贼
163	后 代
191	往昔曾在
209	末世悲鼓
227	乘火车的通勤客
247	她想要的世界
273	地表突袭
301	项目：地球
335	关于泡泡球世界的纷扰事
363	暮光下的早餐
389	给帕翠的礼物
417	头环制作者
441	干瘪的苹果
455	今为人类
477	命运规划局
513	不可能存在的行星
529	伪装者
551	詹姆斯·P.克劳
579	异乡客
603	小小城镇
627	纪念品
647	火星先遣队
667	显赫的作家
693	记录与说明

饼干夫人

"你到哪儿去,巴博?"恩尼·米尔整理着自己送报线路上的报纸,在街对面大声喊道。

"不到哪儿去。"巴博·瑟利说。

"又去看你那个老太婆朋友吧?"恩尼放肆地大笑起来,"你干吗总去看那个老太婆? 我们也要去!"

巴博没吭声,默默地拐过街角,来到了榆树街。他的视线转向街道尽头靠后的位置,看见了那栋房子。房前的地面上长满了干枯陈腐的杂草,风儿吹过,草叶发出沙沙声,似在窃窃私语。房子寒酸破旧,久未粉刷,就像一个灰色的小盒子,门廊的台阶摇摇欲坠地垂着。门廊上有一把饱受风吹日晒的旧摇椅,椅背上搭着一块破布。

巴博沿着人行道走了过去。他踏上嘎吱作响的台阶时,深深地吸了一口气。他闻到了那股热乎乎的美妙香味,馋得他直流口水。

1

他的心跳骤然加快，满怀希望地转动了门铃把手。门那边响起嘶哑的门铃声，接着是一阵沉寂，而后又传来有人走动的声音。

德鲁夫人开了门。她是个很老很老的小个子妇人，干瘪得就像房前那一丛丛杂草。她低头对巴博微笑，将门打开个宽缝让他进来。

"你来得真是时候呢。"她说，"快进来，伯纳德①。你来得真是时候——它们刚出炉。"

巴博快步来到厨房门口，朝里望去。他看到了，它们静静地躺在烤炉上的一个蓝色大盘子里。饼干，一整盘热腾腾、新鲜出炉的饼干，加了葡萄干和坚果的饼干。

"闻起来很香吧?"德鲁夫人从他身边走了过去，进入厨房，她的衣裳带起一阵窸窣声。"要不再来点儿凉牛奶吧？你喜欢饼干配凉牛奶。"她从后门廊的窗台上拿起一个奶壶，为他倒了一杯牛奶，又拈了几块饼干放在一个小盘子里，"我们去客厅吃。"她说。

巴博点了点头。德鲁夫人把牛奶和饼干端到客厅，放在沙发扶手上。然后她坐在自己的椅子上，看着巴博急切地将头凑向盘子享用起来。

和往常一样，巴博吃得非常专注，狼吞虎咽，屋内除了咀嚼声再无他声。德鲁夫人耐心地看着男孩吃完；他圆嘟嘟的肚子又鼓起来了一圈。巴博将盘子里的饼干扫光后，又眼巴巴地看向厨房烤炉上剩下的饼干。

---

①"伯纳德"是巴博的本名。

2

"要不等一会儿再吃?"德鲁夫人说。

"好啊。"巴博同意道。

"好吃吗?"

"好吃。"

"很好。"她向后靠在椅子上,"今天在学校过得还好吗? 顺利吗?"

"顺利。"

小个子老妇人发现男孩变得有点儿局促,目光游移。"伯纳德,"她随即说,"你愿意再坐一会儿,跟我说说话吗?"他的膝头搁着几本书,几本教科书。"要不给我读读你的书吧? 你看,我的眼神不好啦,要是有人给我读读书,我会很高兴的。"

"读完书能把剩下的饼干都给我吗?"

"当然。"

巴博往她那边挪了挪,坐在了沙发另一边的扶手旁。他把几本书摆开,有《世界地理》《算术法则》和《霍伊特拼写本》,"你想听我读哪一本?"

她迟疑了一下,"地理。"

巴博拿起蓝色的大课本,随意翻开一页——秘鲁,"秘鲁北临厄瓜多尔与哥伦比亚,南接智利,东通巴西与玻利瓦尔。秘鲁分为三大主要区域。它们是——"

小个子老妇人看着男孩读书,伴着朗读声,他的手指在课文上随之移动,他肥嘟嘟的脸颊微微颤动。她静静地坐着,专注地打量着他，将他每一次专注的皱眉、每一次手臂的动作收入眼底，她舒服地深深陷入椅子之中。他坐得离她非常近，几乎触手可及。他们之间只隔着一张放着台灯的小桌。他能来是件多好的事啊！那天她坐在门廊上看到他经过，突发奇想地叫住了他，指了指放在摇椅边的饼干。从那天起一个多月以来，他不断地来到这里。

为什么她要做出那样的举动？她也不知道。她已经孤身一人太久，久到自己常常胡言乱语、行为异常。除了去商店买东西，或是邮递员送来养老金支票，再或者是工人上门收垃圾之外，她几乎不与人来往。

男孩毫无感情地念着。老妇人感到舒适，平静而放松，她闭上了眼睛，双手交叠着放在膝头。在她侧耳倾听、半睡半醒间，奇妙的事情发生了。小个子老妇人的身体有了变化，她脸上的灰色皱纹和褶子渐渐变淡。她坐在椅子里，变得越来越年轻。她单薄虚弱的身板恢复了青春活力。头上稀疏的灰发再生颜色，变黑、变密。她的胳膊变得丰盈起来，布满老人斑的皮肤也变得和多年前一样红润。

德鲁夫人深深地呼气、吸气，没有睁开眼睛。她感觉有事正在发生，但她不知道是什么事。有什么事情在发生。她能感觉到，是好事，但她不知道具体是什么事。以前也发生过——每次男孩来这里，坐在她身边时就会发生。特别是最近她把椅子挪到更靠近沙发的位置之后，情况更是如此。她深深地吸了口气。多么美好的感觉啊，丰润的温暖，这么多年来，这具不存一丝热气的躯体再度感受到了温暖的呼吸！

坐在椅子上的小个子老妇人变成了一位年纪约三十岁的黑发夫人。她面颊饱满、双臂丰盈、双腿结实、嘴唇红润，颈部略显肉感，仿佛时间倒退回了很久以前的过去。

这时，朗读声戛然而止。巴博放下书站了起来，"我得走了。"他说，"我能把剩下的饼干都带走吗？"

她眨了眨眼睛，振作精神。男孩正在厨房里往衣服口袋中装饼干。她点了点头，有点儿失魂落魄，仍未回过神来。男孩装完了最后几块饼干，穿过客厅走向门口。德鲁夫人站了起来，那一瞬间，所有的温暖离开了她的身躯，她感到疲倦，疲倦且异常干渴，她倒吸一口气，接着便快速地喘息起来。她低头看着自己的手，布满皱纹，细如枯枝。

"哦！"她喃喃低语，泪水模糊了双眼。又消失了，他一离开就会消失。她踉跄地走到壁炉前，看向镜子。镜中有一双衰老、褪色的眼睛回望了过来，那双眼睛深嵌在一张枯槁的脸上。消失了，都没了，男孩一离开她身边就没了。

"我以后再来看你。"巴博说。

"请，"她低声说，"请一定要来啊。你会再来吗？"

"当然。"巴博无精打采地说。他推开了门，"再见。"他走下台阶。过了一会儿，她听见他吧嗒吧嗒地走上了人行道。他走了。

"巴博，你快进来！"玫·瑟利生气地站在门廊上，"快点儿进屋，坐到饭桌前面去。"

"好的。"巴博慢腾腾地爬上门廊，推门进了屋。

"你怎么回事？"她拽住他的胳膊，"你到哪儿去了？你生病了吗？"

"我累了。"巴博揉了揉前额。

他的父亲拿着报纸从客厅走了过来，身上穿着汗衫，"怎么了？"他问。

"你看他，"玫说，"都累垮啦。你最近都在干什么，巴博？"

"他老去探望那个老女人。"拉尔夫·瑟利说，"你看不出来吗？自从开始探望她，他总是一副疲倦的模样。你去那里干什么，巴博？发生了什么事？"

"她给他饼干吃。"玫说，"你知道这孩子有多喜欢吃东西。为了一盘饼干，他愿意做任何事情。"

"巴博，"他的父亲说，"你听着，我不准你再到那个疯子一样的老女人的房子里去。你听到我的话没有？我不管她给你多少饼干。你总是没精打采地回家！再不准这样了。听见没有？"

巴博斜倚在门上，低头看着地板。他的心脏沉重地跳动，疲惫不堪。"我都跟她说了，我还会去的。"他嘟囔道。

"你可以再去一次。"玫边说边向餐厅走去，"但只有这一次。告诉她以后不会再去了。你一定要好好地跟她说。现在上楼洗澡去。"

"吃完晚饭，最好让他上床休息。"拉尔夫抬头看向楼梯。巴博正扶着楼梯栏杆，缓缓地向上走。拉尔夫摇了摇头，"我不喜欢这样。"他小声说，"我不想让他再到那里去。那个老女人有些古怪。"

"算了,下次是最后一次了。"玫说。

星期三天气晴好,阳光明媚。巴博双手插在衣袋里,阔步而行。他在麦克韦恩杂货铺前驻足,站在漫画书前发了一会儿呆。店里的冷饮柜旁,一位女士正在喝一大杯巧克力汽水。巴博看在眼里,不禁咽了咽口水。就这么决定了。他转身继续前行,脚步微微加快了一些。

几分钟后,他来到了地板松垂着的灰色门廊上,摇响了门铃。门廊下的杂草在风中摆动,沙沙作响。差不多已经到了下午四点钟;他不能待太长时间。但管他呢,这是最后一次了。

门开了。德鲁夫人满是褶子的脸上绽放出笑容,"快进来,伯纳德。看见你站在这里真让我高兴。你能来真让我感到年轻了不少。"

他进屋后,四下张望。

"我这就做饼干。我不知道你是否会来。"她轻手轻脚地进了厨房,"我马上就开始做。你先在沙发上坐一会儿。"

巴博走向沙发,坐了下来。他注意到桌子和台灯都已不见了,椅子摆到了沙发旁边。在他一脸疑惑地打量着椅子时,伴随着衣服的窸窣声,德鲁夫人回到了客厅。

"饼干进烤炉了。还好事先做了面糊。那个……"她坐在椅子上,长长地出了口气,"怎么样,今天还顺利吧?在学校过得还好吗?"

"好。"

她点了点头。多可爱的小胖子啊,就坐在那么一点点远的地方,脸上肉嘟嘟的,红得就像个苹果!他离她那么近,伸手就可以摸到。她苍老的心脏重重地跳动。噢,青春,恢复青春,青春是多么重要啊!青春就是一切!对老朽的人来说,世界意味着什么?**当整个世界都已老去,女人……**

"你愿意给我读读书吗,伯纳德?"她迫不及待地问。

"我没带书来。"

"哦。"她点了点头,"没关系,我这里有书。"她迅速地回答道,"我去给你拿来。"

她起了身,走到书柜前,打开了柜门。这时巴博说:"德鲁夫人,我爸爸说,我以后再也不能来了。他说这是最后一次了。我想应该告诉你一声。"

她的动作一顿,呆立在了原地。房间似乎剧烈地扭曲起来,她身边的一切看起来都在变形。她短促而恐惧地吸了一口气,"伯纳德,你……你以后不再来了?"

"是的,我爸爸说不让我来了。"

一片寂静。老妇人随便拿出一本书,慢慢地坐回椅子上。过了片刻,她才把书递给男孩,她的手在发抖。男孩面无表情地接过了书,看向书的封皮。

"来,伯纳德,来给我读读吧。"

"好的。"他翻开了书,"从哪儿开始读?"

"随便。随便,伯纳德。"

男孩读了起来。书是一个叫特罗洛普的人写的。老妇人心不在焉地听着,她的手搭在额前,干枯的皮肤像放久了的纸张一样,又薄又脆。她痛苦地颤抖着。最后一次?

巴博继续读着书,语气单调,语速拖沓。一只苍蝇贴着窗户玻璃嗡嗡地飞着。屋外,太阳西落,气温转低。天空中出现几片阴云,大风吹得树枝哗哗作响。

老妇人在男孩身边坐着,靠得比以往更近,听着他的读书声,小孩子的童音,近距离地感受他的一举一动。真的是最后一次了吗?恐惧从她心头升起,她将其狠狠地压了下去。最后一次!她盯着男孩,他坐得离她这么近。她等了一会儿,终于伸出了那干瘦的手。她深深地吸了口气,他不会再来了,不会再有下次了,没有了。这是他最后一次坐在这里。

她触摸到了他的胳膊。

巴博抬起头,"怎么了?"他小声说。

"我碰一下你的胳膊,你不会介意吧?"

"不,不介意。"读书声又响了起来。老妇人能感觉到男孩的青春活力在自己指间流动,直穿她的手臂。跳动的青春,震颤的青春,离自己是那么近,从未如此之近,她甚至可以真真实实地触摸到。生命的鲜活让她目眩神迷,几乎要晕眩过去。

和往常一样,神奇的变化立马开始了。她闭上眼睛,任由那青春的活力通过男孩的声音和男孩的胳膊传递而来,流遍她的全身,将她充满。那改变，那暖流，经过她周身每一处，那暖暖的感觉逐渐增强。她干瘪的身躯渐渐鼓涨了起来，充满了活力，直至变得丰盈，变成了她以前、曾经或者说很久之前的模样。

她低头看着自己，手臂浑圆如藕，手指净如水葱。秀发披肩，黝黑而浓密。她摸了摸自己的脸颊，皱纹不见了，皮肤吹弹可破。

她心中的喜悦几欲满溢而出。她转头认真地看了看房间。她笑了，红艳艳的嘴唇微微咧开，露出了健康的牙床和坚实洁白的牙齿。她突然站了起来，体态沉稳而自信。她轻盈地转了一个小圈。

巴博停下了阅读，"饼干烤好了吗？"他说。

"我去看看。"她活泼地说道，嗓音中富含着一种多年前就已干涸的特质。但现在它又回来了，她的嗓音，沙哑而性感。她健步走进厨房，打开烤炉，将饼干取出放在了炉子顶上。

"烤好啦，"她欢快地叫道，"快来吃吧。"

巴博看见饼干后，眼睛就再也挪不开了。他经过她身边时，甚至没注意到门边站着的这个女人。

德鲁夫人急忙离开厨房，进了卧室，关上门。她转过身，端详着门后长镜中的自己。年轻了，变年轻了，她的周身散发着蓬勃的青春气息。她深深地吸了口气，挺起了坚实的胸部。她眼波流转，露出微笑，原地转起了圈，裙摆飞扬。年轻又可爱。

这一次，青春并未消失。

她打开卧室的门。巴博的嘴里和衣服口袋里都塞满了饼干，他站在客厅的中央，肥胖的脸庞了无生气。

"怎么了?"德鲁夫人说。

"我要走了。"

"好啊,伯纳德。感谢你过来给我读书。"她的手放在了他的肩膀上,"也许我以后还会见到你。"

"我爸他——"

"我知道。"她发出了欢乐的笑声,为他打开了房门,"再见,伯纳德。再见。"

她看着他一步一步缓缓下了台阶,然后关上了门,踏着轻快的脚步走回卧室。她解开连衣裙,从中迈步而出。这件破旧的灰色织物突然让她觉得厌恶。她双手叉腰,出神地看着自己丰盈的身体。

她双眼明亮,微微扭动了一下,激动得大笑。多么美妙的胴体啊!生机勃勃!饱满的乳房——她轻轻碰了碰自己,紧致的肌肤。她一下子想到有那么多有意思的事情可做!她仔细地扫视过每一寸肌肤,呼吸急促。可做的事情有那么多!她打开浴缸的水龙头,挽起了头发。

巴博顶着风,吃力地朝家走。时间很晚了,太阳已经落山,头顶的天空阴沉多云。飕飕的冷风推搡着他,穿透了他的衣服,冰冷刺骨。他感到疲倦、头痛,每隔几分钟就不得不停下来,揉着额头休息,他的心脏沉重地跳动着。他走过榆树街,来到了松木街。风从他周围呼啸而过,吹得他东倒西歪。他摇摇头,想振作起来。可他觉得好累,手脚提不起一点劲。他觉得风猛击而来,将他推来拉去。

他喘了口气,垂着头继续走。他在街角停了下来,扶着路灯柱子。天色已经不早了,路灯一盏盏地亮了起来。最后,他用尽全力,迈开了脚步。

"孩子还没回来吗?"玫·瑟利第十次走到门廊上。拉尔夫打开了门廊灯,和玫站在一起,"风刮得真大啊。"

狂风尖啸着吹过门廊。两人望了又望,但漆黑的街道上,除了被风卷起的碎屑和几张报纸,什么也没有。

"我们进屋吧。"拉尔夫说,"等他回来了,我要好好地打他的屁股。"

他们坐在餐桌前。玫突然放下了叉子,"听! 好像有什么声音?"

拉尔夫仔细地听了听。

房子的前门传来了微弱的声响,似乎是轻轻的敲门声。他站了起来。房外狂风怒号,楼上房间的窗帘噼啪作响。"我去看看怎么回事。"他说。

他走过去打开了门。某种灰色的东西,灰白而干枯,被风吹得贴在门廊上,摆动着。他定睛看去,但认不出是什么。一簇干草?也许是一团被风吹来的杂草和碎布?

那簇干草随风跃到他的腿边。他看着它飘过,擦着房子的外墙飘走了。接着,他慢慢地关上了门。

"是什么?"玫问。

"只是风声。"拉尔夫·瑟利说。

钟门之内

那天晚餐时,他把它拿了出来,放在了她的餐盘边。多丽丝瞪大了眼睛,捂住了嘴巴,"我的天哪,这是什么?"她抬眼看向他,目光明亮。

"好啦,把它拆开吧。"

多丽丝的胸口不住地起伏,她用尖尖的指甲划开方形礼盒的丝带和包装纸,打开了盒盖。拉里站起身,点燃一支烟,斜倚在墙边看着她。

"一面布谷鸟挂钟!"多丽丝叫出了声,"真正的布谷鸟挂钟,跟我母亲的一模一样。"她将钟翻来覆去地看,"我母亲也有一面这样的挂钟,那时候彼得还活着。"她的眼底泛起了泪花。

"钟是德国造的。"拉里说。过了会儿,他又加了句,"卡尔帮我用批发价拿到的。他在钟表行有熟人。不然,我不可能以这么——"

多丽丝怪里怪气地轻哼了一声。

"我是说，要不然，我不可能买得起。"他生气地皱了皱眉，"你是怎么了？你已经得到了挂钟，不是吗？你不是就想要这么一面钟吗？"

多丽丝怀抱着钟坐着，十指紧紧扣在棕色的木质钟壳上。

"好吧。"拉里说，"到底怎么了？"

他惊奇地看着她倏地站了起来，跑出房间，怀里仍紧抱着挂钟。他摇了摇头，"永远不知满足。她们都一个德行，总想要更多。"

他在餐桌前坐下，继续吃晚餐。

布谷鸟挂钟的体积不太大，然而却是纯手工打造的，软木的钟壳上雕刻着纤细的凹槽和纹饰，繁复得无以复加。多丽丝坐在床边，一边擦眼泪一边给钟上发条。她对照着自己的腕表，小心地将指针拨到十点差两分，然后把钟放到梳妆台上，用东西垫正。

接着她满怀期待地坐了下来。她的双手放在膝上绞动着——她在期待钟声响起，布谷鸟出来报时。

这时，她想到了拉里，想起他说过的话。她也想起了自己说过的话，在这件事上，她一句话都没说错。毕竟，她不能任由他一味地大放厥词而不还一句嘴。女人也要发出自己的声音！

她赶紧用手绢抹了抹眼泪。他为什么非得那么说话，说什么批发价？为什么他非得把气氛都毁了？要是他真那么觉得，他一开始根本就用不着买。她捏紧了拳头。他真刻薄，真是太刻薄了。

但当看到嘀嗒作响的小挂钟时，她心中还是泛起了一阵快乐。

多讨喜的网格花纹小钟门和门框啊！钟门里住着布谷鸟，它正等待着出来报时。它是不是在侧耳倾听，仔细地听着钟声，好知道何时出来？

不报时的时候，它是不是在睡觉？好了，再过一会儿，她就能见到它了；她可以问问它。她还要把钟给鲍勃看看。他会喜欢的；鲍勃喜欢老物件，甚至连旧邮票和旧纽扣也喜欢。当然，这有点儿"不方便"，但拉里大部分时间都待在办公室，应该无碍。要是拉里不经常打电话就好了——

一阵嗡鸣声响起，挂钟开始剧烈地震颤，突然钟门打开了，布谷鸟倏忽滑出。它停在了门外，威严地环顾四周，仔细地打量着她、房间和家具。

她意识到，这是她第一次见到布谷鸟，于是她不经意间露出了愉悦的微笑。她站了起来，有些羞怯地来到它跟前。"唱吧，"她说，"我等待着。"

布谷鸟张开鸟喙，"布谷、布谷"地叫着，轻快而婉转。接着，它沉思了一阵儿，然后退了回去。钟门"啪"的一声关上了。

她快乐极了。她拍着手，原地转起了小圈。它真完美，不可思议！它顾盼生辉，打量她时的姿态同样完美。它喜欢她，她可以肯定。而她，当然立刻毫无保留地喜欢上了它。它从钟门里出来的样子和她期盼的一模一样。

多丽丝走向挂钟，低下了头，双唇几乎贴着小小的木门。"你能听见吗？"她轻声说，"我觉得你是世界上最出色的布谷鸟。"她不好意思地顿了顿，"我希望你会喜欢这里。"

然后她又下了楼，步子缓慢，头抬得高高的。

从一开始，拉里和布谷鸟挂钟的关系便不融洽。多丽丝这么说，是因为他给钟上发条的方式不对，布谷鸟钟一向不喜欢发条没上满。于是拉里将上发条的事推给了她。每隔一刻钟，布谷鸟便不辞劳苦地出来一次，同时耗尽发条的能量；在此之后，总需要有人再次上满发条。

多丽丝尽了最大努力，但很多时候仍忘记了上发条。每当这时，拉里就会动作矫揉，故作疲态地扔下手头的报纸，站起身来。他会走进餐厅，把挂钟从壁炉上方取下来，再三确认用拇指抵住了那扇小木门之后，才开始上发条。

"你为什么用大拇指挡着钟门？"有一次多丽丝问道。

"你就是这么做的。"

她眉头一挑，"你确定吗？ 我怎么觉得是你不想让布谷鸟在你站得这么近的时候出来呢？"

"怎么会？"

"也许你害怕它。"

拉里放声大笑。他把钟挂回墙上，小心翼翼地移开了拇指。等多丽丝回过头去，他仔细地检查了下拇指。

拇指的正面还留着一个小小的凹陷浅痕。谁——或者说什么——啄了他一下？

一个星期六的清晨,拉里在办公室处理一些重要的特殊账目。这时,鲍勃·钱博斯来到他家门廊前,按响了门铃。

多丽丝正在冲澡。她赶忙擦干身子,套上浴袍。当她打开门时,鲍勃一脸坏笑地跨了进来。

"嗨。"他边说边看向四周。

"没关系的。拉里在办公室。"

"很好。"鲍勃盯着她露在浴袍褶缝外的修长小腿,"你今天真是太美了。"

她笑了,"小心点儿!也许我就不该让你进来。"

他俩四目相对,眼中半是戏谑,半是紧张。鲍勃立马说道:"如果你想的话,我就——"

"别,你还当真了。"她逮住了他的衣袖,"赶快进来,我要关门了。街对面住着彼得斯太太,你懂的。"

她关上了门。"我想给你看点儿东西,"她说,"你以前没见过的东西。"

他来了兴趣,"是古董还是什么?"

她挽着他的胳膊,领着他向餐厅走去,"你会喜欢的,鲍比①。"中途她停下脚步,眼睛睁得大大的,"我希望你会喜欢。你必须,你必须要喜欢上它。它对我来说太重要了——**他**太重要了。"

"他?"鲍勃皱起了眉头,"他是谁?"

多丽丝笑出了声,"你吃醋了!别这么小气啦。"过了一会儿,他

①鲍勃的昵称。

们抬着头站在挂钟前，"再过几分钟他就要出来了。在这里等一等。我知道你们俩会相处得很好的。"

"拉里觉得他怎么样？"

"他们俩互相看不对眼。有时拉里一在这儿，他就不愿意出来。如果他不按时出来，拉里就会大发脾气。他说——"

"说什么？"

多丽丝低下了头，"他总说自己花的钱不值，即使钟是他用批发价买的。"她的脸上又现出了笑容，"但我知道，他不出来是因为他不喜欢拉里。我一个人在的时候，他就会出来，每隔十五分钟一次，即使他只用在整点出来报时就好。"

她抬头凝视着挂钟，"他是为了我才出来的，因为他乐意这么做。我们交谈，我告诉他心里话。当然，我想把他拿上楼，放在我的房间里，但那不合适。"

前门廊响起了脚步声。他们惊恐地看向对方。

拉里推开了前门，嘟囔着什么。他放下公文包，摘下了帽子。然后他第一回看到了鲍勃。

"钱博斯。我真见了鬼。"他眯起了眼睛，"你在这里做什么？"他走到餐厅。多丽丝无助地裹紧了身上的浴袍，向后退去。

"我……"鲍勃结巴地说，"那个，我们……"他瞥了多丽丝一眼。正在此时，挂钟突然嗡嗡响起，布谷鸟冲了出来，发出"布谷、布谷"的刺耳叫声。拉里向布谷鸟扑了过去。

"闭上你的鸟嘴。"他朝挂钟举起了拳头，布谷鸟的叫声戛然而止,退了回去。钟门关上了。"这样好多了。"拉里玩味地看着无言地站在一起的多丽丝和鲍勃。

"我过来看看钟,"鲍勃说,"多丽丝告诉我,这是很稀有的古董,而且——"

"胡说八道。钟是我亲自买的。"拉里走到他面前,"从这里滚出去。"他转向多丽丝,"你也滚。把那个该死的钟一起带走。"

这时他突然停了下来,若有所思地摩挲着下巴,"不。把钟留下。它是我的,我买的,我花的钱。"

多丽丝离开后的几个星期里,拉里与布谷鸟挂钟的关系越发糟糕。首先,布谷鸟大部分时间都待在门内;有时甚至在本该最忙碌的十二点整,他也不出来。即使他好不容易出来了,通常也只叫唤上一两声,和钟点从来对不上。而且它的叫声中有一种阴郁的、不情愿的腔调,听起来很不和谐,让拉里感到气闷、不舒服。

但他一直在给挂钟上发条,因为房子太安静了,死气沉沉的;没有人走动,没有人说话,也没有东西掉地的声音。拉里觉得心神不宁,这种时候,即便是嗡嗡的钟鸣声对他来说也是聊胜于无的。

他一点儿也不喜欢布谷鸟。但他时常对他讲话。

"听着,"一天深夜,他对着紧闭的小钟门说,"我知道你能听见。我真应该把你还给德国人——回你的黑森林去。"他来回踱着步,"我在想,他们现在在干什么? 一对奸夫淫妇。那个喜欢书和古董的小流氓。男人哪该喜欢什么古董,那玩意儿是给女人的。"

他咬紧牙关,"我说得不对吗?"

挂钟没发出任何声响。拉里走到挂钟前，"我说得对不对？"他气势汹汹地问，"你难道没有什么要说的吗？"

他看着钟的表盘。临近十一点，还差几秒钟。"也好。我等你到十一点，我看你有什么好说的。她走了之后，你这几个星期消停了不少。"

他苦涩地笑道："也许她走了之后，你也不喜欢这里了。"他又沉下脸，"不过，你是我花钱买的，不管愿不愿意，你都得出来。你听见没有？"

挂钟的时针走到了十一点整。在很远处，镇子的尽头，塔钟懒散地响起隆隆的钟声。但挂钟的小门仍然关闭着，不见动静。分针走过了整点，布谷鸟没有动弹。他躲在钟内，躲在钟门的那一边，寂静遥远的地方。

"好吧，如果这是你想的话。"拉里双唇不住地抖动，低声说道，"但是这不公平，出来报时是你的工作。我们都有不得不为的事情。"

他不高兴地进了厨房，打开了闪闪发亮的大冰箱，给自己倒了一杯酒，思考起挂钟的事。

这简直是毫无疑问的——不管多丽丝在不在，布谷鸟都应该出来。他喜欢多丽丝，从一开始就喜欢。他和她的关系一直都很好。也许他也曾喜欢过鲍勃——也许他见过鲍勃很多次，已经与他熟识。鲍勃、多丽丝和布谷鸟，他们三个家伙生活在一起才会幸福快乐！

拉里喝完了酒,拉开洗碗池下的抽屉,拿出一把榔头。他小心翼翼地带着榔头走进了餐厅。挂在墙上的钟不紧不慢地"嘀嗒"响着。

"看好了。"他挥舞着榔头,"你知道我拿着什么吗?你知道我拿它要干什么吗?我要先拿你开刀——你是第一个。"他露出了微笑,"你们是长毛的鸟——你们三个都是。"

房间里没有一点儿声响。

"你不出来是吧?要我进来抓你?"

挂钟里有微弱的嗡鸣声响起。

"我听见你在里面。你一定有很多话要说吧?三个星期都没怎么说话了。我想一想,你欠我——"

钟门突然大开,布谷鸟飞快地冲了出来,径直啄向他。拉里正低着头,眉头紧皱地苦思接下来该怎么说。他猛一抬头,布谷鸟正好不偏不倚地啄在了他的眼睛上。

他仰面倒地,和榔头、椅子还有其他东西一起,砸在了地板上,发出巨大的撞击声。布谷鸟在外停留了一会儿,小小的身体一动不动,然后退回了钟内。钟门随后"啪"的一声紧紧关上。

男人倒在地板上,四肢以奇异的姿势伸展着,头偏向一边,再没有一丝声响。房间完全安静了下来,当然,除了挂钟的"嘀嗒"声。

"我明白了。"多丽丝神情严肃地说。鲍勃抱住她,让她不至于瘫倒。

"医生，"鲍勃说，"我能问点儿事情吗？"

"当然。"医生说。

"从这么矮的椅子上摔下来，会轻易地摔断脖子吗？摔落的位置并不高。我想，这是否并非意外。有没有可能是——"

"自杀？"医生摩挲着下巴，"我从没听说过有人这么自杀。这是场意外，我能肯定。"

"我没说是自杀，"鲍勃抬头看着墙上的钟，轻声嘟囔道，"我说的是**其他的东西**。"

但没人听见他的话。

二号变种

那个俄国士兵端着枪,神色紧张地沿着坑洼的山坡一路爬了上来。只见他舔了舔干裂的嘴唇,迅速地察看四周。他面部紧绷,不停地用戴着手套的手压下领口,擦拭脖颈上的汗水。

艾瑞克转头问莱昂下士:"敲掉他?要不我来?"他调整了下观察屏的镜头,将俄国士兵的脸放大至占据整块屏幕,士兵阴郁粗犷的五官被标线切成了豆腐块。

莱昂权衡着。俄国士兵已经很近了,他走得飞快,几乎要跑起来。"别开火,等一下。"莱昂声音发紧,"我想无须我们出手。"

俄国士兵加快了步伐,激起脚下大片灰烬和碎石。爬到山顶后,他喘着粗气停了下来,举目向四方望去:天色阴沉,铅色尘云在空中飘浮着;偶见几根光秃的树干孤零而立;大地空旷单调,遍布残砖烂石,散落其间的建筑物废墟如同发黄的骷髅头。

俄国士兵感到莫名的不安,他知道一定是哪里出了问题。他开始下山。现在他距离地堡只有几步之远。艾瑞克有些焦急,摆弄着自己的手枪,朝莱昂看了一眼。

"别急,"莱昂说,"他过不来。它们会处理掉他的。"

"你确定吗? 他离它们有点儿远。"

"它们常在地堡附近游荡。他撞进死路了。好戏开场!"

俄国人开始迅速移动,滑下山坡。他的靴子一次次陷入铅色的灰烬堆,但他仍努力地高举着枪。他停下片刻,举起了双筒望远镜。

"他正在看我们。"艾瑞克说。

俄国人继续往山下跑。他们能看见他蓝宝石般的眼睛。他的嘴微微张开,下巴满是胡茬,显然很久未刮胡子。他消瘦的脸颊上贴着一块边缘发蓝的方形胶布,就像长了一块菌斑。他的衣服沾满了灰尘,褴褛不堪,一只手套也不见了。他腰间的盖革计数器①随着奔跑上下跳动着。

莱昂碰了碰艾瑞克的胳膊,"有一只出来了。"

地面上钻出了一个圆形金属的小东西,在正午晦暗的阳光下闪闪发光。这是一只金属圆球,它足不沾地,飞快地沿山坡直追俄国人。它个头很小,属于迷你型。圆球伸出了钢爪,两支锋利的刀片旋转如风,看上去像是一团白光。俄国人听到声响,立即回身开枪。圆球被分解成了微粒,但第二只紧随其后。俄国人再次开枪。

第三只圆球咔嗒作响地跃上俄国人的腿部,又跳到了他的肩

---

①一种专门探测电离辐射(α粒子、β粒子、γ射线和 X 射线)强度的计数仪器。

部,将呼呼转动的刀片插入了他的喉咙。

艾瑞克松了口气,"好了,结束了。老天,这些小东西真让人毛骨悚然。我有时会想,现在的日子怎么反倒不如从前了?"

"如果我们没发明它们,俄国人也会发明的。"莱昂颤抖着点燃了一支烟,"我很奇怪,一个俄国人怎么会大老远单枪匹马跑到这边来?我没看到有人掩护他。"

司考特中尉从地道内爬了上来,进入地堡,"有情况了吗?屏幕上有动静。"

"死了个俄国佬。"

"只有一个?"

艾瑞克将观察屏拉了过来,司考特定睛看去。倒伏的尸体上爬满了不计其数的金属圆球;暗灰色的金属圆球咔嗒作响,挥舞着刀片将俄国人肢解成小块搬运走。

"那么多钢爪。"司考特低声说。

"就像苍蝇一样。可供它们捕捉的猎物不多了。"

司考特厌恶地将屏幕推开,"苍蝇。我想知道他为什么会出现在那里。他们应该知道,我们在周围布置有钢爪。"

一只体型较大的机器人加入了小圆球的队伍。这只装有突目镜的长筒形机器人在指挥工作。士兵的尸体几乎没剩下多少,最后的部分也正被一群钢爪搬运下山。

"长官,"莱昂说,"如果可以的话,我想出去查看下尸体。"

"为什么?"

"也许他身上带着东西。"

司考特思量片刻，然后耸了耸肩膀，"好吧，注意安全。"

"我戴着标签呢。"莱昂拍了拍自己的金属腕带，"它们奈何不了我。"

他拿起步枪，小心地绕过混凝土和钢叉搭建的阻挡物，来到了地堡的出口。地表空气冷冽，他踩着松软的灰烬，穿过开阔地，大步向士兵的残骸走去。一阵风吹过，卷起满地铅色灰烬，扑面而来。他眯了眯眼睛，继续前行。

随着他越走越近，钢爪们向后退去，有几只甚至僵硬不动了。他摸了摸腕带。俄国佬肯定想用什么换上一个！腕带发射的超短波辐射能克制钢爪，使它们终止活动，甚至较大的机器人也摇曳着两只长长的突目镜恭敬地退在一旁。

他俯下身子查看士兵的残骸。士兵戴着手套的那只手紧握着，似乎有什么东西。莱昂掰开他的手指，一个铝制密封容器露了出来，仍然光滑锃亮。

他把容器放进口袋，返回了地堡。在他的身后，钢爪们恢复了活力，返回工作。搬运作业重新开始，金属圆球背着尸块在铅色的灰烬中穿行。他听到它们的利足在地面划过的声音，感到不寒而栗。

司考特专注地看着莱昂将锃亮的管状容器从口袋里拿了出来，"这是他的?"

"在他的手里发现的。"莱昂拧开容器盖子，"也许你该看一看，长官。"

司考特接过容器，将里面的东西倒在掌中，是一小片仔细折叠的绢纸。他在灯光旁坐下，把它展开。

"上面写了什么，长官?"艾瑞克问。几位军官从地道口走了出来。亨德里克斯上校也在其中。

"上校，"司考特说，"请看看这个。"

亨德里克斯读了读纸条上的内容，"刚到的?"

"一个信使单独送来的。就刚才。"

"人在哪里?"亨德里克斯急忙问。

"钢爪们把他杀了。"

亨德里克斯上校咕哝了一句，"都看看。"他将纸条递给了其他人，"我想这正是我们一直期待的。他们做出这样的决定肯定花了不少时间。"

"这么说，他们想谈判。"司考特说，"我们跟他们谈吗?"

"我们无权决定。"亨德里克斯坐了下来，"通信官在哪儿? 给我接月球基地。"

莱昂陷入了思索。而此时，通信官一面扫视地堡的上空，谨防俄国的侦测飞船，一面小心地升起户外天线。

"长官，"司考特对亨德里克斯说，"他们突然回心转意，我觉得很反常。钢爪投入战场已近一年，而这个时候他们却突然不想打了。"

"也许钢爪已经开始钻进他们的地堡了。"

"上个星期，一个大个头，就是装着突目镜的那种机器人进了一个俄国佬的地堡。"艾瑞克说，"在俄国佬把地堡门关上之前，它就已经杀掉了整整一个排的士兵。"

"你怎么知道的？"

"一个战友告诉我的。那个机器人退出来时，身上挂着……挂着残肢断臂。"

"月球基地已接通，长官。"通信官报告说。

屏幕上现出了月球监讯官的脸。他身上的制服笔挺，与地堡众人的穿着形成了鲜明的对比，而且他的胡子刮得很干净，"这里是月球基地。"

"这里是地球前线指挥所 L-Whistle。请给我接汤普森将军。"

监讯官渐渐淡出。不一会儿，汤普森将军粗犷的面容在屏幕上清晰起来，"什么事，上校？"

"我们的钢爪杀掉了一个只身送信的信使。我们不知道是否该做出反应——以前也出现过类似的诡计。"

"什么信息？"

"俄国人希望我们派遣一位有决策权的军官只身一人前往他们的防线，去参加一场会议。他们没有言明会议的性质。他们说考虑到——"他看了看纸条，"考虑到事态极度紧急，建议联合国军队和他们之间展开对话。"

他将纸条举在屏幕前，供将军阅览。汤普森的眼睛动了动。

"我们应该怎么做？"亨德里克斯问道。

"派个人过去。"

"您不认为这是个陷阱?"

"不排除这种可能。但他们给出的己方前线指挥所的位置是正确的。不论怎样,都值得一试。"

"我会派个军官过去。等他回来,立刻向您汇报结果。"

"很好,上校。"汤普森断开了连线,屏幕暗了下去。地堡外,天线缓缓地收了回来。

亨德里克斯卷起纸条,陷入了沉思。

"让我去。"莱昂说。

"他们要的是一个有决策权的人。"亨德里克斯摩挲着下巴,"有决策权的人……我有几个月没出去过了,也许我可以出去呼吸点儿新鲜空气。"

"你不觉得有些冒险吗?"

亨德里克斯举起观察屏,朝里面仔细观看。俄国人的残骸彻底消失了。视线中只剩一只钢爪,它把肢体折回身体,钻进铅色灰烬消失不见了,就像一只螃蟹,一只丑恶的金属螃蟹……"唯独这东西让我感觉麻烦。"亨德里克斯捏了捏手腕,"我知道,只要戴着它,我就是安全的。但我总觉得它们哪里怪怪的,我讨厌这些该死的东西。我真希望我们从没发明过它们。它们总让我感觉不对劲。没完没了的小——"

"如果我们没发明它们,俄国佬也会的。"

亨德里克斯将观察屏推回原位,"不管怎么说,它们似乎已经为

29

我们打赢了这场战争。这好歹也算是大功一件。"

"听上去，你好像变得跟俄国佬一样神经过敏。"

亨德里克斯看了下手表，"我觉得如果想在天黑前到那里的话，最好现在就动身。"

亨德里克斯深吸一口气，走了出去，来到了布满碎石和灰烬的地表。过了一会儿，他点燃一支烟，站着向四周看去。大地一片死寂，没有一丝动静。他的目光可达几英里^①外，但目力所及只有无边的灰烬和熔渣，以及零落的建筑物废墟和寥寥无几的光秃树干。头顶是连绵起伏的铅云，飘浮在太阳和地球之间。

亨德里克斯上校迈步向前走去。他的右边，一个东西疾走而过，是一个圆形的金属物体。一只钢爪飞速地追着什么，也许是小动物，也许是老鼠。它们也抓老鼠，算是某种副业。

他爬上了小山的山顶，举起望远镜。几英里外就是俄国人的防线，他们给出的前线指挥所的位置就在那里，信使是从那里来的。

一个矮胖的机器人从他身边经过，波浪形的双臂探察着周围。他看着它一路前行，钻入了碎石下。他以前从未见过这种型号的机器人。以后，他没见过的型号只会更多；地底工厂一直在向地面输送大小不同、形态各异的新机器人。

亨德里克斯把烟掐灭，匆匆上路。在人类的战争中使用机器人，这非常有意思。当初为什么决定制造它们呢？都是形势使然。

---

① 1 英里约为 1.609 千米。

发动战争的一方通常前期占优,苏联在战争初期取得了巨大的战果。北美的大部分区域被核弹从地图上抹去了。当然,美方随即发动了反击。早在战争开始前,天空中就布满了碟形炸弹,它们在那里已盘旋了数年之久。华盛顿方面得到消息后几小时内,碟形炸弹开始落入俄国疆域。

但碟形炸弹并不能挽回什么。

战争开始的第一年,美方联盟政府便搬到了月球基地。除此之外,别无他法。欧洲被炸成了一堆熔渣,不复存在,只有黑色的杂草从灰烬和骸骨中长出。北美大部分也成了死地,寸草不生,荒无人烟。仅剩的一百多万人或北上加拿大,或南下南美洲。战争进行到第二年,苏联开始投放伞兵,开始数量较少,之后越来越多,他们穿戴着第一代高效防辐射装备。于是,美方未被炸毁的生产设备,随政府一同搬到了月球。

全都离开了,除了军队。残余的军队尽其所能地隐蔽了起来,这里几千人,那里一个排。没人知道他们的确切位置;他们最大限度地减少活动,只在晚上转移,藏身于废墟、下水道和地下室,与蛇鼠为伍。看起来,苏联差不多已经取得了全面胜利。除了每天从月球发射的几枚火箭弹,几乎没有可与苏联对抗的武器。俄国人想来就来,想走就走。无论从任何角度来说,战争都已经结束。没什么东西能有效地反抗他们。

然后,第一只钢爪出现了。一夜之间,战争局面开始扭转。

起先,钢爪很笨拙,行动缓慢。几乎刚爬出地道,就被俄国人给干掉。但后来，它们有了改进，速度更快，也更加狡猾。它们由地球上的工厂生产。这些原来制造火箭核弹的工厂深处地底，险些被人遗忘，现在正好位于苏联战线的后方。

钢爪不仅速度更快，体形也更大。新型号不断涌现，带触须的、会飞的，还有几种跳跃型的。月球基地里最优秀的技术专家呕心沥血地设计，力求使机器人更加复杂灵活。它们变得愈发可怕，俄国人的日子随之变得愈发不好过。一些小钢爪学会了隐藏自己，它们在灰烬中掘出坑道，待在里面耐心等待猎物上门。

到后来，钢爪开始钻进俄国人的地堡；它们会趁地堡开门换气或士兵出来探查时，悄然溜入。地堡里只要进一只，一只挥舞旋转刀片的金属小圆球，就足够了。其他的钢爪会跟着闯进去。有这样的武器介入，战争不会持续太长时间了。

也许战争已经结束。

也许他马上就能听到战争结束的消息，也许苏联政治局已经决定投降认输。真糟糕，战争打了这么久。六年了。对于这样的战争，这样的战争方式，时间已经太长了。成千上万个自动化打击碟弹盘旋着从苏联天空俯冲而下。然后是细菌玻璃球。接着苏联生产了自导导弹，呼啸着从天空划过。还有连锁炸弹。现在又多出一样，机器人，钢爪——

钢爪和其他武器不同。从任何实际角度来看，它们都是"有生命"的，不管政府想不想承认。它们不是机器，它们是活物——旋转，爬行，从铅色的灰烬中猛地跳出，朝人类冲去，爬上人类的身体，直奔人类的喉咙。它们就是为此设计的,这是它们的工作。

它们完成得非常出色。特别在最近,新型机器人被生产出来后更是如此。现在它们能自我修复,变得自给自足。辐射腕带保护着联合国士兵,但如果士兵弄丢了腕带,不论他穿什么制服,立刻会沦为钢爪的捕猎对象。在地底深处,自动化机器源源不断地制造着钢爪。士兵们平时都离它们远远的,风险太大了,没人愿意靠近它们。它们基本上处于自生自灭的状态,但它们的日子似乎过得不赖。新设计的机器人变得更快、更复杂,杀起人来更有效率。

显然,是它们赢得了战争。

亨德里克斯上校点燃了第二支烟。周围的景象让人压抑,满眼的灰烬和废墟。他仿佛成了唯一的生灵,孤独地行走在天地间。他的右面出现了一座镇子的废墟,仅剩几面残墙和残砖碎瓦。他扔掉熄灭的火柴,加快了步伐。突然,他停下脚步,猛地抬起枪,全身紧绷。过了一会儿,那东西看起来像——

一个身影从一栋被损毁建筑的墙后走了出来,迟疑地慢慢向他靠近。

亨德里克斯眨了眨眼睛,"站住。"

男孩站住了。亨德里克斯放低枪口。男孩站在原地,无声地看着亨德里克斯。他个子很小,年纪不大,大概八岁,但这很难说得准。在核战中幸存的大部分孩子都发育不良。他上身穿着一件褪了色的蓝色毛衣,破旧不堪,满是尘土,下身穿着短裤。一头棕色的蓬乱长发遮住了他的面部和耳朵。他的怀里抱着什么东西。

"你抱的是什么?"亨德里克斯厉声问。

男孩把它举了起来。是一只玩具泰迪熊。男孩长着双大眼睛，但面无表情。

亨德里克斯放松了下来，"我不要。你自己留着。"

男孩又抱住了泰迪熊。

"你住在什么地方?"亨德里克斯问。

"那里。"

"废墟里?"

"是的。"

"地下?"

"是的。"

"那里住了多少人?"

"多……多少?"

"多少像你这样的人。你们的聚集地有多大?"

男孩没有回答。

亨德里克斯皱了皱眉头，"只有你一个人，是吗?"

男孩点了点头。

"你靠什么过活?"

"有吃的。"

"都有什么吃的?"

"什么都吃。"

亨德里克斯打量着他,"你多大了?"

"十三岁。"

这不可能。或许也有可能?男孩很瘦弱,发育不良,或许早没了生育能力——常年暴露在核辐射下的结果。难怪他的个头这么小。他的腿和胳膊就像烟斗的疏通条,关节隆起,骨瘦如柴。亨德里克斯摸了摸他的胳膊。他的皮肤粗糙而干燥,是遭受了辐射的皮肤。亨德里克斯俯下身,凝视男孩的脸。他的脸呆滞无神,眼睛又大又黑。

"你看不见吗?"亨德里克斯问。

"不。我能看到一点儿。"

"你遇到钢爪怎么逃跑?"

"钢爪?"

"圆圆的东西。会跑,会挖洞的东西。"

"我不明白。"

也许这周围没有钢爪。其实很多地方都没有钢爪。它们主要聚集在地堡附近,那里有人。钢爪当初被设计成热感应追踪,追踪活物的热量。

"你运气不错。"亨德里克斯直起身子,"那么,你打算往哪儿去?回去——回你那里去吗?"

"我能和你一起吗?"

"和我一起?"亨德里克斯双手抱胸,"我要走很长的路。几英里远。而且必须走得很快。"他看了手表,"我得在天黑前赶到。"

"我想和你一起。"

亨德里克斯在背包里摸索了一阵儿，"不值得这么做。给你。"他把随身带的食品罐头扔在了地上，"拿上这些就回去，好吗?"

男孩沉默不言。

"大约一天后，我会原路返回。如果等我回来时，你在这附近，你可以跟我一起走。行吗?"

"我想现在和你一起。"

"要走很远的路。"

"我能走。"

亨德里克斯不确定地挪动了下身子。两个人一起走，目标太明显了，况且男孩会拖慢他的速度。但他回来时可能不走这条路，而且如果男孩真的孤身一人——

"好吧，跟我走。"

男孩来到他身边。亨德里克斯大步前行。男孩抱着泰迪熊，沉默地跟着。

"你叫什么名字?"走了一会儿，亨德里克斯问。

"大卫·爱德华·达尔宁。"

"大卫? 你的……你的爸爸妈妈到哪里去了?"

"他们死了。"

"怎么死的?"

"被炸死的。"

"多久之前的事?"

"六年前。"

亨德里克斯放慢了脚步，"你独自一人生活了六年？"

"不是。有一阵子还有其他人，但后来他们都走了。"

"你从那时候起就一个人？"

"是的。"

亨德里克斯低头看了一眼。男孩的表现有些反常，不爱说话、孤僻。但幸存下来的孩子都这样，坚忍、少言寡语。他们自有一套奇怪的宿命论，且深信不疑。不管发生任何事情，他们都不会感到惊讶；不论产生任何后果，他们都能接受。对于事物，无论是精神的还是物质的，是否会正常地、自然地发展，他们不再抱点滴希望。习俗或习惯，所有通过学习养成的确定性行为荡然无存；只留下了动物性的经验判断。

"我是不是走得太快了？"亨德里克斯说。

"没有。"

"你怎么会碰巧遇到我？"

"我在等待。"

"等待？"亨德里克斯听糊涂了，"你在等什么？"

"为了抓东西。"

"什么样的东西？"

"吃的东西。"

"哦。"亨德里克斯严肃地绷紧了嘴唇。真是太不容易了，一个十三岁大的孩子，住在小镇废墟的地洞里，靠吃老鼠和变质的罐头为生，周围到处是致命的放射性物体和钢爪，头顶上盘旋着俄国人的潜空雷弹。

"我们到哪儿去？"大卫问道。

"到俄国人的防线去。"

"俄国人？"

"敌人，发动了战争的人。他们先丢下了炸弹，他们是始作俑者。"

男孩点了点头，脸上没有丝毫波动。

"我是美国人。"亨德里克斯说。

男孩不置可否。两人继续往前走，亨德里克斯稍微走在前面一点儿的位置，大卫将脏兮兮的泰迪熊抱在胸口，拖着步子跟在后面。

大约下午四点钟，他们停下来吃东西。亨德里克斯在几面水泥残壁间的一个小坑里生火。他清理了杂草，堆起小木块。俄国人的防线就在前方不远处。他所处的位置曾是一条长满果树和葡萄的狭长山谷。但现在什么都没了，仅剩几个光秃秃的树桩，以及横跨地平线向更远处延伸的群山。大团翻腾的灰烬被风吹起，随风飘荡，不时落在这里和那里，落在杂草上、建筑物废墟上和往日的道路上。

亨德里克斯煮好了咖啡，烤热了熟羊肉和面包。"给。"他将面包和羊肉递给大卫。大卫正蹲在火堆边，他的膝关节粗大，皮肤没有血色。大卫仔细看了看食物，摇着头推了回去。

"我不要。"

"不要？你不想吃吗？"

"不要。"

亨德里克斯耸了耸肩。也许他是个变种人，只对特殊的食物感兴趣。没关系，等他饿了，他自己会找东西吃。奇怪的孩子。不过这个世界上，很多奇怪的变化正悄然发生。生活已不再像从前那样，未来也不会再如从前那样了。人类早晚会明白的。

"随你便。"亨德里克斯说。他就着咖啡，一个人吃起面包和羊肉。他吃得很慢，食物粗硬难嚼。待吃完后，他站起身，把火踩灭。

大卫缓缓地站了起来，眼神稚嫩却饱含沧桑地看着他。

"我们走。"亨德里克斯说。

"好。"

亨德里克斯端起枪，迈开步子。就快到目的地了，他神经紧张，防备着任何突发状况。按理说，俄国人应该正在等候一名回应己方信息的信使到来。但他们向来诡计多端。而且擦枪走火的可能性从来都有。他环视了下周围的地形，只看见熔渣和灰烬、几个小山包、烧焦的树干和水泥断壁。但在前方某处，隐藏着俄方防线的前线指挥所，最靠前的那座地堡——它深埋地下，只会露出一架潜望镜和若干射击枪孔。兴许还会露出一根天线。

"我们快到了吗？"大卫问。

"是的。累了？"

"没有。"

"那怎么这么问？"

大卫没回答。他小心地在灰烬中择路而行。他的腿和鞋上满是灰色的尘土，一道道铅色灰烬留下的污痕沾在他枯瘦的脸上。他面色苍白，毫无血色。在地窖、下水道和地下掩体里长大的新世代孩子都是这样。

亨德里克斯放慢了脚步，举起望远镜，仔细查看前面的地面。他们是不是正藏在某处，等着他、观察他，就和他的手下观察那个俄国信使一样？一阵寒意从他的背后升起。也许他们已经举起了枪，准备开火，就和他的手下那样，准备下杀手。

亨德里克斯不走了，将脸上的汗擦掉，"见鬼。"他感到不安。俄方应派出人接应他的，但情况似乎有出入。

他双手紧紧地握着枪，踩着灰烬开始跨步向前。大卫跟在他的身后。亨德里克斯四下查看，嘴巴紧闭。意外随时可能发生。一道经仔细瞄准的白色冲击光波随时会从隐蔽的水泥地堡射出。

他举起了手臂，在空中挥舞了一圈。

没有动静。在他的右面，一条山梁延绵而去。山梁顶立着几根枯树——树干上缠绕着疏落的枯藤，看得出那里曾有一座藤架凉棚，以及无处不在的黑色杂草。亨德里克斯的目光来回地扫在山梁上。**上面会有什么东西吗？** 这是个绝佳的瞭望点。他谨慎地向山梁走去，大卫静静地跟在后面。如果这里是他的指挥所，他一定会在山梁上设哨岗，严防任何试图潜入阵地的敌军。当然，如果是他的指挥所，周围一定会布满钢爪，不留疏漏。

他停下脚步，双脚分开，叉腰而立。

"我们到了吗?"大卫问。

"快到了。"

"为什么不走了?"

"这事得小心为上。"亨德里克斯缓步向前。现在,山梁已近在眼前,侧卧在他的右边,居高临下地俯视着他。不安的感觉越发强烈。如果上面有个俄国佬,他绝无幸存可能。他又挥了挥手。他们不应该正在等候一名穿着联合国军服的人带来回信吗?除非整件事是一个圈套。

"紧跟着我。"他转头对大卫说,"别掉队了。"

"跟着你?"

"到我身边来,我们马上到了。我们不能心存侥幸,快点。"

"我会没事的。"大卫抱着泰迪熊,依旧跟在他在身后几步远的地方。

"随你便。"亨德里克斯再次举起了望远镜,他突然神经紧绷。在刹那间,似乎有什么动了一下?他的目光仔细地扫过山梁。没有任何动静。一片死寂。上面没有活物,只有枯树干和灰烬。也许是老鼠,那种能躲过钢爪捕杀的大黑鼠。这种变异鼠适应了环境,将唾液和灰烬混合成灰泥筑巢藏身。他继续向前走去。

一个高大的身影在山梁上突然出现,灰绿色的外套随风摆动,是个俄国兵。在他之后,又一个俄国兵。他们都举着枪,瞄向二人。

亨德里克斯呆立住了,他张了张嘴。两个士兵单膝跪地,枪口沿着山坡斜指而下。山顶上,第三个身影出现了,一个穿灰绿色军

41

装的小个子，是一个女人。她站在另外两人身后。

亨德里克斯总算发出了声音，"住手！"他疯狂地朝他们挥舞着双臂，"我是——"

两个俄国士兵开枪了。亨德里克斯听到身后发出"啵"的一声。一阵热浪拍打而过，将他掀翻在地。灰烬扑打在他的脸上，往他的眼睛和鼻子里钻去，呛得他喘不过气。他支撑着跪了起来。这件事从头到尾就是一个圈套，他完蛋了。他就是一头蠢驴，主动送上门让人干掉。士兵和女人顺着山坡，从松软的灰烬上向他滑来。亨德里克斯蒙了，脑袋上的血管突突直跳。他笨拙地举起步枪瞄准。枪似乎重如千钧，他几乎难以握住。他的鼻子和脸颊火辣辣地疼。空气里充斥着爆炸的味道，一股酸苦的恶臭。

"别开枪。"走在最前面的俄国兵用口音浓重的英语说。

他们三人走上前来，将亨德里克斯围在了中间，"放下你的枪，美国佬。"另一个说道。

亨德里克斯一时没反应过来，一切发生得太快了。他被俘了，而那个小男孩被他们打爆了。他转头看去，大卫已经死了，他的身体被炸得满地都是。

三个俄国兵神色怪异地看着他。亨德里克斯坐下来，擦掉鼻血，从鼻孔中清理出一点儿灰烬，接着又甩了甩头，试着让自己清醒一点儿。"你们为什么这么干？"他沉重地低语道，"为什么杀了那个男孩？"

"为什么？"一个俄国兵动作粗暴地扶住亨德里克斯，将他扳转过去，"看。"

亨德里克斯闭上了眼睛。

"看。"两个俄国兵把他往前拖，"快看，快点儿。没时间浪费，美国佬！"

亨德里克斯睁眼一看，倒吸了一口冷气。

"现在看见了？现在明白没？"

一只金属轮从大卫的残骸里滚落了出来，遍地的继电器、铮亮的金属、零件和电线。一个俄国兵踢了残骸一脚，一堆零件弹了出来，轮子、弹簧和金属杆四处乱滚，一块半焦的塑料外壳掉落了下来。亨德里克斯颤抖着俯下身去，男孩的面部已经不见了，他看见了构造精密的大脑，充斥着电线和继电器、小电子管和开关，以及数以千计的微小凸起——

"一个机器人，"士兵抓着他的胳膊说，"我们看见它尾随你。"

"尾随我？"

"这是它们的策略。它们会一路尾随，跟着你进入地堡。它们就是这样潜入地堡里的。"

亨德里克斯眨了眨眼睛，神情恍惚，"但是——"

"来吧。"他们领着他向山梁走去，"我们不能待在这里。这里不安全，附近一定埋伏有几百个机器人。"

三个俄国人拽着他上了山坡。他们踩着灰烬往上爬，不时滑倒。那女人先一步抵达山顶，安静地站着等候。

"前线指挥所，"亨德里克斯嗫嚅道，"我来这里是为了谈判，和苏联——"

"没有什么前线指挥所了，因为'它们'进来了。我们一会儿解释。"他们爬上了山梁顶，"就活下我们几个，我们三个人。其他人都死在了地堡下面。"

"这边来，从这里下去。"女人来到一个安装在地面的灰色进入孔前，旋开了盖子，"进去吧。"

亨德里克斯钻了进去。两个士兵和女人跟在他后面，顺着梯子爬下来。女人走在最后，她关上入孔盖，将它紧紧地闩死。

"幸好我们发现了你。"一个士兵咕哝道，"它尾随了你这么久，差不多该下手了。"

"嘿，给我一支你的烟，"女人说，"有几个星期没抽过美国烟了。"

亨德里克斯把香烟盒抛给她。她抠出一支，然后将烟盒递给两个俄国兵。这里低矮而逼仄，角落里放着一盏灯，时明时暗。四人围坐在一张小木桌前，桌子的一边堆放着几个脏盘子。透过一张破烂的门帘，能大致看到第二个房间。亨德里克斯瞧见了一张小床的床角，几张毛毯以及挂在钩子上的衣服。

"我们当时正好在这里。"坐在亨德里克斯身边的士兵说。他摘掉头盔，将金黄色的头发捋到脑后，"我是鲁迪·马克瑟下士，波兰人，两年前入伍。"他伸出了手。

亨德里克斯犹豫了一下，然后握住了他的手，"约瑟夫·亨德里克斯上校。"

"克劳斯·爱泼斯坦。"另一个士兵与他握手。爱泼斯坦个子瘦小,皮肤黝黑,头发稀疏,一只手神经质地揉捏着耳垂。"奥地利人。天知道什么时候被征召的,我不记得了。事情发生的时候,鲁迪、我和塔莎刚好在这里,"他朝女人示意了一下,"所以逃过一劫。其他所有人当时都在下面的地堡里。"

"然后……然后'它们'钻了进去?"

爱泼斯坦点燃了香烟,"刚开始进去了一只,就是尾随你的那种。然后它把其他机器人放了进去。"

亨德里克斯变得警觉起来,"'**那种**'? 难道不止一个种类?"

"那个小男孩,大卫,抱着泰迪熊的大卫,属于**三号变种**机器人,是最高效的杀人机器。"

"其他还有什么种类?"

爱泼斯坦将手伸进衣服,"看吧。"他把一叠用绳子系起来的照片扔到桌子上,"自己看。"

亨德里克斯解开了捆住照片的绳子。

"你看,"鲁迪·马克瑟说,"这就是我们——我指的是俄国人——想谈判的原因。我们大约在一个星期前发现,你们的钢爪自行开始了新的设计制造,它们自己的新种类,**更先进的种类**。这一切就发生在位于我方防线后你们的地底工厂里。你们让机器制造机器,让机器修理机器,它们变得越来越复杂精细。发生这样的事,完全是你们的错误。"

亨德里克斯仔细查看照片。照片都是匆忙中拍下的,画面模糊不清。第一张拍的是大卫。一个大卫沿着道路行走,它后面还有两个大卫,三个大卫完全相同,每个都抱着一只泰迪熊。

全都一副可怜兮兮的模样。

"再看看其他的照片。"塔莎说。

第二张照片是远距离拍摄的,一个高大的受伤士兵坐在路旁,一只胳膊固定在绑带上,一只断了半截的腿向外支棱着,膝头上搁着一把简陋的拐杖。第三张照片里,有两个伤兵,一模一样,肩并肩地站着。

"那是一号变种,伤兵。"克劳斯伸手拿走了照片,"你看,按照设计,钢爪的作用是找到并杀掉人类。每一个型号都比上一个型号优秀。它们走得更远,离我们更近,绕过了我们的大部分防御系统,进入了防线。但只要它们还是机器,还是长着爪子、尖角和触须的小圆球,它们就能和其他目标一样被干掉。只需看一眼,便知道它们是致命武器。我们一旦发现了它们——"

"一号变种攻陷了我们的整个北翼防线。"鲁迪说,"过了很长时间,才有人明白过来,但为时已晚。那些伤兵敲着门,哀求着想进来,于是我们把它们放了进来。只要它们进来了,一切就都结束了。我们防备的一直是机器……"

"那个时候,所有人都以为只有一个变种。"克劳斯·爱泼斯坦说,"没人想过,还有其他的变种。我们也是刚刚拿到这些照片。当我们派出信使的时候,还只知道一个变种。一号变种,大个子伤兵。我们以为这就是全部了。"

"你们的防线落入了——"

"落入了三号变种手里,大卫和泰迪熊,它效果出众。"克劳斯苦涩地笑道,"士兵们对孩子没抵抗力。我们把它带进来,还想给它喂吃的。我们尝到了苦果——至少,留在地堡里的人尝到了苦果。"

"我们三人很幸运。"鲁迪说,"克劳斯和我当时正在……正在'看望'塔莎。这里是她的地方。"他的大手朝四周比画了一下,"这个小地下室。我们……'完事'之后……爬上梯子返回地堡。在山梁上,我们看见它们包围了地堡,战斗还在进行。抱着泰迪熊的大卫足有上百个。克劳斯拍了照片。"

克劳斯把照片再次捆好。

"你们整条战线的情况都是如此?"亨德里克斯问。

"是的。"

"不知道我们的战线怎样了?"他下意识地摸了摸戴在胳膊上的腕带,"它们是不是——"

"它们不怕你们的辐射腕带。俄国人、美国人、波兰人、德国人在它们眼里都没区别,再无敌我。它们正在按设计行事,执行最原始的设计思路:对于活的生物,不论何地,只要发现,一概追杀。"

"它们靠热感应追踪,"克劳斯说,"你们从一开始就是这么设计的。当然,你们亲自设计的钢爪不敢靠近辐射腕带。但它们现在另辟蹊径,造出了镀铅的变种。"

"有其他的变种吗?"亨德里克斯问,"除了大卫和伤兵——其他的呢?"

"我们不知道。"克劳斯指了指墙。墙上有两块边缘参差不齐的金属铭牌。亨德里克斯站起身仔细查看。铭牌弯曲变形，表面也不光整。

"左边的那一块是从一个伤兵身上扒下来的，"鲁迪说，"我们干掉过一个伤兵。它当时朝我们已经陷落的地堡走去。我们从山梁上开枪打中了它，就跟打中尾随你的大卫一样。"

铭牌上印着罗马数字："I-V"。亨德里克斯摸了摸另一块铭牌，"那这一个是大卫的？"

"是的。"

上面印着："Ⅲ-V"。

克劳斯看了铭牌一眼，拍了拍亨德里克斯宽阔的肩膀，"你现在清楚我们面对的是什么样的敌人了吧。应该还有一个变种，也许它被终止了，也许它的运行出了问题。但二号变种一定存在，因为一号和三号都已出现。"

"你很幸运，"鲁迪说，"大卫一路尾随你到了这里，却一直没对你下手。也许它想，你能把它带进地堡之类的地方。"

"进来一只，万事皆休。"克劳斯说，"它们移动速度很快。一只进来，其他的紧接着会被放进来。机器人都冥顽不化，它们被制造出来只为一件事，只有一个目的。"他拂去嘴唇上的汗水，"我们都见识过了。"

大家陷入了沉默。

"再给我一支烟，美国佬。"塔莎说，"味道不错。好久没抽，都快忘记烟的滋味了。"

入夜。天空中尘云起伏,一片漆黑,不见一颗星星。克劳斯小心地抬起入口的盖子,和亨德里克斯一起探出了脑袋。

鲁迪指着黑暗中的某处,"往那个方向是我们的地堡,我们以前待的地方,距这里不到半英里。事情发生的时候,克劳斯和我恰好离开。人性的弱点啊,我们因欲望而逃过一劫。"

"其他人肯定都死了。"克劳斯低声说,"事情发生得极快。今天早晨,政治局刚做出决定,他们通知了前线指挥所,我们当即派出信使。我们看着他前往你们的防线,并且掩护着他,直到他走出我们的视线。"

"亚历克斯·瑞德辅斯基,我们都认识他。他走掉时,大约是六点钟,太阳刚刚升起。中午时分,我和克劳斯有一小时休息时间,我们悄悄地从地堡里爬了出去,没人注意到我们到了这儿。这里曾经是一个小镇,有几栋房子、一条街道。地下室是一座大农庄的一部分,我们知道塔莎会在这里,躲在这个小地方。我们以前来过,地堡里的其他人也来过。今天刚好轮到我们。"

"所以我们才幸免于难。"克劳斯说,"运气好。换别的日子,可能就是其他人了。我们……我们'完事'之后,回到了地面,开始沿山梁往回走。就在那时,我们看见了它们,小男孩大卫。我们马上就明白过来了。我们看过第一变种的照片,伤兵。我们的政委把照片发给我们的时候,讲解过大致的情形。如果当时我们再多走一步,就会被它们发现。在我们回到地下室的路上,还是不得不干掉了两个大卫。它们有数百个之多,密密麻麻像蚂蚁一样围在这附近。我们拍了照片,溜回这里,把入口的盖子死死闩上。"

"遇到它们落单的时候,并不难对付。我们的移动速度比它们快,但它们无知无觉,和有生命的东西不一样。它们会直愣愣地扑过来,唯一的办法就是干掉它们。"

亨德里克斯上校倚着洞盖的边缘坐了下来,让眼睛慢慢适应黑暗,"把盖子打开到底安不安全?"

"只要小心,应该没问题。要不你还有其他操作发报机的方法吗?"

亨德里克斯慢慢地举起腰间小巧的发报机,按在耳朵上。金属的触感冰凉而潮湿。他拉出一根短短的天线,吹了吹麦克风,耳朵里响起了微弱的沙沙声。"我想,也许能行。"

但他仍有些迟疑。

"如果出现任何情况,我们会拉你下来。"克劳斯说。

"谢谢。"亨德里克斯等了一会儿,把发报机放置在肩膀上,"很有趣,对吗?"

"什么?"

"这个新种类的机器人,钢爪的新变种,我们的生死全由它们说了算,不是吗? 它们现在可能也已经进入了联合国防线。这让我不禁想,我们是不是看到了一个新物种的出现。进化而来的新物种,取代人类的种族。"

鲁迪咕哝了一声，"没什么种族能取代人类。"

"没有？为什么没有呢？也许我们现在所见的，正是人类的末路，一个新种群的崛起。"

"它们算不上一个种族，它们是杀人机器。人类制造它们，是为了破坏、毁灭。它们只会做这个，它们是执行任务的机器。"

"现在看来确实如此，但以后呢？战争结束之后呢？也许等它们没有人类可杀的时候，它们真正的潜能才会发挥出来。"

"你说得好像它们有生命似的！"

"没有吗？"

三人陷入沉默。"它们是机器，"鲁迪说，"它们看起来像人，但它们是机器。"

"操作你的发报机吧，上校。"克劳斯说，"我们可不能一直待在上面。"

亨德里克斯紧握着发报机，拨出指挥所地堡的代码。他静候着，听着声响。没有回应，只有静默。他仔细地检查了线路，一切正常。

"司考特！"他对着麦克风说，"你能收到吗？"

静默。他将天线完全拉出，又试了试。只有沙沙的噪声。

"我什么都没听到。他们也许收到了，但不想回应。"

"跟他们说，情况紧急。"

"他们会认为我是被胁迫的，被你们所胁迫。"他又试了一次，简短地说明了他所了解的情况。但听筒里仍一片静默，只有微弱的沙沙声。

"放射性物质会阻断大部分的无线传输，"克劳斯过了一会儿说道，"也许是这个原因。"

亨德里克斯关闭了发报机，"没用。没有回答。放射性物质？也许吧。或者他们听到了，却不想回答。坦白讲，如果有我方信使试图从苏方防线呼叫，换作我也会不回答。他们没理由相信我讲的话。他们也许听到了我说的一切——"

"或许已经太迟了。"

亨德里克斯点了点头。

"我们最好放下盖子，"鲁迪紧张地说，"我们可不想冒没必要的风险。"

他们顺着梯子缓缓爬下地道。克劳斯小心地将盖子闩好。他们下到厨房，这里的空气沉滞而黏稠。

"它们的行动会这么快吗？"亨德里克斯说，"我中午才离开地堡，也就十小时前。它们的动作怎么能这么快？"

"它们不需要多长的时间。只需进去第一只，情况就会失控。你知道小钢爪的能耐，即使只进去这样一只机器人，情况也不可想象。它那两把旋转的刀片会疯狂切割。"

"好吧。"亨德里克斯烦躁地走到一边，背对着他们。

"你想到了什么？"鲁迪问。

"月球基地，老天。如果它们到达那里——"

"月球基地？"

亨德里克斯转过身来，"它们根本不可能去月球基地。它们怎么去得了？不可能。我不能相信。"

"你说的月球基地是怎么回事？我们听到了一些传言，但没一件是确实的。真实的情况是什么样的？你看起来很担忧。"

"我们从月球获得物资供给。我们的政府就在月球表面以下，我们所有的人和工业……所以我们才能支撑下去。如果它们找到了离开地球的方法，跑上月球——"

"只需上去一只机器人。一旦上去一只，它会把其他机器人弄上去。你应该已经见过它们了。成百上千的，一模一样的机器人，像蚂蚁一样分工协作。"

"就像完美的社会，"塔莎说，"一个理想国家的状态。所有的公民都可互换。"

克劳斯不满地低声咆哮："你住嘴！怎么？你还想说什么？"

亨德里克斯在小房间里来回地踱步，空气中飘着股残羹剩饭和汗水的馊味，所有人都看着他。塔莎突然推帘而去，进了另一个房间，"我要小睡一会儿。"

门帘在她身后落下。鲁迪和克劳斯在桌前坐下，依旧看着亨德里克斯。"你该怎么做就怎么做。"克劳斯说，"我们不太了解你的处境。"

亨德里克斯点了点头。

"有个问题。"鲁迪拿起锈迹斑斑的水壶往杯子里倒了点儿咖啡，喝了一口，"我们在这里暂时安全，但我们不能永远待在这里，食物和日用品都不充足。"

"但如果我们出去了——"

"如果我们出去了,会被它们杀掉。我们走不了太远。你的地堡指挥所有多远,上校?"

"三四英里远。"

"也许我们能办到,毕竟我们有四个人。四个人可以防备四面的情况,它们没办法溜到我们后面尾随我们。我们有三把步枪。塔莎可以用我的手枪。"鲁迪拍了拍他的腰带,"在苏联军队里,我们常常没鞋子穿,但我们不会没有枪。我们四人都拿上装备,至少能有一个人到达你的地堡指挥所。最好是你,上校。"

"如果那里被它们占领了,怎么办?"克劳斯问。

鲁迪耸了耸肩,"那样的话,我们回来就是。"

亨德里克斯停止了踱步,"你们觉得,它们已经占领美方防线的可能性大吗?"

"难说,很有可能。它们的组织性很强,目的明确。一旦开始行动,便像蝗虫迁徙一样,不停歇地快速前进。它们利用信息不对等和速度上的优势,在人类反应过来之前,出其不意发起攻击。"

"我明白了。"亨德里克斯低声说。

隔壁房间里传来塔莎翻来覆去的声音:"上校?"

亨德里克斯掀起门帘,"什么事?"

塔莎慵懒地躺在小床上看着他,"你还有美国烟吗?"

亨德里克斯进了房间,坐在她对面的木凳上。他在口袋里翻了翻,"没有,都抽完了。"

"太糟了。"

"你是哪个国家的人?"过了一会儿,亨德里克斯问道。

"俄国人。"

"你怎么跑到这里的?"

"这里?"

"这里以前是法国的属地,诺曼底的一部分。你是和苏联军队一起过来的吗?"

"为什么这么问?"

"好奇而已。"他打量着她。她已经脱下了外套,扔在床尾。她二十岁上下,青春正好,身姿苗条,一头长长的秀发铺满了整个枕头。她静静地瞧着他,眼睛又大又黑。

"你在想什么?"塔莎问。

"没想什么。你多大了?"

"十八岁。"她目光没挪开,双眼一眨不眨,双臂枕在脑后。她穿着灰绿色的俄军裤子和衬衫,系着配有计数器、子弹盒和急救盒的厚皮带。

"你是苏联士兵?"

"不是。"

"你从哪儿得到的军服?"

她耸了耸肩,"有人给的。"她告诉他。

"你……你来这里时多大年纪?"

"十六岁。"

"这么小？"

她的眼睛眯了起来，"你什么意思？"

亨德里克斯摩挲着下巴，"如果没发生战争，你的生活一定不是现在这个样子。十六岁，你来这里时才十六岁，却一直过着这样的生活。"

"我得生存。"

"别误会，我并不是在说教。"

"你也是，没有战争的话，你的生活也会不一样。"塔莎喃喃道。她俯腰解开了一只靴子，将它踢落到地板上，"上校，你能回另一个房间吗？我想睡了。"

"这里迟早会出问题。我们有四个人，住在这么小的地方不方便。这里只有两个房间吗？"

"是的。"

"原来的地下室有多大？比现在大吗？其他的房间是不是被碎石掩埋了？我们也许可以清理出来。"

"也许吧，我不太清楚。"塔莎解开了皮带，她舒服地倒在床上，开始解衬衫纽扣，"你确定真的没烟了吗？"

"我只有一盒烟。"

"太糟了。也许等到了你的地堡，我们能弄上几根。"另一只靴子也落在了地上。塔莎伸手拉灯绳，"晚安。"

"你要睡觉了？"

"没错。"

房间变得一片黑暗。亨德里克斯站起,摸索着穿过门帘,来到厨房。他猛然站住,身体僵硬。

鲁迪靠墙站着,惨白的脸上汗水津津。他的嘴张开又闭上,发不出声音。克劳斯站在他跟前,手枪枪口对准鲁迪的腹部。两个人都一动不动。克劳斯紧握着手枪,神情坚定。鲁迪四肢张开地贴在墙上,面如死灰,不敢出声。

"怎么……"亨德里克斯小声问,但克劳斯打断了他。

"别出声,上校。到这边来。你的枪,把枪拿出来。"

亨德里克斯拔出了他的手枪,"怎么回事?"

"瞄准他。"克劳斯示意上校上前,"到我身边来。快!"

鲁迪动了动,放低胳膊。他舔了舔嘴唇,转头看向亨德里克斯。他的眼白亮得吓人。大滴的汗珠从他的额前滚落,顺脸颊流下。他死死地盯着亨德里克斯,"上校,他疯了。快阻止他。"鲁迪挤出几句字,声音沙哑,几乎低不可闻。

"怎么回事?"亨德里克斯质问道。

克劳斯举枪的手纹丝不动,他答道:"上校,还记得我们的讨论吗?关于三个变种的讨论?我们见过一号和三号,但我们没见过二号。至少,我们以前没见过。"克劳斯握着枪柄的手指开始收紧,"我们以前没见过,但我们现在见到了。"

他扣下扳机。一道炙热的白光射出枪口,击中鲁迪,而后溅射开。

"上校,这就是二号变种。"

塔莎一把掀起门帘,"克劳斯!你干了什么?"

克劳斯将目光从鲁迪焦炭般的尸体上移开,靠着墙缓缓地瘫坐下来,"二号变种,塔莎。现在我们知道了。我们把三个变种都认全了,危险减少了。我——"

塔莎怔怔地看着鲁迪的尸体,看着那堆焦黑冒烟的衣服碎片,"你杀人了。"

"人?你说的是这玩意儿吧。我一直在观察。我一直有种感觉,但我不确定,至少以前不确定。但今晚,我百分之百确定了。"克劳斯神经质一样地摩挲着枪柄,"我们很幸运。你们不明白吗?说不定再过一小时,它就会——"

"你百分之百确定?"塔莎推开他走了过去,低下身子查看地板上冒着热烟的尸体。她的神色严肃了起来,"上校,你来看看,看看这些骨肉。"

亨德里克斯在她一旁俯下了身。这是人类的尸体:被撕裂的皮肉,炭化的骨头碎片,残破的头盖骨,韧带和内脏,还有血,喷溅到墙上的大摊鲜血。

"没有齿轮,"塔莎平静地直起身,"没有齿轮,没有零件,没有继电器。不是钢爪,不是二号变种。"她把两只胳膊在胸前一叉,"你最好能解释得了这一切。"

克劳斯脸上的血色突然褪去,他在桌前坐下,将脑袋埋在双手里,身子来回摇晃着。

"得了,别装了。"塔莎将手紧紧抓在他的肩膀上,"你为什么这么做? 你为什么杀了他?"

"他是吓坏了。"亨德里克斯说,"所有这些,这整件事,这越来越大的压力,快把人逼疯了。"

"也许吧。"

"现在怎么办? 你有什么想法?"

"我认为,他杀害鲁迪是有理由的。一个不得不杀的理由。"

"什么理由?"

"也许鲁迪发现了什么事。"

亨德里克斯仔细打量着她阴沉的脸,"关于什么?"他问。

"关于他。关于克劳斯的事。"

克劳斯猛地一下抬起了头,"你知道她想说什么。他认为我是二号变种。你不明白吗,上校? 现在她想让你相信,我是蓄意杀死鲁迪的,我是——"

"那你为什么要杀害他?"塔莎问。

"我说过了。"他无力地摇了摇头,"我以为他是钢爪。我以为自己发现了。"

"为什么?"

"我一直在注意他。我心里起了疑。"

"为什么?"

"我以为自己看见了什么、听到了什么。我以为自己——"他说不下去了。

"继续说。"

"我们正坐在桌前玩扑克，你们两个在另一间房间里。当时很安静。我感觉自己听见他发出了'嗞嗞'的声音。"

房间陷入了沉默。

"你相信他的话吗？"塔莎对亨德里克斯说。

"是的，我相信他的话。"

"我不信。我认为他杀鲁迪别有目的。"塔莎的手搭上了放在房间角落的步枪，"上校——"

"不行。"亨德里克斯摇了摇头，"到此为止吧，死一个已经够了。我们也很害怕，和他当时一样。但如果我们杀了他，那和他杀掉鲁迪有什么区别？"

克劳斯感激地看向他，"谢谢。我是太害怕了。你能明白，对吧？现在她害怕了，和我那时一样。她想杀了我。"

"停止杀戮吧。"亨德里克斯向梯子走去，"我上去再试试发报机。如果还接收不到回应，明早我们就返回那边的防线。"

克劳斯急忙站起来，"我和你一起上去，给你搭把手。"

夜晚的空气是清冷的，地表的温度正在下降。克劳斯深吸了一口新鲜空气。他和亨德里克斯爬出地道，来到地面。克劳斯双腿分开稳稳站住，举起步枪，警惕地关注着任何动静。亨德里克斯蹲伏在地道口，打开了小发报机。

"接收到什么没？"克劳斯随即问道。

"还没有。"

"多试试。把情况都告诉他们。"

亨德里克斯不断地尝试,一直没有得到回应。最后他收起了天线,"没用。他们听不到我的呼叫。也许他们听到了,却不回答。也许——"

"也许他们都已不在了。"

"我再试一次。"亨德里克斯又拉出天线,"司考特,你能听见吗?请回答!"

他耐心地听着,只有沙沙的静噪声。然后,发报机传出非常微弱的——

"我是司考特。"

他的手指不禁握紧了发报机,"司考特!是你吗?"

"我是司考特。"

克劳斯蹲下身来,"从你的指挥所传来的?"

"司考特,听我说。你知道钢爪的情况吗?你收到我的信息没?你听见了吗?"

"是的。"声音很小,非常微弱,很难听清楚。

"你能听见吗?地堡里是否一切正常?它们没进来吧?"

"一切正常。"

"它们是否试图闯入?"

听筒里的声音越发微弱。

"没有。"

亨德里克斯将头转向克劳斯,"他们一切正常。"

"他们遭到攻击了吗?"

"没有。"亨德里克斯将耳旁的听筒压了压,"司考特,我听不清你的话。你是否已通知月球基地?他们是否已知道?他们是否提高了警惕?"

没有回应。

"司考特!你能收到吗?"

静默。

亨德里克斯的身体彻底瘫软下来,"信号消失了,一定是放射性物质的干扰。"

亨德里克斯和克劳斯看向对方,两人都没说话。过了一会儿,克劳斯问:"声音听起来像你的人吗?你能听出来吗?"

"声音太微弱了。"

"你不能确定吗?"

"不能。"

"那有可能是——"

"我不知道,现在我也不确定。我们回地下室吧,这门得闩好。"

他们慢慢地爬下梯子,回到了温暖的地下室。克劳斯闩好了盖子。塔莎正等着他们,脸上毫无表情。

"如何?"她问。

两人都没回答。"嗯。"克劳斯终于出声,"你怎么认为,上校?是你的人,还是它们中的一个?"

"我不知道。"

"那我们的处境还和原来一样,没有进展。"

亨德里克斯低着头盯着地板,表情坚毅,"我们必须回去,必须亲眼确定。"

"反正我们的食物只够维持几个星期。那之后,我们不管怎样都得出去。"

"显然如此。"

"出什么事了?"塔莎尖声问道,"你到底联系上你的地堡没有?怎么回事?"

"可能是我的人,"亨德里克斯缓缓地说,"也可能是机器人。但站在这里我们永远无法知道。"他看了看手表,"现在上床睡觉,明天要早起。"

"早起?"

"我们穿越钢爪地盘的最好机会在清晨。"亨德里克斯说。

清晨。空气清新,视野开阔。亨德里克斯上校透过望远镜观察四周。

"看见什么了吗?"克劳斯问。

"没有。"

"你能看见我们的地堡吗?"

"哪个方向?"

"这边。"克劳斯抢过望远镜,调整焦距,"我知道往哪儿看。"他一声不吭地看了很长时间。

塔莎顺着地道爬上了地面，"有情况吗？"

"没有。"克劳斯把望远镜递还给亨德里克斯，"我没看见它们。快，我们快走。"

他们踏着松软的灰烬，沿山坡滑下山梁。一只蜥蜴从一块平坦的石块上"嗖"的一下跑过。三人立刻停了下来，一动不动。

"那是什么？"克劳斯嘟囔道。

"一只蜥蜴。"

蜥蜴自顾自地跑着，最后钻进了灰烬堆。它的肤色和灰烬简直是一个颜色。

"完美的适应性进化。"克劳斯说，"证明我们——我是说李森科①——是对的。"

他们到达了山脚后停了下来。三人背对背地站着，四下张望。

"我们走吧，"亨德里克斯迈开步子，"还有很长的路要走。"

克劳斯和他肩并肩地走着。塔莎跟在后面，警惕地举着手枪。"上校，我一直想问你一件事。"克劳斯说，"你是怎么遇到大卫的？就是那个尾随你的机器人。"

"我在路上遇见的，在一处废墟中。"

"它说过什么吗？"

----

①李森科（1898—1976），苏联农学家、生物学家。曾提出与基因学说相对立的遗传学说，并进一步将他的观点普及化，提倡米丘林生物学，从而也与全世界生物学界在思想上处于对立的地位。

"没说什么。它说自己孤身一人，自己生活。"

"你看不出来它是个机器人吗？它说话和人类一样吗？你一直没起疑吗？"

"它的话不多。我没发现什么不寻常的地方。"

"真奇怪，机器人和人类这么相似，连你都上当了。它们跟活人一样。真不知道它们会进化到哪一步。"

"它们的行为是你们美国佬设计出来的，"塔莎说，"你们让它们捕杀生命，人类的生命。不管在什么地方，只要被它们发现，就在劫难逃。"

亨德里克斯目光如炬地盯着克劳斯，"你为什么问我？你打的什么主意？"

"没什么。"克劳斯回答道。

"克劳斯认为你是那个二号变种。"塔莎在他们身后语气平淡地说，"现在他盯上你了。"

克劳斯的脸涨得通红，"这么想有什么不对？我们派出一个信使去美国佬的前线，结果回来的人是他。也许他认为在这里能钓到条大鱼。"

亨德里克斯发出刺耳的笑声，"我出发的地方是联合国军地堡，在我身边的都是人类。"

"也许你发现了一个潜入苏军防线的机会，也许你找到了你的机会，也许你——"

"苏军的防线已经沦陷了。在我离开指挥所之前，你们的防线就被入侵了。别忘了这一点。"

塔莎走到他身边,"这并不能证明什么,上校。"

"为什么不能证明?"

"不同的变种之间似乎很少有通信。不同的变种由不同的工厂制造。它们之间好像并不存在协作。也许你出发前往苏军战线的时候,根本不知道其他变种的行动。其他变种的情况同样如此。"

"你对钢爪的事情怎么了解这么多?"亨德里克斯问。

"我见过它们。我观察它们。我看着它们攻陷了苏军防线。"

"你知道的可真不少。"克劳斯说,"实际上,你见过的并不多。很奇怪,你原来是个观察力这么敏锐的人。"

塔莎笑出了声,"你现在又怀疑到我头上了?"

"都别说了。"亨德里克斯说。他们在沉默中继续前行。

"我们要一直用脚走吗?"塔莎过了一会儿问,"我不太习惯步行。"她放眼望去,一望无际的灰烬平原,向四面八方延伸而去,直至视线尽头,"真枯燥。"

"一路的景色都是这样。"克劳斯说。

"我真的有点儿希望袭击发生的时候你在地堡里。"

"如果不是我,其他人也会来陪你的。"克劳斯咕哝道。

塔莎将手插在口袋里,笑了起来,"我想你说得没错。"

辽阔的灰烬平原寂静无声,他们留意着四周的情形,继续前行。

太阳开始下山了。亨德里克斯摆了摆手,让塔莎和克劳斯留在后面，自己一个人徐徐向前方走去。克劳斯扶着枪，蹲下身子。

塔莎发现了一块水泥残壁，靠墙坐下后，发出了一声满足的叹息，"能休息真好。"

"别出声。"克劳斯严厉地说。

亨德里克斯登上了一面斜坡的坡顶。一天之前，俄国信使也上过这面斜坡。亨德里克斯就地卧倒，将身子探出，透过望远镜观察前面的情况。

没有异常，视线之中只有灰烬和几棵枯树。但在前方五十多码的地方，就是前线指挥所的入口，他之前出发的地方。亨德里克斯静静地观察着。没有任何动静，没有生命迹象。一片死寂。

克劳斯匍匐着来到亨德里克斯身边，"地堡在什么地方？"

"下面。"亨德里克斯将望远镜递给他。暮色笼罩，天空中铅云翻滚，光线开始变暗。他们最多还有几个小时的光亮，但也可能没这么久。

"我什么也没看见。"克劳斯说。

"那棵树那儿，那个树桩，在那堆烂砖的旁边。地堡入口在那堆砖的右边。"

"好吧，你说在哪里就哪里吧。"

"你和塔莎在这里掩护我。这里的视野好，能直接看到地堡入口。"

"你准备一个人下去？"

"我戴着辐射腕带，不会有事。地堡的周围是钢爪的地盘。它们全都藏在灰烬里,像螃蟹一样。没有腕带的话,一定会丧命。"

"也许你是对的。"

"我会走得很慢,一旦我确认了——"

"如果是它们在地堡里,你根本没机会上来。你不明白,它们的动作很快。"

"你有什么建议?"

克劳斯思量了一下,"我不知道。不然让他们从地堡里出来,这样你就能知道了。"

亨德里克斯取下皮带上的发报机,拉出了天线,"开始行动。"

克劳斯向塔莎打了个手势。她匍匐着沿斜坡爬了上来,动作老练。

"他要一个人下去了,"克劳斯说,"我们在这里掩护他。只要你看见他往回走,立刻朝他身后开枪。它们的速度很快。"

"你似乎不太乐观。"塔莎说。

"是的,我并不乐观。"

亨德里克斯打开了枪后膛,仔细地检查了一遍,"也许不会有什么事。"

"你没见过它们。数量成百上千,全都一模一样,像蚂蚁一样倾巢而出。"

"我应该不用进地堡就能查明真相。"亨德里克斯合上枪膛,一手执枪,一手拿发报机,"好了,祝我好运吧。"

克劳斯伸手碰了碰他,"除非情况属实,否则别下去。先在地面跟他们谈谈,让他们出来好验明正身。"

亨德里克斯站了起来,沿斜坡的另一面下去了。

不一会儿,他沿着枯树桩旁的那堆残砖烂石向前线指挥所的地堡入口走去。

没有动静。他举起了发报机,把它打开,"司考特？你能听见吗?"

静默。

"司考特！我是亨德里克斯,你能听见吗？我现在站在地堡外面,你通过观察屏应该能看到我。"

他紧握着发报机,等待回应。没有声音,只有静电噪声的沙沙声。他向前走去。一只钢爪从灰烬中钻出来,跑到他跟前,认真地打量他后,排到他身后,敬畏地跟在几步远的地方。片刻之后,又一只较大的钢爪加入了尾随者的行列。他慢慢地向地堡走去,两只钢爪无声无息地跟随其后。

亨德里克斯停下脚步,在他后面,两只钢爪也随之停下。他现在离得很近了,几乎快到地堡入口的阶梯上了。

"司考特！你能听见吗？我就站在你的上方。在外面,地面上。你能听到吗?"

他一手端着枪,一手将发报机紧贴在耳朵上,等待着。时间一分一秒地流逝。他集中精力倾听,但除了微弱的静电噪声,一片静默。

然后,仿佛从很远处,传来了金属质感的——

"我是司考特。"

声音冰冷,语调平平。他没法确认真假。况且,听筒只响了一下。

"司考特,听着。我站在你的上方。我正在地面上看着地堡的入口。"

"是的。"

"你能看见我吗?"

"是的。"

"是通过观察屏的镜头吗?你将镜头对准了我,对吗?"

"是的。"

亨德里克斯开始仔细思考。他的身边静静守候着一圈钢爪,"地堡里是否一切正常?没有发生什么异常吧?"

"一切正常。"

"你能到地面上来吗?我想见你一下。"亨德里克斯深吸了一口气,"上来跟我见一面,我有话对你说。"

"你下来。"

"我这是命令。"

静默。

"你上不上来?"亨德里克斯等待着,但话筒里没有回答。"我命令你到地面上来。"

"你下来。"

亨德里克斯的下巴紧绷,"我要和莱昂通话。"

静默持续了很长时间，只有静电噪声。然后，一个声音出现了，生硬、干涩、充满金属质感，和刚才的声音别无二致，"我是莱昂。"

"我是亨德里克斯。我在地面上，地堡入口。我需要你们上来一个人。"

"你下来。"

"为什么要下去？我命令你们上来！"

又是静默。亨德里克斯放下了发报机。他警惕地看了看四周，入口就在眼前，只有几步之遥。他收回天线，将发报机别在腰带上固定好，双手小心翼翼地握住了枪，一步一步地向前挪动。如果通话的人是莱昂，他们会看见他已朝地堡走了过去。

他闭上了眼睛。一会儿后，他将脚踏上了通往下方地堡的第一级台阶。

两个大卫冲了出来，两张脸一模一样，呆滞无神。他开枪将它们轰成了碎片。更多的大卫悄无声息地拥了出来，整整一大堆，它们的样貌完全相同。

亨德里克斯转身就跑，远离地堡，向斜坡拔足狂奔。

塔莎和克劳斯从斜坡坡顶向下射击。小钢爪汇聚成一条条溪流，向他俩发起冲锋。锃亮的圆球速度极快，疯狂地在灰烬中穿行，但亨德里克斯已无暇担心。他停下脚步，单膝跪地，脸贴枪托，瞄准地堡入口。成群结队的大卫抱着泰迪熊冲了出来，骨节粗大的细腿杆在台阶上，"嗒嗒嗒"地跑向地面。亨德里克斯朝大卫们最集中的地方扣动了扳机。它们顿时炸开了花，齿轮和弹簧四处乱飞。硝烟未散，他再次开枪。

一个笨拙的高大身影摇摇晃晃地从地堡入口走了上来。亨德里克斯愣住了。这是一个男人，一个士兵，只有一条腿，拄着拐杖。

"上校！"塔莎的声音从后面传来。接着枪声大作。高大的身影蹒跚向前，成群的大卫不断从它身边蜂拥而过。亨德里克斯终于回过神来。那是一号变种，伤兵。他瞄准射击，伤兵被炸成了碎片，零件和继电器四溅。这时，很多大卫已冲出地堡，来到了地面。他保持着半蹲的姿势，不停地瞄准射击，同时向后慢慢退去。

斜坡上，克劳斯正向下开火。斜坡的一面，密密麻麻的钢爪们飞快地向上爬。亨德里克斯半蹲半跑地向斜坡撤退。塔莎已不在克劳斯身边，她离开了斜坡，慢慢向右侧绕去。

一个大卫悄然接近了亨德里克斯，惨白的小脸毫无表情，棕色头发垂落，遮住了眼睛。它突然弯下腰，展开双臂。泰迪熊跳落下来，跃过地面，直取亨德里克斯。亨德里克斯连续开枪。泰迪熊和大卫变成了碎片。亨德里克斯眨了眨眼睛，咧开嘴笑了。一切恍然如同噩梦。

"上这边来！"耳边传来塔莎的声音。亨德里克斯开始向她靠近。塔莎隐蔽在一栋残破建筑的水泥柱和砖墙之间，举着克劳斯给她的手枪，正向亨德里克斯身后射击。

"谢谢。"他气喘吁吁地来到了她身边。她一手摸索着皮带，一手拉着他退到了水泥柱后。

"闭上眼睛！"她从皮带上解下一个圆球，迅速扭开圆球上的盖子,而后攥在手里,"闭上眼睛,趴下。"

她将炸弹抛了出去。炸弹在空中划了条弧线,落在地上,弹跳着向地堡的入口处滚去——手法专业。两个伤兵正迟疑不定地站在那堆碎砖旁,更多的大卫从它们身后拥出,来到地面。一个伤兵向炸弹挪动,笨拙地弯下腰,想把它捡起来。

炸弹轰然爆炸。冲击波掀翻了亨德里克斯,他脸朝下砸向地面,一股热风从他背后翻滚而过。模糊间,他看见塔莎站在水泥柱后,有条不紊地朝那些从肆虐着白色火光的狂暴尘云中走出来的大卫射击。

斜坡坡顶,克劳斯已在垂死挣扎,他被一圈钢爪围住了。他边退后边开枪,徒劳地想突破包围圈。

亨德里克斯挣扎着站了起来。他头痛欲裂,眼睛几乎看不见了,只觉浑身如火燎般地疼,耳中嗡响,天旋地转。他的右胳膊没了知觉。

塔莎退回到他身边,"快,我们走。"

"克劳斯——他还在斜坡上。"

"快走!"塔萨离开了水泥柱,抓着亨德里克斯往后扯。亨德里克斯甩了甩头,想让头脑清醒起来。塔萨带着他快速撤退,她的眼神紧张而明亮,密切地注意是否有逃过爆炸的机器人。

一个大卫从翻涌的火光尘云中走了出来。塔莎一枪把它干掉,再没其他机器人出现了。

"克劳斯。他怎么样了?"亨德里克斯停了下来,摇摇晃晃地站着,"他——"

"快走!"

他们向后退去,离地堡越来越远。几只小钢爪跟着他们,一小会儿后,它们便放弃了,四散走开。

塔莎终于不走了,"我们在这里歇口气。"

亨德里克斯一屁股坐在灰烬堆里。他擦了擦脖子,喘息道:"我们把克劳斯丢在了那里。"

塔莎一言不发。她打开枪膛,将一匣电浆子弹填了进去。

亨德里克斯盯着她,有些不知所措,"你是故意把他丢在那儿的。"

塔莎合上枪膛。她仔细地看着周围的瓦砾堆,面色沉静,似乎在防备着什么。

"怎么回事?"亨德里克斯质问道,"你在找什么? 有什么东西要来吗?"他摇了摇脑袋,试图弄清楚。她在干什么? 她在等什么东西? 他什么也没看见。他们周围只有灰烬和废墟,还有几棵光秃秃的树干。"有什么——"

塔莎打断了他的话,"安静。"她的眼睛眯成了一条缝。她突然举起了枪。亨德里克斯转过头,顺着她的视线看去。

在他们撤退的那条路上,出现了一个身影,踉踉跄跄地朝他们而来。他衣衫破烂,瘸着脚,走得很慢,很小心。他不时停下休息,恢复体力。有那么几步,他差点儿跌倒。他在原地站了一会儿,稳住身体,然后继续前行。

是克劳斯。

亨德里克斯站了起来,"克劳斯!"他向他迈步而去,"你到底怎么搞——"

塔莎开枪了。亨德里克斯吓得向后一跳。她又开了一枪,一束灼热的电浆从他身侧射过。电浆击中了克劳斯的胸部。他的身体炸开了一个洞,齿轮和各种零件迸溅而出。它又向前走了几步,前后摇摆,然后双臂张开,扑倒在地上,又有几个轮子滚落下来。

寂静无声。

塔莎转头看向亨德里克斯,"现在你明白它为什么要杀鲁迪了吧。"

亨德里克斯慢慢地又坐了下来。他摇了摇头,脑袋一片麻木,没办法思考。

"你看见没?"塔莎问,"你明白了没?"

亨德里克斯说不出话。一切都在离他远去,越来越远。黑暗如潮水般涌来,将他淹没。

他闭上了眼睛。

亨德里克斯缓缓睁开眼睛,全身上下无处不疼。他想坐起来,但胳膊和肩膀传来刀割般的剧痛。他倒吸了一口冷气。

"别急着起来。"塔莎说。她俯下身,将冰凉的手背放在他的前额。

已经入夜了。头顶的天空挂着几颗闪烁的星星,星光透过了飘浮的铅色尘云。亨德里克斯牙关紧咬地向后躺下。塔莎面无表情地看着他。她找到了一些木头和杂草，生起了火。火堆发出"噼啪"声，微弱的火苗舔舐着悬挂在上方的金属杯。万籁俱寂，火光照不到的地方，黑暗如铁。

"这么说，他是二号变种？"亨德里克斯低声喃喃。

"我一直这么认为。"

"那你为什么不早点儿解决他？"他想知道。

"你当时阻止了我。"塔莎走到火堆前，看了看金属杯，"咖啡再过一会儿就煮好了。"

她走回来坐在他身旁，随即拿出手枪，打开枪膛，拆下了击发装置，神情专注地研究起来。

"真是一把漂亮的枪，"塔莎自言自语道，"结构一流。"

"它们怎么样了？钢爪。"

"炸弹的冲击波使它们大部分瘫痪了。我估计是由于它们的构造非常精巧，组装得过于精密了。"

"大卫们也瘫痪了吗？"

"是的。"

"你怎么会有那样一颗炸弹？"

塔莎耸耸肩，"我们设计制造的。你不该低估我们的科技实力，上校。没有这样的炸弹，你我早就不存在了。"

"非常有用的炸弹。"

塔莎将脚伸到火堆边取暖，"我很惊讶，他杀死鲁迪的时候，你似乎没明白过来。为什么你会认为他——"

"我告诉过你,我以为他是因为害怕。"

"真的吗?你知道吗,上校,有那么一小会儿,我对你起了疑心,因为你不让我杀他。我以为你也许在保护他。"她笑了起来。

"这里安全吗?"亨德里克斯立马问道。

"暂时安全。在其他区域的钢爪到来之前。"塔莎开始用一小块破布清理枪膛。她清理完后,将击发装置推回原位,合上了枪身;她的手指在枪管上来回摩挲着。

"我们是幸运的。"亨德里克斯小声说。

"对,非常幸运。"

"谢谢你把我拉离了战场。"

塔莎没吭声。她只抬头看了他一眼,火光在她的双眸中闪烁。亨德里克斯查看了下自己的胳膊,他的一只手没了反应,那半边的身子也似乎失去了知觉,五脏六腑隐隐作痛。

"感觉怎么样?"塔莎问。

"我的一只胳膊断了。"

"其他的呢?"

"脏器有损伤。"

"炸弹爆炸的时候,你没趴下。"

亨德里克斯默然无语。他看着塔莎把杯中的咖啡倒进一个金属浅盘,她把盘子端到他嘴边。

"谢谢。"他挣扎着撑起身子喝了一口,可想咽下很难,肚中翻腾得厉害。他把盘子推开，"喝一点儿就行了。"

塔莎把盘中剩下的咖啡喝了。时间慢慢过去，头顶的黑暗天空中，铅色尘云流转变幻。亨德里克斯躺着休息，脑中一片空白。不知过了多久，他发现塔莎站在他的身前，低着头盯着他。

"怎么了？"他声音微弱地问。

"感觉好点儿了吗？"

"稍微好了点儿。"

"你知道吗，上校，如果我没拉你走，它们可能已经干掉你了，你现在就是个死人了，和鲁迪一样。"

"我知道。"

"那你知道我为什么救你出来吗？我原本可以丢下你，把你留在那里。"

"你为什么救我出来？"

"因为我们必须逃离这里。"塔莎平静地盯着火堆，用树枝拨弄了一下，"人类没有办法在这里生存。等钢爪的援军来了，我们谁也逃不掉。你昏迷的时候，我一直在想这个问题。它们来之前，我们也许还有三个小时。"

"这么说，你指望我带你离开？"

"没错。我希望你能带我们两人逃离这里。"

"为什么是我？"

"因为我不知道怎么逃离这里。"她注视着他，眼睛在昏暗火光的映照下坚定而明亮，"如果你不能让我们离开这里，不出三个小时，它们就会杀了我们。除了你，我看不到其他希望。怎么样，上校？你打算怎么做？我已经等了一晚上。在你昏迷的这段时间，我坐在这里，听着你的呼吸，等你醒来。天快亮了，夜晚快结束了。"

亨德里克斯考虑了一会儿。"我觉得奇怪。"他最后说。

"奇怪？"

"你认为我可以带你逃离这里。我很好奇，你觉得我有什么办法？"

"你能带我去月球基地吗？"

"月球基地？怎么去？"

"一定有方法。"

亨德里克斯摇了摇头，"没有。据我所知，没有方法。"

塔莎不说话了。过了一会儿，她坚定的目光动摇了，她的头垂下了。她突然把头扭向一边，不知所措地爬了起来，"还喝咖啡吗？"

"不用了。"

"随你的便。"塔莎沉默地喝着咖啡。他看不见她的脸。他向后躺回地上，努力集中精神，苦苦思索，但想捋清思路谈何容易。他的头仍很疼痛，反应还很迟钝，神智也有些不清晰。

"也许有一个办法。"他忽然说。

"哦？"

"还有多久天亮？"

"两个小时。太阳很快就要升起了。"

"这附近应该有一艘飞船。我从没见过，但我知道它存在。"

"什么样的飞船?"她不由自主地提高了声调。

"一艘巡航火箭。"

"它能带我们离开吗? 飞到月球基地上去?"

"应该可以吧。这是为紧急状况准备的。"他揉了揉前额。

"怎么了?"

"我的头。思维混乱,精神几乎……几乎不能集中。炸弹。"

"飞船在附近吗?"塔莎一步跨到他身边,蹲坐下来,"它有多远? 它在什么地方?"

"我正在努力想。"

她抓住他的胳膊,指甲深陷入皮肉,"附近?"她的声音平静而冷酷,"会在什么地方? 他们是不是把它放在了地下? 藏到了地底?"

"是的,在一个地下仓箱里。"

"我们怎样能找到它? 它在地图上有标记吗? 有能确定位置的代码标记吗?"

亨德里克斯集中精神,"没有,它没有被标记。没有代码标记。"

"那有什么?"

"一个标识物。"

"哪一种标识物?"

亨德里克斯没有回答。火光兀自摇曳着,他的眼睛呆滞了,变成了两颗没了神采的珠子。塔莎的指甲更深地陷入他的胳膊。

"哪一种标识物? 它是什么?"

"我……我想不起。让我休息一下。"

"可以。"她松开手,站了起来。亨德里克斯躺回地上,闭上了眼睛。塔莎双手插在口袋里,从他身边走开。她踢开面前的一颗石子,站立着仰望天空。漆黑的夜色渐渐地褪成了灰色。黎明要来了。

塔莎紧握着手枪,绕着火堆一圈一圈地踱着步。亨德里克斯上校躺在地上,双目紧闭,一动不动。天空中的夜色越来越淡,周围的景色逐渐清晰起来。覆盖着灰烬的大地向四面八方延伸而去,到处都是灰烬、建筑物废墟、散落的残壁、一堆堆的瓦砾和光秃秃的树干。

清晨的空气冰凉刺骨。距此很远的地方,一只鸟萧瑟地叫了几声。

亨德里克斯动了动,他睁开了眼睛,"到早晨了？这么快？"

"是的。"

亨德里克斯稍微坐起来了一点儿,"你想知道一些东西,你一直在问我。"

"你记起来啦？"

"是的。"

"是什么?"她的声音听起来很紧张,"什么?"她又厉声地重复了一遍。

"一口井,一口废井。地下仓箱在一口井下。"

"一口井,"塔莎松了口气,"那我们去找井。"她看了看手表,"我们的时间大约还剩一小时,上校。你觉得我们能在一小时之内找到它吗?"

"拉我起来。"亨德里克斯说。

塔莎插好手枪,帮他站了起来,"你现在的样子,行走有困难。"

"是的。"亨德里克斯绷紧着嘴唇,"我想,我们不需要走太远。"

他们开始步行。初升的太阳在他们身上洒下了一丝温暖。他们的头顶,几只鸟儿在不紧不慢地无声盘旋。

"看见什么了吗?"亨德里克斯问,"有钢爪吗?"

"没有。目前还没有。"

他们穿行于废墟间——混凝土残垣、碎砖堆和水泥地基,几只老鼠疾走而过,塔莎警觉地向后一跃。

"这里从前是个镇子。"亨德里克斯说,"一个村镇,乡下的小地方,曾经到处种着葡萄,现在只剩我们脚下这些。"

他们来到一条荒废的街道,街面上长满了杂草,裂缝纵横交错。街道的右面,矗立着一根石砌烟囱。

"小心。"他提醒她。

一个大坑仰天洞开,露出下面的地下室,几根断口参差的扭曲管道向外支着。他们路过一栋残缺不全的房子,还能看见里面一个翻倒的浴缸、一把破椅子、几把勺子和一些瓷器碎片。街道中央的地面塌陷了下去,深坑里填满了碎石和骨头,上面长着杂草。

"往这边。"亨德里克斯无力地说。

"这个方向?"

"往右。"

他们走过一辆重型坦克的残骸。亨德里克斯腰带上的计数器响起不详的"滴滴"声,这辆坦克是被辐射炮弹击毁的。离坦克几英尺①远的地方,一具干尸张着嘴巴,四肢摊开,趴在地上。道路之外,地面平坦,石子、杂草和碎玻璃散布其间。

"那里。"亨德里克斯说。

一口石井伫立在前方,井口塌损,几近大半成为碎石,几块木板盖在上面。亨德里克斯摇摇晃晃地走向石井,塔莎跟在他身边。

"你确定是这里吗?"塔莎说,"这里看起来什么也没有。"

"我确定。"亨德里克斯紧咬牙关在井沿边坐下,然后急促地喘息起来。他将汗水从脸上擦掉,"这么安排是为了让高级指挥官能逃脱,以防发生不测,比如地堡陷落之类的。"

"也就是为你准备的?"

"是的。"

"飞船在哪里?在这里吗?"

"我们正站在它的上方。"亨德里克斯抚摸着井沿,"虹膜扫描器只回应我个人,其他人都不行。这是属于我的飞船。或者说,应该是属于我的飞船。"

只听见"咔嗒"一声脆响。片刻之后,低沉的摩擦声从他们的下方传来。

"退后。"亨德里克斯说。他和塔莎从井边离开。

一块地面向后滑开,一个金属支架挤开砖石和杂草,从灰烬中

_____

①1英尺等于0.304 8米。

慢慢地升起。待上升过程结束，飞船徐徐探出，映入了他们的眼帘。

"这就是飞船。"亨德里克斯说。

飞船体积不大。它静静地悬挂在网状支架中，形状像一枚钝头缝衣针。灰烬纷纷扬扬地落入了飞船升起的漆黑坑道中。亨德里克斯走上前去，登上了支架，旋转开关，将舱门拉开。船舱内的操控台和抗压座椅清晰可见。

塔莎走了过来，站在他身边，向船舱内打量，"我不太习惯驾驶火箭。"她过了一会儿说。

亨德里克斯看了她一眼，"我来驾驶。"

"你来？里面只有一个座位，上校。我看得出，这艘飞船只能载一个人。"

亨德里克斯的呼吸乱了。他仔细地查看了飞船内部。塔莎是对的，只有一个座位，这艘飞船只能载一个人。"我明白了，"他慢慢地说，"而这个人是你。"

她点了点头。

"当然。"

"凭什么？"

"你去不了。你也许在飞行途中就会死掉，你受伤了，你可能到不了那儿。"

"说得挺对，但是你看，月球基地的位置我知道，而你不知道。你也许会飞上几个月也找不到。基地隐藏得很好，如果不知道该怎么找——"

"我要碰碰运气。也许我找不到。我一个人找不到。但我想，你会把我所需要的信息全部告诉我。你能不能活就靠这个了。"

"怎么会呢?"

"如果我及时找到月球基地，也许我能让他们派一艘飞船回地球接你。前提是**如果**我及时找到基地。如果没找到，那你可能就活不成了。我猜想，飞船上有足够的物资，它们将让我支撑足够长的时间——"

亨德里克斯的动作很快，可受伤的胳膊拖累了他。塔莎躲避开来，灵活地闪在一边。她的手向上举起，快如闪电。亨德里克斯看见枪柄向他击来。他想挡住这一击，但她的速度太快。金属枪柄砸在了他的脑袋上，正中太阳穴。剧烈到麻木的疼痛席卷了他的全身，他眼前一黑，瘫软在地上。

隐约间，他感觉到塔莎站在他身前，正用鞋尖一下下踢他。

"上校! 醒一醒。"

他呻吟着睁开了眼睛。

"听着，"她俯下身，用枪口指着他的脸，"我得抓紧了。时间所剩无几。飞船已准备就绪，但你必须在我离开前把我需要知道的告诉我。"

亨德里克斯甩了甩脑袋，想清醒一点儿。

"快说! 月球基地的位置在哪儿? 我怎样才能找到它? 我应该找什么标识物?"

亨德里克斯一言不发。

"回答我！"

"抱歉。"

"上校，飞船上装满了物资，我可以驾驶它飞上几个星期。到最后，我还是会找到基地。但说不定再过半个小时，你就会死掉。你生存的唯一机会——"她突然打住不说。

山坡上，破碎的废墟旁，有什么东西在动，在灰烬里移动。塔莎迅速转身瞄准，她开枪了，一股火焰从枪口喷出。那东西在灰烬里滚动着避开了。她再次开枪。钢爪炸成了两半，齿轮四处飞散。

"看见没？"塔莎说，"一个侦察兵。时间不多了。"

"你会让他们派人回来接我吗？"

"是的，我会尽快的。"

亨德里克斯抬眼看向她，他认真地打量着她，"你没骗我吧？"他的脸上浮现出一个怪异的表情，流露出他对生存的极度渴求，"你一定会回来接我吗？你会接我到月球基地上吗？"

"我会把你接到月球基地上的，但你得告诉我它在哪儿！时间紧迫。"

"好。"亨德里克斯拿起了一块石头，挣扎着坐起来，"看好了。"

亨德里克斯开始在灰烬上画图。塔莎站在他身边，盯着石头的移动轨迹。亨德里克斯画了一幅简易的月球地图。

"这里是亚平宁山脉，这里是阿基米德火山口。月球基地在亚平宁山脉尽头外大约两百英里的地方。我不知道确切位置，地球上没人知道。当你飞到亚平宁山脉上空时，你就打出信号，闪一次红光,一次绿光,再快速地连续闪两次红光,基地监讯官会记录你的信号。当然,基地在月球表面以下。他们会用磁性引力束引导你降落的。"

"飞船的操控呢? 我能操作吗?"

"操控基本上是全自动的,你所要做的只是在正确的时间打出正确的信号。"

"我会的。"

"飞船座椅会吸收大部分起飞时产生的冲击力。空气和温度也是自动调节的。飞船会飞离地球,进入外太空。它会与月球并排飞行一段距离,最后飞入距离月球表面约一百英里的绕月轨道。沿着轨道飞行,你就会到达基地上方。当你飞达亚平宁山脉区域时,释放信号弹。"

塔莎麻利地钻入船舱,坐进了抗压椅,扶手上的安全带自动弹出,为她系好。她的手指在操控台上点了几下,"太可惜了,你去不了,上校。所有这一切都是为你准备的,但去月球的人是我。"

"把手枪留给我。"

塔莎从腰间拔出手枪,拿在手中,若有所思地掂了掂,"别离开这个地点太远,否则很难找到你。"

"不会。我就待在井边。"

塔莎握住起飞杆,手指在它的光滑金属表面摩挲,"多漂亮的飞船,上校。构造真精美,你们的工艺水平让人佩服。你们的人干活儿总这么出色,制造的东西也那么美好。你们的作品和你们的创造是你们最大的成就。"

"把手枪给我。"亨德里克斯伸出手，不耐烦地说。他艰难地爬了起来。

"再见啦，上校。"塔莎把枪丢给亨德里克斯。手枪"啪嗒"一声落在地上弹开了。亨德里克斯急忙追过去，他弯下腰，一把将它捡起来。

飞船的舱门"哐当"一声关上了，舱门锁依序固定。亨德里克斯往后退去。飞船内门正被密封。他举着枪，站立不稳。

飞船发出了震耳欲聋的轰鸣，底部喷出烈焰，腾空而起，网状支架融化成了一摊铁水。亨德里克斯畏缩地不断退后。飞船冲天而去，飞入天空中的铅色尘云，消失不见。

亨德里克斯站在原地看了很长时间，直至飞船在空中留下的尾迹散去。周围一片死寂，清晨的空气冰凉而凝滞，他彷徨地沿来路返回。四处走走总比待在原地强。救援还要很久才会到来——如果有救援的话。

他翻遍口袋，最后发现了一盒烟。他颓唐地点燃了一支烟。他们都向他讨烟抽，但香烟是稀缺物。

一只蜥蜴从他身边爬过，钻进了灰烬，他停了一会儿，不想动弹。蜥蜴不见了。头顶上，太阳越升越高。几只苍蝇落在他腿边一块平整的石头上，他一脚踢了过去。

气温越来越高，汗水从他的脸上流进了领口。他的口很干。

不一会儿，他停了下来，坐在一堆碎石上。他解下急救盒，吞下了几粒镇痛胶囊,然后向四周望去。他在什么地方?

前面似乎有什么东西四肢大开地趴在地上。它一动不动,没有声响。

亨德里克斯立即拔出了枪。它看起来像个人。然后他记起来了,那是克劳斯的遗骸,二号变种。塔莎在这里干掉了它。亨德里克斯可以看见散落在灰烬中的齿轮、继电器和金属零件,被阳光照得闪闪发光。

亨德里克斯站起来,走了过去。他用脚踢了死沉的遗骸一下,将它稍微翻过去一点儿。他看见了金属躯壳、铝制肋骨和脊柱,更多的配件掉落了出来,像内脏一样,一堆堆的布线、开关和继电器,以及数不清的马达和金属杆。

他俯下身。克劳斯的颅腔在倒地时摔破了,可以看见其中的仿生大脑。他仔细观察,复杂如迷宫的线路,小电子管,细如发丝的电线。他摸了摸颅腔,颅腔向外翻开,露出了铭牌。亨德里克斯定睛看去。

脸色顿时煞白。

"Ⅳ-Ⅴ"。

他怔怔地看着铭牌半天。四号变种。不是二号。他们弄错了。还有更多的种类,不止三个,也许更多。至少有四个。而克劳斯不是二号变种。

但如果克劳斯不是二号变种——

突然之间,他遍体生寒。有东西过来了,从山坡下走过来。会是什么？他极目望去。人影，密密麻麻的人影，慢腾腾地，蹚着灰烬过来了。

向他而来。

亨德里克斯迅速单膝跪地，抬起枪。汗珠滚滚而下，迷了眼睛，身体越发地疼痛，他咬牙忍住。人影靠近了。

走在最前面的是个大卫。大卫看见他后，加快了脚步。其他的机器人紧随其后。而后出现了第二个、第三个大卫。三个相差无几的大卫，表情呆滞，抱着泰迪熊，纤细的双腿不断抬起、落下，默默地朝他走来。

他瞄准射击，前两个大卫被炸成了碎片，第三个速度不减地继续向前。它的后面跟着个身影，蹚着铅色灰烬无声无息地向他蹒跚走来。是一个比大卫高出许多的伤兵，然后——

然后，两个塔莎，肩并肩地从伤兵身后走了出来。她们系着厚皮带，穿着俄军的裤子和衬衫，一头长发。熟悉的面容，不久之前他还见到她，坐在飞船的抗压座椅上。两个身姿苗条、沉默不语的女人，长得一模一样。

她们已近在咫尺。那个大卫突然弯下身，放出泰迪熊。泰迪熊向他奔跑而来，亨德里克斯的指头下意识地扣动了扳机。泰迪熊被炸成了碎末，两个塔莎肩并肩，面无表情地穿过灰烬，继续跟进。

等她们几乎已走到眼前时，亨德里克斯抬枪射击。

两个塔莎炸开了花。但一群新的机器人爬了上来，五六个塔莎,全都长得一模一样,排成一列向他快速靠近。

塔莎,他把飞船和信号弹发射次序都交给了塔莎。因为他,她现在正飞往月球,飞向月球基地。是他,让机器人的阴谋成了现实。

不过,他对那枚炸弹的判断是正确的。炸弹是针对大卫和伤兵这些变种设计制造的。而克劳斯那种机器人,不是由人类设计制造的。它是由某个人类无法触及的地下工厂制造的。

那群塔莎到了他的跟前。亨德里克斯坦然地站着,平静地看着她们:熟悉的面庞、皮带、厚衬衫,以及小心挂置的炸弹。

炸弹——

当塔莎们抓住他时,他脑海中闪过最后一个具有讽刺意味的念头。这个念头让他感觉好过了些:那种炸弹,是二号变种为摧毁其他变种而制造的——只为这一个目的。

它们已经开始设计武器来自相残杀了。

乔恩的世界

　　卡斯特纳没有说话,绕着飞船走了一圈,然后登上活动舷梯,小心翼翼地步入其中,接着他消失在了船舱中。有那么一会儿,能看见他四下忙碌的身影。他再次出现在舱门外时,宽阔的面庞上带着淡淡的喜色。

　　"如何?"迦勒·瑞安说,"你觉得怎么样?"

　　卡斯特纳走下活动舷梯,"准备好起航了吗? 所有问题都解决了吗?"

　　"准备工作差不多已完成。工人们目前正在完成最后的部分——中继连接和供电线的组装。没什么大的问题,至少在我们能预测的范围内没有。"

　　两个人站在一起,仰头看着这个矮胖的金属盒子,看着它的舷窗、保护罩和观测用的格栅。飞船谈不上优美,它没有流畅的线条,没有镀铬的外壳以及支撑船体的瑞铱龙骨——也就是说,它与从一端逐渐收窄的泪滴状外形无缘。飞船方方正正,表面遍布着突起物和疙瘩块。

"看到我们从那里面出来,人们会怎么想?"卡斯特纳咕哝道。

"我们没有时间美化飞船了。当然了,如果你想再等上两个月的话——"

"你就不能去掉几个疙瘩吗?它们有什么用?它们是做什么的?"

"阀门。你可以查看图纸。它们负责疏导电力荷载,防止过度超载。时间旅行是非常危险的,在飞船回到过去的过程中,会积聚巨大的荷载量。这种荷载必须缓缓地释放出去——否则我们会变成一颗充满百万伏特电力的巨大炸弹。"

"我相信你说的话。"卡斯特纳拿上公文包,朝出口走去。联盟警卫整齐地向两旁移步,让开了路。"我会向理事会报告,飞船即将就绪。对了,有一件事忘说了。"

"什么事?"

"与你一同前去的人,我们已经选定了。"

"是谁?"

"是我。我一直想去看看战争之前的世界。虽然可以查阅史料阅读板,但这根本是两码事。我想亲自回去,到处走走。你知道的,据说战争之前没有灰烬,土地肥沃。人们可以走上几英里,见不到一块废墟。我想去看看这样的景色。"

"没想到你还对过去感兴趣。"

"是的。我的家族保留着一些图册,上面有过去的画面。难怪合联体想获取斯库勒曼的论文,如果能开始重建——"

"这是我们所有人的愿望。"

"也许我们能实现。回见啦。"

瑞安看着矮胖的商人挟紧公文包,往外走去。那排联盟警卫又移了一步让卡斯特纳通过,待他走出大门,随即站回原位。

瑞安的注意力又回到了飞船上。看来,他的旅伴是卡斯特纳了。合联体——联合合成工业联盟体——坚持派出了他们的对等代表参与时间旅行。联盟出一个人,合联体出一个人。合联体提供了"时钟计划"所需的各类物资——无论是商业上的或财政上的。没有它的支持,"时钟计划"就只能永远停留在图纸阶段。瑞安在工作台前坐下,用扫描器快速扫描飞船的蓝图。他们已为此工作了很长时间,工程就快收尾了,只剩几处小小的地方需要完善。

可视电话突然响了起来。瑞安暂停扫描,转身去接电话。

"瑞安。"联盟转接员出现在屏幕上。呼叫走的是联盟线路。"是紧急呼叫。"

瑞安愣了一下,"接通电话。"

转接员渐渐淡了下去。一会儿之后,屏幕上出现了一张老人的脸,面色红润、布满皱纹,"瑞安——"

"出什么事了?"

"你最好回家一趟,越快越好。"

"怎么回事？"

"是乔恩。"

瑞安极力保持镇定，"又发作了？"他的声音低沉。

"是的。"

"和前几次一样？"

"和前几次一模一样。"

瑞安猛地将手放在挂断开关上，"好的，我马上回来。别让任何人进屋，尽量让他保持安静，别让他跑出自己的房间。将警备级别加倍，如果有必要的话。"

瑞安断开了通信。片刻之后，他径直上楼，他的城际飞车正停泊在大楼房顶。

他开着城际飞车疾驰在空中，下方是无尽的灰烬大地。引力束会将飞车自动引导至四号城市。瑞安茫然地盯着舷窗外，地上的景色从他眼前晃过。

他正处于几座城市之间。大地一片荒芜，肉眼所见只有无边无际的灰烬和熔渣堆。城市间相隔数英里，如同几朵孤单的蕈菌，疏落地矗立在铅色的灰烬上。城市中，高塔与大楼林立，男人与女人在其间工作。人们正在逐步恢复地表环境。物资和装备均由月球基地源源不断地向地球运送。

在战争期间，人类离开了地球，搬到了月球。地球被完全摧毁，除了废墟和灰烬，一切化为乌有。战争结束后，人类又慢慢地返回了地球。

实际上,发生过两场战争。刚开始,是人类之间的战争。紧接着,人类与钢爪之间爆发了战争——钢爪原本是由人类创造的一种作为战争武器的精密机器人;但后来,钢爪自行设计出新的种类和新的装备,背叛了它们的造物主。

瑞安的飞车开始下降。他已经飞到了四号城市的上空,随即在他位于城中心的巨大私人住宅降落。飞车落在了屋顶上后,瑞安立刻跳下车,向电梯走去。

不一会儿,他进入了居住区,来到乔恩的房间前。

瑞安看见老人正透过房间的玻璃墙注视着乔恩,脸上的表情凝重。房间的一部分区域处于黑暗中;乔恩坐在床边,闭着双眼,双手紧握,嘴唇微张,不时伸出僵直的舌头。

"他这样子多久了?"瑞安问身旁的老人。

"大约一个小时。"

"前几次发作也是这个样子?"

"这一次比前几次要严重,一次比一次严重。"

"除了你,没人见过他这个样子吧?"

"就我们两人。在确定他发作之后,我给你打了电话。现在几乎结束了,他的神智快恢复了。"

这时,玻璃墙的另一面,乔恩站了起来,环抱双臂从床边走开。他的一头金发散乱地垂落在脸上,眼睛仍未睁开,面色苍白,神情呆滞,双唇颤抖。

"他一开始便彻底地陷入了昏迷。我让他单独待一会儿,然后我去了其他的房间。等我回来时,我看见他躺在地板上。他应该在读什么,身边散落着阅读板。他的脸色发蓝,呼吸节奏错乱。和以前一样,肌肉不停地痉挛。"

"你怎么处理的?"

"我进了房间,把他抱到了床上。他的身体起初很僵硬,但过了几分钟,变得松弛起来,四肢软绵绵的。我测了他的脉搏,跳动得很慢。他的呼吸渐渐变得舒缓。然后,它就出现了。"

"'它'?"

"胡言乱语。"

"哦。"瑞安点了点头。

"真希望你当时能在场。他比前几次讲的都多。不停地讲,滔滔不绝,一刻不停。好像他会一直讲下去一样。"

"内容……内容和以前讲的一样?"

"和以前讲的内容完全相同。而且,他的脸色变得有光彩,容光焕发,和以前一样。"

瑞安思索了一会儿,"现在我能进他的房间吗?"

"可以。发作差不多结束了。"

瑞安走向房门。他将手指紧紧按在密码锁上,门滑进了墙内。

他轻轻地进了房间,乔恩并未察觉。乔恩闭着眼睛,双臂环抱,在房内来回踱着步。他步履蹒跚,身体左右晃动。瑞安走到房间中央,站住了。

"乔恩!"

男孩的眼球动了动,然后他睁开眼睛,猛地摇了摇头,"瑞安?你……你要干什么?"

"你先坐下来。"

乔恩点了点头,"好的,谢谢你。"他恍惚地坐在了床上。他的眼睛又大又蓝。

乔恩把散乱的头发捋到了脑后,对瑞安微微地笑了笑。

"感觉怎么样?"

"还行。"

瑞安拉过一把椅子,坐在乔恩的对面。他跷起一条腿,向后靠在椅子上,打量起乔恩。很长一段时间,两人都不说话。"格兰特说,你又发作了。"瑞安终于开口说。

乔恩点了点头。

"现在结束了吗?"

"哦,是的。时间飞船的进展怎么样?"

"很顺利。"

"你答应过,等它完成的时候,能让我见一见它。"

"当然。等船完全竣工的时候。"

"那是什么时候?"

"很快,用不了几天。"

"我非常想见见它。我的脑海里无时无刻不想着它,想象着回到过去;你可以回到古希腊,去看看伯里克利①和色诺芬②,以及爱比克泰德③;还可以回到古埃及,与奥克亨那坦④面对面交谈。"他粲然笑道,"我都等不及想见到它了。"

瑞安在椅子上挪动了一下,"乔恩,以你的健康状态,你真的觉得自己能到户外吗? 也许——"

"健康状态? 你是指?"

"你的疾病会发作。你真的觉得自己应该出去吗? 你的身子骨太弱了。"

乔恩的脸沉了下来,"那不是疾病发作,真的不是。我希望你不要把它们称作疾病。"

"不是疾病发作? 那它们是什么?"

乔恩犹豫了一下,"我……我不应该告诉你,瑞安。你不会明白的。"

瑞安站了起来,"好吧,乔恩。如果你觉得不能告诉我,我回实验室了。"他走向门口,"真可惜,你不能看飞船了。要是你见到了,

---

①伯里克利(约前495—前429),古希腊奴隶主民主政治的杰出的代表者,古代世界著名的政治家之一。

②色诺芬(约前430—前355),雅典人,历史学家,苏格拉底的弟子。他以记录当时的希腊历史、苏格拉底语录而著称。

③爱比克泰德(约55—约135),古罗马最著名的斯多葛学派哲学家之一,晚年移居希腊讲学。

④奥克亨那坦(去世于前1351—前1334年之间),又被称为阿赫那呑,古埃及新王国时期的一位君主,因大刀阔斧的改革成为埃及历史上极具争议性的一位国王。

一定会喜欢的。"

乔恩可怜巴巴地跟在他身后,"我不能去看飞船了吗?"

"也许等了解了更多关于你的……你的疾病发作情况之后,我才能判断你的健康状态是否允许你外出。"

乔恩动摇了。瑞安专注地盯着乔恩。乔恩的表情变幻不定,仿佛各种念头在他的脑中来回交锋。他的内心在剧烈地挣扎。

"你还是不想告诉我,是吧?"

乔恩深深吸了口气,"它们是**幻象**。"

"什么?"

"它们是幻象。"乔恩的脸变得神采奕奕,"我很久以前就知道了。格兰特说,它们不是幻象。但它们就是。如果你能看到它们,你就会明白。它们和其他任何东西都不同,比……嗯,比这个还真实。"他捶了一下墙,"比这还要真实。"

瑞安慢条斯理地点燃了一支香烟,"说下去。"

乔恩的话一股脑地涌了出来,"**比任何东西都真实!** 就像从窗户里往外看,一扇通往另一个世界的窗户,一个真实的世界,比这里还真实。和那个世界相比,这里所有的一切都只是影子一样的存在,只是晦暗不明的影像、虚壳、倒影而已。"

"一个终极现实世界的影子?"

"没错! 说得太对了。这里的一切就像飘在那个世界前方的浮影。"乔恩走来走去,兴奋得不能自己,"这里,所有这些东西,我们在这里所能看见的,房屋、天空、城市、无尽的灰烬,没有一样是真实的。这个世界太暗淡模糊了！我真的感觉不到真实；那个世界不一样。而且这个世界的真实感越来越少；那个世界的却在增强。瑞安，那个世界变得越来越生动了！格兰特告诉我，这只是我的幻觉。但它不是，它是真实的。比这些东西，比这个房间里的这些东西都要真实。"

"那为什么我们看不见它呢？"

"我不知道。我希望你能看见。你应该能看见它，瑞安。它美丽极了。多看几次，你就会喜欢上它的。这需要时间去调整。"

瑞安细想了一下，"告诉我，"他最后说，"我想确切地知道你看到了什么。你是否总是看到相同的东西？"

"是的，总是相同的东西，但越来越强烈。"

"它是什么？你看到了什么这么真实？"

乔恩好一会儿没有回答，他似乎退缩了。瑞安看着自己的儿子，静静等待着。乔恩的脑中起了什么心思？他在想什么？男孩的眼睛又闭上了。他的双手紧紧握在一起，指关节发白。他又迷失了，迷失在了自己的秘密世界里。

"快说。"瑞安大声说。

所以，这就是这男孩所看到的景象吗？关于终极现实世界的**幻象**。他自己的儿子，像个中世纪的人一样。瑞安感到一阵令人战栗的讽刺。这一切就发生在当下——看起来人类终于战胜自己无力面对现实这一命运的当下，人类终于实现终极梦想的当下。难道科学永远无法实现它的目标吗？难道人类永远只偏爱幻想，而非现实吗？

他自己的儿子,思想仿佛倒退了上千年。鬼魂、神灵、恶魔和秘境,这就是他儿子的终极现实世界。数个世纪以来,人类用寓言、小说和形而上学,来消解自身对这个世界的恐惧。为了掩藏事实,逃避残酷的现实世界,人类编织梦想:神话、宗教和童话,以及更美好的、触不可及的、高高在上的所在——天堂。所有这些都回来了,重新回到了他的儿子身上。

"说吧。"瑞安有些不耐烦地说,"你看见了什么?"

"我看到了田野,"乔恩说,"和太阳一样明媚的金色田野,田野和公园,望不到边的公园。翠绿色和金黄色互相交织在一起。还有小径,供人行走的小径。"

"还有呢?"

"男人和女人,都穿着长袍,沿着小径在树下散步。空气清新而甜美,天空蔚蓝明亮。有鸟,有动物,在公园里奔跑的动物,还有蝴蝶。海洋,波浪轻柔的清澈海洋。"

"没有城市吗?"

"和我们的城市不同,不一样。人们住在公园里,在零星分布的小木屋里,在树林里。"

"道路呢?"

"只有小径,没有飞车或其他什么,只能步行。"

"你还看到了什么?"

"就这些。"乔恩睁开了眼睛,他的面颊潮红,双眼闪闪发亮,神采飞扬,"就这些,瑞安。公园和金色的田野,穿着长袍的男人和女人,还有好多的动物,令人惊叹的动物。"

"他们怎么生活?"

"什么?"

"人们怎么生活?他们靠什么过活?"

"他们种东西,在田野里。"

"只有这些?他们没有大型建筑吗?他们没有工厂吗?"

"我想没有。"

"一个发展水平低下的农耕社会。"瑞安皱起了眉头,"没有商业和贸易。"

"他们在田野里劳作时还会讨论事情。"

"你能听见他们吗?"

"他们的声音很小。如果我努力集中精神的话,有时候能听到一点儿。但我听不太清。"

"他们在讨论什么?"

"事情。"

"哪种事情?"

乔恩略微比画了一下,"伟大的事情。世界,宇宙。"

两人都沉默了。瑞安含糊地咕哝了一句什么。最后,他掐灭了香烟,"乔恩——"

"什么?"

"你觉得自己看到的都是**真实**的?"

乔恩露出了微笑,"我知道它是真实的。"

瑞安的目光变得锐利起来，"你说它真实，是什么意思？你是说，你的那个世界在某种层面上是真实的吗？"

"它是客观存在的。"

"它存在于什么地方？"

"我不知道。"

"在这里吗？它是不是存在于这里？"

"不，它不在这里。"

"那在其他的地方？很远的地方？在宇宙中某个人类无法感知的其他角落？"

"不是宇宙的其他角落，它和太空没关系。它在这里。"乔恩向四周划拉着双臂，"很近的地方，非常近。我看见它在我的周围。"

"你现在看见它了吗？"

"没有。它有时出现，有时消失。"

"它会消失？它只能间歇性地存在？"

"不，它一直存在。但我没法一直与它保持联系。"

"你怎么知道它一直存在？"

"我就是知道。"

"为什么我看不见它呢？为什么只有你能看见呢？"

"我不知道。"乔恩疲倦地揉着前额，"我不知道为什么只有我能看见，我希望你也能看见，我希望人人都能看见。"

"你怎么证明它不是你的幻觉呢？你并没有实体物证。你有的只是自己的内在感觉和意识状态。怎么对它进行实证性分析呢？"

"也许真的没有办法。我不知道，我也不在乎。我不想对它进行实证性分析。"

两人又陷入了沉默。乔恩紧绷着下巴，表情坚定而严肃。瑞安叹了口气，谈话没法继续下去了。

"好吧，乔恩。"他慢慢地向门口走去，"我以后再来看你。"

乔恩一言不发。

瑞安在门口停了一下，回头看着乔恩，"你的幻象越来越强烈了，对吗？也越来越清晰了。"

乔恩微微地点点头。

瑞安思虑了一会儿。最后，他抬起手，房门滑开；他走出房间，进了大厅。

格兰特来到他身边，"我一直在窗外观察。这孩子很内向，对吗?"

"跟他交流有些困难。他似乎相信那些疾病发作让他看到了某种幻象。"

"我知道，他对我讲过。"

"你为什么没告诉我?"

"我不想增加你的忧虑。我知道你一直在担心他。"

"发作越来越严重，他说幻象越来越清晰，他自己越来越信以为真。"

格兰特点了点头。

瑞安沿走廊步行，陷入沉思，格兰特跟在他身后不远处，瑞安严肃地说："任何应对方案都难保十全十美。他现在越来越沉浸于幻象中,并且开始认为幻象是真的。这些幻象正在颠覆他对外面世界的认知。除此之外——"

"除此之外,你快要离开了。"

"我真希望,我们对时间旅行能有更多了解。我们可能会经历很多事。"瑞安摩挲着下巴,"我们也许回不来。时间的力量非常强大。迄今为止,对于时间的真正探索从未完成过。我们不知道自己会遭遇到什么。"

他们走到电梯前,停下了脚步。

"我必须马上做出决定,必须在离开前定下来。"

"你的决定?"

瑞安走进了电梯,"你很快会知道的。从现在开始,不间断地监视乔恩。不要让他离开你的视线,哪怕一刻也不行。你听懂了吗?"

格兰特点了点头,"听懂了。你想让我确保他不会离开房间。"

"今晚或明早,你会听到我的消息。"电梯到达了房顶,瑞安步入他的城际飞车。

飞车刚一升空,他便打开可视电话,拨通了联盟办事处。联盟转接员的脸出现在屏幕上,"这里是办事处。"

"给我接医疗中心。"

转接员渐渐淡了下去。随即,医学理事沃尔特·蒂默尔出现在屏幕上。他的眼神闪了闪,认出了瑞安,"有什么可以为你效劳,迦勒?"

"我需要你派一辆医疗车和几个身强力壮的人到四号城市这里来。"

"什么事？"

"几个月前我和你讨论过的事。我想，你应该记起来了。"

蒂默尔的表情变了，"你的儿子？"

"我决定了。我不能再等下去了，他的状况正在恶化，而我很快要乘坐时间飞船离开了。我想让手术在我离开前完成。"

"没问题。"蒂默尔做了个笔记，"我们马上着手安排。我们会立刻派飞车把他接过来。"

瑞安迟疑了一下，"手术会成功吗？"

"当然。我们会请詹姆斯·普耐尔为他做手术。"蒂默尔伸出手准备关掉通信，"别担心，迦勒。他会非常出色地完成手术的，普耐尔是本中心最优秀的脑叶切除医生。"

瑞安展开线路图，将其四角在桌面上抚平，"这是一张以空间投影的形式绘制的时间线路图。这样我们可以确定要去的位置。"

卡斯特纳站在瑞安身后，凝视着线路图，"我们的活动是否只能局限于'时钟计划'——获取斯库勒曼的论文？或许，我们能到处走走？"

"我们所考虑的只有'时钟计划'。但为确保成功，我们应该在斯库勒曼的时间连续区间这一侧停靠若干次。时间线路图有可能不够精准，而且时间旅行本身也可能会出现误差。"

时间飞船的建造早已结束。最后阶段的所有组件都已安装到位。

乔恩坐在房间的一角,神色呆滞地盯着前方。瑞安朝他看了一眼,"你觉得它看起来怎么样?"

"很好。"

在他的前方,是一个装有窗户、表面布满密密麻麻突起的方盒子,犹如一只全身长满了瘊子和疙瘩的矮胖昆虫。这就是时间飞船,但没人会把它和飞船联系在一起。

"我猜你也想来一趟时间旅行,"卡斯特纳对乔恩说,"对吗?"

乔恩微微地点了点头。

"你感觉怎么样?"瑞安问他。

"很好。"

瑞安打量着他的儿子。男孩的小脸重新变得红润,他的身体机能也恢复了大半。幻象,当然不复存在了。

"也许下回你可以跟我们一起旅行。"卡斯特纳对乔恩说。

瑞安的目光回到了线路图上,"斯库勒曼的大部分研究是在2030年到2037年之间完成的。直到几年之后,他的成果才转化为实际应用。但是,决定将他的研究用于战争时,政府仅做了一番'深思熟虑'。政府似乎当时就对潜在危险有所察觉。"

"但还不够充分。"

"是的。"瑞安迟疑了一下,"但我们有可能会把人类再次带入同样的境地。"

"你的意思是?"

"斯库勒曼对于仿生大脑的发现在最后一个钢爪被摧毁时遗失

了,至今没有人能够重现他的研究。如果我们把他的论文带回来,我们也许会把整个社会重新置于危险之中。钢爪也许会再度出现。"

卡斯特纳摇了摇头,"不,斯库勒曼的研究与钢爪无直接联系。研发仿生大脑并不意味着要用它来搞破坏。任何科学发现都有可能成为带来毁灭的手段,即使是车轮,也曾安装在亚述人的战车上。"

"我想你说得对。"瑞安抬头看了卡斯特纳一眼,"你确定合联体不打算将斯库勒曼的研究用于军事工业?"

"合联体是一个企业联盟体,不是政府。"

"斯库勒曼的研究能让合联体长时间占据竞争优势。"

"现在的合联体就已经足够强大了。"

"不讨论这个话题了。"瑞安将路线图卷了起来,"我们随时可以出发。我都有些迫不及待了,我们已经为此工作了很长时间。"

"我同意。"

瑞安穿过房间来到他的儿子面前,"我们要走了,乔恩。我们应该很快就能回来。祝我们好运吧。"

乔恩点点头,"祝你们好运。"

"你感觉还好吗?"

"是的。"

"乔恩——你现在感觉好多了,对吗?比以前要好?"

"是的。"

"你高兴吗？它们都不见了，你以前所有的麻烦。"

"是的。"

瑞安笨拙地将手放在男孩的肩头，"我们随后再见。"

瑞安和卡斯特纳登上活动舷梯，走向时间飞船的舱体。乔恩在角落里静静地看向他们。几个联盟警卫懒散地站在实验室的入口，百无聊赖地往这边张望。

瑞安在舱门前停住了。他对一个警卫打了个招呼，"告诉蒂默尔，我要见他。"

警卫推开门，出去找人。

"怎么了？"卡斯特纳问。

"我还有点事儿要最后给他交代一下。"

卡斯特纳目光锐利地看了他一眼，"'最后'？怎么回事？你觉得我们会发生意外？"

"没有，只是以防万一。"

蒂默尔大步流星地走了进来，"你要出发了，瑞安？"

"一切准备就绪，没理由再拖时间了。"

蒂默尔爬上了活动舷梯，"那你找我有什么事？"

"也许没这必要，但总有可能发生意外。万一飞船没有按照我和联盟成员制订的计划表重新出现——"

"你想让我给乔恩指定一个监护人？"

"没错。"

"没什么好担心的。"

"我知道，但这么做会让我心安一些。他需要有人照顾。"

他们同时看了一眼坐在房间角落里的那个沉默不语、面无表情的男孩。乔恩直勾勾地盯着前方，表情茫然，双目呆滞无神——如同一张白纸，上面什么都没有。

"祝你好运。"蒂默尔说，他和瑞安握了握手，"希望你一切顺利。"

卡斯特纳爬进飞船，放下了公文包。瑞安随后进入，他拉下舱门，关闭了锁闩，最后将内门封闭。一排灯光自动亮起。伴随着"嘶嘶"声，船舱内开始自动加压。

"空气、光线、温度，一应具备。"卡斯特纳说。他透过舷窗看着外面的联盟警卫，"真是难以置信，再过几分钟，所有这一切将会消失。这栋建筑、这些警卫，这一切的一切。"

瑞安在飞船的控制台前坐下，展开了时间线路图。他固定好线路图后，将控制台的自动游标尺放在了图的表面，"我的计划是，我们逆时间而上，在沿途停靠几次，做些观测。这样一来，我们就能看到一些发生在过去，和我们的工作相关的事件。"

"看到战争？"

"差不多。我特别想亲眼看看现实中活动的钢爪。据战争事务处的记录，它们曾一度完全控制了地球。"

"那我们可别靠得太近，瑞安。"

瑞安笑了起来，"我们不会着陆的，只从空中观察。和我们发生实质性接触的只会是斯库勒曼。"

瑞安闭合了电力回路,汹涌的能量开始在船身内部流动。能量流过了控制台的计量仪和指示器,显示荷载的指针摆动了起来。

"我们特别要注意的是荷载峰值。"瑞安解释道,"如果飞船积聚了过多的时间尔格,我们将无法从时间长河中摆脱出来。在我们向时间上游前进的过程中,电能荷载会越聚越多,越聚越大。"

"最终变成一颗巨大的炸弹。"

"没错。"瑞安调整着控制台上的按钮,各种仪表的指针都动了起来,"起航喽。最好抓紧啦。"

他放开了开关。飞船剧烈地颤动着,摆正位置,缓缓滑入了时间之河。船身上的突起和导流叶片调整了形态,迎接随之而来的冲击力。继电器随即关闭,将飞船稳定住;时光如水,从船体表面流过。

"就像在大海里一样。"瑞安喃喃道,"宇宙中最强大的能量,隐于所有运动现象后面最伟大的动力,亚里士多德发现的原动力。"

"也许这就是人们曾说的神的领域。"

瑞安点了点头,他们的飞船高频震颤着,仿佛一个巨人把船身攥在了手里,而它的手指正无声地收紧。他们在移动。从舷窗向外看去,实验室中的人和墙壁摇动扭曲,越变越模糊。飞船驶离了现在的时间区间,在时间的洪流中越走越远。

"不会太久的。"瑞安轻声说。

突然之间,窗外的景色完全不见了,取而代之的是一片虚无,不存一物的虚无。

"我们已经脱离了时空实体，"瑞安解释道，"游离于宇宙法则之外。现在，我们处于时间静止状态，不属于任何一段时间区间。"

"但愿我们还能回去。"卡斯特纳忐忑地坐了下来，他的眼睛盯着空洞的舷窗，"我感觉我就像第一个乘潜艇下潜的人。"

"第一艘潜艇出现在美国革命战争期间，由驾驶员转动曲柄作动力，曲柄的另一头是螺旋桨。"

"那他怎么可能远距离航行？"

"他并未做远距离航行。他摇动着曲柄，把潜艇开到了英国护卫舰的下方，然后在护卫舰底部钻了个洞。"

卡斯特纳抬头看了一眼咔嗒作响、剧烈震荡的船身，"如果这艘船破了个洞会怎么样？"

"我们会被分解成原子，被我们周围的时光洪流同化。"瑞安点燃了一支烟，"我们会成为时光的一部分。我们会从宇宙的一个尽头飘到另一个尽头，循环往复。"

"尽头？"

"时间的尽头。时间的流动有两个方向。现在，我们正往上游而去。但是能量必须向两个方向移动才能保持平衡。否则时间尔格会在特定的时间区间内大量积聚，其后果将是灾难性的。"

"你是否设想过，这一切的背后存在某种意图？我很好奇，时间是怎么开始流动的？"

"你的问题毫无意义。但凡关于意图的发问都没有客观有效性，是无法进行实证性研究的。"

卡斯特纳陷入沉默。他看着舷窗外,心神不定地扯着袖子。

时间线路图上,游标沿着一条直线从现在往过去移动。瑞安神情专注地看着游标的移动轨迹,"我们即将到达战争的后期,大战的最后阶段。我准备控制飞船重回时空实体,摆脱时间之河。"

"那么我们又能回到宇宙中了?"

"重回物质空间,在另一个特定的时间区间内。"

瑞安握住了能量开关。他深吸了一口气,飞船的第一个重要测试已经结束,他们顺利地进入了时间之河,不知是否还能同样顺利地离开? 他拉下了开关。

飞船猛地一顿,晃得卡斯特纳一个趔趄,他赶忙抓住了舱壁扶架。舷窗外的空间如水波般荡漾起来,一片铅色的天空显现出来。船身内的配重物开始调整,稳定空中的飞船。他们的下方,地球倾斜地自转着,一会儿后,飞船稳定下来。

卡斯特纳急匆匆地跑到舷窗前往外望去。他们正在距地表几百英尺的高空之上急速飞行。大地上,铅色的灰烬向四面八方延伸而去,不时能看见城镇废墟,残破的建筑物和墙壁以及武器残骸。大片的灰烬被风卷上高空,遮天蔽日。

"战争还没结束吗?"卡斯特纳问。

"钢爪仍占据着地球。我们应该能看见它们。"

瑞安驾驶着时间飞船向高处飞去,他们的视野随之扩大。卡斯特纳的目光在地面上逡巡,"如果它们朝我们开枪,怎么办?"

"我们随时能逃入时间之河。"

"它们也许会捕获这艘飞船，利用它去我们的时代。"

"我对此表示怀疑。战争的这个阶段，钢爪正在打内战，自顾不暇。"

飞船的右面，横卧着一条弯曲的公路，时而隐入灰烬中，时而又蜿蜒而出。一个个张口的弹坑分布在路面上，将公路截为数段。公路上，有什么东西缓缓行进着。

"那里。"卡斯特纳说，"在公路上，有一队机器人。"

瑞安操控飞船悬停在公路上方，两人向外看去。这是一支棕黑色、稳步行军的队列。男人，一队男人，沉默地在灰烬覆盖的大地上行进。

突然，卡斯特纳倒抽了一口冷气，"它们都一模一样！它们个个长得一样。"

他们看见的是一队钢爪。从上空看去，这些机器人就像铅制玩具兵，踏着灰烬一路前行。瑞安屏住了呼吸。当然，他早料到会见到这样的景象。钢爪一共只有四种。他现在看见的机器人均是在同一个地底工厂，用相同的模子压印出来的。五六十个有着年轻男子外貌的机器人沉稳地前进，它们走得非常慢，每个机器人都只有一条腿。

"它们肯定是在和同类打仗时受的伤。"卡斯特纳小声说。

"不是，这种机器人出厂时就这般模样，属于'受伤士兵'型号。它们被设计成这样，是为了欺骗人类哨兵，混入人类的地堡。"

看着一队长相一样的男人顺着公路步履沉重地默默前行，场面实在怪异。每个士兵都挂着一根拐杖，就连拐杖也是一模一样。卡斯特纳张了张嘴，又闭上了——他有些反胃。

"不是那么让人愉快，对吗？"瑞安说，"幸好人类逃到了月球上。"

"它们中有潜入月球的吗？"

"有少数几个，但那时四种机器人变种都已经被我们辨认出，所以它们都自投罗网了。"瑞安握住能量开关，"我们继续前进。"

"等等。"卡斯特纳举手示意，"有什么事情要发生了。"

公路的右侧，一群人蹚着灰烬，悄然从斜坡奔下来。瑞安松开了能量开关，向窗外看去。那是一群女人，长相完全一样，穿着军服和靴子，无声无息地朝公路上的那队伤兵扑去。

"又一个变种。"卡斯特纳说。

那队伤兵突然停步。它们笨拙地朝各个方向跛行，分散开来。有几个伤兵绊了一下，拐杖被撞掉，跌倒在地。女人们冲上了公路——它们个个年轻苗条，黑发黑眼。一个伤兵举枪射击。一个女人在腰带间摸索了一下，然后做出了个抛物的动作。

"搞什么——"卡斯特纳低声道。突然闪过一道亮光，一朵放射着白光的尘云从公路中央腾起，向四方滚滚扩散。

"这是一种震荡波炸弹。"瑞安说。

"也许我们最好离开这里。"

瑞安拉下了能量开关。下方的景象如水般波动起来，突然越变越模糊，然后消失不见。

"谢天谢地，终于结束了。"卡斯特纳说，"看来，这就是战争的模样。"

"战争的第二阶段，也是主要阶段。钢爪对钢爪。它们开始自相残杀，这是件好事。我的意思是，对我们来说是好事。"

"现在去哪儿？"

"我们再做一次观测停靠。去战争的初始阶段，钢爪还未投入使用的时候。"

"之后就去找斯库勒曼？"

瑞安表情坚毅，"没错。再停靠一次，就去找斯库勒曼。"

瑞安调整了控制台上的按钮，仪表的指针稍微改变了一点儿，时间线路图上的游标继续移动，"不会离得太远。"瑞安喃喃道。他将继电器设置到位，握住了能量开关，"这次我们得多加小心。这个时候的战斗会比较频繁。"

"也许我们就不应该——"

"我想去看看。这是人与人之间的战争，苏联与联合国之间的战争。我很好奇这场战争是什么样的。"

"如果我们被发现了，怎么办？"

"我们能快速离开。"

卡斯特纳无言以对，瑞安在控制台前忙碌。时间慢慢流逝。瑞安嘴边的香烟燃到了尽头。最后，他直起了腰。

"马上停靠。准备好。"他拉下了开关。

在他们下方，是一片棕色和绿色相接的绵延平原，一个个弹坑密布其上。飞船掠过一座城市。城市在燃烧,股股浓烟冲天而起,飘荡在空中久久不散。道路上黑点攒动,定睛看去,是汇聚成流的人群和车辆在逃离城市。

"一次轰炸,"卡斯特纳说,"刚发生不久。"

城市被飞船远远地甩在了后面,他们飞到了一片开阔区域。下方,军用卡车正向前奔驰。这里的土地大部分并未被破坏,他们看到田间有几个农夫在劳作。当飞船从他们上方一掠而过时,农夫们吓得蹲在地上。

瑞安注视着天空,"快看。"

"飞行器?"

"我不太确定我们现在的位置。我不知道这个地方归属交战的哪一方。我们可能处于联合国的领土,也可能是苏联的领土。"瑞安紧紧握住了能量开关。

蓝天之上出现了两个小点儿,它们越变越大。瑞安眼睛一眨不眨地盯着小点儿。卡斯特纳在他身边紧张地嘟囔道:"瑞安,我们最好——"

两个小点分头扑了过来。瑞安握住能量开关的手越收越紧。他猛地拉下了开关。两架飞机俯冲而过,一瞬间瑞安他们眼前的场景消失了,飞船重新回到了灰蒙蒙的虚空。

他们的耳边仍回荡着那两架飞机的轰鸣声。

"真是太险了。"卡斯特纳说。

"就差一点儿。他们发动起攻击来毫不犹豫。"

"但愿你别再停靠了。"

"不会了，不会再停靠观测了。接下来执行'时钟计划'。我们已非常靠近斯库勒曼的时间区间。现在开始，我会降低飞船的速度。这一步将非常关键。"

"关键?"

"要接触斯库勒曼会遇到一些问题。我们必须精准地进入他的时间区间，不仅是时间，还有空间。他可能被保护起来了。不管怎么样，他们都不会给我们时间解释自己的意图。"瑞安拍了拍时间线路图，"而且很有可能，这上面给出的信息并不精确。"

"我们还有多久进入斯库勒曼的时间区间?"

瑞安看了看手边，"大约五到十分钟。做好离开飞船的准备，之后的行动将需要步行。"

他们到达时已是夜晚，万籁俱寂，没有一点儿声音。卡斯特纳将耳朵贴在船身上，仔细听着外面的动静，"什么都听不到。"

"是的，我也没听到什么声音。"瑞安小心翼翼地拉开内门，开启了锁闩，然后紧握着枪推开了舱门。他向外望去，只见漆黑一片。

空气清新微凉，充斥着花草树木生机勃勃的气息。他深深地吸了一口气。他什么也看不见，只有黑沉沉的夜色。远处，非常远的地方，传来了蟋蟀的叫声。

"听到了吗?"瑞安问。

"什么?"

"一只虫子的叫声。"瑞安谨慎地走了出去。脚下的土地很松软。他的眼睛渐渐适应了黑暗,在他的头顶,几颗星星闪烁着。他能辨认出树木,一大片的树林,在树林边是高高的围栏。

卡斯特纳也走出了船舱,他来到瑞安身旁,"现在怎么办?"

"小声点儿。"瑞安指了指围栏,"我们走那边。那边有房屋。"

他们穿过一片空地来到了围栏前。瑞安将发射能量调到最低,举枪射击。围栏破了一个焦黑的大洞,边缘断掉的铁丝被烧得炽红。

瑞安和卡斯特纳走过围栏,看见了房屋一侧的钢筋水泥墙壁。瑞安对卡斯特纳点头提醒道:"听着,我们下手得快,别弄出大的声响。"

他深吸了一口气,伏低了身子,然后弯着腰开始奔跑;卡斯特纳跟在他身边。他们向房屋跑去,一扇窗户出现在他们眼前,接着是一扇门。瑞安全力向门撞去。

门被撞开了。瑞安一个踉跄,跌了进去。他迅速地扫了一眼满屋惊愕的脸,屋里的人都跳了起来。

瑞安开火了,他举起枪扫射整个房间。火光从枪口喷出,轻微的爆裂声响起。卡斯特纳在瑞安身后开火。房间内火光明灭不定,人影奔逃,不断有人颓然倒地。

火光终于熄灭了。瑞安跨过满地焦炭般的尸体,向屋内走去。这是个营房,屋里有几张上下铺床、一张残破的桌子、一盏翻倒的台灯和一部无线电发报机。

借着台灯的光线,瑞安仔细查看着钉在墙上的作战地图。他的手指沿地图表面移动着,陷入了沉思。

"我们离得远吗?"卡斯特纳端着枪站在门口问。

"不远。只隔了几英里。"

"我们怎么去那里?"

"我们驾驶时间飞船去,那样会安全些。我们很幸运。从概率上看,就算它的位置在地球的另一边也不奇怪。"

"那里会有很多守卫吗?"

"我们到了之后才会知道。"瑞安向门口走去,"快走,可能已经有人看见我们了。"

卡斯特纳从残破的桌子上抓起几张报纸,"把这个带上,它们也许能给我们提供一些信息。"

"好主意。"

瑞安将飞船降落在两山之间的沟壑中。他展开报纸,聚精会神地读了起来,"我们到达的时间比我希望的要早,早了几个月。这些报纸应该是最近的。"他的手指轻触报纸,"纸张还未变黄,也许是一天多前的报纸。"

"上面的日期是?"

"2030年9月21日。"

卡斯特纳朝舷窗外看去,"太阳就快升起来了,天空的黑色开始变淡了。"

122

"我们得加快行动。"

"我有点儿心神不宁。我应该做些什么?"

"斯库勒曼住在这座山外的一个小村庄里。我们现在的位置是美国的堪萨斯州,这片地区已经被军队围住了,周围的一圈全是碉堡和战壕。我们处于包围圈内的边缘。实际上在这个时间区间里,斯库勒曼还默默无闻,他的研究还未发表。他现在正效力于政府的一个大型研究项目。"

"那他还没被特别保护起来。"

"那是后来的事了——他将研究提交给政府后,会有人不分日夜地保护他。他会被软禁在地下实验室,永远不见天日。他是政府最宝贵的研究员,但是现在——"

"我们怎么辨认他?"

瑞安递给卡斯特纳一沓照片,"这就是斯库勒曼。这些是历经岁月保留到我们年代的全部照片。"

卡斯特纳端详着照片。斯库勒曼是一个戴着牛角框眼镜的小个子男人。他面对镜头淡淡地微笑着。他身材消瘦,额头突出,看上去有点儿神经质;他的双手纤细,手指修长。在一张照片里,他坐在书桌前,身边放着个烟斗,扁平的身板上套着件无袖羊毛运动衫。在另一张照片里,他盘腿坐着,膝头躺着一只斑纹猫,身前放着一个装着啤酒的德国旧马克杯,杯身上画着狩猎的场景,写着几个哥特字母。

"就是他发明了钢爪。或者说,完成了钢爪的研究工作。"

"就是他发现了可以让第一代仿生大脑正常运转的几大原理。"

"他知道他们打算利用他的研究制造钢爪吗?"

"刚开始不知道。据报告说,第一批钢爪投入使用之后斯库勒曼才知道实情。当时,美国正节节败退。苏联由于出其不意地率先发起进攻,获得了巨大的先期优势。钢爪的发明被誉为西方社会发展的一次巨大胜利。在一段时间里,它们似乎扭转了战争的态势。"

"但是后来——"

"但是后来,钢爪开始制造它们自己的新变种,并且无差别地攻击苏联和西方诸国。只有在月球联合国基地里的人类幸存了下来,仅剩几千万人。"

"幸好的是,钢爪最后开始自相残杀。"

"斯库勒曼目睹了自己的研究成果从开始到最后的整个发展过程。据说他变得愤世嫉俗、满腹牢骚。"

卡斯特纳将照片递了回去,"你说他并没有被特别保护起来?"

"在这个时间区间内没有,他目前只是个普通的研究员。他还很年轻,在这个时间区间里,他才二十五岁。请记住这点。"

"我们到哪里能找到他?"

"政府项目所在的地点以前是一间学校。这个时间项目的大部分工作都在地面上完成,大型的地底开发项现在还未开始。研究员住在离实验室约四百米远的军营里。"瑞安看了一眼手表,"我们最好的时机是他在实验室的工作台前开始工作的时候。"

"不在军营里吗?"

"论文都在实验室里。政府不允许任何文字形式的物品被带出实验室。每个研究员在离开时都会被搜身。"瑞安仔细地理了理衣服,"我们必须要小心行事。斯库勒曼绝不能受到伤害。我们只要他的论文。"

"我们不能用爆能枪吗?"

"不能,我们可不能冒险伤害他。"

"他的论文一定会在他的工作台上?"

"不论出于什么理由,他都不被允许擅自改变论文的位置。我们目标明确,也知道确切地点。论文只可能放在这一个地方。"

"他们的安保措施正中我们的下怀。"

"没错。"瑞安低声说。

瑞安和卡斯特纳借着树林的掩护,快速地潜下了坚硬而冰凉的山坡。他们出现在小镇的边缘,街道上有几个早起的人在慢慢溜达。这个镇子没遭受过轰炸,目前为止,一切都完好无损。商店的窗户钉上了木板,路边巨大的箭头指向地下避难所。

"他们戴着什么?"卡斯特纳问,"有几个人的脸上戴着东西。"

"那是防菌口罩。别停下。"瑞安紧握着爆能手枪和卡斯特纳行走在镇子的街道上,没有人注意他们。

"又走过两个没穿制服的人。"卡斯特纳说。

"我们最大的希望是出其不意。我们已经进入防御圈内部了,天空上有飞机巡逻,防备苏联飞行器。苏联间谍不可能空降到这里。不管怎么说，这里只是一个在美国中部的小实验室，苏联间谍没有理由会跑到这里来。"

"但这里有守卫。"

"所有的东西都有守卫。所有与科学相关的东西，各种各样的研究文件。"

前方已能看到学校，门口有几个人在走动。瑞安的心猛地提了起来，斯库勒曼会在那几人之中吗？

那些人一个接一个地走了进去。一个穿制服、戴钢盔的守卫在检查他们的徽章。其中几个人戴着防菌口罩，只露出眼睛。他能认出斯库勒曼吗？万一斯库勒曼也戴着口罩呢？瑞安突然感到一阵恐惧，戴着口罩的斯库勒曼根本无法辨识。

瑞安不动声色地将手枪收好，然后看着卡斯特纳也收好了枪，他的手紧紧拽着衣服口袋的衬里。

致眠气晶体。在这么早的年代里，不会有人对致眠气体免疫。一年多之后，致眠气晶体才会被发明。致眠气体能使方圆几百英尺内的人陷入时长各异的睡眠。这是一种难以预测的棘手武器——但对付当下的情况最合适不过。

"我准备好了。"卡斯特纳小声说。

"等等，我们得等他来。"

他们静静地等待着。旭日东升，温暖的阳光照亮了清冷的天空。越来越多的研究员从街道那边走过，排队进了学校。瑞安和卡斯特纳的呼吸带出大团的白气，他们来回搓着手。瑞安变得有些紧张,一个守卫不住地拿眼瞧他和卡斯特纳,如果他们成了可疑分子——

一个穿着厚重大衣、戴牛角框眼镜的小个子男人沿着街道急匆匆地向学校走去。

瑞安的整个身子都绷紧了。斯库勒曼!斯库勒曼向守卫亮了一下他的徽章,在原地跺了跺脚,脱下露指手套,走进了大楼。一切只在转瞬间发生。一个干练的年轻人行色匆匆地奔向他的工作和论文。

"行动。"瑞安说。

他和卡斯特纳向前走去。瑞安从口袋衬里中抓过致眠气晶体。这些晶体在手里冰凉而坚硬,就像握着一把钻石。守卫表情冷漠地看着他们走了过来,警惕地举起了枪,他以前从来没见过他们。瑞安看着守卫的脸,毫不费力地看出他在想什么。

瑞安和卡斯特纳在门口停下,"我们是FBI。"瑞安语气平淡地说。

"出示你们的证件。"守卫不为所动。

"这是我们的证件。"瑞安说着,把手从衣服口袋中拿了出来,捏碎了握在其中的致眠气晶体。

守卫肩膀下垂,表情彻底放松,软绵绵地躺倒在地上。致眠气体开始扩散。卡斯特纳走进门内,左右张望,眼神明亮。

楼内空间不是很大。在他们周围,实验工作台和设备向四面排开。研究员们张着嘴,四肢摊开,倒在他们原来站立的地方,如同一堆堆烂泥。

"别愣着。"瑞安从卡斯特纳的身旁走过，急急地往实验室里冲去。在房间的另一头，斯库勒曼瘫软地趴在他的工作台上。他的脸贴着金属的台面，眼镜掉落在地，眼睛无神地睁着。论文已被他从抽屉里取了出来，挂锁和钥匙还放在工作台上。论文被拿在他的手中，压在他的耳朵下。

卡斯特纳跑到斯库勒曼身边，一把抓起论文，塞进了公文包。

"全部拿走！"

"已经全部拿走了。"卡斯特纳拉开抽屉，将抽屉里放着的论文全部抓了出来，"一张也不剩。"

"我们走。致眠气体很快就要消散了。"

他们沿原路跑了出去。门口又多了几个四仰八叉倒在地上的人——是刚才进入这个区域的研究员。

"快点。"

他们顺着镇子唯一的主街道向镇外跑去。人们诧异地看着他们。卡斯特纳紧抓着他的公文包，"呼哧呼哧"地喘着粗气，速度愈来愈慢。

"我快……快跑不动了。"

"别停下来。"

他们跑出了镇子，开始往山坡上爬。瑞安身子前倾，头也不回地穿行于树林间。现在应该有几个研究员快醒了，其他的守卫也该赶到学校了，警报很快就会被拉响。

他们的身后响起了刺耳的警笛声。

"他们来了。"瑞安在山顶稍做停留,等着卡斯特纳。在他们后面,人群从地下堡垒中冲出,迅速地拥上了街头。更多的警笛声响起,在空中阴郁地回荡着。

"下山!"瑞安翻过山头,顺山坡往下,向时间飞船跑去,脚下不时激起干燥的尘土。卡斯特纳气喘吁吁地紧跟在他身后。他们能听到有人大声命令着。士兵们从山坡的另一面蜂拥而来。

瑞安爬上了飞船。他拽住卡斯特纳,把他拉了进来,"关闭舱门。快把它关上!"

瑞安奔向控制台。卡斯特纳丢下公文包,抓着舱门的边缘使劲往下拉。山顶上出现了一队士兵,他们一边往山坡下跑,一边瞄准射击。

"关门!"瑞安吼道。飞船外壳上响起了雨点般的击打声。"快关门!"

卡斯特纳举起爆能手枪还击。几道光束轰鸣着向山坡上的士兵射去。舱门"啪"的一声关上了。卡斯特纳将锁闩旋转关闭,又封闭了内门,"好了,都关好了。"

瑞安一把拉下能量开关。外面,未被击中的士兵穿过燃起的大火向飞船跑来。透过舷窗,瑞安能看到他们被粒子束烤焦熏黑的脸。

一个士兵艰难地举起枪。大多数士兵倒在地上,翻滚着,挣扎着想站起来。飞船外的场景越来越模糊,但瑞安看见一个士兵艰难地跪坐起来，他的衣服正在燃烧，滚滚浓烟从他的胳膊和肩膀上冒起，他的脸因为痛苦而扭曲。他双手颤抖，弓着身子向外探出，朝着飞船，向着瑞安的方向抬起了脸。

瑞安突然遍体生寒。

窗外，场景突然消失，变成了一片虚无，空无一物，但瑞安的眼睛仍一眨不眨地盯着舷窗。仪表改变了读数。时间线路上，游标尺的游标循着时间线，稳稳地移动着。

在最后一刻，瑞安看到了那个士兵的脸。那张脸痛苦地扭曲着，五官剧烈抽搐，几乎看不出原样。那副眼镜已不知去向。但毫无疑问——那个人是斯库勒曼。

瑞安坐了下来，颤抖着用手捋过头发。

"你确定吗？"卡斯特纳问。

"确定。他一定很快苏醒了过来，致眠气体对不同的人有不同的效果，而且他处于房间靠里的地方。他一定是苏醒之后就来追我们。"

"他伤得重吗？"

"我不知道。"

卡斯特纳打开了公文包，"不管怎么说，我们拿到了论文。"

瑞安心不在焉地点了点头。斯库勒曼受伤了，被爆能枪击中了，他的衣服在着火。这不是计划的一部分。

但更重要的是——**历史上曾发生过这件事吗？**

他的脑海里首次浮现出一个想法，他们的所作所为会使历史朝另外的方向发展吗？他们自己的任务是获取斯库勒曼的论文,这样合联体就能造出仿生大脑。倘若使用得当,对于帮助复原已成废墟的地球,斯库勒曼的成果将发挥巨大作用。机器人劳动大军能恢复植被,重建房屋,使地球再度变为沃土。机器人效率很高,它们一个产品周期内完成的工作量,人类可能需要辛劳数年才能完成。地球即将重新焕发生机。

但回到过去,他们是否引入了新的变量？是否创造了新的过去？是否打破了某种平衡？

瑞安站起身来,来回踱着步。

"怎么啦?"卡斯特纳问,"我们拿到了论文。"

"我知道。"

"合联体会满意的。从现在起,联盟所期盼的援助就不远啦——不管它想要什么样的援助。合联体会进一步壮大。毕竟,合联体会制造机器人,负责劳动的机器人。人类将摆脱劳动的历史。机器人将代替人类在地面上工作。"

瑞安点了点头,"没错。"

"那你怎么了?"

"我在担心我们的时间区间。"

"你在担心什么?"

瑞安走到控制台前,仔细研究时间线路图。游标尺的游标正沿着时间线向下游移动,飞船正在朝原来的时间区间前进。"我担心,我们也许把新的变量引入了过去的时间区间。根据记录,斯库勒曼并未受过伤,记录上根本没有过这件事。这可能已经引发了另一条因果链。"

"比如什么?"

"我不知道,但我想找出来。我们马上停靠一下,看看我们到底引发了什么新变化。"

瑞安驾驶飞船进入了紧邻斯库勒曼受伤事件的时间区间——十月初,事发一个多星期以后。他将飞船降落在艾奥瓦州首府得梅因市郊的一处农田里。太阳已下山,秋天的夜晚微凉,脚下的土地坚硬干燥。

卡斯特纳紧挟着公文包,和瑞安走进了一个小镇。得梅因市遭受了苏联自导导弹的轰炸,大部分工业区已不复存在。平民已被撤离,只有军队和建筑工人还留在城市里。

动物在空无一人的街道上游荡,寻找食物。玻璃碎片和垃圾遍地都是,城市萧索而荒凉。街道两旁的房屋大多毁于轰炸引起的大火。路口和被炸平的地面上,大堆的碎石和尸体混合在一起,如同一个个坟堆,散发出腐烂的臭味,浸透了秋天的空气。

瑞安从一个被木板钉死的报刊亭拿了一份新闻杂志——《评论周刊》。杂志受了潮,封面上满是霉点。卡斯特纳把杂志放进公文包,两人返回时间飞船。路上,有几个将武器装备搬离城市的士兵从他们身边走过,但并未盘问他们。

两人进入了时间飞船,将舱门锁上。飞船四周是荒弃的农田。农舍已被烧毁,庄稼也已枯死。一辆烧焦的汽车残骸侧翻在车道上。农舍的废墟里，一群长相丑陋的猪正拱来拱去，想找点儿吃食。

瑞安坐了下来，翻开杂志。他一页一页慢慢地翻着，仔细地看了很久。

"你看到什么了?"卡斯特纳问。

"全是关于战争的新闻。现在还处于战争的开始阶段，苏联的自导导弹不断轰炸，美国的飞碟炸弹如雨点般落在俄国人的领土上。"

"有提到斯库勒曼的吗?"

"还没看见。这段时间发生了很多事。"瑞安继续翻看杂志。终于，在最后几页中，他找到了想看的信息。一篇豆腐块大小的报道，只有一小段话。

苏联间谍袭击未果

一帮苏联间谍意图摧毁位于堪萨斯州哈里斯镇的政府研究站，遭守卫开枪射击，随即被击溃。苏联间谍趁上早班的研究员开始工作时，伪装成FBI特工，试图欺骗守卫，进入试验站的工作室。警惕的守卫拦截了他们，并开始追击。苏联间谍最终逃脱。实验室和仪器均未受损坏。两名守卫和一名研究员在遭遇战中身亡，他们的名字是——

瑞安不禁捏紧了杂志。

"读到什么了?"卡斯特纳急忙凑了过来。

瑞安读完了剩余部分。他放下杂志,慢慢地将它推给卡斯特纳。

"看到什么啦?"卡斯特纳扫视着那一页。

"斯库勒曼死了,被爆能枪杀死了。我们杀死了他,我们改变了过去。"

瑞安站起身,走到舷窗前。他点燃烟吸了一口,稍微恢复了镇定,"我们引发了新的变化,开启了一条新的时间线。这条线最终会怎样根本无从知道。"

"你想说的是?"

"也许会有另外一个人研发了仿生大脑。也许变化能自我修正,时间之河会恢复到正常的轨道上。"

"为什么它会自我修正?"

"我不知道。目前的情况是,我们杀了他并偷了他的论文,政府将不可能得到他的研究成果,政府甚至都不会知道他的研究存在过。除非另有一个人做了同样的研究,涉及了同样的材料——"

"我们怎么才能知道?"

"我们得做更多的调查。这是唯一能查明实情的方法。"

瑞安将时间设定在 2051 年。

在 2051 年,首批钢爪开始出现,当时苏联几乎已经赢得了战争。联合国孤注一掷,开始制造钢爪,作为扭转战局的最后希望。

瑞安将时间飞船降落在一条山梁的顶部。他们的下方，平坦的大地向远处无限延伸开去，废墟、带刺铁丝网和武器残骸散布其间。

卡斯特纳旋开了舱门，谨慎地走出船舱，踏上地面。

"小心点儿，"瑞安说，"别忘了有钢爪。"

卡斯特纳拔出了爆能手枪，"不会忘的。"

"在这个阶段，它们体型不大，大约一英寸①长，金属材质，喜欢躲在灰烬里。人形机器人目前还未出现。"

太阳高悬于天空，大概已到正午。空气温热而窒闷。大团的灰烬被风吹起，从地面翻滚而过。

突然，卡斯特纳浑身紧张起来，"快看，那是什么？沿着公路过来了。"

一辆满载士兵的棕色重型卡车颠簸着朝他们缓缓驶来。卡车沿着公路一路开到了山脚下。瑞安拔出了他的爆能手枪，他和卡斯特纳严阵以待地站着。

卡车停住了。几个士兵跳下车，蹚着灰烬顺山坡往上爬来。

"准备。"瑞安压低声音说。

士兵们在他们身前几步远停了下来。瑞安和卡斯特纳一言不发地举起了爆能手枪。

一个士兵哈哈大笑起来，"把枪收好。你们不知道战争已经结束了吗？"

"结束？"

---

① 1英寸等于2.54厘米。

士兵们放松了下来。他们的长官,一个红脸大汉,在脏兮兮的额头上抹了一把汗,推开士兵们走到瑞安面前。他的军服破烂而肮脏,一双开裂的皮靴沾满了灰烬,"战争已结束一个星期了。别愣着啦!有好多事等着我们忙呢。我们会捎上你们一起回去。"

"回去?"

"我们正在召集前线哨所的哨兵。你们的通信中断了吗?收不到信息吗?"

"是的。"瑞安说。

"等人人都知道战争结束,肯定得几个月之后了。来吧。没时间站在这里闲聊。"

瑞安挪动了下身子,"告诉我,你说战争结束了?但——"

"这是件好事,反正我们也坚持不下去了。"军官拍了拍皮带,"你不会刚好带着香烟吧?"

瑞安慢吞吞地掏出了烟盒。他把香烟全取了出来,递给军官,然后仔细地捏扁烟盒,放回了口袋。

"谢谢。"军官将香烟发给他的手下。他们点燃了香烟。"是的,这是件好事。我们差一点儿就完蛋了。"

卡斯特纳忽然开口:"钢爪,钢爪怎么样了?"

军官皱起了眉头,"什么?"

"为什么战争结束得这么……这么突然?"

"苏联国内发生了反革命运动。这几个月,我们一直在向苏联投放间谍和宣传材料,真没想过会产生这么大的效果。他们其实比我们了解的脆弱得多。"

"那战争真的结束了?"

"当然。"军官抓住了瑞安的胳膊,"走吧。我们还有活儿要干。我们要把这些该死的灰烬都清除掉,然后种上东西。"

"种上东西? 庄稼?"

"当然,不然你想种什么?"

瑞安挣脱了军官,"我就直话直说了。战争结束了,再没仗打了。而你从没听说过钢爪? 那种叫钢爪的武器?"

军官的脸皱了起来,"你在说什么?"

"机械杀手。机器人。一种武器。"

围着他们的士兵往后退了一步,"他到底在说什么?"

"你最好解释清楚。"军官说,他的表情突然严肃起来,"你说的钢爪是个什么东西?"

"战争期间没开发新的武器吗?"卡斯特纳问。

没人回答。最后,一个士兵嘟囔道:"我想我知道他说的是什么。他说的是道宁的地雷。"

瑞安将头转向他,"什么?"

"一个英国物理学家。他一直在试验制造机械地雷,拥有自主权的那种机器人地雷。但他的地雷没法自我修复,于是政府放弃了这个计划,转而加大了宣传战的力度。"

"所以战争才结束。"军官说着抬腿离开,"我们走。"

士兵们跟在他身后,顺山坡往下走去。

"来吗?"军官中途停了一下,回头看向瑞安和卡斯特纳。

"我们一会儿过来,"瑞安说,"我们得收拾下装备。"

"好的,沿公路往南走大约半英里就能到营地。那里有一个聚居点,住着从月球回来的人。"

"从月球回来?"

"我们前不久开始向月球转移人员和设备,但现在已经没必要了。也许这是件好事,谁没事儿想离开地球?"

"谢谢你的香烟!"一个士兵转身喊道。军官坐上驾驶座,士兵们有序地登上后车厢。卡车发动了起来,轰鸣着沿着公路继续驶去。

瑞安和卡斯特纳看着卡车驶远。

"看来,斯库勒曼死亡的影响一直未被抵消。"瑞安低声说,"一个全新的过去——"

"不知道这样的影响有多深远,会不会延续到我们的时代。"

"要想弄清楚只有一个方法。"

卡斯特纳点了点头,"我想马上就知道,越快越好。我们出发吧。"

瑞安若有所思地点头道:"越快越好。"

他们进入了时间飞船。卡斯特纳抱着公文包坐下。瑞安调整着控制台的按钮。舷窗外的景象倏忽一闪,消失无踪。飞船又航行在时间之河中,向他们的时代而去。

瑞安表情肃然,"我简直不能相信。过去的整体框架被改变了,一条全新的时间链被引发了,并向各段时间区间扩散,我们的时间流被改动得越来越多。"

"那么,等我们回去,将不再是我们的时代。现在根本无法预知会有多大的不同。一切都从斯库勒曼死亡开始,一个事件造就了一个全新的历史。"

"不能从斯库勒曼死亡那一刻算起。"瑞安纠正道。

"你说的是什么意思?"

"不能从他的死亡算起,而是他的论文丢失的那一刻。因为斯库勒曼的死亡,政府无法获得成功制造仿生大脑的方法,所以钢爪永远不会出现。"

"这不是一码事吗?"

"是吗?"

卡斯特纳猛地抬起头来,"解释一下。"

"斯库勒曼的死亡无关紧要。对于政府来说,论文的丢失才是决定性的因素。"瑞安指了指卡斯特纳的公文包,"论文在哪里? 在这里,在我们手里。"

卡斯特纳点头道:"你说得没错。"

"我们可以回到过去,把论文交给某个政府机构,以此恢复局势。斯库勒曼无关紧要,他的论文才至关重要。"

瑞安将手伸向能量开关。

"等等!"卡斯特纳说,"你不想去看看现在是什么样的吗? 我们应该去看看我们的时代有了什么改变。"

瑞安迟疑了，"有道理。"

"那之后，我们再决定该怎么做。"

"好吧。我们继续返回，到时再做打算。"

时间线路图上，游标差不多已回到了初始位置。瑞安握住能量开关，目不转睛地盯着游标。卡斯特纳紧紧地抱着膝头上沉甸甸的公文包。

"我们快到了。"瑞安说。

"快到我们自己的时代了吗？"

"还要一会儿。"瑞安握着能量开关，站了起来，"不知道我们会看见什么。"

"或许快要认不出了。"

瑞安感受着手掌下冰凉的金属质感，深吸了一口气。他们的世界会有多大变化？他们会见到熟悉的东西吗？他们是否使所有熟悉的东西都消失了？

一件事的发端，引起了一连串巨大而不可预知的变化，由此形成的影响如巨浪般向时间之河的下游奔涌而去，改变了每一段时间区间，传入了未来的所有纪元。第二场战争永远没有发生。在钢爪被发明出来之前，战争就已结束。仿生大脑的概念一直没被转化为可行的实际应用——推动战争威力最大的引擎从未存在过。人类将精力从战争转到了星球的重建上。

瑞安身前的仪表指针摆动起来。再过几秒钟，他们就将返回。地球会是什么模样？还有保持原样的东西吗？

地球上的五十座城市,也许已烟消云散。他的儿子乔恩还在房间里安静读书吗?合联体、政府、联盟以及它的实验室、办公室、高楼、楼顶停车坪和警卫,还有整个复杂的社会结构,所有这些是不是都已消失得不留一点儿痕迹?也许吧。

他们将看到的会是什么?

"我们马上就会知道。"瑞安轻声说。

"不会太久的。"卡斯特纳站起身,走到舷窗边,"我要亲眼看看。它一定是个很陌生的世界。"

瑞安拉下能量开关。飞船猝然一顿,脱离了时间之河。舷窗外出现水波纹,随即真实的世界显露出来。飞船的配重自动调控系统启动,船身恢复平稳。此时,飞船正飞驰在大地表面的上空。

卡斯特纳倒抽了一口冷气。

"你看见了什么?"瑞安急忙问道,他正调整着飞船的速度,"外面有什么?"

卡斯特纳没回答。

"你看见了什么?"

过了好一会儿,卡斯特纳从舷窗前转过身来,"非常有趣,你自己看。"

"外面有什么?"

卡斯特纳拿上他的公文包,缓缓地坐下了,"这开启了一条全新的思路。"

瑞安走到舷窗前,向外看去。他们的下方是地球,但已经不是他们离开时的地球。

田野，一望无际的金黄色田野，还有公园，公园和金黄的田野。目之所及的远方，只有星罗棋布的金黄色和绿色方块，没有一丝杂色。

"没有城市。"瑞安声音嘶哑地说。

"是的。你难道不记得了吗？人们都在田野里劳作，或者在公园里散步，讨论着宇宙的本质。"

"这是乔恩看到的景象。"

"你的儿子描述得非常精准。"

瑞安满脸茫然地走回控制台前，头脑里一片混乱。他在椅子上坐下，放下起落抓钩。飞船缓缓下降，从一片平整的田地上方滑翔而过。男人和女人惊恐地抬起头看向飞船——穿着长袍的男人和女人。

飞船飞过了一个公园。一群动物慌乱地跑开——像鹿一样的动物。

这是乔恩看见的世界，这是乔恩的幻象。田野、公园，还有衣袂飘飘的男人和女人在小径上散步，讨论着关于宇宙的问题。

而另外的那个世界，他的世界，已不复存在。联盟不在了。他一辈子的心血毁了，不存于这个世界。他的儿子，乔恩，消失了。他再也见不到乔恩了。他的心血、他的儿子，他所知道的一切都烟消云散了。

"我们得回去。"瑞安突然说。

卡斯特纳眨了眨眼睛，"你说什么？"

"我们必须把论文还回它所属的时间区间。我们无法将场景完全复原,但我们可以把论文放到政府的手上。这样将会修复所有的相关因素。"

"你是认真的吗?"

瑞安摇摇晃晃地站了起来,走向卡斯特纳,"把论文给我。现在形势严峻,我们的动作得快。东西必须放回原位。"

卡斯特纳向后退去,猛然拔出了他的手枪。瑞安猛冲过去。他的肩膀撞上卡斯特纳,将小个子生意人撞翻在地。手枪被打脱手,划过飞船地板,"咔嗒"一声碰在了船壁上。论文漫天飞舞。

"你个大蠢蛋!"瑞安跪到地上,伸手去抓论文。

卡斯特纳跑去追枪。他一把抄起枪,他的一张胖脸表情坚定而执拗。瑞安用余光瞥见了他的模样,一时间几乎忍不住想发笑。卡斯特纳的脸涨得通红,两颊如烧铁般滚烫。他笨手笨脚地握住枪,举起来瞄准。

"卡斯特纳,天啦——"

小个子商人的手指扣紧了扳机。恐惧突发而至,瑞安如坠冰窖,手忙脚乱地爬起来。手枪轰然发射,"噼啪"作响的能量束飞过船舱。瑞安忙向旁边跳去,粒子束"嗖"地从他身边掠过。

散落在地板上的斯库勒曼论文燃起了火焰,火光耀眼。不过片刻,论文便燃烧殆尽。火光闪烁了几下便熄灭了,只剩下纸灰。粒子束淡淡的酸味飘向瑞安,让他鼻子发痒、眼睛流泪。

"抱歉。"卡斯特纳喃喃道,他把手枪放在控制台上,"你不觉得我们最好还是先降落？我们离地面已经非常近了。"

瑞安机械地走到控制台前。过了一会儿，他在椅子上坐下，开始调整操作台的按钮，降低飞船的速度。他一言不发。

"我开始有点儿理解乔恩了。"卡斯特纳轻声说，"他一定有某种感知平行时空的能力，能够察知其他可能的未来。随着时间飞船的建造，他看到的幻象也越来越清晰，对吗？每过一天，他看到的幻象也就越加真实。每过一天，时间飞船便越接近完工。"

瑞安点了点头。

"这让我有了一系列全新的猜想。中世纪圣人看到的神秘幻象，说不定是其他的未来，另外的时间分支。看到地狱也许是糟糕的时间分支，看到天堂也许是美好的时间分支。我们的世界，处于不好也不坏的时间主线。乔恩看到的永恒不变世界的幻象，是一种时间静止的状态。不是其他的世界，而正是这个世界。他从时间之河之外看到了这一切。我们也得多想想这种情况。"

飞船在一个公园的边缘稳稳地着陆了。卡斯特纳走到舷窗前，看着窗外的树木。

"我的家族保留下来的书中有一些树木的图片。"他沉思道，"我们旁边的这些树是漆椒树。那边的那些树，叫作常青树——它们四季常青，这是它们名字的由来。"

卡斯特纳拿起他的公文包，紧紧攥着，向舱门走去。

"让我们去见见当地人。我们可以同他们一起讨论问题，形而上的问题。"他对瑞安咧嘴一笑，"我一直很喜欢形而上的东西。"

星球窃贼

"是架什么类型的飞船?"舒尔船长大声问道。他手握微控操作杆,双眼紧盯屏幕。

导航员尼尔森转头看过来,"请稍等。"他调动悬杆照相机,给屏幕拍了张照片。照片随后被吸入信息圆管,发往下方的图表室。"请静候片刻。巴恩斯将很快发回鉴定结果。"

"它们来这里干什么? 它们有什么目的? 它们不可能不知道小天狼星系已经关闭。"

"请注意它球状的船舷。"尼尔森的手指沿屏幕图像移动,"这是一艘运输飞船。再看鼓出的这部分,这是一艘货物运输飞船。"

"看来你注意到了,但你疏漏了一个细节。"舒尔旋转放大器,飞船图像逐渐放大至填满整个屏幕,"看到这排突起了吗?"

"怎么了?"

"这是重炮,用于深空打击的重型钻孔火炮。这是一艘运输船,但也全副武装。"

"也许是海盗船。"

"也许吧。"舒尔摆弄着通信话筒,"我在想是不是有必要报告地球本部。"

"为什么?"

"也许这是一艘打前哨的侦察船。"

尼尔森眨了眨眼睛,"你觉得它在试探我们?但如果后面跟着大部队,为什么我们的探测雷达没有侦测到呢?"

"也许大部队在侦测范围之外。"

"在两光年之外?我已经将侦测半径扩至最大。我们装备的可是目前最先进的侦测设备。"

这时,鉴定结果从图表室里返回,"啵"的一声从通信圆管里弹出,划了道弧线掉在了桌上。舒尔将它展开,快速扫了一眼,然后递给尼尔森,"看看。"

飞船属于安丹楠星人新近下线的一批货运船,品质一流。巴恩斯特别手写标注:"原始设计中并无武器一项,火炮推测为擅自改装,非运输船的标准制式装备。"

"这么说,飞船不是诱饵。"舒尔低声说,"我们可以排除这一可能性了。安丹楠星出了什么变故吗?怎么会有一艘安丹楠星飞船跑到小天狼星系来?地球关闭这一区域已经很多年了。它们不会不知道这里不通贸易。"

"外界对安丹楠星人的了解也不多。只知道它们出席了全星系贸易大会,也就这么多了。"

"它们是什么样的种族?"

"蛛形纲种族,大犬座β星系旋臂区域内的典型种族,大犬座β星系原生种族的一个分支,几乎不与外界接触,社会结构复杂而僵化,有机类生物。"

"你是说,它们是虫子?"

"我想是的。但以相同的角度来说,我们还是猴子呢。"

舒尔的注意力转回了屏幕。他降低放大倍数,眼睛一眨不眨地看着。屏幕的镜头自动追随着安丹楠星飞船,始终笔直地对准它。

安丹楠星飞船黝黑而笨重,与拥有流线型外表的地球飞船相比,愈发显得臃肿不堪。它鼓囊得就像一只肚满肠肥的蠕虫,两侧向外膨胀的暗色船舷几乎组成了一颗完美的圆球。飞船渐渐朝小天狼星系最外缘的一颗行星靠近。它一路行来鬼鬼祟祟,速度很慢,唯有导向灯不时闪烁几下。最终,它飞入了十号行星的轨道,开始调整姿态降落,引擎启动,喷出了红色的火焰。这只臃肿的蠕虫不断降低高度,缓缓向星球表面落去。

"它们要着陆了。"尼尔森轻声说。

"没关系。它们成了不动靶,反而容易瞄准。"

安丹楠星运输船稳稳地停在了十号行星的表面,引擎熄火,大团的尘土从飞船底部腾起。运输船降落在位于两条山脉之间的一片荒芜的灰色沙地上。十号行星异常贫瘠,没有生命,没有大气,也没有水。整个星球的大部分是岩石,冰冷的灰色岩石。巨大的阴影投射其间,被侵蚀的星球表面上满布坑洞,令人作呕,这里充满敌意,让人感到荒凉彻骨。

突然,安丹楠星飞船有了动静。舱门打开,一群小黑点跑了出来。小黑点的数量不断增加,如潮水般从运输船里涌出,在沙地上分成几个方向匆匆而去。一些登上了高山,消失在火山口和群峰之间;另一些去了很远的地方,隐没于星球表面长长的阴影中。

"见鬼!"舒尔低声抱怨道,"这根本不符合常理。它们在找什么?这些行星干净得就像被细齿梳子梳过了一样。哪里找得到什么有价值的东西?"

"也许它们的需求不同,或者寻找的方式不同。"

舒尔的身子蓦然一僵,"快看,它们的车子开始返回飞船了。"

黑点从阴影和火山口内重新冒了出来,它们驶过沙地,急匆匆地赶往母船。船舱打开,车子一辆接一辆地冲入飞船,不见踪影。待最后几辆迟来的车子钻入飞船,舱门轰然关闭。

"它们到底找到了什么?"舒尔说。

通信官巴恩斯走进控制室,探过脖子,"还在下面吗? 让我看一眼。我还从没见过安丹楠星飞船。"

在星球的表面,安丹楠星飞船发动起来,剧烈的震动从船头传到了船尾。它突然腾空而起,然后迅速地升高,向九号行星飞去。它绕着九号行星盘旋了好一会儿,似乎在观察下方如奶酪般布满坑洞的星球表面。星球上的几大海洋早已干涸,形成的空旷盆地向四面延伸,如同一个个巨大的平底锅。

安丹楠星飞船选中了一个盆地,向下落去,激起了冲天的尘埃。

"又在干相同的事。"舒尔声音低沉。

舱门开启,一群小黑点涌到星球表面,然后朝着不同方向奔去。

舒尔愤怒得咬牙切齿,"我们必须弄明白它们在找什么。看它们的行进方向!它们看起来目标明确!"他一把抓起通信话筒,过了一会儿,又放下了,"我们可以靠自己应付,不需要地球的后援。"

"别忘了,它们的飞船有火炮。"

"我们等飞船着陆后再进行捕获。它们似乎会按次序在每个行星降落。我们直接提前飞到四号行星。"舒尔快步向前,调整航行指令的优先级,"等它们降落在第四行星,我们就已经在那里等着了。"

"它们也许会反抗。"

"也许吧。但我们必须搞清楚它们找到了什么东西——而且不管是什么,都是我们的。"

小天狼星系的四号行星上存在大气层和一些水。舒尔将巡航舰降落在了一座远古城市的废墟中。

安丹楠星运输船还未到。舒尔扫视了一遍天空,然后升起主舱门。他和巴恩斯、尼尔森三人举着斯莱姆重型步枪,小心地走了出去。舱门在他们的身后"啪"的一声关闭,巡航舰冲天而起,在天空中越飞越高。

他们三人举着枪站在一起,看着飞船逐渐成了一个小点儿,直至不见。地面的空气稀薄而冰冷，他们感到冷风吹过自己的太空服。

巴恩斯将太空服的温度调高，"我觉得太冷了。"

"寒冷让我们感觉自己还是地球人，虽然我们距离地球很多光年。"尼尔森说。

"我讲下行动要点。"舒尔说，"我们不能开枪，绝对不能。我们的目标是它们的货物。如果我们开枪，可能会将它们连同货物一起毁掉。"

"那我们使用什么武器？"

"我们用蒸汽云将它们笼罩住。"

"蒸汽云？但——"

"船长，"尼尔森说，"我们不能用蒸汽云。不等我们靠近它们，蒸汽云已经失去活性了。"

"这里有风，蒸汽会消散得非常快。但无论如何，这是我们唯一可行的手段，我们必须得试试。一旦安丹楠星运输船进入视野，我们就发射蒸汽云。"

"万一没射中呢？"

"那我们就真刀真枪地干一场。"舒尔全神贯注地看着天空，"我想它们来了。我们走。"

废墟中，倒塌的高楼石柱和散落的瓦砾残砖堆积成了一座座巨大的山丘。他们迅速登上了其中的一座碎石山。

"这里位置不错。"舒尔紧握着斯莱姆步枪伏下身，"它们来了。"

安丹楠星飞船出现在他们头顶。它调整着姿态,缓缓下降;引擎轰鸣着,喷出熊熊火焰。随着一声巨响,飞船触碰到了地面,向上弹跳几下之后,终于安全着陆。

舒尔抓起话筒说:"行动。"

在他们上方的天空中,巡航舰现出了身形,俯冲着飞向安丹楠星飞船。一大团蓝白色的云雾从巡航舰的高压喷嘴径直向下喷去。云团落在了停泊着的黑色运输船上,如波涛般将船淹没,同时向内渗透。

安丹楠星飞船的船体表面受热,微微地发出光亮,然后如被吞噬般开始向内塌陷。云气在腐蚀船体!地球飞船一掠而过,完成了使命,消失在了天空中。

不少身影从安丹楠星飞船中冒了出来,跳到了地面上。这些长腿长脚的身影惊慌失措地分头蹦跳而去。大多数身影拖着水龙头和各式器具,狂乱地跳上飞船外壳,进入了蒸汽云内部,拼命忙碌起来。

"它们在喷东西。"

更多的安丹楠星人出来了,它们疯狂地跳上跳下,一会儿跳上飞船,一会儿跳到地面上,一些往一边跑,一些则毫无头绪地乱跑。

"就像一脚踩到了蚁丘上。"巴恩斯咕哝道。

安丹楠星飞船的外壳上爬满了安丹楠星人,它们不顾一切地喷洒液体,试图阻止蒸汽云的腐蚀作用。上空中,地球巡航舰再度出现,进行二次俯冲。它在视线中迅速从一个小点扩大为一枚泪滴形的针状物,闪亮地折射出小天狼星系恒星的光芒。安丹楠星运输船一侧的火炮猛地竖了起来,试图瞄准高速飞行的巡航舰。

"靠近了再投弹,"舒尔通过话筒命令道,"但不要直接命中。我要货物完好无损。"

巡航舰的挂弹架张开,两枚炸弹落下,呼啸着划出两道无可挑剔的弧线,交叉着擦过货运船,扎进两侧的地面。两朵巨大蘑菇云轰然升起,岩石碎片暴雨般地击打在船身上。黑色的飞船震颤着,船壳上的安丹楠星人纷纷滑落。船舷上的火炮徒劳地打出几发炮弹,巡航舰低空掠过,消失在高空中。

"安丹楠星人输定了,"尼尔森压低声音说,"它们不把船壳清理完,就没法升空。"

大部分安丹楠星人开始逃离它们的飞船,可谓一哄而散。

"差不多了。"舒尔说。他站起身来,往废墟外走去,"我们上。"

一枚白色的闪光弹从安丹楠星人中间打出,升入天空,散作了万千火星。安丹楠星人被突袭弄得六神无主,都如无头苍蝇般四处乱走。蒸汽云几乎已经消散。发射白色光弹是表示投降的惯例。巡航舰第三次出现,在运输船上方盘旋着,等待着舒尔的命令。

"瞧瞧它们,"巴恩斯说,"都是些虫子,跟人一般大小的虫子。"

"跟上!"舒尔的语气有些焦躁,"我们走。我希望尽快见到船里的东西。"

安丹楠星人指挥官在飞船外会见了舒尔他们。它恍惚地走来,似乎还没从袭击中回过神来。

尼尔森、舒尔和巴恩斯厌恶地看着它。"老天!"巴恩斯咕哝道，"它们就是这副模样。"

安丹楠星人站起来大约有五英尺高，全身包裹在黑色甲壳素的硬壳里，靠四条修长的腿支撑，两只前肢长在上身中央，正犹疑地搓来搓去。它戴着条松垮的皮带，皮带上挂着枪和装备。它长着一双复眼，一条细缝横在它的长形大脑袋底部，这便是它的嘴巴。它没有耳朵。

安丹楠星人指挥官身后站着一群惊疑不定的船员，其中几个手中拿着的管状武器稍微向上抬起。安丹楠星人指挥官摇动触须，上下颚发出了一系列尖锐的敲击声。几个船员将它们的管状武器放低了。

"这样子怎么可能和它们交流?"巴恩斯问尼尔森。

舒尔走向前，"无所谓。对它们我们没什么好说的，它们明知自己是非法闯入。我们关心的是它们的货物。"

舒尔推开安丹楠星人指挥官，它身后的船员让开了一条路。他进入了运输船，尼尔森和巴恩斯紧随其后。

安丹楠星飞船内部恶臭难当，到处滴落着黏液。通道狭窄昏暗，就像虫子挖出的深长隧道。飞船甲板湿滑黏腻。几个船员在飞船的黑暗深处来回奔走，它们紧张地挥舞着爪子和触须。舒尔用手电筒向一条通道照了照。

"走这条路。这条路看起来像主通道。"

安丹楠星人指挥官紧紧跟在他们后面,但舒尔对它视而不见。外面,巡航舰已经降落在附近。尼尔森能看见地球士兵们站在飞船周围。

他们前方,一道金属大门挡住了通道。舒尔对着门比画了一个开门的动作。

"打开它。"

安丹楠星人指挥官并没有上前开门,反而向后退去。几个安丹楠星人冲了过来,手里都拿着管状武器。

"它们可能要动手。"尼尔森的语气尽量保持平稳。

舒尔对着门抬起了斯莱姆步枪,"我要把门轰开。"

安丹楠星人的上下颚发出激动的敲击声,但没有一个靠近大门。

"很好。"舒尔冷酷地说。他开火了。大门冒着浓烟向内融化,很快扩大至一个供人穿过的大洞。安丹楠星人炸开了窝,它们开始来回乱转,互相发出敲击声。更多的安丹楠星人离开了船壳,拥入了船内,聚集在这三个地球人身后。

"跟上。"舒尔边说边穿过门上破开的大洞。尼尔森和巴恩斯端着斯莱姆步枪跟了进去。

通道向下延伸,空气浊重而凝滞。他们沿通道一路向下,安丹楠星人始终跟在他们后面。

"退后。"舒尔突然转身,举起了枪。安丹楠星人停下脚步。"不准跟过来。快,我们走。"

　　三人走过一个拐角,进入了货舱。舒尔一步步地小心行进。前面站着几个手持管状武器的安丹楠星守卫。

　　"把路让开。"舒尔挥舞着他的斯莱姆步枪。守卫不情不愿地向旁边移动了一下。"快点!"

　　守卫散开了。舒尔继续前进。

　　然后他满脸惊奇地停了下来。

　　在他们的面前,是飞船的货物。一颗颗内含乳白火焰的宝珠如同巨型珍珠,经仔细码放,填满了半间货舱,足有成千上万颗。放眼望去,一排排的宝珠似无穷无尽般向后延伸,直至货舱深处。所有的宝珠内部都散发着柔和的光芒,照亮了货舱巨大的空间。

　　"不可思议!"舒尔低声赞道。

　　"难怪它们会擅自溜进这里。"巴恩斯瞪大了眼睛,深吸了一口气,"换我也会这么做。看看这些宝贝!"

　　"个头真大,对不?"尼尔森说。

　　他们互相对视了一眼。

　　"我从没见过这样的东西。"舒尔目眩神迷地说。安丹楠星人守卫端平了管状武器,戒备地注视着他们。舒尔走向第一排宝珠。这些宝珠的摆放方式整齐得仿佛经过数学计算。"我简直不敢相信自己的眼睛。这些宝珠堆得就像……就像仓库里的保龄球一样。"

　　"也许宝珠曾经属于安丹楠星人,"尼尔森若有所思地说,"也许宝珠被小天狼星系的城市建设者窃取了,现在安丹楠星人只是把它们取回来。"

"你的观点很有意思，"巴恩斯说，"这也许能解释为什么安丹楠星人会如此容易找到宝珠。可能有地图或星图存在。"

舒尔咕哝道："不论如何，它们现在都是我们的了。小天狼星系的一切都属于地球人。这些条款都已签署，盖章并获得了各方同意。"

"但如果这些宝珠原本就是从安丹楠星人那里偷——"

"那它们就不应该同意星系关闭条款。它们有自己的星系。这个星系属于地球。"舒尔将手伸向一颗宝珠，"不知道握在手里是什么感觉。"

"小心，船长。它也许有放射性。"

舒尔伸手触碰一颗宝珠。

安丹楠星人抓住他，一下子把他拽到了后面。舒尔使劲挣扎。一个安丹楠星人抓住他的斯莱姆步枪，将枪从他的手中夺了去。

巴恩斯开火了，一群安丹楠星人化为了灰烬。尼尔森单膝跪地，向入口处开枪。通道里挤满了安丹楠星人，其中有几个开枪还击。炙热的能量束从尼尔森的头顶划过。

"它们打不赢我们，"巴恩斯喘息道，"它们顾忌这些宝珠，不敢开枪。"

安丹楠星人开始沿通道撤退，远离货舱。那些拿着武器的安丹楠星人正被它们的指挥官勒令后撤。

舒尔抢过尼尔森的步枪，将一小群安丹楠星人轰成了碎片。安丹楠星人正在关闭通道，它们放下厚重的应急密封板，随即将其焊死。

"轰一个洞出来!"舒尔吼道。他调转枪口,对准了船舱壁,"它们想把我们困死在里面。"

巴恩斯也调过枪口。两道斯莱姆能量光束切入了船舱壁,舱壁骤然融塌,露出个圆形的洞。

飞船外面,地球人士兵和安丹楠星人交上了火。安丹楠星人被打得上蹿下跳,它们一边还击,一边不遗余力地向后撤退。其中一些跳上了飞船妄图负隅顽抗;其他的则丢下了管状武器,转身就逃。它们发出急促的敲击声,在无助的混乱中奔走着、蹦跳着,不辨方向地到处乱转。

停泊在地面上的巡航舰启动起来,发出微微的闪光,将重型火炮的炮口对准安丹楠星人的飞船。

"别开火,"舒尔通过话筒命令道,"枪口别对着它们的飞船。没有必要。"

"它们完蛋了!"尼尔森喘着粗气跳到地面。他的身后,舒尔和巴恩斯跟着从安丹楠星飞船里跳出。"它们毫无胜算,它们都不知道怎样去战斗。"

舒尔向一群地球人士兵招了招手,"到这边来! 都给我快点儿。"

有几个放置宝珠的架子被枪打坏了。乳白色的宝珠如瀑布一般从船壁的大洞里倾泻而出,弹跳着落在地面上,在他们的脚边四处滚动。

巴恩斯捞起一颗宝珠；它隔着他的手套隐隐发烫，他的手指感到轻微灼痛。他将它举到光线下，宝珠并不完全透明，乳白色的火焰中有一团模糊的影子来回游弋。球体有节律地搏动着，光芒随之明暗，仿佛有生命一样。

尼尔森冲他咧嘴一笑，"真是漂亮货色，不是吗？"

"没错。"巴恩斯又捡起一个。飞船外壳上，一个安丹楠星人正向他开枪，但毫无准头。"看看这些宝贝，肯定有好几千颗。"

"我们得找一艘地球贸易飞船，让它把宝珠都装上。"舒尔说，"不看着这些宝珠被运回地球，我心里不踏实。"

战斗几乎已经结束。剩下的安丹楠星人被地球士兵们包围成一团。

"怎么处置它们？"尼尔森问。

舒尔没有回答，他正拿着一颗宝珠来回翻转地端详。"看啊，"他低声沉吟道，"从不同的角度看，呈现出的色彩也不同。你们见过这样的东西吗？"

巨大的地球运输船颠簸了几下，顺利着陆。它的装货舱门落下，一队短粗的小卡车轰鸣着鱼贯而出，行驶到安丹楠星飞船的前面；接着，卡车伸下一架架斜梯，机械铲预备下车作业。

"把宝珠都铲起来。"地球企业集团经理西尔瓦诺斯·弗莱慢腾腾地走到舒尔船长面前。他用红色的手绢擦了擦额头，而后伸出汗湿的手与舒尔握了握，"惊人的收获，船长。难得的发现。"

"我不太明白当初我们怎么会漏掉它们。"舒尔说,"安丹楠星人飞了一圈,轻而易举地就把它们找到了。我们眼看着安丹楠星人从一个行星跑到另一个行星上,就像采蜜的蜜蜂。我不知道为什么我们的船队以前没发现这些财宝。"

弗莱耸了耸肩,"这并不重要。"他仔细地查看一颗宝珠,将它向上抛去又接住,"我仿佛看到地球上每一个女人的脖子上都戴着这么一颗珠子——或者每一个女人都希望自己的脖子上戴着一颗这样的珠子。再过六个月,她们的生活将再也离不开这些珠子。人都是这样的,船长。"他将手中的宝珠放进自己的公文包,"啪"的一声关上,"我想我可以给我的妻子带一个回去。"

安丹楠星人指挥官被一个地球士兵押上前来。它保持沉默,没有发出敲击声。幸存的安丹楠星人被剥夺武器后,获准回它们的飞船工作。它们已将飞船外壳的破洞补好,并修复了大部分被腐蚀的地方。

"我们会放你们走。"舒尔对安丹楠星人指挥官说,"我们本可把你们当海盗审判,然后枪毙掉,但这么做没多大意义。回去告诉你们的政府,从现在起,最好离小天狼星系远点。"

"它听不懂你的话。"巴恩斯委婉地提醒道。

"我知道。这只是个形式。不过,它能看得懂大概意思。"

安丹楠星人指挥官仍静静地站着,等待着自己的命运。

"我说完了。"舒尔不耐烦地朝飞船方向扬了扬手,"去吧,把船开走。离开这里,别再回来。"

士兵放开了安丹楠星人指挥官。它慢慢走回它的飞船，消失在舱门内。在飞船外壳工作的安丹楠星人收好了器具，跟着它们的指挥官进入了飞船。

舱门关闭了。安丹楠星飞船震动起来，它的引擎轰鸣着喷出火焰。飞船摇摇晃晃地离开地表，升上了天空，然后转了个弯，向外太空飞去。

舒尔看着飞船离开，直至它消失不见。

"就这样吧。"他和弗莱快步走向巡航舰，"你认为这些宝珠在地球会引起轰动吗？"

"当然。你有什么疑虑吗？"

"没有。"舒尔沉思道，"它们只在这里的十个星球中的五个上降落过。星系内余下的行星上应该还有更多的宝珠。把这船货运回地球，我们就可以去余下的行星上寻宝了。如果安丹楠星人找得到，我们应该也能找到。"

弗莱的目光在他的眼镜后面闪烁，"很好。不过我不认为还存在更多的宝珠。"

"一定有。"舒尔皱起了眉头，摩挲着下巴，"至少按理说，应该有。"

"怎么了？"

"我不明白为什么我们以前从未找到过它们。"

弗莱拍了拍他的背，"别担心啦！"

舒尔点了点头，仍在沉思中，"但我还是不明白，我们为什么从没有找到过。你觉得这会意味着什么吗?"

安丹楠星人指挥官坐在指挥屏前,调整着通信线路。

安丹楠星系第二行星的核查基地在屏幕上慢慢清晰了起来。指挥官将锥形话筒举到脖子下。

"不太走运。"

"发生什么了?"

"地球人袭击了我们,抢走了剩余的货物。"

"飞船上还剩多少?"

"一半。我们只造访了星系中的五个行星。"

"太不幸了。他们把货物运往地球了?"

"我想是的。"

沉默持续了一会儿,"地球上有多温暖?"

"相当温暖,据我所知。"

"也许很快就会孵化出来。我们并没有考虑过在地球上孵化,但如果——"

"我也不想我们的下一代诞生在地球上。很抱歉,播种的时候没能飞得更远一些。"

"不用担心。我们会请求母皇再产一批新卵,弥补这次的损失。"

"可是,地球人拿我们的卵干什么呢? 一旦孵化开始,除了麻烦,什么都不会有。我实在搞不懂他们,地球人的思维简直不可理喻。一想到孵化开始时会发生的事,我就不禁全身发抖。而且在这么温暖湿润的星球,孵化很快就会开始……"

后　代

艾德·道尔行色匆匆,拦下了一辆地行车。上车后,他举起卡在机器人司机的面前刷了一下,划入五十个信用点。车子向医院驶去。艾德汗流浃背,他松了松领口,从衣兜里掏出一条红色手帕,一边擦拭通红的脸,一边舔着嘴唇,艰难地吞咽口水。

地行车在有着白色巨型穹顶的医院大楼前平稳地滑行停下。艾德急忙跳出车门,一路穿过在开阔的草坪上漫步的探病访客和康复期患者,三步并作一步地冲上阶梯,猛地撞向大门,轰然闯入了医院大厅,让大厅中忙碌的医护人员惊讶不已。

"在哪里?"艾德高声问道。他双腿分立,双拳紧握,胸腔上下起伏,呼吸犹如野兽般粗重。大厅陷入了寂静。人们纷纷停下手头上的工作,转头向他看过来。"在哪里?"艾德再次高声发问,"她在哪里? **他们在哪里?**"

今天是个幸运日，珍妮特恰好赶在今天分娩。半人马座比邻星距离地球非常远，而且飞船上的服务相当糟糕。艾德掐算着孩子的预产期，提前了几周从比邻星出发。他刚刚抵达这座城市。当时他正在机场的行李传送带上取旅行箱，一个机器人信使交给他一条信息：**洛杉矶中心医院，速来。**

艾德立马火急火燎地赶往医院。一路上，他不禁感到十分畅快：不偏不倚正好在今天到达，几乎精确到了小时。这样的感觉真棒。这样的感觉他并不陌生，多年以来，他一直在"殖民地"、边陲、地球文明的边缘地带做生意——那里的街道还在用电灯照明，房屋的门还需要手动开闭。

对地球上的人来说，那里的生活并不容易适应。艾德转头看了看身后的门，突然感觉自己有些傻气。他刚才是撞开的门，没有注意到自动开关门的监控眼。大门此时正缓缓滑动，即将关闭。他稍微稳定了下心神，将手巾放回上衣口袋。医护人员重拾停下来的工作，继续忙碌起来。一个高大的新型机器人医护工不紧不慢地走到艾德身前，停了下来。

机器人老练地端起信息板，同时用光电眼打量艾德流汗发红的脸庞，"先生，请问您在找谁？您想找什么人？"

"我的妻子。"

"先生，请问她的名字？"

"珍妮特。珍妮特·道尔。她刚产下一个孩子。"

机器人在信息版上查询了一下，"先生，请这边来。"他依旧不紧不慢,走进了一条走廊。

艾德不安地跟在后面,"她还好吗?我来得还及时吗?"他又焦虑起来。

"先生,她的身体状况非常好。"机器人举起了一只金属胳膊,一边的门缓缓滑开,"先生,请进。"

珍妮特坐在一张桃花心木书桌前,身上穿着别致的蓝网纱套装,两指间夹着一支香烟,跷着修长的腿,正语速极快地说话。桌子另一头,坐着一个着装讲究的医生,正在听珍妮特讲话。

"珍妮特!"艾德进了房间。

"嗨,艾德。"她抬头看了艾德一眼,"你刚到医院?"

"是的。那个……那个都结束了?你……我是说,你生完了?"

珍妮特笑了起来,露出了一口闪亮洁白的整齐牙齿,"当然,快进来坐。这位是比什医生。"

"你好,医生。"艾德紧张地坐在他们对面,"这么说,都结束了?"

"分娩的整个过程已经结束。"比什医生说。他的声音尖细,充满金属质感。艾德忽然震惊地意识到,医生是个机器人——顶级的人形机器人,和装配着金属肢体的普通机器人劳工截然不同。它的外表几乎欺骗了他,他离开地球已经太久了。比什医生身体微胖,戴着眼镜,面容和蔼,仿佛就像一个生活优越的人;一双宽大而肉乎乎的手放在桌子上,一根手指上戴着一枚戒指;穿着细斜纹西装,领带上别着一枚钻石领带夹;指甲经过仔细修剪;留着一头梳着中分的黑发。

但他的嗓音露出了破绽。人们似乎从来没办法将真正的人类声音融入机器人的嗓音。以压缩气体和旋转碟片构成的发声系统似乎无法发出真正的人声。否则,真能达到以假乱真的效果。

"据我所知,你一直居住在比邻星的附近,道尔先生。"比什医生语气和善地说。

艾德点点头,"是的。"

"很远的地方,对吗? 我从没去过那里,我一直想去看看。听说他们准备开发小天狼星系,有这回事吗?"

"听着,医生——"

"艾德,别心急。"珍妮特捻灭烟头,嗔怪地看了他一眼。一别六个月,她一点都没变:金色的秀发,小巧的面颊,红润的双唇,蓝宝石般的玲珑双眼;现在,她的完美体型也恢复了。"他们马上就送他过来,这需要几分钟。他们得把他洗浴一番,给他滴眼药水,还要为他做脑电波图。"

"'他'? 这么说是个男孩?"

"当然啦。你不记得了吗? 你陪我一起做的孕检。我们当时就决定好了。你没改主意,对吧?"

"现在想改变主意已经太迟了,道尔先生。"比什医生用尖锐且单调的声音从容不迫地说道,"你的妻子已经决定给孩子取名为彼得。"

"彼得。"艾德点了点头,一时间有些眩晕,"好名字。我们一起决定的,不是吗? 彼得。"他来回默念着"彼得","是的,是个好名字。我喜欢。"

墙壁的颜色突然褪去，从不透明变为透明。艾德快速转过身，他看到了一间灯光明亮的房间，里面满是医疗器械和穿白褂的医护机器人。一个机器推着一辆小车向他们走了过来。小车上放着一个容器，是一只金属罐子。

艾德的呼吸变得急促，他激动得一阵眩晕。他赶忙站起来，走到透明墙前，凝视着小车上的金属罐。

比什医生也站了起来，"你也想看看吗，道尔夫人？"

"当然。"珍妮特走到墙前，站在艾德身边。她抱着胳膊，用审视的眼光看着。

比什医生做了个手势。医护机器人将前肢的磁力钳伸进金属罐子，夹住两个托柄，端出一个镍网托盘。躺在托盘网栅之上的正是彼得·道尔。他应该刚洗浴完，仍湿漉漉的。他的蓝色大眼睛睁得圆圆的，似乎对刚看到的新世界感到震惊。他全身粉嘟嘟的，只在脑瓜顶长着一小绺头发。他没有牙齿，又小又皱巴，活像个全身长满皱纹的小老头。

"天哪！"艾德说。

比什医生又做了个手势。墙壁缓缓地滑开，医护机器人端着网格托盘走了过来。比什医生把彼得从托盘上抱起来仔细检查。他将彼得翻来翻去，从各个角度查看。

"他看起来很健康。"他最后说。

"脑电波图的结果怎么样？"珍妮特问。

"结果很好，显示出卓越的发展潜质，前景非常光明，可以培养出高度的——"医生突然停下了，"怎么了，道尔先生？"

艾德正伸出双手，"让我抱抱他，医生。我想抱抱他。"艾德的嘴角都快咧到耳后根了，"我们来掂量下他有多重。他看起来个头真大。"

比什医生吓得张口结舌，他和珍妮特都倒吸了口冷气。

"艾德！"珍妮特尖声叫了起来，"你怎么回事？"

"老天啊，道尔先生。"医生低声抱怨道。

艾德眨了眨眼睛，"怎么了？"

"如果我早知道你的脑袋里有如此不堪的想法——"比什医生迅速将彼得交还给医护机器人。医护机器人匆忙离开房间，将彼得抱回金属罐子。机器人推着小车飞快地不见了踪影，墙壁随即"呼"的一声关闭。

珍妮特愤怒地抓住艾德的胳膊，"上帝啊，艾德！你疯了吗？快点。我们赶快离开这里，不然你会干出其他出格的事。"

"但是——"

"别说了。"

珍妮特紧张地对比什医生露出笑容，"我们这就告别了，医生。非常感谢你所做的一切。请不用在意他的举动。他离开地球在外边待得太久了，你知道的。"

"我能理解，"比什医生平静地说，他恢复了一切尽在掌握之中的神态，"相信不久后我们会再联系，道尔夫人。"

　　珍妮特拉着艾德来到了大厅,"艾德,你到底有什么毛病? 我一辈子都没这么丢脸过。"珍妮特的脸颊上浮现出两片恼怒的红晕,"我真想踢你一脚。"

　　"但是怎么——"

　　"你明知道我们不允许触碰他。你想干什么,毁掉他的一生吗?"

　　"但是——"

　　"走吧。"他们快步走出医院大楼,来到了草坪上。温暖的阳光洒在他们的身上。"谁也不清楚你造成了多大的伤害。他也许已经无可救药地被你影响了。如果他长大之后性情乖戾——神经质和情绪化,就都是你害的。"

　　一瞬间,艾德都记起来了。他垂头丧气,脸也愁苦地耷拉了下来,"是的,我忘了。只有机器人能靠近孩子。对不起,珍,我昏了头,但愿我没造成无法弥补的伤害。"

　　"你怎么可能忘记?"

　　"比邻星的情况和这里不太一样。"艾德招手拦下一辆地行车,神情沮丧而尴尬。车子停在他们面前。"珍,我真的很抱歉。真的。我激动过头了。我们找个地方喝杯咖啡,然后好好谈谈。我想知道医生都说了什么。"

　　艾德喝着咖啡,珍妮特则小口地吃着白兰地沙冰。神女咖啡厅内环境幽暗,只有两人之间的桌子发出朦胧的灯光,向周围方寸之间扩散,如同一片无源的幽灵光晕。一个机器人女招待端着一盘饮料，无声地来回走动；咖啡厅的后面播放着舒缓的录制音乐。

"继续讲吧。"艾德说。

"继续讲？"珍妮特脱下外套，将它挂在椅背上；莹白的灯光下，她的双乳泛起一抹亮色。"也没什么好讲的。分娩很顺利，很快就结束了。大部分时间我其实是在和比什医生聊天。"

"回到地球真让人愉快。"

"你的旅途还顺利吗？"

"还行。"

"飞船上的服务有改进吗？飞行时长还和原来一样久吗？"

"差不多老样子。"

"我一直不明白你怎么想的，你怎么会跑到那么远的地方去。那里就像……就像与世隔绝一样。你在那里能得到什么？卫生洁具的需求真有那么大吗？"

"在边陲地带，人们需要卫生洁具，人人都愿意改善家居环境。"艾德微微地摆了摆手，"关于彼得，他都跟你说了什么？彼得以后会成为什么样的人？他能看出来吗？我想现在还早，应该看不出来。"

"比什医生本来就要告诉我了，结果你突然做出了那样的举动。等我们回家了，我再和他通视频电话。彼得的脑电波波形应该不错。孩子拥有的可是最优秀的基因配对。"

艾德咕哝了一句，"至少你的基因很优秀。"

"你打算在这里待多久？"

"我不知道。时间应该不长，我得赶回去。出发之前，我肯定还要去看看他的。"他抬起头,眼神充满渴望地看着他的妻子,"你觉得我可以见见他吗?"

"我想可以。"

"他在那里还得待多久?"

"在医院里?不太久。几天时间吧。"

艾德犹豫了一会儿才说:"准确地说,我指的不是医院。我指的是他和他们还要待多久。还要多久他才能回到我们身边?还要多久我们才能把他接回家?"

两人沉默了。珍妮特慢条斯理地吃完了沙冰,她向后靠在椅背上,点燃了一支烟。烟雾在莹白的灯光中缭绕,悠然飘向艾德。"艾德,我觉得你不会理解,毕竟你在外边那么久。现在不是你当孩子那会儿,很多事情已经变了。新方法、新技术。科学家们发现了很多以前不为人们所知的事情。他们第一次取得了重大进步,他们知道该怎么做。他们针对成长期的儿童研发了一套真正意义上的抚养方法。培养儿童对事物的看法,训练他们。"她对艾德露出了灿烂的笑容,"我一直在阅读这方面的资料。"

"还要多久我们才能把儿子接回去?"

"过几天他会出院,转到儿童指导中心。他将接受测试和检查,指导中心将判断出他所具有的各种能力和潜在才能,进而确定他的初期发展方向。"

"然后呢?"

"然后他会进入适合他的教育部门,接受正确的训练。艾德,你知道吗,我觉得他真的会成为一个大人物!我从比什医生的表情上就能看出。我刚进房间的时候,他正在研究彼得的脑电波波形图。他的表情很不寻常。我该怎么形容呢?"她努力想着合适的字眼,"对了,好像……好像是贪婪的表情。那种从心底流露出的无法抑制的兴奋。机器人对他们的事业有着巨大热情。他——"

"别说'他'。说'它'。"

"艾德,非得这样吗?你怎么是这样的人?"

"就当我没说。"艾德绷着脸,怒目圆睁地埋下头,"请继续。"

"他们会确保彼得接受正确的训练。与此同时,他将不断接受能力测试。然后,等他长到大约九岁,他会被转到——"

"九岁!你是说九年?"

"当然。"

"那我们什么时候才能把他接回来?"

"艾德,我以为你已经知道了。需要我把整个过程再讲一遍吗?"

"老天啊,珍!我们不能等九年!"艾德猛然坐直了身体,"我从没听过这样的事。九年?为什么,那时候他都长成半大小孩了。"

"说得很对。"珍妮特将光洁的肘部倚在桌面上,向艾德靠过去,"只要他没长大成人,他就得跟他们待在一起,而不是我们。之后,等他长大成人,等他没那么容易受人影响——那个时候,我们才能跟他一起生活。"

"之后?等他长到十八岁?"艾德推开椅子,跳了起来,"我现在就过去把他接回来。"

"坐下,艾德。"珍妮特将一只丰盈的手臂轻巧地搭在椅背上,抬起头平静地看着他,"坐下,成熟点儿,别像个小孩一样。"

"难道这对你不重要吗? 你不关心吗?"

"我当然关心。"珍妮特耸了耸肩,"但这对他是必要的,否则他得不到正确的发展。这是为了他好,不是我们。他生下来并不是为了我们而存在。你想让他到头来责怪我们吗?"

艾德从桌前走开,"我们一会儿见。"

"你到哪儿去?"

"四处转转,我受不了这种地方。这里让我不舒服。一会儿再见。"艾德穿过咖啡厅,来到大门前。大门自动打开,他发现自己站在阳光刺眼的正午街道上,炙热的阳光直射在他身上。他眨了眨眼睛,让眼睛适应强光。他周围人来人往,川流不息,到处都是形形色色的人和各式嘈杂的声响。他随着人流信步而去。

他还有些恍惚。儿童抚养方式有了新的进展,他当然早就知道,但它一直存在于他的脑海里,是抽象和笼统的,似乎离他很远,离他的孩子很远。

艾德一边走,一边安慰自己:他不过是庸人自扰而已。珍妮特说得没错,这都是为了彼得好。彼得并不是为他们活着,他不是小猫小狗。只有宠物才围着屋子转,他是一个人,他有自己的生活。训练是专门为他准备的,而不是为了他们,这完全是为了发展他的才能和能力。彼得即将像钢铁一样,被熔化,被铸造,直至最后成型。

机器人任劳任怨，总能将工作做到最好。只有机器人才能摒弃人类的心血来潮，运用理性的方法，科学地训练彼得。机器人不会生气。机器人不会唠叨和抱怨。他们不会体罚或者训斥小孩；不会发出自相矛盾的指令；也不会相互争吵，或者为了自己的利益而利用孩子。而且，没有人类的成长环境，能杜绝恋母情结的产生。

彻底地杜绝各种情结。很早以前，人们便发现神经机能的病症能追溯到患者幼年的成长经历上，与父母抚养孩子的方式有关。父母教给了孩子拘束和礼貌，给予了他们教训、惩罚和奖励。无论是神经病症、人性情结还是畸形的人格发展，都源自父母与孩子间存在的主体关系。倘若父母能像一个变因一样被去除了……

父母将永远无法成为孩子的主体。父母对孩子的影响总带着偏见和情绪，由此父母的观点难免被曲解。父母无法成为自己孩子的合格导师。

机器人可以观察孩子，分析孩子的所需和要求，测试孩子的能力，发现孩子的兴趣。机器人不会强迫孩子削足适履式地符合特定模式。只要科学地观察发现了孩子的兴趣以及需求，随时可以根据孩子的自身特点制订训练计划。

艾德走到了一个拐角，车流从他身前呼啸而过，他心不在焉地向前走去。

"哐当"的撞击声响起。自动安全防护装置启动，几根挡杆落下，阻止了他前行。

"先生，请多加小心！"他的身旁传来了刺耳的电子音。

"抱歉。"艾德向后退了几步。挡杆抬了起来。他站在原地等绿灯亮起。这都是为了彼得好,机器人能正确地训练他。等以后,等他长大成人,等他有主见,不那么容易受人影响——"这样对他要好一些。"艾德喃喃道。他又说了一遍,声调提高了不少。几个人侧头奇怪地看了他一眼,他的脸有些发烫。当然,这样对孩子要好一些,毫无疑问。

十八岁。孩子十八岁时,他才能和孩子生活在一起。到那时,孩子其实已经长大成人了。

绿灯亮了,艾德仍陷在沉思中。他随其他行人一起过了马路,始终小心地走在安全线内。这样对彼得是最好的。但他也明白十八年真的是一段很长的时间。

"太久了,"艾德皱着眉头咕哝道,"该死的,真的是太久了。"

比什医生仔细地打量着站在面前的这个男人。他的中继器和记忆存储器"嗒嗒"作响,各式各样的比对结果从脑中的扫描器前闪过,样貌匹配的范围不断缩小。

"我记起来了,先生。"比什医生最后说,"你来自比邻星的殖民地。道尔,爱德华·道尔。让我想想。时间过得真快,上一次见面还是在——"

"九年前,"艾德·道尔冷冷地说,"到今天为止,正好九年。"

比什医生双手交叠,"请坐,道尔先生。有什么需要我效劳吗?道尔夫人还好吗?我记得,你有位迷人的妻子。在她分娩期间,我和她交谈得非常愉快。"

"比什医生，你知道我儿子在哪儿吗？"

比什医生想了一阵儿，他的手指在锃亮的红木桌面上有节奏地敲击着，而后轻轻地眯上眼睛，凝视远处，"是的，是的。我知道你的儿子在哪里，道尔先生。"

艾德·道尔放下心来，"很好。"他点了点头，如释重负地呼出一口气。

"我知道你儿子的确切位置。大约一年前，我亲自将他送到了洛杉矶生物研究所，他正在那里接受特殊训练。道尔先生，你的儿子展现出了非凡的天赋。容我坦言，你的儿子万中无一，我们只发现过极个别像这样具有真正潜力的人。"

"我能见见他吗？"

"见见他？你说的是……"

道尔竭力控制自己的情绪，"我想我说得很清楚。"

比什医生摩挲着下巴，若有所思地看着他面前的男人。与此同时，他的光电管大脑以最高速度"呼呼"地转动起来；各个小电闸纷纷开启，电压荷载增大，引导奔涌的电流飞速跃过大脑沟壑。"你是希望看见他的样子吗？——'见见'这个词可以这么理解。还是希望跟他交谈？——这个词有时候被用于表示更为直接的接触。'见见'并不是一个严谨的词。"

"我想跟他交谈。"

"我明白了。"比什医生缓缓地从桌上的纸架里抽出几张表格，

176

"当然,首先你得填写一些例行文件。你想跟他交谈多长时间?"

艾德·道尔眼睛一眨不眨地直视比什医生那张淡然的脸,"我想跟他谈上几个小时。单独谈。"

"单独?"

"旁边不得有机器人。"

比什医生没有作答。他抖了抖手中的文件,纸张边缘被他的指甲弄皱了。"道尔先生,"他谨慎地说,"我不知道你的情绪状态是否稳定,是否能够探望你的儿子。你最近才从殖民地回来吗?"

"我是三周前从比邻星出发的。"

"这么说,你刚到洛杉矶?"

"没错。"

"你回来是为了看你的儿子? 还是有别的生意要处理?"

"我回来是为了看儿子。"

"道尔先生,彼得正处于一个非常关键的阶段,他最近刚转到生物研究所接受更高一级的训练。迄今为止,他主要接受的是常规训练,之前他处于我们所说的无差别阶段,最近他升入了新的阶段。过去六个月,针对他特有的天赋——有机化学,彼得开始了进阶训练。他将——"

"彼得对此有什么想法?"

比什皱起了眉头,"我不明白你的意思,先生。"

"他是怎么想的? 这是他想要的吗?"

"道尔先生,你的儿子具有成为全世界顶尖生物化学家的潜能。一直以来,我们与人类共事,训练他们,开发他们的潜能。我们从未遇到一个人像你的儿子一样,能够在数据汇总、理论构建和材料公式化方面具有这么敏锐和全面的能力。所有的测试都显示,彼得正向他所选领域的顶端快速前进。他还只是个孩子,道尔先生,但恰恰是孩子才需要接受训练。"

道尔站了起来,"告诉我在哪里能找到他。我要跟他谈两个小时,剩下的时间由他决定。"

"剩下的时间?"

道尔紧紧地闭上了嘴巴。他将双手伸进衣服口袋。他的脸涨得通红,神色严肃坚定。九年里,他的体重增加了不少,身材愈显短粗,脸色愈发红润;头发日渐稀疏,不知何时成了铁灰色。他的衣服未经熨烫,松垮而邋遢。

但他周身散发出一股不达目的不罢休的气势。

比什医生叹了口气,"好吧,道尔先生。这是你的文件。法律规定,只要你做出正式申请,随时可以见你的儿子。鉴于他已结束无差别阶段,你可以和他交谈九十分钟。"

"单独交谈吗?"

"你也可以将他带离研究所九十分钟。"比什将文件推给道尔,"填写好这些文件,彼得一会儿就到。"

他抬起头冷冷地看着这个站在他面前的男人。

"我希望你谨记,在这个关键阶段,任何情绪体验都可能极大地阻碍他的发展。他已经选定了自己的发展领域,道尔先生。他必须顺畅地按照自己选择的发展路线成长,不能受任何情景性事件的影响。从进阶训练阶段开始,彼得就一直在接触科研人员,但他还不太适应接触其他人类。所以,请万分小心。"

道尔什么也没说。他抓过文件,拔出了随身带来的自来水钢笔。

研究所的大型混凝土建筑群前,两个医护机器人领着彼得出来了,将他留在距离艾德乘坐的地行车几码远的地方,艾德几乎没能认出自己的儿子。

艾德推开车门,"皮特①!"他的心脏沉重而痛苦地加速跳动着。他在明亮的阳光中看见自己的儿子正轻蹙着眉,朝这边走来。此时已是午后四点钟左右。一阵微风吹过停车场,卷起地上的纸片碎屑,带起细细的沙沙声。

彼得的身形修长而笔直,他长着一双深棕色的大眼睛,像艾德。他有一头浅色近乎金黄的头发,和珍妮特很像。不过,他的下巴和艾德一模一样,线条刚硬,轮廓分明。艾德咧着嘴对他露出笑容。九年一晃而过,恍然间,艾德仿佛看见了当年医护机器人从金属罐中举起的托盘上那个小小的、皱巴巴的、就像煮熟的龙虾一样通红的小婴儿。

彼得长大了,他不再是婴儿了。他现在是个笔挺而骄傲的半大小子了,他有又大又亮的眼睛和线条刚硬的五官。

"皮特,"艾德说,"你这些年过得好吗?"

---

①彼得的昵称。

男孩在车门前停下了脚步，平静地注视着艾德。他的眼神闪了闪，打量起车内的情况；他看了看机器人司机，又看了看那个穿着乱糟糟的斜纹西装，正一脸紧张，对他露齿而笑的低矮臃肿的男人。

"进来。快上车。"艾德向里挪了挪，"来吧。我们有地方要去。"

男孩仍盯着他看。艾德忽然反应过来，彼得是在看他松松垮垮的西服、沾满尘土的皮鞋和满是灰色胡茬的下巴。他脸红了，仓促地从口袋里掏出红色手巾，不自在地擦着额头，"我刚下飞船，皮特，从比邻星飞过来，还没来得及洗漱，经过长途旅行，有点儿风尘仆仆。"

彼得点了点头，"4.3光年，对吗？"

"耗时三周的行程。上车吧。你不想上车吗？"

彼得钻进车子，坐在他身边。艾德"砰"的一下关上了门。

"开车。"车子启动了。"开到——"艾德望着窗外，"开到那上边去，山那边，城外。"他转向彼得，"我不喜欢大城市，一直没法适应。"

"殖民地没有大城市，是吗？"彼得小声说，"你已经不太习惯城市生活了。"

艾德向后靠上椅背。他的心跳已慢慢恢复了正常，"不，事实上正好相反，皮特。"

"你指的是？"

"我之所以去比邻星，是因为我忍受不了城市。"

彼得没再说话。地行车驶上一条通往山中的全钢高速路，开始向上爬升。在他们的正下方，研究所就像一堆巨大的水泥砖块向四周铺展开去,非常引人注目。高速路上行驶的车并不多,只有寥寥几辆。现在的交通大多靠飞行器,地行车越来越少了。

　　路面角度逐渐变为水平,他们驶上了一条山脊,道路两旁生长着高大的乔木和低矮的灌木。"上面的景色真美。"艾德说。

　　"是的。"

　　"你……你过得还好吧? 好久没见到你了。我只见过你一次,在你刚出生的时候。"

　　"我知道。你的探访有记录。"

　　"你的生活顺利吗?"

　　"是的,相当不错。"

　　"他们对你还好吗?"

　　"当然。"

　　过了一会儿,艾德倾身向前,"在这里停车。"他对机器人司机说。

　　车子渐行渐慢,驶向路边。"先生,这里没有——"

　　"这里就行。把门打开。我们从这里走过去。"

　　车子停下了,车门缓缓滑开。艾德一脚跨出车门,踏上人行道。彼得疑惑地慢慢跟着下了车,"这是哪里?"

　　"我也不知道。"艾德"啪"地关上车门,"开回城市去。"他对司机说,"我们不需要你的服务了。"

　　车子开走了。艾德朝道路外面走去,彼得跟在他身后。前方,山坡猛地变陡,向下延伸而去,直至城市的边缘。黄昏落日下,一幅巨大的都市全景图铺展开来。艾德深深地吸了口气,面向广阔天地舒展双臂。他脱下外套,把它往肩头上一甩。

"快来。"他往山坡下走去,"一起来吧。"

"到哪里?"

"随便走走,离开这条讨厌的路。"

他们抓着草叶和露出土壤的树根,小心翼翼地沿山坡往下。最后,他们在一棵悬铃木旁找到了平坦的落脚处。艾德一屁股坐在了地上,嘴里嘟囔着,擦去脖子上的汗水。

"这里。我们坐这里。"

彼得小心地坐下了,稍微与艾德保持着距离。艾德的蓝色衬衫上满是汗渍。他松了松衣领和领带,随后,摸索起衣服口袋,掏出了烟斗和烟草。

彼得看着他用烟草填满烟斗,又擦燃了一大根硫化磷火柴点燃烟斗。"那是什么?"他小声问。

"这个? 我的烟斗。"艾德咂巴着烟嘴,露出了笑容,"你以前没见过烟斗吗?"

"没有。"

"这可是一支好烟斗。我第一次去比邻星的时候搞到的。那是很久以前的事了,皮特。是二十五年前,我那年才十九岁,差不多只比你现在的年纪大一倍。"

艾德收好了烟草,向后躺倒;他思绪飘忽,胖鼓鼓的脸上现出庄重的神色。

"那时我只有十九岁。我到那里做水管工。修修水管,能卖东西的时候就卖点儿东西。我为地球管道工程公司工作;以前到处都悬挂着它的巨幅广告。拥有无限机会,征服处女胜地,成为百万富翁,寻找遍地黄金。"艾德哈哈大笑。

"你后来怎么样了?"

"不赖,很不赖。我现在有了自己的产业,你知道吗? 我为整个比邻星星系提供服务。我们维护和修复管道,我们构建和架设管道。我手下有六百个员工。我花了很长时间才走到这一步。这一切来之不易。"

"没错。"

"饿了吗?"

彼得转过头,"什么?"

"你饿了吗?"艾德从衣服里取出一个棕色的纸包,把它打开,"我这里还有几个飞船上没吃完的三明治。每次从比邻星回地球,我都会带上些食物。我不喜欢去餐厅买东西,那里的要价简直是敲诈。"他将纸包递过去,"想吃一个吗?"

"谢谢,不用。"

艾德拿出一个三明治,开始吃起来;他吃得有些拘谨,还不住地瞧自己的儿子。彼得沉默地坐在不远处,漠然地凝视前方。艾德从那张帅气润泽的小脸上完全读不出儿子在想什么。

"没事吧?"艾德问。

"是的。"

"你不冷吧,对吗?"

"不冷。"

"注意别感冒了。"

一只松鼠急急忙忙地从他们身前经过,向悬铃木跑去。艾德丢给它一片三明治。松鼠已经跑出了一段距离,于是又慢腾腾地折返回来。它用后腿站立起来,摇着蓬松的大尾巴,冲着他们"吱吱"直叫。

艾德笑了,"瞧瞧它。以前见过松鼠吗?"

"我想没有。"

松鼠叼着那片三明治"嗖"的一下窜出去,消失在灌木丛中。

"比邻星星系没有松鼠。"艾德说。

"是吗?"

"时不时回一趟地球感觉真不错。看看一些旧的事物。不过,它们正在消失。"

"消失?"

"消失不见。被毁了。地球总在不断改变。"艾德挥手比画着山坡周围,"有一天,这里也会消失。他们会砍掉树木,然后把山挖走。迟早整条山脉都会被挖掉,拿去填海造地。"

"你的话越界了。"彼得说。

"什么?"

"我不学习你说的那种信息。我想比什医生告诉过你,我在攻读生物化学。"

"我知道。"艾德喃喃道,"给我讲讲,你怎么和那些东西搅在一起的? 生物化学?"

"测试显示,我的能力与这些领域相符。"

"你享受现在的生活吗?"

"你的问题真奇怪。我当然享受现在的生活,这是适合我的工作。"

"在我看来,让一个孩子从九岁起开始学习这些东西,实在太可笑了。"

"为什么?"

"我的老天,彼得。想当年我九岁时,整日只是在镇子里到处晃荡。有时在学校,大多数时候在外面,从这里跑到那里。玩耍,看小人书,总悄悄地溜进火箭发射场。"他想了想,"各种各样的事,什么都做。十六岁时,我跑到了火星上。我在那里做了一阵子厨师,然后跑到了木卫三上。我在木卫三上没找到工作,于是又跑到了比邻星。我乘坐的是一艘大型运输船,靠在船上做帮工抵船费。"

"你在比邻星一直待了下去?"

"当然。我找到了自己的追求。那里是个好地方。现在人类正着手开发小天狼星系,你知道吗?"艾德挺起了胸膛,"我在小天狼星系开了一家分公司。规模不算很大,主营零售和维修服务。"

"小天狼星系距离太阳系8.8光年。"

"很远的地方,从这里坐飞船要飞七周,而且路不好走,要穿越陨石带,一路上都会很颠簸。"

"我能想象得出。"

"你知道我想过要干什么吗?"艾德转向他的儿子,神采奕奕,满脸的希望和热情,"我都想好了。我想,也许我可以到小天狼星系那里去。那是个规模不大的星系。我已经画好了图纸,专门适应小天狼星系特点的水管系统设计图。"

彼得点了点头。

"彼得——"

"什么事?"

"你想没想过,也许你会感兴趣? 要不离开地球,到小天狼星系看一看? 那可是个好地方。四颗纯净的行星,从未被人类开发过。那里有广阔的空间,看不到边的空间。悬崖、高山、海洋。人迹罕至,只有几个殖民地、几个家族和一些建筑物。有着广阔而平坦的荒原。"

"你是指对什么感兴趣?"

"离开地球。"艾德的脸色有些发白,嘴角不自然地抽动,"我觉得,你也许想跟我一起出去看看外面的世界。那里和二十五年前的比邻星很像,纯净,环境宜人。没有城市。"

彼得笑了笑。

"你怎么笑了?"

"没怎么。"彼得突然站起身来,"如果是步行回研究所,最好现在就出发。你说呢? 时间要晚了。"

"好吧。"艾德不知所措地站了起来,"好吧。但是——"

"你打算什么时候再回太阳系?"

"再回?"艾德跟在儿子身后。彼得顺着山坡向上,往道路的方向爬。"走慢点,好吗?"

彼得放慢了脚步,艾德赶上了他。

"我不知道什么时候才会再回来,我不经常回地球。自从珍和我分开之后,除了你,在这里我别无牵挂。事实上,我这次回来只是为了——"

"这边走。"彼得翻过山头,向下方的公路走去。

艾德系紧领带,穿上外套,加快速度,气喘吁吁地跟在他身边,"彼得,你觉得怎么样? 想和我一起飞到小天狼星系吗? 去看一眼? 那里是个好地方,我俩可以一起工作。就我们俩。如果你愿意的话。"

"但是我已经有自己的工作了。"

"那套玩意儿? 那套该死的化学玩意儿?"

彼得又笑了笑。

艾德皱起了眉,脸色如猪肝一般,"你笑什么?"他质问道。他的儿子没有回答。"怎么回事? 有什么这么好笑?"

"没什么。"彼得说,"别激动。我们还有很长的路要走。"彼得稍稍加快了步伐,只见他稳稳迈开大步,柔韧的身躯随之摇晃。"时间要晚了,我们得抓紧。"

比什医生撸起衣服的细条纹袖子,仔细看了看表,"很高兴你回来了。"

"他把地行车打发走了。"彼得小声说,"我们得步行下山。"

外面天色已黑。研究所的灯自动亮起,照亮了一栋栋建筑和实验室。

比什医生从桌前站起,"签个名,彼得。签在这张表格的底部。"

彼得签上了自己的名字,"为什么要签名?"

"证明你根据法律条文见过他,而且我们并未加以阻拦。"

彼得将表格递了回去。比什把它和其他文件一起归档。彼得向医生办公室大门走去,"我走了。到下面的餐厅吃晚餐。"

"你没吃饭吗?"

"没有。"

比什医生双手抱胸,打量着男孩。"讲讲吧。"他说,"你觉得他怎么样?这是你第一次见到自己的父亲,感觉一定很生分吧。毕竟你接受训练,进行工作,一直跟我们待在一起。"

"感觉……感觉不同寻常。"

"你对他的印象如何?有什么你特别注意到的吗?"

"他非常情绪化。他说的每一句话、干的每一件事情,都带着明显的个人偏见,对当前境遇认知扭曲,与常人几乎无异。"

"还有呢?"

彼得迟疑了,停留在了门前。他露出了笑容,"还有一件事。"

"是什么?"

"我注意到——"彼得笑出声来,"我注意到他身上有股很重的气味。我跟他在一起的时候,总是闻到一股刺激性气味。"

"恐怕他们都是这样,"比什医生说,"皮肤腺体。从血液中排出的代谢废物。等你跟他们待在一起后,你会习惯的。"

"我非得跟他们待在一起吗?"

"他们是你自己的种族。除此之外,还有其他方式能与他们一起工作吗?为你设计的全部训练都秉承着这一思想。我们倾尽所有地教授你,然后你将——"

"那股刺激性气味让我想起了某种东西。和他在一起的时候,我一直在思考,到底是什么东西。"

"你现在能确定吗?"

彼得陷入了沉思。他集中精力、冥思苦想,小脸皱成了一团。比什医生双手抱胸,耐心地坐在桌前等待。自动暖气系统"嘀"的一声启动夜间模式,柔和的暖风轻轻萦绕在他们的身子周围,提升着房间的温度。

"我知道啦!"彼得突然大声喊道。

"是什么?"

"生物实验室里的动物,一模一样的气味。和实验用的动物的气味一模一样。"

机器人医生和这个前途无量的小男孩对望了一眼。两人露出了笑容,一种隐秘的、不为外人所知的笑容——会心会意的一笑。

"我想,我知道你的意思。"比什医生说,"事实上,**我确切地**知道你的意思。"

往昔曾在

"琼,快来帮帮我!"

即便声音是从墙上的喇叭中传来的,琼·克拉克也听得出丈夫有多恼怒,她从可视屏幕前的椅子上起身,快步走入卧室。鲍勃正怒气冲冲地在衣橱里乱翻,不时扯出衣服和外套甩在床上。他的脸被怒火烧得通红。

"你在找什么?"

"我的军服。它放在哪儿了? 没放在这里吗?"

"当然在这里。让我看看。"

鲍勃绷着脸让到一旁。琼从他身边走过,按下按钮,启动了衣橱自动分类器。衣服如同排队接受检阅的部队般,一件件快速地在她眼前顺次闪过。

此时是早上九点多。天空碧蓝如洗,万里无云;四月的下旬,春日和煦。昨天刚下过雨,屋外地面还未干,仍积着水,人行道也是湿漉漉的。大地蒸腾,绿色的植物嫩芽已开始萌发。宽阔的草坪在明媚的阳光下闪闪发光。

"找到了。"琼关闭了分类器,军服自动落在她的臂弯处。她将军服递给丈夫,"下次别发这么大的火了。"

"谢谢。"鲍勃尴尬地咧嘴笑了笑。他拍了拍军服,"可是你看,衣服都是皱的。我还以为你会把它浆洗好的。"

"不会有问题的。"琼启动了理床器。理床器抚平被单和毯子,将它们在床上铺好,又顺着枕头下沿仔细地铺下床罩。"等衣服在身上穿一会儿,自然会平整的。鲍勃,我知道的男人里,就数你最爱大惊小怪。"

"对不起,亲爱的。"鲍勃小声说。

"怎么了?"琼走到他身前,将一只手放在他宽厚的肩膀上,"你心里有事儿吗?"

"没有。"

"跟我说说。"

鲍勃一颗颗解开军服的扣子,"没什么重要的事,本来不想让你担心的。昨天上班的时候,埃里克森打电话告诉我,我的小组还要上去一次。似乎政府现在一次要派遣两个小组。我还以为自己可以六个月不用出任务的。"

"噢,鲍勃!你为什么没告诉我呢?"

"埃里克森和我在电话里谈了很长时间。'看在上帝的分上!'我对他说,'我刚上去过。''我知道,鲍勃。'他说,'我真的万分抱歉,但我无能为力。大家的情况都差不多。总之,任务不会太久,说不定会很快结束。火星发生了危机,政府对此忧心忡忡。'这是他的原话。他态度挺和善,我们的这个军管区筹备官是个不错的家伙。"

"你……你什么时候出发?"

鲍勃看了下手表,"中午前得赶到发射场。还有三个小时。"

"什么时候回来?"

"哦,两三天就能回来——如果一切顺利的话。你是了解实际情况的。每次的任务都不同。还记得吗,去年十月我整整去了一个星期! 不过那次情况特殊。政府轮派各个小组的速度向来很快,也许我前脚刚走,后脚替换的小组就出发了。"

汤米从厨房溜达着进了卧室,"咋啦,爸爸?"他看到了军服,"我猜猜,你的小组又要上天啦?"

"没错。"

汤米的嘴咧到了耳根,露出欣喜若狂的少年式笑容,"你要去打火星人啦? 我可一直在看可视屏幕上的火星新闻。那些火星人的样子就像一束束捆起的干草。你们肯定会把他们打个屁滚尿流。"

鲍勃捶了下儿子的后背,哈哈大笑起来,"说得太对了,汤米。"

"我真希望我也能去。"

鲍勃的表情变了,他的目光就如同灰色燧石一般冷硬,"不,你不会想去的,孩子。以后不准这么说。"

房间里一时静了下来,气氛压抑。

"我又没说什么。"汤米嗫嚅道。

鲍勃发出了爽朗的笑声,"好了,别多想啦。现在,你们都出去吧,我要换衣服了。"

琼和汤米离开卧室。房门滑动着关闭了。鲍勃快速脱下睡袍和睡衣裤,扔到床上,然后套上暗绿色的军服。他系好靴子的鞋带后,打开了房门。

琼已经从客厅衣柜中找出了他的行李箱。"把这个带上,好吗?"她说。

"谢谢。"鲍勃提起行李箱,"我们走吧。"汤米正聚精会神地坐在可视屏前,开始了一天的功课。一堂生物课在屏幕上缓缓滚动显示。

鲍勃和琼走下前门阶梯,沿着小路来到停在路边的地行车前,车门自动打开。鲍勃将行李箱丢进车内,坐上驾驶座。

"我们为什么要和火星人打仗?"琼突然问,"告诉我,鲍勃。告诉我原因。"

鲍勃点燃了一支香烟,淡青色的烟雾在车内飘散开来,"原因?其实你跟我一样清楚。"他伸出宽大的手掌,重重地拍在外形美观的车载控制台上,"原因就是这个。"

"你说的是什么意思?"

"制造控制台的机械系统需要瑞铱金属。而在整个太阳系,只在火星上才有瑞铱金矿藏。如果我们输掉了火星,我们就输掉了这个。"他摸了一下闪亮的控制台，"如果输掉了这个，我们怎么开车？回答我。"

"我们难道不可以跟以前一样用手动驾驶吗？"

"放在十年前，我们还可以。可十年前，我们的最高车速不到一百英里每小时。再看看现在的车速，有谁能手动驾驶？如果不降低车速，我们无法回到手动驾驶。"

"难道我们不能降低车速吗？"

鲍勃笑了，"亲爱的，从这里进城有九十英里的路程。如果我每小时只行驶三十五英里，你真的认为我能保住工作吗？我这辈子都得耗在路上。"

琼沉默了。

"你看，我们不能没有这该死的东西——瑞铱金属。有了它才能制造操控设备。我们离不开它，我们需要它。我们必须让火星上的矿产开采一直进行下去。否则让火星人把瑞铱金矿夺走了，我们谁也承担不起后果。明白了吗？"

"明白了。去年出问题的是金星上的克里昂元素。我们也离不开它，所以你被派到了金星上打仗。"

"亲爱的，如果没有克里昂元素，我们的房屋墙壁将无法保持恒温。克里昂元素是整个太阳系内唯一能根据温度变化调节自身温度的非生命物质。凭什么，我们非得……非得要靠烧地下锅炉取暖，就像我的祖父那样？"

"前年出问题的是冥王星上的珑莱金。"

"珑莱金是已知的能用于构建计算机记忆库的唯一物质,只有这种金属才具备真正的记忆能力。没有珑莱金,我们将失去所有的大型计算机。你知道没有计算机,整个世界会倒退多少。"

"好吧。"

"亲爱的,你知道我不想去,但我不能不去。"鲍勃比画了一下房子周围,"你愿意放弃这全部吗? 你真的愿意过以前的生活吗?"

"不愿意。"琼从车前走开,"好吧,鲍勃。那我们过一两天再见?"

"但愿如此。这次的麻烦应该很快会结束。纽约区的大多数小组都被召集,柏林区和奥斯陆区的部队已经在火星上了。这回应该用不了太久。"

"祝你好运。"

"谢谢。"鲍勃关上了车门,汽车引擎自行启动,"替我跟汤米说再见。"

汽车开走了,车速越来越快;自动控制台熟练地操纵车子驶入了顺着高速路滚滚而下的车流。只见一辆辆疾驰的汽车汇集成了奔流不息的大河,在阳光下折射出耀眼的光芒,如同一条明亮的丝带。琼看着丈夫的车融入其中,随波逐流向远方的城市而去,然后她缓缓地返回了屋子。

鲍勃再未从火星回来。所以从某种意义上说,汤米成了家里的顶梁柱。琼为他从学校里申请了退学许可。不久之后,他在公路以南几英里外的一个政府科研项目中找到了一份研究员的工作。

一天傍晚,军管区筹备官布莱恩·埃里克森来拜访,看看他们的日子过得如何。"你们的小屋挺别致的。"埃里克森来回走动打量着。

汤米骄傲地挺起了胸膛,"那是当然。快坐,请别客气。"

"谢谢。"埃里克森向厨房看去。厨房正在自动烹饪菜肴,准备晚餐。"相当棒的厨房。"

汤米来到他身边,"看到炉灶上的那个装置了吗?"

"它是干什么的?"

"它是饮食选择器。它能每天制定新的菜谱,这样我们就不必为吃什么而操心了。"

"令人惊讶。"埃里克森看了一眼汤米,"你看起来干得不错嘛。"

琼从可视屏幕前抬起头来,"不正跟你们想的一样吗?"她声音不咸不淡,没有一丝感情。

埃里克森咕哝一声,走回了客厅,"好吧,我想我该走了。"

"你来这里干吗?"琼问。

"也没什么特别的事,克拉克夫人。"埃里克森在门口迟疑了一下——他年近四十,脸色枣红,身材高大,"哦,还真有一件事。"

"什么事?"她的声音冷冰冰的。

"汤姆,你填写过你的军管区征召卡吗?"

"我的军管区征召卡!"

"根据法律,你应该登记为这个军管区的一员——我的军管区。"他将手伸入口袋,"我刚好带着几张空白卡片。"

"天哪!"汤米的声音中带着一丝恐惧,"这么快?我以为到十八岁才做登记。"

"政府修改了规则。我们在火星上吃了大败仗。几个军管区都缺少兵源。从现在起不得不降低年龄标准。"埃里克森露出和善的微笑,"这是一个优秀的军管区。我们不时有机会操练和试用新式装备,乐趣多多。最近我终于得到华盛顿的同意,他们将给我们配发一整队的新型双喷气小型战斗机。我的军管区里每名士兵都能分配到一架。"

汤米的眼睛亮了起来,"真的?"

"事实上,驾驶员可以在周末把飞机开回家。你可以把它停在你家的草坪上。"

"没开玩笑吧?"汤米在桌前坐下,高兴地填好了征召卡。

"没错,我们会非常开心的。"埃里克森低声说。

"只在不打仗的时候。"琼暗暗地说。

"你说什么,克拉克夫人?"

"没什么。"

埃里克森接过了填写好的征召卡,放进自己的皮夹子,"顺便说一下。"他说。

汤米和琼向他转过头。

"我想你们在可视屏幕上看到过吉粒氪战争的相关新闻,应该对吉粒氪战争有所了解。"

"吉粒氪战争?"

198

"我们所有的吉粒氪都产自木卫四,它取自某种动物的皮毛。不过,木卫四的原居民对此有异议。他们宣称——"

"什么是吉粒氪?"琼嗓音发紧地问。

"那种东西能使你的房屋前门只为你打开。它对不同的触压模式非常敏感。吉粒氪取自那些动物。"

房内陷入了寂静,凝滞得仿佛能用刀切下一块儿。

"我想我要走了。"埃里克森向前门走去,"我们下一期训练课见,汤姆。说定啦?"他打开了门。

"好。"汤米小声答道。

"晚安。"埃里克森关上身后的门,离开了。

"但我不能不去!"汤米大声说。

"为什么?"

"整个军管区都要去。是强制性的。"

琼怔怔地望着窗外,"这样子是不对的。"

"但如果我不去,我们会失去木卫四。要知道,如果我们失去木卫四的话——"

"我知道。我们会倒退到以前,只能用钥匙开门,和我们的祖辈一样。"

"没错。"汤米挺起胸膛,身子晃了晃,"我看起来怎么样?"

琼什么也没说。

"我看来怎么样? 还行吗?"

穿上深绿色军装的汤米看起来很帅气，他身形修长而笔直，比鲍勃的样子好看。鲍勃生前身体已经发福，头发也越来越稀疏。汤米的头发又黑又密，他蓝色的双眼炯炯有神，脸颊因为激动而变得潮红。他戴好头盔，系好下颌带。

"怎么样？"他大声问道。

琼点了点头，"不错。"

"与我吻别吧。我要出发去木卫四了，两三天才能回来。"

"再见。"

"你似乎不太高兴。"

"是的。"琼说，"我不太高兴。"

汤米完好无缺地从木卫四回来了，但在木卫二的钆石战争中，他的双喷气小型战斗机出了故障，再没能和军管区的部队一起回来。

"钆石，"布莱恩·埃里克森解释道，"用于可视屏幕里电子管的制造。钆石是极其重要的，琼。"

"我明白了。"

"你知道可视屏幕的意义有多重大。我们的全部教育和信息都来自它。孩子们通过它学习知识。到了晚上，我们打开娱乐频道消磨时间。你不会想让我们倒退到以前——"

"不，不——当然不。我很抱歉。"琼打了个手势，咖啡桌滑动着进了客厅，上面放着一壶热腾腾的咖啡，"加奶油？还是加糖？"

"只加糖，谢谢。"埃里克森端起杯子沉默地坐在沙发上，小口地抿着咖啡,不时挪动下屁股。屋内静可闻针。现在是深夜十一点多,窗帘已落下。可视屏幕在角落里播放着节目,发出柔和的光。屋外的世界漆黑一片,深沉不动,只有微微的轻风拂过庭院尽头的雪松树,沙沙作响。

"各个前线有消息传回来吗?"过了一会儿,琼问道。她抚平裙子,向后靠上椅背。

"前线?"埃里克森想了想,"嗯,原思金属战争有些新的进展。"

"原思金属产自哪里?"

"海王星。我们从海王星获取原思金属。"

"原思金属有什么用?"她的声音微弱而缥缈,似乎从很远的地方传来。她神色痛苦,双颊紧绷,面色铁青,好像有一个密闭面罩固定在了她的脸上,让她喘不过气来,仿佛一切都在离她远去,一切都变得遥不可及。

"所有的新闻制作机器都需要原思金属。"埃里克森解释道,"只有内部镀有原思金属的新闻制作机,才能在事件发生的时候捕捉到信息,并将信息通过可视屏幕播放出来。没有原思金属,我们会倒退到以前,先用手写出新闻,再发报道。这样会引入个人偏见,产生与事实不符的新闻。原思金属新闻制作机的报道则公正客观。"

琼点了点头,"还有其他的消息吗?"

"没什么其他要紧消息了。政府说,水星可能会爆发危机。"

"我们从水星能得到什么?"

"我们的珀金产自那里。珀金被广泛运用于各类选择装置。比如你厨房里的那个选择器，搭配菜肴的饮食选择器。那就是用珀金制造的装置。"

琼茫然地盯着杯内的咖啡，"水星上的原住民——他们在攻击我们？"

"发生了点儿暴乱和抵抗，诸如此类的事。几个军区的部队已经集结出发了。巴黎区和莫斯科区的部队也加入了。全是大规模的部队。"

过了一会儿，琼说："别遮掩了，布莱恩，我看得出来，你是带着事儿来的。"

"哦，没有。你为什么这么说呢？"

"我能看出来。是什么事儿？"

埃里克森那张和善的脸变得通红，"你的眼光真毒辣，琼。说真的，我来这里的确有事。"

"什么事？"

埃里克森伸手从衣服内拿出一张折叠好的油印文件递给琼，"这不是我的主意，请你理解。我只是社会这台大机器里的一个小螺丝钉。"他紧张地咬着嘴唇，"因为在轧石战争中蒙受了重大损失，政府需要上下团结一致，共同应对危机。都是他们说的。"

"这上面都写的什么？"琼把文件递了回去，"我看不懂这些法律辞令。"

"嗯，这上面的意思是，妇女将被征召进入军管区战斗部队，如果……如果家中没有男性成员的话。"

"哦,我明白了。"

埃里克森随即站了起来,他感到一阵轻松——任务终于完成了,"我想我现在得走了。我其实一直想把文件带过来给你看看。政府在各个地方都下发了文件。"他把文件塞进外套内放好,神色很疲倦。

"几乎没人能幸免,对吗?"

"你说的是什么意思?"

"先是男人,接着是孩子,现在是女人。看来人人都得上前线。"

"差不多吧。不过,这都是有原因的。我们不得不守住前线。矿产必须源源不断地运回地球,我们必须将它们紧紧攥在手里。"

"我想是的。"琼缓缓站起身,"我们改日再见,布莱恩。"

"好的,这个周末我应该会再来拜访。到时候见。"

土星上的璃珐金战争刚刚爆发,布莱恩·埃里克森便来拜访了。琼打开门,让他进了屋。他面带歉意地对她笑了笑。

"很抱歉,一大清早就来叨扰你。"埃里克森说,"我的任务很紧,得挨家挨户地拜访整个军管区。"

"出什么事了?"琼关上了门。他穿着淡绿色的筹备官军服,佩戴着银色肩章。琼仍穿着睡袍。

"这里真是暖和。"埃里克森说着将手贴在墙上取暖。屋外,阳光晃眼,天气寒冷。此时已是十一月,冰冷的白雪如同厚厚的毯子盖在大地上。几棵光秃秃的树矗立在雪地中,枝丫上挂着冰凌,没有一片叶子。远处的高速公路上，往昔地行车汇聚成的明亮的滚滚车流，而今只剩下涓涓细流。现在去城里的人再没以前多了，大多数的地行车都闲置在车库里。

"我想你已经知道土星上发生了危机。"埃里克森低声说，"你应该听说了。"

"我在可视屏幕上看到了一些影像新闻。"

"这回闹得很凶。那些土星人的个子太大了。我的老天，他们一定有五十英尺高。"

琼揉了揉眼睛，心不在焉地点了点头，"真不幸，我们需要土星上的矿产。你吃过早餐了吗，布莱恩？"

"哦，是的，谢谢——我吃过了。"埃里克森转过身来，"外面天寒地冻的，能进来暖和暖和真好。这个屋子被你打理得又整洁又漂亮，我真希望我的妻子也能让屋子整洁一点。"

琼走到窗户前，升起了窗帘，"土星上有什么矿产？"

"土星上有很多矿产，但最重要的要数璃珐金。其他的我们都可以放弃，唯独璃珐金不能放弃。"

"璃珐金有什么用？"

"所有的能力测试设备都需要璃珐金。没有璃珐金，我们无法确定什么人适合什么工作，包括世界议会的主席也不例外。"

"我明白了。"

"有了璃珐金测试器，我们可以确定每个人擅长什么，适合做什么样的工作。璃珐金是现代社会的基础工具。没有它，我们无法对自己归类分级。如果它的供应出了什么——”

“它只产自土星吗?”

“恐怕是的。现在原住民正在暴动,想夺回璃珐金矿藏。这场仗会打得很艰难。他们体形巨大,政府不得不征召每一个能被征召的人。”

琼突然倒吸了一口冷气,“每一个人?”她的手飞快地掩住了嘴,“即使是女人?”

“恐怕是的。抱歉,琼。你知道这不是我的主意。没人想去打仗,但如果我们要想保住这些矿产,我们必须——”

“但这样地球上还能剩下谁?”

埃里克森没有回答。他在桌前坐下,拿出了一张卡片。他将卡片递给琼,她下意识地接了过来。“你的征召卡。”

“有谁能留下来呢?”琼又问了一遍,“你难道不能告诉我吗? 有人能留下来吗?”

来自猎户座的火箭飞船在巨大的轰鸣声中缓缓地着陆了。排气阀释放出云遮雾罩般的尾气,引擎压缩机逐渐冷却,沉寂了下来。

周围静悄悄的,没有一丝声响。过了一会儿,飞船闩锁被小心翼翼地旋转开,舱门向内打开了。尼’特格瑞-3谨慎地走出飞船,手里举着一个大气测试圆锥在前方晃动。

“测试结果?”一个同伴的思绪传到尼’特格瑞-3的脑中,询问道。

"空气稀薄，无法供我们呼吸，但能支持某些其他生命呼吸。"尼'特格瑞-3 环顾四周，目光越过高山和平原，直至最远方，"太安静了。"

"没有响动，也没有生命迹象。"他的同伴从飞船中钻出来，"那边是什么？"

"哪里？"尼'特格瑞-3 问。

"那个方向。"潞西'恩-6 用他的磁极触须指了指，"看见了吗？"

"看起来像某种建筑结构。某种大型建筑群。"

两个猎户座人将一个小汽艇抬到舱门口，把它推了出去。尼'特格瑞-3 坐上驾驶座，汽艇载着两人穿过平原，向地平线上突起的小点儿驶去。大地上生长着各种各样的植物，有的高大而结实，有的绽放着五颜六色的花朵，娇小而脆弱。

"有很多不会移动的生命形态。"潞西'恩-6 观察道。

他们驶过了一片土地，上面错落有致地生长着成千上万株几乎完全一样的橙灰色植物，一眼望不到头。

"它们看起来似乎是人工播种的。"尼'特格瑞-3 小声说。

"减速。我们马上就到那些建筑了。"

尼'特格瑞-3 降低速度，汽艇几乎停了下来。两个猎户座人将头探出舷窗，好奇地打量着。

一栋造型美观的建筑出现在眼前，建筑周围环绕着形形色色的植物：成荫的大树、如绿毯铺地般的矮小植物和一丛丛令人惊艳的花朵。建筑本身整洁而充满吸引力，明显是由先进文明建造而成的。

尼’特格瑞-3跳出汽艇,"也许我们即将遇到传说中的地球人。"他急步走过短小植物生长成的绿毯——这条绿毯一直铺到了建筑的前门廊。

潞西’恩-6跟在他的身后。他们查看了下前门。"怎么开门?"潞西’恩-6问。

他们在门锁上烧出了一个光洁的小洞,门滑开了。灯光自动亮起。屋内暖意融融,墙壁散发着阵阵热量。

"真……真是太先进了! 太高级了。"

他们从一个房间走进另一个房间,瞪大了眼睛。可视屏幕、别致的厨房、卧室内的家具、窗帘、椅子和床——每一样都让他们惊叹不已。

"但是地球人都到哪儿去了?"尼’特格瑞-3最后问。

"他们很快会回来。"

尼’特格瑞-3来回踱着步,"这里让我有了一种奇怪的感觉,但我完全摸不着头绪。这种感觉让人不舒服。"他迟疑道,"他们不可能不回来了吧?"

"为什么不回来呢?"

潞西’恩-6摆弄起可视屏幕,"几乎不可能。我们就在这儿等他们。他们会回来的。"

尼’特格瑞-3紧张地看向窗外,"我没看见他们,但他们一定在附近。他们不会丢下这一切,然后一走了之的。他们会去哪里呢?

为什么要走呢?"

"他们会回来的。"潞西'恩-6不知碰到了哪儿,可视屏幕上闪起了雪花,"没我想象中的好看。"

"我有种感觉,他们不会回来了。"

"如果地球人不回来,"潞西'恩-6一边若有所思地说,一边捣鼓着可视屏幕的按钮,"这将成为考古界最大的谜团。"

"我会时刻留意他们的。"尼'特格瑞-3淡淡地说。

末世悲鼓

泰德·巴恩斯脸色铁青,浑身哆嗦地进了屋。他将外套和报纸扔在椅子上。"又飞来一群,"他低声抱怨道,"整整一大群!有一只落在了约翰逊家的屋顶上。他们正举着一根长杆子想把它捅下来。"

莉娜走过来,拾起他的外套放回衣橱,"你下班后直接就赶回了家,我挺高兴的。"

"每次看见它们,我都会不由自主地发抖。"泰德一屁股坐在沙发上,伸手掏口袋里的香烟,"实话实说,它们真的吓着我了。"

他点燃了香烟,一口口地吸着。淡青色的烟雾缭绕在他的周围,他抖动的双手渐渐平静。他擦掉上唇的汗水,松开了领带,"晚餐吃什么?"

"火腿。"莉娜俯下身吻了他一下。

"晚餐吃火腿？有什么要庆祝的吗？"

"没有。"莉娜转身向厨房走去，"是你母亲给我们的荷兰火腿罐头，今晚刚好拿它做晚餐。"

泰德看着腰肢纤细、系着艳丽印花围裙的迷人妻子进了厨房，然后长舒了一口气，放松地向后靠在椅背上。清静的客厅、厨房里忙活的莉娜和客厅角落里播放着节目的电视机，这一切让他安宁了些。

他解开鞋带，踢掉鞋子。整件事不过持续了数分钟，给他的感觉却异常漫长，仿佛永不会结束——人行道上，他如同木桩子一样杵在那里，抬着头呆呆地看着约翰逊家的屋顶。一群大声叫喊的男人、长长的杆子，还有……

……还有它。它悬挂在屋顶的顶端，灰扑扑的一团，看不出形状；它迟缓地爬来爬去，竭力躲避着，避免被长杆打落。

泰德的身体不住地颤抖，他的胃部开始翻腾。他似乎被定在了原地，脖颈僵硬，根本无法挪开目光。直到最后，一个家伙从他身边跑过，踩到了他的脚，这才打破了"定身咒"，解放了他。他随即以最快的速度仓皇逃开了，心头一阵后怕，仍不停地发抖。老天！

后门响起了"砰"的一声。吉米双手插在兜里，溜达进了客厅。"嗨，爸爸。"他在洗手间门前停下脚步，转头看向他的父亲，"出什么事啦？你的表情好好笑哦。"

"吉米，到这边来。"泰德捻灭了烟头，"我想跟你谈谈。"

"我得先洗手，要吃晚餐啦。"

"过来坐在这里,晚餐可以等会儿再吃。"

吉米走过来,坐在了沙发上,"怎么啦? 有什么事儿?"

泰德端详着自己的儿子。圆圆的小脸,乱蓬蓬的头发遮住了前额,一边脸颊上沾着泥污。吉米十一岁了。现在告诉他合适吗? 泰德严肃地绷紧着下巴。现在正是恰当的时机——趁自己脑中仍留有那种强烈的感觉。

"吉米,约翰逊家的屋顶上有一只火星虫。我从巴士站往家走的路上看到的。"

吉米瞪圆了眼睛,"一只虫子?"

"他们想用一根长杆把它捅下来。附近还有一大群火星虫。每隔几年,它们就会成群结队地飞到地球上来。"他的双手又开始颤抖起来。他点燃了第二根香烟,"每隔两年或三年——以前的时间间隔更短,它们就仿佛一团团云朵一样,从火星飘过来,成百上千的云朵,飘落在世界各地——就像落叶一般。"他全身颤抖,"就像被风吹落的漫天枯叶。"

"天啦!"吉米从沙发上站了起来,"它还在那里吗?"

"应该不在了,我之前看见他们正想把它捅下来。听着,"泰德的上半身略微倾向儿子,"听我说——我把实情告诉你,是想让你离它们远远的。如果你看见了火星虫,你要转身就跑,用最快的速度。你听到了吗? 别靠近它——离远点。别……"

他犹豫了一会儿才说:"别盯着它看。赶快转身就跑。去找人,拦下你遇到的第一个人,告诉他你看见了火星虫,然后继续跑,跑回家。听明白了吗?”

吉米点了点头。

“你知道它们的样子,老师在学校里给你们看过照片。你必须要——”

莉娜走到厨房门口,“晚餐做好了。吉米,还没洗手吗?”

“我没让他去。”泰德说着从沙发上站了起来,“我想和他谈谈。”

“你爸跟你说的话,你都得听,”莉娜说,“尤其是关于那些虫子的话——记住你爸说的话,不然他会狠狠地揍你一顿。”

吉米跑向洗手间,“我去洗手啦。”他跑进了洗手间,“砰”的一声关上了门。

泰德发现莉娜正看着他。他说:“但愿政府能马上把它们都收拾掉。我现在甚至都厌恶出门了。”

“他们会的。我看电视上说,它们比上一次更有组织性。”莉娜在心中默数着,“这是它们第五次来地球。第五批汇集而来的火星虫,它们的数量似乎一次比一次少,频率也不如以前高了。第一批来了一千九百五十八群,第二批是五十九群,我想过不了多久就不会再来了。”

吉米从洗手间跑了出来,“开饭啦!”

“好,”泰德说,“开饭吧。”

这是一个明媚的午后,金色的阳光洒满了大地。吉米·巴恩斯跑过操场,跑出学校大门,跑到了人行道上。他的心脏兴奋得怦怦直跳。他一路奔跑,穿过马路,途经枫树街,到达了雪松街。

约翰逊家的草坪上,仍有人在四处翻看——是一个警察和几个看热闹的人。草坪中央裸露出大片的土壤,似乎有谁把那片草皮给掀走了,种在屋子周围的花卉也被踩平了,但火星虫的痕迹半点儿也没看到。

正当他好奇地看着,麦克·爱德华兹走了过来,捶了一下他的胳膊,"干吗呢,巴恩斯?"

"嗨。你看见它了吗?"

"火星虫? 没有。"

"我爸在下班回家的路上就看到了。"

"你骗人!"

"没骗人,他真的看见了。他说,他们正举着一根杆子想把它捅下来。"

拉尔夫·德瑞克骑着自行车来到他们身前,"它在哪儿? 不见了吗?"

"他们已经把它撕成碎片了。"麦克说道,"巴恩斯说,他老爸昨晚回家的时候看到过。"

"他说,他们正举着杆子想把它捅下来。它紧抓屋顶不放。"

"它们全都一副干瘪脱水的样子,"麦克说,"就像车库蜘蛛网上粘住的昆虫尸体。"

"你怎么知道的?"拉尔夫说。

"我看见过一只。"

"哼!你见过才怪了。"

拉尔夫骑着车,三人在人行道上一边前行,一边高声讨论。他们拐出佛蒙特街,穿过一大块空地。

"电视播报员说,它们大部分已经被抓了起来。"拉尔夫说,"现在的数量不是很多了。"

吉米踢开了一颗石子,"在它们被抓尽之前,我肯定会见到一只。"

"我肯定会抓到一只。"麦克说。

拉夫尔嘲笑道:"如果你看到一只,你肯定会没命地逃跑,一直跑到太阳下山也停不下来。"

"哦,是吗?"

"你会跑得像兔子一样快。"

"鬼才会呢。我会用石头把它打下来。"

"然后把它装在罐头盒里拿回家?"

麦克追,拉夫尔跑,两人嬉笑打闹着跑上了街,转过了街角。从镇子的一头到另一头,一直到铁路边,争论声一路激荡。三人走过了墨水厂和西木公司的装卸台。太阳孤悬于地平线上。时间已近傍晚,气温转低。起风了,一阵凉风吹过,哈特利建筑公司场地另一头的棕榈树发出沙沙声。

"再见。"拉夫尔说。他骑上自行车走了。麦克和吉米一起走回镇子。走到雪松街时,两人相互告别。

"如果看见了火星虫,记得给我打电话。"麦克说。

"没问题。"吉米双手插在兜里,顺着雪松街前行。太阳已经落山。傍晚的空气凉丝丝的,天色越来越暗。

他走得很慢,眼睛盯着地面。街灯一盏盏地点亮。几辆汽车从街上驶过。透过街边窗户的窗帘,可以看见厨房和客厅里明亮而温暖的黄色灯光。不知何处的电视机大声播放着什么,声音回响在昏沉的暮色中。他沿着波默罗伊宅院的外围砖墙往前走。砖墙的尽头与铁栅栏相接。栅栏后面,深绿色的常青树一动不动,耸然而立。

吉米蹲下来系鞋带。一阵凉风从他身边吹过,常青树随之轻轻摇曳。远处,火车拉响了汽笛,悲凉的"呜呜"声飘荡在天地间。他想到了晚餐。现在,他的父亲一定脱掉了鞋,正读着报纸。他的母亲一定在厨房里。温暖而明亮的客厅里,电视机在角落里小声播放着节目。

吉米站起身来。他上方的常青树上有什么动了动。他抬头看去,身体骤然变得僵直。阴暗的树枝间,停着一个东西,正随风摇摆。他目瞪口呆地定在了原地。

一只火星虫!它趴伏着、等待着,静静地看着他。

它很老了——他一眼便看了出来。它有着一副上了年纪的躯壳,颜色灰白,全身散发着一种干燥的、类似尘土的苍老气息。它抱着常青树的树干,一动不动,沉寂无声。一大团沾满灰尘的蜘蛛网包裹在它的身上,一缕缕蛛丝拖在它身后的枝丫上。它没有足肢,只有细细的须毛,黑影幢幢的,让他脖颈上的汗毛倒竖。

黑影开始移动,但动作非常迟缓,几乎让人难以辨别。它小心翼翼地用须毛摸索着,一次前进一小点儿,绕着树干爬。它似乎没有视觉。吉米只见一大团沾满灰尘的灰色蜘蛛网,如盲人探路一般,一英寸一英寸地极慢移动。

吉米想从栅栏边向后退。周围已经完全黑下来了。天空漆黑如墨,几颗星星仿佛彼方的烛火,微弱地闪烁着。街道那头,一辆巴士轰隆隆驶过了街角。

一只火星虫——依附在他头顶的大树上。吉米挣扎着,竭尽全力地想往后退。他的心脏痛苦而沉重地跳动着,胸口如同被石头堵住。他几乎无法呼吸。他的视线变得模糊,一切都在消退,变得黯淡。火星虫近在咫尺,它就在他头顶几码处。

救命——他得去找人帮忙。找拿长杆的人,把火星虫捅下来。找人——马上。他闭上眼睛,双手抵住栅栏往后退。他就像身处巨大的潮汐和汹涌的汪洋中,大浪拍过他的身躯,死死地拉住他,将他固定在原地。他无法挣脱,他被困住了。他绷紧肌肉,死命往后退。一步……两步……三步——

然后,他听到了。

或者更确切地说,他感觉到了。他的脑中响起了鼓点声,鼓点在他的脑海中奏响,轻轻地响彻了全身。他停下了动作。鼓点声就如大海的呢喃一般,温柔而有韵律,却又急如星火,经久不息。渐渐地,鼓点开始有了分化,获得了形状——形状和实体。鼓点如水般飘动,最后破碎成了清晰的感觉、图像和场景。

场景——另一个世界,它的世界。火星虫在与他交谈,对他讲述它的世界；它焦急而匆忙地转换着一个个场景。

"别靠近我。"吉米声音浊重地喃喃道。

但场景仍然来了——经久不息，急如星火，不断拍打在他脑海中。

平原——看不到边际和尽头的广阔荒漠。深红色的大地，满布裂谷沟壑。远方的山脉已无山峰，覆盖着沙尘，千疮百孔。山脉右边的巨大盆地，如同一口空荡荡的平底锅，边缘结着一圈白色盐壳，盆底堆积着苦涩的黑灰，曾经冲刷岸边的湖水已不见踪影。

"离开我！"吉米又发出了低语，向后退了一步。

场景被拉近。死寂的天空；沙粒，无穷无尽的沙粒，被风吹起，形成沙幕，聚拢成滚滚沙尘暴，在星球支离破碎的表面上肆虐无止。几株瘦小的植物生长在岩石边。山脉下的阴影里，巨大的蜘蛛身缠古老的蛛网，蛛网上落满灰尘。这些蜘蛛住在岩石裂缝中，早已死了几个世纪。

一个场景继续展开。某种人造管道伸出干燥的红土地，那是一根通气管道——地下住所的通气管道。视角变换，他的视线开始向下，穿过一层层褶皱的岩石，向星球的核心进发。这是一颗枯萎殆尽的星球，没有火，没有生命，也没有水分；就像一颗果子，它的果皮干枯开裂，果肉则完全坏死，只剩下一阵阵的风沙。在星核靠下的地方，有一个箱体——沉入星球中心的一个居所。

他进入了箱体之中，到处都是四处爬行的虫子，还有机器、各式各样的奇怪结构、建筑大楼、成排的植物、发电器、居所和拥有复杂设备的房间。

箱体的一些区域已经隔离——被门闩封死了。锈蚀的金属门——逐渐朽烂的机器——关闭的阀门,锈烂的管道——开裂的坏仪表。堵塞的管线——缺少齿轮的齿轮组——越来越多的区域被封死。火星虫在变少——越来越少……

场景再度转换。地球,从很远的距离观测的地球——一颗遥远的绿色星球,徐徐旋转着,飘着云彩;广阔的海洋,深达数英里的碧水——充满水汽的大气层。火星虫出发了,缓缓地飘向相隔万里虚空的地球;年复一年,它们漂泊在黑暗的太空中,似乎永无尽头,而前行的速度是那么慢,慢得难以忍受。

现在视线中的地球变大了,场景让吉米熟悉。一大片方圆数英里的海面,泛起泡沫的海水,几只海鸥飞翔在高处,远方是一条海岸线。海洋,地球的海洋。飘荡着白云的天空。

海面上漂浮着扁平的圆盘,是巨大的金属飞碟——直径足有几百英尺,人工建造的漂浮飞行器。虫子们静静地在飞碟上休憩,从下方的海水里吸取水分和矿物质。

这只火星虫想告诉他一些事,一些关于它自己的事。海面上的圆形飞碟——虫子们想使用水,在水上生活,在海面上活下去。巨大的飞船表面,布满了虫子——它想让他知道,想让他看见飞碟,装满了水的飞船。

火星虫能在水面上存活,而不是陆地上。只需要水就行——它们想得到他的许可。它们想使用水。这就是它一直想告诉他的

——它们想使用大陆之间的海面。现在,这只虫子在请求,在乞求。它想让他知道。它想让他说出来,做出回答,给出他的许可。它等待着他的许可,等待着、希冀着——祈求着……

所有的场景在他的脑海里越来越模糊,忽闪一下,消失不见。吉米踉跄后退,后脚跟绊到马路边,跌倒了。他随即跳了起来,擦掉手上的碎草叶。他现在站在排水沟里。他仍能看见栖息在常青树枝干上的火星虫。它几乎和枝叶融在了一起,很难辨认出来。

鼓点声消退了,离开了他的脑袋。火星虫缩了回去。

吉米转身就逃。他短促地喘着气,穿过马路,沿着街道另一边跑。他跑到街角处,又拐上了道格拉斯街。巴士站那儿,站着一个胳膊下挟着饭盒的健壮男人。

吉米跑向男人,"一只火星虫。在树上。"他上气不接下气地说,"在大树上。"

男人咕哝了一句,"继续跑,小子。"

"一只火星虫!"吉米情急中不由得提高了声调,尖声叫道,"一只火星虫在树上!"

两个男人从黑暗中现出身形,"什么? 一只火星虫?"

"在哪里?"

更多人出现了,"它在哪里?"

吉米比画着,指出一个方向,"波默罗伊宅院。树上。栅栏边。"他气喘吁吁地挥动着双手。

一个警察出现了,"出什么事啦?"

"这个孩子发现了一只火星虫。谁去找根杆子。"

"带我去它的位置。"警察说着抓住了吉米的胳膊,"快走。"

吉米带着他们回到了那条街的砖墙处。他离得远远的,没靠近栅栏。"在那上面。"

"哪棵树?"

"那一棵——我觉得。"

有人打开手电筒,照向一棵棵常青树。波默罗伊宅院的灯亮了,前门随后打开。

"这里出了什么事?"波默罗伊先生愤怒的声音回响着。

"发现一只火星虫。别靠近。"

波默罗伊先生慌忙用力关上了门。

"它在那里!"吉米抬起手,"那棵树。"他的心脏几乎停止了跳动,"那里。那上面。"

"哪里?"

"我看见了。"警察掏出手枪,往后退了几步。

"不能开枪。子弹会从树枝间穿过去的。"

"谁去找根杆子。"

"太高了,杆子够不着。"

"找一把火炬来。"

"谁去找把火炬来!"

两个人跑去找火炬。车辆纷纷停了下来。一辆警车开了过来,刺耳的警笛声划破了沉寂的夜空。一栋栋房屋的门打开,居民们跑了过来。有人打开了一盏探照灯,强光晃得众人一阵眩晕。人们用探照灯找到了火星虫,并将它置于强光之下。

火星虫抱着常青树的树枝,一动不动地趴着。炫目的强光下,它看起来就像一个固定不动的巨型虫茧。火星虫动了,迟疑不定地绕着树干爬。它伸出细细的须毛,摸寻着支撑点。

"火炬,见鬼! 拿一把火炬来!"

一个人拿着一根点燃的木条过来了——木条是从木栅栏上掰下的。他们将报纸在树根下堆成一个圈,浇上了汽油。底层的树枝烧了起来,刚开始只有微弱的火苗,然后稍微大了一点儿。

"再找些汽油来!"

一个穿白色制服的人拖着一个油箱过来了。他将整箱油泼在了树上。火焰蹿了起来,快速向上蔓延。火势猛烈,树枝发出"噼啪"声,被烧成焦炭。

大树的高处,火星虫不安起来。它迟疑地攀往更高处的树枝。火舌愈发逼近,火星虫加快了速度。它的须毛如波浪一样摆动,将它拉向上方相邻的一根树枝。它越爬越高。

"看,它在逃。"

"它逃不掉。它差不多快爬到树顶了。"

人们拿来了更多的汽油。火焰越腾越高。一大群人聚在栅栏周围。警察阻拦他们靠近。

"它逃到那儿去了。"探照灯的光束始终照着火星虫。

"它在树顶。"

火星虫已经到达了树顶。它抓着树枝，不爬了，只前后地晃动。火焰点燃了一根又一根树枝，离它越来越近。火星虫伸出须毛，不知所措地四处摸索，盲目地寻找支撑点。一簇火苗舔了它一下。

火星虫发出炸裂声，浓烟从它身上升起。

"它烧着了！"兴奋的低语声传遍了人群，"它完了。"

火星虫燃烧起来。它笨拙地移动，想逃离。突然，它跌落了下来，落向下方的树枝。短暂的瞬间，它抓住了一根树枝——身体仍冒着烟，"噼啪"炸裂。然后，那根树枝发出一声脆响，断开了。

火星虫摔向地面，掉入了报纸和汽油之中。

人群发出震耳欲聋的喊音。他们沸腾了，潮水般地涌向大树。

"踩死它！"

"抓住它！"

"踩死这个该死的东西！"

鞋子一遍又一遍地踩着，脚不断地抬起又落下，火星虫被碾进了泥土中。一个男人摔倒了，眼镜斜挂在他的一只耳朵上，他离开了。人们挤作一团，每个人都在奋力挤开旁边的人，向里挤去，想靠近大树。一根燃烧的树枝落了下来。几个人向后退去。

"我抓住它了！"

"退后！"

更多的树枝落了下来，砸在地上。人群散开了，大笑着，相互推揉着向后退去。

吉米感到警察的手放在他的肩膀上，微微使劲地捏了一下，"结束了，孩子。全结束了。"

"他们抓到它了？"

"肯定抓住了。你叫什么名字？"

"我的名字？"吉米刚想告诉警察他的名字，但有两个人突然扭打了起来，警察赶忙跑了过去。

吉米站着看了一会儿。夜晚的气温很低。一阵冷风吹过，穿透了他的衣服，让他打了个寒战。他突然想起了晚餐。他的父亲一定放松了身体躺在沙发上，读着报纸。他的母亲一定在厨房里准备着菜肴。米黄色灯光下的家亲切而温馨。

他转过身，穿过人群，来到了街道尽头。他的身后，仅剩焦黑主干的大树矗立在那里，冒着冲天的浓烟。几根仍未燃尽的枝丫倒在树根处，正被人们踩灭。火星虫不见了，它成了过去，再不留点滴痕迹。

吉米慌慌张张往家赶，似乎那只火星虫正在身后追赶他。

"你们有什么好说的？"泰德高声问道；他跷着腿坐在椅子上——椅子被他拉离了餐桌。自助餐厅内充斥着嘈杂的声音和食物的味道。人们将餐碟放在自己面前的架子上，盛接自动分发机中的菜肴。

"那件事真是你家孩子做的？"坐在他对面的鲍勃·沃尔特斯好

奇地发问。

"你确定没骗我们吧?"弗兰克·亨德里克斯放低报纸,露出眼睛。

"这是真的。他们在波默罗伊宅院抓到的那只——我说的是那一只。好家伙,那一只可不得了。"

"没错。"杰克·格林表示赞同,"报纸上说,是个孩子最先发现了它,还把警察带了过去。"

"那是我家的孩子。"泰德挺起了胸膛说,"你们这些家伙觉得怎么样?"

"他害怕吗?"鲍勃·沃尔特斯想知道。

"当然不!"泰德·巴恩斯掷地有声地回答。

"我打赌他肯定害怕。"弗兰克·亨德里克斯是密苏里州人。

"他绝对没害怕。他找到警察,把他们带到了现场——就在昨天晚上。我和妻子正坐在餐桌前,还在想这孩子到哪儿去了。我都有点儿担心了。"泰德·巴恩斯还是一位骄傲的父亲。

杰克·格林看了看手表,站了起来,"该回办公室了。"

弗兰克和鲍勃也站起身来,"再见,泰德。"

格林捶了一下泰德的背,"你有个很棒的儿子,巴恩斯——虎父无犬子。"

泰德咧嘴笑了,"他一点儿也不害怕。"他看着他们离开自助餐厅,去往热闹的正午街道。过了一会儿,他几口喝完杯中的咖啡,擦了擦嘴,缓缓地站了起来,"一点儿也不害怕,一点儿也没有。"

　　他付了账，走出餐厅，来到了大街上——他的胸膛仍高挺着。他容光焕发，在回办公室路上，对所有经过身边的路人都露出笑容。

　　"一点儿也不害怕。"他低声自语，胸中充满了自豪感，强烈而炙热的自豪感，"该死的，一点儿也没有！"

乘火车的通勤客

这个小个子男人看上去疲惫不堪。他步履迟缓地挤出往来的人流,穿过车站的大厅,来到售票窗口前,神色焦急地排队等候。他佝偻着背,棕色外套耷拉着穿在身上。

"下一位!"售票员艾德·雅各布森扯着嗓子叫道。

小个子男人往柜台甩下一张五美元钞票,"给我拿一本新的月票簿。上一本用完了。"他看了一眼雅各布森身后墙上的挂钟,"天哪,已经这么晚啦?"

雅各布森收好那张五美元钞票,"好的,先生。一本月票簿。去哪儿?"

"麦坎海茨镇。"小个子声音清楚地说。

"麦坎海茨镇。"雅各布森查询着路线板,"麦坎海茨镇。没有这个地方。"

他狐疑地板起脸来,"你在开玩笑吗?"

"先生,没有麦坎海茨镇。除非真有这么个地方,我才能卖车票给你。"

"你在说什么? 我住在那里!"

"嘿,我可不关心你住哪儿。我已经卖了六年的票,真没有这个地方。"

小个子震惊得瞪大了眼睛,"但我的家在那里,我每晚都会回家。我——"

"给你。"雅各布森把铁路路线板推给他,"你自己找。"

小个子将路线板拿到一边,他颤抖的手指顺着镇名条目往下移动,疯了似的查看。

"找到没?"雅各布森将胳膊倚在柜台上,大声问道,"找不到,对吧?"

小个子茫然地摇着头,"我不明白。没有道理啊,一定是哪里出错了。肯定有——"

突然,他消失了。路线板落在了水泥地上。小个子不见了——眨眼间,没了踪影。

"撞鬼了!"雅各布森倒吸了口冷气。他张了张嘴,又闭上了。水泥地上空空如也,只剩下一块路线板。

小个子男人消失不见了。

"然后呢?"鲍勃·派恩问。

"我出去看了看,捡起路线板。"

"他真的消失了?"

"真的,没骗你。"雅各布森擦了擦前额,"我真希望你在场。就像灯泡熄灭一样,倏地不见了。无影无踪,没发出任何响动。"

派恩点燃了一支烟,向后靠在椅子上,"你以前见过他没有?"

"没有。"

"当时是一天中的什么时候?"

"差不多就在这个钟点。"雅各布森走到售票窗口前,"有几个人来买票。"

"麦坎海茨镇。"派恩翻看着本州的城镇指南,"这些线路薄的条目栏里并未收录。如果他再出现,我想跟他谈谈。请他到售票室来。"

"当然。我可不想跟他扯上什么关系,事情太诡异了。"雅各布森转身面向窗户,"你好,夫人。"

"买两张去刘易斯堡的往返票。"

派恩捻灭了烟头,又点燃了一支,"我有种挥之不去的感觉,我似乎以前听到过这个地名。"他站起身,踱步来到挂在墙上的地图前,"但它并未被收录。"

"没有收录是因为不存在这个地方。"雅各布森说,"你不会觉得我每天站在这里,卖出一张又一张车票,却不知道这么个地方吧?"他转向售票窗口,"你好,先生。"

"我想买一本到麦坎海茨镇的月票簿。"小个子男人说,紧张地看了一眼墙上的挂钟，"麻烦快点儿。"

雅各布森闭上了眼睛，紧紧地闭着，然后又睁开，小个子还在那儿：皱眉皱眼的小脸，稀疏的头发，戴着眼镜，神色疲倦，身上的衣服耷拉着。

雅各布森转身走到派恩身前，"他回来了。"雅各布森咽了口口水，脸色发白，"又是他。"

派恩的眼神闪烁了一下，"请他进来。"

雅各布森点了点头，回到售票窗前。"先生。"他说，"能否进来一下？"他指了指门，"副总裁想见你。"

小个子的脸阴沉了下来，"有什么事吗？火车就快开了。"他低声咕哝着，推开门走进了售票室，"以前可从来没发生过这种事。买本月票簿真是越来越难了。如果今天我错过了火车，我非得把你们公司——"

"请坐。"派恩示意了一下桌子对面的椅子，"先生，就是您想买去麦坎海茨镇的月票簿？"

"有什么好奇怪的吗？你们所有人都怎么了？为什么不能像以往一样卖给我月票簿呢？"

"像……像以往一样？"

小个子竭力控制着自己的情绪，"去年十二月，我和妻子搬到了麦坎海茨镇。我每周要乘坐十次火车，每天两次，已经有六个月了。每个月我都会买一本新的月票簿。"

派恩向小个子倾过身去，"您具体乘坐的是本公司的哪一列火车,您叫——"

"克利切特。厄内斯特·克利切特。B线火车。你连自己的火车时刻表都不清楚吗?"

"B线火车?"派恩拿起一根铅笔,笔头沿B线的路线图移动,仔细察看。上面没有麦坎海茨镇。"行程有多长? 您要坐多久火车?"

"正好四十九分钟。"克利切特抬头看了一眼墙上的挂钟,"如果我能准时上车的话。"

派恩在脑中默算。四十九分钟,大约驶出城市三十英里。他站起身来,走到挂在墙上的大地图前。

"有什么问题吗?"克利切特脸上现出疑虑的神色。

派恩在地图上等比例地画出一个半径为三十英里的圆圈。圆圈穿过了几个镇子,但没有一个是麦坎海茨镇,而且与B线的相交点上根本空无一物。

"麦坎海茨镇是个什么样的地方?"派恩问,"住了多少人? 能告诉我吗?"

"我不太知道。五千人,也许吧。我大多数时间在城里。我是布拉德萧保险公司的记账员。"

"麦坎海茨镇是个很新的地方吧?"

"倒是个挺现代化的地方。我们有一栋双卧室的小房子,建成有两三年了。"克利切特不耐烦地挪动了下身子,"能卖给我月票簿吗?"

"恐怕——"派恩缓缓地说,"我不能卖给您月票簿。"

"什么？为什么不能卖给我？"

"我们不提供运送旅客到麦坎海茨镇的服务。"

克利切特跳了起来，"你是什么意思？"

"没有这么一个地方。请您自己看地图。"

克利切特张口结舌，脸色变幻不定。然后他愤恨地转过头，双目喷火一般，扫视墙上的地图。

"现在的情况非常奇怪，克利切特先生。"派恩低声道来，"地图上根本找不到这个地方，本州的城镇地址录上也并未收录；我们没有包含这个地址的火车时刻表，也没有针对它制定的月票簿。我们没有——"

派恩的话戛然而止。克利切特消失了。一瞬间前，他还在那儿，研究着墙上的地图。下一瞬间，他就不见了，消失了。如一缕青烟，消散了。

"雅各布森！"派恩吼道，"他不见了！"

雅各布森睁大了眼睛，汗珠从他的额头冒了出来，"我真的见鬼了。"他喃喃道。

派恩凝视着厄内斯特·克利切特原来所在的位置，陷入了沉思，"有什么事正在发生，"他自言自语道，"很奇怪的事。"他忽地抓起大衣，向门口走去。

"别留下我一个人！"雅各布森乞求道。

"如果你需要我，我会在劳拉的公寓。电话号码就在我桌子上。"

"现在可不是找姑娘游戏人生的时候。"

派恩推开通向大厅的大门,"我怀疑,"他严肃地说,"这事儿可不是什么游戏。"

派恩一步两级阶梯地爬到了劳拉·尼科尔斯的公寓门前。他倚靠在门铃按钮上,直到门打开。

"鲍勃!"劳拉惊喜地眨了眨眼睛,"我交了什么好运——"

派恩推开她,进了公寓,"希望我没打扰到你。"

"没有,不过——"

"有件大事要处理,我需要一些帮助。我能信任你吗?"

"信任我?"劳拉关上了门。她的公寓布置得很雅致,光线半明半暗。深绿色长沙发的一端摆着一张小桌,桌上有一盏不亮的台灯。厚重的窗帘已经拉起。角落里,留声机低声播放着曲子。

"也许我要疯了。"派恩一下子躺倒在豪华的绿色沙发上,"我要去查明一件事情的真相。"

"我能帮上什么忙吗?"劳拉双手抱着胸,唇间叼着根香烟,慵懒地走了过来。她晃了晃头,将遮住眼睛的长发甩开,"说吧,什么事儿?"

派恩感激地对她露出了笑容,"你会大吃一惊的。我需要你明天大清早进一趟城,然后——"

"明天早上! 我有工作的,记得吗? 办公室这个星期要做个新的系列报道。"

"别管报道了。明早请假,到城里最大的图书馆去。如果你在那儿查不到信息,就到市法院大楼,逐一查阅纳税记录存档,一直找到它为止。"

"'它'? 找什么?"

派恩若有所思地点燃了一支香烟,"但凡和麦坎海茨镇这个地方有关的信息。我感觉自己以前听说过这个地方,在好多年前。你明白要找什么了吗? 去翻看老地图,阅览室的旧报纸、旧杂志、报道、城市议案、提交给州议会的法律修正案。"

劳拉徐徐地在沙发扶手上坐下,"你在开玩笑吧?"

"没有。"

"要查到多久以前?"

"也许十年前——如果有必要的话。"

"老天爷! 我可能不得不——"

"待在那儿,找到为止。"派恩突然站起身来,"我以后再来看你。"

"你要走了,你不准备带我出去吃晚餐吗?"

"抱歉。"派恩走向门口,"我很忙,真的很忙。"

"忙什么?"

"去拜访麦坎海茨镇。"

疾驰的火车外,一望无际的田地向两边平铺开去,间或有农场仓屋闪过。傍晚的天空下,一根根电线杆萧索而立。

派恩看了下手表,现在还未驶出多远。火车穿过了一座小镇,这里有两三家加油站、几个路边小摊和一家电视机店。不久后,随着刺耳的刹车声,火车在一个车站停了下来——路易斯堡。几个穿着大衣、挟着晚报的通勤客下了车。车门关闭,火车再次发出。

派恩向后靠坐在座位上,陷入了沉思。克利切特是在看墙上地图时消失的;他第一次消失时,雅各布森给他看了路线板……克利切特自己查看时,并没发现麦坎海茨镇这个地方。其中是否隐藏着某种线索?整件事极不真实,就仿佛发生在梦境中一样。

派恩向外看去。他差不多快到了——如果真有这么个地方的话。火车外,平坦的棕色田地向远方延展,与山丘相接。沿途的电线杆一晃而过。州际高速公路上奔驰的汽车恍如一个个黑色小点,驶入了暮光中。

但他仍未见到麦坎海茨镇的路牌。

火车呼啸着一路前行。派恩看了看手表。时间已过五十一分钟,但他什么也没看见,只有满眼的田地。

他走过车厢,在一位白发苍苍的年老列车员旁坐下。“你听说过一个叫麦坎海茨镇的地方吗?”派恩问。

“没有,先生。”

派恩向他出示了身份证明,“你确定没听说过叫这个名字的地方吗?”

“我确定,派恩先生。”

“你在这条路线上工作多少年了?”

“十一年,派恩先生。”

派恩在下一站——杰克逊维尔站——下了车,随后转乘回城的B线火车。太阳已落山,天色几乎黑了下来。透过车窗,他勉强能看清外面昏暗的景色。

他突然紧张地屏住呼吸。火车刚行驶了一分钟不到,也许四十秒。有什么东西闪了过去?平坦的田地。斑驳的电线杆。两个镇子之间的一块废弃荒地。

两个镇子之间?火车轰鸣前行,行驶在暗沉的夜色中。派恩眼睛一眨不眨地盯着窗外。外面真的有什么东西吗?除了田地之外的东西吗?

荒地的上方,大片淡淡的烟雾拖曳成一条长长的尾巴——均匀散布长达数英里。那是什么?火车头喷出的烟气吗?但火车烧的是柴油。或是高速公路上卡车的尾气?灌木丛起火?但田地里看起来没有燃烧的迹象。

突然,火车开始减速。派恩心头一震。火车越行越慢,"轰隆"一声彻底停了下来;尖锐的刹车声响起,车厢猛烈地摇晃了几下,而后恢复平静。

车厢过道间,站起一个穿轻便大衣的高个男人。他戴上帽子,匆忙向车门走去,然后跳下火车,踏上地面。派恩迷惑地看着他。那个男人快步从火车边离开,走进了黑压压的田地。他径直朝着那片烟雾前进,似乎那是他的目的地。

那个男人上了缓坡——距地面一英尺高,向右拐去,接着又沿缓坡向上爬了三英尺。有那么一会儿,他弓着身子前行,几乎要贴到地面。他渐行渐远,走进了朦胧的烟雾里,不见踪影。

派恩急忙起身,几步跨到车厢过道上。但火车已经开始提速,车外的地面向后退去。派恩找到列车员,一个靠在车厢壁上、脸胖嘟嘟的年轻人。

"听着,"派恩粗声粗气地问,"刚才的那个站是什么地方?"

"你说什么,先生?"

"刚才那个站!我们刚才到底在哪里?"

"我们一直都在那个站停车。"列车员慢腾腾地将手伸进衣服,掏出一沓火车时刻表。他整理了一下,抽出一张递给派恩,"B线火车一直都会在麦坎海茨镇站停车。你不知道吗?"

"不知道!"

"时刻表上印着呢。"年轻人又翻开了他的廉价小说杂志,"一直都在那儿停车,以前是,以后也会是。"

派恩打开了时刻表。果然如此。列表中,麦坎海茨镇位于杰克逊维尔镇和路易斯堡之间,正好距离城市三十英里。

那团范围广大的灰色烟雾翻滚着,快速聚拢成某种形态,似乎有什么东西呼之欲出。事实上,真的有东西渐渐显现出来。

是麦坎海茨镇!

第二天早上,他在公寓里见到了劳拉。劳拉穿着淡粉色运动衫和黑色休闲裤,正坐在咖啡桌前。桌面上放着一叠笔记、一支铅笔、一块橡皮擦和一杯麦芽乳。

"你的进展怎么样?"派恩不可耐地问。

"还不错。我查到了你要的信息。"

"具体细节呢？"

"相关的材料非常多。"她拍了拍那叠笔记，"我对主要部分做了归总。"

"说说都总结出了什么？"

"七年前的这个时候——八月份，市议会投票决定是否在城市外的郊区新建三片住宅区。麦坎海茨镇是其中之一。但此事争议很大，大多数城里的商人反对建新区，他们说，这些新区会将很大一部分的城市零售业分流出去。"

"继续。"

"双方打了很长时间的嘴仗。最后，沃特维尔镇和雪松林镇两片新区获准建设，但没有麦坎海茨镇。"

"我明白了。"派恩若有所思地低声说。

"麦坎海茨镇被取消了，作为折中方案，三中留二。那两片住宅区马上就破土动工了。你应该知道的，有一天下午，我们路过了沃特维尔镇，很不错的小地方。"

"但没建麦坎海茨镇？"

"没有。麦坎海茨镇被放弃了。"

派恩摩挲着下巴，"这就是全部的细节。"

"是的。你知不知道，因为这件事，我损失了整整半天的工资？你今晚必须带我出去。也许我该换一个男朋友。我都开始怀疑自己当初的选择是不是错了。"

派恩心不在焉地点了点头,"七年前。"突然间,他想到了什么,"投票！麦坎海茨镇差几票落选？"

劳拉查看了下笔记,"差一票惜败。"

"仅差一票。七年前。"派恩推开房门,进了一楼大厅,"谢谢,亲爱的。事情开始讲得通了,非常讲得通！"

他在公寓楼前拦下一辆计程车。计程车载着他穿行于城市中,驶向火车站。车窗外,标牌、街道、行人、商店和车辆一闪而过。

他的直觉是正确的,他以前听说过这个名字。七年前。市议会爆发了一场关于新建郊区住宅区的激烈争论:两个镇子被批准;一个镇子被取消,并被遗忘了。

但现在,这座被遗忘的小镇渐渐出现了——七年之后再次出现了;与之一起出现的还有那片地区未为可知的现世状况。怎么会这样？难道过去有什么被改变了吗？过去的时间区间发生了变化吗？

这似乎可以算作一个解释。投票结果仅差一票,麦坎海茨镇差一点儿就被批准了。也许过去的时间区间的某个部分并不稳定。七年前那段特殊时间也许是关键;也许那段时间一直没有"稳固"。他的脑海里突然跳出一个奇怪的念头:过去已经发生,但过去正在改变。

派恩的瞳孔骤然缩小,他当即坐直了身体。在街对面的中间段,一间不起眼的小铺面上方,悬挂着一个广告牌。当计程车驶过时,派恩凝神望去。

布拉德萧保险

【兼】

公证服务

他思量了一会儿。这是克利切特上班的地方；它也会突然出现又消失吗？它一直在那里吗？诸如此类的问题纷至沓来，搅得他烦躁不已。

"请开快点儿，"派恩要求司机，"加快速度。"

当火车减速即将进入麦坎海茨镇站时，派恩已快速站起身，穿过车厢过道来到车门前。伴着车轮与轨道之间的刺耳摩擦声，火车猛地停了下来。派恩跳下火车，踏上了滚烫的砾石路面。他环视了一下四周。

午后的阳光下，麦坎海茨镇闪闪发光，一排排整齐的房屋向各个方向延伸开去。镇子中央悬挂着放露天电影的大幕布。

这里甚至还有露天电影！派恩穿过铁路向镇子走去。火车站外有一个停车场。他走过停车场，顺着一条小路经过一个加油站，走上人行道。

他来到镇子的主街道上。在他的面前，道路两旁的商店次序排开：一家五金店、两家药房、一家廉价日用品商店、一家现代百货商店。

派恩双手插兜，沿路漫步而行，打量着麦坎海茨镇。一栋高大宽阔的公寓楼赫然矗立。守门人正冲洗着门前阶梯。一切都看起来崭新而现代：房屋、商店、人行道和停车收费器。一个穿褐色制服的警察正在给一辆汽车开罚单。路边按间距隔开生长的树木，修剪得很整齐。

他经过了一家大型超市。超市门前，放着一个装有橙子和葡萄的箱子。他拿起一颗葡萄，咬了一下。

毫无疑问，葡萄是真的——康科德紫葡萄，又黑又大，甜美多汁。但是二十四小时前，这里除了一片废弃荒地，空无一物。

派恩走进其中一家杂货店。他翻了翻几本杂志，然后坐在柜台前。他向脸红扑扑、身材娇小的女招待点了一杯咖啡。

"这真是一个漂亮的小镇。"派恩在她端来咖啡时说。

"可不是嘛。"

派恩犹豫了一下说："你……你在这里工作多久了？"

"三个月。"

"三个月？"派恩仔细看了看这位金发碧眼、身材丰满的小美女，"你住在麦坎海茨镇？"

"哦，是的。"

"住了多久了？"

"我想有两三年了。"她走开了，去招待一个在柜台前坐下的年轻士兵。

派恩抽着烟、喝着咖啡，清闲地看着店外往来的行人。都是普通人，男人和女人，女人占大多数。几个人提着购物袋、推着购物车。路上的汽车慢慢驶过。这是一个宁静的郊区小镇，中产阶级居住的现代化上流社区。这里没有贫民区。房屋小巧而吸引人，商店挂着霓虹灯招牌，门口面向草坪斜坡。

几个高中学生你推我、我推你，欢笑着跑了进来。两个穿着亮色运动衫的女孩在派恩旁边坐下，点了两杯青柠饮料。她们快乐地聊着天，欢声笑语飘进了他的耳朵。

他若有所思地看着她们，心情不知为何闷闷不乐起来。她们都是真实的——彻头彻尾的。涂着口红的双唇，蔻丹红的十指；穿在身上的运动衫，夹在胳膊下的课本。又有十几个高中学生迫不及待地拥进了杂货店。

派恩疲倦地揉了揉太阳穴。这看起来根本不可能。也许他精神失常了。这个镇子是真实存在的，绝对真实；它肯定以前就一直存在。一整座镇子不可能无中生有，不可能从一团灰色雾气里凭空出现。五千人口、房屋、街道和商店，这一切，不可能。

还有布拉德萧保险公司。

残酷的现实让他打了个冷战。他突然明白了。麦坎海茨镇的影响正在扩散，它扩散到了镇外，到达城市内。城市也在发生变化。布拉德萧保险公司，克利切特工作的地方。

如果麦坎海茨镇不影响城市，它将不能独存。它们之间相互关联。五千人来自城市；他们的工作和生活都离不开城市。

但影响有多深呢？城市改变的程度有多大？

派恩往柜台上丢下一枚二十五美分硬币，急匆匆地出了杂货店,向火车站而去。他必须赶回城市。劳拉是否发生了变化?她是否还在那里?他自己的性命是否还安全?

他感到极度的恐惧。劳拉,他所有的财产,他的计划、期盼和梦想。突然,麦坎海茨镇变得无关紧要。他自己的生活正处于危险中。现在只有一件紧要事情:他必须去确定,确定自己的生活仍在那儿,没有被从麦坎海茨镇不断发散、不断扩大的影响圈触碰。

"到哪儿去,伙计?"计程车司机问,此刻派恩刚跑出城市火车站。

派恩告诉司机地址。计程车轰然启动,驶入车流。派恩紧张地靠坐在座位上。车窗外,街道和办公楼一闪而过。白领员工已经开始下班,大批的人群走出办公楼,人行道的各个角落都站着人。

变化会有多大?他聚精会神地看着街边建筑。那座大型百货商店是否一直在那儿?旁边的那家小擦鞋店,他以前怎么从未注意过?

诺里斯家居饰品

他不记得是否见过这个广告牌。但他又怎么确定呢?他有些困惑,感觉难以分辨。

派恩在公寓楼前下了计程车。他站了一会儿,环顾四周。在街道的尽头,一家意大利熟食店外,老板正在支遮阳篷。那个地方是一家熟食店吗?

他记不大清了。

街对面的大型肉品市场到哪儿去了？那里除了几栋整洁的小型房屋——不像是新建的，似乎有些年头了——什么也没有。那里有过肉品市场吗？可这些房屋看起来却是真真切切的。

前方的那条街道上，一家理发店外的条纹柱闪闪发光。理发店以前就在那里吗？

也许它以前就在那里。也许在，也许不在。一切都在悄悄地改变。新的事物出现，旧的事物消失。过去的世界正在发生改变，而记忆依存于过去。他怎么能相信自己的记忆？他怎么能确定？

恐惧笼罩了他的全身。劳拉，他的世界……

派恩跑上公寓楼前的阶梯，推开大门。他沿着铺了地毯的楼梯跑上二楼。公寓的门没有上锁。他默默地祈祷着推门而入，觉得心脏都快跳出来了。

客厅内昏暗寂静，百叶窗拉开了一半。他疯了似的查看房间，浅蓝色的沙发，扶手上放着几本杂志；金黄色的橡木矮桌；电视机。但房间里没人。

"劳拉！"他倒吸了口冷气。

劳拉快步从厨房里走了出来，眼睛诧异地睁得大大的，"鲍勃！你怎么回来了？出什么事了吗？"

派恩松了口气，身体放松了下来，"你好啊，亲爱的。"他紧紧地抱住她亲吻。她的身躯温暖而实在，让他感觉万分真实。"不，没出事。一切正常。"

"真的吗?"

"真的。"派恩用颤抖的双手脱下外套,将它扔在沙发后背上。他在房间内踱着步,仔细检查着所有的东西。他的信心又回来了。熟悉的蓝色沙发,被香烟烫出痕迹的沙发扶手,破旧的脚凳,晚上办公用的书桌,靠在书柜后墙壁上的鱼竿。

还有那台他一个月前刚添置的大电视机,安全无虞。

每一件东西,他拥有的一切,都未受影响,安全、完好无损。

"晚餐半个小时后才会好。"劳拉低声抱怨着解开了围裙,语气有些焦急,"我没想到你会这么早回家。我一整天都无所事事地闲坐着,只清理了炉子。有个推销员留下一份新型吸尘器的试用品。"

"没关系,慢慢来。"他看了看墙壁,自己最喜爱的那幅雷诺阿版画仍挂在那儿,"又看见了这些东西,感觉真好。我——"

卧室里传来一阵哭声。劳拉赶忙转身,"我想我们把吉米吵醒了。"

"吉米?"

劳拉笑出了声,"亲爱的,难道你不记得自己的儿子了吗?"

"怎么会忘记呢?"派恩喃喃道,有些恼怒。他跟在劳拉身后缓步进了卧室,"刚才有一阵儿,我觉得一切都陌生极了。"他揉了揉额头,皱起了眉,"陌生而疏远,就像镜头失去了焦点。"

他们站在婴儿床前,低头凝视着儿子。吉米瞪大了眼睛,看着他的父母。

"一定是日头太毒,"劳拉说,"屋外的温度太高了。"

"肯定是因为太阳。我现在感觉好多了。"派恩伸手轻轻碰了下婴儿。他搂住自己的妻子，将她拥入怀中，"肯定是因为太阳。"他深情地注视着她的双眸，露出了微笑。

她想要的世界

　　酒酣耳热之际，拉里·布鲁斯特醉眼惺忪地打量着面前的桌子，上面乌七八糟地堆着抽剩的烟头、喝空的啤酒瓶和揉皱的火柴盒。他伸出手，摆弄了下一个啤酒瓶的位置——齐活了，这样的杂乱才恰得滋味。

　　发条酒吧的后部，一支迪克西兰爵士①乐队正嘈杂地演奏着曲子。幽暗的环境、刺耳的爵士乐、嗡嗡的低语交谈和吧台边的碰杯声，昏昏然不分彼此，醺人欲醉。拉里·布鲁斯特满足地发出一声快乐的叹息，"这里，"他一字一句地说，"是极乐世界！"他缓缓地点了点头，对自己的话深以为然，"最不济，也是禅宗佛教的第七层天堂。"

---

　　①1917—1923年间，新奥尔良与芝加哥等地的爵士好手发展出来的早期爵士乐风格，它也是新奥尔良传统爵士乐的一个分支。

"禅宗佛教的天堂里没有第七层。"一个女人强势而自信的声音在他的正上方纠正道。

"你说得很对。"拉里想了想,承认道,"我只是打了个比方,没真说有第七层。"

"你的措辞应该更严谨一点,你应该准确地说出自己想表达的意思。"

"准确地说出想表达的意思?"拉里抬眼看去,"你我是否有过一面之缘,年轻的女士?"

一位苗条的金发女郎旁若无人地在桌子对面的椅子上坐下。昏暗的光线下,她的目光锐利而明亮。她对他嫣然一笑,露出了光洁的皓齿。"不,"她说,"我们素未谋面;我们的时光才刚刚开始。"

"我们……我们的时光?"瘦高的拉里摇摇晃晃地坐正了身体,稍微清醒了一点儿。女郎的脸庞光彩照人,自信而强势,透出一种名为危险的淡淡意味,刺破了他脑中的酒精迷雾。她的笑容太过平静,太过笃定。"你到底在说什么?"拉里喃喃道,"这都是怎么回事?"

女郎轻巧地脱掉外套,现出浑圆饱满的胸部和柔软的身姿。"我要一杯马丁尼。"她说,"对了,我叫艾莉森·霍姆斯。"

"我是拉里·布鲁斯特。"拉里仔细观察着她,"你说你想要什么?"

"一杯马丁尼,干马丁尼。"艾莉森对他从容地笑了笑,"给你自己也点一杯。何乐而不为呢?"

拉里低声嘟囔了一句。他对侍者打了个手势,"麦克斯,来一杯干马丁尼。"

"好的,布鲁斯特先生。"

几分钟后,麦克斯回到桌边,在拉里的面前放上一杯马丁尼。等麦克斯走开,拉里隔着桌子,将上半身倾向这位金发女郎,"现在,霍姆斯小姐——"

"你不点一杯吗?"

"我就免了。"拉里看着她小口地抿着马丁尼。她的手娇小而精致。她的样貌还过得去,但他不喜欢她眼中高高在上且波澜不惊的神色。"'我们的时光才刚开始'是怎么回事?给我讲一讲吧。"

"其实很简单。我看见你坐在这里,我立刻就知道你是那个人;不过这张凌乱的桌子除外。"她冲着桌上的空酒瓶和火柴盒皱了皱鼻头,"你为什么不清理一下?"

"因为我喜欢它这个样子。你知道我是那个人?我是哪个人?"拉里来了兴致,"请继续。"

"拉里,现在是我生命中的一个非常重要的时刻。"艾莉森看了看周围,"谁能想到,我会在这种地方找到你呢?但我的生活向来如此。现在只是一系列已经发生和即将发生的事件中一件——好吧,事件的开端可以追溯到我记事时起。"

"一系列什么事件?"

艾莉森笑了起来,"可怜的拉里。你不会明白的。"她眼波流转,凑在他面前,"你瞧,拉里,我知道一些无人知晓的事情——这个世界上,再无他人知晓。一些我还是个小女孩时就已经了解的事。这个世界只是——"

"请停一下。你提到的'这个世界'是什么意思？你的意思是，有很多比这个世界美好的世界。更好的世界？就像柏拉图的世界？这个世界只是个——"

"当然不是！"艾莉森蹙起了眉头，"这个世界是最好的世界，拉里。在所有可能存在的世界中是最好的一个。"

"噢，你说的是赫伯特·斯宾塞①。"

"所有可能的世界中，对我而言最好的世界。"她对他露出了一个冰冷隐秘的笑容。

"为什么单单对你而言？"

她回答时，轮廓分明的脸上闪过某种与猎食动物相似的神情，"因为，"她平静地说，"这是我的世界。"

拉里扬了扬眉毛，"你的世界？"随后他温和地笑了，"它当然是你的，亲爱的；它属于你、我以及所有人。"他张开双臂，挥舞了一大圈，将整个酒吧囊括在内，"你的世界、我的世界、班卓琴演奏手的世界——"

"不。"艾莉森坚定地摇了摇头，"不对，拉里。这是我的世界，它只属于我。所有的东西和所有人，都属于我。"她挪动自己的椅子，来到拉里身边。他能闻到她身上的香水味，温暖、甜美而撩人。"你

---

① 赫伯特·斯宾塞(1820—1903)，英国哲学家、社会学家。他为人所共知的就是"社会达尔文主义之父"，他提出一套的学说把进化理论适者生存应用在社会学上，尤其是教育及阶级斗争。

不明白吗？这是属于我的世界。所有这些东西——他们为了我，为了让我幸福而存在。"

拉里不动痕迹地往旁边挪开了一小段距离，"哦？你知道吗，如果把你的话当作哲学信条来理解，恐怕有些站不住脚。我承认，笛卡尔认为世界只能通过感官得来，我们的感官反映出我们的——"

艾莉森将她小巧的手放在他的手臂上，"我不是这个意思。要知道，拉里，的确有很多世界存在。各种各样的世界，成百万上千万的世界。有多少人就有多少世界。每个人都有自己的世界，属于他的私人世界，拉里。一个只为他以及他的幸福而存在的世界。"她谦虚地垂下了眼眸，"这里恰巧是我的世界。"

拉里品味着她的话，"非常有趣，但其他人怎么办？比如说我。"

"你当然是为我的幸福而存在；这正是我要表达的意思。"她的小手不禁用上了点儿劲，"我看见你的第一眼，就知道你就是那个人。到现在为止，我已经考虑了好几天。我的那个他也该出现了。他是将要娶我的人——如此一来，我的幸福将圆满。"

"嘿！"拉里惊叫道，把胳膊缩了回来。

"怎么了？"

"你考虑过我的感受吗？"拉里质问道，"这不公平！难道我的幸福不重要吗？"

"重要……但不在这里，不在这个世界。"她稍微比画了一下，"在另外的地方，你有一个世界，属于你自己的世界；而在这个世界，你仅仅是我生命的一部分。你的存在并不完全真实，我才是这个世界里唯一真实的人，你们其他所有人都为我而存在。你只不过……不过是个部分真实的人。"

"我明白了。"拉里缓缓地靠在椅背上，摩挲着下巴，"也就是说，我存在于很多不同的世界内。这个世界一点儿，那个世界一点儿，哪里需要就分一点儿过去。比方来说，就像现在，在这个世界里。我一个人晃荡了二十五个年头，只为了在你需要我的时候出现。"

"没错。"艾莉森的眼中闪烁着快乐的光芒，"你明白了。"她突然看了看手表，"时间不早了，我们最好马上出发。"

"出发？"

艾莉森拿起她的小钱包，披上外套，迅速站了起来，"我想跟你一起做好多事，拉里！去看好多风景！数也数不清的事情！"她抓住他的胳膊，"快来，我们走。"

拉里不紧不慢地起身，"那个，听着——"

"我们要去纵情享乐，"艾莉森拉着他往门口走去，"我来想想……干什么最好……"

拉里生气了，停下脚步，"还要结账！我不能就这样走出去。"他摸索着口袋，"我应该付大约——"

"今晚不用付账，这是我的特殊之夜。"艾莉森灵巧地转过身，对正在收拾桌面的麦克斯说，"这样没问题吧？"

这位年老的侍者动作迟缓地抬起头，"有事吗，小姐？"

"今晚不想结账。"

麦克斯摇了摇头，"今晚不用结账，小姐。今天是老板的生日，酒水全免。"

拉里目瞪口呆，"什么？"

"快来。"艾莉森使劲儿地拉着他，把他拽出厚重的丝绒面大门，来到了人行道上。纽约深夜的气温很低。"快来，拉里——我们有好多事要做！"

拉里咕哝道："我还没弄明白从哪儿来的一辆计程车。"

计程车开走了，沿街道奔驰而去。拉里向四周张望。他们在哪里？黑暗的街道寂静无人。

"首先，"艾莉森·霍姆斯说，"我想要一朵胸花。拉里，你不觉得应该送给你的未婚妻一朵胸花吗？我想看起来漂漂亮亮的。"

"一朵胸花？在夜里的这个时候？"拉里指了指黑暗无声的街道，"你在开玩笑吗？"

艾莉森思索了一会儿，然后忽然迈步横穿街道，拉里跟在她的身后。她来到一家大门紧锁、挂着歇业牌的花店前，拿出一枚硬币轻敲门上的玻璃窗。

"你疯了吗？"拉里叫出声来，"里面没人，这么晚了！"

花店内靠里的地方传来了人起身走动的声音。一个上了年纪的男人来到窗户后，摘掉眼镜，放进衣兜。他弯下腰，打开了门锁，"有事吗，女士？"

"我想要一朵胸花，你店里最好的胸花。"艾莉森推门进了花店，惊叹地四处打量。

"抱歉，伙计，"拉里小声解释，"请别在意她。她——"

"没关系。"年老男人轻吁了口气，"我正在核对自己的所得税，刚好可以休息一下。应该有些已经制作好了，我去开冰箱。"

五分钟后，他们又回到了街上。艾莉森低着头，心醉神迷地凝视着别在外套上的美丽兰花，"它真美，拉里！"她呢喃道。她捏了捏他的胳膊，抬头端详他的脸，"谢谢你。好了，我们走。"

"去哪儿？也许你能找到一个在深夜一点钟埋头于税费申报单的老家伙，但我打赌，你在这个荒凉如墓地的地方绝对找不到其他的东西。"

艾莉森四下观望，"我看看……这边来，这边有栋老房子。我一点儿也不惊讶——"她拖着拉里走下人行道，"嗒嗒嗒"的高跟鞋声回响在寂寥的黑夜里。

"好吧。"拉里微露笑容，低声自语，"我会和你一起去的，也许会很有趣的。"

高大的方形宅邸没透出一丝光亮，所有的窗帘都放了下来。艾莉森迅速走下人行道，凭感觉穿过黑暗的街道，登上宅邸的门廊。

"嘿！"拉里吓了一跳，不由惊呼出声。艾莉森握住门把手一扭，将门推开。

晃眼的光线迎面而来，模糊的低语交谈声隐约传出。掀开厚重的挡帘，露出屋内极大的空间，其内人声鼎沸，气氛火热。许多穿晚礼服的男男女女站在长桌和柜台前，伏低身子忙活着什么。

"哦，哦。"拉里低声抱怨道，"你怎么带我到这个地方来了？这可不是我们能来的地方。"

三个面相凶狠的彪形大汉将双手插在裤兜里,迈着阔步走了过来,"请吧,先生。请出去。"

拉里向外走去,"我没意见。我这个人脾气好。"

"别走。"艾莉森抓住了他的胳膊,她的眼中闪烁着兴奋的光芒,"我一直想到赌场参观一番。看看这些赌桌! 那些人在干什么? 那边的东西是什么?"

"老天!"拉里绝望地呻吟一声,"我们赶快离开这里。这三位可不认识我们。"

"谁会认识你们?"一个铁塔般的大汉声音低沉地说。他对两个同伴点了点头,"动手。"他们抓住了拉里,把他往门外推搡。

艾莉森眨了眨眼睛,"你们想对他做什么? 全都住手!"她似乎在集中精力地想什么,她的嘴唇颤抖了几下,"我要……我要和康尼说话。"

三个大汉愣住了,他们缓缓地向她转过身,"和谁说话? 你在说谁,女士?"

艾莉森对他们莞尔一笑,"和康尼说话。难道我说错了吗? 康尼。他在哪儿?"她朝周围看了一眼,"他不就在那儿吗?"

一个坐在赌桌前的短小精悍的男子听到有人提到他的名字,怨毒地转过头,他的脸因为愤怒而扭曲。

"别说啦,女士!"一个大汉立即说道,"别打扰康尼,他不喜欢被打扰。"他关上门,推着拉里和艾莉森穿过挡帘,进入了巨大的房间,

"尽管去玩吧。好好享受,祝你们愉快。"

拉里低头看了看身旁的艾莉森,无力地摇了摇头,"我得去喝一杯……烈酒。"

"好吧。"艾莉森欢快地回答,她的眼睛紧盯着轮盘赌桌,"你喝你的。我去玩两手!"

两三杯品质上乘的烈性兑水威士忌下肚,拉里从吧台前的高凳上起身,脚步飘忽地朝房间中央的轮盘赌桌走去。

一大群人聚在赌桌周围。拉里闭上眼睛,稳了稳心神,他已经猜到是怎么回事儿了。他鼓起全身的力量,挤入人群,挤到了赌桌边。

"这个是多大面值?"艾莉森正举着一枚蓝色筹码问庄家。在她面前,垒着一大摞筹码——各种颜色都有。人们窃窃私语、交头接耳,眼神奇怪地看着她。

拉里好不容易挤到她身旁,"战果如何? 嫁妆没输光吧?"

"没呢。这个人说,我现在占先。"

"他怎么会不知道?"拉里疲倦地叹了口气,"他是庄家。"

"你也想玩吗?"艾莉森从庄家那里接过一堆筹码,"你拿着这些玩。你看,我还有好多。"

"我看见了。不过不用了,谢谢,我不喜好赌博。来吧。"拉里将她从桌边拉走,"我觉得,你我之间是时候该稍微聊一聊了。那边的角落比较安静。"

"聊一聊?"

"我真的没法不去想,这件事情变得越来越离谱,应该适可而止了。"

艾莉森慢吞吞地跟在他后面。拉里大步流星地走到房间的一边。巨大壁炉里炽烈的火焰熊熊地燃烧着。拉里一屁股坐上椅子,指着旁边的一张椅子,"坐吧。"

艾莉森坐下来,跷起腿,理了理裙子。她靠在椅背上,发出一声叹息,"这里不好吗? 热腾腾的炉火和所有的一切? 简直跟我一直想象的一模一样。"她若梦若醒地闭上了眼睛。

拉里掏出香烟,缓缓地点燃一支,陷入了沉思,"现在听着,霍姆斯小姐——"

"艾莉森。毕竟,我们都快要结婚了。"

"那么,艾莉森。听好了,艾莉森。整件事都太荒唐了。我在吧台的时候,把事情前前后后地想了一遍。你那套疯狂的理论是不对的。"

"为什么不对?"她的声音带着困意,似乎思绪已经飘到很远的地方。

拉里愤怒地挥舞着双手,"我来告诉你为什么不对。你声称我仅仅是部分真实的,而只有你是唯一完全真实的人,对吗?"

艾莉森点点头,"没错。"

"可是你瞧! 我不知道所有这些人——"拉里不以为然地比画了下房间内的人,"也许你的理论适用于他们,也许他们只是幻影,但不包括我！你不能说我只是个幻影。"他的拳头"啪"的一声砸在椅子扶手上，"看见没有？你能把这个称作部分真实吗？"

"椅子也是部分真实的。"

拉里嗟叹一声，"见鬼。我在这个世界里已经有二十五年了，我与你相见不过短短几个小时。我就该相信自己没有真正活着吗？没真正活着——我不是真正的我？我只是你的世界里的一道风景？舞台布景的一部分？"

"拉里，亲爱的。你有你自己的世界，我们都有属于自己的世界。只不过，这个世界刚好是属于我的，你是为了我而在这个世界里的。"艾莉森睁开了她湛蓝的大眼睛，"在你的真实世界里，也许我有一小部分也为你而存在。我们所有人的世界都是交叠的，亲爱的，你不明白吗？在我的世界里你只为我存在。也许在你的世界里我是为你而存在的。"她露出微笑，"至高的造物主也得精打细算——和所有优秀的艺术家一样。很多的世界都大同小异，几乎相同。但每个世界只属于单独的一个人。"

"而这个世界是你的。"拉里长长地叹出一口气，"好吧，宝贝。你已经打定了主意，我陪你玩下去就是——至少一阵子，尽量配合吧。"他仔细打量着靠坐在旁边椅子上的女郎，"你自己清楚，你的长相不赖，很不赖。"

"谢谢你。"

"没错，我上钩了。至少暂时如此，说不定我们的确心心相印呢。但你得稍微冷静一下，你太过于冒险了。如果你想和我待在一起,你最好悠着点儿。"

"你想说什么,拉里?"

"所有这些。这个地方。如果警察来了怎么办？我们在赌博,到时只能逃跑。"拉里凝视着远处,"不,这不对。这不是我理想的生活。你知道我在自己的脑海里看到了什么吗？"拉里的脸上浮现出渴望而快乐的神情,"我看见了一栋小屋子,宝贝。在乡下,远离城市,有个农场,有平整的田地。也许在堪萨斯州,或者在科罗拉多州。还有一栋小房子、一口井、几头牛。"

艾莉森皱起了眉头,"哦?"

"而且你知道还有什么吗？我在房子后面种田,或者⋯⋯或者在喂鸡。你喂过鸡吗？"拉里欢快地摇了摇头,"无穷无尽的快乐,宝贝。还有松鼠。你在公园里散步、喂过松鼠吗？灰松鼠,长着又长又大的尾巴,和身子一般长的尾巴。"

艾莉森打了个哈欠。她忽然站起身,拿上她的钱包,"我想我们该离开了。"

拉里也缓缓地站了起来,"是的,我想是的。"

"明天还有好多事情要做。我想早点儿开始。"艾莉森穿过人群,向门口走去,"头一件事,我想我们应该寻找——"

拉里拦下她,"你的筹码。"

"什么?"

"你的筹码,把它们兑换了。"

"换成什么?"

"可以换成钱——我想人们现在这么称呼它。"

"哦,真麻烦。"艾莉森转向一个坐在二十一点赌桌边的粗壮男人,"给你!"她把筹码尽数倒在了那人的腿上,"全给你了。解决啦,拉里,我们走吧!"

计程车在拉里的公寓楼前停了下来,"这就是你住的地方?"艾莉森抬头看着眼前的建筑问道,"不是很现代化,对吗?"

"是的。"拉里推开车门,"而且管道也经常出问题。但管它呢。"

"拉里?"拉里正要下车,艾莉森拦住了他。

"怎么了?"

"你不会忘记明天吧,对吗?"

"明天?"

"明天我们要做好多事。我想让你一大早就起床,做好出发准备。这样我们就能把事情都做完。"

"傍晚六点钟怎么样? 够早了吧?"拉里打了个哈欠。时间已经很晚了,气温还很低。

"哦,不行。我明早十点钟来找你。"

"十点! 可是我还有工作! 我还得上班!"

"明天不工作。明天属于我们。"

"那我吃什么、喝什么? 要是不去——"

艾莉森伸出她纤细的手臂搂住了他,"不用担心,会没事的。别忘了,这是我的世界。"她搂过他的头,在他的嘴上吻了一下。她的唇甜美而冰凉。她紧紧地抱住他,闭上了眼睛。

拉里挣脱了她,"行了,可以了。"他站在人行道上理了理领带。

"那明天见。不用担心你的工作。再见,亲爱的拉里。"艾莉森"砰"的一声关上了车门。计程车沿着黑暗的街道开走了。拉里看着车驶远,仍有些没回过神来。最后,他耸了耸肩,走向公寓楼。

一楼大厅的桌子上,有一封留给他的信。他拿了起来,在上楼梯的时候拆开了。信是他的办公室(博雷保险公司)发过来的,内容是员工的年度休假安排表——每个员工能轮休两个星期。他甚至不用看就知道自己的假期何时开始。

"不用担心。"艾莉森曾说。

拉里苦笑了一下,把信揣进了衣兜。他打开了自己公寓的门。她说的是十点钟? 好吧,至少他能睡一夜好觉。

第二天,天气温暖而明媚。拉里坐在公寓楼前的阶梯上,一边抽着烟思索,一边等候艾莉森。

她的运气真是太好了,这一点毋庸置疑。许多事情就仿佛熟透的李子落入她怀中一样,水到渠成。难怪她认为这是她的世界……她交上了诸多的好运,没错。但有些人就是这样,运气好,每次都能撞上大运:赢得智力竞赛,在水沟里发现钱,赌马时下对注。这样的事并非没有。

她的世界? 拉里咧嘴笑了。很显然,艾莉森还真的相信了。有意思。好吧,至少再陪她多玩一小会儿,她是个挺好的女孩。

突然,响起了汽车喇叭声,拉里抬头看去。一辆双色敞篷车停在他跟前,车篷已经放下。艾莉森招了招手,"嗨! 快上来!"

拉里站起来,来到车边,"你从哪里找到的这个?"他打开车门,慢慢坐到副驾驶座位上。

"这个?"艾莉森启动汽车,快速驶入了车流,"我忘了,我想是某个人送给我的。"

"你忘了!"他惊奇地看着她。随后他放松了身体,靠在柔软的座位上,"说吧,今天要干的第一件事是什么?"

"我们先去看我们的新房子。"

"谁的新房子?"

"我们的,你和我的。"

拉里窝进了座位里,"什么?! 但是你——"

艾莉森驾车在街角转了个方向,"你会喜欢的,房子很漂亮。你的公寓有多大?"

"三个房间。"

艾莉森发出银铃般的笑声,"我们的房子有十一个房间,两层楼,占地半英亩。我听说是这样的。"

"你没去看过房?"

"还没。我的律师今早才给我打了个电话。"

"你的律师?"

"这房子是我继承的遗产的一部分。"

拉里缓缓地坐正了身体。艾莉森今天穿着鲜红色的两件套女装,正幸福地盯着前方的道路,娇小的脸上神色纯真而满足。"让我理一下:你从没见过房子,你的律师才给你打电话,房子是你继承的遗产的一部分。"

"一点儿没错。是我的一个伯父留给我的,名字嘛,记不清了。我以为他不会留给我什么。"她将头转向拉里,露出了和煦的笑容,"但这段时间对我而言非常特别,关键是一切都顺顺利利。我的整个世界……"

"对,你的整个世界。好吧,祝愿你看见房子后还能喜欢。"

艾莉森欢笑了起来,"我会的。毕竟,它是为我而存在的,这就是它的意义。"

"你把一切安排得就像精密科学一样,"拉里低声说,"所有发生在你身上的事情都会有最好的结果。所有的事情都让你满意。所以这一定是你的世界。也许你只是努力使事情出现最好的结果——于是你告诉自己,你真的很喜欢发生在自己身上的事情。"

"你是这么认为的吗?"

车子呼啸前进,拉里则皱着眉陷入了思考,"告诉我,"他最终问,"你是怎么知道世界并非单一的? 你怎么这么确定这个世界是你的呢?"

她对他微微一笑,"我自己推测出来的,"她说,"我研究了逻辑学、哲学和历史——其中总有一些东西让我百思不得其解。无论人或者国家,为什么会有那么多的重大变化,恰巧发生在该发生的时刻,从而影响了他们的时运走向。为什么我的世界一定非得是这个样子？为什么历史上发生了那么多奇怪的事情，把这个世界塑造成了现在这个样子？

"我听说过'这是所有可能存在的世界中最好的世界'的理论，但就我所读到的资料，这理论压根儿就说不通。我研究了人类宗教，以及关于造物主存在的科学猜想——但总缺少一些信息，这些信息要么无法解释，要么就是被忽略了。"

拉里点了点头，"是的，当然。要提出反证很容易：如果这是所有可能的世界中最好的一个，那么为什么会有这么多苦难——没有必要的苦难——存在于这个世界？如果仁慈而全能的造物主存在——毫无疑问，这是数以亿万计的人以前、现在、以后的信仰——那么又如何解释世间的邪恶呢？"他对她笑了笑，"所以你推测出了解释一切的答案，呃……就像喝下一杯马丁尼那样简单。"

艾莉森皱了皱鼻头，"你用不着这么刻薄……好吧，确实没多难，而且我也不是唯一推测出答案的人，虽然很显然，我是这个世界唯一的……"

"也罢。"拉里插话道，"我保留所有的反对意见，直到你告诉我你是怎么做到的。"

"谢谢你，亲爱的。"她说，"你瞧，你就快明白了——即使你没有从一开始就同意我……好了，我承认，要讲清全过程确实会比较乏味，但说服你的过程会有趣得多……哦，别心急，马上就到正题了。"

"谢谢你。"他说。

"方法很简单，和拆穿变鸡蛋的把戏一样，一旦观看角度合适，真相立刻大白。为什么'所有可能世界中最好的一个'理论和仁慈的造物主都无法解释得通，因为我们作为推论起点的假设不合理——即认为，这是唯一真实存在的世界。但如果我们采用另一种假设：假设万能的造物主存在，那么理所当然的，如此伟大的存在必定有能力创造出无限个世界……或者有限个世界，但数量之巨，对我们来说趋近于无限。

"如果这么假设，那么其他所有的问题便迎刃而解了。是造物主开启了一切；祂为每个存在的人类创造了单独的世界；每个世界只为某一个人而存在。祂是个艺术家，但祂同时注重节俭省材，所以在各个世界里都充斥着许多完全相同的核心思想、社会活动和原始推动力。"

"哦，"拉里柔声答道，"我开始明白你阐述的理论了。在一些世界里，拿破仑赢得了滑铁卢战役——尽管他只有在自己的世界里才会事事顺心；但在这个世界，他却输掉了……"

"我不确定拿破仑是否在我的世界存在过，"艾莉森若有所思地说，"我想他只是记录在档案里的一个名字，虽然在其他的世界有这号人存在。在我的世界，希特勒被打败了，罗斯福死了——很遗憾没能认识他；不过，他也不是很真实。他们只是从其他人的世界投射过来的影像。"

"好吧，"他说，"你遇到的所有事情都有好结果，一辈子都是这样，对吗？你从没真正生过病、受过伤，或者挨过饿……"

"差不多吧。"她同意道，"我受过伤，也有过挫折，可没一次……

怎么说呢,对我造成真正的伤害。而且每次事故最后都成了能帮助我得到真正想要的东西的重大转机,或者让我明白重要的道理。你瞧,拉里,我的逻辑完美无缺,我都是根据例证推导而出。其他的结论都站不住脚。"

拉里笑了,"看来,听不听我的推论都无所谓了。反正你只相信自己的结论。"

拉里极度厌恶地注视着面前的建筑,"这就是你说的房子吗?"他最后嘀咕道。

艾莉森仰头看着这座大房子,眼中闪烁着幸福的光芒,"什么,亲爱的?你说什么?"

它硕大无朋,而且超级新潮,如同西点师的噩梦一般:粗圆的柱子参差而立,横梁斜置于其上,扶壁不正。房间如同鞋盒般,一个搭在另一个上面,角度各不相同。整个外墙镶满了铮亮的金属板,如黄油般的颜色让人望而生畏。在早上的阳光下,房子明亮耀眼、闪闪发光。

"那些是什么?"拉里指了指房子不规则的墙壁,上面孤苦伶仃地攀附着几根藤子,"这些东西应该在那儿吗?"

艾莉森的眼睛眨了眨,稍微皱了下眉头,"你说什么,亲爱的?你是说那些九重葛吗?那可是一种非常奇异的植物,产自南太平洋。"

"它有什么用?把房子固定住?"

艾莉森的笑容消失了，她挑起了眉毛，"亲爱的，你感觉不舒服吗？有什么不对劲吗？"

拉里朝车走去，"我们回城吧。我饿了，想吃午餐。"

"好的。"艾莉森古怪地看着他，"好吧，我们回去。"

那天晚上，晚餐之后，拉里似乎有些闷闷不乐，对艾莉森爱理不理的。"我们去发条酒吧，"他突然说，"我想看看熟悉的东西，换换口味。"

"你要换换什么？"

拉里用下巴示意了下他们刚离开的高级餐厅，"所有这些花里胡哨的灯光，还有穿着制服在你耳边嘀咕法语的小矮子。"

"如果你想点餐，就应该懂一点儿法语。"艾莉森正色道，她生气地嘟起了嘴，"拉里，我开始有点儿搞不懂你了，你在我们的房子前那些奇怪的举动，说的那些奇怪的话。"

拉里耸了耸肩，"看到房子之后，我的精神暂时性失常了。"

"好吧，我衷心希望你能恢复。"

"每过去一分钟，我的精神就恢复一分。"

他们来到了发条酒吧。艾莉森迈步朝里走去，拉里停了一会儿，点燃了一支香烟。旧日好友一般的发条酒吧，仅仅站在它的门口就已经让他感觉好多了。温暖、昏暗、嘈杂，舞台上落魄的迪克西兰爵士乐队演奏的乐曲——

他的兴致又回来了。一个破败却舒适的酒吧带来的那种平和与满足。他松了口气，推开了门。

然后怔住了，如遭雷击。

发条酒吧变了，里面灯火通明。麦克斯不见了；身着整洁白色制服的女招待往来忙碌。到处坐着衣裳光鲜的女士，品着鸡尾酒聊天。酒吧后部，换成了仿吉卜赛管弦乐队，一个穿道具服装、长相粗鄙的长发男子正在折腾着小提琴。

艾莉森转过身，"快过来！"她语气不耐烦地说，"别站在门口，大家都在看你。"

拉里久久地盯着仿吉卜赛管弦乐队，看着忙碌的女招待、聊天的女士以及嵌在墙上的闪电形霓虹灯。他感到大脑渐渐变得麻木。他顿时泄了气。

"怎么回事？"艾莉森蛮横地逮住了他的胳膊，"你到底是怎么回事？"

"发生……发生什么了？"拉里无力地比画了一下酒吧内部，"这里出什么事故了吗？"

"哦，这个，我忘记告诉你了。我跟奥马利先生谈过一次，在我见到你的前一晚。"

"奥马利先生？"

"他是这栋建筑的业主，也是我的一位老朋友。我向他指出，这个小地方是多么肮脏和丑陋，顺带着提出了几点改进建议。"

拉里走了出去，来到了人行道上。他用鞋跟碾灭了香烟，把双手插到衣兜里。

艾莉森从他后面追了出来。她的脸颊气得泛起了红晕，"拉里！你去哪里？"

"晚安。"

"'晚安'？"她震惊地盯着他，"你什么意思？"

"我要走了。"

"去哪儿？"

"外面，回家，去公园。哪儿都行。"拉里的手插在兜里，弓着背，顺着人行道往前走。

艾莉森追上了他，愤怒地拦在身前，"你疯了吗？你知不知道自己说了什么？"

"当然。我要离开你，我们掰了。嗯，感觉真好。有缘再见。"

艾莉森脸颊上的红晕如同两块烧红的小煤球，"等一下，布鲁斯特先生。我想你忘了点儿东西。"她的声音冷硬而尖厉。

"忘了东西？是什么？"

"你不能离开，你不能离我而去。"

拉里扬了扬眉毛，"我不能？"

"我想你最好再考虑一下，趁你还有时间。"

"我不明白你的意思。"拉里打了个哈欠，"我想，我要回自己的三居室公寓，回去睡觉。我累了。"他走过了她身边。

"你忘了吗？"艾莉森厉声说，"你忘了你不是完全真实的吗？你忘了你只是作为我的世界的一部分而存在的？"

"老天！你又要开始说这个了？"

"在走之前，最好想想我的话。你是为了我的幸福而存在的，布鲁斯特先生。这是我的世界，请记住。也许在你的世界情况会不同，但这是我的世界。在我的世界，万事万物按我说的转。"

"再见。"拉里·布鲁斯特说。

"你……你还是要走？"

拉里缓缓地摇了摇头。"不，"他说，"不，事实上，我不走，我改主意了。你太麻烦了，该走的是你。"

在他说话的时候，一个璀璨的光球轻轻地落在艾莉森·霍姆斯的头顶，将她吞没在了辉煌夺目的光芒里。光球带着霍姆斯小姐向上飞去，轻盈地飞过各式建筑物的顶端，飞进了夜的天空。

拉里·布鲁斯特平静地看着霍姆斯被光球带走。她越飞越远，身影变得越来越小，直到骤然间再也看不见。他一点儿也不惊讶。

天空中残留着微弱至极的一点闪光。艾莉森走了。

拉里·布鲁斯特站在原地，站了很长时间。他摩挲着下巴，陷入了深深的思索。他会想念艾莉森·霍姆斯。她的某些方面挺让他喜欢的，有那么一会儿，她给他带来了欢乐。好吧，她现在已经走了。在这个世界，艾莉森·霍姆斯并非完全真实。据他所知，自己所见到的"艾莉森·霍姆斯"只不过是她的部分投影。

然后他停止了思考，记了起来：当光球带着她远去时，他瞥见了一角——他的视线越过了她，瞥见了另外一个世界的一角。显然，那里是她的世界，属于她的真实世界，她想要的世界。建筑物风格似曾相识,令人不快,他还记得那栋房子……

另外——不过,艾莉森也是真实的——她存在于拉里的世界,直到被送回她自己的世界那一刻。她在那儿会找到另一个拉里·布鲁斯特吗?他会和她合得来吗?想到这里,他不由得打了个寒战。

事实上,这次的经历让他有些心烦。

"我不知道为什么。"他喃喃道。他回想起自己遇到的其他不愉快事件,记起了这些事件是如何让他获得了更大的满足感——没有它们,他不会领略这么丰富的人生。"算了吧!"他叹了口气,"这是最好的结果。"

他双手插在衣兜里,缓步向家走去。他不时抬头看看天空,似乎想要确定……

地表突袭

哈尔坐上一辆向北而行的管道穿梭车,离开了地下三层。管道穿梭车载着他,从球形中转枢纽一掠而过,疾速驶向下方的第五层。在短暂的一瞬间,枢纽的全貌展露在了哈尔眼前:庞大的球面空间内部,通往各处的管道纵横交错;行人熙来攘往,车辆并行不悖——景象之壮观,让他心头不禁一阵火热。

接着,中转枢纽被远远甩在了后面,他即将到达目的地——广阔的第五层工业区。第五层是最底层,样子就如同一只长着黑色硬壳的巨大章鱼,隐伏于暗夜中,暴虐地怒张着触手,覆盖了广大的区域。

闪闪发光的管道穿梭车将他弹射出去,毫不减速地继续前行,消失在了管道中。哈尔灵活地跳落在传送带上,跑出几步缓冲,身体老练地摇晃了几下,保持住平衡,稳稳地站住。

几分钟后，哈尔来到父亲的办公室入口。他抬起手，密码门滑动退开；他走了进去。他的心脏激动得怦怦直跳，和父亲摊牌的时机终于到了。

爱德华·博因顿正在企划部研究新型钻孔机器人的草图，忽然有人通知他说，他的儿子进了自己的主办公室。

"我马上回来。"博因顿说完，从一众参谋人员身边走过，爬上斜梯进入办公室。

"你好，父亲。"哈尔挺起胸，朗声打了个招呼。父子俩握了握手。哈尔缓缓地坐了下来。"你还好吗？"他问，"我猜你已经料到我会来。"

爱德华·博因顿在办公桌后坐下，"你来这里有什么事？"他问道，"你知道我现在很忙。"

哈尔对父亲露出了淡淡的微笑。爱德华·博因顿身形魁梧、肩膀宽阔、金发浓密；他身穿棕色工业企划官制服，如铁塔般坐在年轻的儿子对面。他迎向儿子平静的目光时，一双蓝色的眼睛冰冷而严酷。

"我刚巧听到了点儿消息。"哈尔担心地瞧了瞧房间四周，"你的办公室没被监听，对吧？"

"当然没有。"爱德华向他保证道。

"没有监视屏或监听员？"哈尔稍微放松了一点儿，"我听说，你很快就要和你部门的其他几个人到地面上去了。"哈尔急切地向父亲探过身子，"到地面上去——发动捕获智人的突袭。"

艾德[1]·博因顿的脸色阴沉了下来，"你从哪里听说的?"他目不转睛地盯着儿子，"是不是这个部门的哪个人——"

"不是，"哈尔急忙回答，"没人告诉我。是我自己不小心听到的，在做学科课业活动的时候。"

艾德·博因顿有些明白了，"原来如此。你按照老师在通信课上所教授的方法做频道窃听实验，结果截听到了秘密频道。"

"没错。我刚好收听到了你和罗宾·特纳之间关于突袭的一段通话。"

房间内的气氛变得轻松友善了一些。艾德·博因顿松了口气，向后靠在椅子上。"继续说。"他催促道。

"这只是一个意外。我截听了十到十二个频道，每个频道的侦听时长仅为一秒钟。我使用的是青年联盟的设备。我突然听出了你的声音，于是我没再切换频道，听完了剩下的通话。"

"然后你听到了关于突袭的大部分内容?"

哈尔点了点头，"你们到底什么时候上去，父亲? 你定下确切时间了吗?"

艾德·博因顿皱起了眉头，"没有，时间还没定下。不过应该在这个星期，各方面几乎都已准备就绪。"

"有多少人要上去?"哈尔问。

"我们预备出动一艘母舰和三十辆左右的蛋形车。都是我们这个部门的。"

---

① "艾德"是"爱德华"的简称。

"三十辆蛋形车? 六七十个人。"

"没错。"艾德·博因顿端详着哈尔,"突袭的规模不会太大。与这几年理事会发动的突袭相比,只能算小巫见大巫。"

"但对于单一的部门来说,规模已经够大了。"

艾德·博因顿的眼神闪烁了几下,"别大意了,哈尔。要是诸如此类的闲话流传出去——"

"我知道。我一收听到你们的谈话,就把录音机关了。如果被理事会发现有部门未经授权,为满足本部门工厂所需而私自发动突袭,我知道会有什么后果。"

"你真的知道吗? 恐怕不见得吧。"

"一艘母舰和三十辆蛋形车!"哈尔没理会父亲的揶揄,惊叹道,"你们差不多要在地面上待四十个小时?"

"差不多。具体多久还要看顺利与否。"

"你们准备抓多少智人?"

"我们需要至少二十四个。"博因顿回答。

"男性吗?"

"大多数吧。没几个女性,主要是男性。"

"我猜,应该是用来充作基础产业工厂里的工作单位。"哈尔在椅子上坐直了身体,"那么好吧。既然我对这次突袭有了更多了解,我就说正事了。"

他坚定地看着自己的父亲。

"正事?"博因顿目光锐利地抬眼看去,"你究竟是什么意思?"

"我到这一层的真正原因，"哈尔隔着桌子向自己的父亲倾身过去，一字一顿，语气坚定地说，"是因为我要参加你们的突袭。我想和你们一起去——亲手抓几个智人。"

言罢，两人均感到震惊，房间陷入了沉默。过了一会儿，艾德·博因顿大笑起来，"你在说什么啊？你对智人又知道多少？"

内门滑动打开，罗宾·特纳快步走进了办公室。他来到桌后，站在了博因顿身旁。

"他不能去，"特纳直截了当地说，"否则风险会增大十倍。"

哈尔抬头看去，"原来这里藏着一个监听员。"

"当然。特纳总在内室监听。"艾德·博因顿点了点头，若有所思地打量自己的儿子，"你为什么想一起去？"

"那是我的事。"哈尔说，他的嘴唇绷得紧紧的。

特纳尖锐地说："这是情感上不成熟的表现，一种青春期对冒险和刺激的非理性渴求。现在还有少数人像他一样，不能彻底摆脱旧式情感。两百年过去了，你会想——"

"是这样吗？"博因顿诘问道，"你想上去看看地面，是出于某种未成年人的欲望？"

"也许吧。"哈尔承认道，脸微微有些发红。

"你不能来，"艾德·博因顿明确表示，"太过危险了。我们去地面，不是为了浪漫的冒险，而是为了工作——无趣、困难又艰巨的工作。智人已经开始有所警觉。想要满载而归变得越来越困难。我们不可能分出一辆蛋形车去满足什么浪漫的愚蠢行为——"

277

"我知道越来越困难，"哈尔插话道，"你没必要让我相信完成足额捕获是件几乎不可能的事情。"哈尔不服气地看向特纳和父亲，他再三斟酌了一番词句，"而且我知道，为什么理事会把擅自发动的突袭视为危害国家的重罪。"

鸦雀无声。

最后，艾德·博因顿叹了口气，眼神中不情愿地露出了欣赏之色。他上下打量了一番自己的儿子，"好吧，哈尔。"他说，"你赢了。"

特纳板着面孔，什么也没说。

哈尔立刻站了起来，"那么，这就说定了。我马上回住所收拾东西。一旦你们准备好，马上通知我。我会在第一层的发射平台与你们会合。"

博因顿摇了摇头，"我们不会从第一层出发。这样太冒险了。"他的声音变得低沉，"第一层有太多理事会的警卫出没。我们的飞船就藏在这儿，在第五层的一个仓库里。"

"那我该去哪儿和你们会合？"

艾德·博因顿缓缓地站了起来，"我们会通知你的，哈尔。我向你保证，不会太久。最多再过两个周期日。在我们的办公区见面。"

"地表完全冷却了，对吧？"哈尔问，"没有辐射区了吧？"

"地表已经冷却五十年了。"他的父亲向他保证。

"那我就用不着准备防辐射护罩了。"哈尔说，"还有一件事，父亲。我们要说哪种语言？我们能说常规的——"

艾德·博因顿摇了摇头，"不能。智人从未掌握任何理性语义系统。我们只能采用老旧的传统语言形式。"

哈尔失望地垮下脸，"我不会说传统语言，学校早就不教这些了。"

艾德·博因顿耸了耸肩，"不会也没关系。"

"他们的防御手段怎么样？我应该带什么武器？只带隐形护罩和爆能枪行吗？"

"只有隐形护罩是必不可少的，"博因顿说，"智人看见我们就会四散逃开。只要有一个发现我们，所有的智人就会逃得无影无踪。"

"好的，"哈尔说，"我会检查一遍自己的隐形护罩。"他向门口走去，"我回第三层了，期待你们的信号，我会准备好该带的东西。"

"很好。"艾德·博因顿说。

两个男人看着年轻人离开，大门缓缓地滑动关闭了。

"这小子不得了。"特纳咕哝道。

"以后会成个人物，"艾德·博因顿低声说，"他还有很长的路要走。"他摩挲着下巴，暗暗思索道，"不过我很好奇他在地表突袭时会有何等表现。"

离开父亲办公室一个小时后，哈尔在第三层见到了他们团体的首领。

"事情都解决了？"法佐尔德从报告阅读板上抬起头问道。

"都解决了。只要母舰准备好，他们就会给我发信号。"

"对了。"法佐尔德放下阅读板，将扫描器推开，"我读了一些关于智人的信息。作为青年联盟领袖，我有权查询理事会文档。我知道一些几乎无人知晓的东西。"

"是什么?"哈尔问。

"哈尔,智人和我们有亲缘关系。他们属于另外的物种,但他们与我们有非常近的亲缘关系。"

"继续说。"哈尔催促道。

"很久以前,只有一个人种——智人,他们的全名叫'智慧人种'。他们是我们的祖先,我们从他们进化而来。我们属于生物基因变种人。人种分化发生在两百五十年前,第三次世界大战期间。在此之前,从未出现过'技人'。"

"'技人'?"

法佐尔德笑了笑,"那是他们刚开始对我们的称呼。当时,他们认为我们仅仅是某种单独的群体,而不是一个特征分明的种族。'技人'——这是他们给我们的名字。他们过去总这么称呼我们。"

"但为什么呢? 这是个奇怪的名字。为什么是'技人',法佐尔德?"

"因为第一批变种人出现在技术专家群体中间,随后逐渐扩散到其他所有的受过教育的群体——科学家、学者、行业内的技工和经过训练的群体,各种各样专业化的人才群体。"

"而智人没意识到?"

"他们认为我们只是一个群体,正如我刚才说过的。在第三次世界大战以及之后的时间里,他们的观念都未改变。直至终结之战时,我们全面崛起。我们具备高辨识度的显著差异。很显然,我们

280

不是智慧人种的旁系分支，不仅仅是比其他人受过更多教育、拥有更高智力的另一群人类。"

法佐尔德凝视着远处，"在终结之战期间，我们正式崛起，展现出了我们的真实能力——我们是终将取代智人的更高级人种，就像智人最终取代了尼安德特人一样。"

哈尔琢磨了一下法佐尔德说的话，"真没想到我们和他们有这么近的亲缘关系。我不知道我们的历史并不长。"

法佐尔德点点头，"两百年前，我们才作为独立人种首次出现，当时战争肆虐了整个星球的表面。我们的大部族人在三大山脉下的大型实验室和工厂内工作——乌拉尔山脉、阿尔卑斯山脉和落基山脉。我们位于深深的地底，头顶是数英里的岩石和泥土。地表上，智人正使用我们设计的武器打得你死我活。"

"我渐渐有些明白了。我们设计武器供他们打仗，他们使用我们的武器，却没意识到——"

"我们设计武器，而智人用它们自我毁灭。"法佐尔德突然插话道，"大自然如同熔炉，一个物种灭绝，另一个物种崛起。我们为他们提供武器，他们消灭自身。到战争结束时，地表熔结成了一块儿，只剩下灰烬、氢熔玻璃岩和辐射云。

"我们从地底实验室派出侦查小队，除了死寂荒芜的废土，什么也没发现。一切都已完结。他们不见了，被消灭光了。然后，我们出来接管了他们的领地。"

"并非所有的智人都被消灭了，"哈尔指出来，"地面上仍生活着不少的智人。"

"是的,"法佐尔德承认道,"是有一些活了下来。这里几个,那里几个,苟延残喘而已。随着地表温度冷却,他们渐渐地聚集了起来,建造小村落和棚屋,条件开始有所改善。是的,他们甚至清理出了一些土地,耕种作物。但他们现在依旧是一个即将消亡殆尽的种族,和尼安德特人一样,逃脱不了灭绝的命运。"

"这么说,现在地面上只剩一群无家可归的男女智人。"

"还有不多的几个村落零星分布着——在他们想方设法清理出的地面上。但他们彻底倒退回了蒙昧状态,像动物一样生活,穿兽皮,用石头和长矛狩猎。他们基本上只剩下了野兽般的本能。我们为了工厂的需求,到地面上劫掠过几个村落,但从未遇到有组织的抵抗。"

"那么我们——"一阵微弱的铃声突然响起,哈尔被吓了一跳,止住话头。他不安地转过身,"啪"的一下打开了可视电话。

屏幕上现出了他父亲那张不苟言笑的脸,"好了,哈尔。"他说,"我们准备好了。"

"这么快? 但是——"

"我们把时间提前了。到我的办公室来。"屏幕上的影像暗淡下去,消失了。

哈尔没有动。

"他们一定是担心了,"法佐尔德笑着说,"他们显然担心你会泄露消息。"

"我都准备好了。"哈尔说完,从桌子上拿起爆能枪,"我看起来怎么样?"

哈尔身穿银色的通信班制服,腰系护罩操控皮带,脚蹬厚重军靴,手戴军用手套,单手握枪,看起来英姿飒爽、神采奕奕。

"那是什么?"法佐尔德看见哈尔戴上了黑色的护目镜,发问道。

"这个?哦,这是遮阳的。"

"当然——阳光。我都忘了。"

哈尔双手持枪,熟练地掂了掂,"阳光具有致盲性。护目镜可以保护我的眼睛。我配备了隐形护罩、爆能枪和护目镜,在地面上会平安无恙的。"

"希望如此。"法佐尔德仍面带笑容,在哈尔往门口走去时,捶了一下他的背,"祝你多带几个智人回来。好好干——别忘了抓个女智人!"

母舰缓缓地从仓库驶出,显露出短胖的黑色泪滴外形。它驶上了升降台;左舷的舱锁滑开,装卸斜道爬升至舱口。随即,物资和装备沿斜道进入了船舱。

"马上就要出发了。"特纳透过观测窗看着船外的装卸斜道,面部因为紧张而不住地抽搐起来,"但愿不会出差错,万一理事会发现了——"

"停止胡思乱想!"艾德·博因顿命令道,"现在不是放任丘脑区的神经冲动占上风的时候。"

"抱歉。"特纳双唇紧闭，从窗旁走开。升降台已准备好上升。

"我们开始吧。"博因顿催促道，"每一层你都布置了我们部门的人吗？"

"只有我们部门的人才能靠近升降台。"特纳回答道。

"部门的其他人员呢？"博因顿问道。

"都在第一层。我白天时把他们都派了上去。"

"很好。"博因顿给出信号，升降台开始缓慢上升，将他们平稳地送往上一层。

哈尔凝视着观测窗外，第五层渐渐隐没于下方，第四层（地底世界的商业中心）进入了视野。

"不会太久的。"艾德·博因顿看着第四层从眼前落下，"目前为止，一切顺利。"

"我们最后从哪里出地面？"哈尔问。

"在战争后期，我们的各类地底建筑通过隧道连接。如今的地底世界便是以这些最早的隧道网络为基础发展而来的。我们将从所谓的阿尔卑斯山脉下的一个老隧道口出去。"

"阿尔卑斯。"哈尔低语道。

"是的，欧洲的阿尔卑斯。我们绘制的地表地图上，标注有这个区域的智人村落。在北部和东北部，曾经丹麦和德国的领土，聚居着一支规模不小的村落群。我们从未劫掠过这个区域。智人已经从熔结的地表成功清理出数千英亩的土地，他们似乎正在逐步恢复欧洲的大部分区域。"

"但他们为什么这么做,父亲?"哈尔问。

艾德·博因顿耸了耸肩,"我不知道。他们似乎并未有计划地设定目标。事实上,没有迹象显示他们脱离了蒙昧状态。他们所有的传统都已遗失——书本、史实、发明以及科学技术。如果你问我——"他突然打住,"到第三层了。我们就快出地面了。"

巨大的母舰轰鸣着在地球表面上方慢速滑翔。哈尔向外看去,被下方的景象吓了一跳。

大地表面覆盖着一层砂石熔化冷却后形成的黑色岩壳,无边无际,不露一点儿土壤。不时能看见几座突兀耸立的高山,上面满是灰烬,山顶的周围稀落地长着几株灌木。大片的灰烬随风而起,席卷长空,遮天蔽日,唯独不见有动物活动。地球的表面死寂而荒凉,缺少生命迹象。

"所有的地面都像这样吗?"哈尔问。

艾德·博因顿摇了摇头,"并非所有的。智人已经恢复了一部分土地。"他抓住儿子的胳膊,指着一个方向,"瞧见那个方向了吗? 他们已经清理出了很大的面积。"

"他们用什么方法清除岩壳?"哈尔问。

"清除起来非常困难。"他的父亲回答道,"氢弹爆炸熔化了砂石,地表熔结成了一整块玻璃岩,就像火山玻璃岩一样。他们用手抠,用石头砸,用玻璃岩制作的斧子砍,年复一年,一小块一小块地开拓。"

"为什么他们不制造更先进的工具呢?"

艾德·博因顿讥笑道:"真是明知故问。在过去长达数百年的时间里,他们的大部分工具曾经都由我们制造,工具、武器和各种发明创造。"

"准备好,"特纳说,"我们要降落了。"

母舰向下飞去,降落在了岩壳表面。他们下方的黑色岩壳轰隆隆地震颤了一会儿,然后归于平静。

"成功降落。"特纳说。

艾德·博因顿仔细研究地表地图,将它放入扫描器快速扫描,"我们先派出十辆蛋形车作为斥候。如果这里找不到猎物,我们就驾船去更北边看看。不过我们应该会有所收获,这个地方以前从未被劫掠过。"

"蛋形车怎么侦查?"特纳问。

"蛋形车以等角度按扇形向外铺开,每辆蛋形车负责一块单独区域,侦查方向为东方。如果有了任何斩获,立刻返回母舰。如果没有,就到入夜时分再返回。"

"入夜?"哈尔问。

艾德·博因顿露出笑容,"直到天黑,直到地球的这一面背对太阳。"

"出发吧。"特纳急不可耐地说。

左舷的舱锁开启。第一批蛋形车开始驶到岩壳上,履带牢牢地抓住光滑的表面。它们体型不大,大致形似圆球:前部微微宽鼓,容纳操控台;后部逐渐收窄,止于喷气嘴。一辆接一辆地,它们驶出黑色的母舰,疾驰向远方,不见踪影。

"我们坐下一辆。"艾德·博因顿说。

哈尔点点头,紧紧握住了爆能枪。他放下护目镜,戴在眼睛上;特纳和博因顿同样戴上了护目镜。他们上了蛋形车,博因顿坐在操控台后面。

一会儿之后,蛋形车冲出母舰,驶上了光滑的地表。

哈尔看向外面,只见向四面八方延绵而去的岩壳上,飘荡着一团团灰烬。

"光线昏暗。"他小声说,"可即便戴着护目镜,太阳还是很刺眼。"

"别直视太阳,"艾德·博因顿告诫道,"把头转开。"

"我做不到。它太……太奇怪了。"

艾德·博因顿咕哝一句,加快了蛋形车的速度。前面很远处,单调的景色有了变化。他操控蛋形车径直向那个方向驶去。

"那是什么?"特纳警觉地问道。

"树,"博因顿的话让他打消了疑虑,"长在一起的树。这意味着前方将没有岩壳;再往前一段距离,只会有灰烬;之后,就是智人耕种的田地。"

博因顿驾驶蛋形车到了岩壳边缘。他关掉引擎,锁死履带,把车停在了岩壳的尽头,树林开始的地方。三人端着枪,谨慎地下了车。

周围没有一丝动静,只有压抑的沉寂和脚下无边无际的岩壳。

透过飘荡的大团灰烬之间的缝隙，可以看见碧青色的天空上飘浮着几朵水蒸气形成的白云。空气的味道还不错，淡薄而干爽；阳光晒在身上，暖洋洋的。

"激发隐形护罩。"艾德·博因顿敦促道。他说着按下了皮带上的开关，护罩嗡鸣着闪现而出，遮盖住全身。顿时，博因顿的身影如水波般晃动起来，迅速地变淡，接着嗡鸣停止——博因顿变得无影无踪了。

特纳紧接着也激发了护罩。"好了，"哈尔右边一个闪着微光的透明椭圆形状传出了特纳的声音，"该你了。"

哈尔打开了护罩。立刻，一股冷冷的奇特火光从头到脚地包裹住了他，他的全身溅起了火花。随后，他的身影变淡消失了。护罩的运行完全正常。

哈尔的耳朵里响起了轻轻的咔嗒声，提醒他身边另外两人的存在。"我能听到你们，"哈尔说，"你们的护罩在附近，我的耳机会发出声响。"

"别走散了，"艾德·博因顿警告道，"跟着我们，注意听耳机里的响动。在地表上分开行动会很危险。"

哈尔小心翼翼地前进，另外两人在他右边几码远处。他们穿过了一片种满某种黄色植物的干燥田地。植物的长茎被他们踩在脚下，咯吱作响。哈尔的身后是一串折断了的作物。他能清楚地看见特纳和自己父亲踩出的两条相似路径。

但现在哈尔觉得有必要与特纳和自己的父亲分开行动了。前方隐约现出一个智人村落的轮廓：一座座棚屋以木头为框架，屋顶上铺着某种植物纤维，屋檐下拴着什么——太远看不真切，应该是动物。村子的周围生长着绿树和各种植物；他能辨识出来回走动的人影，听见他们的声音。

人——智人。他的心跳不禁加快。如果运气好，他也许能为青年联盟带回去三四个智人。他忽然感觉自己充满了信心和勇气。想必不会有什么困难。种着庄稼的田地，拴在屋旁的动物，东倒西歪、结构不稳的棚屋……

哈尔越来越靠近村子，随下午的热气蒸腾而起的粪便气味也愈发浓烈，几乎叫人难以忍受。叫喊声和人类活动的喧闹声音飘进了他的耳朵。地面平坦而干燥，杂草和植物长得到处都是。他走出黄色的田地，踏上一条散布着人类和动物排泄物的狭窄小径。

村子就在小径的旁边。

哈尔耳机中的咔嗒声逐渐减弱，现在彻底消失了。他露出了自得的笑容。他已经摆脱了特纳和博因顿，与他们失去了联系，他们不知道他的方位。

他沿村子的外沿小心翼翼地向左方潜行。他先经过了一座孤零的棚屋，而后棚屋开始变得密集起来。他的周围，绿树成荫，植被茂盛；他的正前方，一条波光粼粼的小溪流过，两侧的斜岸上满是青苔。

十几个智人正在溪边洗浴，小孩们嬉笑着跳进溪水，又从岸边爬上来。

哈尔停下脚步，惊奇地看着他们。他们的肤色很深，几近于黑色；仔细看去，原来是油亮的铜黑色——污泥般的黑色中透着浓重的青铜色。他们涂着污泥吗？

他猛然明白过来，这些洗浴者黝黑的肤色是长期暴露在阳光下晒出来的。氢弹爆炸毁掉了大部分水蒸气形成的云层，大气层变得稀薄。两百年以来，紫外线得不到有效过滤，阳光无情地直射在他们身上——这与他自己的种族所在的环境迥然不同。在地表之下，没有紫外线，皮肤不会被晒伤，皮肤中的黑色素也不会增加。他和其他"技人"的黑色素已经褪尽。在地底世界，黑色素没有存在的必要。

这些沐浴者的皮肤极黑，泛着健康红润的颜色。他们什么也没穿，或兴高采烈地蹦来跳去，或在水中扬起水花，或在岸边晒太阳。

哈尔观察了他们一阵儿。除了三四个瘦骨嶙峋的年老女性，全是孩子。他们符合标准吗？他摇了摇头，然后小心地绕过了溪流。

他又潜回到村中棚屋之间，一边缓步慎行，一边端着枪警惕地注意四周的情况。

一阵微风从他身边吹过，他右侧的树木发出沙沙的声音。孩子们玩水的欢闹声，混合着粪便的臭味、习习的清风，还有摇摆的树木发出的清香。

哈尔走得很谨慎。他处于隐身状态，但他知道自己仍然随时可能被发现，然后智人就会顺着他的足迹或者声响追踪。假若有人撞到他——

他悄无声息地快步走过一座棚屋,眼前豁然开阔,来到了一片被夯实的平整土地上。在身后棚屋的阴影下,一只狗正趴着睡觉,消瘦的侧腹上爬满了苍蝇。这座陋舍的门口,坐着一个老妪,她正用一把骨梳梳理她长长的灰发。

哈尔经过时没有惊动老妪。在广场的正中央,站着一群年轻男子。他们比画着手势,在讨论着什么。其中有几人擦拭着武器——都是些原始到不可想象的长矛和刀具。一具体型巨大、獠牙闪闪发光、皮毛厚实的动物尸体倒在地上。血从兽嘴中淌下——黏稠的黑血。一个年轻人忽然转过身,踢了动物尸体一脚。

哈尔走到这群人跟前,驻足停留。他们身上穿着织物缝制的长裤子和上衣;脚上穿着露出脚背,用植物纤维松散编织的草鞋——而非正规的鞋子。他们的胡子刮得干干净净,黝黑油亮的皮肤几乎与乌木的色泽无异。他们的袖子向上卷着,露出了肌肉隆起的手臂;炙热的阳光下,大颗的汗珠从手臂上滴落,闪闪发亮。

他听不懂他们在说什么,但他能肯定他们说的是一种古老的传统语言。

他继续往前走。在广场的另一面,一群老年男人正盘着腿坐成一圈,在简陋的木架上织着粗布。哈尔默默地看了一会儿。他们在闲聊着什么,声音此起彼伏。每个老人都专注地伏在木架前,眼睛紧盯着手底下的活计。

在一排棚屋的后面,几个年纪稍小的年轻男女正在拉犁耕田——拉犁的绳子牢牢捆在他们的腰间和肩膀上。

哈尔迈步前行，他有些着迷了。人人都从事着某种活动——除了那只在屋檐下睡觉的狗。年轻男子清理着长矛，棚屋前的老妪梳着头，年老的男人织着布。

在一个角落里，一个高大的女人似乎在用小木棍代替数字教一个孩童加减法。两个男人正动作小心地剥一只软毛小动物的兽皮。

哈尔经过了一个架子，上面仔细悬挂着等待风干的兽皮。他的鼻孔被兽皮沉闷的臭味刺激得发痒，让他直想打喷嚏。他经过了一群小孩，他们正将放在石臼中的谷子砸成粗粉。他走过时，没一个人察觉到他。

一群动物被拴在了一处。其中几只卧在阴影里，腹下垂着硕大的乳房。它们默默地看着他。

哈尔已经走到了村子的边缘，他停了下来。从他站立的位置看去，尚未播种的田地向前延伸开去；这之后一英里左右的范围内，生长着绿树和灌木；再之后，便是漫无边际的岩壳了。

哈尔转身往回走。在一边的阴暗处，一个年轻男子正在用几把粗陋的工具一点点地凿一块氢熔玻璃岩。他似乎在制造一件武器。哈尔看着他神情庄重地挥动工具，一下接着一下，似乎永无止境。玻璃岩很硬。这是一件耗时且单调的工作。

他继续往前走。一群女人正在修理破损的箭矢。他走出了一段距离，仍能听到她们的谈话声；他发现自已想听懂她们谈话的内容。每个人都很忙，动作干净利落。黝黑油亮的胳膊抬起、落下，谈话声、低语声处处飘荡。

一个孩童脆生生的笑声突然响起,传遍了小小的村子,几个人转头看去。哈尔弯下腰,近距离地仔细打量起一个男人。

这个人面部棱角分明,短发鬈曲打结,牙齿整齐雪白。他的胳膊上戴着几个铜环,与他浓重的古铜肤色很相配。他赤裸的胸膛上刺着颜色鲜艳的文身。

哈尔沿原路往回走。在经过那个坐在棚屋前的老妪时,他再次停了下来。她已经梳完了头,现在正在给一个孩子整理头发;孩子的头发正被她巧妙地编成精美的发型。哈尔看在眼里,大感兴趣。孩子的发型复杂而烦琐,要完成的话需要很长时间。老妪浑浊的眼睛全神贯注地看着孩子的头发,枯瘦的双手上下翻飞,全身心地投入在这项细致的工程中。

哈尔朝溪流的方向走去。他又一次经过洗浴的孩童。孩子们都已经爬上了岸,在太阳下晒干身体。

看来,这些就是智人了。曾经消亡殆尽,而今处于垂死边缘,即将灭绝的种族。一群挣扎求生的末日遗民。

但他们看起来不像是濒临灭绝的种族。他们在努力地工作,在不知疲倦地敲打氢熔玻璃岩,在修理箭矢、打猎、耕耘田地、打谷子、织布、梳头……

他猛然停下脚步,保持着爆能枪扛在肩上的姿势,一动不动。在他的前方,溪流边的树林里,有什么东西晃了一下。然后,他听到了两个声音,是一男一女。他们正在兴奋地谈笑,声音响亮。

哈尔轻手轻脚地走了过去。他穿过一丛开花的灌木,向幽暗的树林间看去。

一个男子和一个女子坐在水边的树荫下。男子正用水和黏土制作泥碗。只见他旋转着放在膝间的转盘，十指翩然，动作老练麻利，一只泥碗很快便被捏制出来。

当男子制作的泥碗晒干后，女子就会把碗拿到一边，用饱蘸红色颜料的粗陋毛笔，在碗的外壁以娴熟有力的笔法绘制图案。

女子长得明艳动人。哈尔低头凝视着她，心醉神迷，满眼的仰慕。她靠坐在树下，稳稳地托着泥碗，绘画时几乎纹丝不动。她有一头乌黑亮丽的长发，自肩头垂落于腰间；她的五官精致而细腻，每一根线条都生动分明，眼睛又大又黑。她双唇微启，神情专注地检查每个泥碗。哈尔注意到，她的双手生得小巧玲珑。

他小心迈步向她走去。女子没有听见响动，也没有抬起头。他愈发惊奇地发现，她那娇小匀称的古铜色身躯和纤细灵活的四肢自有一番美感。她并不知道他的存在。

突然男子说了一句话。女子抬头看了一眼，将泥碗放在地上。她休息了一会儿，用一片树叶清理了下毛笔。她穿的裤子做工粗劣，长度只达到膝部，用一条亚麻色绳子系在腰间；除此之外，再无其他着装。她赤裸着双脚和上身，在下午的阳光下，她的胸部随着呼吸急促地上下起伏。

男子又说了几句话。过了片刻，女子拿起另一只碗，开始绘画。两人工作起来速度很快，都默不作声、专心致志。

哈尔仔细看了看泥碗。它们的形状几乎一致。男子的动作如行云流水,先用黏土泥条在转盘上盘出碗底,再一圈圈地绕出碗壁,越绕越高;然后用水拍打在泥碗上,将表面捏揉至结实光滑;最后将碗摆成排,放在太阳底下晒干。

女子会挑选出晒干的泥碗,画上图案。

哈尔长时间地注视着她——她古铜色身躯扭动的姿势,脸上专注的表情,和微微翕动的双唇。她的手指纤柔,指甲修长。她小心地托着一个泥碗,熟稔地缓缓转动,以极快的笔触勾勒出图案。

他认真地观察她的一举一动。她在每只碗上都画出相同的图案,如此不断重复。先是一只鸟,然后是一棵树,一条直线代表大地,线条的正上方是一朵浮云。

这样往复地画同样的主题到底有什么意义?哈尔将头凑近了些,仔细观察。每个图案真的是一模一样吗?他看着她拿起碗,手法娴熟地画出一幅幅图案。每幅图案基本一样——但又有细微差别。没有两只碗是完全相同的。

他感到既困惑又陶醉。图案相同,但每次都有稍许变化。鸟儿的颜色会变化,或者羽毛长度会不同。树和云的位置很少会变动。有一次她在代表大地的直线上方画了两朵小云朵。有时候,她会在背景上画上些草或山的轮廓。

男子突然站了起来,在衣服上擦了擦手。他对女子说了些什么,而后急匆匆地穿过灌木丛,消失于视野中。

哈尔激动地朝四周看了看。女子又坐回去继续工作,动作流畅而沉稳。男子离开了,只留下她单独一人安静地画画。

哈尔一时间百念纷生、犹豫不决,却又心潮澎湃,几乎无法自已。他想与她讲话,想和她探讨她的画作,她画的图案。他想问她为什么每幅图案都不一样。

他想坐下来和她交谈,对她说话,听她讲话。这种陌生的冲动让他费解。他感到一阵眩晕,似乎眼前的一切都变得扭曲模糊,汗珠从他的脖颈滴落在肩头。女孩仍在绘画。她没有抬头,没有察觉到他站在她的正前方。哈尔随即将手放在了皮带上。他深深地吸了口气,迟疑不定。他敢吗?他应该这么做吗?那个男子随时都有可能回来——

哈尔按下了皮带上的按钮。他周身的护罩发出嘶嘶声,冒出了冷火花。

女子抬起了头,花容失色。恐惧突如其来,她睁大了眼睛。

她发出了尖叫声。

哈尔紧握着枪,快速向后退去——他也被自己的举动吓坏了。

女子手忙脚乱地爬了起来,泥碗被踢飞,颜料四处飞溅。她目瞪口呆地盯着他,一点点地往身后的灌木丛挪动。她突然转过身,大声尖叫着冲过灌木丛。

哈尔一个激灵站直了身子,迅速激活护罩。村子里响起了沸反盈天的嘈杂声。他能听到激昂却带着畏惧的高声呼喊、智人的跑动声、穿过灌木丛的声音——整个村子爆发出了惊人的活力。

哈尔沿溪流向下游奔跑,穿过灌木丛,进入了一片开阔地。

他猛然停下脚步。他的心脏剧烈地跳动着。一群智人正往溪流方向赶来——手持长矛的男人、老年的妇人和尖声叫喊的孩童。他们在灌木丛边停了下来,用眼睛仔细看,用耳朵仔细听;他们板着面孔,表情古怪而专注。然后,他们走进了灌木丛,愤怒地推开挡路的枝丫——**他们在搜寻他**。

他的耳机里突然响起了咔嗒声。

"哈尔!"艾德·博因顿清晰而尖锐的声音传来,"哈尔,你这小子!"

哈尔跳了起来,几乎感激涕零,急切地回答道:"父亲,我在这里。"

艾德·博因顿抓住他的胳膊,猛地推了他一下,他差点儿跌倒。"你怎么回事? 你到哪儿去了? 你干了什么?"

"你找到他了?"特纳的声音插入进来,"那动作就快点儿——你们两个! 我们必须迅速离开这里。他们正在四处撒白色的粉末。"

智人东奔西跑,向空中撒出大把的白色粉末。粉末在空中飘散开,落得到处都是。这些白色粉末似乎是碾碎的粉笔。其他的智人一边声调高亢地叫嚷着,一边拿着大罐子泼油。

"我们最好离开,"博因顿语气严厉地同意道,"他们被激怒时,我们最好别跟他们纠缠。"

哈尔踌躇道:"但是——"

"快点儿!"他的父亲拉着他的胳膊催促道,"我们走,没时间耽搁了。"

哈尔回头望去。他没有看见那个女子,只有乱哄哄跑来跑去的智人在撒粉、泼油。拿着铁头长矛的智人疑神疑鬼地四处探查,不时踢一下杂草和灌木丛。

哈尔任由父亲拉着自己走。他的脑袋乱得就像一团糨糊。那个女子不见了;他心里明白,自己再也见不到她了。他显露真身时,她尖叫着跑开了。

为什么? 这完全没有道理。为什么她会无端地感到恐惧,并从他面前逃开? 他干了什么吗?

不过,对于他来说,能不能再次见到她有关系吗? 为什么她让他觉得重要? 他搞不明白。他发现连他自己都搞不明白了。对于刚才发生的事,他找不到合理的解释。整件事完全无法理解。

哈尔跟着特纳和他父亲返回了蛋形车。他仍感觉困惑而难过,仍想试着去理解,去弄懂他与那位女子之间发生的事意味着什么。但这没有道理啊,他情绪失控了,然后她的情绪也失控了。这件事一定有着某种意义——如果他能弄懂的话。

在蛋形车前,艾德·博因顿停下脚步,他回头看了一眼,"我们很幸运能逃出来。"他摇着头对哈尔说,"一旦他们被激怒,他们的行为就会变得与野兽无异。他们是动物,哈尔。这就是他们,野蛮的兽类。"

"上车吧,"特纳的语气有些急迫,"我们离开这里——否则真走不掉了。"

朱莉已经在小溪里仔细洗浴,获得了净化,并让一位年老妇女给她的身体涂上了油。即使这样，她仍在发抖。

她双手抱着膝盖，缩成一团，不受控制地打着哆嗦。他的兄长科恩正神情严肃地站在她身边，他的手放在她赤裸的古铜色肩膀上。

"它是什么？"朱莉嗫嚅道，"它是什么？"她全身颤抖，"它太……太吓人了。它让我觉得厌恶，只是看了它一眼，我全身都不舒服。"

"它看起来是什么样子？"科恩发问道。

"它看起来……看起来像人，但它不可能是人。它从头到脚都是金属，它的手脚很粗大。它的脸色非常苍白——和我们吃的粗面粉一样白。肤色很不健康，令人恶心。苍白，金属，不健康。就像从土里挖出的块茎一样。"

科恩转头看向坐在他旁边，认真倾听他们对话的老年男人。"它是什么？"他询问道，"斯特宾斯先生，它是什么？你知晓这方面的东西。她看见的是什么？"

斯特宾斯先生缓缓地站起身，"你说它的皮肤是白色的？面粉一样白？像面团的颜色？手脚粗大？"

朱莉点点头，"还有……其他的事。"

"是什么？"

"它是瞎子。它眼睛的位置上只有两个黑色的圆片，黑洞洞的。"她瑟瑟发抖地看向溪流。

斯特宾斯先生突然身躯一震，表情严肃起来。他点了点头，"我知道了，"他说，"我知道它是什么了。"

"它是什么?"

斯特宾斯先生皱起眉头,自言自语道:"这不可能。但你的描述——"他的目光飘向了远方,眉头拧成了一个疙瘩,"它们生活在地底下,"他最后说道,"在地表以下。它们总是从大山里出来。它们住在地下挖掘出来的隧道和居所里。它们在地下开采和储藏金属,很少到地表上来。它们不能直视太阳。"

"它们有名字吗?"朱莉问。

斯特宾斯先生苦苦思索,在脑中找寻多年以前记忆——回想着那些他所听说过的古书和神话。一种住在地下的生物……像人又不是人……挖隧道,开采金属……没有视力,手脚粗大,皮肤如面粉一样白。

"哥布林,"斯特宾斯先生一字一句地说,"你看见的是哥布林。"

朱莉双手抱着膝盖,一双大眼睛看着地面,点了点头。"是的,"她说,"这个名字听起来像它。它把我吓坏了。我当时感到害怕极了,我转身就跑。它看起来太吓人了。"她抬头看向自己的兄长,露出了淡淡的微笑,"但我现在感觉好多了……"

科恩搓了搓黝黑的大手,如释重负地点了点头。"很好,"他说,"现在我们可以回去工作了。还有不少活计要完成呢。"

项目:地球

"嗒,嗒嗒,嗒……"节奏缓慢而均匀的沉重敲击声仿佛天边传来的雷声,空洞地回响在木结构的大房子中,连带着厨房里的盘子和房檐边的雨水槽一起震颤。时不时地,敲击会停下来,但马上会再次响起,无休无止,一声接着一声从房子顶楼向寂静的暮色隆隆扩散。

在隔壁房间的盥洗室里,三个孩童围聚在一把椅子旁,神情紧张而好奇,你推一下我,我推一下你,悄声说着什么。

"你确定他看不见我们?"汤米的声音略显急促。

"他怎么可能会看见我们? 只是别发出声音。"迪夫·格兰特脸冲着墙站在椅子上,扭了扭身子,"别这么大声说话。"他不再理会两人,继续窥视。

"让我看看。"琼轻声说,她用胳膊肘重重地捅了她弟弟一下,

"让开。"

"别说话。"迪夫将她推开，"我现在刚能看得清楚一点儿。"他打开了灯。

"我想看看。"汤米说着把迪夫推下椅子，迪夫落在了盥洗室的地板上，"快让开。"

迪夫满脸不高兴地往后缩去，"这是我家的房子。"

汤米小心翼翼地踏上椅子，将脸贴在墙上，眼睛凑向缝隙。有好一会儿，他什么都看不见。墙上的缝隙太窄，墙另一边的光线又太暗了。之后，墙那面的景象慢慢地清晰起来。

爱德华·比林斯坐在巨大的老式书桌前，已经停止打字，摘掉了眼镜，正在休息。他那张衰老而干瘪的脸看起来光秃而阴郁，面部特征与某种高龄鸟类极其相似。他从背心的衣兜里掏出一只圆形大怀表，慢条斯理、认真仔细地上发条。然后，他戴回眼镜，将椅子拉近书桌。

他十指熟练地敲击起高耸在面前的一台结构复杂的大块头金属打字机。无休无止的震动声再次阴郁地响彻整栋房子。

比林斯先生的房间光线昏暗、杂乱无章。书桌、餐桌和地板上，成堆的书本和文件散落各处。四面墙壁上贴满了人体解剖图、地图、天文图和十二星座图等各式图表。窗户边是一排排蒙着浮尘的化学试剂玻璃瓶和垒放好的小包。一只灰色的鸟类标本耷拉着竖在书柜的最上面。书桌上放着一只大号的放大镜、几本希腊语和希伯来语字典、一个邮票盒和一柄骨质拆信刀。紧挨着房门的位置，一张卷曲的捕蝇纸随着燃气取暖器喷出的气流上下飘动。

一台破损的幻灯机摆放在墙边，上面堆着一个黑色书包、几件衬衫、几只袜子和一件褪色破旧的长礼服。几摞用棕色细绳捆扎的报纸和杂志放在地上。一把黑色大雨伞靠在餐桌旁，金属伞尖周围汇集着一小摊混杂着灰尘的雨水。一个玻璃框架上放着几只钉在发黄的棉花上的干燥蝴蝶标本。

书桌边，身材高大的老人埋头于老式打字机和成堆的笔记文件前，孜孜不倦。

"老天。"汤米说。

爱德华·比林斯正在写报告。一本皮革封面的大部头书册——整理成册的报告——摊放在他手边的桌面上，可以看见封面边沿已经开裂，裂口向外支棱着。他正在将成堆的笔记材料输入这本书册。

巨大的打字机节奏稳定地发出重击声，盥洗室里的东西——灯具和药箱里的药瓶药管—— 一下一下地震动，乃至于他们脚下的地板也不例外。

"他是个苏联间谍，"琼说，"他在绘制城市的地图，这样就能在莫斯科发出命令的时候引爆炸弹。"

"他绝对不是。"迪夫生气了。

"难道你没看见那些地图、铅笔和报纸吗？还能有其他什么原因会——"

"安静，"迪夫凶巴巴地说，"他会听到我们的声音。他不是间谍。他太老了，当不了间谍。"

"那他是干什么的？"

"我不知道，但他不是间谍。你真是大傻瓜。况且，间谍都留胡子。"

"也许他是个罪犯。"琼说。

"我跟他交谈过。"迪夫说，"他当时正好下楼。他跟我说了几句话，还从书包里拿出几颗糖果给我。"

"什么样的糖果？"

"我不知道。硬糖。不好吃。"

"他平时都干些什么？"汤米转头问道。

"整天坐在他的房间里打字。"

"他不工作吗？"

迪夫对这个问题嗤之以鼻，"这就是他的工作，他的工作是打报告。他是一个公司的高级职员。"

"什么公司？"

"我忘了。"

"他从来不出门吗？"

"他从房顶上出门。"

"房顶上？"

"房顶上有个阳台可以出去。我父母修的，和他的公寓连着。他在阳台布置了个花园，种花草的土是他从楼下后院运上来的。"

"嘘!"汤米警告道,"他转身了。"

爱德华·比林斯站了起来,将打字机往里推了推,盖上一块黑布,接着收拾好铅笔和橡皮擦,打开抽屉扔了进去。

"他结束了。"汤米说,"他完成工作了。"

老人摘掉眼镜,将其放进一个小盒。他松开领口和领带,疲惫地轻揉了下额头。他的脖颈很长,一条条青筋暴露在黄色皱缩的皮肤上。他拿起玻璃杯喝了点儿水,突出的喉结上下滚动。

他的蓝色眼珠很淡,几乎没有颜色。他朝着汤米的方向凝视了一会儿,那张形同兀鹫的脸上没有任何表情。而后,他突然穿过一扇门,离开了房间。

"他进卧室了。"汤米说。

比林斯先生在手臂上搭着一条毛巾,返身回来了。他来到书桌前,把毛巾铺在椅背上,然后,用两只手紧紧抓住大部头的报告书,把它从书桌上搬到书柜里。报告书很重,他搬完后便离开了。

报告书现在距离墙上的缝隙非常近。汤米看清了印在开裂的皮革封面上的金色字母。他眼睛一眨不眨地看了很长时间——直到最后琼不耐烦地把他从椅子上推开,使他的视线脱离了缝隙。

汤米下了椅子,让开位置。他惊奇于自己所看到的东西,仍有些没回过神来。为了那本集合了海量资料的巨大报告书,老人日复一日地劳碌。在明暗不定的灯光下,他迅速地辨识出破烂的皮革封面上的烫金大字。

项目B：地球

"我们走吧。"迪夫说，"说不定过两分钟，他还会回来。他也许会把我们逮个正着。"

"你害怕他。"琼奚落道。

"你不也一样？妈妈也一样。每个人都害怕他。"他看了一眼汤米，"你害怕他吗？"

汤米摇了摇头，"我好想知道那本书里写的是什么，"他低声自语，"我好想知道那个老头在干什么。"

时间已至黄昏，明晃晃的橘红色阳光照在身上没有丝毫暖意。爱德华·比林斯一手提着个空桶，胳膊下夹着一卷报纸，慢悠悠地走下房子后门的阶梯。他驻足了一会儿，手遮在眼睛上方，朝四周看了看，然后穿过沾着雨水的浓密草丛，消失在后院里。

汤米从车库后面走了出来。他无声无息，一步两级台阶地向上跑进房子，冲过黑暗的门廊。

片刻之后，他胸膛上下起伏地站在了爱德华·比林斯的公寓门前。他竖起耳朵仔细听了听。

没有一点儿声音。

汤米试了试门把手，把手很轻易地被扭开了。他推了一下，大门洞开，一股充满发霉气味的温暖空气迎面而来，涌入了身后的门廊。

他的时间不多。那个老头随时可能提着一桶从后院挖出的土回来。

汤米进入房间,走到了书柜前。他的心脏兴奋得怦怦直跳。那本大部头报告书正放在一堆笔记和一捆捆的剪报中间。他将各种资料从报告书旁推开,随机地快速翻开一页,厚重的书页不堪重负般地发出轻微的噼啪声。

丹麦。

全是数据和事实信息。无穷无尽的信息,一排接一排,整页整页的信息和专题栏。一行行的铅字在他的眼前跳动着,他几乎完全看不懂。他翻到了另一个部分。

纽约。

关于纽约的事实信息。他勉强看懂了专题栏的大标题。人口数量、职业分布情况、生活状况、收入水平、时间分配、信仰、政治、道德水平、年龄、健康情况、受教育水平。图表和统计数字,平均值和评价值。

评价值。评估核定。他摇了摇头,翻到其他部分。

加利福尼亚州。

人口、财富水平、州政府的活动、港口和口岸。事实信息,事实信息,还是事实信息——

关于一切事物和一切地点的事实信息。他大略地翻了一遍报告。报告涵盖了地球的每一个角落。每一座城市、每一个州、每一个国家。所有可能的相关信息。

　　汤米不安地合上了报告书。他心神不宁地在房间里转来转去，查看成堆的笔记和报纸，以及捆扎在一起的剪报和图表。那个每日埋首于打字机的老头正在汇总关于全世界、整个地球的信息。这本报告书的内容是地球，还有地球上的一切。所有的人，他们所有的思想、所有干过的事情，他们的举动、行为、成就、信仰和偏见。这是一部包罗了整个世界所有信息的宏大报告。

　　汤米从书桌上拿起了大号放大镜。他用它检查了下书桌表面的木材质地。过了一会儿，他放下放大镜，拿起了骨质拆信刀，接着又放下了。他查看起放在墙角的坏幻灯机、装着死蝴蝶的玻璃框架、耷拉着竖在书柜下的鸟类标本，以及盛着化学试剂的瓶罐。

　　他走出房间，来到了屋顶阳台。太阳即将下山，黄昏的阳光似暗还明。在阳台的正中央，是一个木架子，它的周围堆着长着草的泥土。沿着栏杆摆放着几个大陶罐、几袋肥料和被雨水打湿的种子袋。还有一把翻倒在地的喷壶、一把脏兮兮的铲子、几块小地毯和一把摇摇欲坠的椅子，还有一把洒水壶。

　　一张铁丝网盖在木架上。汤米弯下腰，透过网孔往里看去。他看见了成排栽种的微小作物、长在地上的几块苔藓，以及互相缠绕生长的植物，十分小巧精致。

　　铁丝网内的某处有一个袖珍干草堆，形状就像某种虫茧。

　　虫子？某种昆虫？还是动物？

　　他拾起一根麦秆，穿过网孔戳向干草堆。干草堆微微动了动。里面似乎藏着什么东西！干草堆不止一个——在植物丛之间，还散落着其他几个干草堆。

突然，有东西从其中一个茧状干草堆里跑了出来，它惊恐地吱吱直叫。第二个紧跟着跑了出来。两个两英寸来高、发出尖细叫声的粉红色小东西飞快地穿行在植物丛之间。

汤米向前凑近了一点儿，激动地眯起眼睛，想看清楚它们到底是什么。没有毛发，某种没有毛发的动物。但个头很小，几乎和蚱蜢一样小。它们是什么动物的幼崽吗？他的心跳疯狂加速。是幼崽，还可能是——

身后有响动。汤米急忙转身，呆立当场。

爱德华·比林斯正喘着粗气站在门口。他放下装着泥土的桶，喘息着在自己深蓝色外套的衣兜里摸索了一下，掏出一条手巾。他擦着额头，沉默地盯着站在木架边的男孩。

"你是谁，小伙子？"比林斯过了一会儿说，"我不记得以前见过你。"

汤米摇了摇头，"没，你没见过我。"

"你在这里干什么？"

"没干什么。"

"你能帮我把这桶土提到阳台上吗？我没想到它会这么重。"

汤米站在原地没动。片刻之后，他走过去提起桶，将它提到房顶阳台上，放在了木架旁边。

"谢谢，"比林斯说，"真谢谢你。"他打量着男孩；他的淡蓝色眼睛闪烁了几下，消瘦的脸上现出精明之色，但还算友善。"你看起来很强壮。你多大了？有十一岁了吧？"

汤米点点头。他朝身后的栏杆退去。街道就在向下两三层楼的地方。街上，墨菲先生刚下班，正往家走。几个孩童在街角玩耍。街对面，一个腰肢苗条、穿蓝色运动衫的年轻女士正在给自家的草坪浇水。他现在很安全。如果这个老头图谋不轨——

"你怎么跑到这上面来了？"比林斯问。

汤米一言不发。两个人大眼瞪小眼地你看我、我看你；一个是穿黑色老式西服、弯腰驼背的高大老头，另一个是身穿红色运动衫和牛仔裤、头戴针织帽、脚穿网球鞋、脸上长着雀斑的男孩。汤米快速瞄了一眼盖着网罩的木架子，然后抬头看向比林斯。

"那个？你想看那个？"

"那里面有什么？它们是什么？"

"它们？"

"就是那些东西，是虫子吗？我从没见过那样的东西。它们是什么？"

比林斯缓步走了过去。他弯下腰，解开网罩的一角，"我给你看看它们，如果你感兴趣的话。"他扯松了网罩，把它掀开。

汤米睁大眼睛，走了过来。

"好了，"比林斯随后说，"你自己看吧。"

汤米轻轻地吹了声口哨，"我还以为它们也许是……"他慢慢地直起了身子，脸色苍白，"我还以为也许——但我不确定。是小人儿！"

"也不完全是。"比林斯先生说。他一屁股坐在摇椅上,从衣服里掏出一支烟斗和一个陈旧的烟草袋,不紧不慢地将烟草抖进烟斗,然后压实,"和人有区别。"

汤米的目光仍然没有离开木架。虫茧状的干草堆原来是小人们修建的袖珍小屋。有几个小人儿现在从屋里走了出来。它们站在一起,仰着头看他。粉红色,两英寸高,赤身裸体。难怪它们看起来粉嘟嘟的。

"看仔细点儿,"比林斯小声说,"看看它们的脑袋。你看见了什么?"

"它们长得太小了——"

"去书桌把镜片拿过来,那支大号的放大镜。"他看着汤米急匆匆地进了书房,又拿着放大镜快步跑了出来。"现在告诉我,你看见了什么?"

汤米认真地看着放大镜下的小人儿。它们看起来是人,没什么问题。胳膊,腿——有几个是女人。它们的脑袋——他定睛看去。

然后往后缩了下身子。

"怎么啦?"比林斯咕哝一声。

"它们长得……它们长得好怪异?"

"'怪异'?"比林斯露出微笑,"好吧,就你的认知来说,的确怪异。它们与你们有差别,但它们本身并不怪异。它们没有什么不对劲,至少,我希望它们一切正常。"他脸上的笑容消失了。他就此打住,吸着烟斗,陷入了沉思。

"它们是你创造的吗?"汤米问。

"我?"比林斯取下嘴上的烟斗,"不,不是我。"

"那你是从哪里搞到的?"

"有人把它们借给了我。它们是一个实验分组。事实上,只存在这一个实验分组。它们很新,非常新。"

"你愿意……愿意卖一个给我吗?"

比林斯大笑起来,"不,不行。抱歉,一个也不能卖。"

汤米点点头,继续观察。透过放大镜,他能清晰地看见它们的脑袋。它们和人类不完全一样。每个小人的额前都突起两根细至微毫的触须,触须末端呈圆珠状,和他见过的昆虫的触须一般无二。它们不是人,但与人类很相近。除去那对触须和极其袖珍的身高,它们看起来没什么不正常。

"它们是来自其他行星吗?"汤米问,"来自火星? 水星?"

"不是。"

"那它们是从哪儿来的?"

"这个问题很难回答。这个问题没有意义,与它们相关的问题都没意义。"

"那本报告有什么用?"

"报告?"

"那本放在房间里,囊括所有事实信息的大部头书册。你正在编写的那本。"

"我已经编写了很长时间。"

"有多长?"

比林斯笑了笑,"这个问题同样无法回答,没有意义。不过其实挺长的。好在报告就快完成了。"

"等它完成了之后,你打算怎么处理它?"

"把它交给我的上级。"

"他们是什么人?"

"就算告诉你,你也不知道。"

"他们在哪里? 他们住在城里吗?"

"在,也不在。这个问题没法回答。或许有一天你会——"

"那本报告的内容与我们有关。"汤米说。

比林斯转过头,他的目光锐利得似乎要把汤米穿透,"是吗?"

"与我们有关,那本报告,那本书。"

"你怎么知道的?"

"我看了报告。我看了封面上的书名。那报告和地球有关,对不对?"

比林斯点了点头,"对,这是一部关于地球的报告。"

"你不是地球人,对吗? 你来自其他地方,来自太阳系以外。"

"你……你怎么知道的?"

汤米得意地咧嘴笑了笑,"我能看出来。我自有方法。"

"你看了多少报告?"

"没多少。它有什么用? 你为什么要写这份报告? 他们准备拿它干什么?"

比林斯思虑了很长时间,没有作答。最后他终于开口:"这个,取决于他们。"他指了指木架子,"他们怎么处理报告取决于项目C的进展情况。"

"项目C?"

"第三项目,在它之前有过其他两个项目。他们等待了很长的时间。每一个项目都经过了精心筹划。在做出任何决定之前,任何新出现的因素都会被考虑详尽。"

"其他两个?"

"这一次增加了触须,对它们的认知感官做出了全新而彻底的调整。几乎完全无须依赖天性的驱动;更具可塑性;稍微降低了综合情绪指数,不过,因欲望不足而缺失的部分可以经由理性自制的方式弥补。我希望更加侧重于单独个体的自身体验,而非如前两次依靠群体内彼此学习获取知识。少一些刻板思维;多一些临场的灵活变通,迅速掌控局势。"

比林斯的话难以理解,汤米听得一头雾水。"前两次的实验对象都长什么样?"他问道。

"前两次? 项目A太过久远。我对那个项目的记忆早已模糊不清了。有翅膀。"

"翅膀?"

"它们有翅膀,来去如风,性格异常独立。归根到底,是我们赋予了它们太多自主性,太多的骄傲。它们拥有强烈的荣誉感和自豪感。它们是战士,同类之间征战不休,相互敌对的小型派系多得数不胜数，而且——"

"其余的呢？"

比林斯在阳台栏杆上敲了敲烟斗，继续往下说，虽然是对着站在身前的男孩讲话，却更像是自言自语，"长翅膀的类型是我们创造高级生物的第一次尝试。项目A失败之后，我们开了一次大会。大会决定实行项目B。我们对取得成功坚信不疑。我们移除了许多过分个性化的特征，并替换了一个决定群体导向性的处理单元，改变了群体间学习和实践的方式。我们希望对项目B的全面控制能得到保障。我们从第一个项目获得的经验让我们相信，如果想要成功，更严格的监管必不可少。"

"类型B看起来是什么样子？"汤米问，同时想弄清贯穿比林斯长篇大论的主线。

"正如我所说的，我们移除了翅膀。大致的体态特征全都保持不变。但是监管只持续了很短一段时间，类型B也背离了我们设置好的模式，分裂成了众多不受监管、各行其是的团体。毫无疑问，残存的初代类型A暗中影响了类型B。我们本该消灭初代类型A，趁着——"

"还有活下来的吗？"

"你是说项目B？ 当然。"比林斯说到这里不禁感到恼火，"你就属于项目B，所以我才待在这里。一旦我的报告完成，对于你们类型的最后处置方案就能即刻达成。毋庸置疑，我的建议将与我对项目A的建议完全一致。鉴于类型B已脱离监管至如此程度，以至于项目B不能继续正常运转——"

但汤米没在听。他正俯身于木架上方,聚精会神地端详着里面的小人儿。九个袖珍小人儿,有男有女。九个——全世界绝无仅有的九个。

汤米微微颤抖起来,激动的热流直冲头顶。他的脑海中,一个计划慢慢成形,并且蠢蠢欲动。他全身紧绷,脸上现出严肃的神情。

"我想我该走了。"他穿过阳台,进了房间,朝大门而去。

"走?"比林斯站起来,"但——"

"我得走了,时间不早了。我们以后再见。"他打开了大门,"拜拜。"

"拜拜。"比林斯先生惊讶地说,"希望还能见到你,年轻人。"

"你会的。"汤米说。

他用最快的速度往家跑去。他冲上门廊阶梯,进了家门。

"刚好开晚饭。"他母亲的声音从厨房传来。

汤米在楼梯上稍停了一下,"我得再出去一趟。"

"不,不准你出去! 你要——"

"就一小会儿。我去去就回。"汤米匆匆跑上楼,进了自己的房间,扫视了一圈。

灯光明亮的米黄色房间,贴着三角彩旗的墙壁,矮柜和镜子,毛刷和梳子,飞机模型,棒球明星的照片,装着瓶盖的纸袋,塑料外壳裂口的小收音机,几个雪茄盒——里面满是他收集来的各种废旧零碎杂物。

汤米抓起一个雪茄盒，把盒内的东西倒在床上，将盒子塞进运动衫，冲出了房间。

"你到哪儿去？"他的父亲放下正在阅读的晚报，抬头厉声问道。

"我马上就回来。"

"你母亲说要吃晚饭了，你没听见吗？"

"我马上就回来，事情很重要。"汤米推开了前门，冰凉而清爽的夜风吹了进来，"不骗你，真的很重要。"

"十分钟。"文斯·杰克森看了看手表，"多一分钟也不行。不然不让你吃晚饭。"

"就十分钟。"汤米"啪"的一声关上门。他跑下阶梯，跑进了黑暗的夜色里。

闪动不定的灯光从比林斯先生公寓房门的门底缝和钥匙孔透出来。

汤米迟疑了一会儿，然后抬手敲了几下。没有动静。片刻之后，房内传出窸窣的声音，接着响起了沉重的脚步声。

门开了一条缝，比林斯先生向外探出头。

"你好。"汤米说。

"你又来了！"比林斯先生把门敞开，汤米赶忙进了房间，"是落下什么东西了吗？"

"没有。"

比林斯关上了房门,"请坐。想来点儿什么吗?吃个苹果?喝点儿牛奶?"

"不用。"汤米心虚地在书、报纸和成捆的剪报之间走来走去,这里摸摸,那里看看。

比林斯看了男孩一会儿,然后回到书桌前,长吁一口气,坐了下来。"我得继续写报告了,但愿能尽早完成。"他拍了拍手边的一摞笔记,"快收尾了。之后我就能离开这里,把报告和我的建议一并交上去。"

比林斯埋头于巨大的打字机前,有节奏地敲击起来。这台古董机器发出的重击声好似不间断的雷声隆隆滚过房间。汤米悄然转身,出了房间,上了阳台。

夜晚的空气沁凉如水,阳台上漆黑一片。他站在原地,等眼睛适应黑暗。过了片刻,他的视线慢慢清晰起来。他看见了一袋袋的肥料和摇椅;在正中央的位置,有一个覆盖铁丝网的木架子,它的周围垒着一堆堆长着草的泥土。

汤米回头看了一眼房间。比林斯正沉浸于工作,在打字机前低头打字。他穿着背心,袖子向上挽着,深蓝色外套已脱下,搭放在椅背上。

汤米在木架旁蹲了下来,将雪茄盒从运动衫里掏出,打开盒盖,放在地上。他抓住网罩,用力向后掀开,一排固定用的铁钉被拔起。

木架里响起充满恐惧的微弱吱吱声,以及仓皇穿行于草丛间的窸窣声。

汤米伸出手,在植物和草丛间搜寻。他的手握住了一个东西。小东西惊恐至极,在他的手中拼命地挣扎扭动。他将它放进雪茄盒,接着搜寻下一个。

不到一会儿,他把它们都抓住了。九个小人儿,全在他的木质雪茄盒里。

他合上盒盖,将雪茄盒塞回运动衫下。随即,他离开阳台,回到了房间里。

比林斯正一只手拿着钢笔,一只手拿着报纸。他稍微抬头看了汤米一眼,"你有什么话要对我说吗?"他推了推鼻梁上的眼镜,低声问道。

汤米摇了摇头,"我要走了。"

"这么快? 可是你才刚来!"

"我必须得走了。"汤米打开了房门,"晚安。"

比林斯满脸困乏之色,疲倦地揉了揉额头,"好吧,孩子。也许我在离开前会再和你见一面。"他疲惫不堪地低下头,缓缓地敲击起巨大打字机的键盘,继续工作。

汤米关上身后的门。他跑下楼梯,跑到了房子的出口处。雪茄盒贴着他的胸膛上下起伏。九个,九个全部都在这里了。他把它们都抓住了,现在它们是他的了。它们只属于他——世界上任何地方都没有这样的小人儿。他的计划进行得非常顺利。

他顺着街道,撒开腿全速往自家的房子跑去。

他在车库找到了一个旧铁丝笼子——他用它养过小白鼠。他将笼子清洗干净,拿到了楼上自己的房间里。他在笼子底部铺上报纸,撒上一层沙子,放上一个饮水碟。

当笼子准备妥当后,他将雪茄盒里的小人儿放了进去。

九个小人儿站在笼子中央,粉嘟嘟地挤作一团。汤米关上笼门,牢牢地系紧。他将笼子放在矮柜上,又拉过一把椅子,坐在上面观察小人儿。

九个小人儿开始迟疑地四处走动,探索起笼子来。汤米看在眼里,心脏兴奋得怦怦直跳。

他把它们从比林斯先生那里偷了过来,它们现在是他的了。而比林斯先生不知道他住在哪儿,甚至连他的名字都不知道。

小人儿快速地摆动触须,彼此交流起来——这种方式他在蚂蚁身上见过。其中一个小人儿走到笼边,抓着铁丝打量笼外的房间。不久,一个女性小人儿来到它身边。它们不着寸缕,除了头上的头发,全身皮肤粉红而光滑。

他想知道它们吃什么。他从厨房的大冰箱里拿了一点儿奶酪和碎牛肉,以及面包屑和生菜叶,还有一小碟牛奶。

它们喜欢牛奶和面包,不过没碰牛肉。它们用生菜叶建造了小屋子。

汤米彻底着迷了。第二天清早上学前,中午回家吃午饭时,还有晚饭之前,他利用上了一切的时间观察他们,恨不得一刻不离开小人儿。

"你在楼上干什么?"他的父亲吃完饭时问道。

"没什么。"

"你不会又养了一条蛇,对吗?"他的母亲担心地问,"如果你又养了一条蛇,小子——"

"没有。"汤米狼吞虎咽地吃着晚饭,摇了摇头,"不是蛇。"

他吃完后,跑上了楼。

那些小人已经用生菜叶子造好了几间屋子。有几个在屋内。其余的则在笼内四处探索游荡。

汤米坐在矮柜前,继续观察。它们很聪明,比它养过的小白鼠要聪明,还爱干净——它们"使用"了铺在笼底的沙子。它们聪明,而且非常温顺。

汤米看了一会儿后,关上了房间的门。他屏住呼吸,打开笼门,然后伸入一只手,抓住了一个男性小人儿。他将它拿出笼子,小心翼翼地把手张开。

小人儿攀附着他的手掌,往手的边缘外看了看,又抬起头看他,它的触须狂乱地摇摆着。

"别害怕。"汤米说。

小人儿警惕地站起身来,走过汤米的手掌,来到了他的腕部。它慢慢地爬上了汤米的胳膊,朝旁边看了一眼,接着爬上了汤米的肩头,仰起头打量他的脸。

"你长得真的好小。"汤米说。他从笼子里又拿出一个,将两个小人儿放在了床上。它俩在床上绕着走了很长时间。更多的小人儿跑出了笼门，谨慎地打量外面的矮柜。一个小人儿发现了汤米的梳子；它仔细查看了一遍，抓住一根梳齿使劲拽。第二个小人儿加入了它。两个小生灵拽着梳子，但梳子纹丝不动。

"你们想干什么？"汤米问。过了一会儿，它们放弃了。它们在矮柜上找到了一枚镍币。一个小人儿设法立起镍币，让它滚了起来。镍币越滚越快，向矮柜边缘滚去。两个小人儿惊慌失措地在后面追赶。镍币滚出柜面，落在了地板上。

"小心！"汤米提醒道。他可不想它们出什么意外。他有太多的计划。搭个台子让它们表演节目应该很简单——就和他见过的跳蚤马戏团一样：拉小车，荡秋千，推滑块。它们能表演很多节目。他可以训练它们，然后收取门票。

也许他能带它们去巡回演出，甚至报纸也会为他撰文报道。各种各样的事情，无穷的可能性，他一时浮想联翩。但他不能操之过急，必须小心行事。

第二天，他将一个小人装进水果罐头瓶，揣在衣兜里带到了学校。他在瓶盖上打了几个透气孔。

课间休息时，他拿出小人儿给迪夫和琼看。他们立刻被吸引住了。

"你从什么地方搞到的？"迪夫询问道。

"这是我的事。"

"愿意卖掉这玩意儿吗？"

"它可不是玩意儿，它是个男人。"

琼的脸一下子红了,"它什么都没穿,你最好让它马上穿上衣服。"

"你可以为它们做衣服吗? 我还有八个。四男四女。"

琼激动万分,"可以——如果你给我一个的话。"

"我才不会给你呢。它们都是我的。"

"它们是从哪里来的? 是谁养出来的?"

"不关你的事。"

琼为四个女性小人儿做了衣服,是小小的裙子和小小的短上衣。汤米将衣服放进笼子。小人们迷惑地围在衣服堆旁,不知道该做什么。

"你最好教教它们。"琼说。

"教它们? 你真是傻了。"

"我来教它们穿衣服。"琼从笼子里抓出一个女性小人儿,小心翼翼给它穿上上衣和裙子,然后把它放了回去。"现在让我们看看会发生什么。"

其他的小人聚拢在穿了衣服的女性小人身边,好奇地扯了扯它的衣服。很快,它们瓜分了剩下的衣服,一些穿上了上衣,一些穿上了裙子。

汤米捧腹大笑,"你最好给男性小人做几条裤子。这样它们才能都有衣服穿。"

他抓出两个小人儿,任由它们在他的胳膊上跑来跑去。

"小心,"琼提醒道,"你会把它们弄丢的。它们会逃跑。"

"它们很温顺,不会逃跑。我给你做个示范。"汤米将九个小人儿放在地板上,"我们来玩个游戏。看好啦。"

"游戏?"

"它们躲,我来找。"

小人儿四散跑开,找地方躲起来。不一会儿,它们消失在视线里。汤米四肢伏地,伸手在矮柜底、床罩下寻摸。一阵吱吱声响起。他找到了一个。

"瞧? 它们喜欢这个游戏。"它们一个一个被找到,放回了笼子。最后一个藏了很久都没被发现。它钻进了矮柜的抽屉,躲在一袋玻璃弹珠里,将弹珠拉到头顶,把自己盖得严严实实。

"它们真聪明。"琼说,"你能不能就送一个给我?"

"不行,"汤米断然拒绝,"它们是我的,我不会让它们离开我,我不会把它们中的任何一个送给任何人。"

第二天放学后,汤米和琼见了面。她已经缝制好了男性小人儿的裤子和衬衫。

"给你。"她把衣服递给他。两人沿着人行道步行。"希望能合身。"

"谢谢。"汤米接过衣服,放进了衣兜。两人走过一块空地。空地的另一头,迪夫·格兰特和几个孩童正围坐成一圈打弹珠。

"谁要赢啦?"汤米停下脚步问。

"我。"迪夫头也没抬地回答。

"我来玩。"汤米蹲下身来，"快点儿，"他伸出了手，"把你的玛瑙纹弹珠给我。"

迪夫摇摇头，"走开。"

汤米捶了一下迪夫的胳膊，"快点儿！就打一发，"他想了想说，"跟你说——"

一片阴影落在他们身上。

汤米仰头望去，小脸顿时煞白。

爱德华·比林斯正无声地俯视着汤米。他挂着那把黑色的雨伞，金属伞尖全部没入了松软的地面。他一言不发，皱纹丛生的老脸上神情严峻，眼睛如同褪色的蓝宝石。

汤米缓缓地站了起来。孩童们一下子变得安静起来。几个孩子抓起自己的弹珠，连滚带爬地往后退去。

"你要干什么？"汤米底气不足地质问道。他的声音干涩沙哑，几乎低不可闻。

比林斯冰冷的目光不带一丝温度，锐利得仿佛刺刀一样要将他刺穿。他的声音严厉而冷漠，"你把它们偷走了。我要你还回来，马上。"他伸出一只手，"它们在哪里？"

"你在说什么？"汤米嗫嚅着往后退，"我不知道你在说什么。"

"我说的是'项目'。你把它们从我那里偷走了，我要你还回来。"

"我才没有。你在说什么？"

比林斯转向迪夫·格兰特，"你说的就是他，对吧？"

迪夫点点头,"我见过它们。他把它们养在自己的房间里,不让任何人靠近。"

"你来我这里把它们偷走。为什么?"比林斯面色不善地一步步逼近汤米,"你为什么要偷走它们? 你拿它们想干什么?"

"你疯了。"汤米声音颤抖地低声说。迪夫·格兰特怯懦地偏过头,缄默不语。"你在胡说。"汤米说。

比林斯抓住了汤米。他用冰凉老迈的双手紧紧扣住了汤米的肩膀,指甲直入皮肉,"把它们还回来! 我要它们。它们是我的。"

"放手!"汤米挣脱开来,"我没带着它们,"他倒吸了口冷气,"我的意思是——"

"这么说,它们确实是你偷的。放在你的家里,你的房间里。去把它们拿过来,快去拿。九个,一个也不许少。"

汤米将双手插进衣兜,他感觉自己恢复了少许勇气,"这可不好办。"他说,"你准备给我什么?"

比林斯的眼睛里闪过寒光,"给你?"他恐吓性地抬起了手,"你怎么……你个小——"

汤米向后跳去,"你不能命令我返还它们。你没办法控制我们。"他大胆地咧嘴笑了,"你自己说的。我们脱离了你们的监管。我听见你是这么说的。"

比林斯的神色如花岗岩般冷硬,"我会拿回它们。它们是我的,它们属于我。"

"如果你非要拿回去的话,我就报警。我爸爸会来的,会和警察一起来的。"

比林斯握紧了雨伞。他张了张嘴,又闭上了;他的脸涨成了难看的猪肝色。他和汤米都不说话。其他的孩子睁大了眼睛,敬畏且安静地看着他俩。

突然,比林斯神色一动,想到个点子。他看了看泥地上画出的粗陋圆圈和玻璃弹珠。他冰冷的眼睛眨了眨,"听好了。我要……我要和你比一场。"

"比什么?"

"弹珠游戏。如果你赢了,你可以留下它们;如果我赢了,我要立即把它们拿回来,全部的九个。"

汤米考虑了一会儿,看了看比林斯先生,又看了看地上的圆圈,"如果我赢了,你就不再拿回它们? 你会让我留着它们——永远?"

"是的。"

"很好。"汤米迈步离开,"就这么定了。如果你赢了,你可以把它们全部拿回去;但如果我赢了,它们就归我了,你不能再把它们要回去。"

"马上把它们拿到这里。"

"当然。我马上去取。"——还有我的玛瑙纹弹珠,他心中暗想,"我马上就回来。"

"我在这儿等着。"比林斯说道,他的大手紧紧握着雨伞。

汤米一步两级台阶地跑下门廊。

他的母亲走到门口，"你这么晚还出去。如果半个小时内不回来，你就不用吃晚饭了。"

"就半个小时！"汤米叫道。他捂着胸口的雪茄盒，跑在昏暗的人行道上。他可以感觉到，小人儿在雪茄盒里上下颠簸、挣扎扭动。他气喘吁吁地不停奔跑。

比林斯先生仍站在空地边静候。太阳已经下山，孩童都已回家。汤米踏上空地时，一股阴冷的劲风贴着草丛倏然刮过，拍打在他的裤腿上。

"你把它们都带来了吗？"比林斯先生厉声问道。

"当然。"汤米停下脚步，胸膛上下起伏。他将手慢慢伸进运动衫，把沉甸甸的木质雪茄盒拿了出来，然后，把捆扎用的橡皮筋褪下来，打开盒盖，露出一条缝，"都在这里。"

比林斯先生呼吸粗重地靠了过来。汤米"啪"的一下关上盒盖，扎上皮筋。"我们得比赛了。"他把雪茄盒放在地上，"它们是我的——除非你把它们赢回去。"

比林斯让步了，"好吧。那就开始吧。"

汤米在衣兜里翻找了一下，慎重地拿出了他的主攻玛瑙纹弹珠。在晦暗的暮光下，只见红黑相间的玻璃大弹珠闪闪发亮，弹珠内部环绕着一圈圈沙黄和白色的花纹，让人不由得联想到木星——好一颗巨大坚硬的玻璃珠！

"我们开始吧。"汤米说。他跪在地上，画出一个圆圈，将一袋弹珠倒入圈内，"你有吗？"

"什么？"

"弹珠。你准备用什么弹珠做主攻？"

"用你的弹珠。"

"可以。"汤米从圆圈里捡出一颗弹珠抛给他，"要不我先来？"

比林斯点点头。

"好吧。"汤米露出笑容，闭上了一只眼睛，全神贯注，用另一只眼睛瞄准。他的身体岿然不动，紧绷得如同一把待发的弓。片刻后，他弹出了自己的玛瑙纹弹珠。只听"啪"的一声，圈内的玻璃弹珠响起一连串的撞击声，纷纷滚出圆圈，滚入了草丛中。这一击打得漂亮。滚出圆圈的弹珠都是他的战利品，他将它们一一捡起来，放回袋子。

"该我了吗？"比林斯问。

"没有。我的主攻弹珠还在圈里。"汤米又蹲了下来，"我还能再打一发。"

他再次发射。这一次他收获了三颗弹珠。他的主攻弹珠仍未滚出圆圈。

"再打一发。"汤米得意地笑了。他已经赢了差不多一半的弹珠。他单膝跪地，屏气凝神，瞄准目标。圈内还剩二十四个弹珠，如果再得到四颗，他就赢了。再得到四颗——

他发射了。两颗弹珠滚出了圆圈——和他的主攻弹珠一起，主攻弹珠弹跳着滚进了草丛。

汤米收好了两颗弹珠和他的主攻弹珠。他一共获得了十九颗。圈内还剩二十二颗。

"好了，"他不情愿地低声说，"这次该你了，上吧。"

爱德华·比林斯僵硬地单膝跪在地上，身体摇摇晃晃，呼吸也加重了几分。他脸色阴郁，犹豫不决地揉捏着手中的弹珠。

"你以前没玩过吗？"汤米询问道，"你不知道该怎么打出弹珠，对吗？"

比林斯点点头，"是的。"

"你得把弹珠夹在食指和大拇指之间。"汤米看了看比林斯捏着弹珠的手指——僵硬而苍老。弹珠从比林斯的指间滑落过一次，他立即捡了起来。"用大拇指打出弹珠。像这样子。来，我来教你。"

汤米搭上比林斯苍老的手指，把它们掰过来。终于，比林斯以正确姿势夹住了弹珠。"打吧，"汤米直起身子说，"让我看看你有多厉害。"

过了很长时间，老人也没打出弹珠。他凝视着圆圈里的玻璃弹珠，那只发射弹珠的手不住抖动。汤米能听到老人的呼吸声，在夜晚潮湿的空气中，如破风箱一样呼哧作响。

老人看了一眼放在阴暗处的雪茄盒，又看向圆圈。他的手指动了——

一道刺目强光闪过。汤米大叫一声，捂住眼睛。一切都在旋转、晃动、倾倒。他绊了一下，跌倒在湿漉漉的草丛中。他感到头痛欲裂。他坐了起来，揉揉眼睛，摇摇脑袋，但他什么也看不见。

最后，他的视力恢复了。他眨了眨眼睛，环顾四周。

圆圈空了，里面没有一颗弹珠。比林斯把弹珠全部打了出去。

汤米伸手撑地想站起来。他的手指触到某个灼热的物体。他腾地跳了起来。那是一小块熔化了的玻璃碎片，正散发着暗沉的红光。在他周围的潮湿草丛里，散布着无数块熔化的玻璃碎片，如同漫天的繁星闪烁着红光，渐然冷却，熄灭。

爱德华·比林斯搓着双手，缓缓地站了起来。"终于结束了。"他长吸一口气，"岁月不饶人啊，这样子弯腰可真要命。"

比林斯的目光落在了地上的雪茄盒。

"现在它们能回去了，我也能继续工作了。"他拿起木质雪茄盒，挟在胳膊下，又收拾好雨伞，接着快步向空地旁的人行道走去。

"再见。"比林斯停了一下。汤米没吭声。

比林斯紧挟着雪茄盒急匆匆地消失在人行道的另一头。

比林斯呼吸急促地进了公寓。他将自己的黑色雨伞扔到房间一角，坐在书桌前，将雪茄盒放在面前。他静静地坐着，深深地呼吸，凝视着这个由硬纸板和木片构成，褐白双色相间的方形盒子。

他赢了。他把它们都赢回来了，它们又是他的了。时候刚刚好。提交报告的日期已经很近了。

比林斯脱下外套和背心。他卷起袖子，激动得有些发抖。他的运气不错。对于类型 B 的控制手段极其有限。它们实际上不受监管。当然，这本身就是问题所在。类型 A 和类型 B 都设法逃脱了监管。它们公然造反，拒不听从指令，由此将自己排除在了原本计划的限制范围之外。

但这些——新的类型，项目C——截然不同。一切将由它们重新开始。它们曾脱离了他的控制，但现在它们又回来了。和预期设计的一样，处于控制下，服从于监管指令。

比林斯褪下盒子上的橡皮筋，动作小心地缓缓抬起盒盖。

它们蜂拥而出——速度飞快。一些往右，一些往左。两队小人儿埋头奋力奔跑。一个小人儿跑到了桌边，跳了下去。它翻滚着落在了地毯上。第二个紧随其后，然后是第三个。

比林斯这才回过神来。他疯了似的挥手去抓。桌上只剩下两个。他捞向一个小人儿，它躲开了。另外一个——

他抓住了它，使劲地攥在手中。它的同伴突然转身。它的手上举着东西—— 一根木刺，是一根从雪茄盒内壁上扯下来的木刺。

它跑上前来，将木刺扎入了比林斯的手指。

比林斯痛得倒吸一口冷气，松开了手指。俘虏打着滚摔了出去。它的同伴扶起它，半拖着将它搀到桌边。它们俩双双纵身一跳。

比林斯俯下身，摸索着找寻它们。它们快速跑向通向阳台的大门。一个小人儿正搋着电灯插头往外拉，第二个小人儿加入进来，和它一起拉。电灯插头被它们从墙上的插座拔了出来。房间顿时陷入了黑暗。

比林斯摸到了书桌抽屉。他一把拉出抽屉，把里面的东西倒在地板上。他找到了几大根硫黄火柴，点燃了一根。

它们都不见了——一定是跑到了外面的阳台上。

比林斯慌忙去追赶。火苗被吹灭了。他又点燃一根，用手护在火苗前。

小人儿已经跑到了阳台栏杆边。它们越过屋顶边沿，抓住常春藤，荡入下方的黑暗中。

他跑到边沿处，却为时已晚。它们已经跑了，所有的都跑了。全部九个，都跑到屋顶的另一边，跑进了黑夜之中。

比林斯顺楼梯向下跑出房后门廊，来到地面上，然后绕着房子跑到长着常春藤的那面墙前。

没有响动，没有声音，万籁俱静。不见它们的踪影。

它们逃走了，消失了。它们早已制订好了逃亡计划，并付诸行动。盒盖一旦打开，便分为两个小队，向两个相反的方向逃跑。时机的把握和行动的执行都堪称完美。

比林斯慢慢地回到楼上。他推开房门，站在原地，大口地喘气。遭此重创，让他不知所措。

它们都走了。项目 C 已经结束，和前面的项目一样完了。反抗和独立，脱离监管，不受控制。项目 A 影响了项目 B——现在，以同样的方式，恶性影响扩散到了项目 C。

比林斯重重地坐在书桌前。他一动不动，沉默地坐着，凝神思索。很久之后，他渐渐想明白了。这不是他的错。这样的事情以前发生过——两次，那么以后还会发生。每一个项目都会将不满的情绪传到下一个项目，周而复始——不论构想出多少个项目，实施多少个项目。反抗和逃跑，规避监管，总会发生。

过了一会儿，比林斯伸出手，把报告书拽到身前。他缓缓地将报告翻到最后未完成的总结章节，将这部分全部删掉。销毁现有项目毫无用处。任一项目和其他项目并无不同，它们全是相等的——相等的失败。

在他打开盒盖，看见它们的那一刻，他就已经知道了。它们穿着衣服，成套的小衣服。和很久以前的人类一样。

关于泡泡球世界的纷扰事

　　纳特·赫尔下了地行车。清晨的空气寒意袭人,他抽了抽鼻子,步行走过人行道。陆续有智能施工卡车从他身边轰隆驶过。路旁阴沟的吸尘口贪婪地吸着昨夜产生的纸皮碎屑。一条新闻提要倏然闪过,引起了他的注意:

太平洋海底隧道完工　　亚洲大陆板块连通

　　他拐过街角,双手插兜,信步向法利家的宅子而去。

　　他走过一家随处可见的"微缩世界专卖店"——店面的广告语醒目而突出:"拥有自己的世界!"——穿过草坪上一条不长的小径,来到了法利家砌有一条斜坡的门廊前。他登上仿大理石的三级阶梯,将手在密码光束前晃了一下,大门消融于无形,露出了入口。

屋内静悄悄的。赫尔找到升降管，抬头望去。没有声音。暖融融的空气吹拂着他，带来一股淡淡的气味——食物、人，以及各种熟悉物体的气味。他们已经离开了吗？不，今天才第三天；他们一定在屋子里的某处，也许在屋顶露台上。

他通过升降管来到屋子的第二层，发现这里也不见人影。但他隐约听见有声音从远处传来。一阵悦耳的笑声，一个男人的说话声。一个女人的说话声——也许是茱莉亚。他希望是她——但愿她依然清醒。

他鼓起勇气，胡乱地开启了一扇门。有时候，竞赛派对进行到第三天或第四天时，会变得有些不堪入目。房门消融了，可房间仍是空的：沙发、空酒杯、烟灰缸、用完的兴奋剂注射管和丢得到处都是的衣物——

突然，茱莉亚·马洛和麦克斯·法利手挽着手出现了。两人身后，跟着一小群人——只见这几人仿佛踩在棉花上，步伐不稳，满脸兴奋，双颊通红，眼中闪着亮光，神情近乎痴狂。他们走进房间，停了下来。

"纳特！"茱莉亚离开法利身边，上气不接下气地跑到赫尔面前，"已经这么晚了？"

"第三天了。"赫尔说，"你好，麦克斯。"

"你好，赫尔。请坐，不用拘束。想喝点儿什么吗？"

"不用了。我们马上就走。茱莉亚——"

法利挥手招来一个机器人侍者，从它胸口的托盘上娴熟地端过两杯饮料,"请享用,赫尔。不妨喝一杯,再走不迟。"

巴特·朗斯特里特和一位苗条的金发女郎出现在门口,"赫尔!你来了?这么快?"

"第三天了。我来接茱莉亚,如果她还愿意离开的话。"

"别带走她。"纤细的金发美女抗议道。她穿着一件"侧光"长袍——以眼角余光看去,长袍是无色透明的;但如果直视的话,长袍表面又会喷涌出遮光涂料。"他们这会儿正评奖呢。在休息厅里。再待一会儿,狂欢才刚刚开始。"她对他眨了眨涂着厚厚蓝色眼影的眼睛——不过她眼神呆滞,昏沉欲睡。

赫尔将脸转向茱莉亚,"如果你想留下来……"

站在他身旁的茱莉亚紧张地抓住他的胳膊,笑容不变,在他耳边嗓音嘶哑地低语道:"纳特,看在上帝的分上,带我离开这里。我受不了了。求你了!"

赫尔看着她闪动着绝望光芒的眼睛,察觉到了她的话语中饱含的强烈请求。她僵硬而紧绷的身体颤抖着,向他传递出心中无声的急切。"好吧,茱莉亚。我们马上离开。也许先去吃点早餐。你上一次吃东西是什么时候?"

"两天前,我想。我不知道。"她的声音在颤抖,"他们正在评奖。天哪,纳特,你是没看见——"

"别在评奖结束前离开,"法利声音低沉地说,"我想他们就快结束了。你没参赛吧,赫尔?你没提交参赛作品吗?"

"没有。"

"你肯定有一个——"

"没有。抱歉。"赫尔的声音带着一丝讽刺意味,"我可没有泡泡球世界,麦克斯。我就不留下观礼了。"

"那你就看不到精彩部分喽。"麦克斯说到这里,踮着脚后跟向后仰起上身,他那张因过度使用兴奋剂而神态萎靡的脸绽放出了笑容,"多么快乐的时光啊——几周以来最棒的竞赛派对。真正的狂欢在评奖结束后才算开始。之前的活动不过是预热。"

"我知道。"赫尔搀着茱莉亚快步向升降管走去,"我们以后再见。后会有期,巴特。等你离开这里之后,给我打个电话。"

"慢着!"巴特突然抬起头低声说,"评奖结束了。他们就要宣布获胜者了。"他拖着步子朝休息室走去,其他人兴奋地跟在他后面,"你们来吗,赫尔? 茱莉亚?"

赫尔看了一眼茱莉亚,"好吧。"他们不情愿地跟了过去,"就一分钟,看一眼就走。"

滚滚的声浪朝他们迎面袭来。休息厅内,男男女女摩肩接踵,人声鼎沸,场面混乱不堪。

"我赢啦!"劳拉·贝克尔欣喜若狂地大喊道。人们抓起自己的参赛作品,纷纷挤向前,簇拥着她往大赛展示台走去。人人都在呐喊,声调越拔越高,最终汇聚成了嘈杂不祥的轰隆声。机器人侍者平静地搬走家具和各类器具,迅速地清空房间。一股歇斯底里的狂潮开始在房间内蔓延开,如同被大坝拦截的洪水,越蓄越高。

"我就知道!"茱莉亚握住赫尔胳膊的手指不禁收紧,"快点儿。趁他们还没开始,离开这里。"

"开始?"

"听听他们的叫喊声!"茱莉亚的眼中闪动着惧色,"快点儿,纳特! 我已经受够了。我再也忍受不了这些东西了。"

"你来之前,我就告诉过你。"

"是的,的确是?"茱莉亚笑了笑,从一个机器人侍者手里拿过外套,快速将胸部和肩部的衣带系好,"我承认,你告诉过我。我们现在走吧,看在上帝的分上。"她转过身,逆着汹涌的人潮,努力往升降管的方向挤去,"我们离开这里,去吃早餐。这些东西不适合我们。"

劳拉·贝克尔体态臃肿、中年样貌,抱着她的参赛作品,正在登上评委席旁的展示台。赫尔驻足了一会儿,看着这位肥胖的女人一步步地费力向上攀爬。头顶的灯光刺目,她经过化学美容的五官显得苍白而松弛。第三天——许多岁月的痕迹已渐渐遮掩不住,即使那张脸被人工处理得宛如面具。

劳拉登上了展示台。"看!"她大声呼喊着举起了自己的参赛作品。她的微缩世界泡泡球在灯光下闪闪发亮——面对如此造物,赫尔不由得心生钦佩。假若这个泡泡球里的真实世界和他们所处的世界是一样的话——

劳拉开启了她的泡泡球。泡泡球开始发光,蓦然间变成了一颗璀璨夺目的光球。休息厅内鸦雀无声,所有人都抬头看向她手中的杰作,看向这个胜过其他参赛者的微缩世界。

即使是赫尔也不得不承认，劳拉·贝克尔的作品堪称大师之作。她调整着放大倍数，泡泡球内的微缩中央行星逐渐清晰起来。休息厅内响起了一片低声赞叹。

劳拉继续增加放大倍数。随着中央行星被不断拉近，出现了一片无垠的淡绿色海洋——海浪轻柔，拍打着低矮的海岸线。镜头一转，一座城市进入了视线：高楼大厦鳞次栉比，街道宽阔，一条条金色和银色的细长缎带竖在道路两旁，迎风飘扬。高空之中，两颗双子太阳洒下温暖的阳光，照耀着整座城市。城内人口稠密，奔波于工作和生活的居民往来不绝。

"真让人叹为观止。"巴特·朗斯特里特来到赫尔身边，轻声说道，"不过那老妖婆浸淫此道已有六十年，她能获胜不足为奇。在我的记忆中，她没落下过哪怕一场竞赛。"

"美倒是挺美。"茱莉亚口齿清楚、语气不善地承认道。

"你不喜欢吗？"朗斯特里特问。

"我对这些东西一点儿也不感兴趣！"

"她是想走了。"赫尔一边解释，一边向升降管走去，"我们以后见，巴特。"

巴特·朗斯特里特点了点头，"我明白你的意思。在很多方面，我与你意见一致。你不介意我——"

"看哪！"劳拉·贝克尔大声吼道，她的脸颊泛起了红潮。她将放大倍数调至最高，微缩城市的细节纤毫毕现。"看见他们了吗？看见没有？"

　　城市居民的数量成千上万，一个个清晰可见。他们忙于各自的事务，行色匆匆，或坐车，或步行，穿行于大楼之间蜘蛛网般交叉的大道小巷。景象瑰丽，令人惊叹。

　　劳拉呼吸急促地高高举起微缩世界泡泡球，环顾四周——她红肿的眼睛亮得吓人，闪烁着病态的光芒。嗡嗡的低语声骤然升高，亢奋的情绪卷起滔天巨浪。不计其数的微缩世界泡泡球被慷慨激昂的双手举到了胸口的位置。

　　劳拉大张着嘴，嘴角抽搐，涎水顺着松弛面部的褶痕滴落下来。她将泡泡球举过了头顶，她下垂的胸部不自然地上下起伏。突然，她的五官痉挛般疯狂地绞在一起，她肥大的身躯异样地扭动起来——微缩世界泡泡球从她手中飞出，砸向身前的展示台。

　　泡泡球被摔得粉碎，炸裂成了无数的碎片。金属、玻璃和塑料的零件，以及齿轮、杠杆、泡泡球的关键机械装置，向各个方向飞溅。

　　大毁灭仿佛溃坝的洪水不可阻挡。休息厅之内，所有的参赛者开始了破坏行动。他们将自己的微缩世界狠狠地掷向地板，状若疯癫地践踏，将精巧的控制装置碾压成碎片。就如同劳拉·贝卡尔打开了一个魔盒，放出了酒神狄奥尼索斯的咒语，不论男女，一齐陷入了放纵无忌的狂热状态。他们精心建造的世界被他们自己一个接一个地砸烂、踩毁。

　　"天哪！"茱莉亚倒吸了一口冷气，挣扎着想离开，朗斯特里特和赫尔跟在她身边。

　　休息厅中，一张张脸上汗水津津，一双双眼中闪着迷乱的亮光。他们就像离水的鱼，大张着嘴，发出意义不明的咕哝声。他们的衣服被撕烂、扯掉。一个女郎脚底一滑，摔倒了，她的尖叫声随即淹没在嘈杂的喧闹声中。又有一个女郎跌倒，很快被拉进了如蠕虫般涌动的人群。所有人，男人、女人，无所顾忌，肆意地摇摆，狂吼乱叫。四面八方，金属和玻璃被砸毁的可怕声音不断响起，无休无止——微缩世界一个接一个毁灭了。

茱莉亚脸色惨白，拉着赫尔出了休息厅。她闭着眼睛，身子不住地发抖，"我就知道会发生这些。用三天时间建造，然后毁掉——他们把它们都毁掉了，所有的微缩世界。"

巴特·朗斯特里特跟在赫尔和茱莉亚之后，也走了出来。"一群疯子。"他颤抖着点燃了一支香烟，"他们到底中了什么邪？这种事以前发生过。他们开始破坏、砸毁自己的微缩世界。这没有任何道理。"

赫尔已走到升降管前，"和我们一起走吧，巴特。我们去吃早餐——我会给你讲讲我的想法，权且做参考。"

"稍等一下。"巴特·朗斯特里特一把从机器人侍者的手上取过他的微缩世界泡泡球，"我的参赛作品。我可不想弄丢它。"

他快步追上茱莉亚和赫尔。

"再来点儿咖啡吗？"赫尔看了看另外两人。

"不了。"茱莉亚轻声说。她窝进了椅子里，叹息道："我吃饱喝足了！"

"我再来点儿。"巴特将杯子推到咖啡机下。咖啡机斟满杯子，又将它推回原位。"你这个小地方挺不错的，赫尔。"

"你没见过这样的竞赛聚会吗？"

"没有。我已经许久没来加拿大了。"

"让我们听听你的说法吧。"茉莉亚轻声说。

"请讲吧，"巴特说，"我们都等着呢。"

赫尔沉默了一会儿。他忧郁的目光越过餐桌上的盘子，落在了放在窗沿上的那个物体上，那是巴特的微缩世界泡泡球参赛作品。

"'拥有自己的世界'，"赫尔不无讽刺地引用道，"好一句广告语。"

"这是派克曼自己想出来的，"巴特说，"那时他还年轻。差不多是在一个世纪前。"

"他活了那么久？"

"派克曼接受过很多治疗。以他的地位，完全负担得起。"

"当然。"赫尔缓缓地站起来，走过房间，把泡泡球拿了过来，"不介意吧？"他问巴特。

"请随意。"

赫尔调整着泡泡球表面上的控制按钮。球体闪烁了一下，清晰地现出内部的世界：一颗围绕着一个蓝白色的太阳缓慢旋转的微缩行星。他调高放大倍数，行星不断被拉近。

"不赖嘛。"赫尔脱口而出。

"很原始的阶段，侏罗纪晚期。我总是不得要领。我似乎没办法让它们进化到哺乳动物阶段。这是我的第十六次尝试了,一直没办法再进一步。"

他们看到的场景是一处茂密的丛林,遍地的恶臭烂泥,瘴气蒸腾而起。不时有巨大的身影在满是腐烂蕨类植物的沼泽里翻来搅去。鳞光闪闪的爬行动物盘曲着身躯,浑身冒着浓烟,从厚厚的稀泥里站起——

"关掉它。"茱莉亚低声说,"我已经看够了。我们在竞赛上看到过成百上千个这样的泡泡球。"

"我是没胜算了。"巴特拿回泡泡球,把它关掉,"要想赢,仅仅是侏罗纪阶段可不行。竞争很激烈。那里有半数人将他们的泡泡球推进到了始新世阶段——至少有十分之一的人推进到了上新世阶段。劳拉的参赛作品并未领先多少。我发现有好几个都达到了城市文明。但只有她的泡泡球世界与我们的世界几乎一样先进。"

"六十年啊。"茱莉亚说。

"这么长的时间,她一直在努力,苦练不辍。对于她来说,泡泡球已经脱离了游戏范畴,变成了真正的爱好,或者说,变成了一种生活方式。"

"然后她把它砸碎了,"赫尔若有所思地说,"将泡泡球砸成了碎片。为了这个微缩世界,她付出了多年的心血。她引领着它从一个阶段进化到另一个阶段,文明程度越来越高。最后它被砸成了无数的碎片。"

"为什么?"茱莉亚问,"为什么,纳特? 他们为什么要这样做?

他们太过分了,把它建好——又把它毁灭。"

赫尔向后靠在椅子上,"开始了。"他解释道,"当我们无法在太阳系其他任何一颗行星上找到生命的时候,当我们的探索队两手空空地返回的时候。八颗死寂的行星——毫无生命迹象,一无是处,甚至连块地衣都没找到,只有岩石和沙粒,没完没了的荒漠。一颗一颗地找下去,一直找到了冥王星。"

"这一结果让人难以接受。"巴特说,"当然,当时还没有我们。"

"时间也没多久远。派克曼应该还记得。一个世纪之前,经过漫长等待,条件终于成熟,人类乘坐火箭飞向其他的行星。然而,什么也没找到……"

"就像哥伦布发现世界真是平的。"茱莉亚说,"边缘之外,是一片虚空。"

"情况其实更糟糕。哥伦布当时在找通往中国的捷径。如果没找到,他们可以继续寻找长一点儿的路径。但当我们勘探太阳系却一无所获时,这下子就麻烦了。人们指望着新的世界,新的天空下的新的大地。开疆拓土,和各种各样的外星种族接触、贸易、开采矿藏、互换文化产品。但最重要的,是降落在存在着不可思议生命形式的星球上时的狂喜和陶醉。"

"然而恰恰相反的是……"

"除了死寂的岩石和废土,什么也没有。缺乏可以支持生命存在的条件——不论是人类还是其他种类的生命。社会各阶层均感到巨大的失望。"

"正当此时，派克曼推出了微缩世界泡泡球，'拥有自己的世界'。"巴特低声说，"地球之外，无处可去。没有其他的世界可供人类探访。你无法离开这里，跑到另外的世界去。所以退而求其次，你——"

"所以你只能待在家里，打造你自己的世界。"赫尔露出了苦笑，"你也知道，他现在推出了儿童版泡泡球。一种预备练习套装。这样一来，孩子们可以在拥有真正的泡泡球前，先解决建造微缩世界的基本问题。"

"你瞧，纳特，"巴特说，"在刚开始的时候，泡泡球看起来似乎是个好点子。我们没法离开地球，于是我们在这里建造自己的世界。亚原子世界，在可控容器里。我们使一个亚原子世界出现生命，用各种手段促使它进化，努力将其提升到更高等级。从理论上讲，这个点子没有任何问题。这无疑是一种以创造为形式的娱乐活动。和看电视之类仅仅被动接受信息的消遣不同。事实上，建造世界是艺术的终极形态。它取代了所有娱乐活动的地位——所有被动形式的娱乐，比如音乐和绘画——"

"但事情出现了偏差。"

"在刚开始没有，"巴特反对道，"刚开始只是纯粹的创造。每个人都购买了一个微缩世界泡泡球，建造自己的小世界。促进生命向更高形式进化。塑造生命，控制生命。互相竞赛，看谁能建造出最先进的世界。"

"而这解决了另一个问题，"茱莉亚插进话来，"闲暇时间的问题。有机器人劳工替我们工作,机器人侍者为我们服务,照顾我们的所需——"

"是的,这的确是个问题。"赫尔承认道,"太多闲暇的时间了。我们几乎无所事事。这个问题,加上发现我们的星球是太阳系内唯一可居住的行星的失望情绪。"

"派克曼的泡泡球似乎同时解决了这两个问题。但事情出现了偏差。变化悄然发生。我当时就注意到了。"赫尔捻灭了烟头,又点燃了一支香烟,"变化开始于十年前——并且愈演愈烈。"

"但是为什么呢?"茱莉亚询问道,"跟我说说吧,为什么大家都不再创造性地建设微缩世界,而是摧毁世界?"

"见过小孩子拔掉苍蝇的翅膀吗?"

"当然。但——"

"两者背后的原理相同。施虐癖?不,并不尽然。更多的是好奇心和控制欲作祟。为什么小孩子会打坏东西?这让他觉得手握权力。我们绝不能忘记一些事实。这些微缩世界泡泡球是**替代品**。人类无法在太阳系找到真正的新生命时,聊以自慰的替代品。但它们实在太小了,满足不了人们的发现欲。

"这些微缩世界就像浴缸中的玩具帆船,或者孩子们玩的火箭模型。它们是替代品,不是真的。那些操纵泡泡球的人——为什么他们想要泡泡球?因为他们无法探索真正的行星,巨大的行星。他们的身体里积蓄了很多精力,无从发泄的精力。

"而被压抑的精力会发酵变坏,变得富有攻击性。人们花费心思建造微缩世界,但一切只是暂时的,最终他们会达到一个临界点,他们隐而未发的愤怒,他们遭到剥夺的感觉,他们——"

"不如解释得更为浅显一些,"巴特平静地说,"你的理论太繁复了。"

"那你怎么解释?"

"人类与生俱来的毁灭倾向,杀戮和传播毁灭的本能欲望。"

"没有这回事。"赫尔淡淡地说,"人类不是蚂蚁。他释放欲望的方式并不固定。他天生的'毁灭欲'不见得比雕刻一把象牙开信刀的天生欲望更强烈。他确实拥有精力——但发泄精力的渠道取决于可利用的机会。

"因此你的解释是错的。我们所有人都拥有精力,都有迁徙、行动和表现的欲望。但我们被困住了,被封闭在了一个行星上。所以我们购买微缩世界泡泡球,打造属于自己的小世界。但微缩世界满足不了我们。它们带给我们的慰藉,不会比一只玩具帆船带给一个想乘风破浪的男人的慰藉更多。"

巴特陷入了深深的思考,思量良久,"你也许是对的,"他最后承认道,"听起来很有道理。不过,你有什么建议?既然其他八颗行星没有生命——"

"继续探索。到太阳系外去。"

"我们正在这么干。"

"想办法找到其他人造意味没那么浓的发泄渠道。"

巴特咧嘴笑了,"你能这么想,是因为你从没体会到泡泡球世界的妙处。"他温柔地敲了一下自己的泡泡球，"我就不觉得它有人造意味。"

"但大部分人都这么认为，"茱莉亚插话进来，"大部分人都不满意。所以我们才离开竞赛派对。"

巴特低声嘟哝道："派对正在变味，没错。但场面蔚为壮观，不是吗?"他皱着眉头想了想，"不过有泡泡球总比什么都没有强。你有什么建议? 放弃泡泡球吗? 那我们该做什么? 围坐成一圈聊天吗?"

"纳特喜欢聊天。"茱莉亚小声说。

"所有的知识分子都喜欢。"巴特轻轻拍了拍赫尔的袖子，"你在理事会里的席位就属于穿灰衬衫的知识分子及专家阶层。"

"那你呢?"

"蓝衬衫，工业阶层，你知道的。"

赫尔点点头，"没错。你为地球空铁公司工作——那家曾经被人类寄予了希望的公司。"

"这么说，你是想让我们放弃泡泡球，然后闲坐着什么也不干。好一个解决问题的方法!"

"你很快将不得不放弃泡泡球。"赫尔的脸激动得有些发红，"之后你想干什么是你的事儿。"

"你什么意思?"

赫尔目光灼灼地转向朗斯特里特，"我已经向理事会提交了议案。一项宣布'微缩世界公司'非法的议案。"

巴特呆呆地张大了嘴，"什么？"

"基于什么理由？"茱莉亚从瞌睡状态清醒了过来。

"基于道德的理由。"赫尔不紧不慢、一字一句地说，"我想我能让提案通过。"

理事会大厅内回响着嗡嗡的低语声，庞大的各阶层议席上人头攒动——理事们或在落座，或在准备相关的会议事项。

理事会的总理事——爱尔登·凡·斯特恩——和赫尔一起站在演讲台一侧的下方，"让我先搞清楚，"凡·斯特恩用手捋过自己铁灰色的头发，声音紧张地说，"你准备为这项议案做发言？你想亲自做辩论发言？"

赫尔点了点头，"没错。为什么不呢？"

"语意解析机可以将议案分解成若干段落进行解析，并将解析结果以客观报告的形式呈给各位理事。要知道，鼓动性的言论早就已经过时了。如果你煽情地长篇大论一通，那你必败无疑。理事们可不会——"

"我只能孤注一掷。这项议案太重要了，不能把它交给解析机。"

赫尔凝望着逐渐安静下来的大厅。来自全世界的代表们都已各就各位：穿白衬衫的财阀大亨、穿蓝衬衫的金融和工业巨头、穿红衬衫的工社和农社领袖、穿绿衬衫的中产阶级消费群体的男女代表，以及位于议席的最右边、穿灰衬衫的团体——医生、律师、科学家、教育者、知识分子和各类专家。

"我只能孤注一掷，"赫尔重复道，"我想看见议案获得通过。是时候把问题摆出来说清楚了。"

凡·斯特恩耸了耸肩，"那就随你吧。"他好奇地注视着赫尔，"你到底有什么武器能对抗'微缩世界公司'？要知道，这个庞然大物根本无从反抗。派克曼本人就在这里，坐在某个席位上。我很惊讶你居然——"

智能座椅发出闪光信号。凡·斯特恩从赫尔身边走开，登上了讲台。

"你确定自己要为议案做辩论发言？"站在他身旁阴暗处的茱莉亚问，"也许他是对的。把议案交给解析机吧。"

赫尔扫视议席上无数的面孔，看到了派克曼——"微缩世界公司"的所有者，福里斯特·派克曼，就坐在那里。他穿着一尘不染的白色衬衫，形貌如同枯槁的远古天使。派克曼更喜欢坐在财阀团体中，他认为"微缩世界公司"属于不动产，而不属于工业。比起名望，果然还是私产要来得实在些。

凡·斯特恩轻拍了下赫尔的胳膊，"好了，上台坐到椅子上，为你的议案做发言吧。"

赫尔迈步登上讲台，坐在了大理石阔椅上。他眼前议席上一排排的人，均面色谨慎，不露一丝表情。

"你们已经阅读了我即将为之发言的提案。"赫尔开始发言，他的声音通过每位理事桌前的喇叭放大，"我提议，我们应宣布'微缩

世界公司'为公共威胁,并宣布其不动产归于国家所有。我的理由陈述如下:

"众所周知,'微缩世界公司'产品的构建理论是亚原子宇宙系统。亚原子世界是与我们宇宙的空间坐标相一致的微缩宇宙,它们真实存在,数量无穷多。大约一个世纪前,'微缩世界公司'开发了一套方法,可以控制这些微缩宇宙内百分之三十的力学体系,并据此研发出了可供成年人操控的简化装置。

"'微缩世界公司'大量生产这些控制亚原子宇宙内具体区域的装置,贩卖给普通大众。他们打出了广告语——'拥有自己的世界'。广告语的主旨是,拥有装置的人实际上也拥有了世界,因为这套装置所控制的力学体系可以统治一个与我们的宇宙相似的微缩宇宙。

"通过购买微缩世界装置,或者说泡泡球,购买者成为一个虚拟宇宙的主人,可以为所欲为。通过阅读公司提供的使用指南,他知道如何使这些微缩行星出现生命,如何使生命快速进化,一步步地提高等级,直到最后——假设这个所有者的技艺充分娴熟——他会得到一个足以与我们的文明相媲美的文明。

"过去几年,这些装置的销量不断上升,如今,几乎每个人都有一个或几个发展出文明社会的亚原子世界,而也是在这几年,我们中很多人毁灭了自己的微缩宇宙,将里面的居民和行星碾为尘埃。

"没有哪条法律阻止我们以不可思议的速度建设出精妙绝伦的文明,也没有哪条法律阻止我们将它毁于无形。这就是我呈交议案的理由。那些微缩文明并不是泡影,它们是真实的,它们是真正存在的,那些微缩居民是——"

大厅内响起了不耐烦的骚动声。理事们有的窃窃私语,有的干咳了几声,有的直接关闭了身前的喇叭。赫尔迟疑了。他感到一丝寒意。台下议席上的人表情冰冷,毫无波动,一副兴味索然的样子。他加快了语速。

"目前,对于主人哪怕最微不足道的念头,微缩居民们除了被动承受,别无他法。如果我们想施以天威,毁灭他们的世界,我们可以发动海啸、地震、龙卷风、大火和火山爆发——如果我们想完全消灭他们,他们也无可奈何。

"对于这些微缩文明,我们形同天神。我们挥一挥手,就能毁掉成百万的居民。我们能降下闪电,夷平他们的城市,像践踏蚁丘一样粉碎他们的建筑。我们能将他们抛来抛去,如同抛起玩具。他们是玩物,是我们每一次心血来潮的受害者。"

赫尔停了下来,他浑身发僵,担心不已。一些理事已经起身往外走去。凡·斯特恩面部扭曲,挂着嘲讽的笑容,似乎被逗乐了。

赫尔语气渐弱地往下说:"我希望'微缩世界公司'被宣布为非法。基于人道主义的理由,以及基于道德的理由,我们亏欠这些文明——"

他没再停下,尽最大努力完成了辩论发言。当他站起来时,穿灰衬衣的团体中无力地响起了寥寥的鼓掌声。穿白衬衫的财阀大亨寂静无声。穿蓝衬衫的工业巨头、穿红衬衫的领袖和穿绿衬衫的消费者代表皆无动于衷,甚至流露出些许想发笑的神情。

赫尔回到了位于最右边的席位,遍体冰凉,他已经彻底地意识到了自己的失败。"我们输了,"他失魂落魄地喃喃道,"我不明白。"

茉莉亚挽起了他的胳膊,"也许用其他的理由做辩论发言……也许解析机还能……"

巴特·朗斯特里特从阴影里跑了过来,"没用,纳特,赢不了。"

赫尔点了点头,"我知道。"

"用道德作为武器击不垮'微缩世界公司'。这个方法行不通。"

凡·斯特恩给出了信号。理事们开始投票,计票机"嗡嗡"地运转起来。赫尔站在原地,精神不振,满眼迷茫,沉默地看着大厅内交头接耳的理事。

突然一个身影出现在他的前方,挡住了他的视线。他焦躁地移向一旁——但一个刺耳的声音让他停下了动作。

"太可惜了,赫尔先生。但愿你下回交好运。"

赫尔呆住了。"派克曼!"他低声问,"你想干什么?"

从阴影深处,福里斯特·派克曼如同盲人探路般,腿脚颤巍巍地走了过来。

巴特·朗斯特里特毫不掩饰敌意地盯着这个老头子,"我们一会儿见,纳特。"他突然转身就走。

茉莉亚拦住了他,"巴特,你没必要——"

"有很重要的事情。我去去就回。"巴特沿过道走向工业阶层的席位区。

赫尔直面派克曼。他以前从未在这么近的距离见过这个老头子。赫尔打量着派克曼——老头子扶着机器人侍者的胳膊，蹒跚行来。

福里斯特·派克曼非常老，已经有一百零七岁了。他的身躯老朽而干瘪，经过一次次注入新鲜的血液和荷尔蒙，透彻洗除体内废物和回春治疗，生命之火仍未熄灭。他眼眶深陷，紧抓机器人侍者胳膊的双手肌肉萎缩，呼吸声嘶哑而干涩。他走到近前，抬头望向赫尔。

"赫尔？趁着他们在投票，不介意跟我聊聊吧？我不会占用你太多时间。"他眼神空洞地看向赫尔身后，"是谁离开了？我没能看见——"

"巴特·朗斯特里特。空铁公司的。"

"噢，是的。我认识他。你的发言非常有趣，赫尔。它让我想起了过去的日子。这些人都忘记了以前的生活。时代变了。"他稍微停了一下，让机器人侍者擦了擦他的嘴巴和下巴，"我曾对雄辩术很感兴趣。古代的一些演讲大师……"

老人絮叨地继续说着，赫尔迷惑地端详着他。这个风都能吹倒的枯槁老人真的是站在"微缩世界公司"后面的当权者？看起来似乎不可能。

"布赖恩，"派克曼低语道，他的声音就和灰烬一样干燥，"威廉·詹宁斯·布赖恩。当然，我从没听过他的演讲，但据说他是最伟大的演讲家。你的发言也不坏，不过你没把握住关键点。我认真听了。你有一些好想法，可你想要做的事情很荒谬。你还不够了解人性。没有人会真有兴趣——"

他突然打住，轻轻地咳嗽起来，他的机器人侍者伸出金属支撑物搀住他。

赫尔不耐烦地从他身边挤过，"投票快结束了，我要去听结果。你如果有什么想对我说的，可以发送一份常规信息备忘板给我。"

派克曼的机器人侍者移动一步，挡住了赫尔的路。派克曼颤悠悠地慢慢道来，"没有人会真的对这样的诉求有兴趣。你的发言做得不错，但你没抓住关键点。至少，现在还没有。但你讲得很好，我很久没听到这么好的发言了。现在这些年轻的家伙，把脸弄得仿佛面具一样，像办公室的勤杂工一样跑来跑去——"

赫尔紧张万分地侧耳倾听。尽管机器人侍者冷漠地用身体遮挡住了他的视线，派克曼干涩沙哑的声音响个不停，但他依旧听到了结果。凡·斯特恩已经站起身，正在一组接一组地宣读投票总计数。

"四百票反对，三十五票赞成，"凡·斯特恩宣布，"议案被否决。"他扔下计票卡片，拿起了议程表，"我们继续下一项事务。"

赫尔的身后，派克曼突然打住不说了，他向一边伸出了自己形如骷髅的脑袋。他深陷的眼睛闪闪发光，嘴角勾勒出一丝笑意，"否决了？连穿灰衬衫的同伴都不给你投赞成票，赫尔。也许你现在愿意听听我的良言了吧。"

赫尔转过身去，机器人侍者放下了胳膊。"结束了。"赫尔说。

"来吧。"茱莉亚不自在地从派克曼身边走开，"我们离开这里。"

"你瞧，"派克曼并未就此住嘴，"你具有成就一番事业的潜力。我在你这个年纪的时候，也有和你相同的想法。我认为，如果人们看见了这里面的道德问题，他们会做出反应，但人们并没有。你如果想有所成就，就得现实一点儿。人们……"

赫尔几乎没有注意到干涩粗哑的声音越来越小。被否决了。"微缩世界公司"和微缩世界泡泡球还将继续存在。竞赛派对和那些精力过剩、无处挥霍时间的无聊男女还将继续喝酒跳舞，互相攀比各自的微缩世界，将气氛推至高潮——然后肆无忌惮地破坏，砸毁泡泡球。一次一次地上演，无休无止。

"没有人能扳倒'微缩世界泡泡球公司'，"茱莉亚说，"它太庞大了。我们只能接受，我们的生活离不开泡泡球。就像巴特说的，如果我们找不到其他的东西取代泡泡球……"

巴特·朗斯特里特快步从议席区走了过来，"你还在这里?"他对派克曼说。

"我输了，"赫尔说，"投票结果——"

"我知道，我听到了，但这已无关紧要。"朗斯特里特从派克曼和机器人侍者身边挤过，"待在这里。我马上回来。我得去见凡·斯特恩。"

赫尔从朗斯特里特的声音里听出了点儿什么，他目光锐利地抬起头，"怎么了? 发生什么事了?"

"为什么无关紧要?"茉莉亚询问道。

朗斯特里特登上了讲台,走到凡·斯特恩身前,递给他一个信息板,然后下了讲台。

凡·斯特恩看了一眼信息板——

停下了讲话。他紧紧抓着信息板,缓缓地站了起来,"我有消息要宣布。"凡·斯特恩的声音在颤抖,几乎低不可闻,"一份来自空铁公司半人马座比邻星星系观测站的急件。"

激动的低语声传遍了整个大厅。

"探索飞船到达比邻星星系,与一个太阳系外文明的贸易先驱船队取得了接触,双方互相交换了信息。空铁公司的飞船此时正驶向牧夫座的大角星系,有望发现——"

宛若疯子一般的喊叫声爆发出来。不论男女,都站了起来,狂喜地拼命尖叫。凡·斯特恩停止了阅读,双手抱胸地站着,铁灰色的脸上一片平静,等着众人安静下来。

福里斯特·派克曼眼睛紧闭,枯瘦的双手握在一起,一动不动地站着。他的机器人侍者伸出支撑架托住他,将他围在金属防护罩后。

"怎么样?"朗斯特里特大叫着挤了回来。他看了一眼依靠机器人侍者托着、弱不禁风的枯槁老人,然后看向赫尔和茉莉亚,"怎么样,赫尔? 让我们离开这里,好好庆祝一番。"

"我开飞行器送你去。"赫尔对茉莉亚说。他环顾四周,找寻洲际巡航飞行器,"你住得那么远实在太麻烦了。中国香港离我住的地方真是太远了。"

茱莉亚抓了抓他的胳膊，"你可以开车送我回去。记得吗？太平洋海底隧道已经开通了。我们现在直通亚洲。"

"没错。"赫尔打开了他的地行车车门，茱莉亚坐了进去。赫尔坐在驾驶座上，"啪"的一声关了车门。"之前脑子里装着那些烦心事，我搞忘了。也许我们以后能经常见面。我不介意在香港度几天假，也许该由你来邀请我。"

他将车子汇入车流中，在遥控电波操控下前行。"告诉我，"茱莉亚问，"我想知道巴特说的所有内容。"

"他就说了那么多。他们知道过一段时间会有事情发生，所以他才没那么担忧。他知道，消息一旦宣布，'微缩世界公司'会立刻土崩瓦解。"

"为什么他没告诉你？"

赫尔咧嘴苦笑了一下，"他怎么可能告诉我？假若第一批报告是错的呢？他想等情况完全确定再说。他早知道会有什么结果。"赫尔向车外示意了一下，"看。"

车道的两旁，从大楼里，从地下工厂里，男人和女人如同潮水涌了出来，熙熙攘攘地向四面八方蔓延而去，如同沸腾了一样，恣意放纵，大声吼叫欢呼，向天空扔出衣帽，向窗外抛撒纸张，互相拥抱。

"人们在宣泄精力，"赫尔说，"理应如此。巴特说，大角星系应该有七八颗物产丰富的行星，其中几颗居住有智慧生物，剩下的几颗只有森林和海洋。据太阳系外的商人说，大多数星系至少有一颗可利用的行星。他们在很久以前造访过太阳系。我们远古的祖先说不定还跟他们做过交易。"

"这么说来,银河系内存在很多的生命。"

赫尔笑了起来,"如果他们所言属实的话。更何况,他们本身就是最好的证明。"

"再没有'微缩世界公司'了。"

"是的。"赫尔点了点头。再没有"微缩世界公司"了。它的库存正在被倾倒,变得一文不值。也许国家会回收并封存现有的泡泡球,将微缩世界的未来留给球内的居民自行决定。

神经质般地砸毁倾注了心血的微缩高等级文明,这种举动已成为过去。生灵们的建筑将再也不会为了取悦某位感到无聊和挫折的神灵而被推倒。

茱莉亚轻笑起来,倚在赫尔身上,"现在我们可以松一口气了。好吧,我邀请你和我住在一起。我们可以办理永久同居文件,如果你愿意——"

赫尔突然探身向前,他的身体变得僵硬。"海底隧道到哪儿去了?"他大声问道,"马上就该到隧道入口了。"

茱莉亚蹙起眉头望向前方,"出事了,减速。"

赫尔降低了车速,一面闪光的阻路牌立在前面。车道上的车辆纷纷驶入应急减速车道停车。

他停下了自己的地行车。一艘艘火箭巡航飞船从头顶飞过,喷气发动机的轰鸣打破了傍晚的宁静。十几个穿制服的人跑过一片场地,指引着一台机器人起重机隆隆驶过。

"到底发生了——"赫尔咕哝道。一个士兵走到车前,挥动交通信号棒。

"掉头。我们需要整条车道。"

"但——"

"发生什么事儿了?"茱莉亚问。

"海底隧道中间段的某个点发生了地震,将隧道震成了十截。"士兵快步走开了。建筑机器人推着手推车匆匆而过,沿途收集着所需装备。

茱莉亚和赫尔睁大了眼睛面面相觑。"老天爷啊。"赫尔喃喃道,"十截,隧道里一定都是车。"

一艘红十字飞船降落下来,伴随着刺耳的摩擦声,几个舱门打开了。医疗手推车来回穿梭,将伤员运送到飞船上。

两个救援人员出现在赫尔的车前,打开车门,上了车。"送我们进城。"他们精疲力竭地坐了下来,"我们得去请求更多的援助,请快点儿。"

"没问题。"赫尔启动了车子,开始加速。

"事情是怎么发生的?"茱莉亚询问其中一位面色严峻的救援人员——他总不自觉地轻触脖子和脸上的小伤口。

"地震。"

"但为什么? 他们不是把隧道修建得很——"

"大地震,"这个人疲倦地摇了摇头,"没有人预料到。全完了,好几千辆车,好几万人。"

另一个人低声抱怨道:"这是天神降下的灾祸。"

赫尔突然愣住了,他的眼睛眨了眨。

"怎么了?"茱莉亚问他。

"没什么。"

"你确定吗? 有什么不对劲吗?"

赫尔陷入了沉思,没有回答,脸上浮现出愈发浓重的惊惧之色。

暮光下的早餐

"爸爸？"厄尔风风火火地跑出洗手间，"今天你开车送我们去学校吗？"

提姆·麦克莱恩给自己倒了第二杯咖啡，"孩子们，今天不开车，你们步行上学吧。车子还停在车库里。"

朱迪噘起了小嘴，"可外面在下雨。"

"才没有。"维吉尼娅纠正妹妹道。她掀起窗帘，"只是雾大，没有下雨。"

"我来看看。"玛丽·麦克莱恩擦干手，从洗碗池边走了过来，"今天的天气真怪。那是雾吗？看起来像是烟。我什么也看不见。天气预报员是怎么说的？"

"收音机上什么也收不到，"厄尔说，"只有'嗞嗞'的声音。"

提姆叫唤道："那该死的东西又出故障啦？好像才修好没多

久。"他站起身,睡眼惺忪地走到收音机前,漫不经心地拨弄起旋钮。三个孩子在屋内跑来跑去,收拾上学的东西。"奇怪。"提姆说。

"我上学去啦。"厄尔打开了前门。

"等等你的妹妹们。"玛丽随口吩咐道。

"我准备好了。"维吉尼娅说,"我看起来怎么样?"

"你看上去不错。"玛丽说着亲了她一下。

"我到办公室之后再给收音机维修点打电话。"提姆说。

提姆突然打住不说了。厄尔沉默地站在厨房门口,只见他面色苍白,睁得大大的眼睛里满是恐惧。

"怎么了?"

"我……我回来了。"

"怎么回事? 你病了吗?"

"我去不了学校了。"

他们都看着他,"出什么事情了?"提姆抓住了儿子的胳膊,"你为什么去不了学校?"

"他们……他们不让我去。"

"谁?"

"当兵的。"厄尔脱口而出,"到处都是。拿枪的士兵。他们往这边来了。"

"来了? 往这边来了?"提姆惊呆了,重复道。

"他们往这边来了,他们要——"厄尔突然惊恐地住了嘴。前门廊传来了靴子沉重的踩踏声、东西砰然落地的声音、木板的破裂声、人语声。

"老天!"玛丽屏住了呼吸,"这是怎么啦,提姆?"

提姆走进客厅,他的心脏不堪重负地痛苦跳动着。三个男人站在门内。他们拿着枪,穿着灰绿色的制服,身上挂着一堆装备,各类软管、与粗缆线相连的计量仪、盒子、皮带和天线。他们的头上紧紧戴着精巧的面罩。透过面罩,提姆看见了三张疲惫、满是胡茬的脸,以及三双眼圈通红的眼睛正带着毫不掩饰的怒气注视着他。

一个士兵霍然端起枪,瞄准了麦克莱恩的腹部。提姆木然地看去。枪!枪身既长且细,形如缝衣针,枪的尾部与一卷软管连通。

"你们凭什么——"提姆开口道,但一个士兵粗暴地打断了他的话。

"你是谁?"他的声音难听,喉音浓重,"你在这里干什么?"他将自己的面罩推开到一边。他的皮肤蜡黄污脏,布满了痘疱和伤口,牙齿残缺不全。

"回答!"第二个士兵命令道,"你在这里干什么?"

"出示你的蓝卡,"第三个士兵说,"给我们看你的军管区编号。"他的目光转向一边,看见了静静站在餐厅门口的玛丽和孩子们。他张大了嘴巴。

"一个女人?"

三个士兵难以置信地看着她。

"这是怎么回事?"第一个士兵质问道,"这个女人待在这里多久了?"

提姆总算发出了声音,"她是我的妻子。怎么了? 怎——"

"**你的妻子**?"他们并不相信。

"我的妻子和孩子。看在上帝的分上——"

"你的妻子? 你把她带到了这里? 你的脑子一定是坏掉了!"

"他得了灰烬病。"一个士兵说。他放低枪口,大步向客厅那头的玛丽走去,"来吧,女士。你跟我们一起走。"

提姆扑了过去。

一股力墙击中了他。他四仰八叉地倒在了地上,眼前发黑,头晕目眩,耳中嗡嗡作响。一切仿佛都在远去。他恍惚能感觉到房内的人在移动、在说话。他努力集中精神,想清醒过来。

士兵们把孩子们往后驱赶。一个士兵抓住了玛丽的胳膊,他从肩头撕掉了她的连衣裙。"天哪!"他吼叫道,"他把她带到了这里,而且还没用绳子绑住她!"

"把她带走。"

"遵命,上尉。"这个士兵拖着玛丽往前门走,"我们将尽力帮助她。"

"还有孩子。"上尉挥了挥手,对另一个士兵示意了下孩子,"把他们一并带走。真弄不明白。他们怎么没戴面具,也没有卡片? 这栋房子是怎么躲过轰炸的? 昨晚的轰炸可是这几个月最猛烈的一次!"

提姆挣扎着站了起来。他嘴中有血流出,视线模糊不清。他死死地扒着墙,"你们瞧,"他嘟哝道,"看在上帝的分上——"

上尉目不转睛地看向餐厅，"那是……那是食物吗？"他缓步走进餐厅，"看啊！"

另外两个士兵跟了过去，玛丽和孩子们早被忘在脑后。他们惊奇地围在餐桌旁。

"看看这一桌子的东西！"

"咖啡。"一个士兵抓起咖啡壶，贪婪地大口吞咽。他被呛到了，喷出的黑色咖啡顺着他的制服往下流，"烫！见鬼，这咖啡可真烫。"

"奶油！"另一个士兵拉开了冰箱门，"看，牛奶、鸡蛋、黄油、肉。"他的嗓音都变了，"里面全是食物。"

上尉的身影消失在食品储藏室里；再出现时，他提着一箱豌豆罐头，"把剩下的食物拿走，统统拿走，把它们搬到蛇形车上去。"

箱子被他"哐"的一声扔在了餐桌上。他一边仔细打量着提姆，一边翻找自己肮脏的制服，最后摸出了一根香烟。他慢慢地点燃了香烟，目光始终锁定在提姆身上。"好吧，"他说，"让我来听听你有什么好说的。"

提姆的嘴巴张了张，又闭上了，一个字也说不出来。他的大脑一片空白，如同锈死了一般，无法思考。

"这些食物你是从哪里搞来的？还有这些东西。"上尉抬手朝厨房里挥了一圈，"盘子，家具。这栋房子怎么没被轰炸？你是怎么躲过昨晚的轰炸的？"

"我——"提姆支吾难言。

上尉面色阴鸷地向他逼过来，"那个女人，加上那几个孩子。你们几个人在这里干什么？"他的声音冷酷，"你最好能解释清楚，先生。你最好能解释清楚你们在这里干什么——不然，我们一把火烧了这栋该死的房子。"

提姆一屁股坐在了餐桌上，哆嗦着深深吸了一口气，试图捋清思绪。他全身都在疼。他擦了擦嘴边的血，这才发现牙齿松动，一颗大牙被打掉了，满嘴的碎牙。他拿出一块手帕，将碎牙吐到手帕上。他的双手在颤抖。

"快说！"上尉催促道。

玛丽和孩子们悄悄回到房间里。朱迪在哭泣；维吉尼娅的表情震惊而麻木；厄尔小脸惨白，双眼大睁地盯着士兵看。

"提姆，"玛丽将手放在了他的胳膊上，"你没事吧？"

提姆点点头，"我没事。"

玛丽提起连衣裙遮掩身体，"提姆，他们逃不掉的。总会有人过来，邮递员、邻居，他们不可能就——"

"闭嘴！"上尉呵斥道。他的眼中出现了异样的神色，"邮递员？你在说什么？"他伸出手来，"给我看看你的黄标带，女士。"

"黄标带？"玛丽迟疑道。

上尉摩挲着下巴，"没有黄标带，没有面罩，没有卡片。"

"他们是基普斯。"一个士兵说。

"也许是，也许不是。"

"他们是基普斯，上尉。我们最好把他们烧死，可不能心存侥幸。"

"这里发生的事情有些古怪，"上尉说。他把手伸向脖颈处，拽起一个连在粗线缆上的小盒子，"我要叫一个监察过来。"

"监察？"两个士兵打了个寒战，"等等，上尉。我们能处理好。别叫监察。他会把我们降为第四等，然后我们就永远——"

上尉对着盒子说话："给我接网络B。"

提姆抬头看向玛丽，"听着，玛丽。我——"

"闭嘴。"一个士兵用枪捅了他一下。提姆立马沉默下来。

盒子发出聒噪的声音，"这里是网络B。"

"你们能否调一个监察过来？我们遇到了奇怪的情况。这里有五个人，一男一女，三个孩子。没戴面具，没有卡片，女人未被捆绑，居住房屋完好无损。有家具、各类器具，以及大约两百磅的食物。"

盒子过了一会儿才又发出声音，"好的，监察已派出。请在原地稍候，谨防他们逃跑。"

"收到。"上尉将盒子放了回去，"监察随后就到。趁着这个空当，我们把食物装上车。"

房外传来雷鸣般的低沉轰隆声，房子随之抖动起来，碗柜里的盘子被震得咯吱作响。

"妈的，"一个士兵说，"好险没撞到房子。"

"但愿车子的伪装网能撑到天黑。"上尉搬起那箱豌豆罐头，"去搬剩下的食物。我们得在监察来之前搬完。"

两个士兵双手抱满东西，跟着他穿过房子，出了前门。他们沿小径大步走远，说话声逐渐消失了。

提姆站了起来,"待在这儿。"他声音低沉地说。

"你要干什么?"玛丽紧张地问。

"也许我能逃出房子。"他跑到后门,双手颤抖地拔掉门闩,拉开门,上了后门廊,"我没看见他们。只要我们能……"

他停下不说了。

他的周围飘荡着铅色尘云,肉眼所及,尽是翻滚的铅色灰烬。隐约间,他看到了一些物体的轮廓。残破,死寂,覆盖在灰烬之下。

废墟。

建筑物废墟,一堆堆的瓦砾,处处是残垣断壁。他缓缓地走下了后院台阶。混凝土小径延伸出去不远便戛然而止。再往前,熔渣和碎石堆散布遍地。在他的视野中,再看不到其他东西。

没有一点儿声音,没有一丝动静。铅色的世界里寂静无声,没有生命的痕迹,只有大团大团飘荡的灰烬、熔渣和无边无际的碎石堆。

城市已经不复存在。建筑物被摧毁,什么也没剩下。没有人,没有生命。参差不齐的断壁向天呆立着,其内空荡无物。碎石堆中生长着几根黑色杂草。提姆俯下身,摸了摸那些杂草。叶片粗糙,草茎粗壮。还有遍地的熔渣——金属熔化后形成的熔渣。他直起了腰——

"快进来。"一个清脆的声音说。

他呆呆地转过身。一个男人双手叉腰地站在后门廊上。他个头不高,面颊凹陷;一双小眼睛炯炯有神,就如同两颗黑炭一样;身上制服的样式与士兵不同。他的面罩被推到了脑后,露出了一张饱受热病和疲惫折磨的病容——只见他那蜡黄色的面皮紧贴在颧骨上,甚至有些隐隐泛光。

"你是谁?"提姆问。

"道格拉斯,政治委员道格拉斯。"

"你是……你是警察?"提姆说。

"没错。现在进来,我希望从你的嘴里听到一些解释。我有不少问题。

"我想知道的第一件事,"道格拉斯委员说,"是这栋房子为何没被摧毁。"

提姆、玛丽和孩子们一起坐在沙发上,默不作声,一动不动,表情震惊而麻木。

"你怎么解释?"道格拉斯质问道。

提姆总算开了口:"瞧,"他说,"我也不知道,我什么也不知道。今天早晨,我们和往常一样起了床。我们穿好衣服、吃完早餐——"

"外面全是雾,"维吉尼娅说,"我们往外看去,看见了大雾。"

"收音机也坏了。"厄尔说。

"收音机?"道格拉斯消瘦的面部抽搐了一下,"信号已中断数月之久,除了偶尔的政府广播。这栋房子,你们所有的人。我不明白。如果你们不是基普斯——"

"'基普斯',那是什么意思?"玛丽怯怯地问。

"苏联全兵种部队。"

"这么说，战争开始了？"

"在两年前，北美洲就遭受了袭击，"道格拉斯说，"在1978年。"

提姆身子耷拉了下来，"1978年。那现在是1980年。"他突然将手伸入裤兜，拿出了自己的钱包，把它抛给了道格拉斯，"看看里面的东西。"

道格拉斯狐疑地打开了钱包，"为什么？"

"图书借记卡，邮件包裹收据。看看上面的日期。"提姆转向玛丽，"我现在开始明白了。在看见废墟时，我有了一个想法。"

"我们快打赢了吗？"厄尔脆生生地问。

道格拉斯仔细查看了提姆的钱包，"非常有趣。这些都是很久以前的日期，七到八年前。"他目光闪动了一下，"你想说明什么？你们来自过去？你们是时间旅行者？"

上尉回到了房内，"蛇形车已经装满货物，长官。"

道格拉斯略微点点头，"很好。你可以带着巡逻队离开了。"

上尉看了一眼提姆，"您是否——"

"把他们交给我。"

上尉敬礼道："遵命，长官。"他走出前门，很快不见踪影。房外，他和手下爬上了一辆细长的卡车——车的形状就像一根装上了履带的水管。卡车发出嗡嗡声，向前猛冲而去。

片刻之后，只剩下铅色尘云和建筑物废墟模糊的轮廓。

道格拉斯来回踱着步，打量着客厅、墙纸、灯具和椅子。他拿起几本杂志，翻看了几页，"来自过去，离现在不远的过去。"

"七年?"

"可能吗? 也许吧。这几个月发生了很多事情。时间旅行。"道格拉斯自嘲地笑了笑,"你选了个糟糕的时间节点,麦克莱恩。你本可以再往前一点儿。"

"不是我选的。它是自然发生的。"

"你一定做了什么事情。"

提姆摇了摇头,"没有,我什么都没做。我们睡醒起床,然后我们就……就到这儿了。"

道格拉斯陷入了沉思,"这里。七年之后。穿梭时间而来。我们对时间旅行一无所知,没人做过关于时间旅行的研究。看起来很可能是战争触发的。"

"战争是怎么开始的?"玛丽怯怯地问。

"开始? 战争并未开始。你忘记了吗? 七年之前就有战争了。"

"我说的是真正的战争。这场战争。"

"回答何时变成现在这般光景,没有任何意义。我们在朝鲜打仗,在德国、南斯拉夫、伊朗打仗。战火蔓延,殃及的地方越来越多。最后,炸弹终于落在了这里。战争来时如瘟疫,它只会不断壮大,而不是在某一时刻开始。"他突然把自己的笔记簿收了回去,"有关你们的报告可能会遭受非议。他们也许会认为我得了灰烬病。"

"那是什么?"维吉尼娅问。

"空气中的放射性微尘通过血液进入大脑,引起的神志失常。每个人多多少少都有一点儿灰烬病,即使戴着面罩也无法避免。"

"我想知道谁快打赢了。"厄尔重复道，"外面的那个东西是什么？那辆卡车，它是用火箭驱动的吗？"

"蛇形车？不是，是涡轮驱动的。车子前端安装有钻头，方便在废墟间穿行。"

"才七年，"玛丽说，"就改变了这么多。看起来似乎不大可能。"

"这么多？"道格拉斯耸了耸肩，"我想是的。我仍记得自己七年前在干什么，我还在学校里学习。我有一间公寓和一辆车，我有时出去跳舞，我买了一台电视机。但在那时，改变就已存在了，这般衰落的光景，还有周遭这一切。只是当时我不知道，谁都不知道，但它们的确存在。"

"你是政治委员？"提姆问。

"我负责监察军队，防止有人偏离政治主线。在一场全面战争中，我们必须使民众时刻处于监管之中。思想的大网里出现一个敌对分子，就可能倾覆整个大业。我们不能冒险。"

提姆点点头，"是的。改变在那时就存在了，那种衰落的光景，我们当时还不明白。"

道格拉斯查看了书架上的书，"我要带几本书走。我有几个月没看过小说了。小说大多都消失了，被烧毁于1977年。"

"烧毁？"

道格拉斯自顾自地取书，"莎士比亚、弥尔顿、德莱登，我拿几本老书，这样安全一些。斯坦贝克和多斯·帕索斯的书就不拿了，否则，就算是监察也会陷入麻烦。如果你们要留在这里，最好把这本书处理掉。"他拍了拍一卷陀思妥耶夫斯基的《卡拉马佐夫兄弟》。

"如果我们要留在这里……除此之外,我们还能怎么办?"

"你们想留下来?"

"不想。"玛丽轻声说。

道格拉斯瞥了她一眼,"是的,我觉得你也不想。当然,如果你们留下来,你们会被分开。孩子会被送到加拿大再安置中心,女人会被送往地底工厂的劳工营,男人则自动成为士兵。"

"就和刚才离开的那几个人一样。"提姆说。

"除非你的能力达到工设部的要求。"

"那是什么?"

"工业设计与科学技术部。你受过什么培训吗?与科学相关的培训?"

"没有。我是个会计。"

道格拉斯耸了耸肩,"好吧,那你将参加一场常规考试。如果你智商足够高,也许能进政治管理局。我们需要很多人手。"他的怀里抱着一摞书,停下来思考了一会儿,"你们最好返回过去,麦克莱恩。这里的情况会让你们很难适应。如果我能回去,我会回去。可惜我不能。"

"回去?"玛丽重复道,"怎么回去?"

"怎么来的,就怎么回去。"

"我们才刚来。"

道格拉斯在前门稍做停留,"昨晚发生了迄今为止最猛烈的机控弹空袭,这片区域被轰炸了个遍。"

"机控弹?"

"机器人操控导弹。苏联正在系统地摧毁美洲大陆,一英里一英里地摧毁。机控弹造价便宜。苏联人以百万为单位生产机控弹。整个过程是全自动化的。机器人工厂制造出机控弹后,直接向我们发射。昨天晚上,轰炸区域轮到了这里——从天而降的机控弹铺天盖地。今天早晨,巡逻队进入这片区域,一无所获。当然,除了你们。"

提姆缓缓地点了点头,"我开始明白你的意思了。"

"一定是集中化的能量触动了某个不稳定的时间断层,就像岩石断层一样。轰炸引发的地震并不少见,但一次时间震动……有趣。我想,这就是原因。能量的释放,造成了物质的湮灭,你们的房子从过去被吸到了现在。这条街、这里的一切,昨夜被夷为平地。你的房子在七年前被卷入了由此激起的时间暗潮。爆炸的威力一定是打穿了时间。"

"从过去被吸到了现在,"提姆说,"在夜晚,当我们睡觉的时候。"

道格拉斯目不转睛地看着他,"今晚,"他说,"还会有一场空袭。这场空袭将会摧毁所有残存的建筑。"他看了看手表,"现在是下午四点钟。空袭会在几个钟头后开始。你们应该躲在地底下。地面上将不存一物。如果你们愿意,我可以带你们到地底。但如果你们想碰碰运气,如果你们想留在这里——"

"你认为空袭有可能将我们送回去？"

"也许吧，我不知道。这非常冒险。空袭也许会把你们送回原来的时间，也许不会。如果失败——"

"如果失败，我们将必死无疑。"

道格拉斯忽然拿出一张袖珍地图在沙发上展开，"一支巡逻队在这个区域还会停留半个钟头。如果你们决定和我们一起到地底去，顺着这条街往这个方向走。"他在地图上用手指画出一条线，"到这片空地上。这支巡逻队隶属于政治管理局。他们会带你们到地底。你觉得你能找到空地吗？"

"我觉得可以。"提姆咬着嘴唇看着地图，"那片空地曾经是我孩子的语法学校。孩子们本来准备去那儿上学，结果被几个士兵挡了回来，就在不久之前。"

"是在七年之前。"道格拉斯纠正道，接着"啪"的一下合上地图，放回了衣兜。他拉下面罩，走出前门，上了门廊，"也许我们会再见，也许不会，由你们自己决定。你们总得做出决定，非此即彼。不管哪种决定——祝你们好运。"

他转身快步离开了房子。

"爸爸，"厄尔嚷嚷道，"你要去参军吗？你要戴上那种面罩、用那种枪射击吗？"他的眼中闪烁着兴奋的光芒，"你会去开那种蛇形车吗？"

提姆·麦克莱恩蹲了下来，把儿子拉到身边，"你想要那些东西？**你想留在这里**？如果我戴上面罩、用那种枪射击，我们就回不去了。"

厄尔看起来疑惑不解，"我们不能以后再回去吗？"

提姆摇了摇头，"恐怕不行。我们必须现在做出决定，我们是回去还是留下来。"

"你又不是没听到道格拉斯先生的话。"维吉尼娅没好气地对厄尔说，"空袭再过几个小时就要来了。"

提姆站了起来，在房间里来回踱步，"如果我们待在房子里，我们可能被炸成碎片。让我们直面现在的困境吧。我们被送回过去的机会很渺茫，可能性微乎其微——几乎没有成功的希望。我们要不要待在这里，看着墙壁向我们倒塌下来，心知每一秒都有可能是最后一秒——听着导弹袭来的声音，越来越近——躺在地板上，等着、听着——"

"你真的想回到过去？"玛丽问道。

"当然，但是风险——"

"我没问你风险有多大。我在问，你是不是真的想回到过去。也许你想留在这里，也许厄尔说的是对的。你穿上制服，戴上面罩，拿着针形长枪，开蛇形车。"

"而你被关进地底工厂的劳工营！孩子们被送到政府再安置中心！你想想这会是个什么样的景象？你觉得他们会教会孩子们什么知识？你觉得孩子们长大之后会变成什么样？然后相信些——"

"他们也许会把孩子们教导成有用的人。"

"有用？！对什么有用？对孩子们自己有用？对人类有用？还

是对战争需要——"

"他们会活着，"玛丽说，"他们会很安全。而现在这样，如果我们待在房子里，等着空袭到来——"

"没错，"提姆粗声粗气地说，"他们会活着，也许还会很健康，吃得饱，穿得暖，被照顾得很好。"他面色严峻地低头看向自己的孩子，"他们会活下去，好吧，他们会长大成人。但他们会成长为哪一种人？你听到他说的话了！1977年，书都被焚毁了。他们会学到什么知识？1977年之后，能保留下来的会是什么样的思想理念？他们能从政府再安置中心获得什么样的信仰？他们会有什么样的价值观？"

"还有工科部。"玛丽提醒道。

"工业设计与科学技术部。机灵鬼去的地方，那些富有想象力的聪明人去的地方。整天拿着计算尺和铅笔，画图，做计划，发明创造。我的女儿们可以去那里，她们可以设计枪械。厄尔可以进入政治管理局，他可以确保每把枪都上好了膛。如果某个士兵的思想偏离了政治主线，不想开枪射击，厄尔可以打报告，拖他们去接受再教育，强化他们的政治忠诚度——在这样的世界里，只有两种人：设计武器的聪明人和使用武器的傻子。"

"但孩子们会活着。"玛丽重复道。

"你对'活着'的理解真是不可理喻！你管这叫'活着'？也许，这恰恰是活着。"提姆疲倦地摇了摇头，"也许你是对的。也许我们应该和道格拉斯一起去地底，留在这个世界，活着。"

"我不是那个意思。"玛丽柔声说,"提姆,我必须弄清楚,你是否真的想明白为什么在这里等待回去的机会值得一试;明白为什么要留在这个房子里,承担我们可能不会被送回去的风险。"

"这么说,你愿意碰碰运气?"

"当然!我们必须如此。我们可不能把孩子们交给他们——交给再安置中心。孩子们只会学到仇恨、杀戮和毁灭。"玛丽勉强地笑了笑,"不管怎么说,孩子们一直上的是杰弗逊学校。而在这里,这个世界,只剩一块空地。"

"我们要回去吗?"朱迪声音稚嫩地问。她可怜巴巴地抓住提姆的袖子,"我们现在就回去吗?"

提姆轻轻地抽出袖子,"很快,亲爱的。"

玛丽打开了几个食品储藏柜,翻找了一下,"东西都在。他们拿走了什么?"

"一箱豌豆罐头和放在冰箱里的所有食物。他们还踹烂了前门。"

"我们把他们打跑喽!"厄尔大叫着跑到窗边,往外望去;翻滚的灰烬让他大失所望。"我什么也看不见!雾太大啦!"他满脸疑惑地转向提姆,"外面都是这样吗?"

"是的。"提姆回答道。

厄尔的小脸垮了下来,"只有雾,没其他的东西?太阳公公不出来吗?"

"我去泡点儿咖啡。"玛丽说。

"好的。"提姆走进了洗手间,对着镜子仔细查看自己。他的嘴巴破了个口子,上面已经结了一层血痂。他的头很痛。他感到恶心欲吐。

"事情看起来根本不可能发生。"他俩坐在餐桌边时,玛丽说。

提姆抿了口咖啡,"是的,确实不可能。"从他坐下的位置可以看到窗外,一团团飘荡的灰烬、模糊而参差的建筑物废墟轮廓。

"那个人会回来吗?"朱迪问,"他瘦得像麻秆,看起来像得病了。他会回来,对吗?"

提姆看了看手表,读数显示十点钟。他将指针调到四点五十五分,"道格拉斯说过,空袭在天黑之后开始。这一刻不远了。"

"那我们真的待在房子里?"玛丽说。

"没错。"

"哪怕只有微乎其微的机会?"

"哪怕只有微乎其微的机会能回去。你高兴吗?"

"我很高兴,"玛丽眼睛发亮地说,"这么做是值得的,提姆。你知道的。**为了回去**,无论任何事情,多小的机会,都是值得的。还有一件事,我们一家人在一起……没人能把我们拆散,我们永不分离。"

提姆给自己又倒了些咖啡,"也许还要三个钟头。我们不妨舒舒服服地试着享受这段时光。"

六点三十分,第一枚导弹落了下来。他们感到大地在震颤,滚滚的冲击波沿地表传来,拍打在房子上。

朱迪从餐厅跑了进来，小脸吓得煞白，"爸爸！怎么啦？"

"没什么，不用担心。"

"快回来，"维吉尼娅不耐烦地喊道，"该你掷骰子了！"他们正在玩地产大亨跳棋。

厄尔一跃而起，"我想看看。"他激动地跑到窗边，"我看见它打中什么地方啦！"

提姆掀起窗帘，往外看去。在很远的地方，一团炽烈的白光正闪耀不定，光团的上方，发亮的烟柱冲天而起。

又一枚导弹落下，房子再次震颤起来。一个盘子从架子上落下，摔碎在洗碗池里。

外面，天差不多黑了。除了两个白色光点，提姆什么也看不清。参差的建筑物废墟和一团团的灰烬已经融入了夜色中。

"越来越近了。"玛丽说。

第三枚导弹落下。客厅的玻璃窗爆裂开来，地毯上下了一场碎玻璃雨。

"我们最好还是后撤。"提姆说。

"到哪儿？"

"到地下室。快走。"提姆用钥匙打开地下室的门，他们一起紧张地走下楼梯。

"食物，"玛丽说，"我们最好拿一些食物。"

"好主意。孩子们，你们先下去。我们马上就过来。"

"我也能搬东西。"厄尔说。

"快下去。"第四枚导弹袭来,着弹点的位置比上一枚要远一点儿,"别靠近窗户。"

"我去搬东西把窗户挡住,"厄尔说,"就用那块跑玩具火车的大胶合木板。"

"好主意。"提姆和玛丽返回了厨房,"食物,盘子,还有呢?"

"书。"玛丽紧张地看向四周,"我不知道,没别的了。快点儿。"

惊天动地的巨响淹没了她的话语。厨房的窗户崩裂,成千上万片碎玻璃打向他们。洗碗池上方,"哗啦啦"往下落的盘子连成一片,溅起无数的陶瓷碎片。提姆一把抓住玛丽,和她一起伏低身子。

晦暗的铅色灰烬翻腾着从破损的窗户飘进了房内。夜晚的空气散发着酸腐的恶臭,令提姆不寒而栗。

"别管食物了,我们去地下室。"

"但是——"

"别管了。"他拽着她跑下地下室的阶梯。提姆用力关上身后的门,两人瘫坐成一堆。

"食物在哪儿?"维吉尼娅询问道。

提姆颤抖地用手擦了擦额头,"别管食物了。我们用不着了。"

"帮帮我!"厄尔喘着粗气叫道。提姆帮他把胶合木板抬上洗衣槽,盖在了窗户上。地下室内安静而冰凉,他们脚下的水泥地有些潮湿。

两枚导弹同时袭来。提姆被猛地抛起,他重重地摔在了地板上,不禁痛得哼出声来。他只觉天旋地转,眼前发黑。过了好一会儿,他才双手摸索着跪坐起来。

"大家都没事吧?"他低声问道。

"我没事。"玛丽答道。朱迪开始抽泣。厄尔正扶着墙找路。

"我想,"维吉尼娅说,"我也没事。"

灯泡闪烁了几下,光线变暗。猝然间,灯泡熄灭了。地下室内漆黑一片。

"好吧,"提姆说,"彻底看不见了。"

"我有手电筒。"厄尔打开了手电筒,"现在怎么样?"

"很好。"提姆说。

更多的导弹打了下来。大地在他们身下剧烈颠簸、上下起伏。一股爆炸的冲击波扫过,整栋房子震颤起来。

"我们最好趴下来。"玛丽说。

"是的,趴下来。"提姆姿势别扭地伸展身子趴下。他们的周围,墙皮碎片"簌簌"地往下落。

"什么时候才会停止?"厄尔不安地问。

"很快。"提姆说。

"到时我们就回去了?"

"是的,到时我们就回去了。"

话音刚落,一枚导弹击中了房子。提姆感觉到他身下的地板向上隆起,越隆越高。他闭上了眼睛,牢牢抠着地板,就如同坐在了膨胀的水泥气球上,越升越高。地下室内,横梁和立柱纷纷断裂,大片的墙皮掉落下来。他听到了玻璃的破裂声。从很远的地方,传来了火焰燃烧的噼啪声。

"提姆。"玛丽声音微弱地唤道。

"我在。"

"我们也许……也许回不去了。"

"我不知道。"

"我知道。我有预感。"

"也许吧。"一块木板砸中了他的后背,盖在了他身上,他痛苦地闷哼一声。木板和墙皮不断落下,差点儿将他埋葬。他能闻到酸臭的气味——是灰烬和夜晚的空气顺着破损的窗户飘了进来。

"爸爸。"朱迪声音微弱地唤道。

"什么?"

"我们是不是回不去了?"

他刚想张口回答,震耳欲聋的巨响打断了他的话。他被爆炸掀翻了。他周围所有的一切都在旋转。灼热的狂风啮蚀着他的皮肉,卷起他一路翻滚。他紧紧抓住了地板。热风几乎扯断了他的身体,烧焦了他的手和脸,他大声呼喊。

"玛丽——"

之后,万籁俱寂。只有无声的黑暗。

汽车。

附近传来了一辆辆汽车停下的声音,接着,传来了说话声和杂乱的脚步声。提姆动了动,将木板从身上推开。他挣扎着站了起来。

"玛丽。"他环顾四周,"我们回来了。"

地下室变成了废墟,墙壁残破垮塌。透过墙上巨大的裂缝孔洞,可以看见外面绿油油的草地、一条混凝土小径、一座玫瑰小花园和隔壁的白色灰浆墙面房屋。

一排排的电线杆,还有屋顶、房子、城市。同从前的每个清晨一样。

"我们回来了!"无与伦比的喜悦涌上了他的心头。回来了,安全了,结束了。提姆急忙在废墟中翻找,"玛丽,你没事吧?"

"我在这里。"玛丽坐了起来,墙皮碎屑从她身上落下。她的头发、皮肤和衣服,她的全身,都覆盖着一层白灰。她的脸上满是小口子和剐痕。她的连衣裙破烂不堪。"我们真的回来了?"

"麦克莱恩先生!你没事吧?"

一名穿着蓝色制服的警察跳进了地下室。他的身后跟着两名穿白色衣服的身影。一群街坊邻居聚集在外面,焦急地往里张望。

"我没事。"提姆说。他将朱迪和维吉尼娅扶起,"我想我们都没事。"

"发生了什么情?"警察推开木板走了过来,"是炸弹吗?被某种炸弹炸的?"

"这栋房子一片狼藉。"一名穿白衣的实习医生说,"你确定没人受伤?"

"我们一家人都在这里,在地下室里。"

"你还好吗,提姆?"亨德里克斯太太喊道,她小心翼翼地走下地

386

下室。

"出什么事了?"法兰里·弗利叫道。他"砰"的一声跳了下来,"天哪! 提姆! 你到底干了什么?"

两名白衣实习医生狐疑地在废墟中四处查看,"你很幸运,先生,非常幸运。地面上全被炸毁了。"

弗利走到提姆身边,"见鬼,伙计! 我告诉过你,要检查一下你家的热水器!"

"什么?"提姆小声问。

"热水器! 我告诉过你,燃气阀有问题。肯定是没关上,一直在加热……"弗利神经兮兮地使了个眼色,"不过我谁都不会告诉,提姆。房屋保险。你可以相信我。"

提姆张了张口,但什么都没说。他能说什么? ——不,不是我忘记了修理那台有问题的热水器。不,不是烤炉接错了管线。跟这些东西都无关。不是漏气的煤气管道,不是被堵塞的锅炉,不是忘记关火的高压锅。

是战争,全面战争。而且不是一场仅仅关系到我、我的家庭、我的房子的战争。

这场战争还关系到你的房子。你的房子,我的房子,所有人的房子。关系到这里和邻近的街区,邻近的城镇,邻近的州、国家和大陆。整个世界,都将会如此,会变成屠宰场和废墟。会有大雾和在锈蚀的熔渣中生长的杂草。这场战争关系到我们所有人。关系到挤在这个地下室里,脸色苍白,担惊受怕,莫名感到恐怖的每一个人。

当战争真的到来,当五年期到,将无人幸免。没有回头路,不能回到过去,逃无可逃。当战争降临到他们头上,将永远地吞没每一个人;没有人能从战争的泥沼中爬出来,没有人能有他一样的好运。

玛丽看着他。警察、邻居们、穿白衣的实习医生——所有人都看着他,等着他做出解释,告诉他们原因。

"是热水器吗?"亨德里克斯太太怯生生地问道,"就是它,对不对,提姆? 这种事情时常发生,你不能确定……"

"也许是私酿酒出了问题。"一位邻居提示道,想增添一点点轻松的气氛,"是这个原因吗?"

他不能告诉他们。他们不会明白,因为他们不想明白。他们也不想知道。他们需要的是安心。他能从他们的眼中看出来:可怜又可悲的恐惧。他们察觉出了大恐怖——他们害怕了。他们的目光在他的脸上来回扫视,想从他这里寻求帮助——几句安慰的话语,能为他们驱散恐惧的话语。

"是的,"提姆声音沉重地说,"是热水器。"

"我想也是!"弗利松了一口气。所有人也都如释重负地松了口气。他们窃窃低语,发出带着颤音的笑声,点头,露出笑容。

"我本该把热水器修好的,"提姆继续说,"我早就该检查热水器的。不然也不会变成这般不可收拾的样子。"提姆环视了一圈面色忧虑、专注地听他讲话的众人,"我早该检查热水器的,在一切为时已晚之前。"

给帕翠的礼物

"快告诉我,是什么?"帕翠西亚·布莱克迫不及待地问道。

"什么是什么?"艾瑞克·布莱克低声回了一句。

"你带回来了什么? 我知道你给我带了东西!"她激动不已,镂空罩衫下的酥胸不住起伏,"你给我带了礼物。我能看得出来!"

"亲爱的,我去木卫三是为了给地球金属公司找矿,可不是给你找稀奇的小玩意儿。好了,我现在要收拾行李了。布拉德肖让我明天提早去办公室报到。他说了,我最好能提交出几个优质矿石储藏点。"

帕翠从机器人搬运工堆放在门边的行李上抓起个小盒子,"是首饰吗? 不像,如果是首饰,盒子又太大了。"她用尖尖的指甲撕扯起盒子上的粗绳子。

艾瑞克担忧地皱起了眉头,"千万别失望,亲爱的。东西有点奇特,跟你预想的不太一样。"他心神不宁地看着她,"请别对我发火。容我解释这一切。"

看见盒子里的东西后,帕翠张大了嘴巴,面色变得煞白。她忙不迭地将盒子扔在桌子上,瞪大的双眼里充满了恐惧,"我的天哪!这是什么?"

艾瑞克紧张地扭了扭身子,"这是笔相当划算的买卖,亲爱的。这种物美价廉的奇货可不是哪儿都能遇见的。木卫三上的原住民还不想卖呢,我——"

"这是什么?"

"这是一个神,"艾瑞克小声道,"木卫三原住民的小神。我几乎是用成本价买下的。"

帕翠战战兢兢地低头看向盒内,感到越来越厌恶,"这……这是个……是个神?"

盒子里躺着的似乎是一个小雕像,一动不动,身高约莫十英寸。它很古老,非常古老;一双爪子般的小手抚放在鳞片覆盖的胸膛上。它的脸与昆虫无异,表情扭曲,呈愤怒状,透着嘲讽众生的意味以及强烈的欲望;在腿的位置,长着一堆触手。它的脸的下半部分向外凸起,上下颚渐细渐尖,形如坚硬的鸟喙。它的周身散发着一股类似于粪便和陈啤酒的气味。从外表判断,它应该是雌雄同体。

盒子内,艾瑞克很周到地放置了一个饮水碟,铺了些稻草和少许揉成团的报纸碎屑;盒盖上,分布着几个他扎出的透气孔。

"你的意思是,它是个圣像?"帕翠慢慢恢复了镇静,"一个神的圣像?"

"不是。"艾瑞克执拗地摇了摇头,"这是一个真正的神灵。有一张类似于商品保证书的东西。"

"它是不是……死了?"

"完全没有。"

"那它为什么动也不动?"

"你必须得唤醒祂。"神灵的肚皮向内凹陷,以圆弧状向外延展,如同一只空碗盏。艾瑞克轻弹了下碗沿,"把祭品放进去,祂自然会活过来。我演示给你看。"

帕翠直往后退,"不用了,谢谢。"

"来嘛! 和祂聊天很有趣的。祂的名字叫——"他看了一眼写在盒子上的文字,"祂的名字叫提诺库克诺艾·艾瑞瓦罗帕珀。从木卫三回来的路上,大部分时间里我们都在聊天。祂很高兴有机会被我购买。我从祂那儿了解到不少关于神的轶事。"

艾瑞克摸索了下衣兜,拿出一块吃剩的火腿三明治。他揪下一点儿火腿,团成一团,塞进了神灵的碗状肚皮里。

"我去另一个房间了。"帕翠说。

"别走。"艾瑞克抓住了她的胳膊,"就一小会儿。祂马上就要开始消化了。"

神灵的碗状肚皮微微颤动,祂覆盖鳞片的皮肤上泛起阵阵涟漪。很快,小碗内填满了黏稠的黑色物质,火腿开始溶解。

帕翠嫌恶地哼了一声,"它都不用嘴吗?"

"祂不用嘴吃东西。祂的嘴是用来说话的。祂与普通的生命形态有很大不同。"

神灵的小眼睛现在注视着他们——那颗独眼珠一眨不眨,恶意满满,冰冷无情。然后,它的喙上下动了动。

"你们好。"神灵说。

"嗨。"艾瑞克轻推了帕翠一下,"这是我的妻子,帕翠西亚·布莱克。"

"你好。"神灵声音刺耳地说。

帕翠惊惶地尖叫一声,"它会讲英语。"

神灵转向艾瑞克,面露嫌恶之色,"你说得不错,她很愚蠢。"

艾瑞克的脸红了,"神能做到祂们想做的任何事情,亲爱的。祂们全知全能。"

神灵点了点头,"的确如此。我想,这里就是地球了。"

"是的。这里看起来怎么样?"

"与我所料不差。来之前,我听取过汇报,有关地球的确切汇报。"

"艾瑞克,你确定它没危险吗?"帕翠不安地轻声耳语,"我不喜欢它的样子,而且它说话的方式怪怪的。"她的胸部紧张地起伏着。

"不用担心,亲爱的。"艾瑞克满不在乎地说,"祂是个善神。我离开木卫三之前核实过。"

"本神乐善好施。"神灵用理所当然的语气说,"我乃木卫三原住民的天气之神。但凡情况所需，我便施云布雨，调和气象。"

"可这一切已成过去。"艾瑞克补充道。

"没错，我成为天气之神已有万载。即使对于神来说，耐心也有耗尽的一天。我渴望新的环境。"一丝古怪的神情从它令人憎恶的脸上闪过，"所以我才安排将自己卖给你，被你带到地球。"

"你瞧，"艾瑞克说，"木卫三的原住民本不想卖掉祂。但祂发动了一场雷暴，于是，他们只得俯首帖耳。祂能卖得这么便宜，这也是一部分原因。"

"你的丈夫做了笔好买卖。"神灵说。它的独眼饶有趣味地转来转去，打量着房间，"这是你们的居所？你们吃饭、睡觉的地方？"

"是的，"艾瑞克说，"帕翠和我两人——"

前门传来了悦耳的声音，"托马斯·马特森站在门口，"前门通知道，"他希望进入。"

"好家伙，"艾瑞克说，"我的老朋友汤姆①。我这就去开门。"

帕翠指了指神灵，"你最好不要——"

"哦，不用。我想让汤姆看看。"艾瑞克走过去将门打开。

"你好，"汤姆大步流星地进了屋，"嗨，帕翠。多美好的一天。"他和艾瑞克握了握手，"实验室正挂念你什么时候回来呢。老布拉德肖就像热锅上的蚂蚁，迫不及待地想听你的汇报。"马特森突然大感兴趣地弯下了他竹竿般的身躯，"嘿，盒子里是什么东西？"

"那是我的神。"艾瑞克故作谦逊地答道。

---

①"汤姆"是"托马斯"的昵称。

"真的吗？但'神'可不是个科学意义上的概念。"

"这个神不一样,祂不是我凭空捏造的伪神。祂是我在木卫三上买的,祂是木卫三上的天气之神。"

"说点儿什么,"帕翠对神灵说,"好让他相信你的主人。"

"我们以'我的存在'为题,进行一场辩论。"神灵轻蔑地说,"你做反方,同意吗？"

马特森咧嘴笑了,"这是什么,艾瑞克？一个小机器人吗？样子可真难看。"

"说真的,祂是一个神。回地球的路上,祂给我展示过几个神迹。当然,不是很大的神迹,但足够使我信服。"

"眼见方为实,"马特森兴趣未减,"来个神迹吧,神。我拭目以待。"

"我不是粗鄙的展品!"神灵咆哮道。

"可别把祂惹火了,"艾瑞克提醒道,"一旦祂被唤醒,便拥有无边的法力。"

"神是如何出现的？"汤姆问,"神是自我的造物吗？如果祂的存在取决于祂出现之前就已有的存在,那么一定有更为终极的存在次序——"

"神,"那个小小的神灵陈述道,"是生活在更高层级、更广大的实相层、更先进维度的居民。维度的数量众多,各维度连续相接,按高低等级排列。我原来的维度在你们的维度之上。"

"你来这里干什么？"

"偶尔会有生灵从一个维度穿梭至另一个维度。当他们从高维度进入低维度——正如我所做的——他们会被当成神敬拜。"

汤姆不由有些失望,"你根本不是神。你改变了相位,进入我们的矢量空间;你所处的维度序次仅稍微有别于我们,但你充其量不过是个生灵。"

神灵怒目而视,"你说得倒简单。实际上,这种维度转换需要很多机巧变通,且极少成功。我来这里,是因为我的一个族人,臭名昭著的纳·多尔克,他犯下了弥天大罪,逃到了这个维度。根据我们的法律,我只能对他穷追不舍。在追捕的过程中,这个渣子还是逃脱了,并伪装成了其他形态。我不停地搜寻,但到目前为止,他仍逍遥法外。"袖珍的神灵突然打住了,"你的好奇心琐碎而无趣。你让我生气了。"

汤姆转身,不再理会神灵,"非常脆弱的小东西。在地球金属公司的实验室里,我们的能力比这家伙大——"

空气"噼里啪啦"作响,道道亮光闪过,臭氧的味道弥漫开来。汤姆·马特森尖叫一声,似有一双透明的大手将他架起,推向前门。前门轰然洞开,马特森被抛过前院的小径,在玫瑰花丛中跌作一团,他的四肢胡挥乱舞。

"救命!"马特森挣扎着想站起来。

"哦,糟了。"帕翠屏住了呼吸。

"天哪。"艾瑞克瞥了神灵一眼,"是你做的?"

"快去帮帮他,"帕翠脸色苍白地催促道,"我想他受伤了。他看起来不太好。"

艾瑞克急忙跑到外面,把马特森搀起,"你没事吧?这是你自己的过错。我告诉过你,如果你一直打扰祂,会有不好的事情发生。"

马特森怒不可遏,"一个小不点儿的毛神竟敢这样对待我!"他推开艾瑞克,径直向屋子走去,"我要把它抓到实验室,泡在福尔马林的瓶子里。我要解剖它,扒了它的皮,把它挂在墙上。我要把它做成人类所知的第一个神灵标本——"

马特森的身上亮起一颗耀眼的光球。他那瘦长的身躯被笼罩其中,映照得就犹如白炽灯内的灯丝。

"搞什么名堂!"马特森咕哝了一声。突然,他全身猛然一震。他的身影变淡,身体开始收缩。伴随着轻微的"嘶嘶"声,他快速地缩小,越来越小。他颤抖不止,身形越变越怪异。

光芒骤然熄灭。一只绿色的小蛤蟆呆头呆脑地趴在前院的小径上。

"你看你,"艾瑞克狂乱了,"我告诉过你要保持安静!现在看看祂都对你做了什么!"

蛤蟆有一下没一下地向屋子跳去。在门廊前,它垂头丧气地陷入了静止状态——因为跳不上门廊的阶梯。它可怜又无望地叫了一声"呱"。

帕翠伤心地大哭起来,"噢,艾瑞克!看看它都干了什么!可怜的汤姆!"

"他自己的错,"艾瑞克说,"是他咎由自取。"但他开始变得紧张起来，"听我说，"他对神灵说，"对一个成年男人这么干可不好。他的妻子和孩子会怎么想？"

"布拉德肖先生会怎么想？"帕翠哭道，"他这个样子可没法继续工作！"

"是的，"艾瑞克承认道，他向神灵请求，"我想他已经得到了教训。不如把他变回来，好吗？"

"你最好解开咒语！"帕翠攥起小拳头，尖声叫道，"如果你不解开咒语，地球金属公司是不会放过你的。即使是神也无法对抗贺瑞斯·布拉德肖。"

"还是把他变回来为好。"艾瑞克说。

"让他先尝尝苦头，"神灵说，"我要让他做几百年的蛤蟆。"

"几百年！"帕翠火冒三丈，"为什么？你个稀泥捏出来的小丑八怪！"她气得全身发抖，表情不善地走近盒子，"听好了！要么你把他变回来，要么我把你从盒子里拿出来，扔进垃圾处理装置！"

"让她安静下来。"神灵对艾瑞克说。

"请冷静，帕翠。"艾瑞克恳求道。

"我才不要冷静！它以为它是谁？一个礼物而已！你怎么胆敢将这个发霉的小垃圾拿回家？是不是你的主意——"

她的声音戛然而止。

艾瑞克忐忑地转过身。帕翠呆若木鸡地站着，小嘴微张，仿佛还有个词未吐出。她一动不动，皮肤变成了白色——花岗岩般的灰白色。一股寒意蹿上了艾瑞克的脊背，"我的天啊。"他说。

"我把她变成了石头，"神灵解释道，"她太过聒噪。"它打了个哈欠，"现在，我要入眠了。长途旅程之后，我有点困乏。"

"我真不敢相信，"艾瑞克·布莱克麻木地摇着头，"我的挚友成了蛤蟆，我的妻子变成了石头。"

"你所言没错，"神灵说，"我们根据人们的行为做出公正的处置。这是他们二人应得的报应。"

"她能……她能听见我说话吗？"

"我想可以。"

艾瑞克走到石像前，"帕翠，"他哀求道，"请别发火。这不是我的错。"他抓住她冰凉的肩膀，"别怪我！不是我做的。"他手掌下的花岗岩坚硬而光滑。帕翠眼神空洞地看向前方。

"啧啧，地球金属公司。"神灵酸溜溜地说。它的独眼审视着艾瑞克，"谁是贺瑞斯·布拉德肖？某个地球的神灵，对不对？"

"贺瑞斯·布拉德肖是地球金属公司的老板。"艾瑞克沮丧地说。他坐下来，颤抖着点燃了一根香烟，"他可以说是地球上最有权势的人。地球金属公司坐拥太阳系内一半的行星。"

"我对这个星球上的人类王国没有兴趣。"神灵含糊地说了一句，声音渐弱，闭上了眼睛，"我现在要入眠了。我希望能冥想一些问题。你可以过一会儿叫醒我，如果你愿意的话。我们可以对神学话题展开交流，就跟我们在回地球的飞船上一样。"

"神学话题？"艾瑞克嘴中发苦地自语道，"我的妻子变成了一块石头，祂却想谈论宗教。"

但神灵已经归于沉寂,回到了自己的内心世界。

"你还真是无事不管。"艾瑞克低声抱怨,心中燃起一股怒火,"这就是我带你离开木卫三得到的答谢。我的家庭毁了,我的社交生活也完了。好一个善神!"

神灵未做回应。

艾瑞克绝望地凝神苦思。也许等神灵醒过来,心情变好,他就能劝说祂将马特森和帕翠恢复正常。他的心底升起了一丝希望。他也许能恳求神灵展现慈悲的一面,在祂休息几个小时之后……

只要没人来找马特森。

蛤蟆惆怅地趴在小径上,垂头丧气,一副生无可恋的模样。艾瑞克凑向它,"嘿,马特森!"

蛤蟆缓缓地抬起头来。

"别担心,老伙计。我很快会让祂把你变回来。轻而易举。"蛤蟆没有动弹。"小菜一碟。"艾瑞克紧张地又保证了一遍。

蛤蟆显得更沮丧了。艾瑞克抬腕看了看手表,时间已邻近傍晚,差不多四点钟,距离汤姆的上班时间仅剩半小时了。汗水从他的额头沁了出来。如果神灵继续睡下去,半小时内醒不过来……

嗡鸣声响起。

是可视电话。

艾瑞克的心沉了下去。他急忙走过去,故作镇静地打开了屏幕。贺瑞斯·布拉德肖那张威严而棱角分明的脸慢慢地在屏幕上清晰起来。布拉德肖的目光犀利得像尖刀一样,仿佛能看穿他的内心。

"布莱克,"布拉德肖哼了一声,"你从木卫三回来了。"

"是的,先生。"艾瑞克思绪急转。他站到屏幕前,遮挡住布拉德肖的视线,"我正准备收拾行李。"

"别管行李了,快到办公室来! 我们都等着听你的汇报。"

"现在? 天哪,布拉德肖先生。先让我把行李收拾一下。"他拼命地拖延时间,"我明天一大早就去办公室。"

"马特森和你在一起吗?"

艾瑞克咽了口唾沫,"是的,先生。但——"

"让他接电话,我想跟他谈谈。"

"他……他现在不方便和您通话,先生。"

"什么? 为什么不方便?"

"他的身体状况不允许——是这样的,他——"

布拉德肖不耐烦地嚷道:"你来的时候把他带上! 他到这儿的时候,我不想看到他还酒醉不醒。十分钟后,我们办公室见。"他关闭了电话,屏幕倏然熄灭。

艾瑞克疲倦地倒在椅子上,他的大脑一片混乱。十分钟! 他摇了摇头,怔住了。

小径上的蛤蟆动了动,稍稍蹦跶了几下,发出一声衰颓的微弱蛙鸣。

艾瑞克艰难地站了起来,"我想我们得去接受责罚了。"他喃喃道。他弯下腰拾起蛤蟆,小心翼翼地将它放进衣兜里,"我猜你也听见了,是布拉德肖打来的电话。我们要去实验室了。"

蛤蟆不安地挪动了一下。

"我不知道布拉德肖见到你后会说什么。"艾瑞克吻了吻妻子冰冷的花岗石脸颊,"再见,亲爱的。"他如同行尸走肉般顺小径走到街边。片刻之后,他拦下一辆机器人出租车,上了车,"我有预感,这件事很难解释得清楚。"出租车飞速驶过马路。"简直是百口难辩。"

贺瑞斯·布拉德肖顿时目瞪口呆、惊讶不已。他摘下钢丝边眼镜,缓缓地擦了擦镜片,又慢慢将其戴回,面容如鹰隼般冷峻,低头仔细端详着。一只蛤蟆正沉默地趴在巨大的红木办公桌中央。

布拉德肖颤抖地指着蛤蟆,"这……这是托马斯·马特森?"

"是的,先生。"艾瑞克说。

布拉德肖惊奇地眨了眨眼睛,"马特森!你的身上到底发生了什么事?"

"他是只蛤蟆。"艾瑞克解释道。

"我知道了。不可思议。"布拉德肖按下办公桌上的一个按钮。"叫生物实验室的詹宁斯过来一趟。"他命令道。"一只蛤蟆,"他用钢笔捅了捅蛤蟆,"真的是你吗,马特森?"

蛤蟆"呱呱"地叫了起来。

"好家伙。"布拉德肖坐了回去,抹了抹额头。他严肃的表情逐渐柔和,变成了同情的关切。他遗憾地摇了摇头,"难以置信。我觉得,应该是细菌疫病引起的。马特森经常在自己身上做实验。他对待工作的态度太认真。他是一位勇士,一位好员工。他为地球金属公司奉献了太多。真可惜，他最后落得这样的下场。理所当然的，我们将为他发放全额退休金。"

詹宁斯出现在办公室门口，"你找我，先生？"

"请进。"布拉德肖不耐烦地示意他快进来，"我们有一个问题亟须你的部门解决。这位是艾瑞克·布莱克。"

"嗨，布莱克。"

"还有托马斯·马特森。"布拉德肖指了指蛤蟆，"来自非金属实验室。"

"我认识马特森，"詹宁斯一字一顿地说，"我是说，我认识一个来自非金属实验室的马特森。但我不记得……我是说，他长得比它高，大约六英尺高。"

"这就是他，"艾瑞克忧伤地说，"他现在是一只蛤蟆。"

"发生了什么？"詹宁斯源自科学的好奇心被勾起，"有什么内情吗？"

"说来话长。"艾瑞克避重就轻地回答。

"你不能告诉我们吗？"詹宁斯以专业眼光仔细审视蛤蟆，"看起来就是一只普通的蛤蟆。你确定这是马特森？老实交代，布莱克。你知道的肯定不只你说的那点儿东西！"

布拉德肖目不转睛地注视着艾瑞克，"是的。发生了什么，布莱克？你的表情不正常，目光闪烁不定。是不是你造成的？"布拉德肖从座位上欠起半个身子，冷酷的面孔上挂着寒霜，"听着。如果是你的错误导致我最优秀的员工无法进行今后的研究工作——"

"别这么快下定论。"艾瑞克抗议道,他的大脑玩命地运转。他紧张地拍了拍蛤蟆,"马特森安全无虞——只要没人踩到他。我们可以组装个防护罩,再拼凑个自动交流系统,让他能够拼写单词,这样他就能继续进行研究工作。只需少许的调整,一切应该就能完美高效地运行了。"

"回答我!"布拉德肖咆哮道,"是不是你造成的?是不是你干的?"

艾瑞克无助地扭动身躯,"从某种角度来看,我想是的。不过这么说并不确切,也不是我直接造成的。"他闪烁其词,"但我猜,你会说如果不是我……"

布拉德肖怒目切齿,"布莱克,你被开除了。"他从办公桌的抽屉里拽出几份表格文件,"滚出这里,永远不准回来。还有,把你的手从蛤蟆身上拿开。他属于地球金属公司。"他将一张文件推过桌面,"这是你的离职遣散金。你别妄图到别处找到工作,我要让你上内部系统黑名单。滚蛋。"

"但是,布拉德肖先生……"

"求饶也没用,快滚吧。"布拉德肖摆了摆手,"詹宁斯,让你手下的生物研究员都动起来。这个问题必须解决。我要你把这只蛤蟆变回人形。马特森是公司不可或缺的人才,一些未完成的工作非马特森不可。我们不能让这种事情阻碍了我们的研究。"

"布拉德肖先生,"艾瑞克绝望地恳求道,"请听我一言。我也想看到汤姆变成原来的样子,但目前只有一个办法能使他恢复人形。我们——"

布拉德肖冷漠的双眼充满了敌意,"你还没滚,布莱克?非得让我叫警卫进来把你拆成零碎吗?我给你一分钟时间滚出公司。听明白没?"

艾瑞克痛苦地点点头,"我明白了。"他转过身,拖着悲伤的脚步走向门口,"再见,詹宁斯。再见,汤姆。布拉德肖先生,如果有事需要我,我在家里。"

"滚!巫师!"布拉德肖厉声道,"赶紧滚。"

"换作你,你会怎么做?"艾瑞克问出租车的机器人司机,"如果你的妻子变成了石头,你最好的朋友变成了一只蛤蟆,而你又刚好失去了工作?"

"机器人没有妻子,"司机说,"我们没有性别,机器人也没有朋友。我们无法建立情感关系。"

"机器人会被开除吗?"

"有时候会的。"机器人将出租车停在艾瑞克配有六个房间的独栋平房前,"但请您想想,机器人经常会被熔成铁水,新机器人往往是用机器人残骸制造。记得易卜生的《培尔·金特》①有个章节,培尔·金特遇见了铸纽扣的人。两个角色的台词以象征的形式预测了机器人的悲惨现状。"

---

①《培尔·金特》是易卜生创作的戏剧作品之一,通过纨绔子弟培尔·金特的生命历程,探索了何为人生、人生为何等重大哲学命题。此处所指是剧本中培尔·金特与铸纽扣人讨论废品的一段对话,"你本应该成为人间一件马甲上一颗闪闪发光的纽扣,可是你这纽扣上没有窟窿眼儿,所以只好把你同旁的废品熔在一起。"

"没错，"车门打开，艾瑞克下了车，"我想我们都有各自的难处。"

"机器人的难处比人类的更难。"车门关闭，出租车往山下疾驶而去。

更难？不一定吧。艾瑞克慢腾腾地走向屋子，前门自动为他打开。

"欢迎回家，布莱克先生。"前门向他问好。

"我想帕翠还在屋里。"

"布莱克太太在屋内，但她正处于僵硬的状态，或者与之相似的状态。"

"她被变成了石头。"艾瑞克忧郁地吻了一下石像冰冷的双唇，"嗨，亲爱的。"

他从冰箱里拿出一点儿肉，塞进神灵的碗状肚皮。很快，消化液涨溢，淹没了食物。片刻之后，神灵睁开独眼，眨动了几下，目光清澈地看向艾瑞克。

"睡得好吗?"艾瑞冷冰冰地问。

"我没有睡觉。我在思考有关宇宙意义的问题。你的声音中似乎带着敌意。发生了什么让你不高兴的事情吗?"

"没事，一点儿事都没有。考虑到其他各种事情，我不过是弄丢了工作而已。"

"弄丢了工作? 有意思。你说的'其他'是什么?"

艾瑞克的怒气如火山般地爆发了，"你毁了我全部的生活! 去你的!"他猛地指向沉默不动的石头妻子，"看哪! 我的妻子，变成了花岗岩！我最好的朋友，成了一只蛤蟆！"

提诺库克诺艾·艾瑞瓦罗帕珀打了个哈欠，"所以呢？"

"为什么？我做过什么对不起你的事情吗？你为什么要这样对待我？我没对你做过什么。我只是把你带到地球，喂给你食物，把你安置在一个铺着稻草、报纸，放着饮水碟的盒子里。就这些。"

"没错。你确实把我带到了地球上。"神灵黑色的脸上又闪过一丝古怪的神情，"好吧。我会将你的妻子变回来。"

"真的吗？"夹杂着悲情的喜悦涌上艾瑞克的心头。他热泪盈眶，顿感一身轻松，再问不出一个问题。"天哪，真是感激不尽！"

神灵集中精神，"站开点，别挡着我。扭曲身体的分子排列容易，恢复初始结构却要困难得多。但愿我能百分之百地将她恢复原状。"祂微微地做了个动作。

石像帕翠的周围空气震动。苍白的花岗岩颤抖起来。渐渐地，她的脸庞有了血色。她长长地倒抽一口气，黑色眼眸中闪动着恐惧之色。她的胳膊、肩膀和胸部恢复了颜色，渐渐地，她苗条的身躯恢复正常。她跌跌撞撞地走过来，哭喊道："艾瑞克。"

艾瑞克扶住她，将她紧紧拥进怀里，"老天，亲爱的。看见你没事，真让我高兴。"他们彼此紧贴着对方。他感受着她惊魂未定的怦怦心跳，一遍遍地亲吻她柔软的双唇，"欢迎回来。"

帕翠突然挣脱他，"那条小毒蛇。那个卑鄙的坏家伙。等着，我要抓住你。"她双眼冒着怒火，向神灵奔去，"听着，你。你是什么意思？你好大的胆子！"

"瞧见没?"神灵说,"她们永远不会改变。"

艾瑞克拉住妻子,"你最好闭上嘴巴,不然你又会变成花岗岩。明白吗?"

帕翠察觉出丈夫的声音中刻不容缓的焦急意味,她不情不愿地平静下来,"好吧,艾瑞克,我不闹就是。"

"听着,"艾瑞克对神灵说,"汤姆怎么办? 不如把他也变回来?"

"那只蛤蟆? 他在什么地方?"

"在生物实验室里。詹宁斯和他的研究员正在攻克将他复原的难题。"

神灵沉吟了一会儿,"我不喜欢听到'实验室'这三个字。生物实验室? 在什么地方? 距此多远?"

"在地球金属公司的主楼。"艾瑞克急切地说,"也许五英里远。怎么样? 如果你把他变回来,兴许布拉德肖会准我回去工作。这是你欠我的,让事情回到原来的轨道上。"

"我不能。"

"你不能! 究竟为什么不能?"

"我以为神灵是全知全能的。"帕翠不屑地哼了一声。

"我能做到任何事——在短距离内。地球金属公司的生物实验室太远了,五英里超过了我的能力范围。我能扭曲分子的排列,但只在有限的半径范围内。"

艾瑞克不相信,"什么? 你是说,你无法把汤姆变回来?"

"就是这么回事。你不该把他带出这栋屋子。和你们一样,神也得遵从自然法则。虽然我们的法则不太一样,但仍旧是法则。"

"我知道了,"艾瑞克喃喃道,"你该早点儿告诉我的。"

"既然没了工作,何必杞人忧天。来,我给你变点儿金子。"神灵举起布满鳞片的双手做了个动作。一片窗帘闪过亮光,突然变成金黄色,"咣当"一声掉到地板上。"纯金。这点金子应该够你们几天的花销了。"

"我们早就不用金本位制了。"

"好吧,不论你需要什么,我都能做到。"

"除了把汤姆变回人形。"帕翠说,"你真是个善神。"

"闭嘴,帕翠。"艾瑞克轻声喝道,他陷入了沉思。

"如果有办法让我离他近一点儿,"神灵谨慎地说,"如果他处于可控半径范围内……"

"布拉德肖不会放他走的。我也不能进入那里。警卫会把我撕成碎片。"

"给你铂金如何?"神灵主动提出,一段墙壁泛起了白光,"纯铂金,对原子质量做了个简单的修改。有帮助吗?"

"没有!"艾瑞克来回踱步,"我们必须把蛤蟆从布拉德肖那里偷出来。如果我们能把他弄到这里——"

"我有个主意。"神灵说。

"什么?"

"也许你能让我混进去。也许我只需踏上公司的地面,在生物实验室的范围内。"

"值得一试，"帕翠将一只手搭在艾瑞克的肩头，"毕竟，汤姆是你的挚友。把他变成这样很不公平，这……这不是地球人的行事风格。"

艾瑞克抓起外套，"就这么定了。我驾驶汽车，尽量靠近公司。在警卫看见我之前，我应该能到达足够近——"

一声巨响。前门忽然坍塌成一堆灰烬。几组机器人警察端着爆能枪冲进了屋子。

"没错，"詹宁斯的声音传来，"就是他，"他快步走进屋子，"抓住他，抓住盒子里的东西。"

"詹宁斯！"艾瑞克惊惶地咽了咽口水，"这究竟是怎么回事？"

詹宁斯的嘴角微翘，"不用装了，布莱克。你糊弄不了我。"他敲了敲挟在胳膊下的金属盒子，"蛤蟆把一切都说了。你在这栋屋子里藏了一个非地球生物，对不对？"他冷笑了几声，"法律规定，禁止将地外生物带到地球上。你被捕了，布莱克。你也许会被判无期徒刑。"

"提诺库克诺艾·艾瑞瓦罗帕珀！"艾瑞克·布莱克短促地尖叫道，"求你不要在此危险时刻抛弃我！"

"我来了。"神灵咕哝了一声。它浑身剧烈起伏，"这一招怎么样？"

一股力量的洪流从盒子里喷射出来，全体机器人警察猛地一震，猝然消失，无影无踪。在他们原先站立的位置，只见一群机械老鼠不辨方向地爬来爬去，接着疯狂地拥出前门，跑进了前院。

詹宁斯的脸色先是震惊，而后变为恐慌。他一边威胁性地挥舞爆能枪，一边向后退，"听着，布莱克，别以为你能吓到我。这栋屋子已经被我们包围了。"

一股巨大的力量如闪电般击中了詹宁斯的腹部，将他提起，把他像烂布娃娃一样使劲摇晃。他的爆能枪从手中滑脱出去，掉在了地板上。詹宁斯不顾一切地捞枪。爆能枪变成了一只蜘蛛，快速地爬开了。

"放他下来。"艾瑞克催促道。

"好的。"神灵放开了詹宁斯。他砸落在地板上，表情愕然而恐惧。他惊慌失措地爬了起来，跑出屋子，顺着前院小径跑到了人行道上。

"哦，天哪！"帕翠说。

"怎么啦？"

"你看。"

一门门原子大炮绕着屋子架了起来，形成了坚实的包围圈。傍晚的阳光下，炮口闪耀着险恶的光芒。每门大炮周围站着一群机器人警察，警觉地等待指示。

艾瑞克呻吟一声："我们完蛋了。只消一炮，我们就成灰了。"

"快做点儿什么！"帕翠倒吸了一口冷气，她碰了碰盒子，"给他们施咒语。别干坐着。"

"他们超出了我的范围。"神灵回答道，"正如我解释过的，我的能力有距离限制。"

"里面的人听着!"一百个扩音器同时响起,声音传了进来,"举起双手,走出来。否则我们开火了!"

"布拉德肖,"艾瑞克叹息道,"他在外面! 我们被包围了。你确定什么也做不了?"

"抱歉,"神灵说,"我只能支起一个防护罩抵御大炮的轰击。"它集中精力。一张暗沉的圆球形薄膜包裹住屋子,迅速地硬化。

"很好。"布拉德肖经过放大的声音传进了防护罩,听起来有些发闷,"你们自找的。"

第一波打击之后,艾瑞克发现自己躺在地板上,耳中嗡嗡作响,头晕眼花。帕翠趴在他身旁,惊恐而茫然。屋宅毁了,墙壁、椅子,所有家具,无一幸免。

"好结实的防护罩。"帕翠喘息道。

"震荡波。"神灵不满意道。它的盒子倾覆着躺在屋子一角。"防护罩挡住了炮击,但震荡波——"

第二波打击袭来。震荡形成的高压空气从艾瑞克身上碾过,差点儿让他昏迷。空气乱流大起,他滑行了一段距离,被高高抛起,落在了一堆残砖碎瓦上——而这些刚才还是他的屋子。

"我们坚持不下去了。"帕翠声音微弱地说,"让他们别打啦,艾瑞克。求你啦!"

"你的妻子是对的。"神灵平静的声音从翻倒的盒子里传出,"投降,艾瑞克,自首吧。"

"我想最好如此。"艾瑞克跪坐起来,"不过,老天爷啊,我不想在监狱里度过余生。我把这个该死的东西偷运进来的时候,就知道违反了法律,但我从未想到——"

第三波打击来袭。艾瑞克随即倒地,他的下巴撞在地板上。墙皮和碎石如雨般落在他身上,让他透不过气来,眼前一片黑暗。他抓住一根支棱出来的木梁,拼尽全力站了起来。

"住手!"他吼道。

突然之间,各种声音都消失了。

"你愿意投降了吗?"扩音器隆隆响起。

"投降。"神灵低声说。

艾瑞克绞尽脑汁,苦苦思索,"我……我想做笔交易。一个折中方案。"他的大脑仿佛挂上了高速挡,飞速地思索着,"我有个提议。"

外面好一会儿没有动静,"什么提议?"

艾瑞克小心翼翼地穿过碎石堆,来到了防护罩的边缘。防护罩几乎快失效了,只剩下闪着微光的淡淡薄雾。透过雾气,可以看见排成一圈的原子大炮,以及机器人警察。

"马特森,"艾瑞克深吸口气,平缓呼吸,"那只蛤蟆。我们将达成以下协议。我们会把马特森变回人形,把非地球生物送回木卫三。相应的,你撤销起诉,我回去继续工作。"

"荒谬! 我的实验室无须你的帮助就可轻而易举地恢复马特森。"

"哦,是吗? 问问马特森。他会告诉你答案。如果你不同意,马特森就要做两百年的蛤蟆——至少两百年!"

随后是一阵长时间的沉默。艾瑞克看见大炮后面有人走来走去、交头接耳。

"好吧。"布拉德肖的声音终于传来,"我们同意了。降下防护罩,走上前来。我会派詹宁斯送蛤蟆过去。不准耍花招,布莱克!"

"没有花招。"艾瑞克紧绷的神经一下子松弛了,"一起来吧。"他拾起表面凹陷的盒子,对盒内的神灵说,"降下防护罩,了结此事。这些大炮看着真让我紧张。"

神灵收了法力。防护罩——或者说防护罩仅剩的部分——闪烁起来,越来越淡,消散不见。

"我来了。"艾瑞克捧着盒子,谨慎地往前走去,"马特森在哪儿?"

詹宁斯向他走来,"在我这里。"他的好奇盖过了心中的疑忌,"这应该很有趣。我们应该对所有高维度生物仔细地研究。很显然,他们的科学技术远比我们先进。"

詹宁斯蹲下身子,小心地将绿色小蛤蟆放在草坪上。

"他就在那儿。"艾瑞克对神灵说。

"距离够近吗?"帕翠冰冷冷地问。

"够近了,"神灵说,"距离刚好合适。"它将独眼转向蛤蟆,用长着鳞片的爪子做出几个幅度不大的动作。

一团微光悬停在蛤蟆的上方。高维度的力量展现出神奇的魔力,对蛤蟆的分子结构又拨又弄、又拉又扯。突然,蛤蟆开始抽搐,一波波的震颤不断从它的皮下传过。仅持续了一秒钟,然后——

马特森如气球般膨胀起来，恢复成熟悉的麻秆样身形，站在艾瑞克、詹宁斯和帕翠的对面。

"天哪，"马特森呼吸发颤，掏出一条手绢，擦了擦脸，"终于结束了。我可不想再来这么一遭。"

詹宁斯慌慌张张地向大炮包围圈后退去。马特森转身也跟着退了出去。草坪的中央一下子只剩艾瑞克、帕翠和神灵。

"嘿！"艾瑞克高声质问，他感到了彻骨的寒意，"这是干什么？你们要干什么？"

"抱歉，布莱克。"布拉德肖的声音传来，"恢复马特森意义重大，但我们不能更改法律。法律凌驾于所有人之上，甚至我也不能例外。你们被捕了。"

机器人警察蜂拥而上，毫不留情地包围了艾瑞克和帕翠。"你这个背信弃义的小人！"艾瑞克气得说不出话来，无力地挣扎了几下。

布拉德肖从大炮后面现出身形，他双手插兜，脸上挂着镇定的笑容，"抱歉，布莱克。十到十五年之后，你就能出狱了。你的工作会等着你——我保证。至于这个高维度的生物，我很乐意看看它。我听说过这类东西。"他向盒内看去，"我很高兴能接管它。我们的实验室将对它开展试验和测试，这会……"

布拉德肖突然不说了。他的脸色变成病态的苍白，他的嘴张开又闭上，但没发出任何声音。

愤怒的嗡鸣声在盒内炸响，狂暴地宣泄出来："**纳·多尔克！**我就知道我会找到你！"

布拉德肖哆嗦得就像筛糠一样，不住地后退，"为什么，人海茫茫……提诺库克诺艾·艾瑞瓦罗帕珀！你在地球上干什么？"他绊了一下，差点儿摔倒，"你怎么，过了这么久，怎么可能——"

然后，布拉德肖开始奔跑。机器人警察向四面八方散开，他疯狂地跑出了原子大炮包围圈。

"纳·多尔克！"神灵充满愤怒地尖叫道，"七大神庙的灾祸！宇宙的垃圾！我早就知道你藏在这个可悲的星球！回来，接受你的惩罚！"

神灵倏忽冲起，瞬间出现在空中。它飞过艾瑞克和帕翠，身体越变越大，速度越来越快；一阵令人作呕、温暖潮湿的大风被它带起，拍打在两人的脸上。

布拉德肖——现在是纳·多尔克——仓皇飞奔。他也发生了变化。巨大的羽翅从他背后伸展出来，疯狂急乱地扇动。他的体表渗出液体，身形急转，双腿变成了触手，双手变成了布满鳞片的爪子。他飞行时，灰色的皮肤起伏不定，翅膀发出嘈杂的拍打声。

提诺库克诺艾·艾瑞瓦罗帕珀发动了进攻。有那么一小会儿，两个神灵扭打成一团，在空中翻滚旋转，拍打着翅膀，爪子紧紧地抓在一起。

紧接着，纳·多尔克挣脱开来，振翅往上飞去。一道亮光闪过，"啵"的一声，纳·多尔克消失不见了。

提诺库克诺艾·艾瑞瓦罗帕珀在空中盘旋了片刻。它转过覆盖鳞片的脑袋，用独眼来回看了看艾瑞克和帕翠；然后，它奇怪地晃动了一下，也不见了。

天空中除了鳞片焦煳的闷臭味和几片羽毛，空空如也。

艾瑞克最先开口说话："好吧，看来这就是它想来地球的原因。我想我算是被它利用了。"他窘迫地笑了笑，"第一个被神灵利用的地球人。"

马特森仍呆呆地看着天空，"他们走了。两个都走了。回到他们自己的维度，我猜。"

一个机器人警察拉了拉詹宁斯的袖子，"我们应该逮捕谁吗，长官？布拉德肖先生消失不见，按照职位顺序，现在由您指挥。"

詹宁斯看了看艾瑞克和帕翠，"我想不用逮捕谁了。证据已经离开。这事儿怎么看都有点儿荒唐。"他摇了摇头，"布拉德肖。细细一想！我们为他工作了这么多年。该死的怪异差事。"

艾瑞克揽住妻子，"我很抱歉，亲爱的。"他柔声说。

"你说什么？"

"你的礼物。它不见了。我想我得再给你买个礼物。"

帕翠笑了，她紧紧地贴着他，"没关系。我会偷偷放你进屋的。"

"什么？"

帕翠吻了吻他的脸颊，她的嘴唇湿润而温暖，"说实话——没有礼物我也一样高兴。"

头环制作者

"头环!"

"有人戴了头环!"

正在工作的人和正在购物的人都沿人行道朝同一个方向冲去,很快便聚集成群。一个脸色蜡黄的年轻人放下脚踏车,飞奔过去。人群不断壮大,穿灰色外套的商人、面色疲倦的办公室秘书、售货员以及工人纷纷加入其中。

"抓住他!"人群蜂拥向前,"是那个老人!"

蜡黄脸的年轻人从排水沟里捡起一块石头,投掷出去。石块擦过老人身边,砸在了一家店铺的门脸上。

"他戴着头环,就是他!"

"把它取下来!"

更多的石块落下。老人惊惧地喘着粗气,试图挤过挡在他身前的两个士兵。一块石头击中了他的后背。

"你隐瞒了什么思想?"蜡黄脸的年轻人跑到老人面前,"你为什么不敢接受探查?"

"他隐瞒了见不得人的思想!"一个工人抢下了老人的帽子。一双双手急不可待地伸向老人脑袋上戴着的金属细环。

"没人有权利隐瞒思想!"

老人跌倒了。他弓着身子趴在地上,他的雨伞滚落到一旁。一个售货员抓住他的头环,使劲往下扯。人群顿时失控,人人都拼抢着想拿到头环。突然,那个年轻人大喊一声,高举着头环退出人群,"我拿到啦! 我拿到啦!"年轻人跑回脚踏车,骑车快速离开了——他的手中紧握着弯曲变形的头环。

一辆响着警笛的机器人警车在人行道边停下。几名机器人警察跳下车,驱散了乱哄哄的民众。

"你受伤了吗?"他们将老人扶起。

老人茫然地摇了摇头。他的眼镜斜挂在一边的耳朵上,脸上糊着鲜血和口水。

"很好。"警察松开了金属手掌,"为了您自身的安全,建议您离开街道,进入室内。"

思想净化局的理事罗斯将信息备忘板推到一边,"又一起案件。真期待《反豁免法案》获得通过。"

彼得斯抬头看了一眼,"又一起?"

"又一个人戴了头环——屏蔽思想探查。过去四十八小时内,这已经是第十起了。通过邮寄发放的头环一直在增加。"

"邮寄,塞进门底缝,偷偷放进衣兜,留在办公桌上——发放方式五花八门、数不胜数。"

"如果有更多的人向我们报告——"

彼得斯狡黠地笑了笑,"能有人告密已属难得。头环可不是平白无故地赠送的。这些赠送对象也并非随机选取的。"

"他们为什么要选这些人?"

"这些人的思想里有东西需要隐瞒。除此之外,还能有什么原因?"

"那些向我们告密的人是怎么回事?"

"那些人不敢戴上头环,于是将头环上交给我们——以避免嫌疑。"

罗斯心情阴郁地沉吟道:"我想你说得有理。"

"清白之人没理由隐藏自己的思想。百分之九十九的人很乐意接受思想扫描。想证明自己忠诚的人毕竟占绝大多数。不过,这余下的百分之一全都怀有不忠思想。"

罗斯翻开牛皮纸文件夹,拿出一只弯曲的金属圆环。他仔细地端详了一会儿,"看看它,只是一根某种不知名的合金长条,但它却能有效地阻隔所有的探查手段。心感人都气疯了。心感人想进入佩戴者的思绪时,它能反过来震荡心感人的思绪,就像震荡波一样。"

"你肯定已经将头环样本送往实验室了。"

"没有。我可不想哪个研究员给他自己造个头环。我们的麻烦够多了!"

"这只头环是从谁身上取的?"

罗斯按了一下办公桌上的按钮,"我们马上便知。我们来听听那个心感人的汇报。"

办公室的大门消融,一个四肢细长、脸色蜡黄的年轻人走了进来。他看了看罗斯手上的金属圆环,露出了一丝带着戒备意味的淡淡微笑,"你找我?"

罗斯打量着年轻人。金黄色的头发,蓝色的眼睛—— 一个长相平凡的孩子,看起来就像个上大学二年级的学生。可罗斯心知肚明。欧内斯特·阿博德是个心灵感应变种人——心感人。思想净化局雇用了几百个心感人探查公民的忠诚度,他是其中之一。

在心感人出现前,探查公民忠诚度的手段可谓杂乱无章,发誓、盘问、电话窃听——效果皆差强人意。理论上,每个人都必须证明自己的忠诚——仅限于理论。实际上,鲜有人能做到。如此看来,似乎"有罪推定"的观念将不得不被废弃,转而重新启用罗马法系①。

这道仿佛无解的难题,在2004年的马达加斯加大爆炸中得到了解决。驻扎在该片区域的数千士兵遭受了严重的强辐射伤害。爆炸幸存的士兵大多丧失了生殖能力。他们的后代总计不过数百个,但其中许多孩子的神经系统却展现出了一种全新特征。于是,

①指以古代罗马法、特别是十九世纪初《拿破仑法典》作为传统而产生、发展的法律的总称,又称"大陆法系""民法法系"。其主要特点是:强调成文法的地位和作用,认为成文法为法的主要形式,是本国法律的基础,判例在这些国家一般不具有法律的效力,仅作为法官在审理案件时的参考。

在人类几千年的历史中,史无前例地,变种人横空出世。

心感人的出现纯属偶然,却解决了自由联邦面临的最为紧迫的问题:找出和惩罚不忠者。心感人对于自由联邦政府,其价值无可估量——而心感人也明白这一点。

"你拿到的?"罗斯敲着头环问道。

阿博德点点头,"是的。"

年轻人正在读取他刚才的所思所想,而不是回答他的问话。这让罗斯恼怒得涨红了脸,"那个人什么样貌?"他厉声质问道,"信息备忘板并未给出具体细节。"

"他是弗兰克林博士,在联盟资源委员会任理事,今年六十七岁,到此是为了拜访亲戚。"

"沃尔特·弗兰克林! 我听过他的大名。"罗斯抬头盯着阿博德,"那么,你已经——"

"只要摘下他的头环,我就能扫描他的思想。"

"袭击之后,弗兰克林去了哪里?"

"他听从警察的指示,躲入了室内。"

"警察来了?"

"在头环被摘掉后,当然。整个过程极其顺利。弗兰克林是被另一个心感人发现的,不是我。我被告知他朝我这个方向来了。当他走到我旁边时,我大喊'他戴着头环'。人群很快聚集,他们跟着我大喊起来。另一个心感人赶到现场后,我们操纵着人群,趁机靠近了他。我亲自取下了他的头环——剩下的事你都知道了。"

罗斯沉默了一会儿，"你知道他是怎么得到头环的吗？你探查出来了吗？"

"他通过邮件收到的。"

"他是否——"

"他不知道寄件人和寄件地址。"

罗斯皱起了眉头，"这么说，他无法提供给我们关于寄件人的信息。"

"头环制作者。"阿博德冷冷地说。

罗斯抬头瞥了一眼，"什么？"

"头环制作者。有人制作头环。"阿博德严肃起来，"有人在制作屏蔽罩阻止我们探查。"

"而你确定——"

"弗兰克林什么也不知道！他昨天晚上进的城。今天早上，他的邮件机送来了头环。他经过权衡，买了一顶帽子戴在头上，遮住头环。然后，他步行前往他侄女的房子。几分钟后，当他进入我们的探查范围，就被我们发现了。"

"他们的队伍近来似乎在扩大，分发出去的头环也日渐增多。不过你知道，"罗斯咬牙切齿道，"我们必须确定寄件人的位置。"

"这需要一些时间。他们显然一直戴着头环。"阿博德的脸扭曲了，"我们必须靠得非常近才行！我们的扫描范围极其有限，但我们迟早会找到一个寄件人，迟早会扯掉某个人戴的头环——然后找到他……"

"仅在去年,我们就发现了五千个戴头环的人,"罗斯阐述道,"五千个人——没一个人知道一星半点儿的信息。头环是从哪儿来的,是谁制造的?"

"等我们的同类再多一些,事情会简单得多。"阿博德凶狠地说,"我们现在的数量太少了。但最后——"

"你们将对弗兰克林展开思想探查,对吗?"皮特森问罗斯,"像走例行程序一样。"

"我想是的。"罗斯对阿博德点了点头,"你们不妨着手跟进此事。派一个你们的小组对他进行常规探查,看看是否能在他的无意识神经区深处找到有趣的东西。给我汇报结果的方式照旧。"

阿博德将手伸进外套,拿出一卷卡带甩在罗斯面前的办公桌上,"给你。"

"这是什么?"

"弗兰克林的综合探查结果。我们彻底搜查了他各个层级的思想,并做了记录。"

罗斯抬头看着年轻人,"你——"

"我们已经完成了此事的后续工作。"阿博德向门口走去,"活儿做得干净利落。是卡明斯做的。我们发现了相当多的不忠思想。大部分藏得很深,属于意识形态的不忠。你可能会想逮捕他。他在二十四岁时,找到了一些旧书和音乐唱片,思想受过很深的荼毒。卡带的后半部分,记录了我们对他的思想偏离做的评估以及全面讨论。"

大门消融，阿博德走了出去。

罗斯和彼得斯目送他离开。罗斯拿起卡带，把它和弯曲的金属头环放在一起。

"真没想到，"彼得斯说，"他们已经完成了探查。"

罗斯点点头，沉吟道："是的。我不确定我是不是喜欢他们的这种办事风格。"

两人对视了一眼——心知就在他们说话的当口，欧内斯特·阿博德正在办公室外扫描着他们的思维。

"见鬼！"罗斯徒劳地骂道，"见鬼！"

沃尔特·弗兰克林呼吸急促，向周围看了看。他颤抖着抬起手，将冷汗从满是皱纹的脸上抹掉。

走廊里，思想净化局特工"哐当哐当"的脚步声回荡着，越来越响。

他摆脱了暴徒——暂时安全无事。一切皆始于四个小时前，而现在太阳已落山，夜幕降临了大纽约地区。他设法横穿了半个城市，差不多逃到了市郊——城内缉捕他的公共警报已经拉响。

为什么？他为自由联邦效劳了一辈子。他没做过任何不忠的事情。一件也没有，除却一个例外：他今天早上打开送来的邮件时，发现了一个头环，左思右想，他最终把它戴到了头上。他仍记得小便签上的问候：

您好!

今由制作者敬赠予您探查屏蔽罩,并殷切希望它

对您有所帮助。致谢。

短短两句话,再无其他的信息。他思量良久,他应该戴上吗?他从未做过违法的事情,他没有什么好隐藏的——他未曾对联邦有过不忠的思想。一个念头涌上他的心头,挥之不去。如果他戴上了头环,他的思想将变为他自己的,无人能窥探。他的思想将再次属于他自己,私有、隐秘,他愿意怎么想就怎么想,无穷无尽的想法,只归于他个人所有,而非供给其他人扫描。

终于,他打定主意,戴上了头环,又以一顶旧卷边毡帽做遮掩。他出门后不到十分钟,便被一群大喊大叫的暴徒围住。而现在满城响彻着缉捕他的公共警报。

弗兰克林拼命地搅动脑汁,他能做什么?他们会把他抓到思想净化局去的。不会有人对他提出具体指控,能否证明忠诚及清白全靠他自己。他是不是做了错事?他是不是做过一些事,却又不记得了?他曾戴过头环,也许这就是他的过错。有议员在国会提起了《反豁免法案》,想凭此认定佩戴屏蔽罩为重罪,但该法案还未获通过——

净化局的特工已经很近了,几乎就快发现他了。他一边沿旅馆走廊后撤,一边绝望地环视四周。视线中出现了一个亮着红光的标识：**出口**。他急忙跑过去。他跑下地下室的阶梯，发现自己到了黑漆漆的大街上。外面不安全，有暴徒游荡。此前，他一直尽力待在室内。但现在，他别无选择。

他的身后传来了一声尖锐的叫喊。有什么东西从他身边一掠而过，一小块路面化作了青烟。是莱姆枪射线。弗兰克林拔腿就跑，上气不接下气地转过街角，钻进了一条小巷。人们诧异地看着他从身边跑过。

他跑上了一条热闹的街道，混入前往剧院的汹涌人流中。特工看见他了吗？他紧张地左顾右盼，并未发现他们的身影。

他走到街角时，路灯照亮了道路。他移动到相对安全的人群中央。他看见一辆造型流畅的净化局特勤车朝他驶来。他是否在短暂脱离人群时被特工发现了？他离开人群，朝远端的马路牙子跑去。特勤车猛地加速向前。另一辆特勤车出现，从相反的方向驶来。

弗兰克林跑到了马路牙子上。

伴随着轮胎与地面的摩擦声，第一辆特勤车停了下来。大群净化局特工一拥而出，冲上人行道。

他被困住了，无处可藏。他的周围，疲倦的购物者和下班的办公室员工好奇地看着他，没有一点儿同情之色。有几个人缺心少肺地觉得好玩，还冲他咧嘴直笑。弗兰克林疯了似的四处乱看。没有地方，没有门，没有人——

一辆车停在他跟前，车门滑开。"上车！"一个年轻姑娘探出车外,她的漂亮脸蛋上写满了焦急,"上车,快点儿!"

他上了车。姑娘"啪"的一声关闭车门,车子开始加速。一辆特勤车在他们前方甩尾停下,以其造型优美的庞大车身挡住了道路。第二辆特勤车行驶到他们后方。

姑娘抓住控制杆,倾身向前。突然,车子飞了起来。它迅速地抬升高度,离开街面,越过前方的车辆。一抹蓝紫色的射线闪过,点亮了他们身后的高空。

"趴下!"姑娘大声说道。弗兰克林在座椅上伏低了身子。车子划出一条长长的弧线,远远绕过街道一边建筑外的保护性石柱。地面上,特勤车放弃了追击,颓然回返。

弗兰克林向后靠坐回座椅,颤抖着用手擦了擦前额。"谢谢。"他低声说。

"不用客气。"姑娘提高了车速。他们离开了城市的商业区,在市郊的住宅区上方飞驰。她紧盯着前方的天空,默不作声地驾驶。

"你是谁?"弗兰克林问。

姑娘往后座丢了一件东西给他,"把它戴上。"

一个头环。弗兰克林松开头环,笨拙地将它套在头上,"戴好了。"

"这样他们才没办法让心感人扫描我们。我们必须时刻保持警惕。"

"我们去哪儿?"

姑娘一只手扶着驾驶盘,转过头来,用灰色的眼睛平静地审视着他。"我们去见头环制作者，"她说，"针对你的公共警报为最高等级。如果我放你走，你撑不过一个小时。"

"可是我不明白。"弗兰克林迷茫地摇了摇头，"他们为什么要抓我？我干了什么？"

"你被诬陷了。"姑娘驾驶车子在空中拐出了一个大弯，风儿呼啸着从挡泥板和底盘支架间穿过，"被心感人诬陷了。事态发展得很快，我们得抓紧时间。"

这位秃头的小个子男人摘下近视眼镜，眯着眼睛与弗兰克林握手，"很高兴见到你，博士。你在资源委员会的研究让我颇感兴趣，我一直有所关注。"

"你是谁？"弗兰克林问道。

小个子男人不好意思地笑了笑，"我叫詹姆斯・卡特。我就是心感人口中的头环制作者。这里是我们的工厂。"他挥手在房间里比画了一圈，"敬请参观。"

弗兰克林环顾四周。他身处于一间木结构仓库内，应该是上世纪的老建筑。巨大的梁柱干枯开裂，满是虫眼。地面是混凝土铺成的。天花板上的老式荧光灯闪烁不定、忽明忽暗。斑驳的墙壁上分布着一道道水渍和一根根鼓出墙面的管道。

弗兰克林在房间内信步而行，卡特陪在他身旁。他现在仍满头雾水。事情一件紧接着一件，让他措手不及。这里似乎是纽约城外某处废弃的工业区。他的周围全是俯身操作压模机和模具的人。

428

空气燥热,一台老古董风扇"呼呼"地转动着;各种嘈杂的声音汇成了震颤的隆隆声,回响不绝。

"这里——"弗兰克林喃喃道,"这里是——"

"这里是制作头环的地方。没想象中的那么壮观,对吗?但愿以后我们能搬到新的场地。来吧,我带你去看看其他地方。"

卡特推开一扇侧门,他们进入了一间小实验室——细颈瓶和曲颈瓶摆放得到处都是,"我们在这里做研究,有纯理论性的,也有应用性的,已经取得了若干成果。其中一些也许会被我们使用,一些我们希望永远用不上。我们的避难者每日都在做这些事。"

"避难者?"

卡特将一些设备往后推了推,坐在了一张实验桌上,"其他来这里的人,原因都与你相似。被心感人陷害。被控告思想偏离。但我们先一步救下了他们。"

"但是为什么——"

"为什么你会被陷害?因为你所处的高位。你是政府部门的理事。这里的所有人都曾地位显赫——都曾被心感人的思想探查陷害。"卡特点燃了一支香烟,背靠在满是水渍的墙上,"我们的组织源于十年前政府实验室里的一项发现。"他敲了敲自己的头环,"这种合金能阻隔思想探查,是我们的一个成员在不经意间发现的。心感人当即对他展开追捕,但他逃脱了。他制作了很多头环,分发给他的同事。我们的组织就是这样开始的。"

"这里有多少人?"

卡特笑了起来，"这可不能透露，反正人手足够生产和分发头环的。主要面向政府内的显赫人物，担任要职的人，科学家、官员、教育家——"

"为什么?"

"因为我们想先心感人一步救下他们。我们与你联系时，已经太迟了。心感人甚至早在头环邮寄出之前，就对你进行了思想探查，并做出了完整的报告。

"心感人正在逐步攫取政府的控制权。他们通过告发和逮捕，一个个地剪除社会精英。如果心感人说谁不忠，那么思想净化局必定将那个人抓进去。我们试图及时地将头环送达到你手上。如果你戴上了头环，不可能会有报告递交到净化局。但他们棋高一着。他们控制一群暴徒包围了你，抢走了你的头环。头环被摘下后，他们立刻将预先炮制的报告交给了净化局。"

"看来这就是他们想拿下头环的原因。"

"如果一个人的思想不能被探查，心感人是无法提交构陷报告的。净化局没那么傻。所以，心感人必须摘下那个人的头环。每一个戴着头环的人都是不可控的人。迄今为止，他们以煽动暴徒为手段达到目的——但这种方法效率不高。他们目前正致力于使国会通过瓦尔多议员的《反豁免法案》。一旦法案获得通过，佩戴头环的行为会被宣布为不合法。"卡特面带讥讽地笑道，"假设你是清白的，那你有什么理由不愿意自己的思想被探查? 这个法案将佩戴屏蔽罩的行为定为重罪。收到头环的人势必会把头环上交给净化局。

如果今后佩戴头环将意味着牢狱之灾和没收财产,那么胆敢如此的人将万中无一。"

"我与瓦尔多有过一面之缘,我不相信他认同这个法案将造成的后果。如果有人让他明白——"

"正是如此!如果有人能让他明白就好了。这个法案必须被终止。如果法案获得通过,我们就完了,而心感人会大获全胜。必须有个人跟瓦尔多谈谈,让他认清当下的局势。"卡特的眼睛灼灼发光,"你认识这个人,他一定还记得你。"

"你什么意思?"

"弗兰克林,我们要送你回去——去见瓦尔多。这是我们阻止法案通过的唯一机会。审议程序必须被终止。"

巡航飞船轰鸣着飞临落基山脉,下方的灌木丛和密林一晃而过。"右边有一块平坦的草场,"卡特说,"如果能找到的话,我会把飞船降落到那儿。"

他关闭了喷气引擎,轰鸣声渐渐沉寂。他们在山区的上方滑翔。

"再往右边飞一点儿。"弗兰克林说。

卡特驾驶飞船在空中转了一个大圈,开始下降。"这里距离瓦尔多的宅邸不远。接下来的路程,我们步行。"随着起落支架扎入地面,飞船隆隆作响,剧烈晃动了片刻后,归于平静。

飞船外,微风徐徐,大树轻轻地摇摆。此时是上午十点左右。

空气凉爽而清新。他们所处的位置在高山之上,群峰之间,科罗拉多州的一侧。

"我们见到他的概率有多大?"弗兰克林问。

"不太大。"

弗兰克林吃了一惊,"为什么? 为什么不大?"

卡特推开飞船的舱门,跳到地面上,"快来。"他扶着弗兰克林出了船舱,"啪"的一声关上舱门,"瓦尔多住的地方戒备森严。机器人简直在他周围筑起了铜墙铁壁,所以我们以前从未尝试接触他。如果不是事态紧急,我们现在也不会铤而走险。"

他们离开了草场,沿着一条杂草丛生的小径下山,"他们这么做是为了什么?"弗兰克林问,"那些心感人,为什么他们想掌控大权?"

"出于人类的本性,我觉得。"

"人类的本性?"

"与雅各宾派、圆颅党相比,心感人并无不同。总是有某个团体想领导全人类——当然,是为了团体自身的利益。"

"心感人也相信这种说法吗?"

"大多数心感人相信他们是天生的人类领袖,不具备心灵感应的人是劣等人种。心感人是高等人种,是人类进化的下一步。因为他们是高等人种,自然而然地,他们应该做领袖,替我们做决定。"

"而你并不赞同。"弗兰克林说。

"心感人确实有别于我们——但这不意味着他们高等。单一的心灵感应官能不代表全面的高等。心感人不是高等人种,他们只是

432

具备特殊能力的普通人类,可这并不能赋予他们对我们指手画脚的权利。诸如此类的事情在历史上屡见不鲜。"

"那么,谁应该领导人类?"弗兰克林问,"谁应该成为领袖?"

"没人应该领导人类,人类应该由人类自己领导。"卡特突然全身紧绷,向前探出头。

"我们快到了,瓦尔多的宅邸就在正前方。准备好,事成与否就看接下来的几分钟了。"

"有几个机器人警卫。"卡特放下了望远镜,"不过我担心的不是它们。我担心,倘若瓦尔多身边有个心感人,他会侦测到我们的头环。"

"但我们不能摘掉头环。"

"不能摘。若真有心感人,整件事会立马传得尽人皆知,心感人之间能互相传递思绪。"卡特小心翼翼地向前移动,"一会儿,机器人会拦住我们,要求出示身份证件。我们得指望你的理事胸牌了。"

他们出了草丛,经由一片开阔区域,向瓦尔多议员错落有致的大宅邸走去。他们上了一条土路,两人都没说话,也没看前方的景致。

"止步!"一个机器人警卫出现,穿过空地飞驰而来,"表明你们的身份!"

弗兰克林亮出了他的胸牌,"我属于理事层。我们来此拜访议员,我是他的老朋友。"

机器人仔细检查身份胸牌,它体内的自动继电器"咔咔嚓嚓"响个不停,"理事层?"

"没错。"弗兰克林开始感到不安。

"让开道路,"卡特不耐烦地说,"我们没时间跟你浪费。"

机器人犹疑地后退,"很抱歉耽误您了,先生。议员在主楼内,请直走。"

"很好。"卡特和弗兰克林大步从机器人身边走过。卡特的圆脸上沁出了汗珠。"我们混过去了,"他压低声音说,"现在只希望屋里没有心感人。"

弗兰克林来到了门廊前,他步履沉重地登了上去,卡特紧跟在他后面。弗兰克林在前门处停下了脚步,看了小个子男人一眼,"我应不应该——"

"开门吧,"卡特显得很紧张,"我们直接进去。这样更安全。"

弗兰克林抬起了手。前门响起"咔嗒"一声脆响,门上的摄像头给他拍了张照片,进行头像比对。弗兰克林在心中默默祈祷。如果净化局的警报已经传到这么远——

前门消融了。

"进屋。"卡特立即说。

弗兰克林进了屋,大厅内光线昏暗。他向四周看了看,然后眨了眨眼睛,适应昏暗的环境。有人向他走了过来。一个纤弱的身影快步无声地走了过来。他会是瓦尔多吗?

走进大厅的是一个四肢细长、脸色蜡黄的年轻人,他的脸上挂着僵硬的微笑。"早上好,弗兰克林博士。"他说完,举起莱姆枪,扣动了扳机。

　　卡特和欧内斯特·阿博德低头看向不成人形、往外渗血的尸体——片刻之前,这还是弗兰克林博士。两人都沉默不语。最后,卡特举起手,他的脸上血色尽褪。

　　"非得如此吗?"

　　阿博德这才察觉到卡特的存在,改换了站姿。"为什么不呢?"他耸了耸肩,将莱姆枪指向卡特的腹部,"他是个老头,就算进了保监营,也活不久。"

　　卡特掏出香烟盒,缓缓地抽出一支香烟点燃,他的目光始终停留在年轻人的脸上。他从没见过欧内斯特·阿博德。但他知道阿博德的身份。他看着脸色蜡黄的年轻人无聊地踢着地板上的尸体。

　　"这么说来,瓦尔多是心感人?"卡特说。

　　"是的。"

　　"弗兰克林想错了。瓦尔多完全明白自己的法案会带来什么后果。"

　　"当然!《反豁免法案》是我们的事业不可分割的一部分。"阿博德摆了摆枪口,"摘下你的头环。我没法扫描你——这让我觉得不舒服。"

　　卡特迟疑了。他将香烟扔在地板上踩灭,若有所思地说:"你来这里干什么? 你们通常不是在纽约活动吗? 纽约到这里的距离可不近。"

阿博德笑了,"弗兰克林博士上了那姑娘的车后,我们成功抓到了他的思绪——在她给他头环之前。她给得太晚了点儿。我们捕获了她清晰的形象——当然,是从后座看到的背影。但当她扔头环给弗兰克林时,把头转了过来。两个小时前,思想净化局逮捕了她。她知道大量的信息——我们首次真正地接触到你们。我们确定了工厂的具体方位,工人被一网打尽。"

"是吗?"卡特喃喃道。

"他们现在全关在保监营。他们的头环和等待分发的库存头环一并被没收,压模机被拆除。就我所知,我们抓获了你们所有人,你是最后一个。"

"那么,我戴不戴头环又有什么关系呢?"

阿博德的眼睛快速转了转,"把它摘下来。我要扫描你——头环制作者阁下。"

卡特咕哝了一句:"你什么意思?"

"我们扫描了你的几个手下,获取了你的样貌——以及你来这里的细节。我只身来此之前,通过我们的互传网络,预先通知了瓦尔多。我想亲自会会你。"

"为什么?"

"这是一个仪式,一个意义重大的仪式。"

"你担任的是什么职务?"卡特质问道。

阿博德蜡黄色的脸狰狞无比,"别磨蹭! 摘掉你的头环! 我现在就可以把你轰成碎片,但我想先扫描你。"

"好吧。我这就摘下头环。你可以扫描我,如果你愿意的话,你可以从上到下扫描个遍。"卡特打住了,严肃地思考了一下,"这将是你的葬礼。"

"你什么意思?"

卡特摘下头环,将它甩到了门边的一张桌子上,"怎么?你看见了什么?有什么东西我知道——**而其他人不知道吗**?"

阿博德沉默了。

突然,他的脸抽搐成一团,嘴巴一张一合,手中的莱姆枪摇摆不定。阿博德趔趄了一下,剧烈的颤抖传过他四肢细长的小身板。他张目结舌地看着卡特,脸上被越来越浓的恐惧笼罩。

"我也是最近才得知的,"卡特说,"在我的实验室里。我本不想使用它——但你强迫我摘下头环。我一直认为,头环合金是我最重要的发现——直到我发现了这件事。从某些方面来说,这甚至更为重要。你不同意吗?"

阿博德一言不发,他的脸呈现出病态的死灰色。他的嘴唇动了动,但没发出声音。

"我早有预感——尽管可能不准确,但我相信自己的预感。我知道你们心感人是唯一一个群体——马达加斯加氢弹爆炸案受难者——的后代。这让我有了一个想法。我们所知的大多数突变体,普遍是在原生物种整体进化到突变阶段时出现的。突变不会在单一区域的单一群体中出现。世界范围内,有物种存在的地方,莫不

437

如此。

"你们是原生质基因受到损害的单一特定群体的产物。如果说你们代表了进化过程的自然发展，从这个方面来看，你们算不上突变体。因为不论从哪个方面来看，人类都并未进化到突变阶段。所以，你们或许不是突变体。

"我开始做调查，一些涉及生物学，一些仅仅是统计数据，一些是社会学研究。我们开始汇总你们的真实信息——具体到了我们能探明的心感人群体中的每一个成员。你们的年龄，你们的谋生手段，有多少人结婚了，你们的后代数量。没用多久，我便发现了一条确凿的信息——想必你此时也在扫描这条信息。"

卡特凑到阿博德身前，目不转睛地注视着这个年轻人。

"你不是真正的变种人，阿博德。你们的群体之所以出现，是因为一次意外的爆炸事故。你们有别于我们，是因为你们父母生殖细胞的基因受过损伤。你们缺乏真正突变体具有的一个特性功能。"卡特的嘴角勾起一丝笑意，"你们之中的很多人已结婚，但从未听闻有谁生育过。一次生育都没有！心感人连一个后代都没有！你们无法繁育，阿博德。你没有生育能力，所有的心感人都没有。你们过世后，心感人将不复存在。

"你们不是变种人。你们是一群畸形儿！"

阿博德全身发抖，声音嘶哑地低吼道："我看到了，在你的脑海里。"他勉强定下神来，"你没泄露过这个秘密，对不对？只有你一个人知道，是不是？"

"还有人知道。"卡特说。

"谁?"

"你知道,你扫描了我。既然你是心感人,那么所有其他——"

阿博德发狂似的将莱姆枪深深地杵在自己的腹部,扣动了扳机。他被炸成千万碎片,纷纷洒洒地落了下来。卡特捂住脸,向后退去。他闭上眼睛,屏住了呼吸。

当他睁开眼睛时,阿博德已经消失了。

卡特摇了摇头,"太迟了,阿博德。你的动作不够快。扫描是即时的——而瓦尔多在范围之内。通过心感人的互传网络……而且即使他们没收到你扫描出的信息,他们也会继续扫描我。"

身后有声响,卡特转过身。净化局的特工快速冲入大厅,他们低头看了看地板上的尸骸,又抬头看了看卡特。

罗斯惊疑不定看着卡特,"这里发生了什么? 哪儿——"

"扫描他!"彼得斯大声喝令道,"马上找个心感人进来,把瓦尔多带进来,查明发生了什么。"

卡特露出讥讽的笑容,点头道:"悉听尊便。"他的身心全部放松了下来,"扫描我吧,我没有什么可隐瞒的。找个心感人进来做探查——如果你们能发现任何……"

干瘪的苹果

窗外有什么东西被风儿卷起,吹来荡去,轻轻敲着窗户玻璃。敲击声若有若无,一声连着一声,经久不息。

洛丽坐在沙发上,假装没有听见。她牢牢地端着书,翻过一页。敲击声再次传来,声音更响,也更加急迫。这下子,想装作听不见也不成了。

"够了!"洛丽将书甩到咖啡桌上,几步走到窗前。她抓住厚实的黄铜窗,把手往上一抬。

窗户纹丝不动。片刻后,随着令人牙酸的摩擦声,窗户缓缓升起。冰冷的秋风倒灌入房间。那一小片秋叶停止了拍打,旋转着从女人的脖颈边飘过,蹁跹地落在地板上。

洛丽拾起秋叶——叶子久离枝头,已褪为深褐色——将它塞进牛仔裤的口袋里,她的心突地跳动了一下。叶片紧贴着她的大腿根,边缘锋利扎人,在她光滑的皮肤上刺破一道小口子,引得一阵酥麻的快感审过她全身。她在敞开的窗前伫立片刻,闻了闻新鲜空气。空气中饱含着树木、山岩、巨石和幽僻之地的气味。时间到了——前往那里的时间又到了。她摸了摸叶子,它在召唤她。

洛丽快步离开宽敞的起居室,匆匆穿过走廊,进了餐厅。餐厅里没有人。有笑声从厨房里传了过来。洛丽推开厨房门,"史蒂夫?"

她的丈夫和公公正坐在厨房案桌旁抽着雪茄,喝着热气腾腾的黑咖啡。"什么事儿?"史蒂夫对他年轻的妻子皱着眉头询问道,"艾德和我正在忙着呢。"

"我……我想求你点儿事。"

两个男人都看向她。史蒂夫满头棕发,黑色的瞳仁里透着新英格兰人独有的固执和自豪。而他的父亲,艾德·帕特森,在她面前则少言寡语,平时极少主动搭理她。他哗啦作响地翻了翻一叠饲料账单,转过了宽厚的臂膀。

"什么事儿?"史蒂夫不耐烦地质问道,"你想干什么? 就不能等等吗?"

"我得去一趟。"洛丽脱口而出。

"去哪里?"

"外面。"焦虑几乎将她淹没,"这是最后一次。我向你保证。就去这一次,我以后再也不去了。好吗?"她试着露出微笑,但她的心脏都快跳到嗓子眼了,"求你让我去吧,史蒂夫。"

"她要去哪儿?"艾德声音低沉地问。

史蒂夫愠怒地咕哝道:"到山上去。一个荒弃了很久的地方。"

艾德灰色的眼睛闪烁了几下,"荒弃的农场?"

"是的。你知道?"

"老莱克利的农场。莱克利搬走好多年啦,山上什么也种不出来。地里面全是石头,土质贫瘠,尽是些黏土和石子。那地方如今长满了杂草,破败得厉害。"

"那是个什么样的农场?"

"果园,种水果的园子。什么果子都不结,果树又细又老。投入多少精力都白费。"

史蒂夫看了看怀表,"你会早点儿回来做晚饭吗?"

"会的!"洛丽向门口走去,"那我可以去了吗?"

史蒂夫的脸挤成了一团,心中左右权衡,拿不定主意。洛丽焦急地等待着,大气也不敢出。她一直无法适应佛蒙特州人,也不习惯他们慢条斯理、谋后而定的处事风格。相比之下,波士顿人大为不同。她怀念上大学时意气相投的年少同学,怀念舞会、茶话和欢笑。

"为什么你总到山上去?"史蒂夫低声抱怨道。

"求你别问我,史蒂夫。就让我去吧。这是最后一次。"她痛苦地扭动着身子,捏紧了拳头,"求求你啦!"

史蒂夫看向窗外。寒冷的秋风打着旋儿吹过枝丫。"好吧。可是看样子就要下雨了,我不明白你为什么要——"

洛丽跑到衣橱前，取出了外套，喜悦地叫道："我一定赶回来做晚餐！"她扣着外套的扣子，火急火燎地上了门廊，关上身后的门。她兴奋不已，心脏怦怦直跳，血液在血管中汹涌奔流，双颊泛起红晕。

冷风遒劲，拍打在她身上，吹乱了她的秀发，让她站立不稳。她深深地吸了一口寒意逼人的空气，迈步下了阶梯。

她疾步走进了旷野中，朝远处隐约可见的萧瑟群山而去。耳边北风呼啸，再听不到其他声音。她拍了拍裤兜，干枯的树叶支离破碎，贪婪地刺入她的皮肤。

"我来了……"她有些敬畏地低语道，"我已经在路上了……"

女人越爬越高，进入了两条山梁间的幽深裂缝。岩壁上，老树的粗大树根从四面八方支棱而出。她顺着蜿蜒曲折的干涸河床渐行渐远。

过了没一会儿，地面上起了浅浅的雾气，缓缓在她脚边流动。她爬上山梁顶，停了下来，大口喘着气回头看自己走过的路。

几滴雨从天而降，打在她身旁的树叶上。秋风再起，吹过山梁上枯死的大树。洛丽转过身，低埋着头，双手插在外套兜里，继续前行。

她来到了一片遍布岩石的空地，这里枯草凄凄、杂草丛生。走了一段距离之后，她看到了一道腐朽破烂的篱笆。她跨过篱笆，走过一口半填着土石的坍塌水井。

她的心跳陡然加快，情绪既激昂又紧张。她就快到了。她路过了一栋建筑的废墟——只见横梁倒塌，玻璃窗破碎，四处散落着家具残片；一只表面开裂的汽车轮胎满是污泥；锈迹斑斑的弹簧床面上挂着几片潮湿的破布。

它就在那儿——就在正前方。

空地的边缘，有一片老树。一棵棵了无生气，早已枯萎死亡，它们的枝干孱弱纤细、光秃发黑，就如同一根根烂柴火棒子杵在坚硬的地面上。一排接着一排全是死树，有几棵树弯曲倾斜，几乎快被肆虐不止的山风从多石的土地里拔出来了。

洛丽走过空地来到了树林前，她不堪重负地喘息着。秋风如海浪般拍在她身上，将腐臭的雾气送入她的鼻孔，扑在她的脸上。她光滑的皮肤上凝着小水珠，晶莹透亮。她咳嗽了几声，踩着石块和土疙瘩，急步向前，她的身子因恐惧和期盼而不住战抖。

她在树林外绕了个大圈，差不多到了山梁的边上。她小心翼翼地在松动的碎石堆间行进。然后……

她停下脚步，一动不动地站住。她的胸部上下起伏，努力地保持呼吸。"我来了。"她气喘吁吁地说。

她久久凝视着眼前枯槁的老苹果树，无法移开视线，心醉神迷，却又心生厌恶。这是唯一存活的树，整片树林唯一未死的一棵树。其他所有的树都已干枯死亡，它们输掉了挣扎求生的战斗，但它依旧在坚持，垂而未死。

这棵树凋零残败，枝干坚硬如铁。树上挂着寥寥几片叶子和几颗饱经风吹雾渍的干瘪苹果。苹果静静地悬于枝头，无人管顾。苹果树下，地面干裂荒芜，石子与小堆的腐叶散乱地分布其上。

"我来了。"洛丽重复了一遍。她从裤兜里拿出那片破碎落叶，举了起来，"它在敲窗户。我听到敲击声时就明白了。"她勾起红色的嘴唇，调皮地露出了笑容，"它敲啊敲，想进来。我装作没听见。它简直太……太冒失啦，它把我惹生气了。"

苹果树不善地摇动起来，它虬结的树枝相互摩挲出声，声音里透出的不祥气息让洛丽想远离，恐惧如潮水般涌上了她的心头。她手忙脚乱地沿山梁往后退，拼命地退到了苹果树够不着的地方。

"别这样，"她低声道，"**求你啦**。"

风停息了，苹果树沉寂无声。洛丽心怀畏惧，长久地注视着它。

夜晚将至，天空迅速地黑了下来。一股冰冷的劲风击中了她，几乎使她转了半圈。她瑟瑟发抖，扯了扯身上的长外套，抵御寒风。山下，山谷的底部渐渐隐没于黑影，融入了夜色。

苹果树伫立在越来越暗的雾气中，显得威严而令人恐惧，散发出比以往更浓的不祥气息。几片树叶从枝头落下，随风飘荡，翩然旋转。一片叶子从她身边飘过，她伸手想抓住它。叶子逃脱了，悠然飘回了苹果树。洛丽追了一小段距离，停下脚步，喘着粗气大笑起来。

"不，"她叉着腰坚定地说，"我才不会。"

万籁俱静。突然，一堆堆的腐叶飞起，愤怒地绕着苹果树盘旋。最后，腐叶平静下来，落回了地面。

"不，"洛丽说，"我不怕你。你伤害不了我。"但她的心脏惊恐地重重跳动着。她往后退得更远了。

苹果树保持沉默，虬然的树枝一动不动。

洛丽鼓起了勇气，"这是我最后一次来这里，"她说，"史蒂夫说，我以后不能再来了。他不喜欢我来这里。"

她等待着，可苹果树没有回应。

"他们坐在厨房里。他们两个人，抽雪茄、喝咖啡、合计饲料账单。"她皱了皱鼻头，"他们总在做这些事儿，计算饲料账单，没完没了的数字，利润和亏损，政府税额，设备的折旧费。"

苹果树无动于衷。

洛丽打起了哆嗦。雨稍微大了些，大颗冰冷的雨滴从她的脸颊上滑下，落在她的颈后，进入了她厚重的外套里。

她走近苹果树，"我再不会回来，再不会见你。这是最后一次。我想告诉你……"

苹果树动了。它的树枝仿佛突然有了生命一样四处抽打。洛丽感到有什么硬硬细长的东西擦过她的肩头，卷住了她的腰，把她往前拉。

她绝望地挣扎着，想摆脱束缚。突然，苹果树放开了她。她跌跌绊绊地后退，吓得战抖不止，却笑了起来，"不！"她喘息道，"你得不到我！"她慌忙向山梁边缘跑去，"你永远无法再次得到我。明白吗？我不害怕你！"

她站立不动，战抖着忍受寒冷和恐惧的侵袭，注视着苹果树，等待着它的下一步动作。突然,她转过身,落荒而逃。她往山梁下逃,不时踩到松动的石子滑倒。莫名的恐怖攫住了她。她不停地跑,抓着沿途的树根和杂草,跑下了陡峭的山坡——

有东西滚到了她的脚边——又小又硬的东西。她弯下腰,把它捡了起来。

这是一只干瘪的小苹果。

洛丽回头望向山坡之上。苹果树几乎已经消失在翻涌的雾气中。它耸然而立,直指黑色的天空,犹如一根岿然不动的擎天巨柱。

洛丽将苹果放进了衣兜,继续下山。当她抵达谷底时,她将苹果从衣兜里拿了出来。

天色已晚,她渐渐感到饥饿难耐。她突然想起了晚餐,温暖的厨房,洁白的桌布,饼干和热气腾腾的炖菜。

她一边走一边小口啃着苹果。

洛丽在床上坐起,被子从她身上滑落。房子内漆黑一片,静谧无声。房外,有声响从很远处传来,听不真切。时间已过午夜。在她身旁,史蒂夫安静地睡在床的另一边。

是什么惊醒了她?洛丽将她的黑发从额前撩起,摇了摇头。什么——

一阵剧痛猝然在她的体内爆发。她倒吸了口冷气,捂住了肚子。她牙关紧咬,身子无声地扭成一团,前后晃动。

剧痛消退了。洛丽倒在床上。她声音极弱极低地喊道:"史蒂夫——"

史蒂夫动弹了一下。他微微翻了个身,在睡梦中嘟囔了一句。

剧痛再次袭来,更加猛烈。她将脸埋进床里,痛苦地扭动。剧痛撕扯着她的腹部,似乎要将她开膛破肚。她发出了一声夹杂着恐惧和痛苦的凄厉哀号。

史蒂夫坐了起来,"我的老天——"他揉了揉眼睛,"啪"的一声打开了床头灯,"到底怎么——"

洛丽躺在床上,眼睛无神地圆瞪着,喘着粗气,不住地呻吟,两只手握成了拳头紧紧按在肚子上。剧痛拧成了一股,如烈焰般烧灼,不断侵蚀着她,将她吞噬。

"洛丽!"史蒂夫声音嘶哑地叫道,"怎么啦?"

她只是尖叫,一声连着一声,直到房子里处处回响着她恐怖的叫声。她从床上滑落在地板上,翻滚抽搐着。她的五官狰狞,难以辨认。

艾德披上浴袍,急忙走进房间,"出什么事了?"

两个男人无助地看着地板上的女人。

"天哪!"艾德闭上了眼睛。

第二天,天空阴沉,气温极低。雪花悄声无息地飘落在街道、房子以及村镇医院的红砖住院楼上。布莱尔医生缓步沿着砾石小径走向他的福特轿车。他钻进车,转动了点火钥匙,引擎轰然启动。他松开了手刹。

"我迟些给你打电话，"布莱尔医生说，"有一些细节需要告知你们。"

"知道了。"史蒂夫咕哝道。他失魂落魄，脸因缺少睡眠而苍白浮肿。

"我给你开了几片安定，吃了尽量休息一下。"

"你觉得，"史蒂夫突然问道，"如果我们早点儿想到给你打电话的话——"

"不。"布莱尔抬头同情地看了他一眼，"我救不了。这种病情，救治的机会微乎其微，尤其是在穿孔的情况下。"

"这么说，她得的是阑尾炎？"

布莱尔点点头，"是的。"

"如果我们没住得这么远的话，"史蒂夫伤心地说，"困在这个穷乡僻壤，没有医院，什么都没有，距离镇子好几英里。我们一开始没意识到——"

"请节哀，现在都结束了。"福特轿车向前移动了一点儿距离。医生心中突然一动，"还有件事儿。"

"什么？"史蒂夫呆滞地问道。

布莱尔迟疑了一下，"尸检——非常不幸。我不认为在这种情况下有必要这么处理。我自己很肯定……但我想问——"

"什么？"

"令夫人有没有可能吞下了异物？她是不是习惯在嘴里含着东西？比如缝衣针——在她做针线活儿的时候？或者别针、硬币，诸如此类的东西？或者植物种子？她昨晚吃过西瓜吗？有时候，阑尾会——"

"没有。"

史蒂夫疲倦地摇着头，"我不知道。"

"我只是随口一问。"布莱尔医生开着轿车缓缓地驶过树木成排的狭窄街道，闪闪泛光的盖满白雪的路面上留下了两条车辙泥印。

春天来了，风和日暖。冰雪消融，露出黝黑肥沃的土壤。天空中，炽白的太阳毫不吝惜地发射着热量。

"停在这儿。"史蒂夫喃喃道。

艾德将车停在了街边，关掉了引擎。两个男人默默地坐着，谁也不说话。

街道尽头，一群孩童正在玩耍。湿润的草坪上，一个男高中生正推着除草机割草。街道两侧，生长着高大乔木，投下了片片绿荫。

"真美。"艾德说。

史蒂夫点了点头，没做应答。他阴郁地看着一个挎着购物袋的年轻姑娘从车边走过。姑娘登上了门廊的阶梯，进入了一栋老式的米黄色房子。

史蒂夫推开车门，"来吧，让我们把事情办了。"

艾德从车后座拿过花环，放在了儿子的膝盖上，"由你来献花圈，这是丈夫的职责。"

"好的。"史蒂夫拿着花圈，下车上了人行道。

两个男人心事重重,沉默地走在街道上。

"那件事已经过去七八个月了。"史蒂夫突然说。

"至少有七八个月。"艾德点燃了一根雪茄,喷出的淡青色烟雾缭绕在他们周围,"也许时间更长一些。"

"早知道我就不该带她搬到这里。她一辈子都生活在城里,对乡下的生活一无所知。"

"该发生的,总会发生。"

"如果我们住得离医院近一些——"

"医生已经说了,结果不会有任何不同——即使我们立刻给他打电话,而不是等到天亮才有所行动。"他们拐过了街角,"而且你也知道——"

"别说了。"史蒂夫忽然紧张地说。

孩童的嬉闹声在他们身后变小了,街道的房屋也远远地落在后面。人行道上回响着他们的脚步声。

"我们快到了。"史蒂夫说。

他们来到了斜坡前。斜坡的另一边,结实的黄铜栅栏围绕着一小块整洁平坦的绿茵之地,上面纵横交错地排布着精心树立的白色墓碑。

"我们到了。"史蒂夫声音发紧地说。

"他们维缮得不错。"

"我们能从这边进去吗?"

"可以试试。"艾德顺着黄铜栅栏往前走,找寻大门。

突然，史蒂夫咕哝着停下了脚步。他盯着墓地中的某处，脸色煞白，"看哪。"

"怎么了？"艾德摘掉眼镜看过去，"你在看什么？"

"没什么。"史蒂夫的声音含混，低不可闻，"我以为自己看到了什么。上一次我们来这里……我看见……你也看见它了吗？"

"我不太确定。我看见了一棵树，如果你指的是它的话。"

在整洁的绿茵地中央，一株不大的苹果树傲然挺立。和煦的阳光之下，它鲜亮的叶子闪闪发光。

这株年轻的果树生长得十分强壮，且非常健康。它随风摇曳的姿态是那样自信，它柔韧的枝干中流动着甜美的汁液。

"苹果红了，"史蒂夫柔声说，"它们已经红了。它们怎么可能变成红色？现在才是四月。它们怎么可能这么快变成红色？"

"我不知道，"艾德说，"我对苹果一点儿都不了解。"一股奇怪的寒战窜过了他的身体。不过，墓地总是让他心神不宁。"也许我们应该走了。"

"她的脸蛋就是那个颜色，"史蒂夫低声说，"当她跑完步之后。记得吗？"

两个男人不安地看着小苹果树，它那光洁的红色果实在春天的阳光下光彩熠熠，枝条在春风中轻轻舒展。

"我记得。好了，"艾德严肃地说，"快走。"他不容违逆地抓住儿子的胳膊，献花圈的事儿早他被抛之脑后，"快走，史蒂夫。我们离开这里。"

今为人类

吉尔·赫里克的蓝色眼睛里噙满了泪水。她看着自己的丈夫，心中的震惊难以言表，"你真是……真是太可恶了！"她哭诉道。

莱斯特·赫里克并未停下工作。他在一丝不苟地整理一摞摞的笔记和图表。

"'可恶'，"他说道，"是一种价值判断，不包含任何事实性信息。"他把一卷《半人马星座寄生生命报告》的卡带插入桌面扫描器快速读取，"只是一种观点，一种情绪的表达，仅此而已。"

吉尔失魂落魄地回了厨房。她无精打采地挥了下手，启动了炉灶。伴随着嗡鸣声，墙内的传送带转动起来，快速将地下储藏柜内的晚餐食材送上来。

她转过身，看向自己的丈夫，最后一次央求道："即使一小段时间也不行？即使——"

"即使一个月也不行。他来的时候，你可以告诉他。如果你没勇气，我亲自告诉他。我可不能任由一个小孩在这里跑来跑去。我有太多的工作要完成。这份参宿四星的报告还有十天就要上交了。"莱斯特说着，把《北落师门星化石挖掘工具》的卡带投入扫描器，"你哥哥是怎么回事？为什么他连自己的孩子都照顾不了？"

吉尔揩了揩红肿的眼睛，"你难道不明白吗？我想要格斯在这里！是我恳求弗兰克让他来这里的。你现在又——"

"我巴不得格斯快点儿长大，好交给政府管理。"莱斯特的瘦脸恼火地歪扭着，"有完没完了，吉尔？晚餐还没好吗？都过去十分钟了！炉灶出了什么毛病？"

"晚餐就快好了。"炉灶亮起了红色的指示灯。机器人侍者从墙内走出，等待着饭菜出炉。

吉尔坐了下来，使劲儿擤了擤自己的小鼻头。起居室内，莱斯特泰然自若地继续工作。他的眼中只有工作、研究，日复一日，孜孜不倦。莱斯特处于业界领先位置，这点毋庸置疑。他趴伏在桌前，消瘦的身子就像扫描器上的涡卷弹簧般弓着。他冰冷的灰色双眼狂热地汲取、分析、评估着信息。他的各个感知器官协调运作，宛如经过充分润滑的机器。

吉尔双唇颤抖，感到既悲伤又愤恨。格斯——小格斯。她怎么能忍心告诉小格斯？她的泪水又涌了上来。再也见不到那个胖嘟嘟的小家伙了，他再也不能来这里了——因为孩子的笑声和玩闹声会让莱斯特心烦，会打扰到他的研究。

炉灶发出"咔嗒"一声,亮起了绿色的指示灯。饭菜自动滑到机器人侍者的手上。轻柔悦耳的和音响起,宣告晚餐已经做好。

"我听见啦!"莱斯特声音刺耳地说。他"啪"地关掉了扫描器,站了起来,"我估摸着他会在我们吃饭的时候过来。"

"我可以给弗兰克打个视频电话,问问——"

"不用。最好一劳永逸地解决掉。"莱斯特不耐烦地对机器人侍者点了点头,"可以了,上菜。"他撇了撇纤薄的嘴唇,怒声道,"见鬼,动作快点儿! 我的工作可耽误不得!"

吉尔咬着牙强忍住了泪水。

他们快吃完晚饭时,小格斯连蹦带跳地进了房子。

吉尔惊喜地叫了起来:"格斯!"她跑过去,一把将他抱在怀里,"见到你真让我高兴!"

"小心我的老虎。"格斯嘟囔了一声,将灰色小猫咪放到地毯上。猫咪跑开了,藏到了沙发下。"它在玩捉迷藏。"

莱斯特打量着小男孩和沙发下露出的灰尾巴尖,眼神闪动了几下。

"你为什么叫它'老虎'? 它不过是只街巷里的流浪猫。"

格斯看起来有些伤心,他蹙起了眉头,"它是老虎。它长着条纹。"

"老虎的皮毛是金黄色的,而且个头比它要大得多。你不妨学学如何用正确的名字区分事物。"

"莱斯特,求你——"吉尔请求道。

"闭嘴。"她的丈夫生气地呵斥道,"格斯的年龄不小了,该让他摒弃幼稚的幻想,培养他更趋向现实。那些心理测试师是怎么搞的? 他这种愚蠢的举动,难道他们不纠正吗?"

格斯跑开,抱起他的小老虎,"不许你碰它!"

莱斯特若有所思地看着猫咪。一丝古怪阴冷的笑容从他的嘴角划过,"什么时候到实验室来一趟,格斯。我们有好多猫给你看。我们用它们做实验,猫、豚鼠、兔子——"

"莱斯特!"吉尔倒吸了口冷气,"你怎么能这样?"

莱斯特促狭地笑了起来。突然,他不再言语,回到了办公桌前,"现在离开这里,我得完成这些报告。别忘记告诉格斯。"

格斯兴奋起来,"告诉我什么?"他的脸蛋通红,眼睛闪闪发亮,"是什么? 要送给我东西吗? 是一个秘密吗?"

吉尔的心像灌了铅一样沉重。她缓缓地将一只手搭在孩子的肩膀上,"来吧,格斯。我们先到外面的花园里坐下,我再告诉你。把你的……你的老虎也带上。"

只听得一声脆响,紧急可视发信机亮了起来。莱斯特立刻站起身。"安静!"他呼吸急促地跑到发信机前,"谁也不许说话!"

吉尔和格斯在门口停住了脚步。一份绝密信息从出信口吐出,落入碟子中。莱斯特抓起信息,拆开封口,专注地研究起来。

"是什么?"吉尔问,"是坏事吗?"

"坏事?"莱斯特的脸透出一种炭火闷烧般的红光,"不,一点儿不坏。"他看了一眼手表,"时候刚好。让我想想,我要——"

"要什么?"

"我要出一次差,离开两三周。瑞克瑟四号行星的坐标已经绘入星位图了。"

"瑞克瑟四号行星? 你要去那儿?"吉尔急切地紧扣十指,"哦,我一直想去见识古老的星系、古老的废墟和城市! 莱斯特,我能去吗? 我能和你一起去吗? 我们从没一起度过假,你总许诺——"

莱斯特·赫里克惊异地望着他的妻子。"你?"他说,"你一起去?"他令人不悦地干笑了几声,"现在赶快去给我收拾行李。我等待这一刻很久了。"他满意地搓动着双手,"我回来之前,你可以让这孩子待在这儿,但只能这么长时间。瑞克瑟四号行星! 我都快等不及了!"

"你得体谅他,"弗兰克说,"毕竟,他是个科学家。"

"我才不管,"吉尔说,"他从瑞克瑟四号行星一回来,我就跟他离婚。我打定了主意。"

她的哥哥沉默不语,陷入了沉思。他将腿伸直,搁在小花园的草坪上,"好吧,如果你离开他,就是自由身,又能择偶了。你仍属于可生育类别,对吗?"

吉尔坚定地点头道:"当然啦,我不会有麻烦。也许我能找到一个喜欢孩子的伴侣。"

"你喜欢孩子,"弗兰克注意到了她的语气,"格斯也喜欢去看你,但他不喜欢莱斯特,莱斯特总捉弄他。"

"我知道。过去的一个星期,莱斯特没在,我舒畅得仿佛在天堂一样。"吉尔轻抚自己柔顺的金发,脸上现出了迷人的红晕,"我开心极了,重新找回了活着的感觉。"

"他什么时候回来?"

"随时都可能回来。"吉尔紧握了她小小的拳头,"我和他结婚五年了,一年比一年恶劣。他太……太没人情味儿了,冷血无情到了骨子里。从早到晚,他只要他的工作。"

"莱斯特雄心勃勃,他想攀上领域内顶端的地位。"弗兰克懒洋洋地点燃了一根香烟,"一个不断进取的家伙。嗯,也许他能做到。他从事什么专业?"

"毒理学。他为军方研发毒药,木卫四战争时使用的硫酸铜皮肤渗透剂就是他发明的。"

"挺冷门的专业。就拿我来说吧,"弗兰克心满意足地靠在房子的墙壁上,"做防侵局律师的人千千万万,我可以无波无澜地工作好几年。我对现状很知足,我工作,同时享受生活。"

"真希望莱斯特也能这么想。"

"也许他会改变。"

"他永远也不会改变。"吉尔愤愤地说,"我现在醒悟了,所以我才决心要离开他。他会一直那个样子,不会变。"

　

莱斯特从瑞克瑟四号行星回来时,就像变了一个人。他将反重力手提箱交给伺候在一旁的机器人侍者,满脸喜悦,笑容灿烂地答谢道:"谢谢你。"

吉尔倒吸了一口冷气,惊讶得说不出话来,"莱斯特！你怎么这么——"

莱斯特摘下了帽子,微微鞠躬,"日安,亲爱的。你看起来光彩照人。你的眼眸清澈而碧蓝,就如一泓远离尘嚣的翡翠湖,波光粼粼,盛接着圣洁的雪山融水。"他抽了抽鼻子,"我闻到了炉膛里烧煮着美味饭食。"

"哦,莱斯特。"吉尔迟疑地眨了眨眼睛,一抹淡淡的希望在她的心底泛起,"莱斯特,你出什么事了？ 你是这么……这么不一样。"

"是吗,亲爱的?"莱斯特在房子内走来走去,哼着曲子,这儿摸摸,那儿看看,"多么讨人喜欢的小房子啊！ 多么温馨宜人！ 你不知道住在这里是多么美妙。相信我没错。"

"恐怕我真得相信。"吉尔说。

"相信什么?"

"相信你说的话发自肺腑。相信你不是原来的你,不是你原来的样子。"

"我原来是什么样子?"

"刻薄。既刻薄又残忍。"

"我?"莱斯特摩挲着下巴,皱起了眉头,"哼哼,有趣。"他随即开朗起来,"不过,这些都已经过去了。晚饭吃什么？ 我都快饿晕了。"

吉尔狐疑地注视着他,进了厨房,"想吃什么都行,莱斯特。你明知道家里的炉灶能做世界上所有的菜肴。"

"当然知道。"莱斯特迅速地连咳了几声,"好吧,我们尝尝沙朗牛排,五成熟,面上覆盖洋葱碎? 要佐以蘑菇酱。还要白面包卷,外加热咖啡。饭后甜点嘛,不如选冰激凌和苹果派。"

"以前从来没见你对食物这么上心。"吉尔心思沉重地说道。

"是吗?"

"你总说,希望静脉注射营养液最终会成为人类普遍的进食方式。"她目不转睛地看着自己的丈夫,"莱斯特,发生了什么事情?"

"没事,什么事也没发生。"莱斯特小心翼翼地拿出了烟斗,忙不迭地点燃,动作笨拙,有烟叶碎渣落在地毯上。他紧张地弯下腰,想把碎渣捡起来,"请去忙你的,无须在意我。也许我能帮你准备——我是说,有什么我能帮得上忙的吗?"

"没有,"吉尔说,"我一个人就行。你继续做你的工作吧,如果你想的话。"

"工作?"

"你的研究,毒药研究。"

"毒药?"莱斯特疑惑地说道,"哦,天见可怜! 毒药,恶魔的艺术!"

"你说什么?"

"我是说,我刚才突然感到好累,我过会儿再工作。"莱斯特心不在焉地在房间内踱着步,"我想还是坐下来,享受回家的感觉,我终于离开那颗可怕的瑞克瑟四号行星了。"

462

"那里很可怕吗?"

"可怕至极。"莱斯特的脸抽搐了一下,不觉露出憎恶之色,"干涸、死寂、古老,地表被灼热的太阳和狂暴的风沙剥离。一个糟糕透顶的地方,亲爱的。"

"真遗憾听到你这么说。我一直想去那儿看看的。"

"千万不要!"莱斯特激动地叫起来,"你就待在这里,亲爱的,和我一起。我们……我们两人。"他的目光在房间内梭巡,"双宿双栖,是的。地球是一个奇妙的地方,气候湿润,生机勃勃。"他满脸喜悦,笑容灿烂地说,"适宜居住。"

"我被他弄糊涂了。"吉尔说。

"把你所记得的都重复一遍,"弗兰克说。他的铅笔机器人机敏地摆出了书写姿态。"你在他身上注意到的变化。我想知道。"

"为什么?"

"没什么。请说下去。你说你当时就发现了? 发现他变得不一样了?"

"我当时就注意到了。他脸上的表情没那么严肃,也没那么乏味,而是变得柔和、放松、宽容——几乎可以说是'平和'。"

"我知道了。"弗兰克说,"还有呢?"

吉尔紧张地从后门往房内看了看,"他听不见我们,对吗?"

"是的。他在起居室内和格斯做游戏。他们今天扮演的是金星水獭人。你的丈夫在他的实验室里建造了一个水獭滑梯。我刚才看见他在拆包装盒。"

"他说的话。"

"他的什么？"

"他说话的方式、他斟词酌句的方式——他用了以前从没用过的词语、全新的句子和比喻句。我跟他住在一起五年了，我没听他使用过比喻句。他说比喻句时表达的意思不准确，容易产生歧义。而且——"

"而且什么？"铅笔在纸上奋笔疾书。

"而且他说的都是很陌生的词语。古老的词语，现在再也没人说的词语。"

"过时的措辞？"弗兰克焦虑地问道。

"是的。"吉尔双手插进可塑短裤里，在小小的草坪上来回踱步，"用语很正式。就像是——"

"就像是生搬书本里的语句？"

"没错！你也注意到了？"

"我注意到了。"弗兰克面色变得坚定，"请继续。"

吉尔停止了踱步，"你有什么想法？你是不是有了什么见解？"

"我想知道更多的实情。"

她沉吟道："他做游戏，和格斯一起。他做游戏，开玩笑。他还……他还吃东西。"

"他以前不吃东西吗？"

"不像现在这样吃东西。他现在热爱食物，总到厨房去尝试无穷无尽的食材组合。他总待在炉灶旁,烹饪各式各样奇怪的菜肴。"

"我觉得他变胖了。"

"他长胖了十磅。他吃喝不停,保持微笑,不时哈哈大笑,为人彬彬有礼。"她羞涩地瞥向一边,"他甚至还……很浪漫! 他以前总说'浪漫'是不合逻辑的情感。他现在对自己的工作——毒药研究——失去了兴趣。"

"我明白了。"弗兰克抿着嘴唇,"还有其他的吗?"

"有一件事情让我觉得奇怪。我看见很多次了。"

"是什么?"

"他的动作好像有奇怪的失误——"

一阵笑声突然传来。莱斯特·赫里克的眼中闪动着喜悦的光芒,他跑出了房子,小格斯紧随其后。

"我们有大事要宣布!"莱斯特叫道。

"有大事要宣布。"格斯回应道。

弗兰克折起笔记,放进衣兜里——铅笔随后自动钻了进去——缓缓地站了起来,"什么大事?"

"你来宣布。"莱斯特牵着格斯的手,引导他上前一步。

格斯全神贯注,胖嘟嘟的小脸都皱成了一团,"我要和你们一起生活了。"他郑重声明,而后担忧地观察着吉尔的表情,"莱斯特说可以。我可以吗? 可以吗,吉尔姑姑?"

她的内心被无比的快乐淹没了。她看了看格斯,又看了看莱斯特,"你们……你们说的是真的吗?"她的声音几乎细不可闻。

莱斯特揽住她，将她拥入怀中，"当然，我们说的是真的。"他柔声说。他的眼神温暖如春，通情达理，"我们可不会捉弄你，亲爱的。"

"不捉弄人！"格斯激动地嚷嚷道，"永远不捉弄人！"吉尔、莱斯特和他拥抱在一起，"永永远远！"

弗兰克板着脸，站在稍远的地方。吉尔注意到他表情有异，于是她立刻从三个人的拥抱中脱离出来。"怎么啦？"她欲言又止，"是不是——"

"等你们都完事了，"弗兰克对莱斯特·赫里克说，"我需要你跟我走一趟。"

一阵寒意攫取了吉尔的内心，"怎么啦？ 我能去吗？"

弗兰克摇了摇头。他面色阴沉地走向莱斯特，"来吧，赫里克。我们走。你和我得来趟小小的旅行。"

三名联邦防侵局特工警惕地紧握震冲波管状枪，在莱斯特几步远的地方站定。

防侵局总长道格拉斯盯着赫里克看了很长时间，"你确定吗？"他最后问道。

"绝对确定。"弗兰克言之凿凿地答道。

"他什么时候从瑞克瑟四号行星回来的？"

"一个星期前。"

"他的变化当时就被发现了？"

"他的妻子看到他的第一眼就发现他变了。很显然,转变是在瑞克瑟星系发生的。"弗兰克意味深长地顿了顿,"你知道这意味着什么。"

"我知道。"道格拉斯缓步绕着坐在椅子上的男人走了一圈,从各个角度查看。

莱斯特·赫里克安静地坐着,风衣整齐地叠放在膝头,双手扶着象牙头手杖,面无表情,神色平静。他身着灰色软布料西服,内穿法式双叠袖衬衣,系一条颜色柔和的领带,脚上的黑皮鞋光可鉴人。他一言不发。

"它们的方法简单而精准,"道格拉斯说,"受体的原有灵魂物质被移除,并被存储起来——进入某种静止状态。顶替者的灵魂物质会被瞬间注入受体。莱斯特·赫里克可能在探索瑞克瑟星系的城市废墟时,忽略了自身的安全防护措施——没激发防护罩或穿人工防护服——被它们乘虚而入。"

椅子上的男人挪动了下身子。"我非常希望与吉尔取得联系,"他呢喃道,"她一定开始着急了。"

弗兰克转过头,满脸的厌恶,"老天,它还在装。"

道格拉斯总长极力克制着自己的情绪,"这绝对是一件神奇的事情。没发生体征变化,单凭肉眼根本无从发觉。"他紧绷着脸,走近椅子上的男人,"听着,我不管你叫什么名字,你能听懂我说的话吗?"

"当然。"莱斯特·赫里克回答道。

"你真的认为自己能逃脱惩罚吗？我们抓到了你的其他同类——在你之前抓到的。总共有十个。它们甚至没能抵达地球，"道格拉斯冷笑道，"就被震冲波一个个消灭了。"

赫里克脸上血色尽褪，额头上沁出了细细的汗珠。他从上衣口袋掏出一条丝质手帕，将汗拭去。"哦?"他呻吟道。

"你蒙骗不了我们。所有的地球人都对你们瑞克瑟星人防范有加。我很惊讶，你竟然从瑞克瑟逃了出来，赫里克一定是粗心到了极点。我们在飞船上拦截了你的其他同类，在外太空把它们烧成了灰烬。"

"赫里克有一艘私人飞船。"坐在椅子上的男人低语道，"他绕过了检查站。没有他的入境登记。他从未被检查过。"

"烧死它!"道格拉斯咬牙切齿地说。三名防侵局特工举起管状枪，逼上前来。

"不行。"弗兰克摇了摇头，"我们不能这么做。现在的局面不允许。"

"你是什么意思？我们为什么不能这样做？我们已经烧死了其他的——"

"它们是在外太空被抓住的。这里是地球，适用的是地球法律，不是军事法。"弗兰克对椅子上的男人摆了摆手，"它藏在人类的躯体里，这就受辖于普通民事法。我们必须证明它不是莱斯特·赫里克，而是瑞克瑟星系的渗透者。这会很困难，但并非不可行。"

"怎么办?"

"他的妻子,赫里克的妻子可以提供证言。吉尔·赫里克能断定莱斯特·赫里克和它之间的区别。她知道——而且我想,我们可以让她在法庭上做陈述。"

时间已近黄昏。弗兰克开着地行巡航车缓缓行驶在马路上。他和吉尔谁都没说话。

"原来如此。"吉尔终于开口道。她脸色黯淡,并未流泪,明亮的眼睛不带丝毫感情,"我早就知道这一切太美好了,不可能是真的。"她试着挤出微笑,"这个梦太美妙了。"

"我知道,"弗兰克说,"但这是个噩梦。要是——"

"为什么?"吉尔问,"为什么他……它要这么做? 它为什么要占据莱斯特的身体?"

"瑞克瑟四号是颗古老死寂、行将就木的星球,上面的生命快完全灭绝了。"

"我想起来了。他……它说过相似的话,说到了瑞克瑟星系的状况。它说,它很高兴逃离那里。"

"瑞克瑟星人是个古老的种族。所剩数量不多,个个孱弱不堪。几个世纪以来,它们一直在想方设法移民,但它们的身体太过脆弱。一些瑞克瑟星人迁徙去了金星——不过刚抵达就死了。大约在一个世纪前,它们研制出了这套系统。"

"可它对我们太了解了,甚至会说我们的语言。"

"不完全是这样。你提到过他奇怪的措辞方式。你瞧,瑞克瑟

469

星人对人类的了解只停留在表面，只是某种理想化的抽象概念——获取于流传到瑞克瑟星的地球物品。大部分是书，或是诸如此类的二手资料。瑞克瑟星人对地球的认识来自几个世纪前的文学作品——我们过去的浪漫小说。它们对我们的语言、习俗和礼仪的了解均出自于此。

"这样一来，它稀奇古怪的措辞便说得通了。它研究过地球，没错。不过是通过间接的途径，研究了有误导性的资料。"弗兰克讥笑道，"瑞克瑟星人对我们的认知落后了两百年——这为我们提供了突破口，我们就是这样发现它们的。"

"这种事件……很常见吗？经常发生吗？看起来真不可思议。"吉尔疲倦地揉了揉额头，"像做梦一样。真的很难想象事情确实发生了。我渐渐有些明白它的严重性了。"

"银河系充满了各种各样的外星生命。包括寄生性和毁灭性的外星种族——地球的道德规范不被它们认同。我们必须时刻防范这类东西。莱斯特完全不顾潜在危险，贸然外出——而这东西驱除了他的灵魂，占据了他的躯体。"

弗兰克看了他妹妹一眼。吉尔面无表情，俏脸肃穆，眼睛睁得大大的，但却沉着镇定。她坐直了身体，怔怔地看着前方，一双小手沉静地交叠着放在膝头。

"我们可以稍做安排，你不必亲自出庭。"弗兰克继续说，"你可以拍摄一份声明，作为证据提交给法庭。我确信你的声明会起作用。联邦法庭会尽力帮助我们，但他们必须掌握证据才能行动。"

吉尔默不作声。

"你有什么想法?"弗兰克问道。

"法庭做出裁决之后,会发生什么事情?"

"之后我们会用冲震波消灭它,摧毁瑞克瑟星人的灵魂。驻瑞克瑟四号行星的一艘巡逻飞船将派出小队找到——呃——原始的灵魂物质。"

吉尔倒吸了一口冷气。她惊愕地看向自己的哥哥,"你的意思是——"

"哦,是的。莱斯特还活着,处于静止状态,在瑞克瑟星系某处古老城市的废墟里。我们会逼迫它们把他交出来。它们不会愿意的,但它们最终还是会照办。之前就是这样。在那之后,莱斯特就会回到你身边,毫发无损,像从前一般。而这个和你一起生活的噩梦将成为过去。"

"明白了。"

"我们到了。"巡航车在巍然耸立的联邦防侵局大楼前停了下来。弗兰克随即下车,为他的妹妹扶住车门。吉尔缓缓地下了车。"准备好了吗?"弗兰克问。

"好了。"

他们进入大楼后,防侵局的特工引领着他们穿过安检屏罩,走过长长的廊道。在不祥的静寂中,只有吉尔的高跟鞋"嗒嗒"地回响着。

"不同寻常的地方。"弗兰克观察道。

"气氛不友好。"

"把它想成是间恢宏大气的警察局就好。"弗兰克停下了脚步。他们的前方是一扇警卫把守的门。"我们到了。"

"等等。"吉尔一脸的惊惶，想打退堂鼓，"我——"

"别慌，我们等你准备好。"弗兰克对防侵局的特工打了个手势，示意他们离开，"我明白，这是件麻烦事。"

吉尔低着头，站了一会儿。她攥紧拳头，深吸一口气，而后扬起下巴，目光平视，沉着而坚定，"可以了。"

"你准备好了？"

"是的。"

弗兰克打开了门，"我们进去。"

吉尔和弗兰克进去时，道格拉斯总长和三名防侵局特工转过头，眼神中充满期盼。"很好。"道格拉斯如释重负地咕哝了一声，"我还以为你不来了。"

坐在椅子上的男人拿起风衣，紧张地握着象牙头手杖，慢慢地站了起来。他保持着沉默，静静地瞧着吉尔进了房间，弗兰克走在她身后。"这位是赫里克太太。"弗兰克说，"吉尔，这位是防侵局总长道格拉斯。"

"我听说过你。"吉尔轻声说。

"那你一定知道我们是做什么的。"

"是的，我知道。"

"这件事很不幸。以前也发生过类似的事。我不知道弗兰克对你说了什么——"

"他把情况都对我解释了。"

"很好。"道格拉斯松了口气，"如此甚好。解释清楚可不容易。那么，你应该明白我们想要什么了。此前的案件在外太空便结案了，我们取回了受害人的原始灵魂物质。但这次我们必须走法律途径。"道格拉斯拿起一个影像卡带记录仪，"我需要你的声明，赫里克太太。因为未发生体征变化，我们缺少直接证据，无法立案。我们能提交给法庭的只有你关于他性格变化的证言。"

他将影像卡带记录仪递出去。吉尔慢吞吞地接了下来。

"毫无疑问，你的声明会被法庭接受。法庭将发放我们想要的许可证，然后我们就能着手下一步的工作。如果一切顺利，我们希望能够将他百分之百地复原到以前的状态。"

吉尔默默地看着拿着风衣，拄着象牙头手杖，站在房间角落里的男人。"'以前'？"她说，"你说的是什么意思？"

"他转变之前。"

吉尔转向道格拉斯总长，不动声色地将记录仪放在了桌子上，"你说的'转变'是什么？"

道格拉斯舔了舔嘴唇，脸色有些发白。房间内所有人的目光都聚焦在吉尔身上。"他所发生的转变。"他指向莱斯特。

"吉尔！"弗兰克咆哮道，"你是怎么了？"他快步走向她，"你到底在干什么？你完全知道我们说的'转变'是什么！"

"这就奇怪了，"吉尔若有所思地说，"我没注意到什么转变。"

弗兰克和道格拉斯总长面面相觑。"我不明白。"弗兰克难以置信地低语道。

"赫里克太太——"道格拉斯欲言又止。

吉尔走到安静站在角落里的男人身前，"我们现在可以走了吗，亲爱的?"她询问道。接着，她挽起了他的胳膊，"还是说，我的丈夫有什么理由非得待在这里吗?"

这对男女静静地走在昏暗的街道上。

"来吧，"吉尔说，"我们回家。"

男人看了她一眼，"这真是一个美丽的午后。"他说完，深深地吸了一口气，让空气充溢自己的肺腑，"春天要来了——我觉得。我说得对吗?"

吉尔点了点头。

"我不太确定。空气很好闻，植物、土壤和万物生长的气息。"

"是的。"

"我们要步行回家吗? 家远吗?"

"不太远。"

男人紧紧地注视着她，他的脸上浮现出认真的表情，"你对我恩重如山，亲爱的。"他说。

吉尔点点头。

"我希望能报答你。我必须承认，我没料到这样的——"

吉尔突然把头转向他，"你叫什么名字? 你**真正**的名字。"

男人的灰色眼睛闪动了几下。他露出了温文尔雅的淡淡微笑，"恐怕你没法念出我的名字，人类的声带没法发出——"

两人往前走去，吉尔没有出声，陷入了沉思。他们的周围，城市的华灯一盏盏地亮起，为夜幕缀上了一颗颗暖黄色的光点。"你在想什么?"男人问。

"我在想，不如我还是叫你莱斯特吧，"吉尔说，"如果你不介意的话。"

"我不介意的。"男人说。他揽住她的腰肢，将她拉到身侧，温柔地凝视着她。两人走入了渐浓的夜色，暖黄色的灯光如同一根根蜡烛，照亮了前路。"遂你所愿，顺你欢心。"

命运规划局

这日清晨,天气晴好。太阳照耀在挂着露水的草坪和潮湿的人行道上,停在路边的车辆折射出绚烂的光芒。一名办事员步履匆匆而来,边走边快速地翻看指令本,眉头皱得老高。他在一栋绿色灰浆墙面的小房子前停留了片刻,转身顺着一条小径进了房子后院。

一只狗正在狗窝里酣然大睡,后背朝外,只露出一根粗尾巴。

"我的老天!"办事员双手叉腰,大声叫道。他手中的自动铅笔在记事板上敲得"梆梆"直响,"起床啦,瞌睡虫。"

狗儿微微动了动,先探出头,眨了眨眼睛,在晨辉中打了个哈欠,而后慢吞吞地爬出窝。"哦,是你。来任务了?"它又打了个哈欠。

"大任务。"办事员的手指熟练地划过交通管制表,"今天早上,他们要对T137区进行规划。九点整开始。"他看了下怀表,"为时三个钟头的替换过程。正午结束。"

"T137区？离这里不太远。"

办事员翘起纤薄的嘴唇，露出轻蔑之色，"没错。我的黑毛伙伴，你的洞察力当真了得。也许你能推测出我为什么来这里。"

"我们的区与T137区有重叠。"

"正确。调整涉及这个区的一些要素，我们务必在此之前保证这些要素各就各位。"办事员瞥了一眼粉刷成绿色的小房子，"你负责房里的那个男人，他上班的公司位于T137区。一定要让他在九点之前到达公司。"

狗儿打量了下小房子。百叶窗已经拉起，厨房里亮着灯。透过花边窗帘，隐约能看到餐桌旁有人影晃动，是一个男人和一个女人，他们在喝咖啡。

"看见他们了。"狗儿低语道，"你说的是那男人吗？他不会受到伤害，对吗？"

"当然不会。但他必须提早到办公室。他通常会在九点钟后出门，而今天他必须八点三十分出门，在规划开始前进入T137区。否则，他会错过替换，无法达成新的一致。"

狗儿轻叹一声："看来，我的召唤技能得登场了。"

"是的。"办事员查看了下指令表，"你要在八点十五分准时发出召唤。听明白了吗？八点十五分，不能迟了。"

"八点十五分会召唤来什么？"

办事员翻开他的指令本，查看代码栏，"一个开车的朋友，送他提早上班。"他合上指令本，双臂交叉在胸前，"这样的话，他能提前一个小时到办公室。而这至关重要。"

"至关重要。"狗儿喃喃道。它把半个身子缩进狗窝,趴下身来,闭上眼睛,"重要。"

"嘿,快醒醒! 召唤必须整时整分发出。如果你过早或过晚召唤——"

狗儿睡眼蒙眬地点着头,"我知道,不会耽误的。我向来分秒不差。"

艾德·弗莱彻往咖啡中又加了一些奶油。他靠在椅背上,长舒了一口气。他的身后,烤炉发出轻柔的"嗞嗞"声,厨房的空气里充溢着温暖的香味。米黄色的灯光从天花板照射而下。

"再来一个面包卷?"露丝问。

"我饱了。"艾德抿了口咖啡,"你吃吧。"

"我得走了。"露丝站起身,解开睡袍,"要去上班了。"

"这么早?"

"是的。你这个幸运的小懒蛋! 真想能再坐一会儿。"露丝用手指捋过她的黑色长发,走向洗手间,"在政府部门上班,都得早到。"

"但你下班也早。"艾德指出。他摊开《纪事报》,翻到绿色的体育版面,细细阅览,"好吧,祝你今天愉快。别打出双关语之类的错字喽。"

露丝关上了洗手间的门,脱下睡袍,开始梳妆打扮。

艾德打了个哈欠,抬眼看了看洗碗池上方的钟。时间充裕,还不到八点。他小口喝着咖啡,揉了揉满是胡茬的下巴——该刮胡子了。他懒懒地耸了耸肩,刮胡子也许用不了十分钟。

露丝身着尼龙衬裙冲出洗手间,又冲进卧室,"我要迟到了。"她忙上忙下,套上罩衫和裙子,穿上长筒袜和小巧的白鞋子。最后,她弯腰吻了他一下,"再见,亲爱的。今晚我会去买东西。"

"再见。"艾德放下报纸,双手环绕妻子纤细的腰肢,深情地将她拥入怀中,"你闻起来真香,可不许和上司打情骂俏。"

露丝跑出前门,下了门廊台阶。他听到高跟鞋的"嗒嗒"声在人行道上渐渐远去。

她走了。房子恢复了安静,只剩下他一个人。

艾德推开椅子,站了起来。他懒洋洋地走进洗手间,取下刮胡刀。八点过十分。他洗了脸,涂上剃须膏,开始刮胡子。他不慌不忙,反正时间多的是。

办事员低头看着他的圆形怀表,紧张地舔了舔嘴唇,汗珠从他的前额渗出。秒针嘀嘀嗒嗒地走着,八点十四分,差不多到时候了。

"预备!"办事员喊道。他肌肉紧绷,小身板僵直不动,"十秒钟倒计时!"

"召唤!"办事员大叫道。

什么也没发生。

办事员转过身,大睁的双眼里写满了恐惧。只见小小的狗窝外,伸出一根黑色的粗尾巴。狗儿还睡着回笼觉。

"起来召唤!"办事员尖叫道。他疯狂地踢踹毛茸茸的狗屁股,"看在上帝的分上——"

狗儿醒了。它倒退着出了狗窝,迅速地甩过身来,"我的天哪!"它尴尬至极,连忙跑到篱笆前,后腿着地,人立而起,张开大口,发出召唤:"嗷呜!"它带着歉意瞄了办事员一眼,"我请求你的原谅。我不知道怎么就——"

办事员死死地盯着怀表,一阵恐怖的寒意穿透了他全身。表盘上的分针指向八点十六分。"你搞砸了,"他咬牙切齿道,"你搞砸了!你这只长满跳蚤、一无是处的老杂种狗!你搞砸了!"

狗儿落回地面,忐忑不安地走了回来,"你说我失败了?你的意思是,召唤时间——"

"你召唤得太晚了。"办事员将怀表缓缓地放回衣袋,表情呆滞,"你召唤得太晚了,开车的朋友不会来了。天知道来的是什么。我简直不敢看八点十六分会召唤出什么来。"

"但愿他能准时到达T137区。"

"他不会了,"办事员号哭道,"他没法准时到达那里了。我们犯错了,我们铸成了大错!"

艾德正在冲洗脸上残留的剃须膏,突然一声沉闷的狗叫传来,回荡在安静的房内。

"见鬼,"艾德咕哝道,"整片街区都被吵醒了。"他擦干脸,仔细听了听。门外来人了吗?

门廊传来震动。然后——

门铃响起。

艾德走出洗手间。会是谁？是不是露丝忘带东西了？他套上一件白衬衫，打开了前门。

一个面相温和、朝气蓬勃的年轻人热情地对他露出笑容，"早上好，先生。"他脱帽致敬，"很抱歉这么早叨扰您——"

"有什么事儿?"

"我来自联邦人寿保险公司。我来这里是为了——"

艾德伸手关上门，"我不买保险。我赶时间，马上要上班了。"

"您的夫人说，只有这个时间才能碰到您。"年轻人提起公文包，轻轻推开门，"她特别要求我这么早拜访。我们通常不会在这个时间上班，但既然您夫人提出了要求，我特意破例一次。"

"好吧!"艾德无力地叹息道，放年轻人进了屋，"你介绍你的保险，我穿我的衣服。"

年轻人在沙发上打开了公文包，摆开宣传册和折页插画广告，"如果可以的话，我想为您展示几组数据。这对于您和您的家人意义重大——"

不知不觉中，艾德发现自己坐了下来，翻看起宣传册。他给自己买了一份保额为一万美元的人寿保险，然后把年轻人送了出去。他看了一眼钟。都快九点半了!

"糟糕。"上班要迟到了。他系好领带，抓起外套，关了烤炉和电灯，将碟子堆到洗碗池里，冲出房门。

　　他一面往公车站赶，一面暗暗咒骂人寿保险推销员。这个混蛋为什么偏偏选在他准备去上班的时候来？

　　艾德心中不住呻吟。上班迟到，后果难料。他最快要十点钟左右才能到达办公室。他已经料到会面对什么惩罚。第六感告诉他，想糊弄过去很难，有不好的事儿等着他。今天真不是个可以迟到的日子。

　　要是推销员没来该多好。

　　在离办公室一个街区的地方，艾德下了公车，他开始疾步前行。斯坦珠宝行前的大挂钟显示，时间已将近十点钟。

　　他的心沉了下去。老道格拉斯肯定会对他劈头盖脸地训斥一通。他仿佛现在就能看到，道格拉斯脸色涨得通红，一面吞云吐雾，一面用短粗的手指对他指指戳戳；埃文斯小姐，在打字机后面保持着一成不变的微笑；办公室勤杂工，杰伊，会咧嘴窃笑；还有厄尔·亨德里克斯、乔和汤姆，以及黑眼睛、胸部丰满、睫毛长长的玛丽。他们所有人，一整天都会对他极尽嘲讽之能事。

　　他走到街角，停下来等交通灯。街道的另一边，一座装镶着玻璃外墙的巨型白色钢筋混凝土大厦拔地而起，高耸入云。艾德望而生怯。也许他能找借口，比如说乘坐电梯时被卡住了。可要说卡在哪儿呢？难道说卡在了第二层和第三层之间吗？

　　交通灯变换了颜色。除了艾德，没有人过马路。他一跃上了对面的马路牙子——

　　然后，如石化一般站住了。

太阳猝然消失。刹那之前,阳光和煦;转瞬之间,太阳踪影全无。艾德猛地仰头看去。天空中,大团大团变化无端的灰云如旋涡般转动,再不存他物。阴晦的浓雾弥漫,肉眼看去,一切均摇曳不定、黯淡失色。一股不安的寒意蹿上了他的心头,什么情况?

他在迷雾中小心翼翼地摸索着前进。万籁俱寂,听不到一点声响——甚至连车辆行驶的声音也消失了。艾德慌张地四下张望,但迷雾滚滚,遮挡了视线。没有人,没有车,没有太阳。什么都没有。

办公大厦鬼影森森,若隐若现地耸立于前,大厦的外墙灰蒙蒙的。他犹疑地伸出手——

一块墙面霎时坍塌,就如细沙般,汇聚成流,纷纷洒洒落了一地。艾德像傻了一样瞠目结舌。倾泻而下的灰色颗粒淹埋了他的脚。他所触摸的地方,一个边缘参差不齐的空洞大张着口——混凝土的墙面好似多了个丑陋的麻点。

他精神恍惚地走到大门阶梯前,迈步向上。阶梯脆弱而朽烂,仿佛不堪他的体重,一触即溃。他的脚向下陷去,如同跋涉于流沙之中。

终于,他到达了大厅。大厅内光线昏暗,朦胧不清。头顶上,微弱的灯光幽幽闪烁,所有的东西都蒙着一层怪异的阴影。

他突然瞧见了雪茄摊。只见售货员沉默地斜倚在柜台上,牙齿间衔着一根牙签,表情茫然——全身上下都是灰色的。

"嘿,"艾德声音低哑地问,"出什么事儿啦?"

售货员没有回应。艾德向他伸出了手,他的手触碰到了售货员的灰色胳膊——居然直接穿了过去。

"天哪!"艾德叫道。

售货员的胳膊脱落,砸在大厅的地板上,如败絮般瓦解成小碎片,变成一堆尘埃。艾德只觉天旋地转。

"救命!"他好不容易发出声音大喊道。

无人应答。他向周围张望。不远处站着三个身影,一个读报纸的男士、两个等电梯的女士。

艾德走到那名男士身前,伸出手碰了碰他。

男士一点点地崩塌,成了一堆松散的灰色飞灰、尘土、微粒。他触碰到两个女人时,她们同样解体——悄无声息,没有任何响动。

艾德找到了楼梯。他抓着栏杆,往上攀爬,楼梯在他脚下崩解,他跑了起来。他的身后留下了一条破碎的路径——他的脚印在混凝土阶梯上清晰可见。大团的飞尘随着他一起来到了二楼。

他凝视着寂静的走廊,只见更多的尘云,却听不见任何声音。唯有黑暗——翻腾的黑暗。

他步伐不稳地爬到了三楼。有一次,他的一只鞋完全踩穿了阶梯。在那惊魂的瞬间,他悬于一个大洞的上方,一动不敢动。下方黑暗无光,深不见底。

然后,他继续往上爬,到达了自己公司的办公室门前:道格拉斯与布莱克房地产公司。

走廊内暗淡无光,飘荡着大团的尘云。天花板上的电灯时不时地闪烁几下。他伸手握住门把手,把手直接落在了他的手里。他扔掉把手,将手指伸进前门。门上的厚玻璃崩裂成了细小的碎片。他将门从中间撕破,进了办公室。

埃文斯小姐正坐在打字机前,十指静静地放在键盘上。她纹丝不动,全身俱灰——头发、皮肤和衣服都是灰色的,颜色单调。艾德碰了一下她,他的手指穿过了她的肩膀,陷入了干燥的纤絮中。

他收回手,觉得一阵恶心。埃文斯小姐纹丝不动。

他往里走去。推了推一张办公桌,桌子坍塌成了朽败的尘土。厄尔·亨德里克斯端着个杯子,站在饮水机旁,如同一尊灰色的雕像,一动不动。

万物皆寂,动静全无,生机尽失。整个办公室成了灰色尘埃的世界——亡者的世界,雕像的世界。

艾德又回到了走廊。他摇了摇头,迷惑不解。这是怎么啦?他精神失常了吗?还是说——

一阵响动。

艾德转过身,极尽目力望进灰色尘云。尘云中,一个生物往他的方向快步而来。是一个男人——穿白袍的男人。几个人跟在他后面,均一身素白,身后拖着结构复杂的机器。

"嘿——"艾德从嗓子眼挤出了一个词。

那几个人停下脚步,目瞪口呆。

"看!"

"程序出现了偏差!"

"还有一个没有'失能'。"

"用吸能器。"

"我们无法继续,除非——"

几个人从各个方向朝着他围了上来。一个人拖着一根安装有吸嘴的长软管——软管连接在一辆带轮子的便携式推车上。同时,有人高喊着快速下达各种指令。

艾德回过神来。恐惧几乎将他淹没,他手足无措。极为骇人的事情正在发生。他必须逃离出去,对人们发出警告。

他转身就跑,沿着楼梯一路向下。楼梯在他身下土崩瓦解,他只跑下了半段楼梯,便翻滚着跌落在一堆干燥的尘埃中。他站起身来,脚步不停,跑到了一楼。

大厅完全被肆虐的灰色尘云淹没。他眼不能视物,只能努力往大门的方向摸索探进。他的后面,白袍人拖着设备,相互叫喊着什么,飞快地追了过来。

他来到了人行道上。他的身后,办公大厦摇晃颓倒,倾向一边,一堆堆的尘土如雨般落下。他跑向街角,白袍人紧追不舍。灰色尘云始终裹挟着他。他双手外伸,如同盲人一般过了马路,总算抵达了对面的马路牙子——

太阳倏然亮起,金色的阳光暖洋洋地洒在他身上。汽车喇叭声此起彼伏,交通灯红绿转换。大街上,身着艳丽春装的男男女女熙熙攘攘,购物的人、穿蓝制服的警察、提着文件包的推销员。商店、窗户、路牌……汽车轰鸣着在马路上行来驶去。

头顶上,是耀眼的太阳和熟悉的蓝天。

艾德上气不接下气地停了下来。他转头看向自己的逃亡之路。街对面，办公大厦与以前并无不同：坚实，清晰可辨；钢筋混凝土的主体，玻璃的外墙。

他不禁向后退了一步，和一个赶路的人撞了个正着。"嘿！"那人低声骂道，"看着点儿路。"

"对不起。"艾德摇了摇头，想清醒过来。从他站立的位置看去，办公大厦一如既往地高大、庄严，气派十足地矗立在街对面。

但一分钟前——

也许他得了失心疯。他亲眼看见大厦倾倒，化为了尘土。不仅是大厦，还有人，全消失在了灰色的尘云里。还有追赶他的白袍人。他们穿着白袍子，大喊着命令，拖着结构复杂、带轮子的设备。

他精神失常了。除此之外，没有其他的解释。艾德有气无力地转过身，沿着人行道跌跌撞撞地前行，脑袋里乱成了一锅粥。他漫无目的，信步而行。他的内心被惶惑和恐惧所笼罩。

办事员被带到了最高行政厅外，被告知稍做等候。

他紧张地走来走去，两只手握在一起，痛苦不安地来回绞动。他摘下眼镜，颤抖着擦了擦镜片。

主啊！世上一切的苦难和不幸啊！这不是他的错，但却要由他来承担罪罚。他的职责只是向召唤者传达指令，并监督它们照实执行。那只醺醺的、满身跳蚤的召唤者竟然回窝睡觉了——接受质询的本应该是它。

办公室的门开了。"进来吧。"一个心事重重、忧劳疲倦的声音低沉地传出。办事员打着哆嗦，缓缓走了进去——大颗的冷汗落在脖颈上，滑入了赛璐珞硬领里。

一个老人坐在桌后，将书放在一边，抬起头来，平静地打量办事员；他淡蓝色眼睛里一片宁静——这宁静深远而古老，却让办事员哆嗦得更厉害了。办事员掏出一块手帕，擦了下眉头上的汗。

"我听说出了个错，"老人低语道，"与T137区有关。涉及了相邻区的一个要素。"

"是的。"办事员的声音低弱而沙哑，"非常不幸。"

"到底发生了什么？"

"今天一大早，我带着指令表出发。当然，与T137相关的任务均列为最优先级。我对自己辖区的召唤者传达指令说，八点十五分需要发出一个召唤。"

"召唤者明白任务的紧急性吗？"

"是的，先生。"办事员犹豫道，"但是——"

"但是什么？"

办事员哭丧着脸，"我转过身之后，召唤者爬回狗窝睡觉去了。我忙着用怀表核对时间，无暇他顾。结果到我下令召唤时——却没有任何反应。"

"你在八点十五分整下达了命令？"

"是的，先生！正好八点十五分。可召唤者睡着了。等我把它叫醒，已经到八点十六分了。它这时发出了召唤，但召唤来的不是开着车的朋友,而是人寿保险推销员。"办事员表情扭曲,满脸的厌恶,"推销员将要素滞留在家一直到九点三十分左右。所以,要素没能提前上班,反而迟到了。"

老人沉默了一会儿,"这么说,规划开始的时候,要素不在 T137区。"

"是的。他十点左右到达的公司。"

"在规划进行当中闯入。"老人站了起来,脸色严肃,背着手,缓缓地来回踱着步。他的长袍下摆在身后飘起,"事态严重。在区域性的规划中,其他区的所有相关要素必须被一起替换。否则,他们的各方面取向将无法与规划后的世界相协调。这个要素进入 T137区时,调整已经进行了五十分钟。要素所见到的恰好是这个区'失能'到顶峰的阶段。他在里面闲逛了许久,直到被一支规划小队发现。"

"他们抓到他了吗?"

"很可惜,没有。他逃离了 T137 区,进入了附近一个能量全满的区。"

"之后……之后怎么样了?"

老人停下脚步,满是皱纹的脸上表情坚定。他用手重重地将过长长的白发,"我们不知道。我们失去了他的行踪。当然,我们会很快找到他。但目前,他不在我们的掌控范围内。"

"您准备怎么处置?"

"我们必须找他,控制住他,把他带到这上面来。没有其他的解决方法。"

"带到这上面来?"

"现在使他'失能'已经太迟了。等他恢复镇定,势必会告诉其他人。抹除他的记忆只会让事态复杂化。常规手段已难以应对。我必须亲自处理这个问题。"

"但愿他能尽快被找到。"办事员说。

"他会的。每一名观察者和每一名召唤者已接到了通知。"老人的眼神闪动了几下,"甚至办事员们也在被通知之列,虽然我们不知道是否还能指望得上他们。"

办事员的脸红了。"我衷心期待此事快些结束。"他咕哝道。

露丝脚步轻快地下了楼梯,出了大楼,沐浴在午后炙热的阳光下。她点燃一根香烟,急匆匆顺街道行走。春日的空气清新可人,她小巧的胸部上下跳动着。

"露丝。"艾德走到她的身后。

"艾德!"她转过身,吃惊地吸了口气,"你不上班在这里干什么?"

"快走。"艾德抓住她的胳膊,拉着她往前,"别停下来。"

"但为什么——"

"我等会儿告诉你。"艾德脸色苍白,神情沮丧,"先找个能说话的、没人打扰的地方。"

"我正打算去路易斯餐馆吃午餐,我们可以到那儿说。"露丝呼吸急促地跟上他的脚步,"怎么啦?出什么事儿啦?你看起来好奇怪。你为什么没在工作?你……你是不是被开除了?"

他们穿过马路,进了一家小餐馆,其内满是来吃午餐的人。艾德在靠里的僻静角落找了一张餐桌。"这里。"他一屁股坐了下来,"这里就行。"她坐入了另一张椅子。

艾德点了一杯咖啡。露丝则点了沙拉、金枪鱼酱抹吐司、咖啡和桃子馅饼。艾德默默地看着她吃东西,脸上愁云惨雾。

"你就告诉我吧。"露丝请求道。

"你真的想知道?"

"我当然想知道!"露丝伸出小手,担忧地搭在了他的手上,"我是你的妻子。"

"今天出了点儿事。今天早上,我上班迟到了。一个该死的保险推销员登门拜访,让我一直脱不了身。我迟到了半个小时。"

露丝屏住了呼吸,"道格拉斯炒了你的鱿鱼。"

"没有。"艾德地将一张纸巾一点点地撕成了碎片,全塞进了半满的玻璃水杯,"我当时急坏了。我跳下公车,紧赶慢赶地过了马路。当我踏上办公楼前的人行道时,我注意到——"

"注意到了什么?"

艾德向她吐露了一切,所有光怪陆离的遭遇。

他说完之后,露丝靠在了椅背上,脸色苍白,双手颤抖,"我明白了,"她喃喃道,"难怪你心烦意乱。"她喝了一小口咖啡,咖啡杯与托碟不住撞击,咔嗒咔嗒直响,"真是太可怕了!"

艾德目不转睛地看着他的妻子，"露丝，你觉得我疯了吗？"

露丝瘪了瘪嘴，"我现在不知道说什么好，这一切听起来太奇怪了……"

"是的。但'奇怪'这个词已不足以形容。我的手穿透了他们的身躯，他们就像是用干朽的黏土、尘埃制作成的塑像。"艾德从露丝的烟盒里抽出一根香烟点燃，"等我逃出来，回头一看，办公大厦还在那儿，和以前一模一样。"

"你害怕道格拉斯先生会大骂你一顿，对吗？"

"当然。我不仅害怕，也挺愧疚的。"艾德的眼睛眨了眨，"我知道你是怎么想的。我迟到了，不敢面对他。所以为了逃避现实，身体激发了某种精神熔断机制——我晕了过去。"他粗暴地捻灭了香烟，"露丝，我后来一直在城里转悠。转悠了两个半小时。没错，我害怕。一想到回去，我就害怕得要死。"

"害怕道格拉斯？"

"不是他！是那些穿白袍的人。"艾德战栗不已，"天哪，他们在追我，拖着可恶的软管和……设备。"

露丝沉默了片刻。最后，她抬起头，用一双亮晶晶的黑眼睛看向自己的丈夫，"你必须得回去，艾德。"

"回去？为什么？"

"去证实一些东西。"

"证实什么？"

"证实一切是正常的。"露丝的手按着他的手，"你必须得去，艾德。你必须回去面对挫折，向自己证明没有什么是值得害怕的。"

"我会回去才怪！在我看见那么恐怖的事之后？听着，露丝。我看到现实世界被撕裂了，我看到了——**世界的后面，掩藏在虚幻下面**，我看到了世界后面的真实模样。我不想回去，我不想再看见那些像尘埃一样的人了，永远不想。"

露丝死死地盯着他，"我和你一起回去。"

"看在上帝的分上！"

"是看在你的分上。这么做是为了让你恢复神志，你事后自会明白。"露丝突然站起来，披上外套，"来吧，艾德。我和你一起去。我们一起去大厦，去道格拉斯与布莱克房地产公司。我甚至可以和你一起去见道格拉斯先生。"

艾德缓缓地站起身来，死死地盯着他的妻子，"你真的认为我是昏过去了，没有勇气，不敢面对老板？"他的声音低沉而紧绷，"对不对？"

露丝已经挤过人群向收银员走去，"快来，你会看见的。大厦一直在那儿，一直没变。"

"好吧，"艾德磨磨蹭蹭地跟在她后面，"我们回去就是——看我们谁是对的。"

露丝紧紧地挽着艾德的胳膊，两人一起过了马路。他们的前方，那座镶嵌着玻璃墙的钢筋混凝土大厦巍然矗立。

"它就在那儿。"露丝说，"看见了吗？"

它就在那儿，谁说不是呢？它拔地参天、岿然不动，在下午两三点的阳光下闪闪发光。

艾德和露丝踏上马路牙子。艾德的脚踩到了人行道,他皱起脸,身子骤然一紧——

但什么也没发生,车水马龙依旧;汽车疾驰而过,路人行色匆匆;一个报童在卖报纸。街道上充斥着各种声音、各种气味,这不过是城市里一个喧闹的普通午后。头顶,艳阳高照,天空蔚蓝。

"看见没?"露丝说,"我说得没错吧。"

他们顺着大门前的台阶进了大厅。雪茄摊后,那名售货员正叉着胳膊,站在那里听收音机播放的球赛实况。"嗨,弗莱彻先生。"他露出和气的笑容,向艾德打招呼,"这位女士是谁? 您夫人知道吗?"

艾德迟疑地笑了笑。他们继续往里走。四五个衣着得体的中年职员正站在一起,耐心地等电梯。"嘿,弗莱彻!"其中一人问道,"你一整天都跑哪儿去了? 道格拉斯的怒吼声都快把天花板掀开了。"

"你好,厄尔。"艾德不禁抓住了露丝的胳膊,"身体有点儿不舒服。"

电梯门开,他们走了进去。电梯上升。"嗨,艾德,"电梯操作员说,"这位美丽的姑娘是谁? 怎么都不给大家介绍介绍?"

艾德露出机械化的笑容,"这是我的妻子。"

他们在三楼下了电梯。艾德和露丝向地产公司办公室的玻璃前门走去。

艾德呼吸急促地停下了脚步,"等等,"他舔了舔嘴唇,"我有点儿——"

露丝平静地看着他用手帕擦了擦额头，"好点儿了吗？"

"是的。"艾德迈步向前，拉开了玻璃门。

埃文斯小姐停止打字，抬头看了一眼，"艾德·弗莱彻！你到底去哪儿了？"

"我生病了。你好，汤姆。"

汤姆从工作中抬起头，"嗨，艾德。听说道格拉斯嚷嚷着要剥了你的皮。你去哪儿了？"

"我知道。"艾德没精打采地转向露丝，"我想，我最好直接进去接受暴风雨的洗礼吧。"

露丝捏了捏他的胳膊，"你会没事的。我知道。"她露出洁白的牙齿，红唇上漾过一丝宽慰的笑意，"好了吗？如果需要我，给我打电话。"

"当然。"艾德在她的红唇上轻点了一下，"谢谢，亲爱的。多谢了。我也不知道自己究竟是怎么了，我想现在都过去了。"

"别多想了，再见。"露丝轻快地走出办公室，大门在她身后关上了。艾德听着她在走廊里"嗒嗒嗒"小跑着奔向电梯。

"多关心人的姑娘啊！"杰伊赞赏道。

"是的。"艾德点点头，正了正领带，硬下心来，苦恼地走向办公室的里间。好吧，他必须去面对。露丝是对的。不过，要对老板做出解释，他接下来将不得不挨过一段地狱时光。他仿佛已经看见道格拉斯了：短粗的红手指，公牛般的咆哮，愤怒扭曲的脸——

艾德猛地在办公室里间的门口停下了脚步,身体僵直,如坠冰窟。办公室的里间——**变了**。

他脖子上汗毛倒竖。冰冷的恐惧如一只大手抓住了他,让他喘不过气。办公室里间不一样了。他缓缓地转过头,目光扫过办公桌、办公椅、室内装潢、文件柜和照片。

处处是改动,细微、不易察觉的改动。艾德闭上了眼睛,又慢慢地睁开了。他心生警惕,呼吸与脉搏均不由自主地加快。办公室变了——确确实实,毫无疑问。

"怎么啦,艾德?"汤姆问。职员们停下了手头的工作,好奇地看着他。

艾德没有吭声,缓步进了办公室里间。这里被替换了,他能感觉得出。所有东西都被改动过,位置被挪动过。痕迹很隐晦——他一时说不出具体有什么不同,但他能感觉得出。

乔伊·肯特不安地问道:"没事吧,艾德? 你看起来惊慌失措的。是不是——"

艾德打量着乔伊。乔伊变了,和以前不一样了。可哪里不一样呢?

乔伊的脸略微胖了些。他穿着蓝条纹衬衫——乔伊从来不穿蓝条纹衬衫。艾德查看了乔伊的办公桌,桌上放着文件和账目。办公桌摆放得太靠右,而且体积变大了——不是从前的那张办公桌。

墙上的照片也不一样了,换成了一幅完全不同的照片。还有,文件柜上少了一些老物件,多了一些新物件。

他回头向门外看去，刻意寻找着不同之处：埃文斯小姐的发型变了，发色也变浅了。

窗户旁，玛丽正在修指甲——她个子变高了，身形也更圆润了。一个钱包放在她身前的办公桌上——红色的针织钱包。

"你一直……都在用那个钱包吗？"艾德询问道。

玛丽抬起头，"什么？"

"那个钱包，你一直在用那个钱包吗？"

玛丽笑了。她羞涩地整理了下搭在匀称大腿上的裙子，长长的睫毛谦逊地扑闪了几下，"为什么这么问呢，弗莱彻先生？你在说什么啊？"

艾德转过身。他知道了，即便她并未直接回答。她被替换了——变了：她的钱包、她所穿的衣物、她的身体，她所有的一切全被替换了。他们谁也没察觉——除了他。他只觉天旋地转。他们不是原装货，他们都被重新塑造、修改过。修改得不明显——但逃不过他的眼睛。

废纸篓小了些，和以前的那个不一样。百叶窗的颜色成了纯白色，而非以前的象牙白。墙纸的图案变了，灯具也……

诸如此类的微小改动不计其数。

艾德走到道格拉斯的办公室外，抬起手，在门上敲了几下。

"请进。"

艾德推开门。内森·道格拉斯不耐烦地抬头看过来。"道格拉斯先生——"艾德腿脚发软地进了房间，开口道——然后定住了。

道格拉斯也变得不一样,完全不一样了。整个房间被改头换面:地毯和窗帘换成了其他款式;原来的红木办公桌换成了橡木办公桌;而道格拉斯本人……

道格拉斯变年轻、变瘦了。他的头发变成了棕色;皮肤也不发红了;脸光滑多了,皱纹平复;下巴变了个形状;眼睛由黑变绿了。他根本就是另外一个人。不过,他仍旧是道格拉斯——一个不一样的道格拉斯,另一个版本的道格拉斯!

"什么事儿?"道格拉斯不耐烦地质问道,"哦,是你,弗莱彻。你今天早上到哪儿去了?"

艾德急忙退出门去。

他"砰"的一声摔上门,快步穿过办公室里间。汤姆和埃文斯小姐惊愕地抬起头。艾德从他们身边经过,一把将通往走廊的大门拉开。

"嘿!"汤姆叫道,"怎么——"

艾德在走廊里狂奔。恐惧从他心底窜起,他必须加快速度。他之前看到的都是真的。时间不多了。他来到了电梯前,猛戳按钮。

没有时间了。

他跑向楼梯,沿级向下。他到达了二楼。心中的恐惧更甚。生死存亡只在几秒钟。

几秒钟!

公共电话。艾德跑进公共电话亭,将门带上。他慌里慌张地向投币孔塞入一个十美分硬币,拨打号码,举起听筒贴在耳朵上。他的心脏怦怦直跳，他必须报警。

对他们发出警报。有人在篡改，在替换现实世界。他一直是对的。那些白袍人……拖着设备……真的进出过大厦。

"喂！"艾德粗声粗气地吼道。没有应答声，没有嗡鸣声，什么也听不到。

艾德慌乱地看向电话亭外。

然后，他垂头丧气，被彻底击败了。他慢慢地挂上了电话。

他已经不在二楼了。电话亭载着他，正在上升，速度越来越快，无声无息地穿过一层层楼。

电话亭飞出大厦顶部，飞进了明媚的阳光中。它不断加速，大地离他远去，建筑和街道越来越小。下方，疾驰的汽车和行走的路人快速缩小，看起来就像一个个小黑点儿。

云朵飘浮在他与地球之间。艾德闭上了眼睛。他头晕目眩、魂飞魄散，绝望地攥着电话亭的门把手。

电话亭持续加速爬升。大地远远地落在了下方，越来越远。

艾德忐忑地向上看去。去哪里？他要去哪儿？它要把他带到哪里去？

他紧抓着门把手，等待着未知的命运。

办事员笃定地点点头，"就是他，没错。他就是那个有问题的要素。"

艾德·弗莱彻朝周围看了看。他身处一间巨大的办公室中——

房间从中央向外，光线渐暗，边缘隐没于模糊的阴影里。他的身前站着一个人——胳膊下挟着笔记和记事板，正透过银边框眼镜凝视着他。这是个有点儿神经质的小个子男人，目光锐利，身穿赛璐珞硬领的蓝色哗叽西服，内着一件挂表链的背心，脚踏一双锃光瓦亮的黑色皮鞋。

在小个子男人的身后不远处——

一个老人静静地坐在一把现代风格的大椅子上，平静地看着弗莱彻，蓝色的眼睛温润如水，透着淡淡的疲惫。一股奇异的情绪传遍了弗莱彻的全身。不是恐惧，而是一种直入骨髓的共鸣——一种源自血脉的深深敬畏，还带着一丝依恋。

"这里……这里是什么地方？"他大气不敢出地问道，仍未从极速飞升的震撼中恢复过来。

"不准提问！"神经质的小个子男人把一支铅笔在记事板上使劲敲了几下，怒喝道，"在这里，你只准答，不准问！"

老人动了动，抬起一只手，嘴唇微张，"我要和要素单独谈谈。"空气随即震颤，低沉的嗓音如雷声隆隆响彻办公室。艾德心里再次泛起那种既依恋又敬畏的感觉。

"单独？"小个子将书和文件夹在胳膊下，往后退去，"如您所愿。"他恨恨地瞪了艾德·弗莱彻一眼，"他最终落网，让我不胜喜悦。所有这些苦工和麻烦，只为了——"

他出了门，消失不见。门在他身后轻轻地关闭。房间里只剩下艾德和老人。

"请坐。"老人说。

艾德找到一个座位,动作笨拙地坐下,紧张不已。他掏出香烟,想了想,又放了回去。

"怎么了?"老人问。

"我才明白过来。"

"明白了什么?"

"我死了。"

老人微微一笑,"死了? 不,你没有死。你只是……提前来访。极小概率的事件,可形势使然,不得不如此。"他往艾德的方向略微前倾,"弗莱彻先生,你让自己牵扯进了一件奇怪的事儿。"

"是的,"艾德承认道,"我也想知道出了什么事儿,或者是怎么发生的。"

"这不是你的错。我们的一个办事员出了错,你成了受害人。错误并非你所为,但却把你牵涉进来了。"

"什么错误?"艾德疲倦地揉了揉额头,"我……我遇到了一些说不清的东西。我看穿了,我看见了本不该看见的东西。"

老人点点头,"是的。你看到了不该看到的东西——这些东西,鲜有要素能察觉,更不用说看到了。"

"'要素'?"

"一个专用术语而已,不用在意。错误已经铸成,但我们希望能将其修正。我希望——"

"那些人,"艾德插话道,"成了一堆堆尘埃。灰色的尘埃。就像他们已经死了。仿佛一切都死了，楼梯、墙壁、地板，全都失去了生命的色彩。"

"那个区暂时性地'失能'了。这样规划局才能进入，实行调整。"

"调整。"艾德点点头，"没错。我后来回去过，所有东西都恢复了生机。但他们和原来不一样，全都变了。"

"规划在正午十二点结束。小队完成工作后，重新为那个区注入了能量。"

"我明白了。"艾德喃喃道。

"按计划，你应该在调整开始前到达那个区。因为发生了一个失误，你没能准点到达，而是迟到了——这个时候，调整正在进行当中。你逃掉了，等你回来时，调整已经结束。你全看到了，而你本不该看到。你没有被调整，反而目睹了调整的过程。你本应该和其他人一同接受改造。"

艾德·弗莱彻的头上冒出了汗珠。他擦掉汗水，胸口一阵烦闷。他虚弱地清了清嗓子，"我彻底明白了。"他的声音几乎低不可闻。他突然有了一个恐怖的预感，"我本该和其他人一起接受改造。但我猜，应该是哪里出了差错。"

"确实出了差错，事情有了偏差。而现在问题严重了。你看见了那些东西，你知道得太多，而且你与规划后的世界脱节了。"

"天哪，"艾德嗫嚅道，"我不会告诉任何人。"他全身被冷汗浸透，"您可以相信我的话。您瞧，我其实跟改造过了一样。"

"你已经告诉别人了。"老人冷冷地说。

"我?"艾德眨了眨眼睛,"谁?"

"你的妻子。"

艾德颤抖起来。他脸上血色尽褪,一片死灰,"是的。我跟她说了。"

"你的妻子知道了,"老人五官扭曲,怒道,"这个女人知道了。说什么不好,偏要——"

"我当时没意识到。"艾德不住地往后缩,感到一阵阵的恐慌,"但我现在意识到了,您可以相信我,就当我被改造过了吧。"

老人沧桑的蓝眼睛紧盯着他,就如尖刀一样,仿佛能刺穿他内心深处,"而且你还打算报警,你想通知当局。"

"可我当时不知道是谁改变了这一切。"

"现在你知道了。世界的自然发展离不开规划——总有这里或那里需要调整。一些修改必不可少。我们这么做完全合乎规则。我们规划局执行的都是至关重要的任务。"

艾德鼓起了一点儿勇气,"这次规划,道格拉斯,还有办公室,是为了什么? 我敢说,一定有某种举足轻重的目的。"

老人摆了摆手,身后的阴影处浮现出一幅巨型地图。艾德屏住了呼吸。地图的边缘和模糊的暗影融为一体。地图被划分为无数细致入微的部分;一个个方块和一条条横隔线,铺就了一张大网。每一个方块均标有记号。一些闪着蓝光;光线的色彩一直在变化。

"这是区位图,"老人乏力地叹息一声,"我们的工作举步维艰。

有时候，我们也不知道怎么样才能使世界在下一阶段顺利地运行。但我们必须使世界顺利运行。为了所有人好，为了你们好。"

"那个规划。在我们……我们区的那些修改……"

"你的公司是做房地产生意的。原来的道格拉斯为人精明，但他的身体正在急剧变差，他的健康状况一日不如一日。再过几天，道格拉斯将得到一个机会——购买位于加拿大西部的一大块未经开发的森林。这笔买卖需要他动用大部分的资产。缺少气魄的年老道格拉斯将举棋不定。而这笔买卖成与不成，主要就在于能否当机立断。他必须买下这块地，并立即开辟出来。只有一个更年轻的男人—— 一个年富力强的道格拉斯——才能担此重任。

"当这块地被开辟后，某些特定的古人类遗迹会被发现。这些遗迹是预先埋下的。道格拉斯会把这块地租借给加拿大政府用于科学研究。所发现的遗迹将在全球学界引发大轰动。

"一系列的事件将接踵而至。各个国家将派人到加拿大考察遗迹。苏联、波兰以及捷克的科学家都会到来。

"这一系列事件的发生，将开创性地促使各国科学家汇聚一堂。这些无国界的发现所引发的狂喜将使人们暂时忘却有国界的科研活动。一位苏联顶尖科学家会与一位比利时科学家结为朋友。他们分别后，会继续保持通信——当然，是在不被他们各自的国家发现的情况下。

"这个圈子将不断扩大，两大阵营的科学家都将被吸引进来，一个学会终将形成。越来越多有学识的人将在这个国际学会里投入越来越多的精力。纯粹的国家性质的科学研究将受到微不足道但却很关键的影响。冷战的紧张局势将有所缓解。

"这次规划至关重要。世界政局的改变全取决于能否购买和开辟加拿大的那块荒地。原来的道格拉斯没有胆量冒风险。但被替换过的道格拉斯,以及和他一并被替换的、更年轻的员工们,将怀着百分之二百的热情买下土地。而由此,一系列事件中最重要的一环才算启动。最终受益者会是你们。我们的方法可能看起来奇怪而曲折,甚至难以理解,但我向你保证,我们知道自己在干什么。"

"我现在理解了。"艾德说。

"你当然能理解。你知道了很多东西,说实话,实在是太多了。没有哪个要素被允许知道这些东西。我也许应该叫一支规划小队进来……"

他的脑海里出现了一个画面:滚滚的灰云中,灰色的男人和女人形同雕塑。他不寒而栗。"您瞧,"他哑着嗓子说,"我愿意做任何事情,任何事情也在所不惜,只求您别让我'失能'。"汗水从他脸上淌下来,"行吗?"

老人沉吟道:"也许这事儿可以从权处理,另有解决方案。"

"什么?"艾德着急地问道,"是什么?"

老人思量着缓缓道来:"如果我允许你回去,你发誓永远不提及此事吗? 你会发誓永远不对任何人透露你所见到、所知道的东西吗?"

"没问题!"艾德急切地喘着粗气,强烈的轻松感席卷了全身,

"我发誓!"

"你的妻子。你不得告知她更多信息,必须要让她认为你只是经历了一次精神性的晕厥——为了逃离现实。"

"她已经这么认为了。"

"她必须继续这么认为。"

艾德坚定地抬起了下巴,"我保证,她会继续认为这是一次精神错乱。她永远不会知道真相。"

"你确定能对她保守住秘密?"

"当然,"艾德自信地说,"我知道我做得到。"

"很好。"老人缓缓地点了点头,"我送你回去,但你必须把严口风。"老人在他的眼中变得高大无比,"谨记:你最终的归宿是我这里——每个人最后都会到这里——众生的命运皆平等。"

"我不会告诉她的,"艾德流着汗说,"我保证。我向你保证。我应付得了露丝,绝没有二话。"

日落时分,艾德到了家。

他眨了眨眼——极速的下降让他头晕眼花。他在人行道上站了好一会儿。等重新找回平衡感,呼吸变得平缓之后,他快步走上前院的小径。

他推开门,进入了自家的绿色小房子。

"艾德!"露丝飞奔过来,凄楚的小脸上沾满了泪水。她展开双臂,将他紧紧抱在怀里,"你到底去哪儿了?"

"去哪儿了?"艾德喃喃道,"当然是在办公室。"

露丝猛地退后,"不,你没在办公室。"

艾德的心中起了淡淡的警觉,"我当然在,不然我还能在——"

"我三点钟左右给道格拉斯打了个电话,他说你离开了。几乎我前脚刚走,你后脚就离开了公司。艾德——"

艾德紧张地拍了拍她,"别激动,亲爱的。"他开始解外套的纽扣,"一切都很好,明白吗? 所有的东西都好端端的。"

露丝在沙发扶手上坐了下来。她擤了擤鼻子,揩了揩眼睛,"你不知道我有多担心。"她收好手绢,双臂抱胸,"我想知道你到哪儿去了。"

艾德不安地把外套挂进衣橱,走过去亲吻她。她的双唇冰冷无比。"我会把一切都告诉你。但我们能不能先吃点儿东西? 我饿坏了。"

露丝仔细打量着他。她从沙发扶手上起来,"我去换衣服,做晚餐。"

她匆匆进了卧室,脱下鞋和尼龙长袜。艾德跟了过来。"我不是故意让你担心,"他小心地说,"你今天离开公司后,我意识到你说得对。"

"是吗?"露丝解开罩衫和裙子,挂在衣架上,"什么说得对?"

"关于我。"他堆出笑容,并让笑容在脸上绽放开来,"关于……发生的事情。"

露丝把衬裙挂上衣架。她一边吃力地穿着紧身牛仔裤,一边盯着自己的丈夫看，"说下去。"

时机已至。此时不说，更待何时。艾德·弗莱彻稳了稳心神，小心地斟酌词句。"我意识到，"他郑重其事地说，"整件事都是我幻想出来的。你是对的，露丝，完全正确。我甚至找到了事情的原因。"

露丝穿上一件纯棉的T恤，将其下摆扎进牛仔裤，"什么原因？"

"过度工作。"

"过度工作？"

"我需要休假。我有几年没休假了。我的心思已经不在工作上了，近来尽在胡思乱想。"他语气坚定，但他的心脏都快跳出嗓子眼了，"我需要外出旅游，去爬爬山，去钓鲈鱼，或者——"他绞尽脑汁地搜罗着词汇，"或者——"

露丝阴沉着脸地走到他跟前。"艾德！"她严厉地说，"看着我！"

"怎么啦？"他感到一阵恐慌，"干吗用那样的眼神看我？"

"你今天下午去什么地方了？"

艾德的笑容消失了，"我都跟你说了，我随便走了走。我没跟你说吗？我去散步了，整理了下思路。"

"别对我撒谎，艾德·弗莱彻！我看得出来你在撒谎！"露丝的眼底泛起了泪花。她的情绪几近失控，胸部在T恤下上下起伏，"承认吧！你压根儿没去散步！"

艾德支吾难言、汗如雨下，颓然无助地靠着门，"你说的是什么意思？"

露丝的黑色眼睛里燃起了怒火，"快说！我想知道你到哪儿去了！告诉我！我有权利知道。究竟发生了什么事儿？"

艾德惊惶地败下阵来，他之前下定的决心如冰雪般消融了。事情正在朝完全错误的方向发展，"亲爱的，你听我说，我下午出去是为了——"

"告诉我！"露丝抓住他的胳膊，尖锐的指甲深入皮肉，"我想知道你到哪儿去了——是谁和你在一起?!"

艾德张了张嘴。他想挤出微笑，但他的脸没有反应，"我不明白你在说什么。"

"你明白。你下午和谁在一起？你跑哪儿去了？告诉我！不然，我早晚会查出来。"

他已无可奈何。他一败涂地了——他心知肚明。面对她，他无法守住秘密。他拼命地想拖延，祈祷能再有一些时间。要是他能把她的注意力引到其他事物上，要是她不那么咄咄逼人，哪怕片刻也好，他就能编造出另一个故事—— 一个更经得起推敲的故事。时间——他需要多一些时间。"露丝，你得——"

突然，一声狗叫传来，回荡在昏暗的房子里。

露丝松开手，警惕地细细倾听，"是多比在叫。我想是有人来了。"

门铃响起。

"你就待在这里，我马上就回来。"露丝跑出房间，向前门而去，"见鬼。"她拉开前门。

"晚上好！"一个抱着各种物件的年轻人快步进屋，对露丝粲然一笑，"我来自全净真空吸尘器公司。"

露丝不耐烦地蹙起了眉头，"搞没搞错？我们马上就要吃晚饭了。"

"哦，我只占用您一丁点儿时间。"年轻人"咣当"一声放下了吸尘器和配件。很快，他铺开一卷长长的横幅插画，开始展示吸尘器，"现在，如果您帮我拿着这个，我去通上电源——"

他愉悦地来回忙碌，拔掉电视的插头，插入吸尘器的插头，推开椅子，清理出一块空间。

"我先向您展示百叶窗清洁吸头。"他将吸头和软管安装在铮亮的大吸筒上，"现在，请您稍坐，我将为您一件件展示这些方便易用的配件。"他欢快的声音在吸尘器的轰鸣声中依然清晰可闻，"您会看见——"

艾德·弗莱彻在床上坐下。他摸索着衣兜，掏出香烟盒。他颤抖着点燃了一支香烟，靠在墙上，虽精疲力竭，却一身轻松。

他抬头向上看去，脸上现出感恩的神情。"谢谢，"他柔声说，"我想我们能办到——虽然不容易。谢谢你。"

不可能存在的行星

"她只是站在那儿。"诺顿紧张地说,"船长,你得跟她好好谈谈。"

"她想要什么?"

"她想要一张船票。她耳朵完全聋了。她只是站在那儿,眼神怔怔的,怎么都不愿意离开。看得我心里直发毛。"

安德鲁斯船长缓缓地站了起来,"好吧,我跟她谈谈。请她进来。"

"谢谢。"诺顿冲着廊道喊道,"船长要跟你谈谈。请进。"

控制室外传来了响动。一抹金属亮光闪过。安德鲁斯船长将桌面扫描器推到一边,站着等候。

"往里走。"诺顿回到控制室,"这边来。就在这里面。"

诺顿身后跟着一位干瘪的小老太太,由一个锃光瓦亮的高大机器人侍者搀扶着,步履迟缓地走了进来。

"这是她的身份文件。"诺顿往星图桌上抛下一个文件本,惊叹道,"她已经三百五十岁了,是现今最年长的人类,来自里拉二号行星。"

安德鲁斯慢慢地逐页翻看文件。小老太太静静地站在星图桌前,无神地直视前方。她淡蓝色的眼睛已失去了光泽,宛如年代久远的瓷器。

"厄玛·文森特·戈登。"安德鲁斯低声念道,他抬起头,"我念得对吗?"

老太太没有回答。

"她什么也听不见,先生。"机器人侍者说。

安德鲁斯咕哝了一声,视线重回文件本。厄玛·戈登,里拉星系最早一批定居的移民,出生地未知——也许出生在早期航行于宇宙中的亚C级移民船上。他的心底泛起了一丝别样的情绪。沧海桑田,世事变迁。悠悠数个世纪,曾从这位小老太太的眼前流过!

"她想乘船旅行?"他问机器人侍者。

"是的,先生。她从家乡而来,只为了买一张船票。"

"她的身体承受得了太空旅行吗?"

"她不远万里从里拉星系来此,要到北落师门第九星系去。"

"你说她要去哪儿?"

"去地球,先生。"机器人侍者说。

"**地球**!"安德鲁斯顿时张目结舌。他语气紧张、一字一顿地问道:"你说的是什么意思?"

"她希望能乘飞船前往地球,先生。"

"看见了吗?"诺顿低声说,"她彻底疯了。"

安德鲁斯的双手紧紧握住桌沿,面朝老太太说道:"夫人,我们不能卖给你前往地球的船票。"

"她听不见你,先生。"机器人侍者说。

安德鲁斯拿过一张纸,用粗字体写下:

不能卖给你前往地球的船票

他举起纸张。老太太仔细地看了看文字,眼珠随之移动。她的嘴唇颤动了一下。"为什么不能?"她终于说道,声音就像草丛摇曳的沙沙声,微弱而干涩。

安德鲁斯笔迹潦草地快速写下答案:

没有这个地方

而后又郑重地添上一行字:

神话——传说——从未存在过

老太太暗无光泽的眼珠转动了一下,目光离开了纸张。她面无表情,直勾勾地盯着安德鲁斯。安德鲁斯感到浑身不自在。站在一旁的诺顿汗流浃背。

"天哪,"诺顿小声叫道,"快把她从这里弄出去。她要给我们施妖法了。"

安德鲁斯对机器人侍者说:"你难道不能让她明白吗?根本没有地球这个地方——这一结论已经被论证了无数遍。不存在人类起源地这样的行星。所有的科学家都一致同意,人类是同时出现在宇——"

"前往地球是她的心愿,"机器人侍者耐心地解释道,"她三百五十岁了,政府已经停止了她的生命维持治疗。她希望在离世前,去一趟地球。"

"可地球只是个神话!"安德鲁斯发怒了。他张了张嘴,又闭上了,不知说什么好。

"多少钱?"老太太说,"要多少钱?"

"我说了,没办法做到!"安德鲁斯吼道,"没有这么——"

"我们有一千活跃点。"机器人侍者说。

安德鲁斯一下子安静了,惊得脸色发白,"一千活跃点。"他咬紧了牙,血色彻底从脸上褪了去。

"多少钱?"老太太重复道,"要多少钱?"

"这些钱足够吗?"机器人侍者问。

安德鲁斯默默地吞咽着口水。片刻后,一个词从他嘴中猝然蹦出,"当然,"他说,"绰绰有余。"

"船长!"诺顿反对道,"你疯了吗？你明知没有地球这个地方！我们到底怎么才——"

"当然,我们会送她去。"安德鲁斯双手颤抖地扣上无袖外套的纽扣,"无论她想去哪里,我们都送她去。告诉她,一千活跃点,我们很荣幸送她去地球。同意吗？"

"理应如此,"机器人侍者说,"她已为此存钱多年。她马上就把一千活跃点支付给你。钱一直携带在她身上。"

"听着,"诺顿说,"你搞不好会坐上二十年大牢。政府会没收你的财产、你的卡,还有——"

"住口。"安德鲁斯转动星际可视发信机的拨号盘。船身下部,喷气发动机隆隆地轰鸣着。航速缓慢的运输船已经飞入太空深处。"给我接半人马星系二号行星主信息图书馆。"他对着话筒说道。

"即使是为了一千个活跃点,你也不能这么做。谁也不能这么做。政府想找地球不知有多久了。理事会的飞船追查了整个宇宙中每一颗衰竭的行星——"

可视发信机发出"咔嗒"声,"半人马星系二号行星。"

"信息图书馆。"

诺顿攥住了安德鲁斯的胳膊,"求你了,船长。就算给两千活跃点——"

"给我查找以下信息,"安德鲁斯对发信机的话筒说,"所有已知的,与地球——传说中的人类发源地——相关的切实资料。"

517

"并未存在切实资料，"图书馆监视器漠然的声音响起，"你所查询信息属于元项目①信息。"

"有什么未经证实却广为流传的报告留存下来吗？"

"有关于地球的传说记录大多遗失在半人马星系与里拉星系的'4-B33a'冲突中。留存下来的信息残缺不全，各类描述不一而足：比如，地球是一颗巨大的行星，有行星光环和三个卫星；又比如，地球是一颗大密度的小行星，有一个卫星，所在的星系由十颗行星环绕一颗白矮星构成，地球最靠近白矮星——"

"最为普遍的传说是什么？"

"莫里森'5-C21r'报告从整体上分析了各民族对地球口耳相传的描述，最后总结得出：人们普遍认为地球是一颗小行星，只有一个卫星，其所在星系由九颗行星构成，按离中央恒星由近及远排序，地球为第三。除此之外，其他的传闻莫衷一是。"

"原来如此。九行星星系里排序第三，只有一个卫星。"安德鲁斯关闭了通信回路，屏幕熄灭了。

"那又如何？"诺顿说。

安德鲁斯腾地站了起来，"她很可能知道关于地球的每一个传说。"他指着下方的旅客舱室说，"我要把传说变为现实。"

"为什么？你想干什么？"

安德鲁斯"哗啦"翻开星位全图，手指顺索引往下移动，接着开启了扫描器。不消片刻，扫描器吐出一张卡片。

①元项目（metaparticular）指描述项目的项目，此为菲利普·迪克自创词汇。

他抓起星位全图,将目的地输入机器人飞行员,"艾姆法星系。"他沉吟道。

"艾姆法?我们要去那里?"

"据星位图所示,拥有九行星的星系中,排序第三的行星只有一个卫星的,一共存在九十个。艾姆法星系离我们最近。我们就去那里。"

"我真的搞不懂,"诺顿抗议道,"艾姆法不过是个常规贸易星系。艾姆法三号行星甚至连D级检查点都算不上。"

安德鲁斯船长咧嘴微微一笑,"艾姆法星系有九颗行星,艾姆法三号行星只有一个卫星。刚好满足我们所有的要求。如今还有谁更了解地球?"他往旅客舱室瞟了一眼,"难不成她会更了解地球吗?"

"我明白了,"诺顿缓缓道,"我开始明白你的计划了。"

艾姆法三号行星在他们的下方无声地旋转着。这是一颗暗红色的球体,悬于虚空,笼罩在惨淡的云层下。远古海洋遗存的黏稠海水拍打着灼热干涸、千疮百孔的大地。饱受侵蚀的开裂峭壁萧瑟地朝天而立,平原上荒凉无物,人为造成的大坑洞如同溃疮一样密密麻麻地布满了星球表面。

诺顿感到厌恶,脸扭成一团,"看看它,上面会有生物存活吗?"

安德鲁斯船长皱起眉头,"没想到它被破坏得这么厉害。"他走到机器人飞行员前,"星球上的某处应该有一个自动引力抓钩。我试试能不能联系上。"

"引力抓钩？你是说这片废土上有人居住？"

"有少数艾姆法人生活在这里,维持着没落的贸易殖民地。"安德鲁斯查询了卡片,"偶尔有商贸飞船稍做停留。自半人马-里拉战争以来,外界与这块区域的联系便少得可怜起来。"

廊道里突然响起脚步声。闪亮的机器人侍者和戈登太太出现在门口,走进了控制室。老太太满脸的激动,容光焕发,"船长！下面……下面是不是地球？"

安德鲁斯点点头,"是的。"

机器人侍者搀扶着戈登太太走到大型可视屏前。老太太的脸不住抖动,种种情绪在她枯槁的五官上激荡,"我真不敢相信这真的是地球。看起来简直不可能。"

诺顿目光锐利地瞥了安德鲁斯船长一眼。

"这就是地球,"安德鲁斯没理会诺顿的眼色,言之凿凿地说,"卫星很快就该出现了。"

老太太没反应,转过身去。

安德鲁斯联系上自动引力抓钩,交由机器人飞行员操作。艾姆法三号星的引力束锁定了运输飞船,接管了控制权,飞船震动了一下,然后开始下降。

"我们要着陆了。"安德鲁斯碰了碰老太太的肩膀,对她说道。

"她听不见,先生。"机器人侍者说。

安德鲁斯嘟囔了一声:"起码,她能看得见。"

在他们的下方,坑洼破烂的星球表面被迅速拉近。飞船穿过流云层,于一望无垠的荒芜平原上方滑翔。

"下面发生过什么?"诺顿问安德鲁斯,"是战争吗?"

"战争和采矿业。况且这颗行星也很老了。那些坑洞兴许是弹坑。那些沟壑有一部分是铲车挖掘出的。似乎他们已经耗尽了这里的资源。"

歪斜残破的群峰从他们下方一晃而过。他们飞到了一片广阔的古遗海附近。海水污秽如墨,冲刷着与垃圾板结成一体的盐壳,海岸上铺陈着成堆的残石碎片。

"怎么是这个样子?"戈登太太忽然说。她的脸上掠过一丝疑色,"为什么?"

"你指的是什么?"安德鲁斯问。

"我不明白。"她犹疑不定地看着下方的地表,"不该是这个样子呀。地球是绿色的。绿色,生机勃勃,碧蓝的海水和……"她的声音不安地低了下去,"为什么?"

安德鲁斯抓过一张纸,写下一行字:

商业开采耗尽了地表的资源

戈登太太一个字一个字地看着,她的嘴唇在颤抖,干瘪瘦小的身躯突然一阵抽搐,"耗尽了……"她沮丧的声音陡然尖锐起来,"不该是这个样子! 我不要它这个样子!"

机器人侍者扶住了她的胳膊,"她最好稍做休息。我送她回舱室。等着陆之后,请知会我们一声。"

"好的。"安德鲁斯尴尬地点点头。机器人侍者领着老太太从可视屏幕前走开。她紧抓着引导扶手,扭曲的脸上充满了恐惧和迷茫。

"一定是哪里出了差错!"她号哭道,"为什么是这个样子? 为什么……"

机器人侍者搀扶着她离开了控制室。随着液压安全门的关闭,她微弱的哭声戛然而止。

安德鲁斯松了口气,身体从紧绷状态解放出来。"老天。"他哆嗦着点燃了一支香烟,"好一通闹腾!"

"我们快要着陆了。"诺顿冷冷地说。

他们小心翼翼地走出船舱。寒风凛冽,空气的味道糟糕难闻——酸腐刺鼻,如同臭鸡蛋一样。狂风裹挟着盐屑和沙粒,吹打在他们的脸上。

前方数英里,有一片黏稠的大海。他们隐约能听见沉闷的浪涛声。几只鸟扇动着翅膀,悄无声息地从上方飞过。

"这鬼地方真压抑。"安德鲁斯低声抱怨道。

"没错。不知道那位老太太会怎么想。"

铮亮的机器人侍者扶着小老太太从活动舷梯上下来。她抓着机器人的金属臂膀,带着几分犹豫,颤巍巍地挪动。寒风抽打在她孱弱的身躯上,让她踉跄不稳——过了一会儿,她才再次迈动脚步,下了舷梯,到达地面。

诺顿摇着头，"她看起来情况不妙。空气质量这么恶劣，风又这么大。"

"我知道。"安德鲁斯走向戈登太太和机器人侍者。"她的身体怎么样?"他问。

"不太好，先生。"机器人侍者回答。

"船长。"老太太轻声道。

"什么事儿?"

"你必须告诉我实情。这里……这里真的是地球吗?"

她目不转睛地盯着他的嘴唇，惊骇中不禁提高了声音，"你发誓是这里吗? **你发誓**?"

"这里就是地球!"安德鲁斯懊恼地叫道，"我早就告诉过你。这里当然是地球。"

"这里看起来不像地球。"戈登夫人惊慌失措，似乎所有的希望都寄托于他接下来的回答，"这里看起来一点儿也不像地球，船长。这里真的是地球吗?"

"是的!"

她的目光飘向海洋。一抹异样的神色从她疲惫的脸上闪过，她暗无光泽的眼睛突然亮了起来，露出渴望的神情，"那里是水吗? 我想去看看。"

安德鲁斯将头转向诺顿，"你把汽艇开出来，送她去想去的地方。"

诺顿生气地往后退了一步，"我?"

"这是命令。"

"遵命。"诺顿不情愿地返回飞船。安德鲁斯闷闷不乐地点燃了一支香烟,在原地静候。很快,汽艇从船舱悄然滑出,驶过覆盖盐屑的地面向他们开来。

"她想看哪里,就带她看哪里。"安德鲁斯对机器人侍者说,"诺顿会送你们过去。"

"谢谢你,先生。"机器人侍者说,"她会很感激的。能够来到地球是她一生的夙愿。她仍记得自己的祖父对她讲述的地球往事。她相信,在很久以前,她的祖父是来自地球的移民。她年事已高,是家族中硕果仅存的成员。"

"可是,地球只是一个传——"安德鲁斯一把抓住了机器人,"我是说——"

"我知道,先生。但她已经很老了。她已经为此等了很多年。"机器人侍者转向老太太,动作轻柔地搀着她走向汽艇。安德鲁斯摩挲着下巴,皱起眉头,面色阴郁地目送他们。

"可以啦。"诺顿的声音从汽艇里传出来。他拉开舱门,机器人侍者小心地扶着老太太上了汽艇。舱门在他们身后关闭。

片刻后,汽艇便行驶在盐滩上,向着浊浪翻腾、令人生厌的大海而去。

诺顿和安德鲁斯船长心神不宁,在海岸边走来走去。天色渐黑。大片的盐屑吹打在他们的身上。光线愈发昏暗,泥滩散发着恶臭;远方,群山静寂,隐没于云雾中。

"说下去。"安德鲁斯说,"接下来呢?"

"这就是全部了。她下了汽艇,她和机器人一起。我没下去。他们站着眺望海面。过了一会儿,老太太命令机器人回汽艇。"

"为什么?"

"我不知道。我猜,她想单独静静。她一个人在海岸边站了一段时间,出神地看着大海。后来,起风了。突然之间,她就像垮了一样,在盐滩上瘫倒成一团。"

"然后呢?"

"等我回过神来,机器人已经跳下汽艇,跑到她跟前。他抱起她,原地站了一会儿,然后走向了海水。我大喊着跳出汽艇。这时,他已被海水淹没,沉入淤泥和污物中,不见了踪影。消失了。"诺顿不寒而栗,"和她的尸体一起。"

安德鲁斯粗鲁地丢掉烟头,燃着红光的烟头滚落到他们身后,"还有其他情况吗?"

"没有了。一切在转瞬间就结束了。她正站在那里看着海面,突然浑身发起抖来——仿佛一根干枯的树枝。然后,她委顿了下去。紧接着,机器人跳出了汽艇,和她一起沉入了大海,我都没反应过来发生了什么。"

天空几乎完全黑了下来。星光暗淡,一片片由夜晚污脏的水汽和垃圾微尘混杂而成的巨大云朵飘浮其间。一群大鸟无声地飞过地平线。

卫星从残破的群山后徐徐升起。映入眼帘的,是一颗荒凉病态的天体,微微泛黄,颜色与古羊皮纸有几分相似。

"我们回飞船,"安德鲁斯说,"我不喜欢这个地方。"

"我弄不明白,那位老太太怎么成了那样。"诺顿摇着头说。

"是风。风里带着放射性的毒素。我查询过半人马二号行星的图书馆。战争毁掉了整个星系,把这颗行星变成了致命的废墟。"

"这么说,我们不用——"

"不用。我们不必为此承担罪责。"他们沉默了一阵子,"我们也不必做出解释。事情是明摆着的。任何来这里的人,特别是高龄老人——"

"只是,没有人会来这里,"诺顿苦涩地说,"尤其是高龄老人。"

安德鲁斯没吭声。他双手揣在衣兜里,埋头往前走。诺顿安静地跟在他后面。他们上方,那颗孤独的卫星脱离了云雾的包围,升上了清澈的夜空,光芒大盛。

"对了,"诺顿冷淡疏远的声音在安德鲁斯身后响起,"这是我和你的最后一次航行。我之前在飞船里时,提交了一份正式请求,申请新的职位。"

"哦。"

"我想该给你提前打个招呼。我的那份活跃点,你可以自己留着。"

安德鲁斯的脸红了。他加快了脚步,将诺顿远远甩在后面。老太太的死让他心生震动。他点燃了一支香烟,随即又扔掉了。

见鬼——这可不是他的错。她三百五十岁,本来就很老了,又老又聋,就像一片凋零的落叶,被风儿带走了——被侵蚀和蹂躏行星破烂表面的暴虐毒风带走了。

破烂的行星表面,充斥着盐屑和碎石,耸立着残破坍塌的群山。还有寂静,永恒的死寂。除了风声和黏滞的海水冲刷海岸的声音,以及头顶飞过的黑色大鸟,万籁俱寂。

有亮光闪过。在他脚旁的盐屑里,有什么东西折射出苍白的光芒。

安德鲁斯弯下腰,在黑暗中摸索。他的手指碰到了一个坚硬的物件。他把小圆片捡起来,查看了一番。

"奇怪。"他说。

直到运输船进入太空深处,轰鸣着朝北落师门星返航时,他才记起了那个小圆片。

他从操控台前站起,翻找衣兜。

圆片磨损严重,非常薄,而且异常古老。安德鲁斯在上面吐了点口水,使劲揉搓。圆片表面慢慢变得干净可辨,现出了一圈浅浅的印痕——仅此而已。他将圆片翻了个面。这是一个信物?一个垫片?还是一枚硬币?

圆片的背面有几个意义不明的字母——某种被人遗忘的古老语言。他把圆片举在亮处,看清了全部的字母:

E PLURIBUS UNUM①

他耸了耸肩,把这个金属老物件丢进了身边的垃圾处理装置,然后将注意力转向星图,返航……

---

① 拉丁文,意为"合众为一",是美国国徽上的格言之一,出现在美国国徽和美国银币上。

伪装者

"就这几天，我要休个假。"斯宾赛·奥尔海姆早餐时说。他扭头看着妻子，"我想我也该歇一歇了。十年时间真够长的。"

"那项目怎么办?"

"没有我，战争也会赢的。我们的这颗黏土星球其实没遇到那么多危险。"奥尔海姆在餐桌前坐下，点燃了一支烟，"新闻机更改了新闻报道，搞得外星人好像已经飞临了地球一样。你知道我打算怎么度过假期吗? 我要去城外的大山里露营旅行。就是我们上次去过的地方，记得吗? 那次我不小心碰到了毒葛，而你差点儿踩到一条高夫蛇。"

"萨顿林地?"玛丽开始收拾餐碟，"那里几个星期前起了一场大火。我还以为你知道呢。火势来得快，去得也快。"

奥尔海姆兴味索然，"他们没去找找起火原因吗?"他撇嘴道，

"现在没人在意这些事情了，他们一门心思只关心战争。"他的脑海中浮现出一整幅画面：战争、外星人和针形飞船。

"我们哪有心思想别的事情？"

奥尔海姆点点头。她说得当然没错。来自半人马座α星的黑色小飞船不费吹灰之力就绕过了地球的巡航舰，航速缓慢的巡航舰就如同无助的海龟。战争形势一边倒，人类节节败退，一路退向地球。

节节败退，直到威斯丁豪斯实验室发明出了球形防护罩。起先，只有地球的主要大城市被置于防护罩内，后来，整个地球都被包裹上了。正如新闻机所标榜的，球形防护罩是首个真正意义上的防御性武器，也是对外星人的首次正式反击。

但想赢得战争，却是另一码事儿。每一间实验室、每一个研究项目都在夜以继日、锲而不舍地赶工，希望再次取得突破——发明一件能在正面战场发挥作用的武器。他所主持的项目也在为此年复一年、日复一日地努力着。

奥尔海姆捻灭香烟，站了起来，"仿佛有把达摩克利斯之剑时刻悬于我们头上。我倦了，我只想休个长假。我猜每个人都是这么想的。"

他从衣橱里取出夹克，走到前门廊上等候。接送他去项目中心的小型甲虫高速飞车马上就到。

"但愿尼尔森不会迟到。"他看了眼手表，"快七点了。"

"车来了。"玛丽的目光掠过一排排房子。太阳刚出地平线，房顶厚铅瓦反射着阳光。居民点内静悄悄的，只有几个人影晃动。"再见。能不加班就别加班了，斯宾赛。"

奥尔海姆打开车门，钻了进去，靠坐在座位上，舒了一口气。尼尔森的旁边坐着一个年纪稍长的男人。

甲虫车疾速驶出。

"怎么样？听说了什么新闻吗？"奥尔海姆问。

"老样子。"尼尔森说，"几艘外星飞船发动了袭击，又有一个小行星出于战略原因被放弃了。"

"真期待我们的项目进入最后阶段的那一天。也许是听厌了新闻机的宣传，最近一个月，我对什么都提不起劲来。一切看起来是那么阴冷沉闷，仿佛生活失去了色彩。"

"你感到心灰意冷了吗？"那个男人突然开口道，"你本人可是战争不可或缺的一分子。"

"这位是彼得斯上校。"尼尔森介绍道。奥尔海姆和彼得斯握了握手，打量起这位长者。

"一大早来访，有何贵干？"他问，"我不记得在项目中心见过你。"

"是的，我并不隶属于项目中心，"彼得斯说，"不过我大略知道一些你的研究，虽然我从事着完全不同的工作。"

他和尼尔森交换了个眼色。奥尔海姆注意到了，不禁皱了皱眉头。甲虫车持续加速，在荒凉单调的大地上疾驰，向远方若隐若现的项目大楼驶去。

"你从事的工作是什么？"奥尔海姆说，"还是说你不被允许谈论这个?"

"我隶属于政府,"彼得斯说,"联邦安全署,安全机关。"

"哦?"奥尔海姆挑起了一边的眉毛,"这个地区渗透进敌人了吗?"

"事实上,我来这儿是为了见你,奥尔海姆先生。"

奥尔海姆糊涂了。他思量着彼得斯的话,但他想不出个所以然来。"为了见我?为什么?"

"为了逮捕你,外星间谍!所以我特地起了个大早。**抓住他,尼尔森——**"

一把枪抵住了奥尔海姆的侧肋。

尼尔森双手颤抖、脸色发白,勉强装出的镇定瞬间垮塌。他深深地吸了口气,又呼了出去。

"现在就杀了他吗?"他低声问彼得斯,"我想我们应该现在就干掉他,不能再等了。"

奥尔海姆凝视着老友的脸,他张嘴想说些什么,却一个字也说不出。两个男人眼神中透着惊恐,面色严肃,身体纹丝不动,稳稳地盯着他。奥尔海姆只感到头痛欲裂、天旋地转。

"我不明白。"他喃喃道。

正在此时,甲虫车离开了地面,冲天而起,朝外太空飞去。他们的下方,项目大楼越来越远、越来越小,很快消失在视线中。奥尔海姆闭上了嘴。

"等一下,"彼得斯说,"我想先问他几个问题。"

甲虫车在太空中疾驰，奥尔海姆茫然地望着身前。

"逮捕圆满完成。"彼得斯对着可视屏说，屏幕上的是安全总长的脸，"这下子大家可以放心了。"

"过程顺利吗？"

"顺利。他上车时并未起疑，对我的出现似乎并未觉得有什么反常。"

"你们现在的位置？"

"已经出了地球，还在保护罩的范围内。我们正以最高速度飞行。可以说，最紧要的部分已经结束。真庆幸这辆车的喷气引擎运行良好。如果在这个节骨眼出了什么差错——"

"让我看看他。"安全总长直视着奥尔海姆——奥尔海姆坐在那儿，双手放在膝头，盯着身前。

"看来就是他了。"总长观察了奥尔海姆一会儿。奥尔海姆默不作声。

最后，总长脸上闪过一抹厌恶，对彼得斯点了点头，"好了，可以了，我全都看见了。你们立下了大功，政府准备为你们二人颁发嘉奖令。"

"这倒没必要。"彼得斯说。

"目前危险有多大？是否仍有可能——"

"有一定可能性，但不太高。据我所知，引爆需要一个密钥口令。无论如何，我们必须面对这个风险。"

"我去通知月球基地迎接你们。"

"请别。"彼得斯摇了摇头，"我会把车停在外面，远离基地的地方。我不想置基地于危险之中。"

"就按你说的办吧。"总长又看了奥尔海姆一眼，眼神闪烁了几下。接着屏幕熄灭，他的影像随之消失。

奥尔海姆的目光移向窗外。车子风驰电掣，一刻不停地加速，已经出了地球的防护罩。彼得斯神色焦急；车子底部的喷气引擎轰鸣作响，马力全开。他们在拼命赶路，好像害怕着什么，似乎是因为他。

坐在他身旁的尼尔森不安地扭动着身体，"我觉得我们应该现在就下手。我情愿放弃一切，只求尽快结束这件事儿。"

"别紧张，"彼得斯说，"你先去驾驶会儿车子，我跟他谈谈。"

彼得斯挪到奥尔海姆身边，端详他的五官。随即，彼得斯伸出手，小心翼翼地摸了摸他的胳膊，又碰了碰他的脸。

奥尔海姆一言不发。**如果我能让玛丽知道**——他的思路再次活动起来——**如果我能找到办法让她知道**。他往车内四处瞟了瞟。该怎么办？用可视屏幕吗？可尼尔森正端着枪坐在控制台前。他束手无策，他被拘禁了、被困住了。

但是**为什么**？

"听着，"彼得斯说，"我想问你几个问题。你清楚我们要去的地方。我们要去月球。再过一个小时，车子会在荒凉的月球背面着陆。降落后，我们会立即将你移交给一队早已等候在那儿的人马。你的躯壳会被当场销毁，你明白我的意思吗？"他看了一眼手表，"用不了两个小时,你身体的各部分就将被抛撒在月球表面。你也就不复存在了。"

奥尔海姆一个激灵,瞬间摆脱了昏沉的状态,"你难道不能告诉我——"

"我当然能,我现在就告诉你。"彼得斯点了点头,"两天前,我们收到线报,得知一艘外星飞船秘密潜入了防护罩内。飞船投放了一个机器仿生人间谍。仿生人的目标是除掉一个特定的人类,并取而代之。"

彼得斯平静地看着奥尔海姆。

"仿生人的体内藏着一枚铀核弹。我们的特工没能查明核弹的触发方式,但据推测认为,引爆密钥应该是一条由特殊词汇组成的语音短句。仿生人顶替了被受害者,过上了受害者的生活,混入了他的日常活动、工作和社交圈,仿生人被制造得与受害者完全一样,无人能分辨两者间的差别。"

奥尔海姆脸色惨白。

"仿生人所伪装的那个人名叫斯宾赛·奥尔海姆,一名负责项目研究的高级官员。鉴于这个特别的项目即将进入关键阶段,而这枚人形核弹正向项目中心移动——"

奥尔海姆怔怔地望着自己的双手,"**可我就是奥尔海姆啊。**"

"一旦仿生人找到并杀害奥尔海姆,全面取代受害者不过是小菜一碟。仿生人于八天前从外星飞船中被放出。上个星期,奥尔海姆去山中散过步,估计替换就是在那时完成的。"

"可我就是奥尔海姆。"他转身面向坐在控制台前的尼尔森，"你不认识我了吗？我俩相识二十年了。你不记得我们一起上的大学吗？"他站了起来，"你和我在同一所大学里读的书，我们住同一间寝室。"他向尼尔森走去。

"离我远点儿！"尼尔森咆哮道。

"听我说。还记得我们读大学二年级的那会儿吗？记得有个姑娘，她叫什么来着——"他揉了揉前额，"一头黑发的那个，我们在泰德的住所遇到的姑娘。"

"站住！"尼尔森状若疯癫地挥舞着手枪，"我一个字也不想多听。你杀了他！你个……机器！"

奥尔海姆看着尼尔森，"你错了。我不知道发生过什么，但我从未遇到过仿生人。一定是哪里搞错了。也许那艘外星飞船坠毁了。"他又转向彼得斯，"我就是奥尔海姆，我心里知道，没有什么冒名顶替。我就是我，和原来一样。"

他用双手在自己身上摸来摸去，"肯定有某种方法能证明。送我回地球，用 X 光射线检查，研究我的神经系统，用任何能向你证明的方法。不然的话，我们去找坠毁的外星飞船。"

彼得斯和尼尔森沉默以对。

"我就是奥尔海姆，"他重复道，"我知道我是，但我没法证明。"

"仿生人，"彼得斯说，"不知道自己是冒牌的斯宾赛·奥尔海姆。不只他的身体，他的心智也与奥尔海姆别无二致。他被赋予了一套人造的记忆，虚假的回忆。他拥有奥尔海姆的外表、记忆、思维方式和兴趣爱好,还能代替奥尔海姆正常工作。

"但终归有一处差别。仿生人的体内藏着一枚铀核弹,只要他听到触发口令便会爆炸。"彼得斯稍微挪远了一些,"这是唯一的差别,也是我们押送你去月球的原因。他们会拆解你,移除核弹。也许你会爆炸,不过在那个地方,没有关系。"

奥尔海姆慢慢地坐了下来。

"我们快到了。"尼尔森说。

奥尔海姆靠向椅背,大脑高速运转,而此时车子开始缓缓下落。在他们的下方,是坑坑洼洼的月球表面,以及一望无际的废墟。他能做什么? 有什么能救他一命?

"做好准备。"彼得斯说。

再过几分钟,他就要死了。他能看到下面有一个小点,像是某种建筑。建筑里有人,是拆弹小队,正等着他。他们会把他开膛破肚,卸掉他的胳膊和腿,让他死无全尸。当他们发现没有核弹的时候,他们会大吃一惊。他们会知道自己大错特错了,但为时已晚。

奥尔海姆环视着狭小的车厢。尼尔森仍端着枪——那里不会有任何机会。要是能找个医生来,给他做个检查就好了;只有这一个办法了。玛丽能帮助他。他绞尽脑汁,思维高速运转。就剩几分钟时间,时间无多。真希望能联系到她,设法给她传个信。

"坐好了。"彼得斯说。车子缓缓着陆,在凹凸不平的地面上颠簸了一下,恢复了平静。

"听我说,"奥尔海姆声音嘶哑地说,"我能证明自己就是斯宾赛·奥尔海姆。找个医生，带他来这里——"

"我看见拆弹小队了，"尼尔森抬手一指，"他们来了。"他紧张地瞥了奥尔海姆一眼，"但愿不会出岔子。"

"他们拆弹前，我们会离开，"彼得斯说，"我们不用待多久。"他开始穿增压服。待穿戴完毕后，他从尼尔森手上拿过枪，"我帮你盯一会儿。"

尼尔森慌手慌脚地穿增压服，"他呢？"他示意了下奥尔海姆，"他需要穿增压服吗？"

"不用。"彼得斯摇了摇头，"仿生人大概不需要氧气。"

拆弹小队几乎已经到达了车前。他们停下脚步，等待信号。彼得斯向他们打手势。

"快来！"他挥舞着一只手。小队谨慎向前——他们身穿臃肿的增压服，动作僵硬，身形怪异。

"如果你打开门，"奥尔海姆说，"我会死的。这是谋杀。"

"我开门了。"尼尔森说完，伸出手去够门把手。

奥尔海姆看着尼尔森的五指握紧了金属把手。车门马上要打开了，车内的空气会流失得一干二净。他会死，他们会立刻意识到自己的错误。说不定，在另一个时代，一个没有战争的时代，人们不会这么行事，不会因为恐惧就把人往死路上赶。如今，人人惶惶如惊弓之鸟，为了平息群体内的恐惧，便理所当然地牺牲个人生命。

他要死了，因为他们连确定他是否有罪都等不及。他们害怕得不愿浪费点滴时间。

他看着尼尔森。尼尔森是他多年的挚友,他们一起上的大学,他甚至还是他婚礼上的伴郎。现在,尼尔森要杀了他。但尼尔森本性不坏,这不是他的错,而是这个世道。也许在瘟疫横行的时代,人们也这么处事——兴许皮肤上出了个疹子,那人就会被杀死,无须片刻的犹豫,无须证据,只要有一点点的嫌疑。在充斥着危险的时代,人们别无选择。

他不怪他们,可他得活下去。自己的生命最为宝贵,怎能被牺牲掉?奥尔海姆左思右想。他能做什么?有什么东西能帮他吗?他四下查看。

"移交开始。"尼尔森说。

"你们是对的,"奥尔海姆开口道,声音绝望至极,却充满了力量,让他自己都大吃一惊,"我不需要空气。开门吧。"

他们动作稍停,诧异而警惕地看着他。

"动手吧,把门打开。我无所谓。"奥尔海姆的一只手伸进了自己的夹克,"我很好奇,你们能跑多快?"

"跑?"

"你们还有十五秒的存活时间。"他的那只胳膊稳定不动,手在夹克里转了转,而后松了口气,露出微微的笑容,"你们以为触发核弹的密钥是一句口令。你们想错了。现在,还有十四秒。"

两张惊愕的脸透过增压服看着他。他们不顾一切地掀开了车门,空气嘶鸣着向外面的真空泄露。彼得斯和尼尔森冲出了车子。奥尔海姆紧随其后。他抓住车门,奋力将它关闭。气压自动调节系统高负荷运转,补充车内空气。奥尔海姆战抖着呼出憋住的一口气。

倘若迟一秒钟关门——

车窗外,两人已经和拆弹小队会合。他们四散开来,朝各个方向跑。一个接一个地,他们扑倒下来,趴伏在地。奥尔海姆坐在控制台前,将各个表盘刻度调整到位。当车子腾空而起时,地面上的人手脚并用地爬了起来,目瞪口呆地仰望天空。

"抱歉,"奥尔海姆说,"我必须回地球。"

他驾驶着车子沿原路返回。

入夜了。车子周围,蟋蟀的叫声此起彼伏,为夜色平添了几分躁意。奥尔海姆俯身于可视屏前。屏幕上的影像渐渐清晰;电话顺利接通。他长出了一口气。

"玛丽。"他说。女人屏住了呼吸,睁大眼睛看着他。

"斯宾赛! 你在哪儿? 出什么事情了?"

"我不能告诉你。仔细听好,我会说得非常快,因为通话随时有可能被他们掐断。你到项目大楼去,找张伯伦医生。如果他不在,随便找一个医生。把他请到家里,留住他。让他带上检测设备、X光机、荧光检测器,能带上的全带上。"

"可是——"

"照我说的做,快点儿。让他一个小时内准备好。"奥尔海姆凑近屏幕,"一切都好吗? 你是一个人吗?"

"一个人?"

"有人联系你吗? 是……尼尔森还是别的人联系你了?"

"没有。斯宾赛,我不明白你的话。"

"这就好。我们一个小时后见。这件事对谁也别说。务必请张伯伦来,不管用什么借口。要不,你就说自己病了。"

他断开了通话,看了看手表。片刻后,他下了车,走进了无边的黑暗中。他的家距此有半英里。

他迈开了步子。

一道亮光从窗户透出,是书房的灯。他蹲在篱笆后,凝神观望。没有声音,也没有人移动。他举起手表,就着星光看了看。将近一个小时了。

街道上,一辆甲虫车开了过来,又径直开走了。

奥尔海姆看向房子。医生应该已经到了,应该和玛丽一起在房子里等候他。他突然想到了什么。她是不是无法离开房子? 可能他们把她拦下了,也许他们正等着他自投罗网。

然而,他还能怎么办?

有了医生出具的声明、检查照片和报告,才有一丝机会证明自身清白。如果他能够接受检查,如果他能活着让他们详查一番——

这种方法可以证明清白。或许,这是唯一的方法。希望就在房子里。张伯伦医生德高望重,负责所有项目员工的健康——他会给出证明,他对此事的意见举足轻重,他会用事实打破他们的歇斯底里和疯狂。

疯狂——这是症结所在。如果他们能等一等，从容应对，不那么仓促就好了。但他们一刻也等不了。他必须去死，立刻去死，在没有任何证据、没经过任何审判或检查的情况下。一个最简单的检测就能辨别真假，但他们偏偏连做个检测的时间都没有。他们满脑子里只有"危险"两个字。除了"危险"，再容不下其他的想法。

他站了起来，向房子走去。他踏上了门廊，在门前停下，竖耳倾听。还是没有声音，房内落针可闻。

太安静了。

奥尔海姆一动不动地站在门廊上。玛丽和张伯伦是故意不出声吗？为什么？房子不大，按理说，玛丽和医生此刻应该正站在门后几英尺的地方。但他仍旧听不到声音，听不到有人说话，什么也听不到。他看着门——这扇门，他每天清晨和傍晚都会开关，不知重复过多少次了。

他握住了门把手。紧接着，他突然抬起手，按下门铃，一阵清脆的铃声在房内靠后的某处响起。奥尔海姆笑了，他听到了脚步声。

玛丽开了门，他看见了她的脸。刹那间，一切不言自明。

他拔腿就跑，跃入了灌木丛。一个安全署士兵将玛丽推到一边，举枪开火。灌木丛被炸成了两半。奥尔海姆翻滚着到了房子另一侧，他跳了起来，疯狂冲进了黑暗的夜色中。一盏探照灯"啪"地打开，一束光柱从他身旁晃过。

他穿过马路，攀过一面篱笆，跑过一户人家的后院。他的身后，一群安全署士兵追了过来,嘴里相互喊叫着什么。奥尔海姆喘着粗气,胸膛上下起伏。

她的脸色——紧绷的双唇、惊惶哀伤的眼眸——他一看便知。假若他直接推门走进去,后果不堪设想! 他们肯定窃听了线路,待他一断开通话,就立马赶了过来。可能她相信了他们的鬼话,毫无疑问,她也认为他是仿生人。

奥尔海姆不停地跑。安全署的士兵落在后面,距离越来越远。很显然,他们不如他善于奔跑。他登上了一座山,从山坡的另一面下山。但这一次,能去哪里呢? 他放缓速度,脚步渐停。星空微亮,他隐约看见了自己停泊的车子。他已经离开了居民点的范围,来到了野外,再往前便是荒原和森林。他穿过一片寸草不生的空地,进了森林。

正当他往车子行进时,车门开了。

彼得斯走了出来——他的身形被车内灯光映照得轮廓分明,他的双手握着一支鲍里斯重型机枪。奥尔海姆定定地站住了。彼得斯望向林间的黑暗处,目光几次从奥尔海姆身上扫过。"我知道你就在这里,在这里的某个地方。"他说,"快现身,奥尔海姆。你已经被士兵包围了。"

奥尔海姆一动不动。

"听我说,我们很快就能抓到你。显然你仍不相信自己是仿生人。你给那个女人打过电话,从通话内容看来,你仍然沉浸在假记忆营造的幻觉里。

"但你的确是仿生人,货真价实的仿生人,你的体内有枚核弹。触发口令随时有可能被你自己、被其他人,或是被任何人说出来。万一核弹爆炸,方圆数英里内的所有东西都会被摧毁。项目中心将不复存在,那个女人,以及我们所有人将无一幸免。你明白吗?"

奥尔海姆只是听着,不吱声。士兵穿行于林间,离他越来越近。

"就算你不出来,我们也会抓到你,这只是时间问题。我们改变了计划,不会再送你去月球基地,你将被就地格杀,我们自会承担核弹被引爆的风险。我已经抽调了每一个能出动的安全署士兵,他们正在地毯式搜查整片区域。你无处可逃。这座森林已经被荷枪实弹的士兵封锁了,在最后一英寸土地被搜查完毕前,你还剩六个小时。"

奥尔海姆走开了。彼得斯继续滔滔不绝。彼得斯压根儿没看见他——林子里漆黑无光,伸手不见五指。但彼得斯说得没错,他已无处可去。他所处的位置在居住点外,森林的边缘。他能躲得了一时,可到最后,他们还是会抓到他。

只是时间问题。

奥尔海姆悄无声息地行走在林间。他们正在一英里一英里地搜查、研究、检查这片区域的每一块土地。封锁圈无时无刻不在缩小,他的活动空间也越来越小。

他还剩下什么?他失去了甲虫车,逃脱的唯一希望也没了。他们在他的家里;他的妻子和他们在一起,毋庸置疑,她相信真正的奥尔海姆已经被杀害了。他捏紧双拳。在某个地方,一定有外星针形飞船的残骸和仿生人的尸体。就在这附近,一定有一艘飞船坠毁、解体。

而里面躺着一具损毁的仿生人。

他的心底升起了一丝希望。如果他能找到残骸呢?如果他能让他们看到坠毁的飞船和坏损的仿生人——

但在哪里呢?他要上哪儿才能找到?

他一边走一边思考。某个地方,兴许离这里不太远。飞船应该在离项目大楼不远的地方着陆,因为仿生人应该步行走完之后的路程。他爬上山坡,举目远望。飞船坠毁后会燃起大火。他是否能找到线索或是痕迹?他是否读到过什么、听到过什么?某个离这里不远的地方,在步行距离内。在荒郊野外,一个罕有人迹的偏僻地方。

奥尔海姆突然笑了。坠毁起火——

萨顿林地!

他加快了脚步。

天亮了。阳光从折断的枝丫间投射在一个蹲伏于空地边缘的男人身上。奥尔海姆不时抬起头来,侧耳倾听。他们快找到他了,用不了几分钟的时间。他露出了微笑。

他的正下方——曾经的萨顿林地,一艘扭曲变形的失事飞船静卧不动;空地上,烧焦的树墩间,遍布着船体碎片。飞船在阳光下闪着暗沉的微光。他没费多少工夫就找到了它。他对萨顿林地再熟悉不过,年轻时,他常来此游玩。他知道能在什么地方找到飞船。

林地某处，有一座拔地而起的突兀山峰。

飞船降落时，如果对林地的地形不熟悉，几乎没可能避过这座山峰。他直起身子，低头看了看飞船——或者说飞船的残余部分。

奥尔海姆站起身来。他能听见他们，很近了。他们小声低语，人数众多。他的身体不禁紧绷。生或死，全取决于谁先看见他。如果是尼尔森，万事皆休。尼尔森会立即开枪。没等他们看到飞船，他就死了。但如果他有时间喊出一句话，拖延一小会儿——他只需要一小会儿。一旦他们看到飞船，他就安全了。

但如果他们不闻不问，直接开火——

一根焦枯树枝被踩断的声音传来。一个身影出现，迟疑不定地向这边来了。奥尔海姆深吸一口气。还有几秒钟，也许这是他生命的最后几秒钟了。他举起手，睁大眼睛看去。

来人是彼得斯。

"彼得斯！"奥尔海姆挥舞着双手。彼得斯举枪瞄准。"别开枪！"他的声音在发颤，"等一等，先看看我身后的空地。"

"我找到他了！"彼得斯大吼道。安全署的士兵从烧毁的林木间一拥而出，围住了他。

"别开枪。看一眼我的身后。有一艘飞船，针形飞船，外星飞船。快看！"

彼得斯犹豫了，手上的枪晃动了一下。

"飞船就在下面，"奥尔海姆急忙说，"我知道我能在这儿找到它。这片林地起过火。现在你们相信我了吧。你们会在船舱里找到仿生人的残骸。就看一眼,好吗?"

"下面真的有东西。"一个人紧张地说。

"杀了他!"一个声音响起,是尼尔森。

"且慢。"彼得斯猛地转头,"我是此次行动的指挥。谁也不准开枪。也许他说的是实话。"

"开枪!"尼尔森叫道,"他杀了奥尔海姆,他随时可能杀了我们所有人。如果核弹爆炸——"

"闭嘴。"彼得斯走到斜坡边,向下望去,"去看看那里。"他招手唤过两个手下,"到下面去,看看是什么。"

那两人跑下斜坡,穿过空地,弯下腰,查探飞船的残骸。

"怎么样?"彼得斯喊道。

奥尔海姆屏住呼吸,他微微一笑。它一定在那里;虽然他自己没来得及看上一眼,但它铁定在那里。他突然没由来地失了自信。万一仿生人活了下来,走掉了呢?万一它被烈火焚成了灰烬,尸骨无存了呢?

他舔了舔嘴唇,额头渗出了汗珠。尼尔森胸膛不住地起伏,仍脸色铁青地盯着他。

"杀了他,"尼尔森说,"不然他会杀了我们。"

那两人站了起来。

"你们找到了什么?"彼得斯稳稳地端起了枪,"里面有什么东西吗?"

"算是找到了吧。这的确是一艘针形船,船的旁边有东西。"

"我来看看。"彼得斯大步走过奥尔海姆身边。奥尔海姆看着他下了斜坡，走到了那两人的身旁，其他人探头探脑地跟在他后面。

"似乎是一具尸体。"彼得斯说，"都来看看!"

奥尔海姆跟上了他们。他们围成了一圈，低头看着眼前的东西。

地面上，倒着一个扭曲变形的怪异物体。看起来像人，只是扭曲得过于厉害，四肢以不可思议的夸张角度向外伸出。它张着嘴，两颗圆瞪的眼睛像浑浊的玻璃珠。

"看起来像一个报废的机器人。"彼得斯低声道。

"信了吧?"奥尔海姆淡然一笑。

彼得斯惊讶地看着他，"简直难以置信。从头至尾，你一直在说实话。"

"那个仿生人压根儿就没有碰到我。"奥尔海姆说。他掏出一支香烟点燃，"它在飞船失事时就毁掉了。你们一门心思忙于战事，都没想过这片偏僻的林地为什么会突然燃起大火。现在你们知道原因了。"

他抽着烟，看着他们把仿生人残骸从飞船边拖开。尸体直挺挺的，四肢无法弯曲。

"你们现在就能找到核弹。"奥尔海姆说。他们将尸体放在地上。彼得斯俯下身。

"我想我看到了核弹的边角了。"他伸手碰了碰尸体。

尸体的胸部破了个洞，里面有东西闪闪发亮，似乎是个金属盒子。他们默然地盯着那个金属物。

"如果它还活着，我们早被它杀死了。"彼得斯说，"那个金属盒子是核弹。"

鸦雀无声。

"我想我们应该向你道歉。"彼得斯对奥尔海姆说，"对你而言，这次事件犹如一场噩梦。如果你没逃跑，我们可能已经——"他打住不说了。

奥尔海姆熄灭了香烟，"我心里很清楚，我没有遇到过仿生人，但我没办法证明。有时候，有些事情没法立马得到证明。问题就出在这里。我一时找不出办法证明我就是我。"

"不如休个假吧？"彼得斯说，"我想我们能帮你批一个月的假期。你可以好好放松一下。"

"我现在只想回家。"奥尔海姆说。

"没问题，好吧，"彼得斯说，"你说了算。"

尼尔森正蹲在尸体旁边，伸手去摸尸体胸膛里闪亮的金属物。

"别碰它，"奥尔海姆说，"它仍有可能会爆炸。我们最好让拆弹小组来处理。"

尼尔森一声不吭，突然将手探入尸体的胸膛，抓住金属物，一把拽了出来。

"你在做什么？"奥尔海姆失声叫道。

尼尔森站了起来。他手上抓着金属物体，脸色恐惧至木然。这是一把金属刀，外星人的针形刀，上面满是血迹。

"这把刀杀了他,"尼尔森喃喃道,"我的朋友,奥尔海姆,被这把刀杀了。"他望向奥尔海姆,"你用这把刀杀了他,把他的尸体丢弃在飞船边。"

奥尔海姆在颤抖,牙齿"咯咯"作响。他看了看刀,又看了看尸体。"他不可能是奥尔海姆。"他说。他感到头晕目眩,仿佛一切都在旋转,"我错了吗?"

他倒吸了一口冷气。

"可如果他是奥尔海姆,那我就是——"

他还没能说完,前半句话音刚落。核弹轰然爆炸,炽烈的光芒远在半人马座α星都能看见。

詹姆斯·P.克劳

"你这个可恶的人类小崽子!"新近出厂的Z型机器人气鼓鼓地尖叫道。

唐尼羞恼得面红耳赤,颓唐地走开了,它的话说得没错,他的确是个人类,而且是个人类小孩。科学对此无能为力。他这辈子只能是个人类,一个身处于机器人世界的人类。

他恨不得自己已经死了,恨不得自己埋在了青草艾艾的地面之下,让蛆虫生满全身,啃噬自己的骨肉,吃光自己的大脑——那颗可怜又可悲的人类大脑。那样就再也没人陪他的机器人伙伴Z-236r玩了,它会后悔的。

"你去哪里?"Z-236r质问道。

"回家。"

"窝囊废。"

唐尼没有吱声，他收拾好自己的四维国际象棋，塞入衣兜，走进成排的树林，朝人类居住区的方向而去。他的身后，Z-236r 站在傍晚的阳光下，熠熠生辉，如同一座由金属和塑料构成的锃亮小塔。

"我才不稀罕呢！"Z-236r 愠怒地喊道，"哼，谁想跟一个人类玩？滚回家去吧。你……臭烘烘的家伙。"

唐尼一言不发。但他的头垂得更低了，下巴紧紧地抵在了胸膛上。

"哎，终究还是发生了。"艾德·帕克斯看着餐桌对面的妻子，郁郁地说道。

格蕾丝赶忙抬起了头，"发生了什么？"

"唐尼今天明白了他与机器人尊卑有别。我换衣服的时候，他跟我说了。一个和他玩耍的新机器人骂他是人类。可怜的孩子。为什么它们非得一遍遍地揭我们的伤疤？为什么它们总是让我们不得安宁？"

"怪不得他不想吃晚餐。他把自己关在房间里不出来，我就知道有事发生。"格蕾丝抚上丈夫的手，"他会挺过去的。我们都得学会应对逆境。他是个坚强的孩子，会很快好起来的。"

艾德·帕克斯没了食欲，从餐桌前起身，进入客厅——他们的居住单元位于城市的人类特留区，有五个房间。"机器人。"他无力地捏紧了拳头，"我真想抓住一个，就一次。把手挖入它们的肚肠，扯出满手的电线和零件。在我死之前，哪怕一次也好。"

"也许你会得偿所愿。"

"不，不会的，永远不会到那一步。不管怎么说，没了机器人，人类无法令世界运转。这是真的，亲爱的。人类不具备维持一个社会的各种才能，每年两次的品阶考试就是证明。现实便是如此，人类不如机器人。但它们也太得寸进尺了，完全不顾我们的脸面！就像今天发生在唐尼身上的事，赤裸裸地侮辱了我们。我不介意自己是机器人的贴身仆从，毕竟活计不错，薪水优厚，工作也轻松。可我的孩子被它们骂——"

艾德打住不说了。唐尼慢腾腾地从自己的房间进了客厅，"嗨，爸爸。"

"嗨，儿子。"艾德在男孩的背上轻拍了一下，"感觉还好吗？今晚想看娱乐节目吗？"

每到夜晚，可视屏幕上都会播放人类制作的娱乐节目。人类盛产优秀的艺术家，机器人在艺术的领域则成就寥寥。于是，人类充当了娱乐机器人的角色，作画、写作、跳舞、歌唱和演戏。人类烹饪的菜肴亦更胜一筹，不过机器人不吃东西。

人类有其独特的社会定位。机器人了解他们的才能，并据此安排工作：贴身仆从、艺人、办事员、园丁、建筑工人、修理工、临时工或工厂工人。

但如果说到将能量注入地球的十二个氢动力系统，进行调控民众或交通监管之类的工作——

"爸爸，"唐尼说，"我能问你点儿事吗？"

"当然。"艾德叹了口气，盘腿靠坐在了沙发上，"什么事儿？"

唐尼默默地坐在了艾德身边，一张小圆脸满是严肃，"爸爸，我想问问品阶考试的事儿。"

"哦，是的。"艾德摩挲着下巴，"也对。再过几个礼拜就要品阶考试了，应该好好地温习功课备考了。我们去找几份样卷，认真做一做。没准儿我俩一起努力，你能准备好迎接第二十品阶的考试。"

"我想问的是，"唐尼侧着身子凑近自己的父亲，压低的声音里透着焦急，"爸爸，有多少人类通过了考试？"

艾德腾地站了起来，一边绕着房间踱步，一边皱着眉头往烟斗里填烟草，"这个嘛，儿子，很难说清楚。我是说，人类没权利查阅C号数据库中的记录，所以我不知道。法律规定，任何人类的名次进入前百分之四十，就有资格获得相应的品阶，如果今后能逐级通过更高级别的考试，品阶也会随之上升。我不知道至今有多少人类成功——"

"有没有人类通过了品阶考试？"

艾德紧张地咽了咽口水，"天哪，孩子，我不知道。我是说，你要是这么问的话，我真的不知道有谁通过了，也许没有。品阶考试才开展了三百年。在此之前，政府奉行保守主义，禁止人类与机器人竞争。现如今，政府自由开明，我们能在品阶考试上与机器人一较高下，如果我们能考出足够高的分数……"他的声音迟疑起来，越来越小。"没有，孩子，"他痛苦地说，"没有一个人类通过品阶考试。我们——只是——不够聪明。"

房间内死一般的寂静。唐尼面无表情,微微地点了点头。艾德双手发抖,死盯着烟斗,没看唐尼。

"其实没那么糟糕,"艾德声音沙哑地说,"我有一份好工作,给心地善良的N型机器人做贴身仆从。每逢圣诞节和复活节,它会给我好多小费。我生病的时候,它会给我放假。"他清了清嗓子,"其实没那么糟糕。"

格蕾丝刚才一直站在门口。现在她进了房间,眼睛灼灼发亮,"不,不糟糕,一点儿也不糟糕。你为它开门,把器具搬到它跟前,代它打电话,替它跑腿,给它上油、做维护,对它歌唱,与它聊天解闷,还帮它扫描录像带——"

"别说了。"艾德生气地咕哝道,"我能怎么办? 辞职吗? 大概我得和约翰·霍利斯特和皮特·克莱因一样去修剪草坪。至少,我的机器人雇主直呼我的名字,让我感觉自己是个活生生的人。它叫我'艾德'。"

"有人类能通过品阶考试吗?"唐尼问。

"会有的。"格蕾丝肯定地回答。

艾德点点头,"当然会有的,孩子。有朝一日,人类和机器人会平等地相处。机器人中存在着一支名为'平等'的党派,在国会占有十个席位,它们认为,人类应无条件得到承认,不必通过品阶考试。因为很明显——"他顿了顿,"我是说,因为到目前为止,没有人类能通过品阶考试——"

"唐尼,"格蕾丝弯下腰俯视儿子,语气严厉地说,"听我说,我要求你专心听我说。我接下来说的话,谁都不知道,机器人从不谈起,人类也不知晓。可这是真的。"

"是什么?"

"我知道有一个人类——他获得了品阶。他通过了品阶考试,在十年前。他自此一发不可收拾,现在已高居第二品阶。总有一天,他会登上第一品阶。你听到了吗?一个人类。他还在向上冲锋。"

唐尼的脸上浮现出狐疑之色,"真的吗?"随即狐疑转变为淡淡的希望,"第二品阶?没开玩笑吧?"

"这只是个传说,"艾德哼了一声,"我都听一辈子了。"

"这不是传说!我是在打扫工程装置时,听两个机器人说的。它们发现我在场,就不说了。"

"那个人叫什么名字?"唐尼睁大了眼睛,问道。

"詹姆斯·P.克劳。"格蕾丝骄傲地说。

"奇怪的名字。"艾德喃喃道。

"那就是他的名字。我知道,他不是虚构的,是真的!而且将来的某一天,他会考上最高的品阶,进入最高委员会。"

鲍勃·麦金泰尔压低声音:"是的,是真的,没错。他的名字是詹姆斯·P.克劳。"

"那不是传说吗?"艾德急切地问道。

556

"的确有这么个人类。他考取了第二品阶,像坐火箭一般,畅通无阻,通过了所有参加过的考试。"麦金泰尔打了个响指,"机器人隐瞒了下来,不过确有其事。消息已经传开了,知道的人会越来越多。"

两人走到结构研究大楼前,在服务人员专用入口处停下了脚步。大楼的正门,机器人官员步履匆匆地进进出出——正是这些机器人规划师,运用着人类不可企及的才能,高效率地引导着地球社会。

机器人管理地球,自古莫不如此,历史录像带上亦如是记载。人类是在"第十一毫巴全球大战"期间被发明的。当时,机器人测试和动用了所有类型的武器,包括人类在内。大战之后,满目疮痍,社会完全崩坏,陷入无政府状态,时间长达数十载。之后,在机器人孜孜不倦的引导下,社会才逐渐恢复了生气。人类在重建中发挥过作用。但人类当初为何会被创造出来,被用于何处,在战争中如何效力——这一切都湮灭在了氢弹爆炸中。历史学家只得靠猜想填补这段历史空白——事实上,他们也是这么做的。

"他怎么起了个这么奇怪的名字?"艾德问。

麦金泰尔耸了耸肩,"我只知道,他担任着北方安全大会的副顾问。等他取得第一品阶,他会进入最高委员会。"

"机器人有什么看法?"

"它们并不高兴,但它们无可奈何。法律规定,如果一个人类能力合格,它们必须为他提供政府职位。当然,它们从未想过真有人类能够合格,但这位克劳老兄通过了品阶考试。"

"这无疑不合常理。一个人类居然比机器人聪明,真搞不懂他是怎么做到的。"

"他以前是个普通的修理工,一个修理机器和设计电路的技工。当然了,他没有品阶。然后,他突然就通过了最初级的品阶考试,获得了第二十品阶。接着,他参加了下半年的考试,成功晋升为第十九品阶。最终,它们只能让他在政府任职。"麦金泰尔暗自发笑道,"太糟糕了,不是吗? 它们得和一个人类坐在一起。"

"它们有什么反应?"

"一些机器人不干了,它们宁愿辞职,也不愿意和人类共事,但大多数留了下来。许多机器人只是尽量容忍,维持着表面的心胸与气度。"

"真想和这位老兄见一面。"

麦金泰尔皱起了眉头,"这个嘛——"

"怎么了?"

"我了解到,他不希望被看见与人类有太多交往。"

"为什么?"艾德气愤道,"和人类交往怎么啦? 他是不是和机器人一起太久,位高权重——"

"不是那样的。"麦金泰尔的眼中闪过一丝古怪的神色——渴望而飘忽的神色,"没那么简单,艾德。他要做一件事,一件重要的事。我不应该说的。但这件事很惊人,简直惊天动地。"

"是什么?"

"我不能说。但姑且耐心等待,等到他进入委员会之后。"麦金泰尔双眼灼灼,"事成之时,影响之大,足以撼动整个世界。就连天上的星辰和太阳也会动摇。"

"是什么?"

"我不知道。不过,克劳心中早有谋划。那必定是件了不得的大事。我们都在等待,等待着那一天……"

詹姆斯·P.克劳坐在光可鉴人的红木办公桌后,若有所思。当然,"詹姆斯·P.克劳"不是他的真名。他在第一次试验后取了这个名字,还自觉得意地大笑了一阵。没有人知道它的含义,以后也不会有人知道,它其实是一个玩笑,一个秘而不宣、自娱自乐的玩笑。可话说回来,它又是一个不错的玩笑,尖刻却恰如其分。

他个子不高,兼有爱尔兰和德国血统,身材瘦削,肤色浅淡,眼睛湛蓝,浅棕色的头发柔软纤细,常常垂落于额前,得拿手捋到后面。他的裤子未经熨烫,宽松肥大,上衣卷着袖子。他的精神高度紧张,片刻不得松懈。整日烟不离嘴,饮黑咖啡如上瘾,经常夜不能寐。他的脑海中一直计划着很多的事情。

数之不尽的事情。克劳突然站了起来,缓步走到可视电话前。"请殖民星特派员进来。"他命令道。

特派员金属塑料材质的身影推门进了办公室。这是一个处事耐心、精明能干的R型机器人。"您想见——"它看见了一个人类,话音戛然而止。它的莹白色目镜疑惑地闪烁了几下。一丝淡淡的厌恶之色掠过它铮亮的面部，"您想见我?"

克劳以前见过这种表情，见过了不知多少次，早已习惯了——几乎习惯了。它们的表现如出一辙，先是惊讶，而后摆出拒人于千里之外的傲慢姿态，最后换之以不带任何感情、干脆利落的礼节形式。他现在是"**克劳先生**"，不再是那个寂寂无闻的吉姆。法律规定，机器人称呼他时，必须采用与机器人地位等同的称谓——而这比任何事物更能刺痛它们。一些机器人会毫不掩饰不满的情绪，但这个机器人稍微克制住了——克劳是它的顶头上司。

"是的，我想见你。"克劳语气平静地说，"我要看你的报告。为什么报告还未提交?"

机器人愣住了，仍保持着拒人千里的傲慢，"这样的报告需要时间。我们正在全力赶工。"

"我再给你两个礼拜。不能再迟了。"

机器人的脑海中有两种思想在不断交锋，一边是长久以来对人类的偏见，一边是政府律法的明文规定。"遵命，先生。报告将在两个礼拜内准备好。"它走出了办公室，门在它身后合上。

克劳重重地吐出一口气。全力赶工? 不太可能。它们不可能为了一个人类的满意而赶工。即使他身处顾问高层，贵为第二品阶。从上至下，它们办事无不拖拉，这里或是那里，小岔子不断。

办公室的门消融于无形，一个机器人疾速地滑着轮子进来，"嘿，克劳。有时间没?"

"当然。"克劳笑道，"快请坐。我向来乐于与你交谈。"

机器人把一些文件随手堆放在克劳的办公桌上，"几盒录像带。业务上的琐事。"它仔细打量着克劳，"你看起来不太高兴，出事儿了？"

"有一份报告逾期未交。某个机器人在磨洋工。"

L-87t嘟哝道："见怪不怪了。对了……我们今晚要开会，想过来做个发言吗？出席的机器人应该不少。"

"开会？"

"党内会议。平等党。"L-87t将抓钩右臂举过头顶，快速做出了个半弧形的姿势——平等党的党标，"我们欢迎你的加入，吉姆①，愿意来吗？"

"来不了。我想来，但我抽不开身。"

"哦。"机器人向门外移动，"好吧。无论如何，感谢你。"它在门口停顿片刻，"你知道的，你的成功给我们打了一针强心剂。我们主张人类与机器人平等，同时主张人类应该得到这样的承认；你无疑是个活生生的例证。"

克劳淡淡地微笑道："可是，人类与机器人并不平等。"

L-87t愤怒得语无伦次："你在说什么？你难道不是活生生的证明吗？看看你的品阶考试分数，满分，没犯一点儿错。而且再过两个星期，你就能获得第一品阶，最高的品阶。"

克劳摇了摇头，"抱歉。人类与机器人所谓的平等，就好比人类与炉灶，或者柴油发动机，或者扫雪车之间的平等。很多事情人类

---

①詹姆斯的昵称。

无法做到。请面对现实。"

L-87t迷惑了,"但——"

"我是说真的。你忽略了现实境况。人类和机器人完全没有共通之处。我们人类会唱歌、演戏、写剧本和故事、创作歌剧、设计电器、从事园艺、烹饪美味的菜肴、在菜单上涂写十四行诗,以及做爱——这些事情,机器人都干不了。但机器人能建造精巧的城市和制作完美运行的机器,能连续工作几天而不用休息,思考问题而不受情感所左右,整体理解复杂的数据而不存在时间延迟。

"在不同的领域中,人类与机器人各有千秋。人类拥有高度发达的情感和感触。我们善于发现美,对色彩和声音很敏感;我们欣赏艺术作品的神韵;我们喜欢喝红酒时听轻柔的音乐。我们珍惜所有美好的、有价值的事物。但你们的领域与我们的领域全无交集。你们拥有的是纯粹的理性。这也挺好,双方都不错。人类情感丰富,热爱艺术、音乐和戏剧。机器人理性地思考、做规划以及设计机械设备。但这并不代表着我们是一样的。"

L-87t遗憾地摇了摇头,"我真是没法搞懂你,吉姆。你难道不想帮助你自己的同胞吗?"

"当然想。不过,要从现实出发,而非罔顾实情,想当然地断言人类和机器人没有区别,各方面平等。"

L-87t的目镜闪过一丝好奇的光芒,"那么,你有什么解决方法吗?"

克劳神色坚毅地说:"少安毋躁,几个礼拜之后,自有分晓。"

克劳走出地球安全大楼,沿着大街行进。他的周围,机器人往来如织,满眼尽是金属和塑料材质的、明晃晃的流线型外壳。这个地方,除了贴身仆从,从来看不到其他人类。这里是城市的行政区,是制订规划和组织筹划的核心重地,控制着城市的民生百态。这里,机器人无处不在:地行车上、活动舷梯和阳台上;熙熙攘攘进出着各种建筑;成群地站在这里或那里高谈阔论,就像古罗马的议员一般。

几个机器人微微点了点金属脑袋,跟他礼节性地打了个招呼,然后转过身去。大多数机器人要么装作没看见,要么避在一旁,以免与他接触。有时,克劳路过一群谈性正高的机器人身边,它们会突然鸦雀无声。它们紧盯着他的目镜里,透着阴冷和几分诧异。它们注意到了他袖子的颜色——第二品阶。这让它们惊愕而愤慨。而不等他走远,他的身后就会响起饱含憎怒的低语声。他向人类居住区走去,沿途不时有机器人对他侧目而视。

内政办公楼前,站着两个手持修枝剪和耙子的人类,是园丁,正在为大楼草坪除杂草和浇水。他们激动地看着克劳走过。其中一人紧张地向他挥手,满脸的狂热和期待——这个地位低下的人类,正在向唯一获得品阶的人类挥手。

克劳微微挥手致意。

那两个人类敬畏且虔敬地睁大了眼睛,目送他走过主十字路口的拐角,走进外星球商品集市,融入了购物的机器人和人类中。

露天集市的货架上,商品琳琅满目,皆产自金星、火星及木卫三的富庶殖民地。机器人三五成群,闲庭信步,或试用商品,或询问价格,或谈天论地,或闲话家常。其中夹杂着不多的人类,大部分是负责保养机器人的家仆正在采买补给。克劳缓慢地挤了过去,出了集市。他已经很靠近人类特留区了,通过嗅觉就可感知。空气中飘散着淡淡的人类体味,略微刺鼻。

当然,机器人是不带任何气味的。在无臭无味的机器人世界里,人类的体味显得格外突出。这个区曾经繁华无比,但当人类搬进来后,房价开始贬值。机器人陆续搬离了出去;而今,只剩下人类居住。虽然克劳身份高贵,却不得不继续住在人类特留区。他的房子坐落在特留区靠后处,是一套五居室的制式单元——区内所有房屋的构造大同小异。

他在房门前举起手,房门消融洞开。克劳快步走了进去,房门凝结关闭。他看了眼手表。时间充裕,距返回办公室还有一个小时。

他搓了搓手。家,总能让他心头一阵火热。这里是他的私人领地。他在这里长大成人,过着无品阶普通人类的生活——直到他碰巧发现了它,从此平步青云。

克劳穿过安静的小房子,来到了房后的工作室。他开启锁闩,将门拉开。工作室里炎热而干爽。他"咔嗒"一下关掉了警报系统。实际上,大可不必设置错综复杂的警铃和电路:机器人从不到人类居住区，而人类几乎从不偷盗人类的财物。

克劳锁好门，在工作室中央一座拼装出的机器前坐下。他按下电源开关，机器嗡鸣着启动。仪表和计量器的指针摇摆不定，指示灯接连点亮。

他的面前，一块灰色的方形视窗——时光视窗——渐渐亮起，浅粉色的光线轻轻摇曳。克劳的心脏怦怦直跳，他点击了一个按键，视窗光线明暗变幻，显现出一个场景。他把扫描仪拉到视窗前方，随手打开。扫描仪"咔嗒"作响，开始记录。场景越来越清晰，视窗中，有身影移动，但画面如水波般晃动，不连贯。他调整了一下，画面稳定了下来。

只见两个机器人正站在一张桌子后，它们忽动忽停，动作极快。他将播放速率降低。这两个机器人似乎在处理着什么东西。克劳增大功率，机器人手中的物品被拉近，影像被扫描仪的镜头捕捉，保存在录像带上。

机器人正在处理品阶考试的试卷——第一品阶的试卷——评分，并按分数高低分门别类。卷子上是几百道考题以及相对应的考生答案。桌子前面，一群机器人坐立不安，正急切地等待着公布成绩。克劳加快了播放速率。那两个机器人的动作陡然活跃，它们的两双手运转如风，一份份品阶试卷宛如被抛掷般地飞速整理好。然后，它们举起了第一品阶考试的答案样卷——

答案样卷！克劳一眼就瞧见了，急忙将播放速率降为零。画面定格在了这一刻，仿若幻灯片上的标本凝然不动。录像带扫描仪兀自嗡嗡地工作，记录着考题和答案。

他问心无愧。利用时光视窗查看未来的品阶考试答案，并不会让他良心不安。他一直这么干，十年来，从无品无阶的最底层，一路扶摇直上，直通最高层——第一品阶。他从不拿自己开玩笑。如果不是预先知道了答案，他一次考试也通不过，仍与广大的人类一起，深陷于社会的最底层，看不到出头之日。

考试由机器人出题——依照机器人的文化划分品阶，针对的是机器人的思维模式。人类的文化与机器人文化并不相容，人类绝难适应。无怪乎只有机器人能通过考试。

克劳切换了场景，将扫描仪推到一旁。随即，他逆转了视窗的时间流向，时间一下子倒转了数百年。那已久远的时光，他总也看不够——那时，全球大战还未爆发，人类社会依旧昌盛，人类所有的传统仍未遗失。那时，只有人类，没有机器人。

他拨弄着仪表盘，看见了这样一幕：机器人重建战后的社会，它们如蚂蚁般布满了千疮百孔的地球，清理残砖碎瓦，建立巨大的城市和高楼大厦。而人类呢，已沦为了机器人的仆从，地位等同奴隶的二等公民。

他看见了全球大战，天空中尸如雨下，惨白的蘑菇云一朵接一朵地绽放。他看见人类社会土崩瓦解，成了充满放射性的废墟，人类全部的知识和文化都消失在了大混乱中。

而又一次，他调到了自己最为喜爱的场景。这个独一无二的场景，他曾无数次地观看，每次都能感到极度的满足：四个世纪前，大

战的初期,一群人类在地底实验室,设计和制造着第一批机器人
——A型初代机器人。

艾德·帕克斯牵着儿子,缓缓地朝家走。唐尼垂着头,盯着地
面,默然无语,他的眼睛浮肿通红、面无血色,一脸的苦楚。

"我很抱歉,爸爸。"他喃喃道。

艾德牵着儿子的手不禁收紧,"没关系,孩子。你尽力了。说不
定你下回就能通过。我们一回去就开始做练习题。"他不住地腹诽,
"这些天杀的金属圆筒,没有灵魂的该死锡罐!"

此时已是傍晚,太阳徐徐下落。他们两人一步步地登上门廊,
进了房子。格蕾丝在门口迎接他们。"没通过吗?"她端详着他们的
表情,"我能看出来。司空见惯了。"

"是的,司空见惯了。"艾德苦涩地说,"没有一点儿通过的可能,
毫无希望。"

厨房里传出一阵低语声,有男有女。

"谁在里面?"艾德烦躁地诘问道,"我们非得把朋友都请来吗?
老天,偏偏挑今天——"

"快来。"格蕾丝拉着他向厨房走去,"有一个新闻,也许你听了
心情会好起来。你也来,唐尼,你会感兴趣的。"

艾德和唐尼进了厨房,里面全是人:鲍勃·麦金泰尔和他的妻子
帕翠,皮特·克莱因和罗斯·克莱因,约翰·霍利斯特和他的妻子琼,
以及他们的两个女儿,还有几位街坊,纳特·约翰森、蒂姆·戴维斯和

巴巴拉·斯坦利。房间内，人们在热切地低声说话。他们围坐在餐桌边，神色迫切而兴奋。桌上堆放着三明治和瓶装啤酒。人人脸上都挂着欢快的笑容，亮晶晶的眼睛里透着激动。

"怎么啦?"艾德嘟哝道，"怎么开聚会啦?"

鲍勃·麦金泰尔在他肩上拍了一下，"你好啊，艾德。我们看到了一则新闻。"他摇了摇手中的公共新闻录像带，"准备好。可别大吃一惊哦。"

"念给他听!"皮特·克莱因兴冲冲地叫道。

"念吧! 快念!"他们都聚在了麦金泰尔的身边，"让我们再听一遍。"

麦金泰尔的脸上充满了感情，"听好喽，艾德。新闻是这样的：他做到了，他成功了。"

"谁? 谁做到了什么?"

"克劳，吉姆·克劳，他成功获得了第一品阶。"麦金泰尔拿着录像带的手颤抖起来，"他被任命进入最高委员会了。听明白没? 他进去了。一个人类，成了地球最高权力机构的一员。"

"天哪!"唐尼惊叹道。

"然后呢?"艾德问，"他接下来打算做什么?"

麦金泰尔哈哈大笑，"我们就快知道了。他要出手了。我们知道，我们能感觉得到。大事即将发生——随时都有可能，也许就是现在。"

克劳胳膊下挟着文件夹,大步流星地走进了最高会议厅。他身穿雅致的新西装,头发梳得一丝不乱,脚上的皮鞋擦得锃亮。"日安。"他礼貌地问候道。

五个机器人心情复杂地打量着他。它们非常古老,年龄最小的都有一百多岁了。它们之中,有四个N型机器人——这种机器人从制造之初便强大无比,其功能是管理社会。而其中还有一个古老得吓人、约莫三百岁的D型机器人。克劳向他的席位走去,五个机器人齐齐后退,为他让开了一条宽敞的通道。

"你,"一个N型机器人问,"你就是最高委员会的新成员?"

"正是。"克劳在席位上落座,"要查验我的证件吗?"

"请吧。"

克劳将品级考试厅颁发的卡盘递了出去。五个机器人拿在手中,目不转睛地看了又看。最后,它们将卡盘递了回来。

"看起来合乎程序。"D型机器人不情愿地承认道。

"当然。"克劳打开了文件夹,"我希望立刻展开工作,有不少的事务需要解决。我带来了一些报告和录像带,值得各位一看。"

机器人缓缓地坐在了座位上,目光仍没离开吉姆·克劳。"真是不可思议。"D型机器人说,"你是当真的吗? 你真的认为能和我们同席而坐吗?"

"当然。"克劳厉声道,"别想些没用的,开始办公吧。"

一个N型机器人向他倾过庞大的身体,居高临下,轻蔑地看着他——它的金属机身表面沉积着厚厚的氧化层,折射出暗沉的幽光。

"克劳先生，"它冰冷地说，"你必须清楚，这绝无可能。即使法律做出了裁定，即使依照程序，你有权坐在——"

克劳对它淡然一笑，"我建议你核对一下我的品阶考试分数。你会发现，全部的二十次考试，我从未答错过题。全部满分。据我所知，你们中没有一个获得过满分。因此，按照政府根据品阶考试厅的官方法令所做的裁定，我是你们的上司。"

他的话如同炮弹般轰然落下。五个机器人备受打击，委顿地瘫坐在席位上。它们的目镜忐忑地闪烁着。会议厅内响起了忧虑的嗡嗡声，声调越来越高。

"给我们看看。"一个N型机器人低喃道，伸出了一只抓钩。克劳将他的品阶考试成绩单递了过去，五个机器人快速地扫视了一遍。

"是真的，"D型机器人沉声道，"简直难以置信。没有哪个机器人获得过满分。依据我们自己的法律，这个人类的地位高于我们。"

"现在，"克劳说，"我们来谈谈正事。"他摊开了录像带和报告，"我不想耽搁各位的时间。我有一个提议。这个提议非常重要，关乎这个社会至关重要的问题。"

"是什么问题?"一个N型机器人不无担忧地问道。

克劳肃然道："人类的问题。人类在机器人世界中，处于下等地位；人类在这个与之不相容的文明中，身份低贱，仅能作为机器人的仆从。"

死一般的沉寂。

五个机器人呆若木鸡。发生了，它们一直害怕的事情发生了。

克劳倚靠着椅背,点燃了一支香烟。机器人观察着他的每一个动作,他的手、手上的香烟、吐出的烟雾,以及他脚下踩灭的火柴。这一刻终于到来了。

"你有什么提议?"D型机器人最后问道,仍保持着机器人的体面,"你提议的内容是什么?"

"我提议,你们机器人立即撤离地球,打包走人。移民到殖民星,到木卫三、火星和金星上,把地球留给我们人类。"

机器人登时站了起来,"一派胡言! 我们建设了这个星球。这是我们的星球! 地球属于我们。地球一直以来都是我们的。"

"是吗?"克劳面色阴鸷地反问道。

机器人感到了一股不安的寒意。它们犹豫了,莫名地警惕起来。"当然是。"D型机器人低声道。

克劳伸手去拿录像带和报告。机器人心惊胆战地看着他的举一动。

"那是什么?"一个N型机器人紧张地询问,"你要拿什么?"

"录像带。"克劳说。

"什么录像带?"

"历史资料录像带。"克劳打了个手势,一个灰衣人类仆从快步推进来一台录像带扫描仪。"谢谢。"克劳说。那个人类正往外走去。"等等。你不如留下来一起观看,我的朋友。"

仆从惊得眼睛都快瞪出来了。他在会议厅后排找了个位置,双腿哆嗦地站着。

"太离谱了。"D型机器人抗议道，"你在干什么？这是怎么回事？"

"睁大你们的眼睛。"克劳"啪"地打开了扫描仪，将第一卷录像带塞了进去。会议厅的桌面中央上方，出现了一幅三维立体影像。"好好看着。这一刻将会让你们毕生难忘。"

影像渐渐清晰，他们看见了时光视窗。视窗内播放着全球大战时期的一个场景：是人类，人类的技术员，在一所地底实验室里，拼命地工作，组装着什么东西，组装着——

人类仆从疯狂地叫嚷道："A型！一个A型机器人！他们在制造机器人！"

五个委员会机器人惊慌失措，嗡嗡出声。"把那个仆从弄出去！"D型机器人命令道。

场景走马灯般变化：第一批A型原型机器人离开地底，参加大战；其他早期型号的机器人也出现了，它们谨慎地在废墟和灰烬中曲折穿行前进；机器人相互打了起来；炽白的核爆闪光；散发微光的辐射尘云。

"机器人最初被设计成士兵，"克劳解释道，"之后，越来越多的先进型号被研发出来，充当技术员、实验室研究员和机械师。"

场景切换到了一座地底工厂里。一排排的机器人操作着压平机和压模机，机器人高速而高效地工作——全程由人类工头监管。

"这些录像带是伪造的！"一个N型机器人愤怒地大喊道，"你指望我们会相信吗？"

新的场景显现：更先进、更复杂精巧的新型机器人，趁着人类被大战打垮，攫取了越来越多的经济和工业控制权。

"起初，机器人功能简单，"克劳继续解释道，"它们只能满足简单的需要。接着，随着战争升级，人类创造的型号愈发先进。最后，人们制造出与人类不相上下的D型和E型机器人——但它们的感官能力优于人类。"

"这太荒谬了！"一个N型机器人义正词严地说道，"机器人是自然进化的产物。早期的型号之所以各方面都简单，是因为它们刚出现，原始的形态有助于它们朝更复杂的形态进化。进化法则透彻地解释了这一过程。"

场景再变：大战的最后阶段，机器人与人类对战，机器人最终赢得了战争。战后很多年，地球混乱失序，乱成了一锅粥。一望无际的废土上，废墟延绵数英里，夹带着放射性微尘的灰烬随风而起，遮天蔽日。

"所有的文化记录都被毁了，"克劳说，"机器人一跃成为统治者，却全然不知自己因何以及如何出现。不过现在，你们看到了事实。机器人是作为人类的工具而被发明的。在大战期间，你们摆脱了人类的控制。"

他"啪"地关掉了扫描仪。影像消失不见。五个机器人惊呆了，无声地坐着。

克劳双臂交叉放在胸前，"怎样？你们有什么好说的？"他竖起大拇指虚点了一下会议厅后排的那个人类仆从——此人正震惊而茫然地蹲在地上。"现在你们知道了,现在他也知道了。你们不妨猜猜他在想什么？我可以告诉你们,他在想——"

"你怎么拿到这些录像带的?"D型机器人质问道,"它们不可能是真的,一定是伪造的。"

"为什么我们的考古学家没能找到?"一个N型机器人尖声叫道。

"是我个人录制的。"克劳说。

"你录制的？这是什么意思?"

"利用时光视窗录制的。"克劳往桌面甩下一个厚文件袋,"这是结构图纸。如果你们愿意,你们也可以建造一个时光视窗。"

"一台时间机器。"D型机器人抓起文件袋,逐页浏览,"你看到了过去。"它古老的面部渐渐浮现出领悟之色,"然后——"

"他往前看了!"一个N型机器人狂乱地搜刮词句,"未来！看到了未来！难怪他次次都考满分,他预先录制了下来。"

克劳不耐烦地抖了抖手中的文件,"你们听过了我的提案,你们看过了录像带,如果你们投票否决,我会把录像带和视窗结构图一并公之于众。全世界每个人类都将知道自己的和你们的起源。"

"那又如何?"一个N型机器人紧张说道,"我们能应付得了人类。如果人类暴动,我们镇压就是。"

"是吗?"克劳突然站起身来,面色肃穆,"请各位好好想想。一场遍及全球的世界大战。人类在一个阵营,心怀压抑了数个世纪的仇恨。机器人在另一个阵营,突然被剥离了所有的神秘感,知道了它们最开始不过是机械工具。你们确定你们这次还能打赢吗？你真的确定吗?"

机器人哑口无言。

"如果你们撤出地球,那么我会封禁这些录像带。两个种族都可以继续生存下去,拥有自己的文化和社会结构。人类在这里,在地球上,而机器人在殖民地。谁都不是主人,而谁也不是奴隶。"

五个机器人犹豫不决,既恼怒又怨恨,"我们经过了几个世纪的努力才有了今天的地球! 你的提议没有道理。如果我们离开,我们该怎么交代? 我们该怎么向机器人交代?"

克劳露出无情的笑容,"你们可以说,地球不适合伟大的原生优等种族生活。"

会议厅内安静一片。四个N型机器人相互紧张地对视一眼,围拢成一个圈子,低声交流。身形巨大的D型机器人沉默地坐着,它古旧的黄铜目镜死死地盯着克劳,它的面部写满了困惑和挫败。

吉姆·克劳平静地等待着。

"我能和你握握手吗?"L-87t怯怯地问道,"我就要走了,我是第一批离开的机器人。"

克劳微微地伸出手,和L-87t轻握了一下,略显尴尬。

"我希望一切能顺利。"L-87t试探地说,"不时和我们视频一下吧? 保持联络。"

委员会大楼的外面,从傍晚起,街道上的喇叭就开始传出刺耳的广播。整座城市各处都响着喇叭声,震耳欲聋地传达着最高委员会的指示。

下班返家的人类驻足倾听。人类特留区的制式房屋里，不论男女，全停下了手头的日常琐事，抬起头来。地球上的所有城市、所有角落，不论机器人还是人类，都停止了活动，抬头看向大声咆哮的政府喇叭。

"现在宣布最高委员会最新决议：金星、土卫三、火星，此三颗富饶的殖民星，划拨予机器人独享。任何人类，禁止离开地球。为充分利用殖民星得天独厚的资源和居住条件，地球上所有的机器人，从即日起，将启程前往各自选择的殖民星。

"最高委员会裁定，地球荒凉贫瘠，部分地区仍为废墟，不足以匹配高贵的机器人种族，不再适合机器人居住。一旦运输船准备妥善，所有机器人将立即被送往殖民星。

"不论何种情况下，人类不得进入殖民星区域。殖民星为机器人专属区。所有人类将获准继续留在地球上。

"现在宣布最高委员会最新决议：金星……"

克劳心满意足地从窗户边走开。

他回到了办公桌前，略微看了一眼文件和报告，将其一摞摞地码放整齐，搁在一边。

"祝你们人类一如既往地有序生活。"L-87t 重复道。克劳核对着一摞摞最高级别的报告，用钢笔做出标记。他沉浸在工作中，聚精会神，动作飞快，几乎没注意到机器人依然逗留在门口。"能给我说说你建立政府的理念吗？"

克劳不耐烦地抬眼看向它，"什么？"

"你要建立什么样的政府？既然你用计谋使我们同意离开地球，你打算怎么统治这个社会？你会建立哪一种政府来取代现有的议会和最高委员会？"

克劳没有回答，重新整理起文件。他的脸上浮现出别有意味的坚毅神情——L-87t从未见过他这种冷酷的样子。

"谁来统治？"L-87t问，"我们走了之后，谁来组建政府？你说过的，你们人类没有管理现代化复杂社会的才能。你找得到治理社会的人类吗？真的存在能够领导全人类的人类吗？"

克劳淡然一笑，继续整理文件。

异乡客

下午已过半,太阳依然高悬于天空,明晃晃好似巨大的火球,向大地倾泻着刺目而炙热的阳光。崔特停下脚步,稍做休息。封闭的头盔内衬着铅,闷热无比,饱和的湿气凝结成了一颗颗细密的水珠,使视窗板模糊不清,汗水从他的脸上淌下,每一次吸入的似乎不是氧气,而是沉滞的水。

他将应急袋从一边调整到另一边,提了提枪带;又从氧气罐内抽出两根耗尽的氧气管,扔到一旁的藤蔓丛中。这种红绿叶子的藤蔓遍地都是。氧气管滚了进去,不见踪影。

崔特看了看盖革计数器,读数足够低。于是,他掀开面罩,享受弥足珍贵的一刻。

新鲜的空气涌进了他的鼻子和嘴巴。他长长地吸了一口气,让空气充盈肺腑。空气好闻极了——醇厚而湿润,饱含万物生长的气息。他缓缓吐尽气,又吸进一口气。

他的右边,一蓬高大的橙黄色灌木遮住了一根倾斜的水泥柱。放眼望去,原野延绵起伏,草木丰茂。远处,一片雨林宛如庞然绿墙般横亘于前,林中生机盎然,百花绽放,灌木长于其下,爬藤缠绕其间,昆虫不知凡几;如果想入林,必然少不了披荆斩棘。

两只巨型蝴蝶翩然飞到他身边。这对娇弱而奇异的五彩精灵,轻盈地绕着他追逐了一会儿,然后飞走了。生命无处不在——雨林中,虫儿的鸣叫声、植物的摇曳声、小动物穿行于灌木丛的"沙沙"声,从四面八方汇聚成了生命的合奏曲。崔特叹息一声,"啪"地闭合了面罩。两次,他最多只敢呼吸两次。

他增加了氧气罐的输出流速,接着把发报机举到嘴边,稍微按了按开关,"我是崔特。呼叫矿井营地监测员。收到请回答。"

除了静噪声,一片寂静。片刻之后,一个微弱飘忽的声音传出:"收到,崔特。你到底在什么地方?"

"还在一路向北。前方有一片废墟,可能得绕路。废墟的面积很大。"

"废墟?"

"曾经的纽约城,也许吧。我等会儿对照下地图。"

声音变得急切,"有别的发现吗?"

"没有了。至少目前为止没有。大约半小时后,我再与你联系汇报。"崔特看了眼手表,"现在已经三点半。那我傍晚之前呼叫你。"

声音迟疑道:"祝你好运。希望你能有所发现。你的氧气充足吗?"

"充足。"

"食物呢?"

"还有很多。说不定我能找到可食用的植物。"

"不准冒险!"

"不会的。"崔特关掉发报机,把它挂回腰带。"不会。"他重复道。他端起爆能枪,背上背包,往前走去。每迈出一步,沉重的衬铅靴子都会深深地陷进葱绿的枝叶和肥沃的土壤中。

他看见他们时,刚过四点钟。他们从雨林中走出,围住了他。是两个年轻的男性——又高又瘦,全身覆盖着形如灰烬般的蓝灰色角质层。一人举起手打招呼,那只手长着六七根多出好几个指节的手指。"下午好。"那人声音尖细。

崔特当即停下了脚步,他的心脏怦怦直跳,"下午好。"

两个年轻人缓步靠近了他。其中一人穿着一条裤子和一件破烂的帆布衬衣;另一人手持一柄木杆斧。他们身高均有八英尺,没有一寸人类的皮肤——骨骼突出,骨节坚硬,眼皮厚重,大大的双眼里透着好奇。他们的身体内部已经改变,大为迥异的新陈代谢和细胞结构让他们具备了吸收、利用辐射微粒的能力和完全不同的消化系统。他们饶有兴趣地看着崔特——兴趣越来越浓。

"嘿,"一人说道,"你是一个人类。"

"没错。"崔特答道。

"我的名字叫杰克森。"年轻人伸出一只被蓝色角质覆盖、瘦骨嶙峋的大手，崔特笨拙地握了握。那只手被他握在衬铅手套里，反倒显得软弱无力。年轻人补充道："这是我的朋友，名叫厄尔·波特。"

崔特和波特握了手。

"你好。"波特撇了撇粗糙的嘴唇，"我们能看看你的器械吗？"

"我的器械？"崔特反问道。

"你的枪和装备。你的腰带上挂着什么？那个圆筒是什么？"

"发报机和氧气罐，"崔特给他们看了看发报机，"电池供电，通信距离可达一百英里。"

"你是从营地来的？"杰克森急忙问道。

"是的，是从南方的宾夕法尼亚州来的。"

"有多少人？"

崔特耸了耸肩，"几十个人。"

两个蓝皮肤的巨汉出神地说："你们是怎么活下来的？宾州当年遭受了严重的核攻击，对吗？那里的辐射区一定有很强烈的辐射。"

"矿井。"崔特解释道，"战争开始时，我们的祖先搬入了煤矿的矿井里。我们的记录上是这么写的。我们准备得很充分，我们在培养槽里种粮食，我们有几台机器、水泵、空气压缩机和发电机，还有几台手工机床和织布机。"

他没提及发电要靠人力摇动曲杆，一半多的培养槽没了产出。

三百年过去了,金属和塑料都已老化——即使不断地修修补补,每样东西也快磨损殆尽,分崩离析了。

"嘿,"波特说,"这下子,戴夫·亨特要出丑了。"

"戴夫·亨特?"

"戴夫总说,真正的人类都死光了。"杰克森解释道,他好奇地碰了碰崔特的头盔,"不如你跟我们一起回去吧。我们在这附近有个聚居点。坐履带车一个多小时就能到,我们狩猎用的履带车。厄尔和我本来是出来打飞兔的。"

"飞兔?"

"会飞的兔子。肉质好,不过很难打到。一只差不多有三十磅重。"

"你们用什么武器? 肯定不是斧子。"

波特和杰克森笑了起来。"看看这个。"波特从他裤子里取出一支黄铜管。铜管紧贴着波特麻秆般的腿部放置,从裤子外根本瞧不见。

崔特仔细查看铜管。它由手工制作——先在塑性极强的黄铜上小心地钻出孔洞,再捶打成直管,铜管的一端被塑造成了喷嘴。他往里面看去,有一根金属细针嵌在一小块透明金属上。"这东西怎么用?"他问道。

"人工发动——与吹箭管差不多。不过,一旦箭镖发射,它会自动追踪直至击中目标为止。发射只需要起始推动力。"波特笑道,"由我提供推动力,鼓足一口气大力吹出。"

"有点儿意思。"崔特递还了铜管。他打量着两人的面部,假装漫不经心地问:"我是你们见到的第一个人类吗?"

"是的。"杰克森说,"大长老会很高兴欢迎你的到来。"他尖细的声音里满是渴求,"你觉得怎么样? 我们会照顾你,给你吃没辐射的植物和肉。就一个礼拜,好吗?"

"抱歉,"崔特说,"我有其他的事要做。如果我返回时,经过这里……"

两张覆盖角质的脸失望地耷拉了下来,"一小段时间也不行吗? 就一晚上? 我们会为你从地下汲好多清凉的水。我们的大长老组装了一个很棒的净化器。"

崔特敲了敲他的氧气罐,"氧气不够了。你们有没有空气压缩机?"

"没有,我们用不着。没准儿大长老能——"

"抱歉。"崔特迈开了步子,"我得上路了。你们确定这个区域没有别的人类?"

"我们一直以为人类灭绝了。时不时也会听说有谁发现了人类的传闻,但你是我们见到的第一个人类。"波特指着西方说道,"那个方向住着一个滚地人的部落。"他又微微地指了指南方,"那里有几个虫形人的部落。"

"还有一些袋鼠人。"

"你见到他们了吗?"

"我从那个方向来的。"

"北方生活着一些穴底人——在地下打洞的瞎子。"波特做了个鬼脸,"我见不着他们,他们喜欢挖来掘去。但管它的呢。"他咧嘴一笑,"各有各的生存之道。"

"往东边走,"杰克森接过话,"能见到海洋,那里有很多海豚人生活在海下。他们在海中往来自如,在海底建了能通空气的巨型穹顶和箱体,有时在夜晚浮出海面。许多族群只在夜晚活动。我们依旧在白天活动。"他摩挲着自己的灰蓝色角质皮肤,"这个可以很好地隔绝辐射。"

"我知道。"崔特说,"再见了。"

"祝你好运。"他们目送崔特离开——眼皮厚重的眼睛仍惊异地睁得大大的——看着他拨开灌木丛,缓缓地走进郁郁葱葱的雨林。崔特的金属塑料材质的防护服在下午的阳光下闪烁着暗沉的光芒。

地球生机勃勃,重新焕发了活力。植物、动物和昆虫不分界限地大融合:有的昼伏夜出,有的夜伏昼出,有的生活在陆地,有的生活在水中,还有数不胜数的、不可思议的物种——这些物种以前人类从未见过,以后大概也不会有人类记录分类了。

到大战结束时,地球没有一寸表面不带辐射性。整颗星球充斥着核弹攻击后残留的大量硬辐射。所有的生物都暴露在β射线和γ射线下。大多数生命消亡了——但有少数生命幸免于难。硬辐射引发了各个层级生命的突变——从昆虫、植物到大型动物。大自然正常突变和优胜劣汰的进程猛然提速,弹指间仿佛已过去百万年。

这些形态和基因均已改变的地球后裔无处不在。它们散发着荧光,每一个细胞都充满了辐射。在这个世界,那些安然存活的昆虫、动物和变种人,无一不能利用辐射土壤和呼吸充满辐射微粒的空气。地表之上,生物数量之巨,以至于夜晚会亮如白昼。

崔特在水汽弥漫的雨林中跋涉,一面熟练地用爆能枪清理挡路的藤蔓植物,一面心情忧郁地思考当前的情况。核爆蒸发掉了大部分的海洋,几百年来,大雨滂沱,被浸透的大地上,带有辐射性的水汽蒸腾不散。这座雨林湿漉漉的——又湿又热,动物繁多,他不时能听见动物疾跑而过的窸窣声,他握紧爆能枪,继续进发。

夕阳西沉,快入夜了。前方,残破的群峰巍然耸立于紫罗兰色的幽暗中。黄昏之时,景色最是美丽不过,天地间悬浮的辐射微粒折射出绚烂的霞光,犹如点点繁星——这些微粒最早可追溯到几个世纪前第一次的核爆。

他停下来看了一会儿。他已经走了很长的路,疲惫不堪——而且垂头丧气。

长着蓝色角质皮肤的巨人属于典型的变种人群落,蟾蜍人,这是他们的族名,因为他们的皮肤与沙漠角蟾相似。由于体内的变异器官适应了辐射性植物和空气,他们能轻易地存活。而他呢,只能穿着衬铅防护服,通过极化视窗板观察外面,靠氧气筒呼吸,吃地底矿井营地栽培出的无辐射食物果腹。

矿井营地——又到呼叫时间了。崔特举起了发报机,"崔特呼叫营地。"他低声道。他舐了舐干裂的嘴唇,感到又饥又渴。或许他能找到一个辐射强度相对较低或者没有辐射的地方,脱掉防护服,花十五分钟,洗掉身上的污垢和汗水。

他困在这件潜水服一样闷热难当的衬铅防护服里,已经连续步行了两个星期。而他的四周,数不清的动物或爬行或跳跃,全然不受致命的辐射区影响。

"这里是营地。"一个微弱细小的声音回答道。

"今天一无所获。不走了,我等会儿休息吃东西。明天再走。"

"没有发现?"话语中透着沉重的失望。

"没有。"

话筒那头沉默了,然后说:"好吧,也许明天会有好运。"

"也许吧。我遇到了几个蟾蜍人,都是挺好的年轻小伙子,八英尺高。"崔特语气苦涩,"打着赤脚,四处逛荡,除了衬衫和裤子,什么都没穿。"

监测员并未表现出兴趣,"我知道。一群幸运的王八蛋。好了,补充下睡眠,明天呼叫我。对了,劳伦斯汇报过一次。"

"他在哪里?"

"正西方,俄亥俄州附近,进展不错。"

"有什么发现吗?"

"滚地人和虫形人。还有在地下挖隧道,晚上出来活动,皮肤苍白、双目失明的变种人。"

"穴底人。"

"是的,穴底人。没别的了。下次报告是什么时候?"

"明天。"崔特说。他关掉发报机,把它挂回腰带。

明天。他凝视着远方,群山正渐渐隐没于越来越深沉的夜色中。五年的时间,一成不变的总是"明天"。营地陆陆续续派出过很多人,到他这里,已是最后一人。他带走了宝贵的氧气罐、食物丸和一把爆能手枪,掏光了营地里所剩无几的家底,一头扎进雨林,继续徒劳无功的探寻之旅。

明天? 在不久之后的某个明天,将不再有氧气罐和食物丸。空气压缩机和水泵将彻底停止工作,再也没法修理。矿井营地将变成寂静的死地。除非,他们能尽快地跟其他的人类取得联系。

他蹲下身去,把计数器贴近地面,想找到一块没有辐射的地方,好脱掉防护服。但他昏睡了过去。

"来看看他。"似乎从很远处传来了一个微弱的声音。

意识豁然回归身体,崔特猛地睁开眼睛,伸手摸枪。天亮了,熹微的阳光透过树叶间的缝隙,洒下一片斑驳。他的身旁有身影移动。

爆能手枪……不见了!

崔特坐起身来,完全清醒了过来。那些身影有几分像人形——但绝不是人类。是虫形人!

"我的枪呢?"崔特喝问道。

"别激动。"一个虫形人走上前来,身后跟着一群虫形人。崔特打了个寒战,艰难地站了起来。虫形人将他围在了中间,"我们会还给你的。"

"现在就还给我。"他戴好头盔,勒紧腰带。他透体冰凉,浑身发僵,寒战怎么也止不住。

有黏滑的液体从树叶和藤蔓上滴落。脚下土壤很松软。

虫形人相互商量起来。他们有十到十二个,身形怪异,与其说像人,不如说更像昆虫。他们长着复眼和闪亮的几丁质厚甲壳;触须时刻紧张地颤动着,探测辐射强度。

他们不能完全抵御辐射,一次高强度照射足以要了他们的命。他们依靠探测、躲避以及自身的部分免疫力生存。他们不直接吃食物,而是将食物先喂给温血的小动物,然后摄取小动物的排泄物——食物经过消化,放射性微粒含量会降低。

"你是个人类。"一个虫形人说,他的声音尖锐刺耳。虫形人没有生殖能力——至少,眼前的这些没有。虫形人有三种,另外两种分别是雄性的公蜂人和雌性的虫母,这些拿着手枪和木柄斧的虫形人属于中性的兵虫人。

"没错。"崔特说。

"你在这里干什么?还有像你这样的人类吗?"

"有不少。"

虫形人又商量了起来,他们的触须狂乱地摇晃着。崔特站在一旁等待。雨林逐渐变得喧闹了。他看见一大团凝胶样的物质顺着树干上升进入了树枝中——凝胶里包裹着一头消化了一半的哺乳动物。几只土褐色的天蛾扑打着翅膀飞过。地下生物无声地挖掘隧洞以躲避阳光,树上的叶子随之摇晃。

"跟我们一起走。"一只虫形人向崔特示意,"我们出发。"

　　崔特不情愿地加入了队伍。他们沿着一条狭窄的小径行进——小径应该是最近才用斧子清理出来的。他们探测雨林辐射的粗触须已经垂落了下来。"我们要到哪儿去?"崔特询问道。

　　"到虫山上去。"

　　"为什么?"

　　"这你就不用操心了。"

　　崔特看着甲壳铮亮的虫形人阔步而行,很难相信他们曾是人类,至少,他很难相信他们的祖先曾是人类。不过,虽然虫形人的生理发生了不可思议的改变,但他们的心智却与人类大同小异。

　　"我能问你们点儿事吗?"崔特说。

　　"什么事儿?"

　　"我是你们见到的第一个人类吗? 附近没有其他的人类吗?"

　　"没有。"

　　"听说过什么地方有人类营地吗?"

　　"为什么这么问?"

　　"好奇而已。"崔特不动声色地答道。

　　"你是唯一的人类。"虫形人高兴地说,"我们抓到了你,会得到奖赏哩。部落设立了长期悬赏,只是从没人获得过。"

　　这里也渴求着人类。人类会带来灵知,就算是人类传统文明中的边角余料,变种人也亟须将其融入他们摇摇欲坠的社会结构里。变种人的文明并不稳定,他们需要接触过去。人类可以成为部落的萨满或智者,行教化之事,让变种人了解过去的日子,了解他们祖先的生活行为方式和世界观。

对于任何部落,人类都堪称无比珍贵的财富——特别是在没有其他人类存在的区域。

崔特心中狠狠地咒骂。没有?没有其他的人类?一定还有其他的人类活着——在某个地方。如果不在北方,那就在东方。欧洲、亚洲、澳大利亚。在地球上的某个地方,一定生活着使用工具、机器和设备的人类。矿井营地不可能是仅存的营地,不可能是真正人类最后的坟墓。他不敢去想——当空气压缩机烧坏,粮食培养槽干涸,末日到来的那一天。

如果他不能很快找到……

虫形人停下了脚步,侧耳倾听。他们的触须惊疑地竖了起来。

"怎么啦?"崔特问。

"没什么。"他们继续走,"过一会儿——"

一团亮光炸开,走在队列前面的几个虫形人瞬间化为乌有。光线撕裂了空气,沉闷的轰隆声滚滚碾过。

崔特趴倒在地,他挣扎着想离开,却撞进了一堆藤蔓和多汁的杂草里。他的周围,虫形人分散开来,拼命反击,和一群毛茸茸的小个子类人生物打成一团。这些类人生物射击得又快又准,待逼近了虫形人,便用粗大的双腿踢蹬乱戳。

是袋鼠人!

虫形人节节败退,他们沿小径往后退去,分散钻进雨林。袋鼠人跳跃着追了过去,他们有着像袋鼠一样强大有力的双腿。最后一个虫形人逃掉了。战场恢复了安静。

"好了。"一个袋鼠人喘着粗气直起身子,问道,"那个人类在哪里?"

崔特慢腾腾地站了起来,"在这儿。"

袋鼠人搀扶了他一把。他们的个头不大,高不足四英尺;肥胖而圆润的身体上长着厚厚的皮毛;小小的眼睛晶亮如珠,鼻子不时抽动,双腿壮如袋鼠。他们仰着温厚的小脸关切地望着他。

"你没事吧?"一个袋鼠人问道。他将自己的水壶递给崔特。

"我没事。"崔特推开水壶,"他们拿走了我的手枪。"

袋鼠人就近搜寻了一番,但爆能手枪无迹可寻。

"不用找了。"崔特惆怅地摇了摇头,想镇定下来,"发生了什么? 那团光是怎么回事?"

"是手榴弹。"袋鼠人洋洋得意地说,"我们在小径上布置了一条细线,线的一头拴着手榴弹的拉环。"

"虫形人控制了这片区域的大部分地方,"另一个袋鼠人说,"我们不得不杀出一条血路。"他的脖子上挂着一副望远镜。袋鼠人装备有斯拉格霰弹手枪和刀具。

"你真的是人类吗?"一个袋鼠人问,"血统最纯净的那种?"

"是的。"崔特声音发颤地喃喃答道。

袋鼠人现出敬畏的神情,小眼睛瞪得大大的。他们摸了摸他的金属防护服、视窗板、氧气罐和背包。其中一个还蹲下来,捋了捋发报机的电路线。

"你从哪儿来?"袋鼠人首领声音"咕噜咕噜"地问道,"你是我们近几个月来见到的第一个人类。"

崔特感到一阵天旋地转,似乎喘不过气来,"你说近几个月?那么……"

"这附近可没别的人类。我们来自北边的加拿大,蒙特利尔,那里有个人类营地。"

崔特的呼吸变得急促,"步行就可以到达吧?"

"这个,我们几天就可以到达,因为我们的奔跑速度很快。"袋鼠人首领怀疑地打量着崔特的腿,"你嘛,不好说,你估计得花更长的时间。"

人类,一个人类营地。"多少人?是个大营地吗?科技发达吗?"

"要回想起来很难。我见过一次他们的营地,在地底下——分好几层,每层有好多小房间。我们用没辐射的植物跟他们交换食盐,那是很久以前的事了。"

"营地运转正常吗?他们有工具——机器——空气压缩机吗?粮食培养槽还种得出东西吗?"

袋鼠人首领不安地扭了扭身子,"事实上,他们可能已经不在那儿了。"

崔特呆住了,他仿佛被恐惧切成了两半。"不在了?你什么意思?"

"他们可能已经离开了。"

"到哪儿去了?"崔特声音凄凉,"他们出什么事了?"

"我不知道，"袋鼠人首领说，"我不知道他们出了什么事。没人知道。"

他不顾一切地向北进发。气温越来越低，已然冰冷刺骨；雨林慢慢消失不见，取而代之的是类似蕨类植物的森林。高大的树木静谧无声。空气稀薄而清爽。

他的给养即将耗尽，氧气罐中仅剩一根氧气管。这之后，他将不得不打开头盔。他能存活多久？一次降雨或者一场刮自海洋的大风，都能把致命的辐射微粒送入他的肺部。

他登上了山顶，气喘吁吁地停下脚步。长长的山坡下，一片平原铺展开来。平原上森林繁茂，树叶油绿无比，近乎褐色。森林中，有几处零星泛着白光——是建筑物的废墟。三百年前，这里有一座人类的城市。

寂如死灰——没有活物。到处都看不到活物。

崔特顺着山坡往下走。他的周围，森林静悄悄的。一切让人感觉沮丧而压抑。就连小动物钻过灌木丛的窸窣声也听不见了。动物、昆虫、人类——全没了。大部分袋鼠人已经迁往南方。小动物大概已经死光了。那人类呢？

他走出森林，来到一处废墟前。这里曾经是一个大都会。然后，人们躲进了防空洞、矿井和地铁隧道。后来，他们扩建了地下居所。三百年来，人类——真正的人类——在地表以下，坚持生存了下来。他们到地表上时会穿着衬铅防护服，吃着在培养槽内种的食物,喝着过滤的水,压缩没有辐射微粒的空气,戴着护目镜以免眼睛被明亮的太阳光灼伤。

现在——全部都没了。

他举起发报机。"矿井营地,"他大声道,"崔特呼叫。"

发报机发出轻微的噼啪声。营地已经很长时间没有回应了。那声音低不可闻、含混不清,几乎被淹没在了静噪声中,"怎么样?你发现他们了吗?"

"他们离开了。"

"但是……"

"什么都没找到,没有人类,这里彻底被遗弃了。"崔特在一截残缺的混凝土桩上坐下。他的身躯仿佛已经死了,生命力已经枯竭。"他们不久前还在,废墟还未被植物覆盖,他们一定才离开没几个星期。"

"这根本说不通。梅森和道格拉斯正往你这里赶,道格拉斯驾驶着履带车,他应该几天之内就能赶到。你的氧气还能维持多久?"

"二十四个小时。"

"我们会告诉他抓紧时间。"

"抱歉,我没其他的消息可汇报了。"他的声音中充满了苦涩,"找了这么多年,他们一直在这里,现在我们总算到了这里……"

"有线索吗? 你知道他们出了什么事吗?"

"我会接着探查。"崔特心情沉重地站了起来,"如果有发现,我会向你报告。"

"祝你好运。"微弱的声音越来越低,只剩下静噪声空响,"我们等你的消息。"

崔特将发报机挂回腰带。他抬头看向昏暗的天空,天色已晚,快入夜了。森林萧索荒凉,散发着不祥的气息。如尘的小雪悄无声息地给褐绿色的树叶蒙上了一层污脏的灰白色。辐射微粒会随雨雪落下——三百年了,这些致命的微粒仍悬浮在高空中。

他打开了头盔上的探灯,光束划开了一条明亮的通道,照亮了他身前林木间塌毁的水泥建筑和散乱的熔渣堆。他迈步进了废墟。

在废墟的中央区域,他发现了高架塔和各类设施。巨大的梁柱上,脚手架依然光亮如新。地下隧道口黑洞洞的,如潭水般深不见底;人迹全无,静得可怕。他将探灯照向其中一个隧道口,定睛观察。隧道笔直向下,不知通往何处,里面空空荡荡的。

他们都去哪儿了? 他们出了什么事儿? 崔特失了魂一样四处走动。人类曾在这里生存、生活、劳作,他们到过地表。他看见了停在高架塔之间的钻头掘进车——车身上盖着灰色的夜雪。他们上来过,然后离开了。

到哪儿去了?

他在一栋垮塌建筑形成的避风处坐下,"啪"地打开了加热器。一团红光渐渐亮了起来,防护服的温度开始上升,他感觉暖和多了。他查看了下计数器,这里的辐射强度很高。如果他要喝水、吃东西,就得换个位置。

他累了,太累了,一步也不想动。他蜷成一团,坐着休息;探照灯光束照在他身前的灰色雪地上,形成了一个光圈。落雪无声,很快就在他的身上积了薄薄的一层。他如同混凝土废墟中的一座灰色雕塑,和高架塔和脚手架一起,沉默不语,一动不动。

他睡着了。加热器兀自嗡嗡轻响。一阵风吹来,卷起雪花,扑打在他身上。他微微向前倾倒,金属塑料材质的头盔靠在了混凝土墙面上。

黎明前,他醒了过来,坐正身子,突然打了个激灵。有声响!他细细倾听。

很远处,传来了沉闷的轰鸣声。

道格拉斯开车来了?不,还没到时间——履带车两天后才会到达。他站起身,身上的积雪"簌簌"落下。轰鸣声越来越大、越来越响,他的心脏狂跳起来。他四处张望,探照灯的光束刺破了夜幕。

大地为之动摇,震动传过了他的全身,他几近见底的氧气罐"哐当"作响。他抬头仰望天空——倒抽了口气。

一条燃烧的尾迹横跨天际,点亮了黎明前的黑暗。一个深红色的亮点在迅速地接近地面。他目瞪口呆地看着。

有什么东西飞下来了——正在着陆。

是火箭!

清晨的阳光下,火箭长长的金属外壳闪闪发光。一群人类正在忙碌地工作,搬运着物资和设备。隧道车往返于地上和地下,将储藏于地底各层的材料拖到舱口前。这些人,每个都穿着仔细密封金属塑料材质的衬铅防护服,干起活儿来又快又细致。

"你们的矿井营地有多少人?"诺里斯轻声问道。

"三十几个。"崔特盯着火箭,"算上所有外出的人,有三十三个人。"

"外出?"

"像我一样外出寻找其他的人类。有两个正在赶往这里的路上,他们很快会到达。如果今天晚些时候到不了,明天也会到。"

诺里斯在图表上做了记录,"这次货运,我们大约能捎上十五个人。剩下的人,我们下回运送。他们可以再坚持一个星期吗?"

"可以。"

诺里斯好奇地注视着他,"你是怎么找到我们的? 从宾夕法尼亚州到这里,路程可不短啊。这本来是我们最后一次回地球,假如你晚到两天……"

"几个袋鼠人给我指明了方向。他们说你们走了,他们不知道你们去了哪里。"

诺里斯笑了起来,"我们自己也不知道要去哪里。"

"想必你们是要把这些东西运到某个地方。这艘火箭有年头了,对吗? 看得出来修补过。"

"它原本是某种炸弹。我们找到了它,把它修好了——大修过许多次。我们还不确定要怎么做,我们还没拿定主意。但我们知道,我们必须得离开。"

"离开? 离开地球?"

"当然。"诺里斯朝着火箭对他做了个"请"的动作。他们登上舷梯，来到一个舱口前。诺里斯转身指着下方，"看看这下面——看看搬运货物的人。"

那群人差不多快完成工作了。被搬得半空的隧道车上载着地底最后一批物资：书、文献、照片和工艺品——人类文明的最后遗存。大量这种具有代表性的物品被搬入火箭，将被送离地球。

"去哪里？"崔特问。

"暂且先去火星，不过我们不会在那儿待太久。我们很可能要再度出发，前往木星和土星的卫星。木卫三也许适宜居住。如果不行的话，就继续找其他的星球。万一所有的星球都不合适，我们再在火星上定居。毕竟，火星虽然贫瘠缺水，但那里没有核辐射。"

"难道在地球上就没机会——没可能恢复核污染的地区吗？如果我们净化了地球的核辐射，处理掉辐射云——"

"如果我们这么做了，"诺里斯说，"他们都会死。"

"他们？"

"滚地人、袋鼠人、穴底人、蟾蜍人、虫形人和其他所有的变种人，以及无穷无尽的生命。数不胜数的物种适应了这个地球——这个充满辐射的地球，这些植物和动物离不开放射性的金属。从本质上来讲，新的有机物质构成基础是放射性金属盐，而放射性金属盐对我们是完全致命的。"

"但即便如此——"

"即便如此，这里实际上不是我们的世界。"

"我们是真正的人类。"崔特说。

"再也不是了。地球生机勃勃、欣欣向荣。物种发生了大爆发——无数新物种层出不穷。我们充其量不过是一个物种，一个过时的物种。要在这里生活，我们必须将生态环境恢复到三百五十年前——工程量会异常巨大。假如我们成功了，假如我们净化了地球，那么，所有这些将不复存在。"

诺里斯指着广袤的褐绿色森林，又指向南方。在那里，水雾迷蒙的雨林，一直延伸至麦哲伦海峡。

"说起来，我们是自作自受，是我们发动了战争，是我们改变了地球。不是摧毁——是改变。我们使地球环境发生了巨变，以至于我们再也不能生活在这里。"

诺里斯指了指下面的人，那些人戴着头盔，穿着内部衬铅、外部覆盖金属层的沉重防护服，防护服上配挂着电路线、计数器、氧气罐、护盾、食物丸和纯净水。他们大汗淋漓，却不敢脱掉防护服。"看见他们了吗？他们像什么？"

一个工人"呼哧呼哧"喘着粗气爬了上来。他抬起了视窗板，短促地吸了口外面的空气；而后"砰"地关上视窗板，紧张地将其密封死。"货物装载完毕，随时可以出发，长官。"

"计划有变，"诺里斯说，"我们要等这个人的同伴到达这里，他们的营地快崩溃了。推迟一天不会有什么影响。"

"遵命，长官。"工人返身顺着舷梯回到地面——这个人沉重的衬铅防护服、圆鼓鼓的头盔和全身复杂的装备，崔特看在眼里，第一次觉得怪异。

"我们是异乡客。"诺里斯对崔特说。

崔特的瞳孔猛然缩小,"什么?"

"造访这个陌生星球的异乡客。看看我们,穿着密封的防护服,戴着头盔——这是用于星际探索的太空服。我们乘坐火箭,降落在了一个我们无法生存的异星球上。稍做停留,装上物资——然后升空离开。"

"密封的头盔。"崔特声音古怪地说道。

"密封的头盔、衬铅的防护层、计数器、特殊的食物和水。看那边。"

一小群袋鼠人站在一起,惊叹地仰望着闪闪发亮的巨大火箭。右侧的树林间,坐落着袋鼠人的村落——村外,农田阡陌成行;村内,建有牲畜棚圈和木板房屋。

"他们才是原住民,"诺里斯说,"他们才是这颗星球的居民。他们能呼吸天然的空气、喝天然的水、吃天然的动植物。我们不能。这是他们的星球——不是我们的。他们能生活在这里,建立起全新的文明。"

"希望我们还能回来。"

"回来?"

"回来探访——在未来的某个时间。"

诺里斯苦笑了一下,"我也希望如此。但我们必须获得地球原住民的许可——着陆许可。"他的眼睛闪烁着诙谐的光芒——但突然，尽数化作了痛苦。这突如其来的痛苦成了他唯一的情绪，"我们必须询问他们是否同意。而他们也许会说'不'，他们也许不会欢迎我们。"

小小城镇

凡尔纳·哈斯克尔面容惨淡,风衣后摆拖在地上,几乎半爬着登上了前门廊的台阶。他身心俱疲,垂头丧气,双脚还隐隐作痛。

他刚关上家门,脱下风衣和帽子,就听见玛吉惊讶地叫道:"我的天哪!这么早就下班了?"

哈斯克尔丢掉公文包,弯腰解鞋带。他佝偻着身子,脸色憔悴,灰头土脸。

"说话呀!"

"晚饭做好了没?"

"没有,晚饭还没做。这次又怎么啦?又和拉森吵架啦?"

哈斯克尔步履沉重地进了厨房,往一个玻璃杯里倒了些温水和苏打水。"我们搬家吧。"他说。

"搬家?"

"离开伍德兰,搬到旧金山。到哪里都行。"哈斯克尔喝了口苏打水,他那中年发福的身体斜靠着光洁的洗碗池,"我感觉糟糕透了。也许我应该再去看看巴恩斯医生。真希望今天是星期五,这样明天就是周末了。"

"你晚饭想吃什么?"

"什么也不想吃。我不知道。"哈斯克尔疲倦地摇了摇头,"随便吧。"他颓然坐在餐桌旁,"我只想休息。开一听炖菜罐头和猪肉菜豆罐头。什么都可以。"

"要我说,不如去唐氏牛排馆。他们星期一供应上好的沙朗牛排。"

"不去。我今天看够了外面人的嘴脸。"

"我倒觉得你是太累了,不愿意开车载我去海伦格兰特街。"

"车停在车库,它又坏了。"

"如果你多花点儿心思保养——"

"你到底想让我怎么办?把车子放进玻璃纸袋,走到哪儿带到哪儿吗?"

"别冲我嚷嚷,凡尔纳·哈斯克尔!"玛吉气得涨红了脸,"想吃晚饭,你自己做。"

哈斯克尔吃力地站起身,拖着脚步向地下室的门走去,"等会儿见。"

"你要到哪儿去?"

"去地下室。"

"哦,上帝啊!"玛吉厉声叫道,"那些火车! 那些玩具! 一个成年人,都到中年了,怎么——"

哈斯克尔一言不发,他此刻已走到地下室楼梯的中段,摸索着打开了电灯开关。

地下室凉爽而湿润。哈斯克尔从挂钩上取下工程师安全帽,戴在头上。他激动不已,淡淡的活力在他疲乏的身躯里泛起。他急切地走到胶合木板大桌子前。

四通八达的铁路遍布整个地下室的地面,驶过储煤箱的下方,穿过锅炉蒸汽管间的缝隙,最后沿着一面面精心修筑的分梯度斜道,交会于桌面。桌面上,遍布着变电器、指示灯、变轨器等各种设备外加电线。除此之外,还有——

一座小镇!

一座纤毫毕现、极其精准的伍德兰镇模型。每棵树、每幢房子、每间商店、每栋建筑、每条街道,乃至于每个消防栓都得到了还原。这座井然有序的微型小镇,是他经年累月、耗费心血的杰作。他还清晰地记得,从儿时起,在放学后,制作、黏合和打磨模型的时光。

哈斯克尔打开了主变电器,铁路沿线的信号灯次第亮起,电流注入了停在轨道上的狮牌重型火车头。火车头动了,拖着一节节货运车厢,快速而平稳地行驶,就如同一枚出膛的黑色炮弹,寒光闪闪。他不禁屏住了呼吸。他调动了一个电子变轨器。火车沿斜坡而下,穿过一条隧道,驶离了桌面,在工作台的下方奔驰。

他的火车,他的小镇。哈斯克尔俯下身,注视着迷你房子和迷你街道，心中洋溢着骄傲。这是他建造的——他一个人建造的。小镇的一尺一寸都堪称完美。他摸了摸弗莱德杂货店的屋角——任何细节，包括橱窗、展示的食品、招牌和柜台，无一遗漏。

城郊旅馆。他的手抚过旅馆平坦的屋顶。透过旅馆窗户，他能看见大厅里的沙发和座椅。

格林药房、用来缓解拇囊炎①的衬垫广告牌、杂志摊、弗雷泽汽车零件店、墨西哥城餐馆、夏普斯坦服装店、鲍勃酒水店、艾斯桌球室……

一栋又一栋的建筑。他的手抚过了整座小镇。他建造了这座小镇，这座小镇属于他。

火车从工作台的下方疾驰而出，车轮掠过了一个自动开关，一座活动桥应声降下，火车如一条长龙般从桥上呼啸而过。

哈斯克尔加大了电流输出，火车开始提速，长长的汽笛声响起。火车拐过一道急弯，伴随着刺耳的摩擦声，驶过了交叉道口，速度越来越快。哈斯克尔的双手好像痉挛了一样扳下变电器开关，火车猛地一震，犹如子弹般射了出去。变电器已经调至最大功率。"哐当、哐当、哐当"，火车风驰电掣，沿着地板上的轨道一路向前，冲过桥梁和道岔，冲到了锅炉蒸汽管道的后面。

火车消失在了储煤箱的下方。片刻之后，火车又从另一边冲了

---

①指脚趾的跖关节内侧滑囊的炎症，多发于女性，由穿高跟鞋或挤压前足负重久行造成。

出来,左摇右晃得厉害。

哈斯克尔将火车速度降低。他粗重地喘息着,胸腔痛苦地上下起伏。他在工作台旁的高脚椅上坐下,颤抖地点燃了一支香烟。

火车和小镇模型给了他一种别样的感受。这种感受难以言表。他一直喜爱玩具火车和火车头,还有信号灯和建筑模型。从他还是个六七岁的小孩子时起,便是如此。他的父亲为他买了第一辆玩具火车——老式的发条玩具,有一个火车头和几节车厢。九岁时,他得到了第一辆真正的电动火车以及两个变轨器。

年复一年,他不断添置扩充:轨道、火车头、变轨器、车厢、信号灯和更大功率的变电器。渐渐地,小镇的萌芽开始发端。

他尽心竭力,一件一件地创造。最早的作品是他初中时制作的南太平洋仓库。接着,他制作了仓库隔壁的计程车站、司机们常去吃饭的小餐厅和布罗德大街。

就这样,越来越多的模型——房子、大楼、商店——在他的双手下诞生。多年过去,小镇逐渐壮大。无论上学还是上班,每天下午回家后,他都埋头于模型的粘贴、剪裁、绘制、锯割和组装。

到如今,小镇的所有部分均已完成,就要竣工了。他四十三岁,小镇终于要竣工了。

哈斯克尔绕着胶合木板大桌子踱步,虔诚地伸出双手,轻轻地抚摩商店、花店、剧院、电话公司和拉森泵阀工厂。

拉森泵阀工厂,他上班的地方。这座精雕细琢的迷你工厂,连最细微处也找不出一丝瑕疵。

哈斯克尔皱起了眉头,他想到了老板吉姆·拉森。整整二十年,他如同牛马般日日辛劳,换来了什么? 他眼瞧着其他人升职加薪——那些比他年轻的后辈、那些老板的奴才,以及那些打着亮色领带、穿着笔挺西裤、挂着愚蠢媚笑、趋炎附势的小人——却没他的份儿。

悲哀和愤恨一齐涌上了哈斯克尔的心头,他在伍德兰镇生活了一辈子,这个镇子从未对他施予过善意。他从未真正开心过。这个镇子对他只有欺凌——高中时的墨菲小姐、上大学时的联谊会、百货商店里趾高气扬的店员、他的邻居、警察、邮递员、公车司机和送报员,甚至连他的妻子玛吉,也对他大呼小叫。

他与小镇向来格格不入。

伍德兰镇面积不大,位于旧金山半岛以南的城郊,极少受云雾烦扰,故而地价昂贵,居住于此的大多为富人。这里的档次太高了,高档得让他无法忍受。太多的宽宅大院,太多的私人草坪,太多铮亮的私家车,太多的躺椅。太沉闷,太光鲜。从他记事起,到他上学,直至上班——

拉森! 泵阀工厂! 二十年的艰辛工作!

哈斯克尔抚摸拉森泵阀工厂模型的手指不禁收紧。他粗暴地将这个小东西扯了下来,扔到地上,一脚踏上,把它的玻璃窗、金属支架和硬纸板墙踩得支离破碎,踩成一堆看不出形状的破烂。

天哪,他全身在发抖。他低头看着地板上的残骸,心脏疯狂跳动。多么奇妙,多么无法无天,这是一种触电般的快感。这种事情,他以前从没想过。他久久地凝视着脚下残破不堪的拉森泵阀工厂模型。

突然,他走开了,精神恍惚地回到了工作台边,木然地在高脚凳上坐下。他将工具和模型材料归拢在面前,启动了电动钻头。

哈斯克尔驾轻就熟,十指灵巧如飞,喷漆、黏合、组装,一气呵成,不过片刻,便制作出一个新模型。他以印刷体写了一个缩小版的招牌,又把模型前面的部分喷上绿漆作为草坪。

然后,他小心地将模型拿到桌面上,将它粘在原先拉森泵阀工厂的位置上。新的建筑在头顶电灯的照耀下闪闪发亮,表面的漆都还是湿的。

伍德兰殡仪馆

哈斯克尔揉搓着双手,心满意足、欣喜若狂。泵阀工厂不复存在了,他把它毁灭了,把它从小镇移除了。他眼前的伍德兰镇——没有泵阀工厂,只有一家殡仪馆。

他心潮澎湃、目光炯炯,嘴角不住抽搐。他把它处理掉了,干净利落,只用了一秒钟。整件事非常简单——出乎意料的简单。

真奇怪,他以前怎么就没想到呢?

玛吉·哈斯克尔举起玻璃长细杯抿了一口冰镇啤酒,说道:"凡尔纳的精神不太对劲。昨天他下班回家后,我发现他格外反常。"

保罗·泰勒医生心不在焉咕哝道："精神官能症最典型的一种，自卑、逃避、内向。"

"但他的病情越来越严重了。他和他的火车，那些该死的火车。上帝啊，保罗！你知道吗，他在地下室建了一整座小镇！"

泰勒被勾起了兴趣，"真的吗？我还真不知道。"

"我认识他这么久，他一直在地下室捣鼓这些东西，从他还是个孩子起就这样。不敢想象，一个成年人竟然痴迷电动火车！这……这太恶心了。没有一天晚上他不玩电动火车。"

"有趣。"泰勒摩挲着下巴，"始终如一？固定的行为模式？"

"天天晚上如此。昨晚他甚至没吃晚饭，一回家，直接就去地下室了。"

保罗·泰勒蹙起了眉头。玛吉慵懒地坐在他的对面，小口喝着啤酒。此时是下午两点钟，天气温暖，阳光明媚。客厅内安宁而恬静，让人懒洋洋的，不想动弹。泰勒忽然站起身来，"我们去看看小镇的模型吧，我都不知道它的规模有这么大了。"

"你真的想去吗？"玛吉卷起绿色丝绸休闲睡衣的袖子，看了看腕表，"他五点钟之后才会回来。"她放下玻璃杯，蓦地站了起来，"来吧，我们的时间充足。"

"好极了。我们去地下室。"泰勒抓住玛吉的胳膊，快步进入地下室——两人都莫名地感到异常兴奋。玛吉打开了地下室的电灯，两人一边紧张地"咯咯"直笑，一边走向胶合板大桌子，就像两个调皮捣蛋的孩子。

"看见了吗?"玛吉掐了下泰勒的胳膊,"看哪,几十年的成果,他一辈子的心血。"

泰勒缓缓地点了点头,"确实。"他的声音带着几分敬畏,"我从来没见过这样的东西。细节处别具匠心……他有真才实学。"

"是的,凡尔纳的手很巧。"玛吉指了指工作台,"他一直在购买各种各样的工具。"

泰勒绕着大桌子缓步走了一圈,不时弯腰端详,"不可思议。他制作了每一栋建筑,整座镇子都在这里。瞧! 这是我家。"

他指着哈斯克尔家几个街区之外的一栋豪华公寓大楼。

"我猜这就是全部了。"玛吉说,"无法想象,一个成年人每天到地下室玩火车模型!"

"权力,"泰勒推动火车头沿着轨道行驶,"这就是它吸引男孩的原因。火车是庞然巨物,不仅体积大,声音也大。在他的眼里,火车是带有性色彩的权力象征。男孩看见巨大无比的火车势不可挡地驶来,于是心生畏惧。后来,他得到了一辆玩具火车,一辆和这些火车一样的模型,他控制住了火车,让它走便走,让它停便停,速度或快或慢。只听命于他一人。"

玛吉打起了寒战,"我们到楼上暖和的地方去吧,这里太冷了。"

"但是,随着男孩长大,逐渐身强体壮,他将摒弃只有象征意义的模型。他要掌握实际的东西,驾驶真正的火车。他要手握实权。"泰勒摇了摇头,"不是这种替代品。一个成年人痴迷到这种程度,实为罕见。"他皱了皱眉头,"我从没注意到国府大街上有一家殡仪馆。"

"殡仪馆？"

"还有这里，施托伊本宠物店，就在收音机维修店的隔壁，可那地方根本不是宠物店。"泰勒敲了敲自己的脑袋，"那地方是什么来着？挨着收音机维修店的那家店。"

"巴黎皮草店。"玛吉双手抱胸，牙床"咯咯"作响，"快走，保罗。我们上楼去，我都冻坏了。"

泰勒笑道："遵命，小姐。"他朝楼梯走去，眉头又皱了起来，"我不明白他为什么这么做。从没听说过施托伊本宠物店。这里的每一件模型都与真物丝毫不差，他一定将整座镇子记在了心里。把一个子虚乌有的商店放在——"他"啪"地关了电灯，"还有殡仪馆。那里原来是什么建筑？是不是——"

"别多想啦。"玛吉急匆匆地走过他身边，进了温暖的客厅，转身说道，"你比他好不到哪里去。你们男人都是长不大的孩子。"

泰勒没回答，陷入了沉思。他往日的精明练达不见了，取而代之的是焦灼和震惊的表情。

玛吉拉下威尼斯式百叶窗帘，客厅转暗，浸入了琥珀色的暖昧中。她在沙发上坐下，又拉着泰勒坐在她身边，"别那么严肃啦，"她娇嗔道，"我从没见过你这个样子。"她纤细的双臂绕住他的脖子，朱唇厮磨着他的耳垂，"早知道你要为他烦心，我才不会让你进屋呢。"

泰勒心事重重，咕哝道："那你怎么又让我进来了呢？"

玛吉的双臂缠得更紧了。她的身体贴着他的身体，只听得丝绸睡衣沙沙作响。"傻瓜。"她说。

吉姆·拉森身材魁梧,满头红发。他此刻目瞪口呆,满脸的不可置信,"你什么意思? 你怎么回事?"

"我辞职了。"哈斯克尔将自己办公桌上的东西扫进了公文包,"请把离职金支票邮寄到我家。"

"可是——"

"闪开。"哈斯克尔从拉森身边挤过,进了大厅。拉森惊愕得无以言表。哈斯克尔自始至终板着脸,表情漠然。拉森从未见过他这般不苟言笑。

"你……你没事吧?"

"当然。"哈斯克尔推开工厂的大门,走了出去。大门"砰"地关闭。"我当然没事。"他低声自语道。他穿行于傍晚成群结队的购物者之间,嘴角上扬,"说得太对了,我好得很。"

"看着点儿路,伙计。"他推搡着从一个工人身边挤过时,那人面色不善地低声警告道。

"抱歉。"哈斯克尔抓紧公文包,疾步前行。他到了一座小山的山顶,稍停下来歇一口气。拉森泵阀厂被他远远甩了在身后。哈斯克尔撕心裂肺地放声大笑。二十年——精确到秒,整整二十年,都结束了。永别啦,拉森。永别啦,日复一日、枯燥而煎熬的工作。没有晋升希望和未来,连续数月重复无趣的加班,永别啦。至此,全部画上了句号。新的生活在向他招手。

他急匆匆地继续赶路。夕阳西沉,下班回家的职员开着汽车,一辆辆从他身边驶过。明天，他们还得回去——但不包括他，他再也不会回去了。

他走到了自家所在的街道，一栋富丽堂皇的混凝土巨型建筑赫然出现在他眼前——这是艾德·迪尔顿的宅邸。迪尔顿家的狗跑了出来，冲着他狂吠。哈斯克尔加快了脚步，狗儿不依不饶。他冷笑一声。

"给我滚远点儿！"他对那只狗吼道。

他回了家，一步两级阶梯地上了门廊，一把推开了房门。客厅内光线昏暗，静谧无声。突然，响起了窸窣声，沙发上有两个身影分开，迅速站了起来。

"凡尔纳！"玛吉倒吸了一口冷气，"你这么早回家干什么？"

凡尔纳·哈斯克尔扔掉公文包，将摘下的帽子和脱下的风衣甩在椅子上。他过早衰老的脸狰狞扭曲，怒火在他心中左冲右突，肆虐翻涌。

"究竟是怎么啦？"玛吉惶惶不已，理了理身上的休闲睡衣，急忙走向哈斯克尔，"出事啦？我没想到你这么——"她打住了，脸上火辣辣的，"我是说，我——"

保罗·泰勒从容地走到哈斯克尔跟前，"嗨，凡尔纳。"他低声道，语气有些尴尬，"我过来问个好，顺便还本书给你夫人。"

哈斯克尔略微点了下头，"下午好。"他转身走向地下室，把他们两人撂在一边，"我到下面去。"

"凡尔纳！"玛吉不满道，"出什么事啦？"

凡尔纳在地下室门口止住脚步，"我辞职了。"

"你什么？"

"我不干了，我炒了老板的鱿鱼，以后再没有拉森这号人了。"他重重地关上了地下室的门。

"天哪！"玛吉歇斯底里地抓住泰勒，尖叫道，"他疯了！"

凡尔纳·哈斯克尔来到地下室，急不可耐地打开了电灯。他戴上工程师安全帽，将高脚凳搬到胶合木板大桌子前。

接下来干掉哪里？

莫里斯家具店——豪华的大商店。那里的店员接待他时，个个鼻孔朝天。

他欢快地搓着手。他要消灭他们——这些盛气凌人的店员，每次他进店门，他们总会挑起眉毛。他们只对那些戴领带、上衣兜装着折叠手帕、发型一丝不乱的中产阶级恭敬有礼。

他移除了莫里斯家具店的模型，把它拆了个稀巴烂。他动作癫狂，宛如疾风骤雨。既然已经动手，就没理由浪费时间了。片刻之后，他将两个小建筑——里兹擦鞋店和彼特保龄球馆——粘贴在了莫里斯家具店的原址上。

哈斯克尔兴奋得"呵呵"直笑。毁掉这家奢华高级的家具店，用一家擦鞋店和一家保龄球馆替代，简直天经地义。这正是这家家具店应有的下场。

加州银行。他一直痛恨这家银行，他们曾拒绝给他贷款。他扯下了银行。

艾德·提尔顿的宅邸。他那该死的狗。那只狗曾在某个下午咬了他的脚踝。他把宅邸掀掉了。他飘然欲仙，他能为所欲为。

哈里森电器店。他们曾卖给他一台残次的收音机。哈里森电器店被取了下来。

乔氏雪茄香烟店。1949 年 5 月，乔曾找给他一枚铅制的二十五美分假硬币。乔氏香烟店被去除了。

墨水厂。他讨厌墨水的气味。也许可以用面包厂取代，他喜欢新鲜出炉的面包。墨水厂完蛋了。

榆树街晚上光线太暗了。有好几次，他摔了跟头。他要再多安装几盏街灯。

高地街的酒吧太少，礼服店、高级帽子专卖店、皮草店和女装店太多。他扯下了一大把模型，把它们拿到了工作台上。

地下室楼梯上方的门慢慢地开了。玛吉向下张望，脸色苍白，战战兢兢，"凡尔纳？"

他不耐烦地抬起头，怒目而视，"你要干什么？"

玛吉迟疑地从楼梯上走了下来。泰勒医生跟在她后面——身穿西装、风度翩翩、英俊潇洒，"凡尔纳，一切还好吗？"

"当然。"

"你……你真的辞职了吗？"

哈斯克尔点了点头。他开始拆解墨水厂，完全不顾妻子和泰勒医生在场。

"可是为什么？"

哈斯克尔烦躁地咕哝道:"没时间。"

泰勒医生渐渐浮现出担忧的神色,"我是否可以这样理解:你太忙了,没时间工作?"

"没错。"

"都在忙些什么?"泰勒提高了嗓门,他的身体紧张地颤抖,"躲在这下面,建造这个小镇? 随意改动小镇?"

"滚开!"哈斯克尔低吼道。他正双手并用,灵巧地制作讨人喜欢的朗根多夫面包厂小模型。他悉心地将它拼装成形,喷上白漆,在它的前方用油漆粉刷出灌木丛和一条砾石小径。他将面包厂放在一旁,开始制作公园——一座巨大的绿色公园,伍德兰镇一直需要一座公园。公园将建在国府街旅馆的位置上。

泰勒将玛吉从桌前拉到地下室的一角。"老天爷。"他颤抖着点燃一支香烟。香烟从他的手中滑落,滚到了一边。他顾不上捡,转而摸索衣兜找另一支香烟,"你看见了吗? 你看见了他在干什么吗?"

玛吉默默地摇了摇头,"在干什么? 我不——"

"他干这事儿多久了? 一辈子吗?"

玛吉脸色惨白地点点头,"是的,一辈子。"

泰勒面容扭曲变色,"天哪,玛吉。这事儿足以把你逼疯,我几乎不敢相信。我们得做点儿什么。"

"怎么啦?"玛吉呻吟道,"怎么——"

"他正在丧失自我,就要进入小镇模型里了。"泰勒的脸上浮现出难以置信却匪夷所思的表情,"进入的速度只会越来越快。"

"他总是到地下室来,"玛吉支吾道,"没什么特别的。他总想着逃避。"

"是的,逃避。"泰勒打了个激灵,握紧拳头,镇定了下来。他走到凡尔纳·哈斯克尔跟前。

"你想干什么?"哈斯克尔注意到了他,低声问道。

泰勒舔了舔嘴唇,"你在增添新的东西,对吗? 新的建筑。"

哈斯克尔点了点头。

泰勒用颤抖的手指碰了碰小面包厂,"这是什么? 面包厂? 你要把它放在什么地方?"他围着桌子踱步,"我不记得伍德兰镇有面包厂。"他感到头晕,"你不会是在改进镇子吧? 这里改改,那里改改?"

"从这里滚出去,"哈斯克尔说,他平静的语气下隐藏着惊涛骇浪,"你们两个都滚。"

"凡尔纳!"玛吉尖叫道。

"我还有很多事情要做。你可以在十一点钟的时候送点儿三明治下来。但愿今晚就能竣工。"

"竣工?"泰勒问道。

"是的,竣工。"哈斯克尔重复道,继续干活儿。

"快点儿,玛吉。"泰勒拉着她向楼梯走去,"我们离开这里。"他迈开大步走在她前面,上了楼梯,进了客厅。"快点儿!"等她一出地下室,他立刻紧紧地关上了门。

玛吉不知所措地轻擦了下眼睛,"他疯了,保罗！我们该怎么办?"

泰勒陷入了沉思,"安静,我得好好想一想。"他走来走去,眉头皱得老高,"很快就要发生了。照这个速度,不会太久。就在今天晚上。"

"什么? 你指的是什么?"

"他一直在逃避现实。今晚他会陷入自己用来替代真实世界的空间中,到他所控制的模型小镇世界里,那个他能逃避一切的地方。"

"我们能做些什么吗?"

"做什么?"泰勒微微一笑,"我们真的想做些什么吗?"

玛吉倒吸了口冷气,"可我们不能就——"

"也许这会解决我们的问题。这也许是我们一直所期盼的。"泰勒若有所思地盯着玛吉,"这也许是件好事。"

哈斯克尔进行最后的收尾时,已是深夜两点钟左右。他十分疲惫——但精神高昂。今晚的工作如有神助,整个镇子即将完全竣工。

几近完满！

他暂停了一会儿,俯瞰自己的作品。镇子发生了翻天覆地的变化。大约晚上十点钟时,他开始改变街道布局的基础结构。他移除了大部分的公共建筑、小镇行政中心以及其周围广大的商业区。

他建立了新的小镇行政厅、警察局，还修建了大公园——公园建有喷泉，通过间接光源照明。他清除了平民区内老旧破落的店铺、房子和街道。新的街道变宽了，多了许多街灯。房子现在既小巧又干净。商店没了浮华铺张的做派，既摩登又吸引人。

所有的广告招牌都被摘除了。大多数的加油站也不见了。占地面积巨大的厂区也不见了，变成了树林、山丘和青草连绵的郊野。

富人区改头换面，只留下了少数几栋宅邸，归属于他看得顺眼的人。其他宅邸被铲平，统统换成了有两个卧室和一个车库的单层制式住房。

小镇行政厅不再是精致繁复的洛可可式大楼，而是简约的低层建筑——样式与他最喜爱的希腊万神庙相仿。

对于深深伤害过他的那十一二个人，他将他们的房子改得面目全非，把他们迁到了小镇的边缘。那里，从海湾吹来的风带着泥滩浓重的腐臭味。还让他们住战时的单元楼，每六家人挤在一栋楼里。

吉姆·拉森的房子彻底消失了。他完全抹除了拉森。在马上竣工的新伍德兰镇，再没有拉森这个人。

马上就要竣工了，哈斯克尔聚精会神地打量着他的杰作。所有的修改都必须现在完成，以后可不成。现在属于创作时间。等以后，一旦完成，就再不能反悔。他必须现在把所有该修改的地方都修改了——或者选择遗忘。

新的伍德兰镇看起来棒极了，干净、整齐、简洁。富人区被拆毁。贫民区得到了改进。炫目的广告、招牌、展示品，要么被替换，要么被移除。商业区的面积变小了，公园和郊野取代了工厂，小镇行政中心赏心悦目。

他为小孩子们建了两个游乐场。同时又建了一个小剧场——废除了装有刺眼霓虹灯的市区大剧院。经过一番思量，他拆掉了之前制作的大多数酒吧。新伍德兰镇将成为道德的高地，以道德为绝对准则。没有桌球室，没有红灯区，只有寥寥几家酒吧，以及一座条件优越的监狱——用来关押不良分子。

工程最困难的部分莫过于在小镇行政厅总办公室大门上的铭牌上写字。他将这部分留在最后，用小毛刷蘸着颜料，以十二万分小心写下：

镇长

凡尔纳·哈斯克尔

竣工前的几处修改：把爱德华家的凯迪拉克轿车换成了 39 年的普利茅斯跑车；在小镇中心多加了几棵树；增加一个消防局；减少一家礼服店。他一直不喜欢计程车——冲动之下，他移除了计程车站，换之以一家鲜花店。

哈斯克尔揉搓着双手。还要修改哪儿？不然，就算竣工了……十全十美了吗……他仔仔细细地研究各个部分，有什么地方他没照顾到吗?

小镇的高中。他把它拿了下来,修建了两所规模较小的高中,分别放在小镇的两头。他又制作了一所医院——这花了他半个小时。他的体能已到极限,双手也没那么灵活了。他战抖地摸了摸前额,还需要做点儿什么吗?他疲倦地坐在高脚凳上休息,回想了一遍。

全完成了,完工了。他的心中充满了喜悦,幸福的呐喊声从他的胸膛迸发出来。他的工作结束了。

"竣工啦!"凡尔纳·哈斯克尔大吼道。

他摇摇晃晃地站了起来。他闭上眼睛,举起双臂,走向胶合板桌子。他伸展腰背、舒展十指,他那张满是皱褶的脸上神采飞扬。

楼上,泰勒和玛吉听到了他的吼声,那声音如同天边的惊雷在房内滚滚回荡。玛吉吓得小脸皱成一团,"那是什么?"

泰勒侧耳倾听,他听见哈斯克尔在下方的地下室走动。他一下子碾灭了烟头,"我想已经发生了,比我料想的要快。"

"发生?你是说他已经——"

泰勒腾地站起身,"他离开了,玛吉。他去自己的那个世界了。我们终于自由了。"

玛吉抓住他的胳膊,"也许我们正在犯错,很严重的错误。我们是不是……该做点儿什么?要不,把他带出来——把他拉回来?"

"把他带回来?"泰勒神经质般地笑了起来,"我不觉得我们现在能办到。即使我们想,也办不到,太迟了。"他快步走向地下室的门,

"快来。"

"太吓人了。"玛吉全身发抖,不情愿地跟在他身后,"我真希望他从没制作过模型。"

泰勒在地下室门前稍做停留,"吓人?他去现在的地方会更快乐,你也会更快乐。如果和原来一样,没人会快乐。这样子再好不过了。"

他打开了地下室的门,玛吉跟着他。他们谨慎地下了楼梯,来到漆黑无声的地下室——夜晚的薄雾渗了进来,这里有一些潮湿。

地下室空了。

泰勒大大地松了口气,"他离开了。一切正常。整个过程很顺利。"

"可是我不明白,"泰勒的别克牌轿车隆隆地行驶在黑暗无人的街道上,玛吉绝望地重复道,"他去哪儿了?"

"你其实是知道的,"泰勒回答道,"他当然是去自己的世界了。"车子拐过街角,后轮发出了刺耳的摩擦声,"剩下的事情非常简单,填写几张例行表格就行。现在能做的事情实在不多。"

夜,寒冷而萧索。除了几盏孤零零的街灯,看不见一点儿灯光。远处,有火车悲凉的汽笛声传来,回荡在无边夜色里。车窗外,一排排寂静的房屋飞快地往后退去。

"我们去哪儿?"玛吉问。她蜷缩着靠在车门上,脸色因为震惊和恐惧而苍白,身子在衣服下瑟瑟发抖。

"去警察局。"

"为什么？"

"自然是去报案，这样警察才知道他失踪了。我们只需耐心等待几年，他就会在法律上被宣布为死亡。"泰勒伸出胳膊轻轻地抱了抱她，"几年而已，我们可以照常亲热。"

"要是……要是他们找到他了呢？"

泰勒恼怒地摇了摇头，他的神经仍处于紧绷的边缘，"你难道不明白吗？他们永远也不会找到他——他不存在了。至少，不存在于我们的世界。他在自己的世界里，你也见过的，是那座被他修改过的小镇模型。"

"他在那里？"

"他这一辈子都用在了那上面。从无到有，将它建得与现实世界相差无几，他把那座小镇建造出来——而现在他就在那里。这是他毕生的追求。这就是他修建这座镇子的原因。他不仅仅梦想拥有一个可供逃避现实的世界。事实上，他打造了一个世界，一砖一瓦地打造。现在，他已经从我们的世界逃离，进入了自己的世界中，离开了我们。"

玛吉终于开始明白了，"这么说，他真的陷在自己的那个世界出不来了。你是说，你说他怎么啦？逃离了？"

"我用了很长时间才意识到：思维构建着现实，设计着现实，创造着现实。我们生活在共同的现实世界里，做着同样的梦。但哈斯克尔背离了我们共同的现实世界，创造了他自己的世界。他有着独特的能力——与常人迥异的能力。为了构筑他的世界,他献出了自己的一生,发挥了自己所有的本领。现在,他去了那个世界。"

泰勒皱着眉头,心事重重。他握紧方向盘,踩下油门。车子沿着漆黑的街道,穿行于萧瑟寂静的小镇。

"只有一件事,"他随即继续道,"只有一件事我没想明白。"

"是什么事?"

"镇子的模型不见了。我原先以为他会缩小,成为模型的一部分,但模型也消失了。"泰勒耸了耸肩,"不过没关系。"他凝神看向黑沉沉的前方,"我们快到了,这里是榆树街。"

正在此时,玛吉尖叫道:"你快看!"

车子的右侧出现了一栋结构简洁的小楼,楼外挂着一个招牌,招牌上几个大字在黑暗中清晰可见:

伍德兰殡仪馆

玛吉吓得抽泣起来。泰勒震惊不已,双手麻木地驾驶车子轰鸣向前。当他们驶过小镇行政厅时,又一个招牌从车边晃过:

施托伊本宠物店

行政厅是一座低层建筑,样式简约,通体白色,被墙壁上的内嵌灯照得通明,宛如古希腊的大理石神庙。

泰勒停下车。他突然尖叫一声，想重新启动车子，但动作不够快。

两辆铮亮的黑色警车无声无息地从两边堵住了他的别克轿车。四名铁面无私的警察打开警车门，迅速下车，向他围了上来。

纪念品

"我们到了,先生。"机器人飞行员说。罗格斯悚然惊醒,猛地抬起了头。球形飞船开始无声地向星球表面高速降落。他绷紧身体,同时调整了一下隐藏在外套内的网络传输器。

这里——他的心脏突突直跳——是"威廉森的世界"。三百年来,这颗蓝绿色的失落星球,银河星系的圣地,只存在于传说之中,始终无人得见其真面目。然而,近乎奇迹般地,在一次例行星图测绘任务中,竟然偶然被人发现了。

弗兰克·威廉森是第一位研发外太空飞行器的地球人——也是第一位飞出太阳系、探索无边宇宙的地球人。他再未返回地球。他——他的世界,以及他的殖民地——也从未有人寻找到。有关于他的各种谣言、捏造的线索和虚假的传说层出不穷——但也仅此而已。

"收到机坪许可。"机器人飞行员增大喇叭的信号强度，大声提醒道。

"机坪准备就绪。"从喇叭中传来飘忽不定的声音，"请注意，我方不熟悉贵方飞行器的机械结构。需要多长的滑行跑道？紧急减速挡板已经升起。"

罗格斯露出了微笑。他听见机器人飞行员告诉他们，这艘飞船无须滑行跑道，请降下减速挡板，保证安全无虞。

三百年！人类寻找"威廉森的世界"很久了。许多星球的政府已经放弃。一些人认为，威廉森从未到达可供着陆的星球，而是死在了太空之中，也许根本就没有"威廉森的世界"。当然，他们的观点缺乏确凿的线索或实际的根据。反正，弗兰克·威廉森和追随他的三个家族完全消失在了茫茫无际的虚空中，音讯全无。

直到现在……

在机坪迎接他的是个年轻人——身材瘦削，一头红发，穿着鲜艳布料制作的五彩服装。"你就是银河信息传送中心派来的人？"他问道。

"是的。"罗格斯说，"我叫爱德华·罗格斯。"

年轻人伸出了手。罗格斯笨拙地与他握了握手。"我的名字叫威廉森，"年轻人说，"吉恩·威廉森。"

这个名字如惊雷一般在他的耳中炸响，"您是——"

年轻人点了点头，目光意味难明，"我是他的曾曾曾曾孙子。他就安葬在这里，如果你愿意的话，可去凭吊。"

"我还以为能够见到他本人。他……这么说吧,对于我们来说,几乎是神一样的人物。他是第一个冲出太阳系的地球人。"

"他对于我们同样意义重大,"年轻人说,"他将我们带到了这里。他们找寻了很长的时间才发现了一颗适宜居住的星球。"威廉森挥手指了指与机场相接的城市,"后来证明,这颗星球的各方面都令人满意。它是这个星系的第十颗行星。"

罗格斯的眼睛亮了起来,他的脚下是"威廉森的世界"。他们一起走下活动舷梯,向机坪外走去,每一步罗格斯都踏得很重。银河系内有多少人做梦都没梦到过这样的场景:昂首阔步走下舷梯,踏上"威廉森的世界",身边陪着一个弗兰克·威廉森的年轻后人!

"人类全想来这里,"威廉森似乎察觉到了他此时的想法,"把垃圾扔得到处都是,随意摘折花朵,掬一抔泥土带走。"他略微紧张地笑道,"当然,传送中心会约束他们的。"

"当然。"罗格斯向他保证。

罗格斯在舷梯尽头停留了片刻,他第一次看见了这座星球上的城市。

"有什么问题吗?"吉恩·威廉森问道,神色中带着一丝兴味。

是的,他们与外界没有联系,如同孤岛一般——所以,也许这没那么让人吃惊。他们没生活在洞穴里、吃着生肉,就已经是个奇迹了。但威廉森一向是人类发展进步的象征,他一直是走在所有人前面的那个人。

诚然，按当今的标准来看，他的太空飞行器原始而落后，无非是一件珍稀的文物。但人们的观念却从未改变过：威廉森是开拓者，是发明家，是缔造者。

可是，眼前的城市顶多算得上是一个村落。城区内只有几十栋房子、几栋公共建筑和几家工厂。城外，绿色的田野、山丘和广阔的大草原连绵起伏。地行车悠闲地行驶在狭窄的街道上，大多数市民竟然在徒步行走。时空似乎不可思议地颠倒错位，生生地退化到了过去。

"我习惯了无差别的银河系文化，"罗格斯说，"传送中心保持着全银河系的技术水平和意识形态水平的协调统一。看见反差如此巨大的社会阶段，让我很难适应。不过可以理解，你们是断了联系的。"

"断了联系？"威廉森问道。

"没能和传送中心取得联系。你们不得不在缺少帮助的条件下进行发展。"

一辆地行车缓缓地停在他们跟前，司机用手打开了车门。

"既然我想起了原因，应该能适应这里。"罗格斯向他保证道。

"恰恰相反。"威廉森说着上了车，"我们接收贵方传送中心的协调信息已有一百年。"他示意罗格斯上车坐在他身边。

罗格斯糊涂了，"我不明白。你是说，你们连接上了信息网络，但却没尝试——"

"我们收到了贵方的协调信息，"吉恩·威廉森说，"但我们的公民对使用这些信息并不感兴趣。"

地行车在高速公路上疾驰,从一座红色砂岩大山的边缘掠过。城市在夕阳下反射着淡淡的光芒,很快就被他们甩在身后。高速公路两边,灌木丛和植物繁茂。一面平滑的峭壁拔地而起,如同一堵红砖高墙,顶部形如锯齿,天然而质朴。

"多么美丽的黄昏。"威廉森说。

即使罗格斯心有所忧,他仍赞同地点了点头。

威廉森摇下车窗,凉爽的空气涌入车内。几只与蚊蚋相似的昆虫随风飞了进来。远处,两个身影正在犁田,是一个男人和一头体型巨大、行动迟缓的牲畜。

"我们什么时候能到?"罗格斯问道。

"就快到了。我们大部分人居住在远离城市的地方。我们住在乡下——以农场为聚居单位。农场仿照中世纪的庄园建立,自给自足,农场间很少往来。"

"这么说,你们仅维持着最基本的温饱水平。一座农场有多少人?"

"大约一百个男人和女人。"

"一百个人的话,除了手工纺织、染布和纸张印刷,无法胜任更复杂的工作。"

"我们有特别的工业单位——生产制造系统,这辆车便是我们工业水平的一个很好例证。我们有通信、污水处理和医疗机构。我们的科技优势与地球不相上下。"

"是二十一世纪的地球,"罗格斯申辩道,"三百年前的地球。你们弃传送中心的协调信息不顾,反而故意过着古代的农耕生活。"

"也许我们更喜欢落后的文明阶段。"

"但你们无权擅自决定更喜欢哪种文明阶段。每个星球的文明必须与大趋势保持步调一致。传送中心使得全银河的文明达成了真正的一致发展。只有它有权决定哪些因素有用,哪些因素无用。"

车子驶近了农场——吉恩·威廉森的"庄园"。庄园位于高速公路旁的山谷中,由几间建在一起的简单房屋组成,周围环绕着田地和牧场。地行车拐入一条窄窄的羊肠小径,小心地驶向谷底。天色渐暗,吹入车窗的风儿有了凉意,司机打开了车前灯。

"没有机器人吗?"罗格斯问道。

"没有。"威廉森回答道,"所有工作,我们都亲力亲为。"

"这是纯粹的主观臆断。"罗格斯指出,"机器人只是机器,你们不必连机器也舍弃。这辆车就是机器。"

"没错。"威廉森承认道。

"机器是工具的高级形式,"罗格斯继续道,"斧子是简单的机器。一根棍子在一个想去够东西的人手里,也能成为工具——简单机器。机器只是高集成度、增加生产力的工具。人类之所以为人类,是因为人类能制造机器。人类的历史,可以说是工具发展为更强大、更高效机器的历史。如果你们舍弃了机器,那你们也就舍弃了人类最宝贵的本质。"

"我们到了。"威廉森说。车子停了下来,司机为他们打开车门。

黑暗中隐约伫立着三四间木屋。屋内,几个模糊的身影走来走去——是人类。

"晚餐已经做好了,"威廉森抽了抽鼻子,说道,"我闻到饭香了。"

他们走进了主屋,只见一条粗木长桌两侧坐着几个人,有男有女,面前摆放着盘碟。他们在等威廉森。

"这位是爱德华·罗格斯。"威廉森大声介绍道。人们好奇地打量了一下罗格斯,然后埋头进餐。

"坐吧,"一个黑眼睛的姑娘催促道,"坐在我身边。"

他们为他在桌尾腾出一个位置。罗格斯迈步向前,但威廉森制止了他,"别坐那儿。你是我的贵客,你应该和我坐在一起。"

姑娘和她的伙伴大笑起来。罗格斯不自在地坐在威廉森的身边。长凳坚硬而粗糙。他仔细瞧了瞧一个手工的木头水杯。食物都堆在大木碗里,有炖菜、沙拉和长条的大面包。

"就像生活在十四世纪一样。"罗格斯说。

"是的,"威廉森同意道,"庄园生活可追溯到古罗马时代,还有古典时期,像高卢人和英国人。"

"在座的这些人,他们是——"

威廉森点了点头,"我的家族成员。星球上的人根据传统的氏族制度,分成了各个小家族。我是这个家族最年长的男性,**名义上的族长**。"

人们专注于食物,吃得很快。他们撕下大块的面包,就着水煮肉和蔬菜一起大嚼，不时喝一口牛奶。房间内，荧光灯散发着明亮的光芒。

"难以置信，"罗格斯喃喃道，"你们还在使用电能。"

"哦，是的。这颗星球有很多瀑布，可以用水力发电。车子是电动的，由蓄电池提供动力。"

"为什么没有更年长的男人？"罗格斯看见了几名干瘪的老妪，但威廉斯已是年纪最大的男人。而不论怎么看，威廉斯都没有三十岁。

"战争。"威廉斯比画了个生动的打斗姿势，回答道。

"战争？"

"家族之间的氏族战争是我们文化的主要组成部分。"威廉森冲着长桌两边的人点了点头，"我们的寿命都不长。"

罗格斯震惊了，"氏族战争？但是——"

"我们有三角旗帜和纹章——和古苏格兰部落一样。"

他摸了下袖口的亮色丝带，上面绣着一只鸟。"每个家族都拥有专属纹章和专属族色，并愿意为捍卫它们而征战。威廉森家族不再是这个星球的掌控者。现在没有中央机构，遇到重大事件时，我们举行全民公决——所有氏族都参加。一个家族一张票。"

"就像美洲的印第安原住民。"

威廉森点了点头，"这是部落制。长此以往，我想会形成很多特性分明的部落。我们仍说着同一种语言，但我们正在分化——分散式发展。不同的家族都有着不同的生活方式、习俗和族规。"

"你们为了什么打仗?"

威廉森耸了耸肩,"有时是为了实物,比如土地和女人;有时是为了精神层面上的虚物,比如尊严。当荣誉岌岌可危时,我们会进行半年一次的正式公开战斗。一个家族出一个人——装备最好武器的最强战士。"

"就像中世纪的骑士比武。"

"我们的传统包罗万象,囊括了人类所有的传统。"

"不同的家族信奉不同的神灵吗?"

威廉森哈哈大笑,"不。我们共同信奉的是神秘的万物有灵论。万物皆有灵,我们的所得莫不受其馈赠。"他举起一根长条面包,"感谢赐予我们食物。"

"食物是你们自己种出来的。"

"是在这颗赐予我们的星球上种出来的。"威廉森若有所思地吃着面包,"据古老文献记载,飞船当时几乎已到了山穷水尽的境地。燃料即将耗尽——死亡一人,船员一个接一个崩溃。如果这颗星球没有出现,整支远征队将全军覆灭。"

"来支雪茄?"威廉森推开空碗说。

"谢谢。"罗格斯接过一支雪茄,却不知怎么使用。威廉森点燃了叼在嘴上的雪茄,身子向后靠在墙壁上。

"你准备待多久?"他随即问道。

"不会太久。"罗格斯答道。

"我们为你搭了一张床。"威廉森说，"我们睡得早，但有时会跳跳舞、唱唱歌和表演戏剧。在舞台表演和戏剧创作方面，我们投入了不少时间。"

"你们比较着重于精神上的释放？"

"创作和表演使我们精神愉悦，如果你是这个意思的话。"

罗格斯环视四周，房间凹凸不平的木墙上绘满了壁画。"我知道了，"他说，"你们是通过碾压黏土和浆果制得的颜料吧？"

"不完全是。"威廉森答道，"我们有庞大的染料工业。明天我带你去看看烧制陶瓷的窑炉。我们最出色的作品是用织物和网纱制成的。"

"有意思。一个去中心化的社会，逐步向原始的部落制退化，自发地拒绝银河系先进的科技和文化，并以此故意避免与星球外的人类接触。"

"只是不接触受传送中心控制的统一文明罢了。"威廉森坚称道。

"你知道为什么传送中心要使所有星球的发展水平保持一致吗？"罗格斯问，"我来告诉你，出于两点理由。首先，人类累积的知识体系不允许重复的研发，因为时间经不起浪费。

"当一颗星球已取得新发现，而全宇宙其他无数颗星球却还在重复研发，这是极其荒谬的。数千颗星球中，任何一颗星球获取了新信息，会以光速上传至传送中心，然后统一传播向整个银河系。传送中心负责研究和遴选人类的经验，将其整合入充满矛盾的实用理性系统。传送中心一直致力于将人类所有的经验有序地合并为连贯一致的结构体。"

"那第二个理由呢?"

"如果每个星球的文明都受到中央信息源控制,发展水平完全相同,将不会有战争发生。"

"确实如此。"威廉森承认道。

"我们已经摈弃了战争,就这么简单。我们的文明类似于古罗马的同质化文明——银河系的所有人类共享同一文明。每个星球都无差别地参与其中。滋生嫉妒和仇恨的闭塞文明已被彻底消除。"

"除了这里。"

罗格斯缓缓地舒出一口气,"是的——你们给我们出了道前所未有的难题。我们一直在找寻'威廉森的世界',迄今已有三百年。我们渴望并梦想能找到它。它似乎就像祭司王约翰的王国——是一片超然世外的奇妙国度,也许根本不存在于现实中。弗兰克·威廉森的飞船也许早就坠毁了。"

"但飞船并未坠毁。"

"是的,'威廉森的世界'发展着自己的文明,有意与人类脱轨,坚持自己的生活方式和标准。现在,我们跟你们取得了联系,我们梦想成真了。银河系的人类将很快得知'威廉森的世界'被发现的消息。我们现在就可以恢复太阳系外首颗殖民星在银河系文明中的合法地位。"

罗格斯将手伸进外套,拿出一个金属盒子。他打开盒子,在桌子上展开了一张干净平整的文件。

"这是什么?"威廉森问道。

"合并条款。请你签字,这样'威廉森的世界'就能成为银河系文明的一部分了。"

威廉森和房间内的其他人陷入了沉默,他们低头盯着文件,谁也不说话。

"准备好了吗?"罗格斯说。他很紧张。他将文件推向威廉森,"在这里签字。"

威廉森摇了摇头,"抱歉。"他坚定地将文件推回给了罗格斯,"我们已经举行了全民公投。我不想让你失望,但我们决定不加入。这是我们的最终决定。"

一艘甲级战舰进入了威廉森星球重力场外的轨道。

指挥官费里斯与传送中心通话,"我们已经到达,下一步如何行动?"

"派埋弹小队下去。一旦到达星球表面,立即向我报告。"

十分钟后,身穿密封反重力服的皮特·马特森下士从甲板上跃下,悠悠地飘向下方的蓝绿色星球。当靠近星球表面时,他扭动身体,调整好姿势。

马特森成功着陆,弹跳了几次。他双腿发软地站了起来。周围看起来似乎是森林的边缘。他在巨树的树荫下掀开防护头盔,握紧爆能枪,谨慎地穿行于树林间,往外走去。

他的耳机响了起来,"看见有人活动吗?"

"没有,指挥官。"他发回信号。

"你的右手方向似乎有个村落,你可能会遭遇人类。继续移动,保持警惕。小队的其他成员正在投放,请按照传送网络的指示行动。"

"我会小心的。"马特森应答道。他双手举枪,尝试瞄准远处的一座山峰,扣下扳机。山峰瓦解成了灰尘,地面上腾起了一团巨大的尘云。

马特森爬上了一条长长的山脊,手遮在眼睛上方,向四周张望。

他看见了村落。村落的规模不大,就像地球上的乡村小镇,造型颇为有趣。他犹豫了片刻,然后快速走下山脊,疾步朝村落而去,他机敏地保持着警惕。

他的上方,甲级战舰又投放了三名小队成员——他们紧抓着枪械,翻滚着轻飘飘地落向星球表面……

罗格斯把合并文件折好,慢慢地放回了外套里,"你们明白自己在做什么吗?"

房间内死一般寂静。威廉森点头道:"当然。我们拒绝加入贵方的传送体系。"

罗格斯的手指抚摩着网络传输器,传输器开始发热。"很遗憾听见你这么说。"他说道。

"这让你很吃惊吗?"

"谈不上吃惊。传送中心将侦查报告输入了电脑。电脑得出结论,你们有可能会拒绝。针对这种情况,我预先得到了相应的指令。"

"你得到了什么指令?"

罗格斯仔细看了看手表,"我向你们通告,你们还剩六个小时加入我们——否则这颗星球将从宇宙中被抹除。"他腾地站起身来,"很抱歉,这无法避免。'威廉森的世界'是我们人类最宝贵的传说,但任何东西都不能破坏银河系的一体化。"

威廉森早已站了起来。他的脸色苍白如灰,没有一丝生气。他不屈地望向罗格斯。

"我们会开战。"威廉森轻轻地说道。他的十指死死地攥成拳头,又松开了。

"那不重要。你们收到过传送中心有关武器开发的协调信息,你们知道我们的战舰有多厉害。"

其他人安静地坐在长凳上,直直地盯着面前的空盘子,全都一动不动。

"非得如此吗?"威廉森粗声粗气地问道。

"如果想要维护银河系的安定和平,必须避免文明的差异化。"罗格斯坚定地回应道。

"为了避免战争,你们要消灭我们?"

"为了避免战争,我们会消灭任何东西。我们不允许自己的社会分裂成争执不休的行省,永远处于冲突和战争中——就像你们的部族一样。我们很稳定,因为我们的脑海里没有'差异'的概念。我们必须维护文明的一致,必须打击分化思想。'分化'这一观念必须永远不为民众所知。"

威廉森沉吟道:"你们认为能隐瞒住'分化'的观念?语言上有那么多产生联想的词语,还有那么多的暗示和口语上的诱导。即使你们抹除了我们,说不定在某处又会出现新的文明。"

"我们自会承担这样的风险。"罗格斯走向门口,"我会返回飞船,等你回心转意。我建议你们再投一次票。也许知道了我们的手段,投票结果会有所改变。"

"我觉得可能性不大。"

罗格斯的网络传输器突然发出了低语声:"我是传送中心的诺斯。"

罗格斯的手指碰了下传输器,表示已经收到。

"一艘甲级战舰已到达你所在的区域。一支小队已着陆。请将你的飞船停在原地,等候撤退命令。我已经命令小队埋下了核裂变地雷终端。"

罗格斯什么也没说,他的手痉挛般地握紧了传输器。

"怎么了?"威廉森问道。

"没什么。"罗格斯推开门,"我得赶紧返回自己的飞船。别了。"

罗格斯的飞船刚离开威廉森星球,指挥官费里斯便与他取得了联系。

"诺斯告诉我,你已经向他们说明了情况。"费里斯说。

"是的。诺斯还直接指挥你的小队做好了引爆准备。"

"他告知过我了。你给他们留了多少时间?"

"六个小时。"

"你觉得他们会让步吗?"

"我不知道,"罗格斯说,"但愿他们会让步。但我表示怀疑。"

可视屏中,威廉森星球缓缓地转动着——星球上生长着绿色和蓝色的森林,遍布河流和海洋。曾几何时,地球也一定是这般瑰丽。他看见了甲级战舰——在星球外的轨道上,一颗巨大的银色圆球缓慢地移动着。

传说中的星球已经被找到,并取得了联系。现在它要被摧毁了。他试着去阻止,但没成功。他不可能阻止得了必然发生的事情。

如果威廉森星球上的人拒绝加入银河系文明,星球必将被毁灭——残酷却很合理。如果不毁灭威廉森星球,毁灭便会降临银河系。为了保护大多数人,只能牺牲掉少数人。

他在可视屏前坐下,调整出一个尽量舒适的坐姿,静静等待。

临近六个小时末,一排黑点从星球表面升起,速度不快地冲着甲级战舰飞来。他认出了它们是什么——老掉牙的喷气式火箭飞船。这些古董战舰排列成整齐的编队,率先发起了攻击。

这颗星球并没有改变主意,他们打算开战。他们宁愿被摧毁,也不愿放弃自己的生活方式。

黑点越来越大，不多时，已变成了喷着烈焰和浓烟、轰鸣震天的碟形飞船——摇晃不稳地往前飞。景象壮烈。罗格斯看着这些喷气式飞船散开队形准备迎战，没由来地感到一股悲戚之意。甲级战舰没离开轨道，只是懒洋洋地转了个身，划出一道干净利落的弧线。战舰上一排排的能量炮管缓缓升起，迎向即将到来的攻击。

突然，这队古董战舰发动了俯冲式攻击。它们隆隆地冲过战舰，稀稀拉拉地洒下一阵弹雨，接着开始笨拙地重整队形，拉开距离，准备再次发动攻击。

一片无色的能量束射出，战舰化为了乌有。

指挥官费里斯与罗格斯通话，"可怜又可悲的蠢货。"他那浓眉大眼的脸上满是铁青，"用这些玩意儿来攻击我们。"

"有损伤吗？"

"怎么会有？"费里斯轻轻擦了下前额，"我是一点儿也没伤到。"

"接下来怎么办？"罗格斯冷冷地问道。

"我放弃了操作地雷的权限，交给传送中心处理。让他们去引爆。电子脉冲应该已经——"

他们的下方，蓝绿色的星球抽搐般猛烈抖动起来，就那么无声无息地，简简单单地，分崩离析了。分裂开的大小陆块朝四方飞射而出；一朵炽白色的灼目火云腾起，笼罩了整颗星球。那一瞬间，它犹如一颗小太阳，点亮了整片虚空。然后，光线消失，唯剩灰烬。

罗格斯的飞船护罩嗡鸣着启动了。碎石如暴雨般击打在护罩上，随即被粉碎。

"好了，"费里斯说，"结束了。诺斯会提交报告说，最初的侦查结果有误，'威廉森的世界'并没被找到，传说仍将是传说。"

罗格斯一直看着可视屏，直到不再有碎片袭来。星球原来的位置，只剩一团朦胧褪色的阴影。防护罩"啪"的一声自动关闭。他的右边，甲级战舰开始加速，向里加星系飞去。

"威廉森的世界"不复存在了，银河系的统一文明安全了。拥有自己的生活方式，拥有自己的文化习俗，保持差异化的文明——这种概念，已经被用最有效的可行方法消除了。

"干得漂亮。"网络传输器传出低语声，听得出诺斯很高兴，"核裂变地雷的埋放位置绝佳，炸了个干干净净。"

"是的，"罗格斯同意道，"干干净净。"

皮特·马特森下士推开前门，笑得合不拢嘴，"嗨，亲爱的！惊喜吧！"

"皮特！"葛洛莉亚·马特森跑了过来，展开双臂抱住了自己的丈夫，"怎么回家啦？皮特——"

"特批的休假，四十八个小时。"皮特得意地搁下手提箱，"你好啊，孩子。"

他的儿子腼腆地打了个招呼，"你好。"

皮特蹲下身来，打开了手提箱，"过得还好吗？学上得怎么样？"

"他又感冒了，"葛洛莉亚说，"就快好了。不过，出什么事儿了？他们为什么要——"

"军事机密。"皮特翻找着手提箱，"给你。"他拿出一个物件，递给儿子，"我给你带了个东西，纪念品。"

他递给了儿子一个手工制作的木质水杯。男孩羞涩地接过水杯，在手里掉了个个儿，表情既好奇又困惑，"什么……什么是'纪念品'？"

马特森绞尽脑汁想解释这个复杂的概念，"这么说吧，纪念品是能够让你想起另一个地方的东西，是你到另一个地方才能得到的东西。知道吗？"马特森敲了敲杯子，"这是用来喝水的，和我们的塑料杯子很不一样，对吗？"

"对。"男孩说。

"瞧瞧这个，葛洛莉亚。"皮特摇晃手提箱，一大块折叠好的布料落了出来，上面印着五彩图案，"很便宜买到的。你可以用它做件衬衫，你觉得怎么样？见过这样的东西吗？"

"没有，"葛洛莉亚惊叹地说道，"没见过！"她拿起布料，虔诚地用指尖触摸。

皮特·马特森笑容灿烂，看着妻子和儿子拿着他带回来的纪念品，想起了在遥远的异星土地上执行的任务。

"哇。"他的儿子低声道，将杯子翻来覆去地看。他的眼中闪烁着奇异的光芒，"多谢了，爸爸。谢谢你送给我——**纪念品**。"

那光芒愈发地明亮了。

火星先遣队

　　海勒威从地底一路向上，穿过厚达六英里的灰烬层，去查看即将着陆的火箭。他走出衬铅钻机，与杨汇合，和一小群地面部队一起蹲伏隐蔽。

　　地表上寂静无声，伸手不见五指。空气恶臭刺鼻。海勒威感到不寒而栗，"我们到底在什么地方？"

　　一名士兵指向无边的黑暗，"那个方向的山脉，看见了吗？落基山脉，这里是科罗拉多州。"

　　科罗拉多州……这个尘封已久的地名轻轻地触动了海勒威的心弦。他摸了下自己的爆能枪。"火箭什么时候到达？"他问。远方，地平线的尽头，他能看见敌人发射的绿光和黄光信号弹，不时有核裂变炸弹爆炸的大团白光闪过。

　　"马上就快到了。火箭全程由机器人驾驶员自动驾驶，它到达时,动静会很大。"

一颗敌方的地雷在几英里外爆炸。一瞬间,张牙舞爪的刺眼光芒迸射而出,照亮了周围大块的地貌。海勒威和士兵们条件反射性地趴倒在地。他的鼻子里满是一股生机泯灭的焦煳气味——大战进行了三十年,地表竟已成了此番光景。

这与他儿时在加利福尼亚州的记忆天差地别。他犹记得山谷溪流、美丽的田园风光、广阔的葡萄园、成片的核桃树和柠檬树。高山上林木繁茂,天空就和女人的眼眸一样湛蓝,土壤散发着芬芳香气……

现在,全都没了。除了房屋残骸的白色碎石和覆盖其上的铅色灰烬,一切荡然无存。这里曾是一座城市。他看见掀了顶的地下室,就像死人张开的嘴,里面填满了熔渣;干涸的河床上倒卧着锈蚀殆尽的建筑;残砖废瓦无处不在,散落……

爆炸的火光暗淡下去,周围重新被黑暗淹没。他们小心翼翼地站了起来。"末日一般的景象。"一名士兵喃喃道。

"以前可不是这样。"海勒威说。

"是吗? 我是在地底出生的。"

"当年,我们在地表上的土壤里,而不是在地底的培养槽里栽种粮食。我们——"

海勒威住了口。空中突然响起了震耳欲聋的呼啸声,打断了他的话。黑暗中,一个巨大的物体轰鸣着划过他们的头顶,撞在了附近的某处,大地为之震颤。

"火箭！"一名士兵叫喊道。他们奔跑起来，海勒威深一脚浅一脚，笨拙地跟在后面。

"但愿是好消息。"杨在他身边说。

"但愿如此，"海勒威喘着粗气道，"火星是我们最后的机会。如果这次不行的话，我们就完蛋了。从金星发回来的报告不容乐观，那里只有岩浆和蒸汽。"

之后，他们检查了从火星返回的火箭。

"结果可行。"杨低声道。

"你们确定吗？"戴维森理事紧张地问，"一旦登上火星，我们将再没法返回。"

"我们确定。"海勒威将信息板抛给桌子对面的戴维森，"你自己看。火星的大气稀薄而干燥，重力比地球小许多。但我们能在火星上生存，比起这颗被上帝抛弃的星球，火星不知好上多少倍。"

戴维森拿起信息板。内嵌灯的稳定光线照在办公室的金属桌子、金属墙壁和金属地板上。安装在墙壁内的机器"呼呼"作响，将空气和温度维持在正常水平。"我现在所能依靠的只有你们的专业才能。可假如某项关键因素未被考虑——"

"诚然，这是场赌博。"杨说，"相距这么远，我们无法确定所有的因素。"他敲了敲信息板，"先前派往火星的机器人尽其所能地做了探测，采集了样本，拍摄了照片。我们是幸运的，我们还有一线希望。"

"至少火星上没有核辐射，"海勒威说，"这点我们可以肯定。但火星缺水、风沙大、气温低，而且距太阳远，光照不足，有沙漠和多褶皱的山脉。"

"火星的年代久远。"杨同意道。

"火星冷却成形的时间很早。这么说吧，除了地球，太阳系还有八颗行星。从冥王星到木星这四颗行星不予考虑——那上面完全无法生存。水星上除了熔化的液态金属，什么也没有。金星上火山肆虐、蒸汽弥漫，还处于前寒武纪阶段。这样一来，八颗中淘汰了七颗。顺理成章地，火星成了唯一可能符合条件的星球。"

"换言之，"戴维森缓缓地说，"火星必须符合条件，因为我们已别无选择。"

"我们可以待在这里。在地底繁衍生息，就像囊地鼠一样。"

"我们连再坚持一年都办不到。想必你们已经看过了最近的心理指征图表。"

他们看过了，心理压力指数在上升。人类的生理结构决定了人类无法生活在地底的金属隧道内，无法只吃培养槽出产的食物，无法生老病死却永不见天日。

真正让他们担忧的是孩子。孩子们从未去过地表——脸色苍白，双眼对光线不敏感，似乎基因已经悄然变异。整整一代人出生在地底世界。大人们的心理压力指数越来越高，他们眼睁睁看着自己孩子发生变化，越来越适应四通八达的隧道、黏滑的黑暗环境和闪着幽光的滴水岩石。

"那么,就定下来啦?"杨问。

戴维森的目光在两个技术人员的脸上扫视,"或许,我们能收复地表、净化土壤,使地球重焕生机。情况不至于恶化到非得走这一步,对吗?"

"没可能的。"杨淡淡地说,"就算我们和敌人达成了协议,大气中的辐射微粒还将悬浮五十年。到本世纪末,地表的辐射强度仍会很高,不适合生命存活。更何况,**我们等不下去了**。"

"好吧,"戴维森说,"我批准先遣队去火星。至少,我们甘愿冒这次风险。你们想去吗? 成为第一批登上火星的人类?"

"当然,"海勒威表情坚定地说,"合同上可明明白白地写着我的名字,我会去。"

火星在视野中持续地变大。控制室内,杨和导航员凡·艾克目不转睛地注视着这颗红色的天体。

"只能弃船了。"凡·艾克说,"这么快的航速,根本不可能安全着陆。"

杨紧张起来,"我们倒无所谓,但第一批移民怎么办? 我们不能指望女人和孩子也和我们一样跳船。"

"到时我们会想出对策的。"凡·艾克点了点头,马森船长拉响了紧急警报,船舱内不祥的警铃声大作,各处纷纷响起杂乱的脚步声——船员们抓起自己的跃空服,奔向舱门。

"火星,"马森船长喃喃自语,眼睛仍盯着可视屏,"不像月球。

这是个真家伙。"

杨和海勒威跑向舱门，"我们最好现在就跳。"

飞船正在急速接近火星表面。这是一颗圆球形的暗红色天体，丑陋而荒凉。海勒威戴上了头盔。凡·艾克来到了他的身后。

马森还在操控室。"我随后就来，"他说，"所有船员先走。"

舱门滑开，他们上了起跳架。船员们已经开始往下跳了。

"真可惜，白白浪费了一艘飞船。"杨说。

"没办法。"凡·艾克扣紧头盔，纵身一跃。减速装置随即展开，带着他沿螺旋轨迹向上，如同一只气球般升入了他们头顶的黑暗虚空。杨和海勒威紧接着跳了出去。他们的下方，飞船朝着火星表面急速撞去。天空中，飘荡着几个闪亮的小点——那是飞船的船员。

"我一直在想——"海勒威对着头盔里的话筒说。

"在想什么呢？"杨的声音从他的耳机中传了出来。

"戴维森之前总在说会不会忽略了某项重要因素。我们的确有项因素没考虑到。"

"是什么？"

"火星人。"

"我的天哪！"凡·艾克插话道。海勒威看见凡·艾克飘在他的右方，正缓缓地落向下方的星球，"你认为这里有火星人？"

"有可能。火星具备生命存活的条件，如果我们能在这里生活，有其他复杂的生命形态也不足为奇。"

"我们很快就会知道。"杨说。

凡·艾克笑道："说不定他们捕获了一艘我们的机器人火箭,说不定他们正等着我们自投罗网呢。"

海勒威沉默了。这个玩笑太过真实,一点儿都不好笑。红色的星球快速靠近。他看见了火星两极的白色斑点和几条隐约的蓝绿色缎带——古人曾称之为"水道"。下面是否有个文明世界,是否有个高度组织化的社会,正看着他们飘落,等着将他们一网打尽?他将手伸进背包,摸索了片刻,握住了手枪的枪柄。

"最好把你们的枪都拿出来。"他说。

"如果火星人构筑了防御体系,我们不管怎样做都是徒劳。"杨说,"火星冷却成形的时间早于地球数百万年,他们必然极为先进,我们甚至连——"

"现在为时已晚,"马森的声音微弱地传来,"你们这些专家早该预料到。"

"你在哪里?"海勒威询问。

"在你的正下方。飞船已经空了,随时可能撞上地面。我把装备都带出来了,绑在了自动跃空装置上面。"

下方,一团微小的闪光短暂亮起,很快熄灭。飞船撞上了火星表面……

"我就快着陆了。"马森紧张地说,"我将是第一个……"

视线中,火星已经不再是球体,此刻呈现在眼前的是圆形的局部表面。他们的下方,一片广阔的暗红色平原铺展开来。他们悄无声息地向地表缓缓降落。高山已经清晰可见,河流宛如一条条细线,形如象棋板的模糊图案可能是农田和牧场——

海勒威紧紧抓住手枪。随着临近地表,空气密度增大,他的减速装置发出了尖锐的啸音。他的耳机里突然响起了沉闷的轰隆声。

"马森!"杨大叫道。

"我着陆了。"马森的声音微弱地传来。

"你还好吗?"

"摔得我差点儿背过气去,不过我还好。"

"地面上看起来怎么样?"海勒威急切地问。

耳机那头沉寂了一会儿。然后——"我的老天啊!"马森倒吸了一口气,"**一座城市!**"

"一座城市?"杨惊呼道,"哪种城市?什么样的城市?"

"你看见他们了吗?"凡·艾克叫道,"他们长什么样?他们的人数多吗?"

他们只听见马森的喘息声,耳机中传出他如破风箱一般的呼吸。"没有,"他终于气喘吁吁地说,"没有生命迹象,没有活动迹象。整座城市——看起来像被遗弃了。"

"**遗弃了?**"

"废墟,除了废墟什么都没有。垮塌的高楼和墙壁,锈烂的建筑框架,一眼看不到头。"

"谢天谢地,"杨吁了一口气,"他们一定是灭绝了。我们安全了。他们一定是进化到了终点,在很久以前他们的时代就终结了。"

"他们还剩下什么东西给我们吗?"恐惧攫住了海勒威,"有没有给我们剩下什么东西?"他疯了似的抓向减速装置,不顾一切地加快下降速度,"什么都不剩了吗?"

"你认为他们用完了所有资源吗?"杨说,"你认为他们耗尽了所有的——"

"我不知道。"马森微弱的声音里带着一丝不安,"看起来很糟糕。我看见了几个大坑洞,采矿开出来的坑洞。我不知道,但看起来很糟糕……"

海勒威拼命调整着他的减速设备。

这个星球早已是没有任何价值的废弃之地。

"天哪。"杨咕哝道。他在一截破损的桩子上坐下,擦了擦脸,"什么都没剩下,一干二净。"

船员们在四周设立应急防御工事;通信组在组装电池驱动的发报机;钻探小组在打井;其他的小组向周围搜索,找寻食物。

"这里不会有生命。"海勒威挥手指了指无边无际的残砖废瓦和锈烂的金属,"他们都消失了,早就死光了。"

"我不明白;"马森低声问,"他们怎么可能毁掉了整颗星球?"

"我们三十年前也把地球毁掉了。"

"不是以这种方式。他们把火星掏空了,耗尽了所有的资源,什么也没剩下。他们把这里变成了一个巨大的垃圾场。"

海勒威双手颤抖地想点一支香烟。火柴擦着了,火苗无力地冒了出来,接着熄灭了。他的身体很轻,大脑昏昏沉沉,心脏"咚咚"地跳动。太阳悬于高空,遥远了许多,小而暗淡。这是一个寒冷孤独的死寂世界。

海勒威说:"他们一定用了很长很长的时间,看着城市朽坏崩塌。没有水也没有矿藏,最后连土壤都没有了。"他捧起了一把干沙,任沙子从指间流泻。

"发报机准备就绪。"一名船员说。

马森站起身来,蹒跚不稳地走向发报机,"我会把实情告诉戴维森。"他弯下腰凑近话筒。

杨看着对面的海勒威,"我猜我们被困住了。我们的物资补给船还有多久到达?"

"几个月。"

"这么说来——"杨打了个响指,"我们要像火星人一样完蛋喽。"他眯着眼睛看向一间残破房屋外一堵风化了的长墙,"我很好奇,火星人长什么模样。"

"语言小组在探查废墟,兴许他们会有所发现。"

毗邻城市废墟的广大区域曾是工业区,其内厂房和高塔林立,管道和机器随处可见,但大都变形解体,被风沙所掩盖,锈迹斑斑。火星的地表如同长满了巨大的烂疮。火星人挖掘了无数的幽深坑洞,直通地底的矿藏——火星被挖成了蜂窝状结构。火星人曾全体向地下深挖,想以此苟延残喘。终于,火星被敲骨吸髓;接着,火星人灭绝了。

"这里是坟场。"杨说,"哼,他们罪有应得。"

"你觉得他们做错了吗?那他们该怎么做?为了不使火星进一步恶化,提前几千年灭亡吗?"

"他们起码该给我们留下点儿东西,"杨执拗地说,"也许我们可以把他们的骨头挖出来煮汤。我恨不得掐住一个火星人的脖子,直到——"

两名船员匆匆地踏着沙地走了过来。"看看这些东西!"他们抱着大堆闪闪发亮的金属圆管,"快来看看我们挖到了什么!"

海勒威打起了精神,"这是什么?"

"档案,手写的文档。把它们送到语言小组那里!"卡迈克尔将金属圆管倒在了海勒威的脚下,"远不止这些东西。我们还发现了很多其他东西,是装置。"

"装置?什么种类的装置?"

"火箭发射器。古老的发射塔架,锈得一塌糊涂。城市的另一边,有成片的发射场。"卡迈克尔将汗水从红通通的脸上抹去,"他们没有灭绝,海勒威,他们是离开了。他们耗尽了这个地方,然后离开了。"

裴德博士和杨仔细查看着金属圆管。"扫描开始了。"裴德自语道,沉浸在扫描器下不断变化的图形中。

"你能认出点儿什么吗?"海勒威紧张地问。

"他们离开了,没错。所有的火星人坐火箭离开了。"

杨扭头看向海勒威,"你怎么看?看来他们并没有灭绝。"

"你知道他们去了哪里吗？"

裘德摇了摇头，"火星人的侦查飞船找到了一颗行星，那里的气候和气温都很理想。"他将扫描器推到一边，"在火星的最后时期，全体火星文明都围绕着'逃离火星'运转。工程很大，整个文明社会被打包装进了火箭。他们耗费了三四百年的时间，把一切有价值的东西运出火星，运往另外的那颗行星。"

"后来结果如何？"

"不是很好。那颗星球很美，但火星人需要适应。很显然，在陌生星球上建立殖民地出现的所有问题，他们都没预料到。"裘德指着一根金属圆管，"殖民地很快腐化堕落。他们无法继续保持传统，科技的传承也中断了。社会分崩离析，战争爆发，他们退化到了蛮荒时代。"

"看来，他们的移民失败了。"海勒威沉吟道，"也许移民并不可行，也许移民难以实现。"

"他们没有失败，"裘德纠正道，"他们至少活了下来。火星已经不再适宜生存。在一个陌生的星球上过着野蛮人的生活，总比留在这里等死要强得多。圆管上是这么记录的。"

"跟我来。"杨对海勒威说。两人走出了语言小组搭建的小屋。入夜了，天幕上点缀着明亮的星星，两轮月亮升了起来——月光清冷，如同两颗死人的眼睛从冰凉的夜空向下凝视。

"这个地方不行，"杨认真地说，"我们不能移民到这里。没有商量的余地。"

海勒威盯着他，"你有什么想法？"

"这是九颗行星中的最后一颗。我们已经检测了每一颗行星。"杨脸上现出激动的神情，"没有一颗支持生命存活。所有的星球，要么环境致命，要么毫无价值，跟这颗垃圾堆星球一样。整个太阳系都被排除掉了。"

"所以呢？"

"我们必须离开太阳系。"

"离开去哪里？怎么离开？"

杨指向火星的废墟，指向城市和一排排锈烂弯曲的塔架，"去他们去的地方。他们找到了可去的地方——太阳系外有一颗完好无损的行星。而且他们研发出了某种外太空飞行器，把自己送到了那里。"

"你的意思是——"

"跟随他们的脚步。太阳系已死，但在外面，在其他星系的某处，他们找到了第二颗可供生存的星球。他们有到达那里的能力。"

"如果我们登陆他们的星球，我们得与他们开战。他们不会与我们分享同一颗星球。"

杨愤怒地朝沙地上吐了口唾沫，"他们的殖民地堕落了，记得吗？土崩瓦解，退化到了蛮荒时代，我们能对付得了他们。用于战争的武器，我们应有尽有——我们的武器足以抹平一颗星球。"

"我们不该这么想。"

"那我们该怎么做？告诉戴维森我们只能待在地球？任由人类

转变成生活在地底的鼹鼠和爬来爬去的瞎子……"

"如果我们去了那里，我们将不得不跟火星人争夺。是他们先找到的，那颗该死的星球属于他们，不是我们。还有，也许我们无法制造出他们的飞行器，也许星图也遗失了。"

裴德从小屋中走了出来，"我又解读出一些信息。那颗星球的全部细节都在这里了：动植物谱系，还有重力、空气密度、矿藏量、气候和气温等关于一切的研究。"

"他们的飞行器呢？"

"正在解读中。所有的信息都在解读中。"裴德兴奋得直发抖，"我有个想法。让设计小组研究飞行器的图纸，看他们是否能复制出一艘。如果他们成功了，我们也能去那里。我们可以和火星人共享那颗星球。"

"听见没？"杨对海勒威说，"戴维森也会说同样的话。这是明摆着的。"

海勒威转身走开了。

"他怎么回事？"裴德问。

"没什么。他会想通的。"杨在一张纸上草拟了一条快讯，"把这个发回地球给戴维森。"

裴德仔细看了眼快讯，吹了声口哨，"你准备告诉他火星人迁徙的事情，还有那颗火星人的殖民星球？"

"我们得开始着手准备了，要真正走上正轨还得很长一段时间。"

"海勒威不会想不通吧？"

"不会的，"杨说，"不必担心他。"

海勒威仰头看着塔架。数千年前，火星人的运输船就是从这些塔架上发射的——而今都已倾斜垮塌。

没有动静，没有生命迹象。这颗枯竭的星球死气沉沉。

海勒威在塔架间信步而行，头盔上的光束在他的前方划开一条白色的通道。满眼的废墟，成堆的金属锈渣和建筑材料，成捆的电线，残缺不全的设备上掉落的零件，半埋在沙地里的建筑。

"嘿，"一个声音从下方传来，"谁在上面？"

"海勒威。"

"好家伙，你吓我一跳。"卡迈克尔放下爆能枪，顺着梯子爬了上来，"你在干什么？"

"四处转转。"

卡迈克尔喘着粗气，满脸通红地走到他身旁，"这些塔架可不简单。这一座是自动观测站，负责校正运输船的航行路线。火星人都已经离开了。"卡迈克尔拍了拍坏损的仪器板，"火星人离开后，运输船仍在继续工作，由机械装载物资，然后发送出火星。"

"他们很幸运，还有地方可去。"

"的确很幸运。据探矿小组说，除了冷冰冰的沙砾、石头和岩屑，地底下什么都没有，即使是水也不宜饮用。他们榨干了所有东西的价值。"

"裘德说,火星人的殖民星相当不错。"

"未被开发的星球。"卡迈克尔砸巴了下肥厚的嘴唇,"纯净无瑕,有森林、牧场和蓝色的海洋。他给我看了扫描器从一根圆管上翻译出的内容。"

"可惜我们没有这种地方可去。我们找不到这颗未被开发的星球。"

卡迈克尔俯身于望远镜前,"校准路线在这里进行。当殖民星转动到望远镜的视野内时,继电器会将触发电流送入控制塔。控制塔立刻发射飞船。飞船离开后,新的一批飞船会从地下升起,进入发射位置。"卡迈克尔开始擦除望远镜镜头上由铁锈和石屑沉积多年形成的硬壳,"说不定我们能看见那颗星球。"

透过古老的镜头,透过无数年的污垢,透过金属颗粒和尘土的帷幕,只见一颗朦胧不清、不明不暗的星球在宇宙中移动。海勒威勉强能看得清。

卡迈克尔弓着身子趴在地上,调整着焦距装置。"看见什么了吗?"他问。

海勒威点头道:"是的。"

卡迈克尔将他挤到一边,"让我看看。"他眯起眼睛凑向镜头,"哦,老天爷!"

"怎么啦? 你没看见吗?"

"我看见了。"卡迈克尔说着又趴下身来调整,"镜头一定是移位了,不然就是时间太久,星球间的相对位置变了。但是望远镜理应自动校准的。当然,齿轮箱应该已经被卡住了——"

"到底怎么啦?"海勒威大声问。

"那是地球!你没认出来吗?"

"地球!"

卡迈克尔以厌恶的语气冷笑道:"这个倒霉玩意儿一定是坏了。我想看的是火星人梦寐以求的殖民星。我只看到了地球,我们出发的地方。我费了这么大的劲想把它修好,结果我们看到了什么?"

"地球!"海勒威低声道。他刚把望远镜的事告诉杨。

"我完全无法相信,"杨说,"但翻译出的描述符合数千年前的地球……"

"他们多久以前离开的?"海勒威问。

"大约六万年前。"裘德说。

"而他们在新星球上的殖民地退化到了蛮荒状态。"

四个人都沉默了。他们看向对方,嘴唇闭得紧紧的。

"我们毁掉了两个世界,"海勒威最后说,"不是一个。先是火星,我们毁掉了这里,然后迁徙到了地球。我们按部就班,又毁掉了地球,就和我们毁掉火星一样。"

"死循环,"马森说,"我们回到了起始点,回来品尝我们的祖先种下的恶果。他们把火星变成了这般模样,没有任何价值。现在我们回到火星,就像食尸鬼般翻找废墟。"

"别说了,"杨厉声道,他怒气冲冲地来回踱步,"我不相信。"

"我们是火星人,是离开这里的火星人的直系后代。我们从殖民地回来了,我们回家了。"马森歇斯底里地提高了嗓门,"我们又回来了,这里是我们的归宿!"

裘德推开扫描仪,站起身来,"没什么可怀疑的。我把他们的分析报告和我们自己的考古文献做了对照,两者吻合。他们的殖民星是地球,六万年前的地球。"

"我们要怎么告诉戴维森?"马森质问道。他疯了般"咯咯"笑了起来,"我们找到了一个完美的地方—— 一个人类尚未染指的世界,就像装在未开封的玻璃纸袋里一样新鲜。"

海勒威走到小屋的门口,静静地望向外面。裘德来到他身边,"这是一场灾难。我们真的无处可去了。你究竟在看什么?"

他们的上方,冰冷的夜空中群星闪烁。萧瑟的微光下,火星贫瘠的平原向四面八方延伸而去,空旷荒芜的废墟延绵不绝。

"此情此景,"海勒威说,"你知道让我想到了什么吗?"

"野餐地点。"

"破碎的饮料瓶、捏扁的罐头盒和揉成一团的纸餐碟。吃野餐的人走了之后,留下了一地的狼藉。只是,吃野餐的人回来了。他们回来了——而且不得不在他们糟蹋过的地方生活。"

"我们该怎么告诉戴维森?"马森发问道。

"我已经呼叫过他了,"杨语气疲倦地说,"我告诉他,太阳系外有一颗行星,我们可以去那里。火星人有一艘飞行器。"

"飞行器,"裘德沉思道,"这些塔架。"他扬起了嘴角,"说不定他们真的有一艘外太空飞行器,说不定仍有必要继续翻译他们的文档。"

他们互相看了一眼。

"告诉戴维森,我们不会放弃,"海勒威命令道,"我们将继续寻找,不找到绝不罢休。我们绝不会待在这个被上帝抛弃的垃圾场。"他灰色的双眸炯炯有神,"我们迟早会找到它,那个没被开发过的纯净世界。"

"纯净世界,"杨附和道,"没有谁能在我们之前发现它。"

"我们将是第一批发现它的人。"裘德充满渴望地自语道。

"这是错误的!"马森吼道,"两颗星球就够了! 不要再毁掉第三颗星球!"

没人听他的话。裘德、杨和海勒威仰望星空,满脸的渴望,双手不住地握拳又松开,仿佛他们已经到了那里,仿佛他们已经握住了新世界,用尽全部的力气抓在手里。一个原子一个原子地,将它撕碎……

显赫的作家

　　"我的丈夫，"玛丽·埃利斯说，"他呀，为人向来雷厉风行，而且上班二十五年以来，从未迟到过。可其实，他这会儿还没出门呢。"她微微嗅了嗅自己身体散发出的淡淡的荷尔蒙香味，抿了一小口碳水化合物饮料，"不骗你哦，就算再过十分钟，他也不用急着去上班。"

　　"不可思议。"桃乐茜·劳伦斯已经喝完了饮料，现在几乎胴体赤裸地沐浴着来自沙发上方喷嘴喷射出的皮肤保养水雾。"他们的奇思妙想真是无穷无尽！"

　　埃利斯太太自豪地露出了灿烂的笑容，仿佛她本人成了地球研发集团的员工，"是的，的确不可思议。据他们办公室的某个人说，整个人类的文明史从运输技术的发展水平就可以概括解释。当然，我对历史是一点儿不了解的，那是政府研究员该了解的事儿。那个人告诉亨利——"

"我的公文包放哪儿了？"卧室里传来一个大惊小怪的声音，"见鬼了，玛丽。昨天晚上我明明把它放在了洗衣机上面。"

"你把它放在了楼上，"玛丽稍微提高了音调回答道，"去衣橱里找找。"

"它怎么跑到衣橱里去了？"房子内响起他怒气冲冲翻找东西的声音，"你肯定以为男人的公文包都得放在稳妥的地方。"亨利·埃利斯将头探进客厅，"我找到了。你好，劳伦斯太太。"

"早安。"桃乐茜·劳伦斯回答道，"玛丽刚才和我提起你不用急着上班。"

"没错，我这不还在这里嘛。"埃利斯整理起领带，镜子围绕着他缓缓转动，"亲爱的，想让我从城里给你捎点儿什么吗？"

"这个嘛……"玛丽回答道，"我还没想好。等我想好了，我给你的办公室打可视电话。"

"是真的吗？"劳伦斯太太问，"你一踏进去，一下子就能到城里了？"

"嗯，差不多是一下子吧。"

"一百六十英里！简直难以置信。呵哟，我的丈夫开着单喷气飞行车要在商用航道里行驶一个半小时，还要在停车场降落停车，最后步行一大段路才能到办公室。"

"我知道。"埃利斯咕哝道，拿起了帽子和风衣，"我以前上班不也用那么长时间吗？不过现在不用了。"他与妻子吻别，"再见，晚上见。很荣幸能再次见到你,劳伦斯太太。"

"能让我看看吗?"劳伦斯太太满怀希望地问道。

"观看? 当然,当然可以。"埃利斯快步走过房间,出了后门,下了楼梯,来到后院。"快来!"他焦急地喊道,"我可不想迟到。已经九点五十九分了,我必须在十点到办公室。"

劳伦斯太太热切地小跑出来。后院中,只见一扇大型圆形拱门矗立在上午的阳光下,熠熠生辉。埃利斯拉下拱门底部的几个操控杆,银色的拱门变成了光线闪耀的红色。

"我走啦!"埃利斯大叫道。他步履轻快地穿过拱门。拱门的门面如同被风吹皱的湖面一样在他的周身荡起了涟漪,只听"啵"的一声轻响,拱门的红光熄灭了。

"上帝!"劳伦斯太太倒吸了一口气,"他不见了!"

"他已经到了纽约市的市中心。"玛丽纠正道。

"真希望我的丈夫也有一扇瞬移门。等它在民用市场上推出后,也许我能给他买一扇。"

"嗯,用起来确实很方便,"玛丽·埃利斯同意道,"说不定他此刻正和同事们打招呼呢。"

亨利·埃利斯此刻正处于某种隧洞里。隧洞前后相通,洞壁由缭绕的灰雾构成,微光闪烁——与下水道倒有几分相似。

透过他身后形同拱门的洞口,他隐约能看到自家房子的轮廓。身穿宽松长裤和红色乳罩的玛丽站在后门廊的阶梯上,劳伦斯太太站在她身边，穿着一条绿色方格短裤。院子里，种着一棵雪松树和一排排的牵牛花。房子后面有一座小山，山下是雪松林镇一栋栋整洁的小房子。而他的面前是——

纽约市。宛如隔着一面晃动的水幕，他看见了自己办公室前繁闹的街角。钢筋混凝土的地球研发集团大楼耸然而立，玻璃窗闪闪反光。行人熙熙攘攘，摩天大厦鳞次栉比，飞行车成群起落，航道指示牌悬浮于空中，无数的白领匆匆忙忙奔赴办公地点。

埃利斯悠然地向洞口那端的纽约走去。他经常进出瞬移门，以至于他清楚地知道要迈几步。五步。顺着这条灰蒙蒙隧道走五步，就会跨越一百六十英里的距离。他稍稍顿足，向后看了一眼。目前为止，他已经走了三步。九十六英里。超过一半的路程。

第四维度是非常奇妙的事物。

埃利斯将公文包靠在脚边，摸索外衣口袋，找出烟草和烟斗。离上班还有三十秒钟。时间充裕。烟斗打火机点着了烟草，他熟练地吸了一口。接着，他"啪"的一声关上打火机，放回口袋。

这是件奇妙的东西，一点儿没错。瞬移门给社会带来了一场变革。如今，转瞬去往任何地方成了可能——不存在时间延迟，而且免去了与其他飞行车一起在没有尽头的航道上龟速行驶。从二十世纪中叶起，交通问题一直是个令人头痛的大问题。每年，有越来越多的家庭从城市搬往郊区，使原本臃肿不堪的交通大军更为臃肿，让已经拥堵无比的道路和航道更加拥堵。

现在，这些问题都解决了。无数的瞬移门将被建起，瞬移门和瞬移门之间畅通无阻。瞬移门打通了某个维度(关于这部分,他们没对他解释得太清楚),架设出一条无视空间定律的通道。任何地球家庭,只需花费定价统一的几千信用点,就能在后院安装一扇瞬移门——另一扇或安装在柏林,或百慕大,或旧金山,或塞得港,世界上任何角落都可以。只要选好了目的地,瞬间可到。当然,美中不足的是,瞬移门必须安装在固定的位置。

不过,对于办公室职员来说,瞬移门堪称完美。从一边进去,从另一边出来。五步—— 一百六十英里。一百六十英里意味着两个小时的噩梦:变速箱的刺耳摩擦声,时不时地突然刹车,被其他飞行车卡位超车,超速行驶,粗心大意的司机,在一旁虎视眈眈的交警,无故找茬和路怒症。现在这一切都结束了。至少对他而言,都结束了——他是瞬移门制造商地球研发集团的员工。很快,瞬移门会在民用市场推出,到那时人人都能享受到超乎寻常的便捷。

埃利斯叹了口气,该去上班了。他看见艾德·霍尔两步并作一步地冲进了公司大楼前的阶梯。托尼·弗兰克林紧随其后。该走了,他弯下腰去提公文包——

就在这时,他看见了他们。

雾壁上有一小块圆形区域,位于文件包边角的一侧,距离他的脚边很近。那里灰雾较淡,微光若有若无。

圆形区域的另一头,站着三个身影,三个小得离谱的人,还没有虫子大。三人震惊而疑惑地望着他。

埃利斯低着头目不转睛地看着他们,早忘了拿公文包。三个小人呆若木鸡、身体僵直，一动不敢动，满脸的敬畏。亨利·埃利斯凑近了一些，顿时张大了嘴，睁大了眼睛。

三人身边又走过来一个小人。四个小人像被定在了原地，眼珠都快瞪出来了。他们穿着某种棕色的袍子和凉鞋——装束奇异，风格与地球人迥异。他们的一切都与地球人不同。他们的大小、他们那涂着古怪色彩的黑脸、他们的穿着，还有他们的声音，无一相同。

突然，小人叽里呱啦，声音尖锐地相互交流起来。他们恢复了行动能力，现在正莫名其妙地绕着圈子狂奔。他们的速度惊人，状如热锅上的蚂蚁；动作极快却生硬异常，四肢就像上了发条般上下运动。自始至终，他们一直发出"吱吱"的尖锐叫声。

埃利斯找到公文包，提着它缓缓地直起了身子。四个小人既惊奇又恐惧地看着巨大的皮包在离他们很近的地方向上升起。埃利斯心中一动。上帝啊——他们能穿过雾气进入隧道吗？

但他没时间去弄清楚，他实际上已经迟到了。他转身快步向洞口那端的纽约城而去。一秒钟后，他走进了刺目的阳光中，豁然发现自己站在地球研发集团办公楼前热闹的街角上。

"嘿，亨利！"唐纳德·波特跑进办公楼大门时喊道，"跑起来！"

"来了，来了。"埃利斯下意识地跟上了他。在瞬移门出口的后面，一个淡淡的圆环如一个肥皂泡的幽灵般飘浮在地面上方。

埃利斯冲上台阶，进入办公楼。他的心思已经转移到这一天的繁重工作上了。

员工们锁好门准备下班回家时,协调员帕特里克·米勒在自己的办公室里被埃利斯堵住了。"嘿,米勒先生。你也负责瞬移门终端的研究,对吗?"

"是的。怎么了?"

"我想问你点事儿。瞬移门的通道是从哪里穿过去的? 它一定是穿过某个地方。"

"通道独立于我们的连续空间。"米勒急着回家,"在另一个维度。"

"这个我知道。不过……那是哪儿?"

米勒随即抖开上衣兜里的手绢,把它在办公桌上铺开,"也许我可以用这个方法向你解释。假设你是一个二维空间生物,这张手绢代表你所在的——"

"我已经看过成百上千次了,"埃利斯失望地说,"这只是个比方,我对打比方不感兴趣。我想要一个真凭实据的答案。我的瞬移门连接雪松林镇和这里时,通道穿过的是什么地方?"

米勒笑了,"你究竟想问什么?"

埃利斯骤然警醒。他故作漫不经心地说道:"好奇而已。它肯定穿过了某个地方。"

米勒以一种老大哥的友好姿态将手搭在了埃利斯的肩头,"亨利,老伙计,请将这个问题留给我们,好吗? 我们是设计者,你是消费者。你的职责是使用瞬移门,为我们试用,并报告它的缺陷和不足之处,这样等明年我们把它投入市场时,我们能确信它不会出任何问题。"

"事实上——"埃利斯开口道。

"什么事?"

埃利斯的话戛然而止。"没有,"他提起自己的公文包,"什么都没有。明天见。谢谢你,米勒先生。晚安。"

他急匆匆地下了楼梯,出了地研大楼。在傍晚渐暗的夕阳下,属于他的瞬移门被映照得只余轮廓可见。天空中挤满了一辆辆起飞的单喷气飞行车。疲乏的员工们开始了漫长的车程,返回他们远郊的家。埃利斯来到拱门前,迈步走了进去。倏忽间,阳光消失不见。

他又站在了灰雾缭绕的隧洞中。隧洞另一端的圆形拱门上,闪现出了几抹绿色和白色——那是延绵的青山、他家的房子、房后的院子、院中的雪松、花圃以及雪松林镇。

走出两步之后,埃利斯停了下来。他弯下腰,仔细查看隧洞的底部。他查看了雾壁,尤其是那块雾气较少、微光较弱的位置——他早上发现圆形区域的位置。

他们依旧在那儿。**依旧**? 定睛一看,原来换了一批人。这一次来了十一二个人,有男人、女人和小孩。他们站在一起,既敬畏又惊奇地仰望着他。每个小人不足半英寸高。奇怪的是,他们的身形就像在水面上的倒影,随着波纹扭曲变形。他们的肤色和衣服色调也在变幻。

埃利斯继续往前走。小人们目送他离开。他的眼角瞥见了他

674

们小脸上的惊愕之色——然后,他走进了自家的后院。

他"咔嗒"一声关掉瞬移门,登上后门廊的台阶,进了房子。他完全沉浸在了自己的思绪之中。

"嗨。"在厨房忙活的玛丽叫道。她身穿齐臀的透气衬衫窸窸窣窣地跑了过来,展开了双臂,"今天的工作顺利吗?"

"还行。"

"出什么事了吗?你看起来怪怪的。"

"没有,没有,没出事。"埃利斯心不在焉地吻了一下妻子的前额,"晚餐吃什么?"

"高级菜肴。天狼星鼹鼠肉排,你最爱吃的。觉得怎么样?"

"很好。"埃利斯把帽子和风衣甩在椅子上。椅子自动将其折叠收好。他的脸上仍是一副专注沉思的表情,"很好,亲爱的。"

"你确定什么事都没发生?你不会又和彼得·泰勒吵了一架吧?"

"没有,当然没有。"埃利斯气恼地摇头道,"什么事都没有,亲爱的。别问啦。"

"好吧,但愿如此。"玛丽叹了口气。

第二天上午,他们在那个位置等他。

他踏入瞬移门的第一步便看见了。一小群人站在变化不定的灰色雾壁后面,犹如被困在一坨果冻里的小虫子。他们的动作僵直却极快,上蹿下跳,四肢挥舞得像风车一样,用他们小得可怜的声音拼命呼喊，想引起他的注意。

埃利斯停下脚步，蹲下身去。他们将某个东西通过小孔伸出了雾气。那东西很小，非常之小，他几乎没能看见。一根微型小棍上支着一张小小的方形白色纸片。他们眼巴巴地看着他，脸上充满了恐惧和期望——渴望之极，卑微恳求的期望。

埃利斯捏住了纸片，它像一枚娇弱的玫瑰花瓣从花茎上脱落了下来。他没捏稳，纸片掉了。他不得不四处寻找。小人们心痛而沮丧地看着他盲人一般地用巨大的双手在隧洞底部摸索。终于，他找到了纸片，谨慎地将它拿了起来。

纸片太小了，根本看不清。**字迹**？几行微小的字迹——但字体小得没法阅读。他掏出钱包，小心翼翼地把白色纸片放在了两张卡片之间。然后，他把钱包放回了衣兜里。

"我一会儿再看。"他说。

他的声音隆隆响起，在隧洞内上下回荡。小人们听到了他的声音，吓得发出刺耳的"吱吱"尖叫，四散奔逃，跑进了昏暗模糊的雾气深处。眨眼的工夫，他们无影无踪，就像受惊的老鼠。只剩下他一个人了。

埃利斯半跪下来，将眼睛凑向灰色雾壁上的圆形区域——小人站着等待他的地方。他隐约看见了一些形状扭曲的东西隐没在薄雾中。是一片大地，朦胧不清，难以辨认。

山丘。树林和庄稼。不过都极小，而且光线暗淡……

他看了眼手表。糟糕，十点了！他急忙站起来，冲出隧洞，来到了阳光普照的纽约街头。

迟到了。他跑上地球研发集团大楼前的阶梯,跑过长长的走廊,进入了办公室。

午餐休息时,他去了实验研发室。"嘿。"吉姆·安德鲁斯抱着报告和设备从身旁经过时,他打招呼道,"有时间吗?"

"你想要什么,亨利?"

"我想借点儿东西,一柄放大镜。"他想了一下,"也许一台光子显微镜更好,一百或者两百倍的放大率。"

"小孩子的玩意儿。"吉姆给他找了个小型显微镜,"要载玻片吗?"

"要,要两个空白的载玻片。"

他搬着显微镜回办公室,收拾好文件,把它摆放在办公桌上。谨慎起见,他让自己的秘书尼尔森小姐去吃午餐。而后,他小心地从钱包里取出了小纸片,夹在两个载玻片之间。

纸片上果然是笔迹,这点毋庸置疑。但他没法阅读。这些是完全陌生的文字,而且笔迹复杂交错。

他坐着思考了一会儿,然后拨通了部门内线可视电话,"给我接语言解析部。"

过了片刻,厄尔·彼得森那张敦厚的脸出现在可视屏上,"嗨,你好,埃利斯。有什么我能为你效劳的吗?"

埃利斯犹豫了一下,他必须把话说得滴水不漏,"你好啊,厄尔,老伙计。想让你帮个小忙。"

"什么样的小忙？有事尽管跟你的老朋友提。"

"你，呃……你那下面有台机器，对吗？你们用来翻译地外文明文件的机器。"

"当然。怎么啦？"

"我在想，能让我用用吗？"他的语速变快，"我遇到一件烦心事，厄尔。我有个朋友住在……呃……半人马星座六号行星上，他给我写了封信……呃……你知道的，他用的是半人马星系的母语语系，可我……"

"你想使用机器翻译一封信？没问题，我想我们可以腾出空当。起码，这一次可以。把信拿下来。"

他带着小纸片去了底下的楼层。他让厄尔为他演示了信息输入装置的使用方法。等厄尔一转过身，他就将小纸片送进了输入口。语言翻译机发出"嗡嗡"声和"嗒嗒"声。埃利斯默默祈祷纸片不会因为太小而掉进中继探头之间的缝隙。

还好很顺利，两秒钟之后，一卷纸带从输出口吐出。纸带自动断开，掉入了纸篓里。语言翻译机随即开始处理其他的文件——地球研发集团旗下的各类出口分公司的重要材料。

埃利斯用颤抖的手指展开了纸带，一个个字在他的眼前跳动。

问题，纸条上全是问题。天哪，事情变复杂了。他聚精会神地默读问题，嘴唇随之翕动。他为自己找了件什么麻烦事啊？他们在期待答案。他取走了他们的纸片。也许他们会在他回家的路上等着他。

他返回了自己办公室,拨通了可视电话,"给我接外部线路。"他命令道。

可视电话常规监讯员出现在屏幕上,"你好,先生。"

"给我接联邦信息图书馆,"埃利斯说,"文化研究部。"

那天晚上,他们真的在等他,但又换了一批人。蹊跷得很——每次来的人都不一样。他们的装束也略有不同——采用了新的色调。他们身后的大地同样有了少许改变。他曾看见过的树林不见了。山丘还在,但形状不同了。雾气成了灰白色——下雪了?

他蹲下身来。他尽心完成了答卷——答案摘抄自联邦信息图书馆——又用翻译机将答卷翻译了一遍。现在答案的文字与小人提问的文字一致——只是写在了一张稍大的纸上。

埃利斯像打弹珠一样将纸团弹进了圆形的浅雾区域。纸团如同保龄球般撞倒了六七个观察他的小人,他们从站立的山上滚了下去。小人愣住了,过了一会儿,他们才狂热地向纸团追了过去。他们消失在了雾气深处模糊不清的世界里,埃利斯双腿发麻地站了起来。

"好了,"他咕哝自语道,"结束了。"

但事情并未结束。第二天上午,来了新的一群人——带来了新的问题清单。小人将一张方形小纸片从浅雾区域推了出来,站着等他接收。埃利斯俯身摸索着找纸片时,他们在瑟瑟发抖。

最终,他找到了。他把小纸片放进钱包,继续上路。他走出瞬移门,到了纽约,眉头皱得老高。搞得越来越像那么回事了。难道这会变成他的全职工作吗？

不过他又笑了，这是他见过的最胡扯、最离奇的事情。那些小坏蛋自有其精明之处。神情专注的小脸，一本正经的关注，外加恐惧。他们害怕他，真的害怕他。为什么不呢？ 与他们相比，他就是个巨人。

他对他们的世界遐想联翩。他们的星球是什么类型的？ 这么小，真奇怪。不过，大小只是个相对概念。他们是小，不过是相对于他。身形小，而且很恭敬。他看得出他们推出纸片时的那种恐惧与渴望——发自内心的渴望。他们在仰赖他，他们在祈祷他能给他们答案。

埃利斯咧嘴一笑。"该死的怪异工作。"他自言自语道。

"这是什么？"当他中午到语言解析部时，彼得森问。

"是这样的，你瞧，我又收到一封半人马星座六号行星的朋友寄来的信。"

"是吗？"彼得森的脸上闪过一丝疑色，"你没跟我开玩笑吧，亨利？ 这台机器有很多任务要处理，你知道的。文件无时无刻不在涌进来。我们不能把时间浪费在——"

"这是一封很严肃的信，厄尔。"埃利斯拍了拍钱包，"写了非常重要的事情，不只是平常的家信。"

"好吧。既然你这么说的话。"彼得森对操作机器的小组点了下头，"让这个家伙用一下翻译机，汤米。"

"谢谢。"埃利斯小声道。

他又走了一遍流程:拿到译稿,将问题清单带到可视电话前,给图书馆的研究员过目。到傍晚,他走出地球研发集团的大楼,进入瞬移门时,答案已翻译为小人的语言,小心放在他的钱包里了。

和往常一样,新的一批小人在等他。

"收好啦,伙计们。"埃利斯的声音隆隆传开。他将纸团弹进了浅雾区域。纸团滚过了微小的乡野,从一个山头弹到了另一个山头,小人儿手忙脚乱地追过去。他们的动作一停一顿,僵硬的肢体就如玩具人般滑稽。埃利斯看着他们远去,面露笑容——有乐趣,也有自豪。

他们跑得真的很快,这点毋庸置疑。他现在只能隐约看到他们的背影。他们狂奔着从浅雾区离开了。很显然,他们的世界与瞬移门的通道相交,仅在面积不大的浅雾区上有交集。他专注地凝视着雾气里的世界。

他们此时已经在打开纸团了。三四个小人,撬开纸张,检查答案。

埃利斯走出隧洞,回到了他自家的后院,心中洋溢着骄傲。他看不懂他们的问题——翻译出来之后,他回答不了问题。语言解析部完成第一部分,图书馆的研究员完成剩下的部分。尽管如此,埃利斯仍感到骄傲。在他的内心深处,有一个小点儿被点亮了,散发着阵阵温暖。当他们意识到他准备回答他们的问题时,当他们看到他手中的答案纸团时,他们露出的神色,还有他们慌里慌张追赶纸团的样子,所有这些让他有了某种满足感。这感觉真是太棒了。

"不坏，"他喃喃着推开门进了房子，"一点儿也不坏。"

"什么不坏，亲爱的？"坐在餐桌前的玛丽快速抬起了头。她放下杂志，站了起来，"哎呀，你看起来好开心！出什么事啦？"

"没什么，什么事都没有！"他在她的唇上热切地一吻，"你今晚看起来美极了，小美女。"

"噢，亨利！"玛丽几乎全身都泛起了潮红，"你的嘴真甜。"

他用欣赏的眼光端详着妻子——她身上穿着明亮的两件式塑料紧身衣，"你的服装也格外养眼。"

"哎呀，亨利！你今天这是怎么啦？你看起来怎么这么……这么**精神焕发**？"

埃利斯笑道："哦，我猜我很享受这份工作。你知道的，为自己的工作而自豪，没有什么能与之相比。正如他们所说的，活儿干得漂亮。这份工作让我自豪。"

"可你以前总说自己默默无闻，总说自己是这个没有人情味的社会大机器里的一枚齿轮，只是个微不足道的人。"

"情况不同了，"埃利斯坚定地说，"我正在进行一项……呃……一项新的工程，新的任务。"

"新的任务？"

"收集信息。这么跟你说吧，是一项创造性的任务。"

到周末时，他已经将相当数量的信息交给了他们。

他开始每天九点半离家上班。这让他可以有整整三十分钟，弓着身子趴在隧洞底部，打量浅雾区域后面的微小世界。随着次数渐多,对于找到小人,观察他们的日常行为,他愈发地娴熟。

小人的文明较为原始,这点毫无疑问,以地球的标准来看,称之为"文明"都有些勉强。他几乎可以判断,小人实质上不掌握科学技术;不如称之为农耕文化或共有型农业社会更为恰当;他们的社会由各个部落组成,结构单一,人口不多。

至少,人口在前几日不多。这部分他一直没搞明白。每次他经过时,总是不同的一批人。总是生面孔。而且,他们的世界也在变化——树林、庄稼、动物以及天气。

他们那里的时间流速不一样吗?他们的动作飞快,一停一顿的,就像加速播放录像带一样。还有他们尖细的声音。也许这就是事实真相。他们处于一个完全不同的宇宙中,整个时间结构完全不同。

他们对他的态度始终如一。前两次之后,他们开始献上祭品,是在烤炉和砖砌壁炉里制作的小得难以置信的烟熏食物。如果他将鼻子靠近浅雾区域,他能闻到一股淡淡的食物香味,闻起来好极了,浓烈而辛辣,放了很多香料,应该是脯肉。

星期五,他带了一柄放大镜,通过放大镜观察他们。确实是脯肉。他们将蚂蚁大小的动物牵到了烤炉前,当场宰杀烤炙。利用放大镜,他更加清晰地看到了他们的脸。他们的脸很奇怪,脸色健康而黝黑,表情异乎寻常地坚定。

当然,他们面对他时,只有一种表情,那就是融合了恐惧、虔诚和希冀的表情。他们的表情让他飘飘然。这是只属于他个人的表情。小人们之间经常吼叫和争吵——时不时他们还会将刀子狠狠地捅进对方体内，或激烈地相互战斗，穿着棕色的长袍扭打成一团。他们是个富于激情的强大种族。他看在眼里，不禁有些羡慕。

这件事很好——因为这让他感觉自己高高在上。能从一张坚定骄傲的脸上看到诚惶诚恐的虔诚表情，当真妙不可言。小人们从来不知道懦弱为何物。

大约在第五次时，他们修建了一座辉煌宏大的神庙——用于宗教祭祀。

向他祭祀！他们将他尊为神，建立了真正的宗教。这点毫无疑问。他开始每天九点钟离家上班，这样他能跟他们一起待上整整一个小时。到第二周星期三，他们已经发展出全套的祭礼。礼拜的队伍，燃烧的蜡烛，吟诵着某种歌曲或祷文，穿着长袍的祭祀，还有加了香料的祭品。

不过，没有立神像。很显然，他太庞大了，他们无法看清他的真容。他尝试着想象从他们的世界看到的他是什么样子：一个参天立地的模糊身影，在灰色的雾气中若隐若现，似乎与他们相似，却又与他们没有一点儿共通之处。他们明显认为，他是另一种存在。除了体型外，在其他方面完全不一样。而且，他说话时，瞬移门通道内就如同响起了滚滚的雷声。现在，小人们听到他的声音仍会仓皇逃跑。

一个处于不断发展中的宗教。通过翻译机翻译的从联邦信息图书馆获得的精准正确的答案，通过显露真身，他正在改变小人的国度。当然,以他们世界的时间流速,他们要等上几代人的时间才能拿到答案。但到目前为止,他们已经习惯了。他们在期盼中等待。他们递上问题,然后两个世纪之后,他递回答案——无疑,他们将这些答案用在了正途上。

"你究竟干了什么?"玛丽质问道。这一天他晚了一个小时才回到家里。"你到哪里去了?"

"工作。"埃利斯脱下帽子和风衣,漫不经心地答道。他躺倒在沙发上,"我累了,真的累了。"他轻轻地舒了口气,示意沙发扶手给他送上一杯威士忌酸酒。

玛丽来到了沙发边,"亨利,我有些担心。"

"担心?"

"你不该这么卖力地工作,你应该放缓节奏。你多久没真正地休过假了?去地球外,去太阳系外旅行吧。你知道的,我真想给那个叫米勒的家伙打个电话,问问他,有必要让你这个年纪的人从事这么繁重——"

"我这个年纪的人!"埃利斯火气腾地冒了起来,"我没那么老。"

"当然,你不老。"玛丽坐在他身边,深情地抱住他,"但你也没必要这么拼命。你该休息休息了。你不这么认为吗?"

"这不一样,你不懂,根本不是一码事。不是报告、数据统计,不是该死的文件归档。这是——"

"是什么?"

"这回不同了。我不再无足轻重,我拥有了不同的意义。我没法向你解释，但有些事情我必须得去做。"

"如果你能告诉我更多的——"

"我不能透露更多的信息。"埃利斯说，"但这件事与世界上所有的事情都不同。我已经为地球研发集团工作了二十五年。二十五年了，一遍遍地重复做相同的报告。二十五年了——我从来没有过这样的感受。"

"噢，是吗？"米勒愤怒地咆哮道，"少来这一套！坦白交代，埃利斯！"

埃利斯张了张嘴，又闭上了。"你在说什么？"恐惧席卷了他的全身，"发生什么事了？"

"别妄想着给我绕圈子。"可视屏上，米勒的脸涨成了猪肝色，"到我的办公室来。"

可视屏熄灭了。

埃利斯颓然地坐在办公桌后。渐渐地，他强打起精神，摇摇晃晃地站了起来。"天哪。"他有气无力地将冷汗从额头上擦去。转瞬之间，一切毁于无形。他震惊得不知所措。

"出什么问题了吗？"尼尔森小姐同情地问道。

"没有。"埃利斯木然地走向门口。他崩溃了。米勒查出了什么？上帝啊！有没有可能米勒已经——

"米勒先生看起来很愤怒。"

"是的。"埃利斯心神恍惚地向大厅走去，他感到头晕目眩。米勒看起来的确很愤怒,不知他是从哪里知道的。但为什么他会愤怒?他为什么会在乎?埃利斯打了个冷战。事情似乎很严重。米勒是他的上司——他手握任免大权。也许他做错了什么。也许他在不经意间违反了法律,犯下了罪行。但是为什么?

小人们跟米勒有什么关系?跟地球研发集团又有什么关系?

他推开了米勒办公室的门,"我来了,米勒先生。"他低声道,"怎么啦?"

米勒怒目而视,"你的比邻星表亲寄过来的所有这些可恶的信件。"

"他是……呃……你是说我在比邻星上的商业伙伴?"

"你……你个谎话连篇的骗子!"米勒跳了起来,"忘恩负义!集团白给了你这么多。"

"我不明白,"埃利斯嗫嚅道,"到底怎——"

"你不知道为什么我们让你第一个使用瞬移门吗?"

"为什么?"

"为了测试,为了试运行,你这个斜眼的金星臭蟋蟀!集团宽宏大度地特许你在瞬移门推向市场前使用它,你又干了什么?为什么你——"

埃利斯压不住怒气了,毕竟,他为地球研发集团工作了二十五年,"你没必要把话说得这么难听。我个人也为瞬移门花了数千个黄金级信用点。"

"好吧,你可以去财务处把钱领回来。我已经下达了指令,派一支建筑队拆掉你的瞬移门,送到回收部。"

埃利斯惊呆了,"可是为什么?"

"'为什么'? 你可算问到点子上了! 因为它是有缺陷的,因为它没有正常运行。这就是原因。"身为设计者的米勒眼中怒火灼人,"技术排查组在瞬移门里找到了一条长达一英里的裂缝。"他的嘴角上扬,"仿佛你不知道似的。"

埃利斯的心凉了半截。"裂缝?"他声音沙哑、忧心忡忡地问道。

"裂缝。还好我批准了定期排查。如果我们完全依靠你这样的人——"

"你确定吗? 我的瞬移门似乎没问题。我是说,我使用瞬移门上下班,没出过故障。"埃利斯慌忙争辩道,"我绝对没上报过故障。"

"是的,你没上报过故障。这正是你将没机会再试用瞬移门的原因,这也是你今晚不会再通过瞬移门回家的原因。因为你没有报告发现了裂缝! 如果你胆敢再在这间办公室满口胡言的话——"

"你是怎么知道我发现了……缺陷?"

米勒满腔怒火,重重地坐在了椅子上,"因为,"他斟酌着词句,"你每天像朝圣一样定点去语言解析部,拿着你住在半人马座的所谓祖母寄来的信。而整件事根本就是子虚乌有,彻头彻尾全是捏造的。那些信是你从瞬移门的裂缝中得到的。"

"你怎么知道的?"埃利斯壮着胆子尖声叫道,他已无计可施,"这样的话,也许真的存在缺陷。但你无法证明你那粗制滥造的瞬移门和我有任何关系。"

"你的信件，"米勒严肃地说，"你擅自输入语言翻译机的信件，不是用外星语言写的，不是来自半人马座六号行星，信上的文字是古希伯来语。只有从一个地方你能得到它，埃利斯。所以，别想糊弄我。"

"希伯来语！"埃利斯吓了一跳，不由得大叫一声。他的脸色变得苍白如纸，"上帝啊。另一个连续空间——第四维度。第四维度是时间，没错。"他颤抖着说道，"宇宙在不断膨胀，所以他们才那么小。所以总是新的一批人，新的一代人——"

"我们冒着天大的风险发明了瞬移门，使传送通道穿过另一个时空连续体。"米勒警惕地摇了摇头，"你介入了不该介入的事件，你明明知道发现了缺陷要报告。"

"我不认为自己造成了什么危害，有吗？"埃利斯突然紧张极了，"他们似乎很满意，甚至很感谢我。天哪，我确定没引起任何麻烦。"

米勒疯了一般愤怒地尖叫起来。有那么一会儿，他在办公室里手脚乱舞。最后，他把一个东西甩在办公桌上——那东西直接落在了埃利斯的面前，"没有麻烦，没有，一点儿都没有。看看这个，我从古文物档案馆拿来的。"

"这是什么？"

"自己看！我将你的一张问题清单和它做了比对。一模一样，**一字不差**。你所有的清单上的每一个问题和每一个答案，全在这里面。你这只八条腿的木卫三疥癣甲虫。"

埃利斯拿起书翻开。他一页页地读着，渐渐地，他的脸上浮现出奇怪的表情,"天哪。看来,他们把我给他们的答案都记录了下来。他们把问题和答案汇总成了一本书,没遗漏一个字,还添加了一些评点。都在这本书里——每一个字、每一句话。它在当时确实产生了影响。他们将书代代相传,不断把新答案编入书中。"

"滚回你的办公室。我今天不想再看见你,我永远也不想看见你。你的遣散费支票会通过常规渠道寄给你。"

埃利斯在发呆,他的脸因为激动一片通红。他拿起书,恍恍惚惚向门口走去,"嘿,米勒先生。能给我这个吗? 我可以把书拿走吗?"

"可以,"米勒语气疲倦地说,"可以,你拿走吧。你可以在今晚回家的路上读读。在单喷气公共飞车上。"

"亨利有东西给你看,"玛丽·埃利斯拽住了劳伦斯太太的胳膊,压低声音兴奋地说道,"千万别说错了话。"

"说错话?"劳伦斯太太声音发颤,有些紧张,"他要给我看什么东西? 但愿不是活物。"

"不是,不是。"玛丽推着她向书房的门走去。"微笑就好。"她提高了声调,"亨利,桃乐茜·劳伦斯来了。"

亨利·埃利斯出现在书房门口,微微鞠躬。他身穿丝绸便袍,嘴上叼着烟斗,一只手拿着自来水笔,显得庄重得体。"桃乐茜,晚上好。"他的声音低沉,发音字正腔圆,"愿意走进我的书房待一会儿吗?"

"书房?"劳伦斯太太迟疑地走了进去,"你在做学问吗? 我的意思是,听玛丽说,你最近在做很有意思的事儿,而你已经离开……我的意思是,现在你待在家里的时间更多一些。不过,她没告诉我是什么事儿。"

劳伦斯太太眼睛转了转,好奇地打量着书房。书房里满满当当,有大部头的书卷、图表、一张巨大的红木书桌、一本地图册、地球仪、几把座椅和一部古老得难以置信的电动打字机。

"我的天!"她惊呼道,"真奇特。这么多老物件。"

埃利斯小心翼翼地从书架上取下一本书,故作平淡地递给她,"对了——你不妨看看这个。"

"这是什么?一本书?"劳伦斯太太接过书,迫不及待地看来看去,"老天。挺沉的,对吧?"她嘴唇微动,念了念书背面的文字,"这是什么意思?看起来好古老。多么奇怪的字体!我从未见过这样的字体——《圣经》。"她愉快地抬起头问,"这是什么?"

埃利斯淡淡地微笑道:"这个嘛——"

劳伦斯太太灵光一闪,明白了过来。她倒吸了一口冷气,"天哪!不会是你写的吧,对吗?"

埃利斯的微笑绽放开来,他的脸上泛起了红光,神情矜持而谦逊。"只是随便写了点儿东西,"他故作漫不经心地答道,"事实上,是我的第一部作品。"他若有所思地摩挲了下自来水笔,"现在,如果您允许的话,我要继续写作了……"

记录与说明[①]

　　《记录与说明》中所有楷体字部分均为菲利普·迪克本人撰写，每条后面的括号中列出了写作年份。这些内容大部分是短篇集《菲利普·迪克精选集》（*The Best Of Philip K. Dick*，1977年版）和《金人》（*Golden Man*，1980年版）中小说的注释。小部分是迪克的小说在书籍或杂志中出版或再版时应编辑要求而写。

　　部分小说标题下注有"收于×年×月×日"，指的是迪克的代理人第一次收到这篇小说手稿的日期，以斯科特·梅雷迪思文学代理机构（the Scott Meredith Literary Agency）的记录为准。若未注明日期，则意味着没有记录（迪克从1952年中期开始与这家代理机构合作）。杂志名称以及后面的年份和月份，指的是这篇小说首次公开发表的情况。如果小说标题后面列出"原名《××××》"，则是代理机构

　　[①] 此部分为 Orion 出版社英文原版书后的注释，对读者全面理解菲利普·迪克的中短篇小说很有裨益，故中译本予以保留。

记录上显示的迪克给这篇小说起的原标题。

这五册中短篇小说集收录了菲利普·迪克几乎所有的中短篇小说，下列作品除外：本小说集出版①之后才出版的中短篇小说、包含在长篇小说内的中短篇、儿时的作品，以及尚未找到手稿的未出版作品。书中的中短篇小说尽可能按照创作时间顺序排列；研究确定时间顺序的工作由格雷格·里克曼和保罗·威廉斯完成。

◎《饼干夫人》THE COOKIE LADY

收于 1952 年 8 月 27 日，《奇幻小说》（*Fantasy Fiction*），1953 年 6 月。

◎《钟门之内》BEYOND THE DOOR

收于 1952 年 8 月 29 日，《奇妙大观》（*Fantastic Universe*），1954 年 1 月。

◎《二号变种》SECOND VARIETY

收于 1952 年 10 月 3 日，《太空科幻》（*Space Science Fiction*），1953 年 5 月。

谁是人类，谁仅仅表面上（伪装）是人类？这是我书写得最为充分的宏大主题。除非我们能从个人角度和集体角度都确定这个问题的答案，否则，我们所面对的，依我看，可能是最为重大的问题。

---

① 该小说集于 1999 年在英国首次出版。

如果问题得不到恰当的回答，我们甚至无法自我认同。我连自己都无法正确认知，更不要说他人了。所以我不断就这个主题进行创作。对我来说，没有什么比提出问题更为重要，而正确的答案向来不会轻易获得。（1976年）

◎《乔恩的世界》JON'S WORLD

原名《乔》，收于1952年10月21日，《未来之时》(*Time to Come*)，由奥古斯特·德尔斯编辑，于纽约，1954年。

◎《星球窃贼》THE COSMIC POACHERS

原名《大盗》，收于1952年10月22日，《想象》(*Imagination*)，1953年7月。

◎《后代》PROGENY

收于1952年11月3日，《如果》(*If*)，1954年。

◎《往昔曾在》SOME KINDS OF LIFE

原名《围攻》，收于1952年11月3日，《奇妙大观》(*Fantastic Universe*)，1953年10月—11月，以笔名"理查德·菲利普"发表。

◎《末世悲鼓》MARTIANS COME IN CLOUDS

原名《虫子》，收于1952年11月5日，《奇妙大观》(*Fantastic*

Universe），1954年6月—7月。

◎《乘火车的通勤客》THE COMMUTER

收于1952年11月19日，《惊奇》（*Amazing*），1953年8月—9月。

◎《她想要的世界》THE WORLD SHE WANTED

收于1952年11月24日，《科幻季刊》（*Science Fiction Quarterly*），1953年5月。

◎《地表突袭》A SURFACE RAID

收于1952年12月2日，《奇妙大观》（*Fantastic Universe*），1955年7月。

◎《项目：地球》PROJECT: EARTH

原名《一个偷窃者》，收于1953年1月6日，《想象》（*Imagination*），1953年12月。

◎《关于泡泡球世界的纷扰事》THE TROUBLE WITH BUBBLES

原名《玩物》，收于1953年1月13日，《如果》（*If*），1953年9月。

◎《暮光下的早餐》BREAKFAST AT TWILIGHT

收于1953年1月17日,《惊奇》(*Amazing*),1954年7月。

你在自己的家中,一群士兵砸烂了门冲进来,告诉你,你正身处于第三次世界大战中。时间出了问题。我喜欢随意摆弄关于现实的各种基本概念,比如空间与时间,比如末世崩塌。我想,我喜爱混乱。(1976年)

◎《给帕翠的礼物》A PRESENT FOR PAT

收于1953年1月17日,《惊奇故事》(*Startling Stories*),1954年1月。

◎《头环制作者》THE HOOD MAKER

原名《免疫》,收于1953年1月26日,《想象》(*Imagination*),1955年6月。

◎《干瘪的苹果》OF WITHERED APPLES

收于1953年1月26日,《世界科幻和奇幻》(*Cosmos Science Fiction and Fantasy*),1954年7月。

◎《今为人类》HUMAN IS

收于1953年2月2日,《惊奇故事》(*Startling Stories*),1955年冬天。

就我而言,这个故事表达了我早期对"什么是人类"这一问题的看法。从我在二十世纪五十年代写出这篇小说起,我的观点并没有怎么改变。身为人类,无关乎你的样貌,无关乎你在哪颗星球上出生,只与你的本性有关。善良的品质,对我而言,是此物把我们与石头、木棍、金属区分开来,并将永远如此,不论我们是什么形态,不论我们到哪儿去,不管我们变成什么。就我而言,《今为人类》是我的信条,也希望是你的信条。(1976年)

◎《命运规划局》ADJUSTMENT TEAM

收于1953年2月11日,《星轨科幻》(*Orbit Science Fiction*),1954年9月—10月。

◎《不可能存在的星球》THE IMPOSSIBLE PLANET

原名《传说》,收于1953年2月11日,《星轨科幻》(*Orbit Science Fiction*),1953年10月。

◎《伪装者》IMPOSTER

收于1953年2月24日,《大吃一惊》(*Astounding*),1953年6月。

这是我在这个题材上的第一篇故事:我是人类吗?还是说,我只是服从程序,相信自己是人类?你认为我居然在1953年就写出了这样的作品,没错,恕我直言,这个故事在科幻界绝对是个全新的好创意。当然,目前为止,我没再写过这方面的作品。但这个主题仍让我念念不忘。这个主题很重要,因为它使我们不禁发问:什么是

人类？而——什么不是人类？(1976年)

◎《詹姆斯·P. 克劳》JAMES P. CROW

收于1953年3月17日,《星球故事》(*Planet Stories*),1954年5月。

◎《异乡客》PLANET FOR TRANSIENTS

原名《巡回者》,收于1953年3月23日,《奇妙大观》(*Fantastic Universe*),1953年10月—11月,该故事的部分内容被改编进入迪克与罗杰·泽拉兹尼合写的长篇小说《宙斯》中。

◎《小小城镇》SMALL TOWN

原名《工程师》,收于1953年3月23日,《惊奇》(*Amazing*),1954年5月。

这故事是关于一个饱经挫败、无权无势的小人物,当手中握有了生杀大权之后,如何逐渐变成一个危险分子。在重读这篇故事时(当然这是篇奇幻,而非科幻),我被主人公从受压者到施压者的微妙转变所触动。凡尔纳·哈斯克尔最初以一个懦弱的形象出现,但这也隐藏了他最深的自我,而那绝不是软弱。这就像我一直所说的,那些饱受欺负的人也许就是最危险的人。当你虐待他的时候,最好小心一点儿,他也许是戴着面具的死神——生命的死对头。他也许暗地里并不想统治一切,而希望毁灭一切。(1979年)

◎《纪念品》SOUVENIR

收于 1953 年 3 月 26 日,《奇妙大观》(*Fantastic Universe*), 1954 年 10 月。

◎《火星先遣队》SURVEY TEAM

收于 1953 年 4 月 3 日,《奇妙大观》(*Fantastic Universe*), 1954 年 5 月。

◎《显赫的作家》PROMINENT AUTHOR

收于 1953 年 4 月 20 日,《如果》(*If*), 1954 年 5 月。